DIE LEGENDE VON CAMELOT

Wolfgang und Heike Hohlbein

GRALSZAUBER

Erster Band der Camelot-Trilogie

W0216180

Ueberreuter

ISBN 3-8000-5166-4
Alle Urheberrechte, insbesondere das Recht der Vervielfältigung, Verbreitung und öffentlichen Wiedergabe in jeder Form, einschließlich einer Verwertung in elektronischen Medien, der reprografischen Vervielfältigung, einer digitalen Verbreitung und der Aufnahme in Datenbanken, ausdrücklich vorbehalten.
Umschlagillustration von Bernhard Faust
Umschlaggestaltung von Zembsch' Werkstatt, München
Copyright © dieser Ausgabe 2005 by Verlag Carl Ueberreuter, Wien
Druck: Ueberreuter Print
1 3 5 7 6 4 2

Ueberreuter im Internet: www.ueberreuter.at
Wolfgang Hohlbein bei Ueberreuter im Internet: www.hohlbein.com

*

Das Ungeheuer war schnell. Trotz seiner enormen Größe bewegte es sich so leichtfüßig wie ein Wiesel und seinen schwarzen, tückisch funkelnden Augen entging nicht die kleinste Bewegung seines Opfers. Seine Zähne blitzten wie gebogene, rasiermesserscharfe Dolche und seine furchtbaren Krallen gruben sich tief in den weichen Waldboden, während es sich zum Sprung spannte.

Dulacs Herz klopfte. Er stand vollkommen reglos da, ohne auch nur mit der Wimper zu zucken, ja selbst ohne zu atmen, und seine rechte Hand umklammerte das Schwert so fest, dass seine Knöchel wie kleine weiße Narben durch die Haut stachen. Jeder einzelne Muskel in seinem Körper war angespannt. Er beobachtete das Ungeheuer auf der anderen Seite der Lichtung mit der gleichen Konzentration, mit der die Bestie ihn musterte.

Er konnte nicht sagen, wie lange sie jetzt schon so dastanden und sich gegenseitig belauerten. Vermutlich erst wenige Momente, aber ihm kamen sie vor wie Stunden. Und so endlos diese an den Nerven zerrende Wartezeit schien, so schnell würde der Kampf vorüber sein. Dulac wusste es. Ein einziger Blick in die Augen des schwarzen Ungeheuers hatte ihm klargemacht, dass er es hier mit keinem gewöhnlichen Raubtier zu tun hatte.

Es war der größte Wolf, den Dulac jemals gesehen hatte – und er hatte eine Menge dieser gefährlichen Räuber erlegt! Das Tier musste fast so viel wiegen wie ein Mensch und seine Kiefer sahen aus, als könnten sie Dulacs Arm ohne besondere Mühe einfach abbeißen, trotz der schweren eisernen Rüstung, in der er steckte. Und er hatte gesehen, wie unglaublich schnell sich dieses Monster zu bewegen imstande war. Dulac machte sich nichts vor: Dass er den ersten Angriff des Wolfes überlebt hatte, war pures Glück gewesen. Außerdem hatte das Tier ihn unterschätzt. Vermutlich hatte es ihn für einen der wehrlosen Bauern gehalten, von denen es in den letzten Monaten gut ein Dutzend gefressen hatte.

Noch einmal würde es diesen Fehler nicht begehen.

Während Dulac und der Wolf sich langsam zu umkreisen begannen, wurde ihm mit schrecklicher Gewissheit klar, dass dieser Wolf alles war, nur eines nicht: ein normaler Wolf. Wenn er zurück auf Camelot und an König Artus' Tafel war, würde er eine interessante Geschichte zu erzählen haben.

Wenn er zurückkam.

Ganz sicher war Dulac nicht. Als Ritter der Tafel war Dulac daran gewöhnt, gegen gefährliche und manchmal sogar überlegene Gegner zu kämpfen – aber dieses Tier war verhext. Vielleicht war es sogar ein Dämon, der nur in die Gestalt eines Wolfes geschlüpft war, um unter den Menschen zu wüten. Wenn das Ungeheuer angriff, dann würde es schnell geschehen und mit aller Kraft. Der Kampf würde mit dem ersten Zusammenprall entschieden sein.

Als hätte er seine Gedanken gelesen, ließ der Wolf ein leises, dunkles Grollen hören und begann sich langsam auf ihn zu zu bewegen. Seine Lefzen zogen sich zurück und entblößten sein Gebiss, bei dessen Anblick Dulac wieder ein Schauer der Furcht über den Rücken lief. Das böse Funkeln in den Augen des Tieres wurde stärker.

»Nun komm schon, du Ungeheuer!«, sagte Dulac. »Ich

habe keine Angst vor dir. Du magst vom Teufel besessen sein, aber ich gehöre zu den Rittern der Tafel. Wir fürchten uns nicht vor Dämonen!«

Das schien den Wolf nicht besonders zu beeindrucken. Er knurrte nur noch tiefer und kam mit kleinen, vorsichtigen Schritten näher; vermutlich, um die richtige Entfernung zu gewinnen, von der aus er ihn mit einem einzigen Sprung erreichen konnte. Dulac drehte das Schwert ein wenig in der Hand und spannte die Muskeln, um zum Zuschlagen bereit zu sein. Der Wolf würde im nächsten Augenblick angreifen. Er würde –

»Dulac!«

Die Stimme schnitt scharf wie ein Peitschenhieb in Dulacs Gedanken, noch weit entfernt, aber schrill und hörbar wütend.

»Dulac, du nichtsnutziger, fauler Tagedieb! Wo treibst du dich wieder herum? Spielst mit dem Hund und stiehlst Gott den Tag?«

Dulac blinzelte. Das dunkle Grün des ihn umgebenden Waldes verschwand und machte der schäbigen Bretterwand einer Scheune Platz, durch deren Ritzen der Wind pfiff und deren Boden mit halb verfaultem Stroh bedeckt war. Aus dem Schwert in seiner Hand wurde ein abgebrochener Ast und auch der Wolf schrumpfte auf einen Bruchteil seiner ursprünglichen Größe zusammen und sah mit einem Male eher aus wie ein struppiger kleiner Terrier, der Dulac gerade einmal bis zum Knie reichte und schwanzwedelnd zu ihm hochsah.

»So! Habe ich es doch gewusst!« Die Scheunentür flog auf und Tander stapfte herein, baute sich vor ihm auf und stemmte kampflustig die Fäuste in die Fettmassen, die dort hingen, wo eigentlich seine Hüften sein sollten. Dulac ließ hastig seinen Stock sinken, drehte sich zu dem glatzköpfigen Schankwirt herum und versuchte den Ast hinter seinem Rücken zu verbergen, aber es war zu spät. Tander hatte ihn längst gesehen und sein Gesicht verfinsterte sich noch weiter.

»Weißt du, wie spät es ist, du Nichtsnutz?«, schimpfte er. »Die Sonne ist längst aufgegangen! Du solltest schon lange in der Burg sein! Soll der König mit seinem Morgenmahl etwa warten, bis es dir genehm ist?«

Es war keine Frage, auf die er eine Antwort haben wollte, sondern vielmehr die Vorbereitung auf eine der Maulschellen, die er ebenso freigiebig und gern verteilte, wie er mit Essen oder gar Lohn geizte. Dulac war jedoch darauf vorbereitet, sodass es ihm nicht besonders schwer fiel, den Kopf einzuziehen und auf diese Weise der Backpfeife zu entgehen, die Tander ihm zugedacht hatte. Da er wusste, wie heimtückisch der Schankwirt war, machte er hastig einen Schritt zurück. Und wäre Wolf nicht in genau diesem Moment hinter ihm gewesen, dann hätte es vermutlich sogar geklappt.

So aber stolperte Dulac rückwärts über den kleinen Hund, ruderte einen Moment hilflos mit den Armen und schlug schließlich der Länge nach hin. Das nasse Stroh nahm dem Sturz zwar die ärgste Wucht, aber er knallte trotzdem hart genug mit dem Hinterkopf auf den Boden, dass er für den Moment nur noch Sterne sah.

»Da hört sich doch alles auf!«, ereiferte sich Tander. »Ich sage dem Burschen, dass er sich zur Arbeit scheren soll, und was tut er? Er albert weiter herum! Warte, Kerl, dir werde ich schon noch Manieren beibringen!«

Dulac wusste ungefähr, was kam, und rollte sich hastig zur Seite. Trotzdem gelang es Tander, ihm zweimal kräftig gegen den Oberschenkel zu treten, bevor Dulac sich aufrappelte und rasch ein paar Meter davonkroch.

»Jetzt scher dich gefälligst auf die Burg, bevor du noch Schande über mich und meine ganze Familie bringst!«, schrie Tander. »Ist das etwa der Dank dafür, dass ich dich aufgenommen und wie mein eigen Fleisch und Blut behandelt habe? Was habe ich nur getan, dass Gott mich so bestraft?«

Die Antwort auf *diese* Frage hätte Dulac ihm geben können – aber sie hätte nicht nur den halben Vormittag in Anspruch genommen, sondern ihm auch eine weitere Tracht Prügel eingebracht. Also rappelte er sich lieber hoch, warf Wolf noch einen zornigen Blick zu und rannte in großem Bogen um Tander herum und aus der Scheune. Der Terrier folgte ihm kläffend und schwanzwedelnd und hinter sich hörte er den Schankwirt weiter schimpfen und lauthals mit dem Schicksal hadern, obwohl längst niemand mehr da war, der ihm zuhörte.

Dulac blinzelte, als er ins Freie kam und das grelle Licht der Morgensonne in seine Augen stach. In einem Punkt hatte Tander vollkommen Recht gehabt: Die Sonne stand schon hoch am Himmel. Er würde zu spät kommen.

Er rannte jetzt nicht mehr, sondern verfiel in einen raschen, aber kräftesparenden Trab. Er hatte noch ein gutes Stück vor sich. Burg Camelot lag am anderen Ende der gleichnamigen Stadt, die zwar nicht allzu viele Bewohner hatte – jedenfalls im Vergleich zu den fremden Städten, von denen Artus und seine Ritter manchmal erzählten –, sich aber über eine große Fläche erstreckte, sodass man in

gemächlichem Tempo eine gute halbe Stunde brauchte, um sie zu durchqueren.
Dulac schaffte es in weniger als fünf Minuten.
Schon von weitem konnte er sehen, dass das große, zweiflügelige Tor weit offen stand und auf dem Hof ein reges Kommen und Gehen herrschte.
Das war ungewöhnlich. König Artus und seine Ritter waren alles andere als Frühaufsteher. Normalerweise waren Dulac, Dagda und zwei oder drei weitere Bedienstete die Einzigen, deren Stimmen und Schritte man morgens in der Burg hörte. Jetzt aber sah er mindestens ein Dutzend Männer und Frauen, die in großer Hast über den Hof eilten, und nachdem er noch etwas näher gekommen war, entdeckte er ein fremdes, prachtvoll aufgezäumtes Pferd.
Besuch.
Und auch das war ungewöhnlich. Fremde kamen oft nach Camelot, aber sie kamen sehr selten unangemeldet, schon gar nicht, wenn es sich um Ritter oder Edelleute handelte. So prachtvoll, wie das Pferd aufgezäumt war, konnte es nur einem König gehören. Dagda würde schäumen vor Wut.
Dulac rannte mit weit ausgreifenden Schritten durch das Tor und flitzte die Treppe hinunter, die zum Küchengewölbe und den angrenzenden Räumen führte. Hier unten war es noch dunkel. Die Nacht hatte etwas von ihrer Kühle zurückgelassen und wie immer, wenn er hier herunterkam, verspürte er auch jetzt wieder ein kurzes Frösteln. Offiziell dienten diese finsteren Kellergewölbe als Vorratslager, Speisekammer, Küche und auch als Dagdas Schlafraum, aber manchmal glaubte Dulac auch noch etwas anderes zu spüren; etwas, das uralt war und in den Schatten und im Stein der Wände lebte.

Dulac legte einen letzten Endspurt ein, rannte gebückt durch den niedrigen Eingang in die Küche und sah seine schlimmsten Befürchtungen bestätigt. Über dem Feuer brodelte bereits Suppe in einem großen Kessel. Dichter Qualm hatte sich unter der Decke gesammelt und reizte zum Husten und Dagda selbst stand neben dem Kessel und hielt einen riesigen Schöpflöffel in der linken Hand, mit dem er hin und wieder in der Suppe rührte. Mit der anderen warf er immer wieder Zutaten in die kochende Suppe. Er war ein alter, ziemlich magerer Mann, dessen Schultern sich unter der Last der Jahre weit nach vorne gebeugt hatten. Sein weißes Haar hing lang bis auf seine Schultern und seinen Rücken herab, war aber schon so dünn geworden, dass seine Kopfhaut hindurch schimmerte. Sein Gesicht schien nur aus Falten und Runzeln zu bestehen und sein Hals war so dünn, dass sich Dulac manchmal fragte, wieso er nicht einfach abbrach. Dulac hatte es nie gewagt, ihn nach seinem Alter zu fragen, aber er schätzte, dass er mindestens hundert sein musste, wenn nicht mehr. Alles an ihm wirkte alt und seine Bewegungen waren manchmal schon ein wenig zittrig. Einzig seine Augen passten nicht zu diesem Eindruck, denn obwohl auch sie in ein Netz aus zahllosen winzigen Falten eingebettet waren, wirkten sie so klar und wach wie die eines jungen Mannes.

Normalerweise jedenfalls.

Heute waren seine Augen trüb und er sah noch viel älter aus als sonst. Sein Gesicht war grau und die fahrige Art, mit der er sich bewegte, ließ ihn regelrecht gebrechlich wirken. Als Dulac hereinkam, sah er nur flüchtig auf und senkte den Blick dann wieder in den brodelnden Suppentopf.

»Bitte verzeiht, Dagda«, stieß Dulac kurzatmig hervor. »Ich weiß, ich bin zu spät, aber es ist –«

»Spar dir deine Entschuldigungen und hilf mir lieber«, fiel ihm Dagda ins Wort. »Rasch, zieh dein bestes Gewand an und dann geh und bring dem König und seinem Besuch Wein.«

Dulac sah einen Moment lang hilflos an sich herab. Er trug sein bestes Gewand – das zugleich auch sein einziges war. Bis vor zwei Jahren hatte das schmucklose Kleidungsstück Tanders ältestem Sohn gehört, bevor dieser herausgewachsen war, und der Schankwirt hatte den zerrissenen Fetzen, großzügig wie er nun einmal war, seinem Pflegesohn Dulac geschenkt.

»Was ist?«, fragte Dagda. »Träumst du? Nimm den Wein, schnell. Artus ist nicht gerade bester Laune. Ich glaube, sein Besucher hat keine guten Neuigkeiten gebracht.«

Dulac tat, wie ihm geheißen, und hütete sich zu widersprechen. Für Dagdas Verhältnisse war dies schon ein ungewöhnlich scharfer Verweis gewesen. Irgendetwas stimmte mit ihm nicht. Dagda war einer der wenigen Menschen auf Camelot, die es wirklich gut mit ihm meinten; vielleicht sogar der einzige wirkliche Freund, den er hatte. Aber auch darum würde er sich später kümmern. Jetzt galt es, möglichst schnell in den Thronsaal hinaufzukommen. Dagda hatte Recht: Artus war nicht gerade gut gelaunt, wenn er so früh geweckt wurde.

Wolf wollte ihm folgen, aber Dulac scheuchte ihn mit einem scharfen Befehl zurück. Artus mochte keine Tiere und Hunde schon gar nicht. Schwankend unter der Last eines hoch beladenen Tabletts verließ er die Küche und machte sich auf den Weg zum Thronsaal.

Gottlob war Burg Camelot nicht besonders groß. Viele Fremde, die das erste Mal hierher kamen, waren überrascht und nicht wenige regelrecht enttäuscht, wenn sie die sagenumwobene Burg König Artus' und seiner Ritter das erste Mal sahen, denn Camelot bestand im Grunde aus nicht viel mehr als dem Wohnhaus des Königs und seiner Gefolgsleute, einem angrenzenden, dreißig Meter hohen Wehrturm und einem Viereck aus wuchtigen Mauern, die beides umschlossen. Und seine Wände bestanden auch nicht aus Gold, wie die Legende behauptete, sondern aus grobem Sandstein, der eher die Farbe von frischem Hühnermist hatte – wenigstens, wenn man Dagdas Worten glauben wollte.

Aber es war eine Burg, und auch wenn seine Bewohner meistens unrasiert waren, fast immer schlecht rochen und dem Wein nur zu oft über die Maßen zusprachen, so waren sie doch trotzdem Ritter und es war Dulacs größter Herzenswunsch, eines Tages ein ebensolcher Ritter zu sein und einen festen Platz an Artus' Tafel zu haben. Irgendwann einmal, das wusste er einfach, würde auch er eine Rüstung tragen und in die Welt hinausziehen, um gegen Heiden und Dämonen zu kämpfen und den Frieden im Lande zu sichern.

Schwer atmend erreichte er das erste Stockwerk, in dem Artus' Thronsaal lag. Seine Schritte wurden langsamer, je mehr er sich dem Thronsaal näherte. Aufgeregte Stimmen drangen an sein Ohr: Artus', Gawains und einiger anderer Ritter der Tafel, aber auch die Stimme eines Fremden, die in einem schwer verständlichen Dialekt sprach und nicht besonders freundlich klang. Dulac verlangsamte seine Schritte noch mehr und fuhr sich mit den gespreiz-

ten Fingern der linken Hand durch das verstrubbelte Haar, ehe er den Thronsaal betrat.
Nur sehr wenige Ritter hielten sich im Moment im Thronsaal auf. Abgesehen von Artus und Gawain, deren Stimmen er schon draußen auf dem Flur gehört hatte, saßen bloß drei weitere Männer an der gewaltigen Tafel, die leicht Platz für sechzig Besucher bot; zwei weitere Ritter der Tafel und ein hoch gewachsener, dunkelhaariger Fremder, der eine prachtvolle Rüstung und einen dunkelroten Umhang trug. Er hatte ein breites, hart wirkendes Gesicht und kalte Augen, mit denen er Dulac kurz musterte, als dieser hereinkam. Dann wandte er sich wieder Artus zu.
»Wie ich Euch bereits sagte, mein Freund«, sagte Artus, während er Dulac mit einer herrischen Geste herbeiwinkte, »es ist leider vollkommen ausgeschlossen. Das Gesetz verbietet es mir.«
Das Gesicht des Fremden verfinsterte sich noch weiter. »Gesetz?«
»Das Gesetz der Tafel, edler Mordred«, sagte Gawain an Artus' Stelle. »Ihr mögt noch nichts davon gehört haben, aber es hat überall in unserem Lande Gültigkeit.«
Mordred wollte widersprechen, doch Dulac hatte mittlerweile den Tisch erreicht und Artus kam ihm zuvor.
»Trinkt einen Schluck Wein, mein Freund«, sagte er. »Camelots Wein ist weithin berühmt und mit einer befeuchteten Zunge redet es sich leichter.«
Mordreds Gesicht verfinsterte sich noch mehr und Dulac senkte rasch den Blick und begann die mitgebrachten Becher mit Wein zu füllen. Artus griff als Erster nach einem davon, seine Hände zitterten leicht. Dulac hatte ihm und den anderen bis lange nach Mitternacht Wein serviert, bis

Dagda ihn endlich nach Hause geschickt hatte. Unter Artus' Augen lagen dunkle, schwere Tränensäcke und seine Haut hatte einen ungesunden, teigigen Glanz. Auch Gawain und die anderen sahen nicht viel besser aus.
»Gesetz! Dass ich nicht lache!«, ereiferte sich Mordred. Er verscheuchte Dulac mit einer unwilligen Handbewegung, als dieser auch ihm einen Becher Wein hinhalten wollte. »Ein Gesetz, das Ihr selbst erlassen habt!«
»Und trotzdem hat es auch für mich Gültigkeit«, belehrte ihn Artus. Er trank einen Schluck Wein. »Es tut mir Leid, edler Mordred, aber Ihr werdet mit Euren Begleitern die Grenzen Camelots nicht überschreiten können.«
»Oh, wir *können* schon, König Artus«, antwortete Mordred in einem Ton, der das Wort *König* zu einer glatten Beleidigung werden ließ.
»Aber ich kann es nicht gestatten«, sagte Artus ruhig. Dulac war nicht ganz sicher, ob er Mordreds beleidigenden Ton ignorierte oder ob er einfach noch nicht wach genug war, um ihn überhaupt zur Kenntnis zu nehmen.
Mit Ausnahme Mordreds hatte er mittlerweile allen Anwesenden eingeschenkt und somit hatte er eigentlich hier nichts mehr zu tun. Aber er verließ den Raum nicht, sondern ging nur ein paar Schritte rückwärts und blieb mit gesenktem Blick und gespitzten Ohren stehen.
»Warum verweigert Ihr uns das Wegerecht, Artus?«, wollte Mordred wissen. »Wir haben keinen Streit mit Euch. Wir verlangen weder Nahrung noch Obdach. Die Grenzen Eures Reiches zu umgehen würde uns drei Wochen kosten! Zeit, die unsere Feinde nutzen würden, um uns einen Hinterhalt zu legen. Wenn Ihr uns den Weg verweigert, dann verurteilt Ihr Hunderte unserer Krieger zum Tode!«

»Es ist Euer Krieg, nicht der unsere, Mordred«, antwortete Gawain an Artus' Stelle. »Ließen wir Euch passieren, so hättet Ihr Cunninghams Heer gegenüber einen Vorteil, der zahlreichen *seiner* Männer das Leben kostete.«

»Ihr –«

»Unser Gesetz verbietet uns, uns in das Schicksal unserer Nachbarn einzumischen, Mordred«, fiel ihm Artus ins Wort. »Es sei denn, sie bitten uns um Hilfe.«

»Euer Gesetz, dass ich nicht lache!«, sagte Mordred feindselig. »Ein Gesetz, dass Ihr selbst erdacht habt! Ihr seid der König dieses Landes! Ihr könnt dieses Gesetz nach Belieben ändern.«

»Eben das kann ich nicht«, sagte Artus und trank einen weiteren Schluck Wein. »Seht Euch um, Freund. Seht Ihr diesen Tisch?«

Mordred wirkte leicht irritiert, ließ seinen Blick aber über den großen Tisch schweifen, der an jeder Seite Platz für fünfzehn Stühle bot. Er hob die Schultern. »Und?«

»Ich nehme an, Ihr habt von König Artus' Tafel gehört«, fuhr Artus fort. »Nun, dies ist sie. Es gibt in diesem Raum keinen Thron, obwohl es ein Thronsaal ist. An diesem Tisch sind alle Stühle gleich. Weil wir alle gleich sind. Wenn ich hier sitze, bin ich nicht König, sondern Gleicher unter Gleichen. Würde ich ein Gesetz brechen, nur weil ich König bin, wie könnte ich dann auch nur vom geringsten meiner Untertanen verlangen, dass er sich daran hält?«

»Worte!«, sagte Mordred verächtlich. »Man hat mich gewarnt, dass Ihr versuchen würdet, mich mit Worten zu verwirren.« Er stand auf. »Aber gut. Ich habe versucht, es im Guten zu regeln. Doch es geht auch anders. Wir werden durch Euer Land ziehen, Artus, ob mit oder ohne Eurer Erlaubnis. Solange Ihr nicht versucht uns aufzuhalten, wird niemandem etwas geschehen. Solltet Ihr es jedoch tun, dann werden die Waffen sprechen.«

»Mordred, ich bitte Euch!«, sagte Gawain besänftigend. »Dies ist ein Ort des Friedens. Seid Ihr wirklich hierher gekommen, um Drohungen auszustoßen? Das kann ich mir nicht vorstellen.«

Dulac konnte es sich durchaus vorstellen, als er den Blick hob und in Mordreds Gesicht sah. Der Krieger hatte sich hoch aufgerichtet und die rechte Hand auf das Schwert in seinem Gürtel gelegt. Seine Augen blitzten herausfordernd.

»Ich drohe nicht. Ich sage nur, was geschehen wird. Unser Heer wird in einer Woche die Grenzen im Norden überschreiten. Wir werden eurer Stadt und der Burg nicht einmal nahe kommen. Doch wenn ihr uns dazu zwingt, dann werden wir uns unseren Weg freikämpfen.«

Damit ging er. Ohne ein Wort des Abschieds drehte er sich auf dem Absatz herum und stampfte aus dem Raum. Dulac war sicher, dass er die Tür hinter sich zugeworfen hätte, wäre sie nicht zu schwer dazu gewesen.

Gawain wartete, bis er verschwunden war, dann seufzte er tief und wandte sich mit besorgtem Gesichtsausdruck zu Artus um. »Das könnte man beinahe als Kriegserklärung auslegen.«

»Du siehst zu schwarz«, antwortete Artus. Er trank von seinem Wein, leerte den Becher mit einem zweiten Zug und hielt ihn dann auffordernd in Dulacs Richtung.

»Mehr Wein, Junge. Und was diesen Mordred angeht – er ist nicht der Erste, der hierher kommt und glaubt, uns mit

seinem Heer oder seinem Reichtum oder nur durch Dreistigkeit beeindrucken zu können. Wer ist er überhaupt?«
Dulac schenkte Artus nach und Parzifal antwortete: »Niemand weiß genau, wer er ist. Aber ich kann Euch sagen, was er ist. Er steht seit einem Jahr im Dienste König Denolds, des Herrschers der Pikten.«
»Und die Pikten liegen im Streit mit Cunningham«, fügte Gawain hinzu, ernst und in eindeutig besorgtem Ton.
»Dieser Streit geht uns nichts an«, sagte Artus. »Wir werden uns nicht einmischen.«
»Ich fürchte, so einfach ist das nicht«, seufzte Parzifal. »Wenn es stimmt, was ich gehört habe, dann ist Mordred mit einem Heer von fünfhundert Mann auf dem Marsch gegen Cunningham. Und ihr Weg führt keinen Tagesritt an Camelot vorbei.« Er lachte leise, aber es klang nicht besonders amüsiert. »Ich fürchte, wir mischen uns allein durch den Umstand ein, dass es uns gibt.«
»Ganz davon abgesehen, dass Cunningham unser Freund ist«, fügte Gawain hinzu. »Wenn er uns um Hilfe bittet, müssen wir ihm beistehen.« Er seufzte tief. »Es wird Krieg geben.«
»Krieg?« Artus lachte abfällig, stand auf und schlug mit dem Knie so wuchtig gegen die Tischkante, dass er vor Schmerz den Becher fallen ließ und um ein Haar gestürzt wäre. Dulac sprang hastig vor und versuchte den Becher aufzufangen, griff aber daneben und das dünne Tongefäß prallte zu Boden und zerbrach in tausend Stücke.
»Krieg«, wiederholte Artus gepresst. »Nun, so weit sind wir noch nicht.« Er stützte die linke Hand auf den Tisch, humpelte mit schmerzverzerrtem Gesicht einige Schritte weit davon und schüttelte den Kopf. »So weit sind wir

noch lange nicht. Junge – wisch diese Schweinerei weg. Und dann geh und sage Dagda, dass ich mit ihm reden muss.«

»Krieg?« Dagda schöpfte eine Kelle des heißen Gebräus aus dem Kessel, kostete und verzog eindeutig angewidert das Gesicht. »Krieg«, sagte er noch einmal. »Dieser Dummkopf hat seit zehn Jahren keinen Krieg mehr geführt. Und die, die er davor geführt hat ...«
»Ich glaube nicht, dass Artus es will«, sagte Dulac hastig. »Aber Parzifal und Gawain klangen sehr besorgt.«
Dagda blickte stirnrunzelnd in den Suppentopf, warf eine Hand voll Salz hinein und rührte kräftig um.
»Gawain und Parzifal sind heißblütige junge Narren, die gar nicht wissen, was das Wort Krieg wirklich bedeutet«, sagte er. »Mach dir keine Sorgen. Ich werde mit Artus reden. Es wird keinen Krieg geben.«
»Das hoffe ich«, antwortete Dulac. Er hockte mit angezogenen Knien auf dem Sims des einzigen schmalen Fensters. Es lag hoch unter der Decke des Raumes, aber da die Küche sich im Keller der Burg befand, war alles, was er sehen konnte, das grobe Pflaster des Hofes und dann und wann ein schmutziger Schuh, der vorüber ging. Dulac saß fast immer hier, wenn er in der Küche war und Dagda kochte. Der Grund brodelte in dem gewaltigen Kessel, der vor ihm über dem Feuer hing und die Küche zur Gänze mit Dampf erfüllte. Der Platz am Fenster war der einzige im Raum, an dem man einigermaßen frei atmen konnte. Und von dem aus man einen ausgezeichneten Überblick nicht nur über den Kellerraum, sondern auch über die Treppe hatte, sodass Dulac jeden, der hereinkam, schon

lange vor Dagda sehen würde. Und auch rechtzeitig genug, um rasch wieder zu Boden zu springen und so zu tun, als wäre er beschäftigt, sollte ein unangemeldeter Besucher hereinschneien. Wenn Artus irgendetwas noch mehr hasste als frühes Aufstehen, so war es Müßiggang – bei seinem Gesinde.

Im Moment jedoch bestand diese Gefahr wohl kaum. Artus kam ohnehin selten hierher und *heute* würde er bestimmt nicht kommen, sondern sich zusammen mit seinen Rittern den Kopf darüber zerbrechen, was die Zukunft bringen mochte. Und dabei wie üblich in reichlichem Maße dem Wein zusprechen ...

Bei diesem Gedanken blieb Dulacs Blick – nicht zum ersten Mal – an dem Regalbrett hängen, das Dagda an der Wand neben der Tür angebracht hatte. Es enthielt eine stattliche Anzahl unterschiedlicher Trinkgefäße, vom einfachen Zinnbecher bis hin zu einem prachtvollen Pokal aus purem Gold, der mit zahlreichen Edelsteinen besetzt war. Dagda hatte ihm irgendwann einmal erzählt, dass Artus jedes dieser Gefäße von irgendeiner seiner zahllosen Reisen mitgebracht hatte, und so hatte auch jeder dieser Becher und Pokale seine eigene Geschichte. Manche davon kannte Dulac, andere nicht, manche waren spannend, andere weniger und die meisten wahrscheinlich sowieso erfunden.

Vor allem die Geschichte eines schwarzen, eher unscheinbaren Pokales interessierte Dulac sehr. Er war nicht besonders groß und schon fast schäbig anzusehen und außerdem war sein Rand an mehreren Stellen eingedellt, als hätte jemand versucht, ihn als Hammer zu benutzen – oder als Waffe? Mit diesem Becher musste es etwas ganz

Besonderes auf sich haben, wenn Artus ihn mitgebracht und Dagda ihn auf dasselbe Brett mit all den anderen kostbaren Gefäßen gestellt hatte – aber Dagda hatte sich bisher sonderbarerweise immer geweigert, seine Geschichte zu erzählen.
Er verscheuchte den Gedanken – das war im Moment nun wirklich nicht wichtig! Und fragte noch einmal: »Krieg?«
»Keine Angst«, beharrte Dagda, während er irgendetwas großzügig in den Suppentopf warf. »Krieg! Lächerlich!«
Wolf winselte leise. Er saß unter Dulac an der Wand, hatte beide Pfoten über die empfindliche Nase gelegt und sah neidisch zu der Quelle frischer Luft empor, die er nicht erreichen konnte.
»Das hoffe ich«, sagte Dulac. »Dieser Mordred klang jedenfalls ganz so, als ob er es ernst meinte.«
Dagda hörte auf in seinem Suppenkessel zu rühren. »Was hast du gesagt?«, keuchte er.
»Ich glaube nicht, dass es eine leere Drohung war«, wiederholte Dulac, aber Dagda unterbrach ihn mit einem hastigen Kopfschütteln, ließ die Kelle in den Suppenkessel fallen und kam mit überraschend schnellen Schritten um das Gefäß herum. »Sein Name! Wie hast du ihn genannt?«
»Mordred«, antwortete Dulac.
»Mordred!« Dagdas Gesicht verlor auch noch den letzten Rest von Farbe. »Bist du sicher?«
»Sicher bin ich sicher«, antwortete Dulac in leicht ungehaltenem Ton. »Das war der Name, mit dem er angesprochen wurde. Warum?«
»Wie sah er aus?«, wollte Dagda wissen, ohne seine Frage zu beantworten. Er wedelte unwillig mit der Hand. »Hör

endlich mit dem Unsinn auf und komm da runter. Und beantworte meine Frage: Wie hat er ausgesehen?«
In seiner Stimme war ein Ton, der Dulac aufhorchen ließ. Dagda war in letzter Zeit oft mürrisch und übellaunig, aber er konnte sich eigentlich nicht erinnern, ihn jemals so erschrocken erlebt zu haben. Rasch schwang er die Beine vom Fenstersims und sprang zum Boden hinab. Wolf jaulte erschrocken auf und verschwand wie der Blitz.
»Sprich!«, fuhr ihn Dagda an.
»Er war sehr groß«, antwortete Dulac. »Breitschultrig. Ich glaube, dass er sehr stark ist.«
»Sein Gesicht«, unterbrach ihn Dagda. »Wie hat sein Gesicht ausgesehen? Seine Augen!«
»Seine Augen?« Dulac verstand nicht ganz, was Dagda meinte.
»Wie sahen seine Augen aus?« Dagda schrie ihn fast an. »Denke genau nach! Hatte er Artus' Augen? Sprich!«
Artus' Augen? Im ersten Moment wollte Dulac einfach nur mit einem Lachen auf diese Frage antworten. Wie konnte jemand Artus' Augen haben? Aber dann versuchte er konzentriert Mordreds Gesicht vor seinem inneren Auge auferstehen zu lassen, und je länger er darüber nachdachte ... Ja, ganz zweifellos, da ... war etwas gewesen. Nicht einmal das Aussehen. Aber da war irgendetwas in Mordreds Blick gewesen. Etwas, das ihn tatsächlich an König Artus erinnerte, auch wenn er es vorhin gar nicht richtig begriffen hatte. Er antwortete nicht, aber sein Schweigen schien Dagda als Antwort durchaus zu genügen.
»Also war er es wirklich«, murmelte Dagda. Er klang ... erschüttert. »Gott möge uns beistehen. Er ist zurück.«

»*Wer* ist zurück?«, fragte Dulac verwirrt. »Mordred? Ihr kennt diesen Mann?«
»Kennen?« Dagda lachte bitter. »O ja und ob ich ihn kenne. Artus kennt ihn auch, auch wenn er es im Moment noch gar nicht weiß. Ich habe gewusst, dass er eines Tages kommen wird ... aber warum ausgerechnet jetzt?«
Er schüttelte ein paar Mal den Kopf und drehte sich dann herum, um zu seinem Kessel zurückzugehen. Er wirkte plötzlich sehr müde.
»Ihr ... kennt ihn«, sagte Dulac zögernd. »Ihr habt gewusst, dass er kommen wird?«
»Ja«, murmelte Dagda.
»Wer ist dieser Mann?«, fragte Dulac. Sein Herz klopfte. »Warum erschreckt er Euch so sehr?«
»Weil er große Gefahr bedeutet«, antwortete Dagda, ohne sich zu ihm herum zu drehen. »Er wird großes Unheil über Camelot bringen. Und für Artus vielleicht den Tod.«
»Den Tod?« Dulac erschrak zutiefst. »Das ... das meint Ihr nicht ernst!«
»Ich habe nie etwas ernster gemeint«, antwortete Dagda. »Es steht geschrieben, dass es so und nicht anders kommen wird.« Er sah Dulac voller Trauer und Schmerz an. »Es wird Mordred sein, von dessen Hand König Artus den Tod empfängt.« Er schüttelte müde den Kopf. »Und ich werde nicht da sein um ihm beizustehen.«
»Wieso?«, fragte Dulac.
»Weil ich sterbe, du Dummkopf«, antwortete Dagda.
»Ihr sterbt?« Dulac riss entsetzt die Augen auf, aber Dagda machte eine besänftigende Geste mit der rechten Hand. Mit der anderen griff er nach der Kelle und rührte wieder heftig im Suppentopf um.

»Nicht jetzt«, sagte er. »Nicht diese Woche und vielleicht nicht einmal dieses Jahr. Aber sieh mich an! Ich bin ein alter Mann. Meine Kräfte schwinden. Ich werde krank und schwach. Ich vergesse immer mehr und manchmal habe ich Mühe, mich an das Rezept meiner Suppe zu erinnern, obwohl ich sie seit zwanzig Jahren jeden Tag koche! Bald werde ich nicht mehr da sein, um Artus in seinem Kampf beizustehen. Dabei würde er mich gerade jetzt am dringendsten brauchen.«

»Dann müsst Ihr ihn warnen«, sagte Dulac. Er spürte eine Art Erleichterung. Dagdas Worte hatten ihn bis ins Innerste erschreckt, aber im Grund sagten sie ihm nichts Neues. Dagda war alt, wirklich uralt. Er war der älteste Mensch, den Dulac jemals getroffen hatte, und natürlich würde er irgendwann einmal sterben. Niemand lebte ewig.

»Warnen?«, fragte Dagda leise. »Aber wovor denn?«

»Vor Mordred«, antwortete Dulac verständnislos. »Davor, dass er ihn töten wird!«

»Vor Mordred ...« Dagda lächelte bitter. »Aber wie könnte ich das, mein junger Freund? Sag mir: Wie soll ich meinem König sagen, dass sein eigener Sohn zurückgekommen ist um ihn zu vernichten?«

Dagda hatte ihm für den Rest des Tages frei gegeben, aber Dulac war von allem, was er an diesem Tag erlebt und vor allem erfahren hatte, noch so durcheinander, dass er sich nicht wirklich darüber freuen konnte. Während er in gemächlichem Tempo zum Gasthaus zurückging, wurde ihm schmerzhaft bewusst, dass er eigentlich kaum etwas wusste – von Camelot, König Artus und den Tafelrittern, von der Geschichte der Burg und Dagda, ja, sogar von sich selbst. Er wusste nicht einmal, wie alt er war. Ebenso wenig, wie er wusste, wo er herkam, wer seine wirklichen Eltern waren und wie sein richtiger Name lautete. Solange er sich erinnern konnte, lebte er bei Tander, dem Besitzer des einzigen Gasthauses in Camelot.

Dagda hatte ihm erzählt, dass König Artus selbst und einige seiner Ritter vor gut zehn Jahren an einem kleinen See vorbeigekommen waren, an dessen Ufer sie eigentlich nur eine kurze Rast einlegen und die Pferde tränken wollten. Dann aber hatten sie das Weinen eines Kindes gehört, und als sie sich auf die Suche gemacht hatten, da hatten sie ein zerbrochenes Boot sehr sonderbarer Bauart gefunden und in dessen Trümmern einen vielleicht drei- oder vierjährigen Knaben, der verwundet und halb verhungert und der Sprache nicht mächtig war, sondern nur unverständliches Zeug brabbelte. Die Suche nach den Eltern des Jungen verlief ebenso ergebnislos wie die nach den Insassen des Bootes oder auch nur einer Spur seiner Herkunft, sodass Artus den Jungen schließlich mit zurück nach Camelot nahm. Dagda, der sich des elternlosen Knaben für eine Weile angenommen hatte, hatte ihn auf den Namen Dulac getauft und behauptet, es hätte irgendetwas mit dem Ort zu tun, an dem er gefunden worden war, sich aber niemals die Mühe gemacht, diese Behauptung zu erklären, und sein Alter willkürlich auf vier Jahre festgesetzt. Was dazu führte, dass Dulac auf eine entsprechende Frage antwortete, er sei vierzehn – aber es konnten ebenso gut auch schon fünfzehn oder erst dreizehn sein. Was machte das schon? Auch viele von Artus' Rittern wussten nicht genau, wie alt sie waren, und nur die wenigsten waren in der Lage, ihren Namen zu schreiben – ganz im Gegensatz zu

Dulac, dem Dagda schon vor Jahren Lesen und Schreiben beigebracht hatte.
Die ersten vier Jahre hatte Dulac bei Tanders Familie gelebt und gearbeitet, bei der Artus ihn untergebracht hatte, und in den ersten drei dieser vier Jahre war es ein wirklich gutes Leben gewesen. Wie alle Mitglieder der großen Familie hatte auch er mit zupacken und einen seinem Alter entsprechenden Teil der Arbeit übernehmen müssen, von der es in einem Gasthaus immer genug gab. Dann aber war Tanders Frau gestorben und seither war der Schankwirt immer mürrischer und geiziger geworden. Dulac hatte sein winziges Zimmer unter dem Dach räumen und in die Scheune ziehen müssen, in der es im Winter zu kalt und im Sommer zu heiß war, und den schmalen Lohn, den ihm Dagda für seine Arbeit als Küchenjunge zahlte, musste er zur Gänze abliefern. Wenn er von der Arbeit nach Hause kam und noch Gäste in der Schänke waren, dann hatte er aufzubleiben und hinter der Theke zu helfen und selbst sonntags, wenn alle zur Kirche gingen, musste er oft als Einziger dableiben und die Gaststube scheuern. Trotzdem jammerte Tander unentwegt darüber, dass er ihn durchfüttern musste und dass es eines Tages sein Ruin sein würde, dieses nichtsnutzige Findelkind unter seinem Dach aufgenommen zu haben. Dulac war sicher, dass er ihn längst hinausgeworfen oder in aller Heimlichkeit als Sklave verkauft hätte, müsste er nicht befürchten, sich damit Artus' Zorn zuzuziehen.
Trotzdem wollte sich Dulac nicht beklagen. Es war ein hartes Leben, aber es war noch immer besser als das Schicksal vieler anderer, die er kannte, selbst hier in der Stadt, und es würde nicht von Dauer sein. Eines Tages –

und irgendetwas sagte ihm, dass dieser Tag gar nicht mehr so fern war, würde er dieses erbärmliche Leben wie ein altes Kleid einfach abstreifen und seine wahre Bestimmung erkennen.
Vielleicht würde er sogar erfahren, wer seine Eltern gewesen waren – obwohl er nicht einmal sicher war, ob er sie wirklich kennen lernen wollte. Sowenig wie an das Leben vor dem Tag, an dem Artus und die Ritter ihn gefunden hatten, hatte er irgendeine Erinnerung an seine Eltern. Er mutmaßte allerdings, dass sie keine besonders guten Eltern gewesen waren, ihr Kind einfach so der Gnade des Schicksals auszusetzen oder der irgendeines Fremden, der zufällig des Weges kam. Und sie mussten auch ziemlich grausam gewesen sein, denn das Einzige, was sie ihm außer dem zerschlissenen Kleid, in dem er gefunden worden war, mit auf den Weg gegeben hatten, waren zwei schmale, aber tiefe Narben an seinen Ohren, als hätte man ein Stück davon abgeschnitten oder mit einem glühenden Eisen weggebrannt. Welche Mutter und welcher Vater würde seinem Kind so etwas antun?
Dulac war so tief in Gedanken versunken, dass ihm zu spät aufging, dass er drauf und dran war, einen schweren Fehler zu begehen. Dieser Fehler bestand darin, dass er auf dem kürzesten Weg nach Hause ging, statt sich in eine andere Richtung zu wenden und den freien Nachmittag im nahen Wald oder bei einem seiner wenigen Freunde zu verbringen, und es war zu spät, um ihn rückgängig zu machen, denn in genau diesem Moment öffnete sich die Tür des Gasthauses und Tander trat heraus.
Dulac blieb mitten im Schritt stehen und Tander blinzelte, sichtlich überrascht, ihn zu dieser ungewohnt frühen

Stunde zu sehen. Aber er überwand seine Überraschung schnell. Noch bevor sich Dulac eine passende Ausrede zurechtlegen konnte, um auf der Stelle wieder zu verschwinden, erschien der gewohnte miesepetrige Ausdruck auf seinem Gesicht und er winkte heftig mit der Hand.

»Es wurde auch Zeit, dass du kommst«, knurrte er. »Was stehst du schon wieder herum und hältst Maulaffen feil? Glaubst du, die Arbeit erledigt sich von selbst?« Er legte den Kopf schräg und seine Augen wurden schmal. »Was tust du hier? Man hat dich doch nicht etwa entlassen, weil du zu faul warst?«

»Dagda hat mir den Nachmittag freigegeben«, antwortete Dulac, wobei er das *mir* übermäßig betonte. Aber das ignorierte Tander natürlich.

»Wahrscheinlich hat er den Anblick deiner Faulheit nicht mehr ertragen«, knurrte er. »Komm mir nicht eines Tages und erzähle, dass du deine Arbeit verloren hast. Ich kann keinen gebrauchen, der nicht seinen Teil beisteuert. Wenn du deine Anstellung verlierst, werfe ich dich raus, ob nun der König selbst seine schützende Hand über dich hält oder nicht. Und jetzt mach, dass du in die Küche kommst. Wir haben Gäste, die für Unterkunft und Kost bezahlen – im Gegensatz zu gewissen anderen.«

Dulac antwortete vorsichtshalber gar nicht. Was hätte er auch sagen sollen? Ganz egal was, Tander hätte es nur zum Anlass für eine neuerliche Schimpfkanonade genommen.

Er wollte gerade weitergehen, als er eine Bewegung im Haus hinter Tander bemerkte. Eine schlanke, dunkelhaarige junge Frau war hinter dem Schankwirt erschienen. Sie stand zu tief im Schatten des Hausflures, als dass Dulac sie genau erkennen konnte, aber er hatte einen deutlichen Ein-

druck von dunklen, sehr aufmerksamen Augen, die ihn mit unverblümter Neugier musterten, und großer Schönheit.
Tander wandte den Kopf und schien leicht zu erschrecken, als er sah, wer hinter ihm aufgetaucht war. Hastig fuhr er wieder zu Dulac herum und schrie ihn nun wirklich an: »Scher dich weg! Was stehst du noch hier herum?« Deutlich leiser und zu der Gestalt hinter sich gewandt fuhr er fort: »Bitte verzeiht die Unverschämtheit des Burschen. Ich werde ihn züchtigen.«
»Nein!«, sagte die junge Frau. Sie klang ein wenig erschrocken. Mit einem raschen Schritt trat sie vollends aus dem Haus und ins helle Sonnenlicht.
Ihr Anblick verschlug Dulac den Atem.
Das Erste, was er begriff, war, dass er sich kräftig verschätzt hatte, was ihr Alter anging. Sie war keine junge Frau, sondern ein Mädchen, das bestenfalls so alt sein konnte wie er, vermutlich aber jünger. Trotzdem hatte er niemals ein schöneres Gesicht erblickt. Sie hatte schwarzes, lockiges Haar, das ungebändigt bis weit über ihre Schultern fiel, und Augen in der gleichen Farbe, die direkt bis auf den Grund seiner Seele zu blicken schienen.
»Ich möchte nicht, dass er bestraft wird«, sagte sie.
»Aber er hat Euch angestarrt, Herrin!«, sagte Tander.
»Ich würde eher sagen bewundert«, antwortete das Mädchen. »Welche Frau wüsste es nicht zu schätzen, von einem feschen jungen Burschen bewundert zu werden – auch wenn die meisten es nicht zugeben würden. Wie ist dein Name?«
»Du ... lac«, stotterte Dulac, der schier fassungslos war, dass diese elfengleiche Erscheinung tatsächlich das Wort an ihn richtete.

»Dulac? Ein ungewöhnlicher Name – aber er gefällt mir. Irgendwie passt er zu dir, finde ich. Habe ich richtig gehört? Du arbeitest auf Burg Camelot?«
Dulac nickte. Er brachte keinen Ton heraus.
»Das war ein wenig übertrieben, edle Gwinneth«, beeilte sich Tander zu versichern. »Er ist nur Küchenjunge. Außer der Speisekammer und der Jauchegrube hat er noch nicht viel von Camelot gesehen.« Während er sprach, schien er immer weiter in sich zusammenzuschrumpfen – was ihn aber nicht daran hinderte, Dulac einen Blick zuzuwerfen, der mehr als klar machte, dass die Sache damit noch nicht ausgestanden war. »Glaubt ihm nicht alles. Er ist ein Kind und Kinder schneiden gerne auf.«
»Ich denke, er ist so alt wie ich, mindestens«, antwortete Gwinneth spöttisch. Tander schrumpfte noch ein Stück weiter in sich zusammen. »Und mit dem, was er von Camelot gesehen hat, kennt er mehr von König Artus' Burg als ich.« Sie wandte sich direkt an Dulac. »Hast du den König schon einmal gesehen?«
»Ich serviere ihm täglich sein Essen«, antwortete Dulac impulsiv. Aus Tanders Augen sprach die pure Mordlust, aber Gwinneth wirkte regelrecht begeistert.
»Davon musst du mir erzählen!«, sagte sie aufgeregt. »Ich habe mir so lange gewünscht, den berühmten König Artus und seine Tafelritter einmal zu sehen, und du bist jeden Tag in seiner Nähe!«
»Bitte verzeiht, edle Gwinneth«, sagte Tander, »aber der Junge wird in der Küche gebraucht. Und er ist kein Umgang für Euch. Ein Nichtsnutz und Herumtreiber, den ich aus purem Mitleid unter meinem Dach wohnen lasse.«
Für einen Moment blitzte es ärgerlich in Gwinneths Au-

gen auf. Sie war niemand, der es gewohnt war, Widerspruch zu hören. Und Dulac war fast sicher, dass sie Tander mit ein paar scharfen Worten in seine Schranken verweisen würde. Aber dann sah sie wieder Dulac an und der freundliche Ausdruck kehrte in ihre Augen zurück.

»Da habt Ihr wohl Recht – was die Arbeit angeht«, sagte sie. »Ich möchte ja nicht, dass er Ärger bekommt. Aber ich würde mich freuen, wenn er meinem Gemahl und mir das Nachtmahl servieren könnte. Wäre das zu machen, Wirt?«

Gemahl?, dachte Dulac ungläubig. Hatte sie *Gemahl* gesagt?

»Selbstverständlich, Herrin«, katzbuckelte Tander. »Er steht zu Eurer Verfügung, solange Ihr es wünscht.«

»Das ist gut«, antwortete Gwinneth. »Dann bis später, Dulac. O ja –« Sie deutete auf Wolf. »Und bring deinen Hund mit. Er ist ja allerliebst.«

Sie raffte ihren Rock zusammen, drehte sich herum und verschwand im Haus. Tander wartete, bis sie sicher außer Hörweite war, dann drehte er sich mit einem Ruck zu Dulac herum und starrte ihn fast hasserfüllt an.

»Was fällt dir ein, ihr schöne Augen zu machen?«, zischte er leise, um drinnen im Haus nicht gehört zu werden. »Willst du uns alle ins Unglück stürzen?«

»Aber ich habe ihr doch gar keine –«

»Weißt du überhaupt, wer das ist?«, fiel ihm Tander ins Wort.

»Gwinneth?«

»Lady Gwinneth!«, verbesserte ihn Tander. »Sie ist die Gemahlin König Uthers, du Unglücksrabe! Schon die Tatsache, dass du sie ansiehst, könnte uns alle den Kopf kosten! Ist es etwa das, was du willst? Ist das dein Dank dafür,

dass ich dich selbstlos bei mir aufgenommen und dir Obdach und Speis und Trank gewährt habe?«
Dulac hatte noch niemals von König Uther gehört, aber das besagte nichts. »Seine Gemahlin?«, murmelte er ungläubig. »Aber sie ... sie kann allerhöchstens so alt sein wie ich!«
»Es gibt Könige, die jünger sind als du«, beschied ihm Tander. Er begann so verzweifelt mit den Händen zu ringen, als hätte er den Scharfrichter bereits gesehen. »Nun weißt du, wer sie ist. Verhalte dich entsprechend. Wenn du ihr in Uthers Gegenwart auch nur in die Augen siehst, dann sind wir alle des Todes. Nicht einmal dein Freund Dagda könnte uns dann noch retten. Und jetzt scher dich in die Küche. Wasch dich, bevor du die Speisen aufträgst. Und sag Wander, dass er dir sein bestes Gewand geben soll, damit du uns vor unseren hohen Gästen nicht gänzlich blamierst!«

Der Tag hatte kein Ende genommen. Dulac war in die Küche gegangen, wie Tander ihm aufgetragen hatte, und hatte Holz geschlagen, Vorräte aus dem Keller geholt, Wasser herbeigeschleppt und fast eine Stunde damit verbracht, Tanders bestes Silbergeschirr aus den Regalen zu holen und mit Wasser und feinem Sand so lange zu polieren, bis es wie frisch aus der Schmiede kommend blitzte und er sich darin spiegeln konnte, und anschließend half er noch bei der Zubereitung der Speisen und der Auswahl des Weines, den Tander seinen hohen Gästen kredenzen wollte.
Trotzdem schien der Tag kein Ende zu nehmen. Als Tander endlich in die Küche kam und ihn anfuhr, dass er sich

jetzt waschen und ein sauberes Gewand anziehen sollte, hatte er das Gefühl, dass mindestens eine Woche vergangen war.
Wander, Tanders ältester Sohn, war wenig begeistert von der Idee, Dulac sein bestes Gewand leihen zu sollen, aber Tander brachte seinen zaghaften Protest auf seine normale Art zum Verstummen: indem er ihm eine schallende Ohrfeige verpasste, die Wander mit Tränen der Wut in den Augen aus dem Haus stürzen ließ. Dulac empfand bei dem Anblick für einen Moment unverhohlene Schadenfreude, die aber sofort von Sorge abgelöst wurde. Wander würde sich für die Schmach rächen, das war ihm klar. Er mochte Dulac sowieso nicht und ließ keine Gelegenheit verstreichen, ihn zu demütigen und zu quälen. Sobald Gwinneth und Uther abgereist waren, würde es wahrscheinlich noch schlimmer werden.
Nichts von alledem vermochte jedoch wirklich seine Vorfreude zu trüben, Lady Gwinneth wieder zu sehen. Er wusch sich gründlich, schlüpfte in das Gewand, das ihm Wander gegeben hatte, und ging wieder hinunter in die Küche.
Es war dunkel geworden. Aus dem angrenzenden Schankraum drangen Musik und gedämpfte Stimmen und manchmal auch ein glockenhelles Lachen, bei dessen Klang Dulacs Herz einen freudigen Sprung tat. Es war Gwinneths Stimme. Obwohl er sie nur einmal gehört hatte, hätte er sie unter tausend anderen wieder erkannt.
»Bring unseren Gästen Wein!«, fuhr ihn Tander an. Er war sehr nervös. Als er auf das schon vorbereitete Tablett wies, hätte er den silbernen Weinkrug darauf fast umgestoßen. »Lady Gwinneth hat bereits nach dir gefragt. Und

untersteh dich, ihr in die Augen zu sehen. Ich lasse dich auspeitschen, wenn du es tust!«
Dulac nickte, nahm das Tablett in beide Hände und trat in den Schankraum.
Das große, normalerweise eher schäbig eingerichtete Zimmer hatte sich vollkommen verändert. Vor die ohnehin schmalen Fenster waren Läden gelegt worden, wenn auch wohl weniger, um die hohen Gäste nicht mit dem Anblick der ärmlichen Stadt draußen zu belästigen, als vielmehr, um sie vor allzu neugierigen Blicken von draußen zu schützen. Von Tander wusste er, dass das Gasthaus an diesem Abend für alle anderen Besucher gesperrt war; trotzdem hielten sich außer Gwinneth und ihrem Gemahl noch etliche weitere Personen hier drinnen auf. Zwei Diener in reich bestickten Umhängen standen beiderseits des Tisches und wachten mit Argusaugen darüber, dass kein Wunsch ihrer Herrschaft unerfüllt blieb, und zwei Soldaten hatten sich etwas im Hintergrund postiert.
»Was stehst du herum und gaffst?«, zischte Tanders Stimme an seinem Ohr. »Beweg dich endlich, Kerl!«
Dulac wurde sich der Tatsache bewusst, dass er bereits einige Augenblicke reglos unter der Tür stand. Er fuhr zusammen, setzte sich hastig in Bewegung und balancierte sein Tablett zum Tisch. Tander hatte drei der einfachen Holztische zusammengeschoben, um etwas zu improvisieren, was seiner Vorstellung einer Tafel entsprechen mochte. Es blieb ein schäbiger Tisch, allerdings ein sehr langer. Uther saß an einem Kopfende, Gwinneth an einem anderen. Dulac wagte es nicht, Gwinneth direkt anzusehen, aber er hatte auch eine gewisse Scheu davor, König Uther direkt ins Gesicht zu blicken. Während er sich mit gesenktem Blick dem Tisch

näherte, sah er immerhin, dass König Uther viel älter war, als er erwartet hatte. Nach seinem kurzen Gespräch mit Tander wäre er nicht überrascht gewesen, einen Mann zu erblicken, der Gwinneths Vater sein konnte. Uther war jedoch alt genug, um gut und gerne ihr Großvater zu sein.
Eine der beiden Wachen, die neben dem König standen, vertrat ihm den Weg, aber Uther rief den Mann mit einer raschen Bewegung zurück.
»Nicht doch«, sagte er. »Es ist nur ein Junge. Und er wird mich wohl kaum vergiften wollen.« Er lachte leise, machte eine auffordernde Geste mit der Hand und griff nach dem Weinkrug auf Dulacs Tablett. Bevor einer seiner Bediensteten oder Dulac ihn daran hindern konnten, goss er sich selbst einen Becher Wein ein, kostete, schüttelte sich übertrieben und sagte: »Oder vielleicht doch? Wirt!«
Tander erschien unter der Tür. »Herr?«, fragte er nervös.
»Ist das der beste Wein, den dein Keller zu bieten hat?«, fragte Uther.
Genau genommen war es sein einziger Wein, aber Tander antwortete trotzdem: »Der allerbeste, Herr. Ich habe nur wenige Krüge davon, die ich für ganz besondere Gäste reserviert habe. Selbst König Artus lobt stets meinen Wein, wenn er hierher kommt.«
»Ja, ich habe gehört, dass Artus einem guten Tropfen nicht abgeneigt ist«, antwortete Uther zweideutig. Er nippte noch einmal an seinem Becher, schüttelte sich abermals und stellte ihn mit einem Ruck auf den Tisch zurück.
»Nun gut, wenn es nichts Besseres gibt ... Bringt jetzt das Essen.«
Dulac wollte sich herumdrehen, aber Uther hielt ihn zurück. »Nicht du.«

»Herr?«, antwortete Dulac verwirrt. Hatte er etwas falsch gemacht?
»Bist du der Junge, von dem Gwinneth erzählt hat?«, fragte Uther. »Der tagsüber auf Burg Camelot dient?«
Dulac nickte. Er brachte keinen Ton hervor.
»Dann wirst du mit uns speisen«, bestimmte Uther. »Gwinneth ist begierig darauf, Geschichten von König Artus und den Rittern der Tafel zu hören – und ich auch, nebenbei bemerkt. Das geht doch in Ordnung, oder?«
Der letzte Satz galt Tander, der sich fast überschlug, mit einem hastigen Nicken darauf zu antworten. »Selbstverständlich, Herr. Ganz wie Ihr wünscht.« Damit fuhr er auf dem Absatz herum und knallte die Tür hinter sich zu. Dulac hörte ihn draußen in der Küche Befehle brüllen.
Uther lachte leise. »Das wird ihn eine Zeit lang beschäftigt halten«, sagte er. »Schau mich an, Junge.«
Dulac hob zögernd den Kopf. Sein Herz klopfte und seine Finger zitterten, sodass er die Hände in den Falten seines Gewandes verbarg, damit man es nicht zu deutlich sah. Er fühlte sich nicht wohl in seiner Haut. Es war weiß Gott nicht das erste Mal, dass er einem leibhaftigen König gegenüberstand, selbst wenn er Artus nicht mitrechnete. Aber es war das erste Mal, dass er mit ihm an einer Tafel weilte. Irgendwie hatte er das Gefühl, dass es sich nicht geziemte. Und außerdem war da noch Gwinneth. Er hatte es bisher nicht einmal gewagt, in ihre Richtung zu sehen, aber er glaubte ihre Blicke wie die Berührung einer glühenden Hand zwischen den Schulterblättern zu spüren.
»Wie Ihr ... befehlt, Herr«, antwortete er stockend.
Uther runzelte die Stirn, schwieg aber und Dulac verwandte einige Herzschläge darauf, ihn aufmerksam zu mustern.

König Uther war tatsächlich so alt, wie er im ersten Moment geglaubt hatte. Er musste die fünfzig längst hinter sich gelassen haben, wirkte aber kein bisschen gebrechlich und wenn überhaupt alt, so auf eine würdevolle, Ehrfurcht gebietende Art. Er hatte schulterlanges weißes und noch sehr volles Haar und einen gleichfarbigen, sorgfältig gestutzten Bart, der seinem Gesicht etwas Edles verlieh.
»Zufrieden?«, schmunzelte Uther nach einer Weile.
»Herr?«
»Mit dem, was du siehst«, erklärte Uther lächelnd. »Ich meine: Entspreche ich deinen Vorstellungen? Du siehst doch bestimmt oft Könige und andere Edelleute.«
»Natürlich, Herr«, antwortete Dulac. »Es ist nur ...« Er biss sich auf die Unterlippe um nicht weiterzusprechen, aber natürlich war es zu spät.
Uther nickte. »Ich verstehe. Nachdem du Gwinneth gesehen hast und jetzt mich, hast du einen alten Bock erwartet.«
»Nein, Herr!«, antwortete Dulac hastig – was eine glatte Lüge war. »Ich war nur ... ich meine ... Ihr ... also ich ...«
»Warum quälst du ihn so, Uther?«, mischte sich Gwinneth ein. »Er stirbt noch vor Angst.«
Sie lachte und Dulac drehte sich zögernd zu ihr herum. Gwinneth kam ihm noch schöner als am Mittag vor. Sie trug noch immer dasselbe Kleid, hatte das Haar aber hoch gesteckt und mit einem goldenen Diadem geschmückt. Wenn Dulac jemals eine Frau gesehen hatte, die den Titel Königin verdiente, dann war es Gwinneth in diesem Moment, trotz ihrer Jugend.
Das Einzige, was vielleicht nicht ganz zu diesem Eindruck passte, war das spöttische Glitzern in ihren Augen.

»Lass dich von Uther nicht auf den Arm nehmen«, sagte sie. »Manchmal liebt er es, Menschen in Verlegenheit zu bringen. Lass ihn in Ruhe, Uther.«
Dulac blickte verwirrt von Gwinneth zu Uther und wieder zurück. Er hatte das Gefühl, dass die beiden sich irgendeine Art von Scherz mit ihm erlaubten, den er nicht verstand.
Gottlob ging in diesem Moment die Tür auf und Tander und seine beiden Söhne kamen herein um das Essen aufzutragen. Auf Uthers Geheiß hin wurde noch ein drittes Gedeck für Dulac aufgelegt, was ihm nicht nur einen erstaunten Blick von Tander eintrug, sondern auch ein Gefühl intensiver Schadenfreude. Dass er einmal von Tander selbst bedient werden würde, hätte er sich niemals träumen lassen. Und wahrscheinlich würde er bitter dafür bezahlen müssen, aber das war ihm im Augenblick egal.
»So«, sagte Uther, nachdem die Speisen aufgetragen und sie wieder allein waren. »Und nun erzähle uns von Burg Camelot und König Artus.«
Dulac zögerte noch einen Moment, aber dann begann er von der Burg und dem Leben bei Hofe zu erzählen. Und nachdem er sich einmal überwunden hatte, begannen die Worte nur so aus ihm herauszusprudeln. Er erzählte von König Artus und seinen Heldentaten, den Rittern der Tafel und den heroischen Schlachten, die sie geschlagen hatten, und von der Großmut und Weisheit der Gesetze Camelots, die seit einem Menschenalter für Frieden und Wohlstand im Lande sorgten. Natürlich hatte er keine dieser Heldentaten oder gar Schlachten selbst miterlebt, aber das hinderte ihn nicht daran, sie in den buntesten Farben zu schildern und das eine oder andere auch noch ein we-

nig auszuschmücken. Uther hörte ihm die meiste Zeit über schweigend zu und unterbrach ihn nur um eine Zwischenfrage zu stellen, aber manchmal konnte er ein Lächeln nicht ganz unterdrücken und ein paar Mal tauschte er einen bezeichnenden Blick mit Gwinneth.
»Du scheinst dich wirklich gut am Hofe des Königs auszukennen«, sagte er, nachdem Dulac sicher eine Stunde geredet hatte – wenn nicht mehr.
»Das will ich meinen«, antwortete Dulac stolz. »Ich bin zwar nur Küchenjunge, aber ich bin fast immer in Artus' Nähe.«
»Küchenjungen und Kammerdiener sind oft besser informiert als Minister und Generäle«, antwortete Uther. »Sag, Dulac – kocht Dagda immer noch für Artus und seine Ritter?«
Dulac nickte. »Ihr kennt Dagda?«
»Selbstverständlich«, antwortete Uther. »Jeder, der einmal auf Camelot war, erinnert sich an Dagda und die Köstlichkeiten, die seine Küche hervorbringt.«
»Ihr ... Ihr wart schon einmal auf Camelot?«, fragte Dulac verwirrt.
»Mehr als einmal«, antwortete Uther. »Aber das ist lange her. Ich hätte nicht gedacht, dass der Dagda noch lebt.« Er schüttelte den Kopf. »Er muss schon damals fast hundert Jahre alt gewesen sein!«
»Ihr ... kennt König Artus?«, vergewisserte sich Dulac noch einmal. Er sah zu Gwinneth hin. Sie lächelte und das spöttische Glitzern in ihren Augen schien noch stärker geworden zu sein. Aber sie machte keinen Versuch, seine Frage zu beantworten, sondern beugte sich unter den Tisch, um Wolf mit einem Stück Fleisch zu füttern. Seit er

hereingekommen war, hatte Dulac den Hund nicht mehr gesehen – er wuselte schwanzwedelnd um Gwinneth herum und hatte mittlerweile mehr von ihrem Fleisch gehabt als sie selbst.
»Seit langer Zeit«, bestätigte Uther. »Ich weiß schon selbst nicht mehr genau, wie lange.«
»Aber warum seid Ihr dann hier statt auf Camelot?«, wunderte sich Dulac.
»Einen der Gründe hast du mir gerade selbst genannt«, antwortete Uther lächelnd. »Dagdas Kochkünste. Als ich das letzte Mal auf Camelot zu Gast war, hatte ich hinterher drei Monate lang Magengrimmen.«
Das konnte Dulac verstehen. Uther hatte noch Glück gehabt, wenn er mit ein wenig Bauchschmerzen davongekommen war.
»Aber das ist nicht der einzige Grund«, fuhr Uther fort. »Artus und ich haben uns nicht als Freunde getrennt.«
»Was ist geschehen?«, fragte Dulac. Die Frage tat ihm schon im gleichen Moment wieder Leid, in dem er sie ausgesprochen hatte, denn sie stand ihm nun wirklich nicht zu, doch Uther schien ihm seine Neugier nicht zu verübeln.
»Das spielt keine Rolle«, antwortete er lächelnd. »Wir sind keine Feinde, wenn es das ist, was du fürchtest. Aber es gab bei unserem letzten Zusammentreffen ... sagen wir: einen Misston. Es ist besser, wir übernachten hier und ziehen morgen weiter. Vor allem im Moment, wo Artus genug Sorgen hat.«
»Sorgen?«
»Mordred«, antwortete Uther.
Dulac erschrak. »Ihr wisst von ihm?«

»Er war heute Morgen auf Camelot«, bestätigte Uther. »Auch wenn du nichts davon erzählt hast – was ich im Übrigen zu schätzen weiß. Verschwiegenheit ist eine große Tugend.«

»Woher wisst Ihr dann davon?«, fragte Dulac.

Uther lachte. »Es ist kein Geheimnis, dass die Pikten auf dem Weg nach Süden sind«, antwortete er. »Ich glaube, Artus ist der Einzige, der es noch nicht wusste. Aber solange der Dagda noch auf ihn Acht gibt, muss ich mir keine Sorgen um ihn machen.«

»Nicht, wenn Mordred und sein Heer eine Einladung zum Essen auf Burg Camelot annehmen«, bestätigte Dulac.

Uther lachte. »Das ist wohl wahr. Und ein gutes Schlusswort, wie ich meine. Es ist spät geworden. Ich werde mich zurückziehen.«

»Selbstverständlich, Herr.« Dulac sprang hastig auf und Uther runzelte die Stirn.

»Was hast du vor?«

»Nun, Ihr sagtet doch, dass Ihr –«

»– mich zurückziehen werde«, unterbrach ihn Uther. »Nicht, dass du gehen sollst.« Er wies auf Gwinneth. »Bisher haben nur wir geredet, aber ich bin sicher, dass Gwinneth noch tausend Fragen an dich hat. Sie bewundert Artus, weißt du?«

»Ihr ... Ihr lasst mich mit ... mit Eurer Gemahlin allein?«, fragte Dulac ungläubig.

Uther lachte leise. »Du bist doch ein Ehrenmann, oder? Und du solltest Gwinneth nicht unterschätzen. Sie ist zwar noch jung, aber sie ist durchaus in der Lage, ihre Tugend zu verteidigen. Unterhaltet euch ruhig noch eine Weile.«

Er ging – und nicht nur das: Zu Dulacs maßloser Verblüffung verließen nicht nur seine beiden Bediensteten, sondern auch die beiden Soldaten den Raum. Gwinneth und er blieben allein zurück.
»Ich dachte schon, er wird überhaupt nicht mehr müde«, seufzte Gwinneth. »Uther ist ein lieber Mann, aber wenn er einmal ins Reden kommt, dann findet er kein Ende mehr.«
Genau genommen war es eher Dulac gewesen, der geredet hatte, während Uther im Grunde nur zuhörte. »Ich ... ich verstehe nicht ganz, Herrin«, stotterte er.
»Herrin?« Gwinneth runzelte die Stirn. »Hör mit dem Unsinn auf.«
»Aber Ihr seid doch eine Königin!«, protestierte Dulac.
»Weil mein Gemahl ein König ist, ja«, seufzte Gwinneth. »Aber ich kann dich beruhigen. Uther ist zwar ein König, aber nur ein ganz kleiner.«
»Trotzdem seid Ihr seine Gemahlin«, beharrte Dulac. Er fühlte sich mit jedem Moment weniger wohl in seiner Haut. Sosehr er sich gewünscht hatte, Gwinneth wieder zu sehen, so sehr wollte er nun nichts mehr als von hier zu verschwinden.
»Das stimmt«, sagte Gwinneth. »Aber nicht so, wie du anscheinend denkst.«
»Das verstehe ich nicht«, gestand Dulac.
Die Tür ging auf und Tander streckte den Kopf herein. »Ist alles in Ordnung, Herrin?«
»Natürlich«, antwortete Gwinneth.
»Ich dachte nur, weil ... weil König Uther sich bereits zurückgezogen hat und ...«
»Ich bin noch nicht müde«, unterbrach ihn Gwinneth. »Wir werden noch ein wenig hier sitzen und reden. Aber

ich danke Euch für Eure Fürsorge. Ich lasse Euch rufen, wenn ich noch etwas brauche.«

»Selbstverständlich, Herrin. Ganz wie Ihr befehlt.« Tander bewegte sich rückwärts gehend und mit gesenktem Blick wieder hinaus und zog die Tür hinter sich zu, und obwohl Dulac sein Gesicht nicht sehen konnte, meinte er das zornige Blitzen in seinen Augen regelrecht zu spüren. Gwinneth blickte ihm kopfschüttelnd nach.

»Ein seltsamer Bursche«, meinte sie. »Behandelt er dich gut?«

»Er sagt immer, er behandelt mich wie seinen eigenen Sohn«, antwortete Dulac ausweichend. »Und das stimmt.«

»Oh«, sagte Gwinneth. »Ich verstehe. Er ist also nicht dein Vater.«

»Ich kenne meine Eltern nicht«, erwiderte Dulac. »Sie sind wohl tot. Artus hat mich als kleines Kind im Wald gefunden und hierher gebracht.«

»Ich verstehe«, antwortete Gwinneth wieder. Sie sah einen Moment nachdenklich zur Tür, fast als ahne sie, dass Tander jetzt auf der anderen Seite stand und mit angehaltenem Atem das Ohr gegen das Holz presste. Dann stand sie mit einer schnellen Bewegung auf.

»Dein Hund ist unruhig«, sagte sie. »Gehen wir einen Moment mit ihm nach draußen, bevor noch ein Unglück geschieht.«

Wolf musste ganz und gar nicht hinaus. Er saß schwanzwedelnd neben Gwinneth und gierte auf ihren Teller, obwohl Dulac schätzte, dass er bisher mindestens sein eigenes Körpergewicht in gebratenem Fleisch verputzt hatte. Dann verstand er. Gwinneth ahnte tatsächlich, dass sie belauscht wurden, und wollte hinaus, um ungestört mit ihm reden zu können. Er nickte und stand auf, aber er hatte kein gutes Gefühl dabei. Ungeachtet Uthers Großzügigkeit war er ein König und Gwinneth seine Gemahlin. Eine *Königin*.

Dennoch folgte er ihr ohne Widerspruch hinaus. Wenn Uther am nächsten Tag davon erfuhr und sich auch nur ein Stirnrunzeln auf sein Gesicht stahl, würde Tander ihn grün und blau schlagen, das war ihm klar – aber allein die Aussicht, fünf Minuten mit Gwinneth allein zu sein, war ihm dieses Glück allemal wert.

Erst als sie draußen und einige Schritte entfernt waren, sagte er: »Ich weiß wirklich nicht, ob es sich geziemt, Herrin, dass –«

»Gwinneth«, unterbrach ihn Gwinneth. »Wenn du noch einmal Herrin zu mir sagst, werde ich wütend. Und was sich geziemt oder nicht, entscheide ich hier. Schließlich bin ich die Königin und du nur ein Küchenjunge.«

»Selbstverständlich, Herr–«, begann Dulac und verbesserte sich hastig. »Gwinneth.«

»Obwohl ...«, fuhr Gwinneth nachdenklich fort, »wenn du deine Eltern wirklich nicht kennst, könntest du durchaus ein Prinz sein oder so etwas. Vielleicht waren deine Eltern ja Könige. Oder Raubritter.«

»Ihr nehmt mich auf den Arm.«

»Selbstverständlich«, sagte Gwinneth lachend. Sie sah sich um. Camelot lag nahezu ausgestorben da. Der Sonnenuntergang war noch keine zwei Stunden her, aber in den meisten Häusern waren die Lichter bereits erloschen und es war sehr still.

»Gehen die Leute hier bei euch immer so früh schlafen?«, fragte sie.

»Ja«, antwortete Dulac wahrheitsgemäß. »Ist es dort, wo Ihr herkommt, anders?«
Gwinneth antwortete nicht darauf, aber Dulac hatte das Gefühl, dass sich ihr Gesicht verfinsterte. Vielleicht hatte er mit seiner Frage etwas in ihr angerührt, was ihr unangenehm war.
Es war Wolf, der ihn aus der unangenehmen Situation rettete, wenn auch unfreiwillig. Der Hund war bisher keinen Schritt von Gwinneths Seite gewichen und schien vollkommen vergessen zu haben, dass es Dulac jemals gegeben hatte. Jetzt blieb er plötzlich stehen, spitzte die Ohren – und war mit einem schrillen Heulen wie der Blitz verschwunden. Einen Augenblick später rasten drei riesige schwarze Straßenköter kläffend zwischen Dulac und Gwinneth hindurch und setzten zur Verfolgung an.
»He!«, sagte Gwinneth erschrocken. »Was geht da vor?«
»Das sind nur die Nachbarshunde«, sagte Dulac beruhigend. »Sie machen sich immer einen Spaß daraus, Wolf zu jagen. Aber sie kriegen ihn nie.«
»Spaß?«, fragte Gwinneth stirnrunzelnd. »Das sah aber nicht wie Spaß aus.«
War es auch nicht. Wenn die drei Wolf erwischten, dann war es um ihn geschehen, das wusste er. Und er hatte auch ein ziemlich schlechtes Gewissen, seinem vierbeinigen Freund nicht zu helfen. Aber er tröstete sich damit, dass sie ihn noch nie gekriegt hatten, obwohl die Feindschaft zwischen ihnen und Wolf nun schon so lange währte, wie der Terrier hier war. Wolf war so klein, dass er sich selbst im winzigsten Loch verkriechen konnte.
»Das hoffe ich doch«, sagte Gwinneth besorgt. »Dass es nur Spaß war, meine ich.«

Dulac lächelte nur nervös zur Antwort. Er musste sich beherrschen, um sich nicht angstvoll umzublicken. Neben den drei Nachbarshunden gab es auch noch drei Nachbarsjungen, die sich nur zu oft den gleichen derben Spaß mit ihm erlaubten. Dulac hatte schon mehr als eine Tracht Prügel von ihnen kassiert. Aber sie waren nicht in der Nähe. Wahrscheinlich lagen sie längst in ihren Betten und schliefen.

»Gehen wir ein Stück?«, schlug er vor. »Wolf findet uns schon wieder.«

»Wolf.« Gwinneth grinste. »Irgendwie ist das nicht gerade ein passender Name.«

»Weil er so klein ist?« Dulac schüttelte den Kopf. »Lasst Euch nicht von seiner Größe täuschen. Er ist ziemlich mutig.«

»Das habe ich gesehen«, antwortete Gwinneth.

»Es hat nichts mit Mut zu tun, sich einem Gegner zu stellen, gegen den man keine Chance hat«, erwiderte Dulac vielleicht eine Spur zu scharf. »Wenn man einen Feind nicht besiegen kann, muss man ihn eben überlisten.«

»Stammt diese Weisheit von dir?«, fragte Gwinneth spöttisch.

»Von Dagda«, antwortete Dulac.

»Dagda, ach ja ... Artus' Koch ...?«

»Er ist viel mehr als Artus' Koch«, antwortete Dulac. »Koch, Sterndeuter, Schriftgelehrter, Chronist – einfach alles.«

»Dann hoffe ich, dass er seine anderen Pflichten besser erfüllt als die am Suppentopf.« Gwinneth schauderte übertrieben. »Uther erzählt wahre Schreckensgeschichten über das Essen auf Camelot.«

Dulac hätte ihr gerne widersprochen, aber er konnte es nicht. Dagdas Kochkünste waren im Land berüchtigt. Ein guter Teil von Dulacs schmalem Gehalt bestand in freier Kost auf der Burg, aber er kam nur zu oft mit knurrendem Magen zurück ins Gasthaus.

»Mir ist kalt«, sagte Gwinneth, nachdem sie eine Weile gegangen waren. Bevor Dulac noch antworten konnte, trat sie näher an ihn heran, hakte sich bei ihm unter und kuschelte sich an seine Schulter. »So ist es besser.«

Dulac ging zwar weiter, erstarrte aber innerlich schier zur Salzsäule. Dass Gwinneth ihn berührte, hätte er sich in seinen kühnsten Träumen nicht zu wünschen gewagt, aber ihm war auch klar, wie ungeheuerlich es zugleich war. Wenn Uther davon erfuhr, konnte es ihn den Kopf kosten. Trotzdem löste er sich nicht aus ihrem Griff, wie es sein erster Impuls war. Ihre Nähe war einfach zu wunderbar.

Sehr vorsichtig sagte er: »Versteht mich nicht falsch, Gwinneth, aber –«

Wieder unterbrach sie ihn mit ihrem hellen Lachen. »Du hast Angst, dass mein Gemahl dich an deinen edelsten Körperteilen aufhängen lässt.«

Speziell daran hatte Dulac zwar nicht gedacht, aber ihre Vermutung kam der Wahrheit schon ziemlich nahe. Er nickte verlegen.

»Du brauchst keine Angst zu haben«, sagte Gwinneth. »Uther ist nicht eifersüchtig.«

»Nicht?«, wunderte sich Dulac. »Wenn ich eine Frau wie dich hätte, wäre ich eifersüchtig.«

»Danke für das Kompliment«, sagte Gwinneth. »Aber wir sind nicht ... Mann und Frau, weißt du? Nicht wirklich. Er könnte mein Großvater sein.«

»Ich weiß«, sagte Dulac. »Aber du hast doch selbst gesagt, er wäre dein Gemahl.«
»Das ist er auch«, bestätigte Gwinneth. Dulac verstand nun gar nichts mehr. »Wir sind seit zwei Jahren verheiratet, vor Gott und dem Gesetz.«
Dulac sah sie verwirrt an. »Aber wenn du nicht ... ich meine, wenn ihr nicht ... also ... Uther und du, ihr ...«
»Nein, haben wir nicht und werden wir auch nicht.« Gwinneth lachte, als sie seine wachsende Verlegenheit bemerkte. Dulac konnte selbst spüren, wie ihm das Blut ins Gesicht schoss und seine Ohren rot anliefen.
»Aber warum hat er dich dann geheiratet?«, wunderte sich Dulac.
»Um mich zu schützen«, antwortete Gwinneth, wieder ernst. »Uther und mein Vater waren gute Freunde. Ich kenne ihn, seit ich auf der Welt bin. Vor drei Jahren wurde mein Vater getötet.«
»Getötet?«, fragte Dulac erschrocken. »Von wem?«
»Von einem Mann, der geschworen hat, unsere gesamte Familie auszulöschen.« Gwinneths Stimme wurde bitter. »Sie kamen nachts. Dutzende von Männern, die ohne Gnade angriffen. Unsere Krieger hatten keine Chance. Sie alle wurden getötet, auch meine Eltern.«
»Wie schrecklich«, flüsterte Dulac. »Das tut mir sehr Leid.«
»Ich war die einzige Überlebende«, fuhr Gwinneth leise fort. »Und auch ich wäre gestorben, wenn Uther mich nicht gerettet hätte. Er nahm mich mit auf seine Burg, aber der Mörder meiner Eltern erfuhr davon und verlangte meine Auslieferung. Also hat Uther mich zur Frau genommen um mich zu schützen. Er hoffte wohl, dass Mordred

keinen Krieg beginnen würde – was er musste, um Uthers Frau zu töten.«
»Mordred?«, entfuhr es Dulac. »Mordred, König Artus' –« Er biss sich auf die Lippe, um nicht weiterzusprechen, aber es war zu spät. Gwinneth hob den Kopf von seiner Schulter und sah ihn fragend an. »König Artus' was?«
»Besucher«, antwortete Dulac hastig. »Sein Besucher von heute Morgen.«
»Ja, eben dieser Mordred«, sagte Gwinneth. »Er ist ein Ungeheuer, dem ein Menschenleben nichts gilt. Uther meint, er wäre mit dem Teufel im Bunde.«
»Keine Sorge«, sagte Dulac überzeugt. »Solange ihr in Camelot seid, wird euch nichts geschehen. Artus wird euch beschützen.«
Gwinneth schüttelte nur traurig den Kopf. »Uther würde Artus niemals um Hilfe bitten«, sagte sie. »Wir bleiben nur heute Nacht in der Stadt. Morgen früh reiten wir weiter.«
Dulac spürte einen Stich tiefer Enttäuschung, obwohl er sich sagte, dass er kein Recht dazu hatte. Was hatte er erwartet? Dass Gwinneth und er ... Das war absurd.
»Was war zwischen Uther und König Artus?«, fragte er nach einer Weile.
»Das weiß ich nicht«, antwortete Gwinneth. »Sie waren einmal gute Freunde, aber irgendetwas ist geschehen. Uther spricht nie darüber. Wir wären gar nicht hierher gekommen, wenn Mordred und seine Pikten uns nicht den Weg abgeschnitten hätten.«
»Sie verfolgen euch?«
»Nein. Sie wissen nicht einmal, dass wir hier sind. Deshalb reisen wir auch morgen früh weiter. Uther will nicht, dass Artus in seinen Streit mit Mordred hineingezogen wird.«

Das ist er wahrscheinlich schon, dachte Dulac. Er musste an den schwarzhaarigen Mann mit dem harten Gesicht denken und ein kurzer, eisiger Schauer lief ihm über den Rücken. Er konnte das Gefühl nicht begründen, aber er spürte, dass mit Mordred großes Unheil über Camelot und seine Bewohner hereinbrechen würde.

»So, jetzt haben wir genug finstere Gedanken gewälzt«, sagte Gwinneth plötzlich und in völlig verändertem Ton. »Ich habe eine Bitte. Wirst du sie mir erfüllen?«

Wenn ich wüsste, wie sie lautet, dachte Dulac. Laut sagte er: »Natürlich.«

»Camelot«, sagte Gwinneth. »Ich möchte Camelot sehen!«

»Camelot?« Dulac blieb erschrocken mitten im Schritt stehen. »Du meinst –«

»Die Burg«, bestätigte Gwinneth. »Ich möchte die Burg sehen. König Artus' Thronsaal und die berühmte Tafel.«

»Ich ... weiß nicht ...« Dulac druckste einen Moment herum.

»Bitte!«, sagte Gwinneth.

»Es ist spät«, sagte Dulac unbehaglich. »Sicher schlafen dort alle schon und ... und ...«

»Umso besser«, unterbrach ihn Gwinneth. »Ich will ja auch nur die Burg sehen, nicht mit Artus reden. Uther wäre ziemlich böse, wenn ich es täte. Du kennst doch bestimmt einen Weg, um ungesehen in die Burg zu kommen.«

»Den kenne ich«, sagte Dulac. »Trotzdem. Ich –«

»Du hast es versprochen!«, schmollte Gwinneth.

Genau genommen hatte er das nicht. Er hatte es nicht einmal angedeutet.

Aber dann blickte er in ihre wunderschönen schwarzen Augen und seine Antwort war klar.

Es war nicht ganz so, wie er gesagt hatte. Der größte Teil von Camelot lag in völliger Dunkelheit da und auch die beiden Wachen am Tor hatten sich auf ihre Speere gestützt und schliefen fest; ein Trick, den jede Torwache schnell lernte. Hinter den Fenstern im ersten Stockwerk aber brannte Licht, und als sie auf Zehenspitzen durch das Tor schlichen, hörten sie Stimmengewirr und Gelächter.

»Der Thronsaal«, flüsterte Dulac mit einer entsprechenden Geste. »Die Tafel werde ich dir nicht zeigen können, fürchte ich.«

»Das macht nichts«, antwortete Gwinneth. Sie blieb stehen und sah sich aus leuchtenden Augen um. »Das ist also Camelot. Das berühmte Camelot, die Burg des legendären König Artus!« Sie streckte die Hand aus und strich fast bewundernd über den rauen Stein des Torgewölbes. »Ich habe gehört, seine Mauern wären aus reinem Gold.«

»Die Leute übertreiben«, antwortete Dulac. »Nicht alles, was man über Camelot und Artus erzählt, ist wahr.« *Genau genommen das Allerwenigste,* fügte er in Gedanken hinzu. Aber nur in Gedanken.

»Aber es ist Camelot«, beharrte Gwinneth. »Solange ich denken kann, wünsche ich mir schon, Camelot einmal zu sehen. Und nun bin ich tatsächlich hier.«

Dulac sah sich mit wachsender Nervosität um. Die Wachen hinter ihnen schnarchten so laut, dass es in der ganzen Burg zu hören sein musste, und er war auch ziemlich sicher, dass außer Artus und den Rittern der Tafel niemand mehr wach war. Trotzdem hatte er immer mehr das

Gefühl, aus unsichtbaren Augen angestarrt zu werden. Er bedauerte es längst, Gwinneths Drängen nachgegeben und sie hierher gebracht zu haben. So gerne er ihr den Gefallen tat – er hatte das Gefühl, einen schweren Fehler begangen zu haben. Unheil lag wie etwas Greifbares in der Luft.
»Es ist zu gefährlich, weiterzugehen«, sagte er. »Wenn Artus oder einer der Ritter uns entdecken –«
»– behauptest du, ich wäre deine Freundin aus der Stadt«, fiel ihm Gwinneth ins Wort. Zumindest eine unangenehme Eigenschaft hatte Dulac mittlerweile an ihr ausgemacht: Sie ließ ihren Gesprächspartner selten einen Satz zu Ende reden. Er seufzte tief.
»Warum zeigst du mir nicht, wo du arbeitest?«, fragte Gwinneth.
Dulac nickte zögernd. Es gab an Dagdas Kellergewölben nichts Interessantes zu sehen, aber dort bestand wenigstens nicht die Gefahr, dass sie entdeckt wurden. Er machte eine entsprechende Geste, ging mit schnellen Schritten an Gwinneth vorbei und wandte sich nach rechts, als er das Torgewölbe hinter sich hatte. Gwinneth folgte ihm dichtauf.
Mit gesenktem Kopf und auf Zehenspitzen ging er die Treppe zum Keller hinab. Er rechnete fast damit, dass es dunkel und still sein würde, aber als er die Tür am Ende der steilen Treppe aufstieß, war das genaue Gegenteil der Fall: Er hörte sonderbare Geräusche und aus dem angrenzenden Raum drang flackerndes, rötliches Licht. Er blieb stehen.
»Was ist?«, fragte Gwinneth hinter ihm.
Dulac deutete ihr hastig mit der linken Hand leise zu sein.

»Dagda«, flüsterte er. »Er ist noch wach. Verdammt! Ich hätte geschworen, dass er längst schläft!«
»Der Dagda?« Gwinneth klang nicht beunruhigt, sondern eher begeistert. »Ich kann ihn sehen?«
Wieso sagten sie und Uther eigentlich immer *der* Dagda?, dachte Dulac. »Lieber nicht«, flüsterte er. »Er ist ... manchmal etwas sonderbar, weißt du? Er ist ein alter Mann.«
Gwinneth reagierte ziemlich genau so, wie er erwartet hatte: Sie ignorierte seinen Einwand und schob sich kurzerhand an ihm vorbei. Dulac streckte automatisch die Hand aus um sie zurückzuhalten, ließ den Arm dann aber wieder sinken.
»Das ist also der berühmte Kessel des Dagda!« Gwinneth war neben Dagdas überdimensionalem Suppentopf stehen geblieben und starrte das schäbige Ding aus großen Augen an. Uther musste ja wahre Schauergeschichten über Dagdas Kochkünste erzählt haben.
Er nickte nur, bedeutete Gwinneth, nicht so laut zu sein, und schlich auf Zehenspitzen zum Durchgang zum nächsten Raum. Das flackernde rotgelbe Licht und die Geräusche, die er immer noch nicht deuten konnte, kamen von dort. Behutsam schob er den Kopf in die Tür
– und erlebte eine Überraschung.
Dagda saß mit dem Rücken zur Tür an dem windschiefen Möbelstück, das er als seinen *Studiertisch* bezeichnete. Vor ihm lag ein aufgeschlagenes, in schweres Leder gebundenes Buch, wie sie seine Regale zu Dutzenden füllten.
Aber es war nicht irgendein Buch.
Die Seiten dieses Buches glühten in einem unheimlichen, gelben Schein und die Buchstaben selbst loderten in grel-

lem Rot, als hätten sie Feuer gefangen. Und sie schienen sich zu bewegen!

Und das war noch nicht einmal das Unheimlichste.

Viel unglaublicher war der Anblick, den die gegenüberliegende Wand bot.

Eigentlich sollten dort grober Stein und die Tür zu Dagdas Schlafgemach sein, aber stattdessen loderten dort grelle, prasselnde Flammen, die aber sonderbarerweise keinerlei Hitze auszustrahlen schienen. Sie bildeten eine Art Tor, durch das hindurch Dulac einen Blick in eine Welt werfen konnte, die einfach zu bizarr war um Wirklichkeit zu sein. Er sah auf eine schier endlose, von blühenden Bäumen und Wildblumen bestandene Ebene hinab. Das dünne Silberhaar eines Flusses schlängelte sich in zahllosen Kehren und Windungen dem Horizont entgegen, der von einer Kette gewaltiger, schneegekrönter Berge gebildet wurde. Im Vordergrund waren etliche ganz und gar unglaubliche Wesen zu sehen: ein schneeweißes Einhorn, eine Anzahl winziger tanzender Lichtpunkte, die sich bei genauerem Hinsehen als kaum handgroße Elfen entpuppten, und auch einige Geschöpfe, die Dulac ganz und gar nicht beschreiben konnte. Weit entfernt, eigentlich eher zu ahnen als wirklich zu sehen, schimmerte ein fragiles Gebilde aus Silber und Gold, vielleicht ein Schloss, vielleicht auch etwas vollkommen Fremdartiges. Und so wunderschön und faszinierend dieser Anblick auch war – er machte Dulac gleichzeitig auch Angst.

Gwinneth erschien neben ihm, riss ungläubig die Augen auf und schlug die Hand vor den Mund, konnte einen kleinen, erschrockenen Schrei aber nicht mehr ganz unterdrücken.

Dagda fuhr so heftig zusammen, als hätte er einen Schlag bekommen. Das Bild an der Wand flackerte; die Flammen an seinen Rändern loderten höher und nun spürte Dulac Hitze. Die grasenden Einhörner auf der Ebene fuhren so erschrocken zusammen, als wäre der Blitz unter sie gefahren, und galoppierten in panischer Flucht davon und Dagda wirbelte mit einer unglaublich schnellen Bewegung auf seinem Stuhl herum. Gleichzeitig schlug er mit einem Knall das Buch zu. Die Flammen an der Wand loderten noch einmal hell auf, verschlangen das Bild in ihrer Mitte und erloschen und etwas Silberhelles, fast Unsichtbares schien für einen Moment aus dem Bild herauszugreifen und dann zu erlöschen.

»Was –?!«, keuchte Dagda. Dann riss er die Augen auf und starrte Dulac fast entsetzt an. »Dulac? Du?«

»Ja ... Herr«, antwortete Dulac stockend. Er wünschte sich zur Größe einer Maus zusammenzuschrumpfen oder im Boden versinken zu können.

»Was tust du hier?«, fuhr ihn Dagda an und sprang so heftig auf, dass sein Stuhl zu Boden krachte. »Und wer ist das Mädchen bei dir?«

Er wies mit der Hand auf Gwinneth, die noch immer in unveränderter Haltung neben Dulac stand: mit aufgerissenen Augen, die rechte Hand vor den Mund geschlagen und die linke wie zur Abwehr ausgestreckt.

»Ich habe dich etwas gefragt!«, herrschte ihn Dagda an, als er nicht sofort antwortete. Dulac konnte sich nicht erinnern, ihn jemals so zornig erlebt zu haben.

»Das ist Gwi...« Er verbesserte sich hastig. »Giselle. Eine ... eine Freundin. Aus der Stadt.«

»Eine Freundin?« Dagdas Augen wurden schmal. »Ich

wusste gar nicht, dass du eine Freundin hast. Und wieso kenne ich sie nicht, wenn sie in der Stadt lebt?«

»Wir sind erst vor ein paar Tagen hergezogen«, sagte Gwinneth. Sie hatte sich wieder gefasst, wirkte aber immer noch sehr blass und ihr Blick wanderte immer wieder zu der Wand, auf der sie das Trugbild gesehen hatten.

»Es ist meine Schuld«, fuhr Gwinneth fort. »Ihr dürft ihn nicht bestrafen, Herr. Er wollte es nicht, aber ich habe so lange gebettelt, bis er schließlich ja gesagt hat.«

»Ja wozu?«

Die Frage galt Dulac, aber es war auch jetzt wieder Gwinneth, die sie beantwortete. »Ich wollte Camelot sehen«, sagte sie. »Die Burg König Artus'.«

»Und natürlich seinen närrischen alten Hofzauberer«, fügte Dagda finster hinzu.

»Also so hat er Euch eigentlich nicht beschrieben«, antwortete Gwinneth. Ein schüchternes Lächeln erschien auf ihrem Gesicht. »Er sagte, Ihr wärt ein sehr weiser alter Mann und sehr freundlich dazu. Und Ihr wärt ein ausgezeichneter Koch.«

Dagda zog eine Grimasse. »Schade. Und ich hätte dir so gerne geglaubt. Aber das hat er bestimmt nicht gesagt.«

»Vielleicht nicht mit diesen Worten ...«, gestand Gwinneth, »– aber der Rest –«

»– ist zweifellos auch gelogen«, unterbrach sie Dagda. Trotzdem erschien in seinen Augen ein amüsiertes Funkeln und der Zorn war von seinen Zügen verschwunden. Offenbar konnte er sich Gwinneths Charme ebenso wenig entziehen wie Dulac. »Aber es war immerhin eine Lüge in bester Absicht.«

Er bückte sich ächzend nach seinem Stuhl, doch Dulac

kam ihm zuvor. Während er den Stuhl aufrichtete, sah er verstohlen zu der Wand hin, auf der er die Flammen und die unheimliche fremde Welt gesehen hatte. Natürlich war dort nichts anderes als rauer Stein und dort war auch niemals etwas anderes gewesen. Er war einem Trugbild aufgesessen, das war alles. Dagda und ein richtiger Zauberer? Das war lächerlich!
Er rückte den Stuhl vor dem Tisch zurecht und unterzog auch das Buch, in dem Dagda gelesen hatte, einer unauffälligen Musterung. Aber ihm fiel auch daran nichts Besonderes auf. Es war ein Buch, wie Dagda sie zu Hunderten besaß. Wertvoll, aber ganz bestimmt nicht magisch.
Und trotzdem ... Da war noch mehr gewesen. So kurz der Moment auch gewesen sein mochte, er *hatte* irgendetwas gesehen, das aus dem Tor in die Anderswelt gekommen war; und viel mehr noch *gespürt*.
»Steh nicht da rum und starr Löcher in die Luft, Dulac«, sagte Dagda plötzlich. »Geh und hol für deine Freundin einen Becher Traubensaft. Du magst doch Traubensaft, Giselle?«
»Natürlich, Herr«, antwortete Gwinneth rasch.
»Dann ist es ja gut«, sagte Dagda. »Ich hatte schon Angst, dich nicht standesgemäß bewirten zu können. Es könnte ja sein, dass du Besseres gewohnt bist.«
Gwinneth tauschte einen raschen, erschrockenen Blick mit Dulac, ehe sie antwortete. »Wie ... kommt Ihr darauf, Herr?«
»Dein Kleid«, sagte Dagda. »Es ist kostbar genug, einer Königin zur Ehre zu gereichen.«
»Oh, das«, sagte Gwinneth. »Ja, ich finde es auch übertrieben. Aber meine Mutter meinte, ich solle es tragen, we-

nigstens in den ersten Tagen. Um einen guten Eindruck zu machen.«
»Deine Mutter?«
»Sie ist Schneiderin, Herr«, sagte Gwinneth. »Sie macht solche Kleider selbst.«
»Erstaunlich.« Dagda schüttelte den Kopf und lachte leise. »Nun ja, Schlagfertigkeit kann man dir jedenfalls nicht absprechen. Dulac, wo bleibt der Saft?«
Dulac fuhr auf dem Absatz herum und beeilte sich, das Gewünschte zu holen. Als er zurück kam, hatte Dagda sich wieder an seinem Schreibtisch niedergelassen. Gwinneth stand neben ihm am Tisch und blätterte in dem Buch, im dem Dagda vorhin gelesen hatte. Dulac verspürte einen dünnen Stich der Eifersucht. *Ihm* hatte Dagda das noch nie erlaubt.
»Ihr seid also neu in der Stadt«, sagte Dagda, während Dulac zwei Becher auf den Tisch stellte und roten Traubensaft aus einem bauchigen Krug eingoss.
»Das sind wir«, bestätigte Gwinneth. »Wir haben vorher auf dem Land gelebt, aber meine Eltern glauben, dass sie hier bessere Geschäfte machen können.«
»Das ist schon seltsam.« Dagda griff nach einem der Becher, gab ihn Gwinneth und nahm sich selbst den anderen, sodass Dulac leer ausging. »Manchmal scheint die Zeit hier still zu stehen und dann geschieht so viel auf einmal. Du und deine Familie, ihr seid schon die zweiten Fremden, die in kurzer Zeit nach Camelot kommen.«
»So?«, fragte Dulac nervös.
»Ja. Gerade heute ist mir zu Ohren gekommen, dass König Uther und seine Gemahlin in der Stadt weilen. Du hast nichts von der schönen Gwinneth gehört? Das ist seltsam, wo sie doch in Tanders Gasthaus wohnen.«

»Das ... das kann schon sein«, stotterte Dulac. »Ich war den ganzen Tag in der Scheune und dann hat Tander mich Holz hacken lassen, bis es dunkel war.«
»Da ist dir etwas entgangen«, sagte Dagda. »Man sagt, Königin Gwinneth sei zwar noch sehr jung, aber trotzdem schon die schönste Frau in ganz England. Ich persönlich halte das für übertrieben.« Er drehte langsam den Kopf, sah Gwinneth durchdringend an und fügte dann hinzu: »Aber ganz zweifellos wird sie es in wenigen Jahren sein.«
»Ich ... verstehe nicht ...«, murmelte Gwinneth.
»Bitte, Kind!«, sagte Dagda lächelnd. »Hast du wirklich geglaubt, ich erkenne dich nicht wieder? Ich habe dich schon auf den Knien geschaukelt, als du noch kein Jahr alt warst.«
»Mich?« Gwinneth riss die Augen auf.
»Ich war oft zu Gast auf dem Schloss deines Vaters«, bestätigte Dagda. »Hat er dir niemals davon erzählt?«
»Nein«, sagte Gwinneth. »Und Uther auch nicht.«
»Uther, o ja«, seufzte Dagda. »Der gute alte Uther. Er ist ein aufrechter Mann, aber es war nicht sehr klug, hierher zu kommen. Nicht in Zeiten wie diesen.«
»Ihr werdet Artus doch nichts verraten?«, fragte Gwinneth ängstlich.
»Wo denkst du hin?«, antwortete Dagda. Er klang ein bisschen beleidigt. »Was zwischen ihm und Uther war, das geht nur sie etwas an. Ich mische mich nicht ein.« Er drehte sich auf seinem Stuhl herum. »Es war klug von dir, sie nicht zu Artus zu bringen. Er hätte sie zweifellos erkannt, was nur zu weiteren Komplikationen geführt hätte. Er hat im Moment wahrlich andere Sorgen.«
»Mordred«, vermutete Dulac.

Dagda deutete ein Nicken an. »Der Mann, der Uthers Burg zerstört und euch aus eurer Heimat vertrieben hat, ja«, bestätigte Dagda, an Gwinneth gewandt. »Er war hier. Aber sorge dich nicht. Artus und seine Ritter werden auch dieser Gefahr Herr.«

Gwinneth wirkte nicht überzeugt. Trotzdem ging sie nicht weiter auf dieses Thema ein, sondern deutete auf die gegenüberliegende Wand. »Das, was Ihr gerade dort getan habt – war das ... Avalon?«

»Nur ein Trugbild«, antwortete Dagda. »Ein kleiner Taschenspielertrick, um die Sinne zu verwirren und das Auge zu täuschen.«

»Aber es sah so echt aus!«

»Das ist der Sinn eines Trugbildes«, belehrte sie Dagda. »Und du willst mir schon wieder schmeicheln, scheint mir. Es war nicht gut. Früher einmal, da war ich wirklich gut in solchen Dingen, aber nun bin ich alt und eingerostet.«

»Ich fand es sehr überzeugend«, beharrte Gwinneth. »Aber es war Avalon, habe ich Recht?«

»Vielleicht«, antwortete Dagda.

»Vielleicht?«

»Vielleicht«, sagte Dagda noch einmal. »Ich war niemals dort. Kein Sterblicher hat jemals einen Fuß auf den Boden Avalons gesetzt. Niemand weiß, wie es dort wirklich aussieht. Oder ob es überhaupt existiert.«

»Jedermann weiß, dass Avalon existiert!«, protestierte Gwinneth.

»Nur weil jedermann etwas zu wissen glaubt, wird es dadurch nicht zur Wahrheit«, antwortete Dagda lächelnd. »Sieh dir zum Beispiel diese Burg an. Jedermann glaubt,

dass ihre Mauern aus reinem Gold bestehen, und trotzdem ist es nicht wahr.«
»Und die Magie?«, fragte Gwinneth. »Gibt es sie auch nicht wirklich?«
»Eine kluge Frage«, antwortete Dagda. »Die Antwort lautet ja und nein.«
»Ja und nein?«
»Das kommt immer auf den Standpunkt an«, sagte Dagda. »Was dem einen ganz normal erscheint, mag dem anderen wie reine Zauberei vorkommen und umgekehrt.«
»Das sagt ausgerechnet *Ihr*?«, wunderte sich Gwinneth. »Ein Magier?«
»Ich bin kein Magier«, sagte Dagda noch einmal. »Ich beherrsche ein paar Tricks, das ist alles, und die nicht einmal besonders gut.«
»Was ich gerade gesehen habe, war gut.«
Dagda zuckte mit den Schultern. »Vielleicht liegt es an diesem Ort«, sagte er. »Ich glaube, wenn es so etwas wie Magie überhaupt gibt, so ist sie an einen bestimmten Ort gebunden. Es gibt magische Orte auf der Welt. Oder zumindest solche, an denen Kräfte wirken, die wir nicht verstehen.«
»Und Camelot ist ein solcher Ort.«
»Nicht Camelot.« Dagda machte eine ausholende Geste mit der freien Hand. »Diese Mauern hier sind viel älter als die, die Camelots Türme und Wände bilden. Die Burg wurde auf den Ruinen eines viel älteren Gebäudes errichtet. Und davor gab es hier einen anderen Ort, zu dem Menschen kamen, um ihren Göttern zu dienen und ihnen Opfer zu bringen, und davor wieder einen und wieder und wieder. Und wenn Camelot längst zu Staub zerfallen und

König Artus' Name vergessen ist, wird hier ein anderer heiliger Ort entstehen. Menschen spüren, wenn an einem Platz etwas Besonderes ist.«

Dulac lauschte gebannt. In all den Jahren, die er jetzt bei Dagda war, hatte er nicht so viel über die Geschichte Camelots erfahren wie in den letzten fünf Minuten. Und auch nicht über Dagda selbst.

»Ihr solltet jetzt gehen«, sagte Dagda plötzlich. »Es ist spät. Uther wird sich Sorgen machen und es könnte sein, dass Artus noch einmal herkommt. Er sollte dich nicht sehen.«

»Da habt Ihr wohl Recht«, sagte Gwinneth traurig. »Schade. Ich hätte gerne noch ein wenig mit Euch geredet.«

»Vielleicht sehen wir uns ja noch einmal«, sagte Dagda.

»Kaum«, antwortete Gwinneth. »Uther und ich reisen gleich morgen früh ab.«

»Nein«, sagte Dagda. »Das werdet ihr nicht.« Er ignorierte Gwinneths verwirrten Blick, stand auf und wandte sich direkt an Dulac.

»Bring sie sicher nach Hause«, sagte er, »und dann geh zu Bett. Ich brauche dich morgen sehr früh. Artus hat befohlen, dass sich alle Ritter bei Sonnenaufgang am Flussufer treffen, um mit ihren Waffen zu üben.«

Er hatte getan, was Dagda von ihm verlangt hatte, und Gwinneth auf dem schnellsten Weg nach Hause gebracht und er hatte auch den Abschied so kurz wie möglich gemacht; schon, damit er nicht zu weh tat. Dagdas kurze Bemerkung gab ihm zwar Anlass zu der Hoffnung, dass er sie vielleicht doch noch einmal wieder sehen würde, aber selbst wenn ... es bestand nicht die mindeste Hoffnung, dass sie irgendwann einmal mehr sein konnten als Freunde. Selbst wenn Uther – ihren eigenen Worten zufolge – nur ein *ganz kleiner König* war ... er war ein *ganz kleiner Küchenjunge* und selbst das nur, solange Artus seine schützende Hand über ihn hielt. Zwischen Gwinneth und ihm klaffte ein Abgrund, über den keine Brücke führte.

Dulac war unmittelbar darauf in die Scheune gegangen und hatte sich hingelegt, aber er hatte in dieser Nacht nicht viel Schlaf gefunden. Es war einfach zu viel geschehen für einen einzigen Tag und dazu kam, dass er unentwegt an Gwinneth denken musste. Dulac hatte sich nie für Mädchen interessiert (nun gut, die Wahrheit war, dass sich die Mädchen aus Camelot nie für ihn interessiert hatten), aber Gwinneth ging ihm nicht aus dem Sinn. Wenn er die Augen schloss, sah er ihr schönes Gesicht vor sich und in der Stille der Nacht schien ihre Stimme und ihr glockenhelles Lachen mitzuklingen. Selbst das Stroh, auf dem er lag, roch nach dem Duft ihres Haares.

Erst lange nach Mitternacht sank er in einen unruhigen Schlaf (in dem er natürlich von Gwinneth träumte), aus dem er wie gerädert und alles andere als ausgeruht erwachte. Aber er spürte auch, dass er sowieso nicht wieder würde einschlafen können; also konnte er ebenso gut auch zur Burg gehen und Dagda helfen. Wenn Artus und seine Ritter eine Waffenübung abhielten, gab es hinterher immer eine Menge Prellungen und Schnittwunden zu versorgen und manchmal Schlimmeres.

Er stand auf, klopfte sich das Stroh aus den Kleider und stieg die Leiter vom Zwischenboden hinab, auf dem er

schlief. Es war noch immer vollkommen dunkel und ein Blick in den Himmel zeigte ihm, dass bis zum Sonnenaufgang noch mindestens eine Stunde vergehen würde. Wenn er sich jetzt auf den Weg machte, würde Dagda vermutlich sogar noch schlafen, wenn er Camelot erreichte. Aber er wollte auch nicht wieder zurück in die Scheune gehen.
Dulac musste die Scheune umkreisen, um sich auf den direkten Weg zur Burg zu machen, und kam dabei an der Rückseite des Gasthauses vorbei. Fast gegen seinen Willen ging sein Blick nach oben und blieb am Fenster des Zimmers hängen, in dem Uther und Gwinneth schliefen. Er konnte ihr Gesicht so deutlich vor sich sehen, dass er fast meinte, es anfassen zu können.
Sein Herz zog sich schmerzhaft zusammen. War das Liebeskummer, was er empfand?
Dulac versuchte den Gedanken als lächerlich von sich zu schieben, aber ganz gelang es ihm nicht. Es war auf jeden Fall eine vollkommen neue Erfahrung und sie war zugleich bitter wie unglaublich süß.
Da er es nicht eilig hatte, schlenderte er den Weg zur Burg mehr entlang, als er ging. Wolf wieselte im Zickzack hinter ihm her, lief manchmal voraus oder verschwand auch für einen Moment, wenn er irgendeine interessante Spur gewittert hatte.
Dann blieb er plötzlich stehen, stellte die Ohren auf und ließ ein tiefes, drohendes Knurren hören und aus der Dunkelheit vor ihm traten drei Umrisse, die ihm ähnelten, nur dass sie mindestens fünfmal so groß waren. Die drei Nachbarshunde. Sie hatten Wolf am vergangenen Tag nicht erwischt und nun hatten sie ihm offensichtlich aufgelauert. Wolf knurrte noch lauter und fletschte die Zähne – was

ihn aber nicht daran hinderte, sich rückwärts gehend hinter Dulacs Beine zurückzuziehen. Die drei Hunde folgten ihm langsam und bewegten sich zugleich auseinander, um ihn einzukreisen.

»Verschwindet«, sagte Dulac ärgerlich. »Sucht euch gefälligst jemanden in eurer Größe, wenn ihr unbedingt raufen wollt.«

Die Antwort der Hunde bestand in einem dreifachen Knurren und sie kamen näher.

»Das reicht aber jetzt«, sagte Dulac scharf. »Verschwindet oder ihr kriegt einen Tritt.«

»Na, da sind wir aber mal gespannt.«

Hinter den drei Hunden erschienen drei weitere, viel größere Schatten und Dulacs Herz machte einen schmerzhaften Sprung. Es waren die drei Nachbarsjungen, die Herren der drei Hunde. Wieso, um alles in der Welt, waren sie zu dieser frühen Stunde unterwegs?

Wolf stieß ein schrilles Winseln aus und verschwand wie der Blitz und die drei Köter schossen kläffend hinterher. Dulac machte eine Bewegung, wie um ihnen zu folgen, blieb dann aber wieder stehen, als ihm einer der drei Jungen den Weg vertrat. Die beiden anderen kamen langsam näher.

»Soso, du wolltest also unsere Hunde treten«, sagte Mike, der Sohn des Bäckers.

»Das wollte ich nicht«, antwortete Dulac. »Ich wollte nur meinen Hund verteidigen.«

»Siehst du und dasselbe wollen wir auch.« Das war Stan, der Sohn des Schmieds, ein ganz besonders grober, brutaler Bursche, der Dulac vom ersten Moment an gehasst hatte.

»Wie du selbst gesagt hast«, fügte Evan hinzu, der Dritte im Bunde. »Wenn du dich prügeln willst, such dir jemanden in deiner Größe.«
»Ich will mich nicht prügeln«, sagte Dulac. Seine Gedanken überschlugen sich. Er wusste, dass er jedem der drei Burschen im Ernstfall gewachsen war, selbst Stan, aber sie waren zu dritt und sie waren ganz eindeutig auf Streit aus.
»Willst du nicht?«, fragte Stan grinsend. Er verschränkte die Arme vor der Brust und kam mit wiegenden Schritten näher. »Und was ist, wenn wir es wollen?«
»Dann tut, was ihr wollt«, sagte Dulac trotzig. »Ich werde mich nicht wehren. Ich hätte sowieso keine Chance gegen euch drei.«
»Clever«, sagte Stand. Er kam näher, während sich seine beiden Kumpane ein wenig zur Seite und auf ihn zu bewegten, um ihm den Fluchtweg abzuschneiden; genau wie es ihre Hunde gerade mit Wolf getan hatten. »Und jetzt meinst du, ich wäre ein Edelmann und würde dich laufen lassen?«
»Kaum«, antwortete Dulac. »Wie gesagt: Ich wehre mich nicht. Wenn es euch Freude bereitet, zu dritt gegen einen zu kämpfen – bitte.«
Stan nahm die Arme herunter. Sein Gesicht verfinsterte sich. »Mit dir werde ich auch noch allein fertig!«, grollte er. Und damit stürmte er vor.
Dulac hatte genau das erwartet und war vorbereitet. Stan war viel stärker als er, aber er war auch langsam, und wenn er wütend war, dann kämpfte er ungefähr so besonnen wie ein tollwütiger Stier. Dulac ließ ihn herankommen, duckte sich unter seinem wütenden Schwinger hindurch, boxte ihm auf die Nase und stellte ihm gleichzeitig ein Bein. Stan

heulte vor Wut und Schmerz auf, stolperte ungeschickt an ihm vorbei und fiel schließlich der Länge nach in den Schlamm.
Noch bevor er stürzte, fuhr Dulac herum und empfing Evan, der von rechts heranstürmte, mit einer gewaltigen Maulschelle, die den Burschen zu Stan auf den Boden schickte, dann traf ihn ein harter Schlag in den Rücken, der ihn selbst auf die Knie fallen ließ. Dulac keuchte vor Schmerz, aber er war nicht im Geringsten überrascht. Er hatte keine Sekunde lang damit gerechnet, dass die drei Wort halten und Stan den Kampf tatsächlich allein ausfechten lassen würden.
Er ahnte Mikes nächsten Angriff im Voraus und ließ sich zur Seite fallen. Mikes gemeiner Fußtritt ging ins Leere, und statt Dulac vollends zu Boden zu schleudern, wurde er vom Schwung seines eigenen Trittes nach vorne gerissen und kämpfte mit fast komisch aussehenden Hüpfern um sein Gleichgewicht.
Dulac half etwas nach, indem er ihm im Liegen kräftig vor das Fußgelenk trat, und Mike landete mit einem Knall auf dem Hinterteil und begann in hohen, spitzen Tönen zu wimmern. Dulac sprang hastig in die Höhe.
Natürlich hatte er letzten Endes keine Chance. Er war schneller und um etliches geschickter als jeder seiner drei Gegner, aber die Übermacht war einfach zu groß. Er schlug sich tapfer, aber am Schluss lag er doch am Boden, und Stan, Mike und Evan standen hämisch grinsend über ihn gebeugt da.
»Hat sich ja wirklich tapfer geschlagen, unser kleiner Möchtegern-Ritter«, sagte Mike feixend.
»Ja. Nur hat es ihm nicht viel genutzt«, fügte Stan hinzu.

Er versetzte Dulac einen Fußtritt in die Seite, der ihn vor Schmerz aufstöhnen ließ, lachte gehässig und holte bereits zu einem weiteren Tritt aus, als in der Dunkelheit hinter ihm ein schweres Rascheln ertönte und eine tiefe Stimme sagte:

»Findet ihr es etwa tapfer, zu dritt über einen herzufallen?«

Stan fuhr mit einem Zischen herum und auch die beiden anderen drehten sich um und spannten sich. Dulac hob mühsam den Kopf und blinzelte an den drei Jungen vorbei: Eine dunkle Gestalt war hinter ihnen zwischen den Häusern erschienen, allerdings noch nicht weit genug hervorgetreten um erkennbar zu sein.

»Wer bist du?«, fragte Stan herausfordernd.

»Nur ein Mann, der es feige findet, wenn sich drei auf einen stürzen«, antwortete der Schatten, dessen Stimme Dulac irgendwie bekannt vorkam. Etwas Gefährliches schien von der düsteren Gestalt auszugehen.

Vielleicht spürte Stan es auch, denn er machte zwar keine Anstalten, zurückzuweichen oder auch nur die Hände herunterzunehmen, aber als er weitersprach, klang seine Stimme weniger herausfordernd als vielmehr trotzig.

»Misch dich nicht ein«, sagte er. »Das hier geht dich nichts an. Verschwinde lieber oder du spürst gleich selbst, wie es ist, wenn man von dreien verprügelt wird.«

»So?«, fragte die Gestalt. »Nun, tut euch keinen Zwang an.« Damit trat sie zwei weitere Schritte vor und blieb wieder stehen; noch nicht ganz im Hellen, aber nicht mehr völlig von den Schatten verborgen.

Stan fuhr heftig zusammen und Dulac konnte regelrecht hören, wie er alle Farbe verlor. Mike stieß ein fast komisch klingendes Quietschen aus und Evan fuhr auf dem Absatz herum und war wie der Blitz verschwunden. Kaum eine Sekunde später stürzte auch Mike davon und auch Stan stolperte einen Schritt rückwärts.

»Nun?«, fragte Artus lächelnd. »Wolltest du mir noch etwas sagen?« Seine Hand fiel in einer wie beiläufig wirkenden Geste auf das Schwert an seiner Seite.

»Nein ... Herr«, stammelte Stan. »Ich ... ich ...« Er stockte, senkte den Blick und flüsterte mit halb erstickter Stimme: »Entschuldigt, Herr. Es ... es tut mir Leid. Ich habe Euch nicht ... nicht gleich erkannt.«

»Verschwinde«, sagte Artus. »Lauf nach Hause und denk darüber nach, ob es ehrenvoll ist, einen Wehrlosen zu schlagen.«

Das ließ sich Stan nicht zweimal sagen: Er fuhr auf der Stelle herum und war so schnell verschwunden, als hätte die Nacht ihn einfach verschluckt. Dulac sah noch einen Moment mit klopfendem Herzen in die Richtung, in die er verschwunden war, dann stand er mühsam auf und drehte sich wieder zu Artus um.

»Ich danke Euch, Herr«, sagte er. »Wenn Ihr nicht gekommen wärt, dann ...«

»– wäre es dir schlecht ergangen«, führte Artus den Satz zu Ende, als Dulac es nicht tat, sondern ihn nur aus aufgerissenen Augen anstarrte.

Nur dass Artus nicht mehr Artus war, sondern Dagda.

»Dag...da?«, murmelte Dulac stockend.

»Als man mich das letzte Mal angesprochen hat, habe ich noch auf diesen Namen gehört«, sagte Dagda lächelnd. »Bist du verletzt?«

»Nein«, antwortete Dulac ohne wirklich darüber nachzudenken. Ihm tat so ziemlich jeder Knochen im Leib weh, aber darauf achtete er in diesem Moment gar nicht. »Aber ... aber wie kann das sein?«

»Was?«, fragte Dagda.

»Artus«, murmelte Dulac. »Ich ... Ihr ... gerade wart Ihr doch noch ...«

»Ja?«, fragte Dagda harmlos.

Dulac schwieg. Er war vollkommen sicher gewesen Artus zu sehen und ihren Reaktionen nach zu schließen war es Stan und den beiden anderen ebenso ergangen. Er trat einen halben Schritt zur Seite, um in die Dunkelheit hinter Dagda zu blicken. Er konnte dort nichts als undurchdringliche Schwärze erkennen, aber er hätte gespürt, wenn dort noch jemand gewesen wäre.

»Erwartest du noch jemanden?« In Dagdas Augen erschien ein amüsiertes Funkeln.

»Nein«, antwortete Dulac. »Ich musste nur an gestern Abend denken. An das, was Ihr über Eure ... Taschenspielertricks erzählt habt.«

»Manchmal sind sie ganz nützlich«, bestätigte Dagda. »Dir fehlt auch wirklich nichts?«

»Es ist nicht so schlimm«, antwortete Dulac. »Ich bin schon schlimmer verprügelt worden.«

»Von diesen drei Burschen? Wer sind sie?«

»Dummköpfe.« Dulac machte eine heftige Handbewegung. »Es lohnt nicht, auch nur über sie zu reden. Was tut Ihr hier?«

Erst als er die Worte schon ausgesprochen hatte, wurde ihm klar, dass ihm diese Frage bei aller Großzügigkeit Dagdas nicht zustand. Aber der alte Magier schien sie ihm nicht übel zu nehmen, denn er zuckte nur mit den Schul-

tern und zog sich sonderbarerweise wieder einen halben Schritt weit in die Dunkelheit zurück.
»Zum Beispiel dir den Hals retten«, sagte er. »Aber was tust du hier, mitten in der Nacht?«
»Aber Ihr habt doch selbst gesagt, dass ich früh kommen soll!«, sagte Dulac. »Artus und die anderen wollen heute mit ihren Waffen üben. Und Ihr wisst doch, was dann immer passiert.«
Dagda nickte. Dulac konnte den Ausdruck auf seinem Gesicht nicht erkennen, denn er stand jetzt wieder zu tief in den Schatten. »Ja, jetzt, wo du es sagst ... ich werde allmählich alt, fürchte ich. Dann geh. Warte unten am Fluss auf mich.«
»Und wie lange werdet Ihr ... wegbleiben?«, fragte Dulac.
»Solange es eben dauert«, antwortete Dagda unwillig. Er machte eine entsprechende Handbewegung. »Geh jetzt!«
In seiner Stimme war plötzlich eine Schärfe, der Dulac nicht mehr zu widersprechen wagte. Er drehte sich halb herum und machte einen Schritt, blieb dann aber noch einmal stehen und sah zu Dagda zurück.
Genauer gesagt: zu der Stelle, an der Dagda gerade noch gestanden hatte.
Er war verschwunden.

Dulac beeilte sich nun, den Weg zur Burg und die gute halbe Stunde zu der Stelle am Flussufer hinunterzulaufen, an der Artus und seine Ritter normalerweise ihre Waffenübungen abhielten. Er war fast sicher, dass Stan und die beiden anderen nach Hause gerannt waren, als wäre der Leibhaftige persönlich hinter ihnen her, aber man konnte schließlich nie wissen ... Es war auf jeden Fall besser, wenn er vorsichtig war. Sein Bedarf an Abenteuer war für den Moment mehr als gedeckt. Der an Prügel übrigens auch. Bei der Erinnerung an die hässliche Szene verdüsterte sich sein Gesicht. Er hatte Dagda gegenüber zwar behauptet, dass ihm der Zwischenfall nichts ausmachte, aber das stimmte nicht. Es stimmte ganz und gar nicht.

Dulac kochte innerlich vor Wut, wenn er daran zurück dachte. Es waren nicht die Schläge, die er bekommen hatte. Das war er gewohnt. Außerdem hatte er deutlich mehr ausgeteilt als eingesteckt; jeder der drei würde am nächsten Morgen mit einer hübschen Sammlung blauer Flecken und Schrammen aufwachen, die der Dulacs kaum nachstand.

Aber was unendlich mehr wehtat, war die Erniedrigung. Stan und die beiden anderen hatten ihn gequält, seit er in der Stadt war. Und im Laufe der Jahre war es schlimmer geworden. Je älter Stan, Mike und Evan wurden, desto derber wurden auch die Scherze, die sie sich mit ihm erlaubten, und seit einigen Monaten wurde es wirklich gefährlich. Der Moment war abzusehen, wo einer von ihnen (vermutlich Dulac) wirklich ernsthaft verletzt werden würde, und wenn Stan noch ein wenig älter wurde und vielleicht eines Tages eine Waffe in die Hand bekam ...

Nein, Dulac wollte lieber nicht daran denken, was dann geschah. Irgendwann einmal, das wusste er einfach, würde er es ihnen heimzahlen. Wenn er erst einmal eine Rüstung trug und seinen Platz an König Artus' Tafel innehatte ...

»Bis dahin ist es aber noch ein weiter Weg, mein Junge.«

Diesmal erkannte Dulac die Stimme sofort. Erschrocken fuhr er herum.

»Und ich fürchte fast, er ist ein bisschen zu weit, als dass

du ihn gehen könntest«, fuhr Artus fort. In seiner Stimme war ein ganz sachter, tadelnder Ton, aber er lächelte und irgendwie spürte Dulac, dass er nicht zornig war.
Trotzdem wich er rasch zwei oder drei Schritte zurück und senkte den Blick. Ihm wurde erst jetzt mit gehörigem Schrecken klar, dass er einen Teil seiner Gedanken wohl laut ausgesprochen haben musste, sodass Artus sie gehört hatte.
»Verzeiht, Herr«, murmelte er. »Ich wollte nicht –«
»Was?«, unterbrach ihn Artus. »Träumen? Aber dafür musst du dich nicht entschuldigen. Träume sind das kostbarste Gut, das Menschen ihr Eigen nennen.«
Dulac verstand nicht wirklich, was Artus meinte – aber er war auch viel zu sehr von Ehrfurcht gepackt, als dass er wirklich darüber hätte nachdenken können. Obwohl fast kein Tag verging, an dem er den König nicht sah, nahm Artus doch normalerweise kaum Notiz von ihm. Und dass er ihn ansprach – außer um ihm einen Befehl zu erteilen –, kam so gut wie niemals vor. Dulac hatte sich schon ernsthaft gefragt, ob Artus überhaupt wusste, wer er war.
»Ich fürchte, ich ... ich verstehe nicht ganz, was Ihr meint, Herr«, stammelte er.
Zu seiner Überraschung lächelte Artus, als hätte er etwas ungemein Komisches gesagt. »Dann bist du ein sehr glücklicher Junge«, sagte er und lachte leise.
»Du willst also ein Ritter werden«, fragte er nach einer kurzen Pause. »Nun, wenn es an dem ist, dann musst du auch den Umgang mit Schwert und Schild erlernen.« Er sah sich nach allen Richtungen um. »Es ist früh. Die anderen werden erst in einiger Zeit kommen. Wenn du willst ...«

Er zog sein Schwert aus dem Gürtel und Dulacs Augen wurden groß vor Staunen. Artus schien seinen Ausdruck jedoch falsch zu deuten, denn er senkte hastig die Waffe und beeilte sich in beruhigendem Ton zu sagen: »Keine Angst. Ich tue dir nichts.«

»Das ... das weiß ich, Herr«, stammelte Dulac. »Ich war nur so ... so überrascht.« Artus, der König von Britannien, wollte ihn, einen einfachen Küchenjungen, den Schwertkampf lehren? Es fiel ihm schwer, das zu glauben.

»Worte«, sagte Artus. Er drehte sich rasch um, ging zu seinem Pferd und kam nach einem Augenblick zurück. Er hielt ein zweites, deutlich kleineres und wohl auch leichteres Schwert in der Hand, das er Dulac mit dem Griff voran hinhielt.

»Nimm es ruhig«, sagte er auffordernd. »Es beißt dich nicht.«

Dulac griff mit klopfendem Herzen nach dem Schwert. Die Waffe war schwerer, als er erwartet hatte, und hatte nur eine stumpfe Schneide und eine abgerundete Spitze; vermutlich, damit man sich beim Üben nicht zu schnell verletzte. Auch bestand sie nicht aus kostbarem Stahl wie Artus' Schwert, sondern aus schlecht geschmiedetem Eisen. Trotzdem fühlte sich das Schwert auf eine fast Angst machende Weise ... gut an.

»Hast du schon einmal ein Schwert in der Hand gehabt?«, fragte Artus. »Ich meine: Um damit zu kämpfen, nicht um es zu polieren oder heimlich damit zu spielen.«

Dulac schüttelte den Kopf. Er hatte gerade Artus' Schwert schon sehr oft heimlich aus der Scheide gezogen, um die schimmernde Klinge zu bewundern oder ein bisschen damit herumzufuchteln und sich dabei wie ein richtiger Ritter zu fühlen, aber Artus' Frage musste er wahrheitsgemäß verneinen.

»Dann wird es Zeit für eine Lektion«, sagte Artus lächelnd. »Aber bevor wir anfangen, denk immer daran: Eine Waffe ist kein Spielzeug. Selbst dieses Übungsschwert ist eine gefährliche Waffe, die verwunden und sogar töten kann. Hast du das verstanden?«

»Ja, Herr«, sagte Dulac ehrfürchtig.

»Dann ist es ja gut«, sagte Artus. »Und nun – greif mich an.«

Dulac rührte sich nicht.

»Nur zu«, sagte Artus aufmunternd. »Keine Angst. Nimm dein Schwert und versuch mich damit zu treffen.«

»Seid Ihr ... ganz sicher, Herr?«, fragte Dulac.

»Natürlich bin ich sicher«, antwortete Artus. Er klang ein bisschen ungeduldig. »Worauf wartest du? Greif mich an!«

Dulac ergriff das Schwert fest mit beiden Händen –

und im nächsten Augenblick lag Artus auf dem Rücken, japste nach Luft und starrte aus ungläubig aufgerissenen Augen auf das Schwert, dessen Spitze Dulac gegen seine Kehle drückte.

Niemand war erschrockener als Dulac selbst. Mit einer fast entsetzten Bewegung sprang er zurück, ließ das Schwert fallen und starrte abwechselnd und fassungslos seine Hände und Artus an.

»Verzeiht, Herr!«, stammelte er. »Bitte vergebt mir! Ich ... ich weiß auch nicht, was ... was ...«

Er verstummte, als ihm klar wurde, dass Artus seine Worte gar nicht hörte. Der König richtete sich unsicher auf, sah Dulac an und blickte dann ziemlich hilflos in die Richtung, in der sein Schwert davongeflogen war.

»Wie ... wie hast du das gemacht?«, wunderte er sich.
»Ich weiß es nicht, Herr!«, stammelte Dulac – und das entsprach der Wahrheit. Er hatte nicht nur nicht die geringste Ahnung, er konnte sich nicht einmal genau erinnern, was er getan hatte. Alles war so unglaublich schnell gegangen. »Bitte verzeiht mir, Herr! Ich wollte Euch wirklich nicht verletzen! Ich weiß gar nicht, wie –«
»Ich muss gestolpert sein«, murmelte Artus. »Wie ungeschickt von mir. Heb dein Schwert auf, wir versuchen es gleich noch einmal.«
»Lieber nicht, Herr«, sagte Dulac. »Ich glaube nicht, dass –«
Artus bückte sich nach seiner Waffe, fuhr mit einer heftigen Bewegung herum und sagte: »Heb dein Schwert auf und versuch es noch einmal!«
Das war ein Befehl, dem Dulac sich nicht widersetzen konnte. Mit zitternden Händen hob er das Übungsschwert auf und sah Artus an. »Ich möchte das eigentlich nicht, Herr«, sagte er. »Ich meine –«
»Aber ich möchte es«, unterbrach ihn Artus. Es klang plötzlich gar nicht mehr freundlich. »Greif mich an!«
»Wie Ihr befehlt, Herr«, seufzte Dulac.
Als Artus das nächste Mal aufstand, hatte sein Gesicht eine Menge von seiner Farbe verloren und er blutete aus einer dünnen Schnittwunde am Hals. Sein Schwert war so weit davongeflogen, dass es in der Dunkelheit nicht mehr zu sehen war.
»Das ... das ... das tut mir entsetzlich Leid, Herr«, stammelte Dulac. Er war den Tränen nahe. Er hatte das Blut des Königs vergossen! Ganz egal, ob er es nun absichtlich getan hatte oder nicht, sein Leben war verwirkt.

»Ach, halt die Klappe!«, knurrte Artus. Er stand auf, fuhr sich mit der Hand über den Hals und betrachtete anschließend stirnrunzelnd das Blut, das an seinen Fingern klebte.
»Du hast also noch nie ein Schwert in der Hand gehabt, wie?«, knurrte er. »Dann musst du entweder ein wahres Naturtalent sein oder der unverschämteste Lügner, der mir je untergekommen ist.«
»Ich schwöre, Herr, ich ... ich weiß nicht, was passiert ist!«, stammelte Dulac und das entsprach mit jedem Wort der Wahrheit. Er erinnerte sich nur, dass ... irgendetwas geschehen war. Nicht er schien das Schwert geführt zu haben, sondern das Schwert ihn, und das so schnell, dass er seine eigenen Bewegungen nicht einmal wirklich mitbekommen hatte.
Zitternd vor Furcht fiel er auf die Knie und senkte das Haupt. »Verzeiht mir, Herr!«, flehte er. »Bitte tötet mich nicht. Ich schwöre Euch, dass es keine Absicht war.«
Artus bedachte ihn mit einem finsteren Blick, dann wandte er sich um und kniete am Flussufer nieder, um sich das Blut vom Hals zu waschen.
»Du kannst gehen«, knurrte er.
»Gehen?« Dulac hob ungläubig den Kopf. »Ihr meint, Ihr wollt mich nicht bestrafen?«
»Wofür?«, fragte Artus übellaunig.
»Ich habe Euch verletzt«, sagte Dulac.
»Verletzt? Dass ich nicht lache! Das war meine eigene Ungeschicklichkeit, was bildest du dir ein, Bursche? Soll ich etwa zugeben, dass mich ein Küchenjunge im Schwertkampf besiegt hat?« Er schüttelte heftig den Kopf. »Verschwinde endlich. Geh und suche Dagda, diesen alten

Quacksalber. Er soll sich beeilen herzukommen, und Verbandzeug mitbringen. Und was dich angeht, so will ich dich in den nächsten beiden Tagen nicht mehr bei Hofe sehen.«

Eine halbe Stunde später ging die Sonne auf, aber er hatte Dagda nicht gefunden. Um ganz ehrlich zu sein: Er hatte auch nicht wirklich nach ihm gesucht.

Dulac befand sich am anderen Ende der Stadt, aber er konnte selbst nicht genau sagen, wie er hierher gekommen war. Er war noch immer vollkommen verstört. Dulac verstand nicht einmal annähernd, was gerade am Flussufer geschehen war, aber eines war ihm doch vollkommen klar: Es war *kein* Zufall gewesen und schon gar keine Ungeschicklichkeit des Königs. Artus war möglicherweise nicht der unbesiegbare Schwertkämpfer, für den ihn der Großteil der Welt hielt (der, der *nicht* in Camelot lebte, hieß das), aber er war immerhin ein Ritter mit langen Jahren an Erfahrung. Es war vollkommen unmöglich, dass er von einem Küchenjungen entwaffnet wurde, der noch niemals zuvor ein Schwert in der Hand gehalten hatte – und noch dazu gleich zweimal hintereinander!

Und doch war ganz genau das geschehen.

Es war vollkommen ausgeschlossen, so viel war klar. Er musste mit Dagda darüber reden.

Dulac überlegte einen Moment, zur Burg zurückzugehen, wo Dagda jetzt wahrscheinlich schon alle Hände voll damit zu tun hatte, die diversen Wunden und Prellungen zu versorgen, die sich Artus und seine Ritter immer zuzogen, wenn sie mit ihren Waffen übten. Aber Artus hatte ihm ja ausdrücklich verboten, ihm in den nächsten beiden Tagen unter die Augen zu treten, und er war nicht besonders versessen darauf, herauszufinden, wie weit Artus' Geduld mit ihm ging. Außerdem fiel ihm ein, dass Dagda ja auf dem Weg vom Gasthaus gewesen war. Mit ein bisschen Glück würde er ihn dort noch treffen und sie konnten sich auf dem Rückweg zur Burg unterhalten.

Er machte sich sofort auf den Weg. Rings um ihn herum erwachte die Stadt allmählich, und als er das Gasthaus erreichte, waren die Straßen bereits voller Menschen, die ihrem Tagwerk nachgingen.

Im Gasthaus war es noch still, als er es erreichte. Nirgendwo brannte Licht, aber er hörte ein leises Rumoren aus der Küche und traf auf einen ziemlich verschlafen dreinblickenden Tander, als er den Geräuschen folgte. Außerdem hatte Tander seine übliche Laune: miserabel.

»Was tust du hier, du Faulpelz?«, fuhr er ihn an, noch bevor Dulac auch nur ein Wort sagen konnte. »Du solltest längst auf der Burg sein und arbeiten!«

»Der ... der König schickt mich«, improvisierte Dulac hastig. »Ich soll nach Dagda suchen.«

»Der war hier«, knurrte Tander. »Aber du kommst zu spät.«

»Er ist schon wieder fort?«

»Er war nur einen Augenblick hier«, sagte Tander miesepetrig. »Hat mit Uther gesprochen und seiner Frau.«

»Habt Ihr gehört, was sie geredet haben?«, entfuhr es Dulac.

Tander kniff die Augen zusammen. »Was fällt dir ein? Willst du mir unterstellen, dass ich meine Gäste belausche?«

Nein, unterstellen wollte Dulac ihm das ganz bestimmt nicht. Er wusste, dass es so war.

»Sprichst du nicht mehr mit mir?«, fragte Tander ärgerlich, als er nicht sofort antwortete. Er verzog abfällig das Gesicht. »Aber ja, fast hätte ich es vergessen: Du bist ja jetzt etwas Besonderes, seit du mit Königen speist und nächtliche Spaziergänge mit Königinnen machst.«
Dulac zog es vor, auch darauf nicht zu antworten, aber damit hatte Tander wohl auch nicht gerechnet, denn er fuhr fast ohne Unterbrechung fort:
»Aber freu dich bloß nicht zu früh. Sobald du heute Abend von der Arbeit kommst, ist es mit dem schönen Leben vorbei.«
Dulac konnte es sich gerade noch verkneifen, Tander zu fragen, von welchem *schönen Leben* er eigentlich sprach. Stattdessen deutete er nur ein Achselzucken an und sagte leise: »König Uther und sein Gefolge reisen heute ab, ich weiß.«
»Das sind sie bereits«, sagte Tander gehässig. »Deine Gönner sind losgeritten, kaum dass Dagda gegangen war. Und ich kann dir sagen, was sie mir bezahlt haben, war alles andere als königlich.«
»Sie sind schon fort?«, entfuhr es Dulac.
»Fort und vergessen«, bestätigte Tander böse. »Und ich kann dir versprechen, dass du jede Minute nacharbeiten wirst, die du mit Uther und diesem Mädchen vertrödelt hast!«
»Weg?«, sagte Dulac noch einmal. »Einfach so? Ich meine ... haben sie nichts mehr ... gesagt?«
»Was bildest du dir ein, hätten sie sagen sollen? Dass Uther dich adoptiert oder dich wenigstens in sein Testament aufnimmt?« Er schnaubte. »Ich wusste immer, dass du ein Träumer bist. Aber ich werde dir die Flausen schon

austreiben. Geh nach draußen und hol Brennholz aus dem Schuppen und danach –«

»Ich muss zurück zur Burg«, unterbrach ihn Dulac. »Artus hat mir befohlen nach Dagda zu suchen.«

»Dann wirst du die Arbeit eben heute Abend nachholen«, sagte Tander. »Nur keine Sorge, ich hebe sie dir schon auf.«

Dulac hörte kaum zu. Er war zutiefst enttäuscht. Natürlich hatte er sich keinerlei Illusionen gemacht, dass sich zwischen Gwinneth und ihm mehr entwickeln könnte als eine flüchtige Bekanntschaft; eine Bekanntschaft noch dazu, die höchst einseitig war und die die junge Königin vermutlich in wenigen Tagen schon vergessen haben würde. Trotzdem hatte er gehofft, sie wenigstens noch einmal zu sehen, und sei es nur, um sich von ihr verabschieden zu können.

»Wann ... wann sind sie fort?«, fragte er stockend.

»Vor einer ganzen Weile«, antwortete Tander. Seine Augen funkelten boshaft. »Und wenn es nach mir geht, brauchen sie auch gar nicht wiederzukommen. Adeliges Pack! Sie machen sich ein schönes Leben auf unsere Kosten, aber wie es uns geht, das interessiert sie nicht.«

Dulac ging. Wenn Tander so anfing, dann fand er normalerweise kein Ende mehr und nur zu oft artete es darin aus, dass er sich in Rage redete und seine Wut dann an ihm ausließ. Außerdem konnten Uther und Gwinneth noch nicht allzu weit fort sein. Es gab nur zwei Straßen, die nach Camelot und wieder fort führten. Auf einer davon war er selbst hierher gekommen, also musste Uther die andere genommen haben. Und mit seinem Gefolge und dem schweren Tross würde er nicht sehr schnell sein. Dulac hatte eine gute Chance, ihn noch einzuholen.

Er verließ das Gasthaus, wandte sich nach Westen und tat etwas im Grunde ganz und gar Unerhörtes, ohne sich selbst darüber im Klaren zu sein: Statt zur Burg zurückzugehen, wie er Tander gegenüber behauptet hatte, schlug er ein scharfes Tempo ein und machte sich auf den Weg, um König Uther und Gwinneth einzuholen.

Westlich von Camelot erstreckte sich auf einen halben Tagesmarsch ein sanft hügeliges Gelände, in dem sich Grasland und kleine, manchmal aber sehr dichte Waldgebiete abwechselten. Hier wohnten nur sehr wenige Menschen. Camelot war die größte Stadt weit und breit und so weit Dulac wusste, war der nächste Ort, der diesen Namen wirklich verdiente, fast einen Tagesritt entfernt. Allerdings gab es auf dem Weg dorthin einige Höfe und Gasthäuser, in denen Uther und sein Gefolge vielleicht einkehren würden, sodass Dulac sich gute Chancen ausrechnete, sie spätestens dort einzuholen. Er hatte sich vorgenommen, nicht länger als bis zum Mittag zu marschieren und spätestens dann kehrtzumachen, um pünktlich bei Sonnenuntergang wieder in der Stadt zu sein. Eine ganz leise Stimme in seinem Kopf beharrte hartnäckig auf der Frage, was er hier eigentlich tat – es war schon ziemlich verrückt, einen ganzen Tagesmarsch in Kauf zu nehmen, nur um Gwinneth noch einmal zu sehen und sich von ihr zu verabschieden. Dulac weigerte sich einfach ihr zuzuhören.
Es sollte ohnehin anders kommen.
Dulac war vielleicht eine Stunde unterwegs. Der Weg schlängelte sich am Ufer eines schlammigen Sees entlang und war an dieser Stelle sehr schmal. Zur Rechten erhob sich ein dichter Wald, aus dem noch ein Hauch der

zurückgebliebenen Nachtkälte herüberwehte, und dicht vor ihm machte der Weg einen scharfen Knick, der Dulac möglicherweise das Leben rettete. Er ging mit gesenktem Blick, weil die Sonne noch tief stand und ihr Licht seine Augen blendete, aber auch weil er hoffte, in dem weichen Boden möglicherweise Spuren zu entdecken.

Er sah nichts, aber er hörte plötzlich Stimmen und das Getrappel von Pferdehufen und irgendetwas daran ... warnte ihn.

Dulac blieb stehen. Sein Herz begann zu klopfen. Er konnte das Gefühl nicht begründen, aber er spürte ganz deutlich, dass dort vorne eine Gefahr auf ihn zukam.

Dulac sah sich hastig um. Der nahe liegende Gedanke war, sich im Unterholz zu verbergen, aber das Gestrüpp war an dieser Stelle so dicht, dass ein Durchkommen unmöglich schien; jedenfalls nicht ohne Spuren zu hinterlassen. Also wandte er sich zur anderen Seite, zum Wasser hin. Der See war nicht sehr groß, aber am Ufer wuchs dichtes und fast mannshohes Schilf, in dem er sich verbergen konnte ...

Schnell, aber trotzdem sehr vorsichtig, um das Schilf nicht zu knicken, watete er ins Wasser und ließ sich in die Hocke sinken.

Keinen Augenblick zu früh. Zwei, dann drei und schließlich vier Reiter bogen auf den Weg ein, schwarze Schatten gegen das grelle Sonnenlicht, die Dulac in seiner Aufregung wie leibhaftige Dämonen erschienen, die direkt aus der Hölle gekommen waren. Hätte er auch nur einen Atemzug länger gewartet, dann wären sie buchstäblich über ihn gestolpert.

Der vorderste Reiter ließ sein Pferd noch ein paar Schritte weiter traben, dann hielt er an und legte lauschend den

Kopf auf die Seite. Auch die anderen Männer zügelten ihre Tiere und der Reiter zu seiner Rechten fragte: »Was hast du?«
»Nichts«, antwortete der Fremde in einer Tonlage, die das genaue Gegenteil behauptete. »Ich dachte, ich hätte etwas gehört. Aber anscheinend habe ich mich getäuscht.«
Dulac ließ sich noch weiter ins Wasser sinken, bis seine Knie den schlammigen Grund des Sees berührten. Er war sicher, dass er hinter dem Schilf vollkommen unsichtbar war – aber wenn er die Nähe der Reiter gespürt hatte, wieso sollten sie nicht umgekehrt spüren, dass sie beobachtet wurden?
»Vielleicht sollten wir besser hier warten«, antwortete der andere Reiter. »Der Wald gibt uns Deckung. Ich möchte dem König doch nicht die Überraschung verderben.«
Er lachte rau, stieg vom Pferd und schlug die Kapuze seines schwarzen Mantels zurück. Dulacs Herz begann so heftig zu pochen, dass er für den Moment felsenfest davon überzeugt war, das Geräusch müsse noch auf dem Weg zu hören sein.
Es war Mordred.
Obwohl Dulac ihn nur einmal kurz gesehen hatte und er nun andere Kleider trug, erkannte Dulac ihn sofort. Plötzlich war er sehr, sehr froh, auf seine innere Stimme gehört zu haben. Mordred hatte auch umgekehrt ihn nur einen Augenblick lang gesehen und wahrscheinlich hatte er sich nicht die Mühe gemacht, sich das Gesicht eines Küchenjungen einzuprägen. Aber nach allem, was er über Mordred gehört hatte, würde er auch nicht zögern, ihm schon aus reiner Vorsicht den Hals durchzuschneiden.
»Ich hoffe, dieser verdammte Bengel kommt auch«,

knurrte der Reiter, der zuerst gesprochen hatte. Zusammen mit den beiden anderen Männern stieg auch er vom Pferd und schlug seinen Mantel zurück. Er hatte ein breites, sehr kantiges Gesicht, das fremd, aber nicht unbedingt unsympathisch wirkte, schwarzes Haar und sehr helle, stechend blaue Augen. In seiner Stimme war ein leiser Akzent zu hören, den Dulac nicht kannte.

»Er kommt«, versicherte Mordred. Er lachte leise. »Immerhin habe ich ihm ein Goldstück versprochen. Dafür würde er seine Mutter verkaufen.«

»Falls er eine hat«, antwortete sein Begleiter. »Diese englischen Bastarde werden doch alle von Hündinnen geworfen.«

Seine beiden Begleiter lachten hart, aber Mordreds Gesicht verzog sich zu etwas, das man als Lächeln deuten konnte, das aber wohl eher das genaue Gegenteil war.

»Falls du es vergessen haben solltest, mein Freund«, sagte er in liebenswürdigem Tonfall, »meine Mutter war eine englische Königin.«

»Und Euer Vater ein englischer König, ich weiß«, antwortete der andere ungerührt. »Und trotzdem steht Ihr in unseren Diensten und lasst Euch dafür bezahlen, gegen die Briten zu kämpfen.«

Mordreds Hand senkte sich in einer wie zufällig wirkenden Bewegung auf den Schwertgriff. »Manchmal kämpfe ich auch, ohne dafür bezahlt zu werden«, sagte er.

Der Dunkelhaarige schüttelte den Kopf. »Ich kämpfe nicht mit Euch«, sagte er. Nach einem Moment und etwas leiser fügte er hinzu: »Noch nicht.«

Mordred starrte ihn noch einen Moment lang an, dann aber entspannte er sich sichtbar und nahm die Hand vom

Schwert. »Du hast Recht«, sagte er. »Unsere Schwerter werden in den nächsten Tagen noch genügend Blut schmecken. Es muss nicht das unsere sein.«
Pikten. Dulac dachte an sein Gespräch mit Dagda zurück und war jetzt sicher, dass es sich bei den drei Männern um Pikten handelte. Dagda und auch Uther hatten behauptet, dass es sich um ein wildes Barbarenvolk handelte, aber in Dulacs Augen unterschieden sich die drei Männer kaum von den meisten Edelleuten, die zu Besuch nach Camelot kamen. Was natürlich auch an diesen Edelleuten liegen konnte ...
Dulac verlagerte vorsichtig sein Gewicht, um in eine etwas bequemere Position zu gelangen. Es nutzte nicht viel. Das Wasser war so eisig, dass seine Beine schon fast gefühllos geworden waren, und die Kälte kroch langsam, aber auch unaufhaltsam in seinem Körper hoch. Außerdem war der Schlamm, in dem er kniete, nicht so weich, wie er sein sollte. Etwas Hartes verbarg sich darunter. Er musste irgendwie seine Lage verändern, wollte er nicht Gefahr laufen, ein verräterisches Geräusch zu machen.
Vielleicht hatte er es sogar schon, denn Mordred hob plötzlich den Kopf und sah so genau in seine Richtung, dass es unmöglich ein Zufall sein konnte. Seine Augen wurden schmal. Für die Dauer eines Herzschlages schien sich ihr Blick direkt in den Dulacs zu bohren, dann drehte er sich herum und begann auf das Ufer zuzugehen.
Dulac geriet in Panik. Er war sicher, dass Mordred ihn entdeckt hatte oder ihn spätestens in den nächsten Sekunden sehen würde.
»Da ist er«, sagte der Pikte.
Mordred drehte sich mitten in der Bewegung herum und sah in die Richtung, in die die Hand des Mannes wies, und

Dulac konnte gerade noch ein erleichtertes Aufatmen unterdrücken, das ihn wohl endgültig verraten hätte.
Dann verdüsterte sich sein Gesicht, als er die Gestalt sah, die auf einem klapprigen Esel den Weg heruntergeritten kam. Es war niemand anderes als Evan.
»Das wurde aber auch Zeit«, sagte Mordred, während er dem Jungen entgegentrat. »Du hättest längst hier sein sollen. Was hat dich aufgehalten?«
»Ich konnte nicht eher kommen, Herr«, beeilte sich Evan zu versichern. In seiner Stimme lag ein Ton zwischen Furcht und Trotz, wobei die Furcht deutlich überwog. Und wäre Dulac nicht vollkommen durcheinander und schier erstarrt vor Furcht gewesen, dann wäre ihm sicher auch aufgefallen, was für eine durch und durch lächerliche Figur Evan auf seinem Esel bot. Das Tier war nicht besonders groß, sodass Evans dürre Beine fast über den Boden schleiften, und er gab sich alle Mühe, möglichst gelassen und vielleicht sogar ein bisschen herausfordernd zu wirken, erreichte damit aber eher das Gegenteil.
»Und warum nicht, wenn ich fragen darf?«, erkundigte sich Mordred in einem freundlichen Tonfall, der Dulac einen eisigen Schauer über den Rücken laufen ließ.
»Es ist im Moment gar nicht so einfach, Camelot zu verlassen«, antwortete Evan. »Wenigstens nicht, ohne dass Artus und seine Ritter es merken. Sie sind in großer Aufregung, Herr. Ich glaube, Euretwegen.«
In Mordreds Augen blitzte es auf. Für die Dauer eines Atemzuges gelang es ihm nicht mehr ganz, die Fassade von Freundlichkeit und Langmut aufrechtzuerhalten. Evan war drauf und dran, sich um seinen Hals zu reden, aber er schien es nicht zu bemerken.

»Und?«, fragte Mordred.
»Ich musste einen großen Umweg machen, um ungesehen aus der Stadt zu kommen«, beharrte Evan. »Und es war auch nicht leicht, die Wahrheit aus diesem Dummkopf von Schankwirt herauszubekommen. Erst wollte er gar nicht reden, aber am Schluss habe ich dann doch erfahren, was Ihr wissen wollt.«
»Ach«, sagte Mordred. Seine Hand strich über den Schwertgriff.
Evan druckste einen Moment herum. »Ihr ... hattet uns eine Belohnung versprochen«, erinnerte er.
»Und die wirst du auch bekommen«, antwortete Mordred. »Ich kann dir versichern, dass sie dem Wert deiner Informationen angemessen sein wird.«
»Herr?«, fragte Evan verständnislos.
Mordred seufzte. »Du bekommst dein Goldstück«, sagte er resignierend. »Sprich!«
Auf Evans Gesicht erschien ein breites, fast triumphierendes Grinsen. »Ich weiß, wo Uther und sein Gefolge sind«, sagte er.
»Wie schön für dich«, sagte Mordred gepresst. »Und hättest du vielleicht auch die Güte, uns an deinem Wissen teilhaben zu lassen?«
»Ein ganzes Goldstück?«, vergewisserte sich Evan. »Ganz für mich allein?«
Mordred zog das Schwert einen Fingerbreit aus der Scheide und ließ es mit einem scharrenden Laut wieder zurückschnappen. »Sagen wir, ich verspreche dir auf jeden Fall ein Stück Metall«, antwortete er und das verstand offensichtlich sogar Evan, denn er wurde plötzlich blass.

»Im ... im Schwarzen Eber«, sagte er hastig. »Sie wollen gegen Mittag dort rasten.«
»Der *Schwarze Eber*?«
»Ein Gasthaus, zwei Stunden den Weg hinab«, antwortete Evan. »Mit Euren schnellen Pferden aber viel weniger.« Er atmete erleichtert auf. »Bekomme ich jetzt das Goldstück?«
Immerhin nahm Mordred die Hand vom Schwert und das war vermutlich ein größeres Glück, als Evan auch nur ahnte. »Sobald ich mich davon überzeugt habe, dass du die Wahrheit gesagt hast«, sagte er.
»Aber –«, protestierte Evan.
»Zweifelst du etwa an meinem Wort?«, fragte Mordred kalt.
»Na...na...natürlich nicht, Herr«, stammelte Evan. »Es ist nur so, dass ... dass die anderen sich auf mich verlassen und ...«
»Ihr bekommt, was euch zusteht«, unterbrach ihn Mordred. »Wenn ich Uther wirklich im *Schwarzen Eber* finde und mit ihm reden kann, dann kommen wir spätestens morgen nach Camelot und ihr bekommt eure Belohnung.«
Evan dachte einen Moment angestrengt über diesen Vorschlag nach, aber selbst er schien zu begreifen, dass es besser war, Mordred nicht noch weiter zu reizen.
»Dann ... reite ich jetzt besser wieder zurück«, sagte er stockend.
»Tu das«, antwortete Mordred. »Und kein Wort über unser Treffen. Ich will Uther überraschen.«
»Sicher«, sagte Evan nervös. »Und ... und vielen Dank auch noch einmal, Herr.« Er begann mit reichlich unge-

schickten Bewegungen seinen Esel auf dem schmalen Weg zu wenden und beeilte sich loszureiten.

Mordred sah ihm finster nach, bis er ein gutes Stück entfernt war. Dann sagte er leise: »Heldaar, sorge dafür, dass er nicht redet. Er hat eine lose Zunge.«

Einer der drei piktischen Krieger stieg in den Sattel und ritt in die Richtung davon, aus der sie gekommen waren, und Mordred wandte sich zu dem Dunkelhaarigen um, mit dem er am Anfang gesprochen hatte.

»Es fällt mir schwer, zu glauben, dass Uther es uns so leicht machen soll«, sagte er.

»Er weiß nicht, dass wir hier sind«, gab der Pikte zu bedenken.

»Er weiß es«, versicherte Mordred grimmig. »Du begehst den gleichen Fehler, der daran schuld ist, dass dein Volk in der Vergangenheit beinahe ausgelöscht wurde, mein Freund. Du unterschätzt deine Feinde. Ich tue das nicht. Ich kenne Uther seit vielen Jahren. Er ist alt geworden, ein Wolf, dem allmählich die Zähne ausfallen. Aber er bleibt ein Wolf.«

Der Pikte verzog geringschätzig die Lippen. »Das ist auch nur ein großer Hund.«

Auch er wird nicht mehr allzu lange leben, dachte Dulac. Und was ihn selbst anging: Er würde es nicht mehr lange in dieser Stellung aushalten. Alles unterhalb seines Bauchnabels war mittlerweile vollkommen gefühllos – abgesehen von dem pochenden Schmerz in seinem rechten Knie –, aber sein Rücken und seine Schultern schmerzten unerträglich. Wenn er nur die mindeste Bewegung – und das dazugehörige Geräusch – machte, dann würde der Pikte ihn auf jeden Fall überleben.

»Machen wir uns auf den Weg«, sagte Mordred, als hätte er die Antwort des Pikten gar nicht gehört. »Der Junge hat von zwei Stunden gesprochen. Wahrscheinlich brauchen wir nur eine, aber es ist auch nicht mehr lange bis Mittag.«

Seine beiden Begleiter stiegen in die Sättel und auch Mordred ging zu seinem Pferd und streckte die Hand nach dem Zügel aus, hielt dann aber mitten in der Bewegung inne – und drehte den Kopf genau in Dulacs Richtung!

»Da ist doch jemand«, murmelte er. Statt in den Sattel zu steigen, drehte er sich wieder herum und ging langsam auf das Seeufer zu.

Dulac erstarrte für eine Sekunde vor Entsetzen und klammerte sich wider besseres Wissen an die Hoffnung, dass Mordred doch noch stehen bleiben oder in eine andere Richtung gehen würde. Aber er tat weder das eine noch das andere. Er blieb nicht stehen und er ging weiter und so zielsicher auf Dulacs Versteck zu, als wüsste er genau um seine Anwesenheit.

Dulacs Gedanken überschlugen sich. Selbst wenn er noch die Kraft gehabt hätte, davonzulaufen – seine Beine waren so gefühllos und taub, als wären sie zu Stein erstarrt –, wäre es viel zu spät gewesen. Mordred war nur noch ein paar Schritte entfernt. Er hatte nur eine einzige Chance. Mordred hob die Arme, um das dichte Schilf zu teilen, und im selben Moment, in dem er ins Wasser trat, ließ sich Dulac zur Seite fallen.

Die Eiseskälte des Wassers nahm ihm auch noch den Rest von Atem. Seine Lungen schienen explodieren zu wollen und seine Finger gruben sich in schierer Verzweiflung in den Schlamm. Noch einen Moment und er würde aufste-

hen müssen und dann würde Mordred ihn töten. Aber wenigstens würde er noch ein einziges Mal atmen können.
Unter seinen tastenden Fingern war plötzlich etwas Hartes, Glattes und sehr Großes. Halb wahnsinnig vor Atemnot und Angst riss Dulac seinen Fund aus dem Schlamm und hatte trotz allem noch genug Energie, um ihn nicht nur als uralten rostigen Helm zu erkennen, sondern sich auch darüber zu wundern, wie dieses Rüstungsteil hierher auf den Seegrund kam.
Ohne zu wissen, warum, griff er auch mit der rechten Hand zu, stülpte den Helm über –
und konnte atmen.
Das Gefühl, endlich wieder Luft zu bekommen, war im ersten Moment so überwältigend, dass Dulac sich nicht einmal darüber wunderte, wo der rettende Sauerstoff in diesem Moment überhaupt herkam, sondern einfach nur tief ein- und ausatmete, immer und immer wieder, als wäre es das Einzige, was in seinem Leben überhaupt noch eine Rolle spielte.
Erst nachdem sicherlich eine Minute vergangen war, wagte er es, die Augen wieder zu öffnen und durch die schmalen Sehschlitze des Helmes nach draußen zu sehen.
Mordreds Stiefel ragten kaum eine Handbreit vor ihm aus dem Schlamm, aber er hatte sich herumgedreht und blickte in die andere Richtung, von ihm weg. Vielleicht hatte er doch noch eine Chance.
Zum allerersten Mal begann sich Dulac zu fragen, wieso er eigentlich noch am Leben war. Er befand sich dreißig Zentimeter tief unter Wasser! In dem Helm musste sich eine Luftblase gefangen haben, als er untergegangen war.
Mordred bewegte sich. Seine Füße wirbelten noch mehr

braunen Schlamm vom Seegrund auf, sodass Dulac gar nichts mehr sah, aber immerhin spürte er, dass Mordred sich von ihm entfernte. So unglaublich es schien, er hatte ihn nicht entdeckt.

Wie lange würde die Luft in seinem Helm reichen? Sicherlich nicht länger als ein paar Augenblicke. Sie schmeckte jetzt schon eigenartig und würde bestimmt in ein paar Minuten verbraucht sein.

Dulac zählte in Gedanken langsam bis zwanzig, dann atmete er noch einmal tief ein, schlüpfte aus dem Helm und richtete sich unendlich behutsam auf.

»... wohl getäuscht haben«, hörte er Mordreds Stimme. Seine Stimme klang verzerrt, weil Dulac noch Wasser in den Ohren hatte, aber immerhin bemerkte er, dass sie von links kam, aus der Richtung, in der das Schilf noch ein wenig dichter war. »Hier ist niemand.«

»Dann kommt aus dem Wasser und lasst uns weiterreiten. Es ist nicht mehr viel Zeit bis zur Mittagsstunde.«

Dulac bog vorsichtig das Schilf auseinander. Mordred befand sich nur ein knappes Dutzend Schritte von ihm entfernt, marschierte aber rasch auf das Ufer zu, ging ohne noch einmal zu zögern zu seinem Pferd und stieg auf. Seine beiden Begleiter wollten unverzüglich losreiten, aber Mordred wandte sich noch einmal im Sattel um und ließ seinen Blick über den See schweifen. Seine Augen waren zu schmalen, misstrauischen Schlitzen zusammengekniffen.

»Ich hätte geschworen ...«, murmelte er. Dann schüttelte er abrupt den Kopf, als hätte er sich in Gedanken eine Frage gestellt und die mögliche Antwort als vollkommen unsinnig abgetan.

»Was hättest du geschworen?«
Nicht nur Dulac fuhr erschrocken zusammen, als die Stimme scheinbar aus dem Nichts ertönte. Auch Mordred erschrak deutlich und drehte sich so hastig im Sattel herum, dass sein Pferd unwillig schnaubte und auszubrechen versuchte.
Ein Gestalt trat aus dem Wald hervor. Im ersten Moment konnte Dulac sie kaum erkennen, obwohl sie im hellen Sonnenlicht dastand. Irgendetwas an ihr war sonderbar. Nein. Das war das falsche Wort. *Unheimlich.* Das traf es schon viel eher. Er konnte erkennen, dass es sich um eine Frau handelte, aber das war auch schon alles. Es war, als hätte sie einen Teil der Dunkelheit, die dort drinnen im Wald herrschte, mit sich nach draußen gebracht, und Dulac verspürte ein eisiges Fröstlen, das viel tiefer ging als die Kälte, mit der ihn das Wasser erfüllte.
Dann machte die Frau einen weiteren Schritt und aus dem Schatten wurde eine Gestalt, die Substanz und ein Gesicht hatte. Ein sehr schönes Gesicht, wie Dulac eingestehen musste, auch wenn irgendetwas Düsteres, Unheimliches hinter seinen ebenmäßigen Zügen zu lauern schien. Er war vollkommen sicher, das Gesicht der schwarzhaarigen Schönheit noch nie zuvor gesehen zu haben, aber etwas daran kam ihm trotzdem unglaublich *vertraut* vor.
»Mor...«, begann Mordred, wurde von der jungen Frau aber sofort und mit einer ärgerlichen Geste unterbrochen. »Was tut ihr hier?«, herrschte sie die Männer an. »Ihr solltet längst beim Gasthaus sein. Ich dachte, ihr hättet dort eine Verabredung.«
»Verzeiht, Herrin«, sagte einer der Pikten hastig. »Wir haben nur –«

Er brach ab, als die Schwarzhaarige den Kopf wandte und ihn mit einem Blick maß, der eine brennende Fackel in Eis verwandelt hätte. Hastig senkte er den Kopf und ließ sein Pferd sogar einen Schritt rückwärts gehen.

»Also?«

»Wir ... sind schon auf dem Weg«, sagte Mordred leise. »Verzeih.«

»Beeilt euch!«, befahl die Schwarzhaarige. »Zum Reden ist später noch Zeit!«

Mordred nickte hastig. Ohne ein weiteres Wort gab er seinem Pferd die Zügel und galoppierte davon. Und auch seine Begleiter hatten es plötzlich sehr eilig, loszupreschen.

Dulac blieb reglos und mit pochendem Herzen im Wasser hocken, bis die drei Reiter wieder hinter der gleichen Wegbiegung verschwunden waren, hinter der sie vor wenigen Minuten aufgetaucht waren, und wartete darauf, dass auch die unheimliche Fremde wieder ging. Aber sie rührte sich nicht. Endlose Sekunden stand sie einfach da und starrte in die Richtung, in der Mordred und seine Begleiter verschwunden waren, dann drehte sie sich ganz langsam herum und ihr Blick tastete in Dulacs Richtung.

Dulacs Herz machte einen erschrockenen Sprung. Für einen Moment war er felsenfest davon überzeugt, dass er nun wirklich entdeckt worden war, denn die dunklen Augen der Fremden sahen so genau in seine Richtung, dass es einfach kein Zufall mehr sein konnte. Und dann erschien ein sehr sonderbarer Ausdruck auf ihren Zügen. Etwas, das ein Lächeln sein konnte, aber auch das genaue Gegenteil, und das ganz eindeutig ihm galt.

Dann drehte sich die fremde Frau herum und verschwand

so lautlos und auf ebenso unheimliche Weise wieder im Wald, wie sie aufgetaucht war.
Dulac atmete erleichtert auf, aber er gab selbst dann noch fast eine Minute zu, bevor er es wagte, sich ganz aufzurichten und einen Schritt auf das Ufer hin zu machen.
Sein Fuß stieß gegen etwas Hartes; zweifellos der Helm, der ihm gerade das Leben gerettet hatte. Obwohl es nur ein Stück altes Metall war, hätte Dulac es als unpassend empfunden, ihn einfach so liegen zu lassen, also bückte er sich, grub mit den Händen im Schlamm und stieß auf glatten und sehr harten Widerstand. Es war nicht der Helm. Dafür war es viel zu schwer.
Dulac musste all seine Kraft aufbieten, um seinen Fund aus dem Schlamm zu ziehen. Es war ein Schild. Er war alt und verbeult wie der Helm und angesichts seiner enormen Größe nicht einmal sehr schwer. Dulac drehte ihn einen Moment verwirrt in den Händen, dann warf er ihn mit einer schwungvollen Bewegung in Richtung Ufer und griff erneut nach unten.
Innerhalb der nächsten Minuten fand Dulac einen Brust- und Rückenharnisch, Beinschienen und metallene Stiefel, Panzerhandschuhe und Armschützer und natürlich den Helm, der ihm vorhin das Leben gerettet hatte, kurz: eine komplette Rüstung. Nachdem er den Helm ans Ufer geworfen hatte, griff er aus einem bloßen Gefühl heraus noch einmal in den Schlamm und förderte als Letztes einen aus Metall geflochtenen Waffengurt und eine schlanke Schwertscheide zutage, aus der der Griff einer fast zierlich anmutenden Waffe ragte; ein ausgewachsenes Schwert für Dulac, in den Händen eines Ritters aber kaum mehr als ein Spielzeug.

Dulac war vollkommen verwirrt. Was er hier gefunden hatte, war ein regelrechter Schatz. Alt oder nicht, eine Rüstung war etwas unglaublich Wertvolles, das niemand einfach so wegwerfen würde. Es sei denn ...

Ein eisiger Schauer lief über seinen Rücken, als Dulac begriff, dass er vermutlich die Rüstung eines Toten gefunden hatte. Der Mann musste hier am Ufer gestorben und in seiner Rüstung ins Wasser gestürzt sein. Die Rüstung hatte dort so lange gelegen, bis ihr rechtmäßiger Besitzer von Fischen und Würmern aufgefressen worden war.

Nun, dachte Dulac schaudernd, zumindest wusste er jetzt, warum die Luft im Helm so seltsam geschmeckt hatte.

Nichts war im Moment so wichtig für ihn wie Zeit. Trotzdem überlegte Dulac noch einen Augenblick, was er mit seinem Fund anfangen sollte. Er war einfach zu kostbar, um ihn wieder ins Wasser zurückzuwerfen oder ihn einfach hier liegen zu lassen. Und es war nicht nur der rein materielle Wert – auch wenn er enorm war –, der ihn faszinierte. Irgendetwas ... Besonderes war an dieser Rüstung. Es war, als ob sie auf unheimliche Weise mit ihm sprach. Es waren keine Worte und wenn, dann konnte Dulac sie nicht verstehen, aber da war ein sonderbares, wort- und lautloses Flüstern tief in ihm. Er wusste einfach, dass es kein Zufall war, dass diese Rüstung ihm das Leben gerettet hatte. Ebenso wenig wie es ein Zufall war, dass er sie gefunden hatte. Es war fast, als hätte sie ihn ... *gerufen*?

Dulac lächelte nervös und versuchte den Gedanken als so lächerlich abzutun, wie er klang, als eine Stimme hinter ihm sagte:

»Was treibst du da, Bursche?«

Dulac erstarrte für eine Sekunde. Sein Herz schlug ganz

langsam, aber sehr hart, und er blieb reglos so stehen, wie er war: Halb nach vorne gebeugt und die rechte Hand auf dem Schwertgriff. Er widerstand der Versuchung, sich erschrocken herumzudrehen, aber er wusste wie durch Zauberei ganz genau, was hinter ihm war: Der Pikte war zurückgekommen!

Ohne aufzustehen oder die Hand vom Schwert zu nehmen, drehte er sich herum und sah seine Befürchtungen nicht nur bestätigt, sondern sogar übertroffen. Der Krieger war zurück, aber er war nicht allein. Er zog einen Maulesel am Zügel hinter sich her, über dessen Rücken ein regloser Körper lag. Dulac konnte Evans Gesicht nicht erkennen, aber das Haar das Jungen, das wirr nach unten hing, war voller Blut.

»Ich habe dich gefragt, was du da tust, Bürschchen«, wiederholte der Pikte zornig. Er ließ den Zügel des Maulesels los, schwang sich aus dem Sattel und trat herausfordernd auf Dulac zu. »Was hast du da?«

Dulacs Hand schloss sich um das Schwert. Mit einem scharrenden, sonderbar ... *gierigen* Laut glitt es aus der Scheide.

»Deinen Tod«, sagte er.

Der *Schwarze Eber* war nicht das, was man in Camelot unter einem Gasthaus verstanden hätte – oder in irgendeiner anderen Stadt. Er bestand nur aus einem roh aus kaum behauenen Felsblöcken gebauten Haus, an das sich ein windschiefer Pferdestall anlehnte, der nicht so aussah, als würde er nach dem nächsten Winter noch stehen. Aber er war im Umkreis eines halben Tagesrittes der einzige Ort, an dem Reisende rasten und ihre Pferde tauschen konnten, und zumindest im Moment glich er mehr einem Heerlager als der heruntergekommenen Kaschemme, die er in Wirklichkeit war: Mehr als drei Dutzend gepanzerter Schlachtrösser waren am nahen Waldrand angebunden und die gleiche Anzahl Ritter in schimmernden Rüstungen stand in kleinen Gruppen beieinander, durchsuchte das Haus oder durchkämmte auch den nahe gelegenen Wald. Artus selbst stand zusammen mit Gawain und Parzifal unweit des Einganges und vor ihm stieg ein Junge mit blutverschmierten blonden Haaren vor Aufregung unentwegt von einem Bein auf das andere.

»Aber wenn ich es Euch doch sage, Herr!«, versicherte Evan händeringend. »Es war ganz genau so: Dieser Ritter –«

»Langsam, Junge.« Parzifal unterbrach ihn mit einer Geste. »Vielleicht sollten wir zuerst einmal klären, was du unter einem Ritter verstehst. Beschreibe ihn.«

Evan maß den jungen Tafelritter mit einem Blick, der voller Furcht und Respekt war, in dem aber auch eine Spur von Verachtung mitschwang.

»Er war sehr groß«, antwortete er. »Sicher so groß wie Ihr, Herr, wenn nicht größer. Ich konnte sein Gesicht nicht erkennen, denn sein Visier war geschlossen.«

»Aber er trug eine Rüstung«, vergewisserte sich Artus. »Wie wir.«

»Nicht wir Ihr«, antwortete Evan kopfschüttelnd. »Sie war ganz aus Silber, genau wie sein Schwert. Er hat den Pikten erschlagen.«

Artus und Parzifal tauschten einen raschen, beredten Blick, der Evan möglicherweise entging, Dulac aber keineswegs.

»Ein Pikte, sagst du«, vergewisserte sich Parzifal. »Woher weißt du das?«
»Der Silberne Ritter hat es mir gesagt«, antwortete Evan – was eine glatte Lüge war. Dulac wusste es, aber auch Parzifal schien es zumindest zu ahnen.
»Und du hast gesehen, dass er den Pikten erschlagen hat?«, fragte Artus.
»Nicht ... direkt, Herr«, gestand Evan. »Aber als ich wach wurde, da war er tot und der Silberne Ritter stand vor mir, ein blutiges Schwert in der Hand. Wer sonst soll ihn erschlagen haben?«
Gawain wollte eine Frage stellen, aber Artus hob rasch die Hand und brachte ihn zum Schweigen. »Und dann?«
»Er ... er hat mir aufgetragen, Euch zu alarmieren, Herr«, antwortete Evan stockend. »Ich habe das Pferd des toten Pikten genommen und bin geritten wie der Teufel.«
»Und er selbst ist hierher gekommen und hat Mordred und seine beiden Begleiter in die Flucht geschlagen«, fügte Artus hinzu – allerdings mehr an sich selbst gewandt. Er schüttelte den Kopf. »Ganz allein. Ein Mann gegen drei. Das ist schwer zu glauben.«
»Der Wirt behauptet es wenigstens«, gab Gawain zu bedenken.
»Und König Uther auch«, fügte Parzifal hinzu.
»Uther ...« Artus seufzte. Auf seinem Gesicht machte sich ein seltsamer Ausdruck breit, den Dulac nicht zu deuten wusste, der aber nicht sehr angenehm auf ihn wirkte. Und als hätte er seine Gedanken gelesen, drehte sich Artus in diesem Moment zu ihm herum und maß ihn mit einem langen Blick.
»Herr?«, fragte Dulac nervös.

»Nichts«, antwortete Artus. Seine Hand fuhr in einer unbewussten Bewegung über den schmalen, nicht sehr sauberen Verband, den er am Hals trug, dann drehte er sich wieder herum und wandte sich in verändertem Ton an Evan.

»Du hast recht daran getan, uns zu alarmieren, Junge. Komm morgen früh zur Burg und du wirst eine angemessene Belohnung erhalten. Und nun geh!«

Evan ging nicht, er *floh* regelrecht. Artus sah ihm zu, wie er auf seinen Esel sprang und davonritt, dann drehte er sich zu Dulac herum, maß ihn noch einmal mit diesem sonderbaren Blick und fragte dann: »Und was tust du hier?«

Dulac hätte seine rechte Hand für die Antwort auf diese Frage gegeben. Er wusste es nicht. Er wusste nicht einmal, wie er hierher kam, geschweige denn warum.

»Ich ... ich habe gesehen, dass Ihr und Eure Ritter die Burg verlassen habt«, improvisierte er. Eine glatte Lüge, aber eine Ausrede, die ihm einigermaßen glaubhaft erschien. »Ich bin Euch gefolgt, weil ich dachte, Ihr ... Ihr würdet vielleicht Hilfe brauchen.«

Ich glaube dir kein Wort, sagte Artus' Blick. Aber er ließ es dabei bewenden und wandte sich kopfschüttelnd und mit einem tiefen Seufzen an Gawain.

»Wenn es diesen Silbernen Ritter wirklich gibt, warum ist er dann nicht hier? Wieso riskiert er sein Leben und kämpft gegen Mordred und bleibt nicht einmal hier, um unseren Dank entgegenzunehmen?«

»Das weiß ich nicht«, antwortete Gawain. »Fragt Uther. Vielleicht kann er Euch diese Frage beantworten. Er war dabei.«

Er machte eine Kopfbewegung zum Haus. Die Tür zum *Schwarzen Eber* hatte sich geöffnet und König Uther trat heraus, begleitet von Leodegranz und Braiden, zwei weiteren Tafelrittern. Wie alle anderen waren auch sie gekommen, um ihn und die Seinen zu retten – und trotzdem machten sie irgendwie mehr den Eindruck von *Wächtern* statt von *Beschützern*.

Dulacs Herz schlug ein wenig schneller. Die Tür schloss sich hinter Uther wieder; Gwinneth kam nicht aus dem Haus. Trotzdem wich Dulac ein paar Schritte zurück, um Schutz im Schatten des Waldrandes zu suchen. Sein Herz klopfte. Er wollte nichts mehr als Gwinneth wieder sehen, aber zugleich gab es im Moment auch kaum etwas, wovor er mehr Angst hatte.

Artus verharrte wortlos und in sonderbar angespannter Haltung, während Uther näher kam. Und auch der Ausdruck auf Uthers Gesicht war ... seltsam. Die Freude auf seinen Zügen war echt, aber da war auch noch etwas anderes.

»Artus«, sagte er.

»Uther, alter Freund«, erwiderte Artus. »Ich kann nicht sagen, wie erleichtert ich bin, Euch unversehrt zu sehen – Ihr seid doch unversehrt?«

»Ja«, antwortete Uther. »Alles, was verletzt wurde, ist mein Stolz.« Sein Gesicht verfinsterte sich. »Ich habe versucht Mordred zu bezwingen. Vor zwanzig Jahren wäre es mir gelungen.«

»Und in weiteren zwanzig Jahren wird jemand kommen, der Mordred bezwingt«, fiel ihm Artus ins Wort. »Und mich. So ist der Lauf der Zeit.«

»Ich weiß«, antwortete Uther. »Aber muss es mir gefallen?«

Artus lachte, kurz und sehr hart. »Nein«, sagte er, »erzählt.«

»Da gibt es nicht viel zu erzählen«, antwortete Uther leise. »Mordred und seine Barbarenkrieger haben uns überfallen. Meine Krieger haben sich tapfer gewehrt, aber sie wurden niedergemacht. Und auch ich wäre gestorben, wäre dieser fremde Ritter nicht gekommen.«

»Der Silberne Ritter?«, fragte Parzifal.

Uther hob die Schultern. »Er hat seinen Namen nicht genannt«, sagte er. »Genau genommen hat er gar nicht gesprochen, glaube ich. Mordred und seine Krieger hatten mich eingekreist. Sie hätten mich töten können, aber Mordred wollte wohl noch ein wenig mit mir spielen. Plötzlich tauchte dieser Fremde auf. Er fuhr wie der Leibhaftige unter die Angreifer. Nie zuvor habe ich einen Mann so kämpfen sehen. Er tötete die meisten Pikten.«

»Ich weiß«, sagte Artus. »Wir haben ihre Leichen gefunden. Einige im Gasthaus und noch mehr im Wald. Und er war allein? Ganz allein?«

»Ganz allein«, bestätigte Uther. »Die meisten Pikten flohen bei seinem bloßen Anblick. Er hätte auch Mordred getötet, hätten sich nicht etliche Pikten für ihn geopfert.«

»Also ist Mordred entkommen«, vergewisserte sich Artus. Seine Stimme war vollkommen ausdruckslos.

»Er ist verletzt«, antwortete Uther. Er zögerte einen Moment und hob dann die Schultern. »Ich mag mich irren, aber ich habe das Gefühl, dass er ihn nicht töten wollte.«

»Wie sonderbar«, sagte Parzifal stirnrunzelnd und Leodegranz fügte hinzu: »Warum sollte er sein Leben riskieren und Mordred dann entkommen lassen? Ihr kennt Mordred so gut wie ich, Uther. Er wird diese Niederlage nicht auf sich beruhen lassen.«

Artus machte eine unwillige Geste. »Fragen über Fragen. Wir werden sie klären, aber nicht jetzt. Im Moment zählt einzig, dass Ihr am Leben seid, mein alter Freund. Und natürlich Eure Gemahlin. Lady Gwinneth geht es gut, hoffe ich doch?«

Uther zögerte einen Augenblick. »Sie ist unverletzt«, antwortete er, »aber sie hat große Angst ausgestanden. Ich möchte im Moment –«

»Ich verstehe«, unterbrach ihn Artus. Seine Stimme war kühler geworden, aber er lächelte. »Es ist im Augenblick auch nicht so wichtig. Alles, was zählt, ist, dass Ihr am Leben seid und in Sicherheit.« Er machte eine weit ausholende Geste. »Wir kehren zurück nach Camelot. Dort seid Ihr erst einmal in Sicherheit und könnt Euch von den Strapazen und der Aufregung erholen. Wir können später über alles reden.«

Uther nickte. Er sagte nichts, aber der Ausdruck auf seinem Gesicht war eindeutig. Artus' Einladung war keine Einladung – aber welche Wahl hatte er schon?

»Gawain, Parzifal«, sagte Artus, »ihr begleitet mich auf dem schnellsten Weg zurück nach Camelot.« Er hob die Stimme. »Ihr anderen seid mir jeder persönlich dafür verantwortlich, dass König Uther und seine Gemahlin unversehrt nach Camelot kommen. Und schickt Boten in alle befreundeten Königreiche! Ich fürchte, wir stehen vor einem Krieg mit den Pikten!«

Der Rückweg nach Camelot kam ihm endlos vor, obwohl er ihn im Gegensatz zum Hinweg nicht zu Fuß hinter sich bringen musste. Keiner von Uthers Männern hatte das Gemetzel überlebt, das die Pikten angerichtet hatten, und auch etliche Barbarenkrieger waren hinterher dem Schwert des Silbernen Ritters zum Opfer gefallen, sodass kein Mangel an überzähligen Pferden bestand und Dulac wie alle anderen reiten konnte, Artus hatte ihm einen Platz ganz am Ende der Kolonne zugewiesen, von dem aus er Uther – und vor allem Gwinneth! – nicht sehen konnte, und zu seiner großen Enttäuschung wurden Artus' Gäste auch sofort in ihre Gemächer geführt, als sie die Burg erreichten.

Von diesem Wermutstropfen einmal abgesehen war Dulac jedoch beinahe froh, den Weg mehr oder weniger allein zurücklegen zu können. Da waren einfach zu viele Fragen, auf die er keine Antworten fand – und etliche, deren Antworten er möglicherweise gar nicht wissen wollte.

Zum Beispiel die, wie er zum *Schwarzen Eber* gekommen war.

Oder die, was zwischen dem Moment, in dem er sich zu dem Pikten herumgedreht hatte, und dem, im dem Artus und seine Ritter vor dem Gasthof erschienen, eigentlich *passiert* war.

Dem Stand der Sonne nach zu urteilen mussten seither gute drei Stunden vergangen sein, wenn nicht vier, aber da, wo in seinem Kopf die Erinnerung an diese Zeit sein sollte, war nichts als ein einziges, schwarzes Loch. Er erinnerte sich, sich zu dem Barbarenkrieger herumgedreht zu haben und dann ...

Nichts.

Das Nächste, was er wusste, war, dass er am Waldrand stand und den Tafelrittern zusah, wie sie von ihren Pferden

sprangen und ausschwärmten, um den Wald nach überlebenden Pikten zu durchkämmen.
Was ihn zu einer weiteren – und vielleicht der wichtigsten – Frage brachte: Wieso lebte er noch?
Fragen über Fragen, aber keine einzige Antwort. Jede Möglichkeit, die er erwog, erschien ihm lächerlicher als die andere.
Der Tag war weit fortgeschritten, als sie Camelot erreichten, aber es war eindeutig noch zu früh, nach Hause zu gehen. Dort wartete ohnehin nur Tander auf ihn, um ihn mit Arbeit und Vorwürfen zu überschütten, und wenn er hier blieb, dann hatte er vielleicht noch eine kleine Chance, wenigstens einen Blick auf Gwinneth zu erhaschen. Also ging er in die Küche hinunter. Vielleicht konnte ihm Dagda helfen, Licht in das Dunkel zu bringen.
Er fand ihn nicht. Die Küche war verwaist. Unter dem großen Kessel brannte kein Feuer und auch die angrenzenden Räume waren leer. Er wollte schon wieder gehen, besann sich aber dann anders und trat in die Bibliothek, in der Gwinneth und er Dagda gestern Abend über dem geheimnisvollen Buch angetroffen hatten.
Jetzt, bei Tage, kam ihm der Raum nicht mehr annähernd so verzaubert und unheimlich vor wie in der vergangenen Nacht. Es war einfach nur ein muffiges Gewölbe, in das nur wenig Tageslicht drang und das mit hölzernen Regalen voller Pergamentrollen und schweren gebundenen Bücher voll gestopft war. Das Buch, in dem Dagda gelesen hatte, lag nach wie vor an seinem Platz.
Dulac trat hinzu, strich einen Moment zögernd mit den Fingern über das Leder, in das es gebunden war, und schlug das Buch dann auf.

Die Seiten waren leer!
Die Bilder und kunstvoll gemalten Buchstaben, die er in der Nacht zuvor gesehen hatte, waren nicht mehr da.
Aber das war doch unmöglich! Dulac starrte die Seiten einige Zeit verwirrt an, dann schlug er das Buch zu und besah sich noch einmal und sehr aufmerksam den Einband. Es war ganz eindeutig dasselbe Buch.
Nur dass seine Seiten jetzt vollkommen leer waren. Die Schrift war ebenso spurlos verschwunden wie die geheimnisvollen Bilder, die Gwinneth und er gesehen hatten ...
Gwinneth.
Dulac schüttelte den Kopf, ein wenig verärgert über sich selbst. Es schien ganz egal zu sein, was er tat und worüber er grübelte – irgendwie kehrten seine Gedanken immer wieder zu Gwinneth zurück.
Er drehte sich herum – und fuhr so erschrocken zusammen, dass er um ein Haar das Gleichgewicht verloren hätte. Dagda stand hinter ihm. Das allein wäre noch nicht so erstaunlich gewesen, denn er kannte Dagda lange genug um zu wissen, dass er sich trotz seines Alters so lautlos wie eine Katze bewegen konnte. Aber hinter Dagda war – nichts. Nur eine Wand aus fugenlos vermauerten Felssteinen, in der es keine Tür, keine Öffnung, nicht den geringsten Spalt gab!
»Hast du gefunden, wonach du gesucht hast?«, fragte Dagda. Seine Stimme klang spröde und in seinen Augen lag ein Glitzern, das Dulac beinahe erschreckte.
»Ich ... ich weiß nicht, was ...«, stammelte Dulac.
»Ganz genau«, sagte Dagda grimmig. »Du weißt nicht. Das ist das Problem, wie mir scheint. Du weißt einfach zu vieles *nicht*. Du weißt nicht einmal, dass du nichts weißt.«

Dulac hatte nicht die geringste Ahnung, wovon Dagda überhaupt sprach, aber es war nicht das erste Mal, dass es ihm so erging. Dagda sprach oft in Rätseln. Und manchmal hatte Dulac auch den Verdacht, dass er einfach nur Unsinn redete.

Er dachte angestrengt über eine Antwort nach, aber Dagda schien gar keine haben zu wollen, denn er winkte herrisch ab und fuhr fort: »Wo warst du den ganzen Tag? Und was ist das überhaupt für eine Aufregung?«

»Ich ... Artus ...«, stotterte Dulac.

»Artus?« Dagda zog die Augenbrauen zusammen und Dulac fiel erst jetzt auf, wie schlecht er aussah. Seine Wangen waren eingefallen und seine Haut wirkte grau und wächsern. Er roch nicht gut: nach kaltem Schweiß und krank.

»Er hat mich weggeschickt«, antwortete Dulac. »Er war ... ziemlich wütend auf mich, fürchte ich.«

»Wütend? Was hast du getan?«

»Ich habe ihn verletzt«, gestand Dulac kleinlaut. Allein die Erinnerung an die hässliche Szene vom Morgen bereitete ihm Unbehagen. Aber zugleich war er auch fast erleichtert, mit jemandem darüber reden zu können.

»Was ist passiert?«, wollte Dagda wissen. Er wirkte mit einem Male sehr angespannt.

»Ich war am Fluss«, antwortete Dulac. »Artus kam eher als die anderen. Er sprach mit mir ... darüber, dass ich ein Ritter werden will, und ... und dann hat er mir ein Schwert gegeben und mir angeboten, ein wenig mit ihm zu üben, und –«

»– und Euer Schützling hätte mir um ein Haar den Hals durchgeschnitten«, führte eine dritte Stimme den Satz zu

Ende. Dagda hob mit einem Ruck den Kopf und Dulac drehte sich mit klopfendem Herzen zu Artus herum, der unbemerkt hereingekommen war.
»Es war meine eigene Ungeschicklichkeit«, fuhr Artus fort und hob die linke Hand zu dem schmalen Verband an seinem Hals. Zu Dulacs Erstaunen lächelte er sogar.
»Auch wenn es ein ungewohntes Gefühl für mich ist«, fuhr er direkt an Dulac gewandt fort, »entschuldige ich mich bei dir. Ich hätte dir keine Vorwürfe machen dürfen. Wenn überhaupt jemanden, dann trifft mich die Schuld. Ich hätte dir kein Schwert geben dürfen. Jemand wie ich sollte wissen, dass eine Waffe kein Spielzeug ist.«
»Ihr habt ... was?«, fragte Dagda fassungslos. »Ihr habt ihm ein Schwert gegeben? Ihr habt zugelassen, dass er Blut vergießt?«
Dulac stieß ungläubig die Luft zwischen den Zähen aus. Der Ton, den Dagda dem König gegenüber anschlug, war ungeheuerlich. Was ihn aber vollends überraschte, war Artus' Reaktion auf Dagdas Worte. Statt ihn in seine Schranken zu weisen, wirkte Artus für einen Moment regelrecht erschrocken, und als er endlich sprach, klang seine Stimme geradezu kleinlaut.
»Es war nur eine harmlose Übung. Ich konnte nicht ahnen –«
»– was geschieht, wenn er ein Schwert in die Hand bekommt?«, fiel ihm Dagda ins Wort.
»Es war nicht einmal ein richtiges Schwert!«, verteidigte sich Artus. Es kam Dulac fast unglaublich vor, aber er sprach eindeutig im Tonfall der Verteidigung, obwohl er der König und Dagda nur sein Koch und Hofzauberer war. »Es war nur ein besseres Spielzeug, das –«

»– um ein Haar ausgereicht hätte, Euch den Hals zu kosten!«, fiel ihm Dagda ins Wort. »Habt Ihr denn alles vergessen ...« Er fuhr plötzlich zusammen, trat einen halben Schritt zurück und senkte betroffen den Blick.

»Verzeiht, mein König«, sagte er. »Ich habe mich hinreißen lassen.«

»Schon gut«, antwortete Artus. Er lächelte, aber auf seine Art wirkte er ebenso erschrocken und verwirrt wie Dagda. »Es war für uns alle ein schwerer Tag. Wir haben heute Abend Gäste auf Camelot. Tragt also dafür Sorge, dass nur das Beste aus Eurer Küche auf unsere Tafel gelangt.«

»Selbstverständlich, mein König«, antwortete Dagda ohne den Blick zu heben.

»Und du ...« Artus drehte sich zu Dulac herum. »Der Junge, der uns gewarnt hat ... du kennst ihn?«

Dulac nickte. »Evan.«

»Geh zu ihm und sorge dafür, dass er morgen früh auf der Burg erscheint. Ich habe ihm eine Belohnung versprochen. Und ich muss mit ihm über diesen Silbernen Ritter reden.«

Dagda sah hoch. Eine tiefe Falte erschien zwischen seinen Augenbrauen, aber er sagte nichts. Als Artus sich wieder zu ihm herumdrehte, senkte er hastig den Blick und wartete, bis sich der König wieder abgewandt hatte und mit schnellen Schritten davongegangen war. Erst dann richtete er seine Aufmerksamkeit wieder auf Dulac.

»Was hat es mit diesem Silbernen Ritter auf sich?«, fragte er.

»Davon weiß ich nichts«, log Dulac. »Aber was hatte das zu bedeuten, dass Ihr ihn gewarnt hättet, mir eine Waffe in die Hand zu geben?«

»Nichts«, antwortete Dagda. »Das war nur so dahingesagt.«
»Nein«, erwiderte Dulac laut und in einem Ton, der keinerlei Widerspruch zuließ. »Das war es nicht.«
Dagda zögerte. Er hustete, drehte sich herum und schlurfte ein paar Schritte davon. »Es ist schwierig zu erklären«, sagte er. »Ich weiß nicht, ob du es verstehst.«
»Versucht es!«, verlangte Dulac. Sein Herz klopfte. Er hatte das Gefühl, dass Dagda ihm gleich etwas sehr Wichtiges mitteilen würde.
»Du warst immer etwas Besonderes für mich, Dulac«, antwortete Dagda leise. »Ich weiß, dass ich es dir manchmal wohl schwer mache, das zu glauben, aber es ist die Wahrheit. Ich wollte nie, dass du so wirst wie die anderen.«
»Welche anderen?«
»Alle«, antwortete Dagda. »Diese Jungen, die es gestern auf dich abgesehen hatten. Artus und seine Ritter. Mordred. Die Pikten.« Er schüttelte den Kopf. »Selbst Uther. Sie alle kennen nur Kampf, Töten, Waffen ...« Er seufzte tief. »Ich will nicht, dass du so aufwächst, Dulac. Nicht mit dem Schwert in der Hand und Hass im Herzen.«
Dulac war verwirrt. Dagdas Worte – so seltsam sie ihm erschienen – klangen sogar einleuchtend, zumindest wenn man Dagda und seine manchmal etwas weltfremden Ansichten kannte. Und trotzdem hatte er das Gefühl, dass es sich nur um eine Ausrede handelte; noch dazu um eine, die ihm in genau dem Moment erst eingefallen war, in dem er sie aussprach.
»Und wie soll ich mich meiner Haut wehren, wenn ich auf jemanden treffe, der nicht so denkt?«, fragte Dulac. »So wie gestern Abend zum Beispiel?«

»Was, wenn du gestern eine Waffe gehabt hättest?«, gab Dagda zurück. »Dann wäre jetzt vielleicht einer der drei Jungen tot. Vielleicht alle. Vielleicht auch du.«
Dulac antwortete nicht. Er wusste nur zu gut, wie wenig Sinn es gehabt hätte. Dagda war ein wahrer Meister darin, ein Gespräch in die Richtung zu lenken, die er wollte. Er wechselte bewusst das Thema und auch die Tonlage.
»Wenn Artus ein großes Festmahl wünscht, dann sollten wir allmählich beginnen.«
Dagda hustete unterdrückt. »Ich fühle mich einer solchen Aufgabe heute nicht gewachsen«, sagte er. »Geh zu deinem Herrn und bestelle ein Festmahl für heute Abend. Er wird sich über diesen unerwarteten Auftrag freuen.«
»Er wird Euch das Fell über die Ohren ziehen«, sagte Dulac. »Tander ist ein Halsabschneider, wie er im Buche steht.«
Dagda lächelte dünn. »Das weiß ich«, sagte er. »Was die Bezahlung angeht, so verweise ihn an mich.«
Dulac spürte, dass das Gespräch damit beendet war, und wandte sich um, ging aber nur ein paar Schritte und blieb dann noch einmal stehen. Was er sah, erschreckte ihn.
Dagda stand noch immer unverändert an der gleichen Stelle und schien in seine Richtung zu sehen, aber seine Augen waren trüb und sein Blick schien geradewegs durch ihn hindurch zu gehen. Seine Lippen waren blutleer, und wenn man genau hinsah, konnte man erkennen, dass seine Hände ganz leicht zitterten. Er sah unglaublich *alt* aus.
»Dagda?«, fragte Dulac.
Dagda fuhr zusammen, blinzelte und zwang dann ein Lächeln auf sein Gesicht, das allerdings vielmehr zur Grimasse geriet. »Was?«

»Ist ... alles in Ordnung mit Euch?«, fragte Dulac zögernd. »Ihr seht ein wenig krank aus.«

»Ich bin nicht krank«, erwiderte Dagda ärgerlich. »Ich bin alt, falls es dir entgangen sein sollte. Aber ich bin bei bester Gesundheit.« Er hustete, um seine Worte auf der Stelle Lügen zu strafen. »Aber du scheinst etwas auf den Ohren zu haben. Hatte ich dir nicht einen Auftrag gegeben?«

Tander zeigte sich von der unerwarteten Bestellung aus Camelot nicht annähernd so erbaut, wie Dagda erwartet hatte. Er reagierte ganz im Gegenteil ziemlich missmutig und begann sofort zu lamentieren, dass er bei Bestellungen von Hofe niemals auf seine Kosten käme und am Ende nicht nur draufzahlen, sondern in den Ruin getrieben würde, wenn Artus ihn öfter mit solchen Aufträgen bedachte.

Dulac hörte auch kaum hin. Natürlich verlangte Tander von ihm, dass er den Großteil der Arbeit übernahm, und obwohl er sich so gut es ging herausredete, legte er den Weg vom Gasthaus zur Burg an diesem Abend mindestens ein Dutzend Mal zurück. Es war lange nach Mitternacht, als er endlich torkelnd vor Müdigkeit in die Scheune zurückkehrte, um sich für die wenigen verbliebenen Stunden bis zum Sonnenaufgang schlafen zu legen. Das Festmahl hatte bis weit in die Nacht gedauert und war gegen Ende eher in ein Trinkgelage ausgeartet und weder Uther noch Gwinneth hatten daran teilgenommen. Dulac tröstete sich mit dem Gedanken, dass er sie am nächsten Tag sehen würde. Und im Moment war ihm nichts wichtiger als sich ins Stroh zu legen und zu schlafen.

Er sollte jedoch nicht so schnell dazu kommen. Als er die

Leiter zum Heuboden hinaufstieg, hörte er ein Rascheln und Wolf sprang freudig kläffend an ihm empor und begann ihm die Hände abzulecken. Dulac spürte leise Gewissensbisse: Er hatte den Hund den ganzen Tag über nicht gesehen und auch nicht einen einzigen Gedanken an ihn verschwendet. Er ging in die Knie, strich Wolf mit der Hand über den Kopf und sagte: »Nicht so laut, mein Kleiner. Du weckst am Ende noch Tander auf und der lässt uns beide dann die Sterne am Himmel zählen oder die Pflastersteine auf der Straße.«

Wolf winselte leise, fast als hätte er die Worte verstanden, rannte zurück zu dem Heuhaufen, aus dem er herausgekommen war, und begann erneut zu kläffen.

»Wolf, still!«, sagte Dulac scharf.

Wolf bellte nur noch lauter und Dulac verdrehte die Augen. Wolf würde nicht eher Ruhe geben, bis er seinen Willen hatte, und die einzige Alternative war, ihn so lange bellen zu lassen, bis Tander tatsächlich wach wurde und herkam – und dann war an Schlaf in dieser Nacht garantiert nicht mehr zu denken.

Er streckte die Hand nach dem Hund aus, aber Wolf wich vor seiner Berührung zurück und verschwand im Stroh. Er machte es ihm wirklich nicht leicht.

Dulac seufzte noch tiefer, grub mit den Händen im Stroh – und riss ungläubig die Augen auf.

Statt eines kleinen schwanzwedelnden Hundes förderte er das silberfarbene Schulterstück einer Rüstung zutage.

Es blieb nicht bei diesem einen Teil.

Dulac wühlte weiter im Stroh und grub nach und nach eine komplette Rüstung aus – die silberne Rüstung, die er im See gefunden hatte.

Sein Herz klopfte. Wie kam sie hierher? Wer hatte sie hergebracht und vor allem warum?
Dulacs Müdigkeit war wie weggeblasen. Mit zitternden Fingern nahm er ein Stück nach dem anderen in die Hände. Er hatte viele Rüstungen, Schwerter und Schilde gesehen, aber noch nie etwas derart Prachtvolles. Das Metall hatte einen Farbton, der tatsächlich mehr nach Silber als nach Eisen aussah, und trotz der langen Jahre, die sie im Wasser gelegen hatte, hatte sie nicht den geringsten Kratzer. Schild, Brustharnisch und Helm waren fein ziseliert und auch der Griff des Schwertes war mit einem kunstvollen, unglaublich feinen Muster verziert.
Das meiste davon waren scheinbar sinnlose Linien und Symbole, die wohl zur Zierde dienten, aber ein ganz bestimmtes Motiv tauchte immer wieder auf – groß auf Brustharnisch und Schild, etwas kleiner auf den Handschuhen und den Ellbogen- und Knieschützern: das Abbild eines prachtvollen Kelches, der Dulac auf seltsame Weise bekannt vorkam, auch wenn er nicht gleich wusste, wieso.
Doch nachdem er eine Weile darüber nachgedacht hatte, glaubte er dieses Symbol zu erkennen. Diese Rüstung musste einem unglaublich edlen und vor allem reichen Ritter gehört haben und die meisten Edelleute pflegten ihre Rüstungen mit religiösen Motiven zu verzieren; den Symbolen des neuen Glaubens, der die alten Götter immer schneller und schneller verdrängte. Vermutlich handelte es sich bei der Darstellung dieses Kelches um nichts anderes als den Heiligen Gral, jenen sagenumwobenen Becher, aus dem Gottes Sohn selbst getrunken und seinen Jüngern das letzte Abendmahl erteilt haben sollte, und den seither je-

der Ritter und jeder Abenteurer auf der Welt suchte. Auch etliche von Artus' Rittern führten den Heiligen Gral in Schild und Wappen, wenn auch nicht so deutlich, wie es bei dieser Rüstung der Fall war.
Zögernd zog Dulac die Waffe aus ihrer Scheide. Auf der Klinge schimmerten fremdartige Runen, Buchstaben in einer Schrift, die Dulac nicht lesen konnte, die ihm aber sonderbar vertraut vorkamen.
Das Schwert war nicht besonders groß. Die Klinge war nicht viel länger als sein Unterarm und kaum breiter als drei nebeneinander gelegte Finger. Der Griff lag so perfekt in seiner Hand, als wäre das Schwert eigens für ihn angefertigt worden, und sein Gewicht war kaum zu spüren.
Dafür fühlte Dulac etwas anderes, etwas durch und durch Unheimliches: Mit einem Mal war es ihm, als höre er ein Wispern und Raunen, helle Stimmen, die in einer zugleich fremden wie vertraut anmutenden Sprache redeten, und dann sah er
blitzenden Stahl, der mit einem schaudernd machenden Laut durch die Luft pfiff
Augen, die sich mit Erstaunen und dann mit jäher Todesangst füllten
Fleisch, das mit einem grässlichen Laut von Stahl durchschnitten wurde
spritzendes Blut und gellende Schreie, Männer, die entsetzt ihre Waffen fortwarfen und in Panik davonstürmten, und er spürte das berauschende Gefühl von Macht, das von der Klinge in seiner Hand ausging, und
Dulac rammte das Schwert mit einem erschrockenen Keuchen in die Scheide zurück und die Visionen erloschen so abrupt, wie sie gekommen waren. Hastig ließ er den Waf-

fengurt fallen und wich zwei, drei Schritte zurück. Sein Herz jagte und er zitterte am ganzen Leib.

Was war das gewesen?

Nur eine Illusion, zweifellos, aber die unheimlichste und realistischste Illusion, von der er jemals gehört hatte. Es war mehr als ein böser Streich gewesen, den ihm seine Nerven gespielt hatten, weit mehr.

Was er gesehen hatte, war ...

Der Kampf vor dem *Schwarzen Eber*.

Es gab gar keinen Zweifel. Hinter den angstverzerrten Gesichtern der Krieger hatte er ganz eindeutig den schäbigen Gasthof erkannt und einige der Barbarenkrieger, die er in seiner Vision gesehen hatte, hatte er erkannt: Er hatte ihre Leichen heute Mittag vor dem *Schwarzen Eber* gesehen.

Dulac blickte die silberne Rüstung voll neu erwachter Angst an. Es gab nur eine einzige Erklärung für diesen ebenso unheimlichen wie erschreckenden Zwischenfall, aber diese erschien ihm so absurd, dass er sich einfach weigerte, den Gedanken auch nur zu Ende zu denken.

Dagda.

Er musste mit Dagda sprechen. Gleich morgen früh als Allererstes würde er Dagda alles erzählen.

Dulac verbarg die silberne Rüstung sorgfältig wieder im Stroh, wobei er streng darauf achtete, ja nicht das Schwert zu berühren, dann stieg er auf den Heuboden und rollte sich im Stroh zum Schlaf zusammen.

Er erwachte vor Sonnenaufgang; noch bevor die Dämmerung anbrach oder Tander ihn wecken konnte, um ihm vielleicht noch eine kleine Sonderaufgabe zuzuteilen, die er erledigen konnte, bevor er nach Camelot ging. Er stieg die Leiter hinab, schlug einen großen Bogen um den Strohhaufen, unter dem er die Rüstung versteckt hatte, und trat auf die Straße hinaus. Wolf folgte ihm, lief ein paar Schritte voraus und blieb dann mit einem leisen Knurren stehen. Als Dulac in seine Richtung sah, erblickte er drei schlanke Schatten, die aus der Dunkelheit heraustraten.

»Nicht schon wieder«, seufzte er, als er Mike, Evan und Stan erkannte. Die drei Dummköpfe mussten tatsächlich die ganze Nacht hier auf ihn gewartet haben. »Habt ihr eigentlich gar nichts anderes zu tun als euch mit mir zu prügeln?«

Zweifellos waren sie aus keinem anderen Grund hier als zu Ende zu bringen, was sie am vergangenen Abend begonnen hatten. Aber es war seltsam: Dulac hatte überhaupt keine Angst. Es war, als ... wisse er einfach, dass er die drei Raufbolde nicht zu fürchten hatte.

»Mit dir zu prügeln?« Mike kam näher und schüttelte den Kopf. »Aber wie kommst du nur auf die Idee, dass wir die Hand gegen dich erheben würden? Wo du doch unter dem Schutz des Königs stehst. Niemals würden wir so etwas tun.«

»Was wollt ihr?«, fragte Dulac herausfordernd.

»Wir wollten dir nur ein wenig Mühe abnehmen«, grinste Mike und machte eine Kopfbewegung auf Evan. »Der König hat dir doch befohlen, nach Evan zu suchen und ihn zu ihm zu bringen, nicht wahr? Immerhin hat er ihm eine Belohnung versprochen.«

»Und für eine Belohnung tut ihr ja alles«, sagte Dulac.

Mikes Augen wurden schmal. »Was meinst du damit?«

Dulac hätte sich am liebsten auf die Zunge gebissen, aber

es war zu spät. »Woher wisst ihr das überhaupt?«, fragte er statt Mikes Frage zu beantworten.
»Man hat so seine Quellen«, grinste Mike. »Du bist doch Artus' Laufbursche, oder?«
»Wenn du es so nennen willst.«
»Will ich«, erwiderte Mike. »Was ist jetzt? Bringst du Evan zum König oder nicht?«
»Ihn schon«, antwortete Dulac. »Aber euch nicht!« Und Evan würde die vermutlich böseste Überraschung seines Lebens erleben, wenn Artus erfuhr, warum er wirklich dort draußen am See gewesen war. Dulac wusste noch nicht genau, wie er es bewerkstelligen sollte, ohne seine eigene Rolle dabei zu verraten, aber er war ziemlich sicher, dass ihm schon etwas einfallen würde.
»Ganz wie du meinst, Küchenjunge«, grinste Mike. Er machte eine einladende Geste zu Evan. »Nun geht schon.«
Dulac zögerte nur noch einen Moment, dann trat er an Mike vorbei und tauschte einen bezeichnenden Blick mit Evan.
»Ach, Küchenjunge«, sagte Mike, als sie ein paar Schritte gegangen waren.
Dulac blieb noch einmal stehen und drehte sich zu ihm herum. »Ja?«
»Fühl dich bloß nicht zu sicher«, sagte Mike. »Artus hält seine Hand über dich, aber vielleicht ändern sich die Zeiten ja einmal.«
»Vielleicht«, sagte Dulac. Für dich ganz bestimmt, fügte er in Gedanken hinzu. Sobald Artus die Wahrheit wusste, würden Mike und seine beiden Freunde im tiefsten Verlies des Schlosses schmoren. Er ging weiter.
»Du solltest ihn nicht unnötig reizen«, sagte Evan, nachdem sie eine Weile gegangen und außer Mikes Hörweite

waren. »Mike ist ziemlich rachsüchtig. Er hat dir den gestrigen Morgen noch nicht verziehen.«

»Ich ihm auch nicht«, antwortete Dulac.

»Das ist etwas anderes«, behauptete Evan und schüttelte zur Bekräftigung den Kopf. »Mike ist gefährlich. Er erträgt es nicht, zu verlieren.«

»Warum bist du dann bei ihm?«, fragte Dulac fast widerwillig. Er wollte nicht mit Evan reden, schon aus Angst, dass ihm etwas herausrutschen könnte, was er besser nicht sagte.

Evan zögerte eine ganze Weile, eher er antwortete: »Genau weiß ich das selbst nicht«, sagte er. »Irgendwie war es schon immer so.«

»Was?«, fragte Dulac. »Dass du tust, was Mike dir sagt, ohne darüber nachzudenken?«

»Du tust doch auch, was der König sagt, ohne seine Befehle in Frage zu stellen, oder?«, gab Evan zurück.

»Das ist ja wohl ein Unterschied!«

»Wieso?«, fragte Evan. »Mein Vater sagt, dass die Menschen immer jemanden brauchen, der ihnen sagt, was sie tun sollen. Deshalb haben wir Könige.«

»Dein Vater ist ein kluger Mann«, erwiderte Dulac spöttisch. »Aber er scheint keinen sehr klugen Sohn zu haben. Mike ist kein König, weißt du?«

»Und?« Evan war nicht beleidigt. »Er hat mir gesagt, dass auch Artus nicht von Geburt an König war, sondern aus einfachen Verhältnissen stammt.«

»Davon weiß ich nichts«, antwortete Dulac. »Warum fragst du Artus nicht selbst danach?«

Evan blinzelte und schien ein bisschen an Farbe zu verlieren, aber er sagte nichts mehr und auch Dulac schwieg eine ganze Weile. Erst als sie sich Camelot schon fast bis auf Sichtweite genähert hatten, brach er das unangenehme Schweigen wieder.

»Kann ich dir eine Frage stellen?«

»Nur zu«, sagte Evan.

»Der Silberne Ritter«, sagte Dulac. »Als du ihn am See getroffen hast, was genau ist da geschehen?«

Evan blieb stehen und sah ihn mit schräg gehaltenem Kopf an. »Woher weißt du, dass ich ihn am See getroffen habe?«, fragte er.

Dulac hätte sich am liebsten selbst geohrfeigt, aber es war zu spät, um die Worte zurückzunehmen. »Das hast du selbst erzählt, als du mit Artus gesprochen hast«, behauptete er.

»Nein, habe ich nicht«, antwortete Evan. »Niemand weiß davon. Nur ...« Seine Augen weiteten sich und diesmal wurde er wirklich blass. »Du warst dort«, murmelte er. »Du ... du hast ...«

»Mordred und dich belauscht, ja«, unterbrach ihn Dulac. Es hatte keinen Sinn mehr, zu leugnen.

»Dann ... dann wirst du mich verraten?«, stammelte Evan.

»Verdient hättest du es«, erwiderte Dulac. »Aber ich glaube, ich werde es nicht tun. Immerhin solltest selbst du mittlerweile begriffen haben, dass man mit den Pikten kein Geschäft machen kann. Nachdem du fort warst, hat Mordred einem seiner Krieger den Befehl gegeben, dir nachzugehen und dich zu töten. Danach bin ich weggelaufen. Ich hätte nicht geglaubt, dich noch einmal lebend wieder zu sehen.«

»So wenig wie ich«, sagte Evan betrübt. »Der Pikte hat mich niedergeschlagen, aber das ist alles, was ich dir erzählen kann.«

»Und der Silberne Ritter?«
Evan hob die Schultern. »Als ich aufgewacht bin, lag der Pikte in seinem Blut und der fremde Ritter kniete über mir und schlug mir ins Gesicht um mich aufzuwecken«, sagte Evan. »Mir tun noch alle Zähne weh.«
»Konntest du sein Gesicht erkennen?«, fragte Dulac.
Evan schüttelte den Kopf. »Er trug einen Helm«, sagte er.
»Was hat er gesagt?«
»Nicht viel. Nur dass ich nach Camelot reiten und Artus alarmieren sollte. Das habe ich getan.« Er fuhr sich nervös mit der Zungenspitze über die Lippen. »Wirst du ... wirst du mich verraten?«
»Nein«, antwortete Dulac nach kurzem Überlegen. »Nicht, wenn du nichts davon sagst, dass ich am See war.«
»Bestimmt nicht«, sagte Evan erleichtert. »Ich weiß überhaupt nicht, von welchem See du redest.«
Dulac lächelte flüchtig. Evans übermäßige Erleichterung erschien ihm im ersten Moment fast lächerlich – aber dann wurde ihm klar, dass der Junge in den letzten Minuten buchstäblich Todesangst ausgestanden hatte.
Und vielleicht mit Recht.
Es war Dulac bisher noch gar nicht wirklich klar gewesen, aber was er und die beiden anderen getan hatten, konnte man gut und gerne als Hochverrat auslegen. Ein Verbrechen, auf das die Todesstrafe stand.
»Nein«, sagte er noch einmal. »Ich werde dich nicht verraten. Aber du wirst dich in Zukunft von Mike und Stan fern halten, ist das klar?«
»Sicher«, sagte Evan hastig. »Ganz bestimmt. Und was die Belohnung angeht ... ich will sie gar nicht mehr. Vielleicht ... vielleicht sollte ich jetzt besser gehen.«

»Artus will dich sehen«, antwortete Dulac. »Soll ich ihm sagen, du hättest keine Zeit für ihn?«
Darauf reagierte Evan nur mit einem erschrockenen Blick. Sie gingen weiter.

Camelot lag in völliger Dunkelheit und Stille da, als sie die Burg erreichten, aber anders als gestern, als er mit Gwinneth hier gewesen war, vertrat ihnen ein Wächter den Weg. Er sah müde aus und hatte dunkle Ringe unter den Augen, war aber trotzdem sehr aufmerksam und herrschte Dulac in rüdem Ton an, was er hier zu suchen hätte.
»Der König wollte Evan sprechen«, antwortete Dulac mit einer Geste auf den Jungen neben sich. Er war ein wenig erschrocken über das jähe Auftauchen des Soldaten, zugleich aber auch erleichtert. Ganz so sorglos, wie viele glaubten, war Artus wohl doch nicht.
»Zu dieser Zeit?« Der Posten machte ein misstrauisches Gesicht. »Es ist noch eine Stunde bis Sonnenaufgang.«
»Ich weiß«, antwortete Dulac. »Wir wollten vorher noch mit Dagda reden. Evan soll mir helfen. Es werden sicher viele Gäste auf der Burg erwartet. Die Arbeit ist zu viel für mich allein.«
Der Wächter überlegte einen Moment, dann nickte er widerwillig. »Meinetwegen«, brummelte er. »Aber macht keinen Lärm. Die ganze Burg schläft noch.«
»Bestimmt nicht«, versicherte Dulac. Er winkte Evan zu. »Komm.«
Sie eilten durch das Torgewölbe, über den Hof und die Treppe hinunter. »Arbeit?«, fragte Evan. »Was sollte der Unsinn, dass ich dir helfen soll? Ich bin doch kein Küchenjunge!«

»Ich will, dass du mit Dagda redest«, antwortete Dulac. »Du musst ihm von dem Silbernen Ritter erzählen. Es ist sehr wichtig.«
»Warum sollte es wichtig sein, dass ich einem Koch etwas erzähle?«, wunderte sich Evan.
»Tu es einfach«, antwortete Dulac. »Und jetzt sei still!«
Sie durchquerten die Küche und wandten sich nach rechts, um Dagdas Schlafgemach zu erreichen. Dulac bewegte sich schnell und so gut wie lautlos, aber Evan, der sich hier unten nicht so gut auskannte wie er, stieß ununterbrochen irgendwo an und gab manchmal ein schmerzhaftes Keuchen von sich. Dulac grinste schadenfroh in sich hinein.
»Was ist das hier unten?«, maulte Evan. »Eine Gerümpelkammer? Und was ist das überhaupt für ein schrecklicher Gestank? Da wird einem ja übel!«
»Dagdas Kessel«, antwortete Dulac. »Du kannst ihn ja schrubben. Das wird deine erste Aufgabe. Und jetzt sei still.«
Evan gehorchte, wenn auch nicht ohne noch ein missmutiges Grunzen von sich zu geben, und Dualc hatte im Dunkeln die Tür erreicht und drückte sie vorsichtig auf.
Der Raum dahinter war vollkommen dunkel, aber ihm fiel der schlechte, saure Geruch auf und im nächsten Moment hörte er rasselnde Atemzüge und ein gedämpftes Stöhnen.
»Dagda?«, rief er in die Dunkelheit hinein.
Er bekam keine Antwort, aber das Stöhnen wiederholte sich.
»Was ist los?«, fragte Evan.
»Nichts«, antwortete Dulac. »Bleib stehen. Rühr dich nicht.«

Er selbst drehte sich herum, tastete in der Dunkelheit einen kurzen Moment umher und fand, wonach er gesucht hatte: zwei Feuersteine und einen trockenen Span, von denen Dagda eine ganze Anzahl hier unten verteilt hatte, sodass man praktisch überall binnen weniger Augenblicke Licht machen konnte. Er schlug die Feuersteine ein paar Mal aneinander, bis der Funke den Span in Brand setzte, blies in die Glut um sie anzufachen und nahm schließlich eine Kerze aus dem Regal. Als der Docht brannte, gab er den Span an Evan weiter und sagte: »Mach noch mehr Kerzen an. Und entzünde ein Feuer im Kamin. Es ist kalt.«
Evan wirkte ziemlich verwirrt, tat aber, was Dulac gesagt hatte, und Dulac hob die Kerze hoch und trat durch die Tür. Die flackernde gelbe Flamme weckte deutlich mehr Schatten, als sie Licht brachte, und im ersten Moment kam es Dulac so vor, als wäre da etwas Großes, Körperlos-Rauchiges, das sich von der schmalen Gestalt auf dem Bett löste und hastig in das düstere Zwischenreich floh, aus dem es gekommen war. Ein eisiger Schauer lief über Dulacs Rücken. Dulac verscheuchte den Gedanken, hob die Hand vor die Kerzenflamme, damit sie nicht erlosch, und trat mit zwei schnellen Schritten an Dagdas Bett heran.
Obwohl er geahnt hatte, was er sehen würde, erschrak er bis ins Mark.
Dagda lag mit halb geschlossenen Augen auf dem Rücken. Er war so sehr in Schweiß gebadet, dass seine Kleider nass an seinem Körper klebten, und seine Wangen waren so eingefallen, dass sein Gesicht wie ein Totenschädel aussah. Seine Lippen waren rissig und aufgeplatzt. Der saure Geruch, der in der Luft hing, ging von ihm aus.

»Um Gottes willen«, keuchte Dulac. »Dagda! Was ist mit Euch?!«
Hastig stellte er die Kerze auf das kleine Tischchen neben Dagdas Bett, beugte sich über ihn und begann an seiner Schulter zu rütteln, wobei er unentwegt Dagdas Namen rief. Der alte Mann stöhnte und sein Kopf rollte haltlos hin und her, aber seine Augen blieben leer.
Evan erschien unter der Tür, eine brennende Fackel in der Hand. Das rote Licht vertrieb die Schatten endgültig, aber es ließ den Ausdruck von Krankheit und Schwäche auf Dagdas Gesicht auch noch deutlicher hervortreten.
»Großer Gott!«, entfuhr es Evan. »Was –«
»Halt die Klappe!«, herrschte ihn Dulac an. »Lass die Fackel hier und lauf nach oben und sag dem Wächter Bescheid. Dagda ist krank! Er soll Sir Galahad wecken. Er versteht sich auf die Heilkunst.«
»Sir Galahad?«, fragte Evan zweifelnd. »Aber er ist doch ein Ritter!«
»Geh schon!« Diesmal brüllte Dulac ihn wirklich an und Evan fuhr so erschrocken zusammen, dass er fast die Fackel fallen gelassen hätte. Dann wirbelte er herum und rannte davon. Natürlich nahm er die Fackel mit.
Dulac beugte sich wieder über das Bett. Dagda stöhnte leise. An seinem Hals pochte eine Ader so schnell und heftig, als wolle sie zerspringen, und seine Lippen versuchten vergeblich Worte zu formen. Seine Fingernägel fuhren mit scharrenden Lauten über das grobe Leinen, mit dem sein Bett bezogen war.
Allmählich bekam es Dulac wirklich mit der Angst zu tun. Er hatte schon seit Tagen gewusst, dass etwas mit Dagda

nicht stimmte, aber so, wie er nun vor ihm lag, schien er dem Tode näher zu sein als dem Leben.
Dulac sah sich fröstelnd um. Da Evan die Fackel mitgenommen hatte, war die Dunkelheit wieder in die Kammer zurückgekehrt und mit ihr die Schatten. Sie bildeten einen Belagerungsring um den zitternden Lichtkreis, den die Kerze warf, und wieder glaubte er die Anwesenheit von etwas Körperlosem und unglaublich Mächtigem zu spüren. Und etwas unsagbar Bösem ...
Dagda öffnete stöhnend die Augen und Erkennen trat in seine Pupillen. »Lan ... celot?«, murmelte er.
»Lancelot?«, wiederholte Dulac. Wer sollte das sein? Er schüttelte den Kopf. »Ich bin es, Dagda. Dulac. Erkennt Ihr mich nicht?«
»Lancelot Dulac«, wiederholte Dagda, wobei er Dulacs Namen auf sonderbare Weise aussprach. Es hörte sich an wie Dülac.
»Aber ich bin es doch, Dulac!«, widersprach Dulac.
»Das ist dein vollständiger Name«, sagte Dagda. Er flüsterte nur. Das Reden bereitete ihm offenbar große Mühe. »Lancelot vom See. Niemand außer mir kennt ihn, nicht einmal Artus. Ich hätte es dir längst sagen müssen, aber ...«
Er hätte mir vieles längst sagen müssen, dachte Dulac bitter. »Was ist mit Euch, Dagda?«, fragte er.
»Ich sterbe, Dummkopf«, antwortete Dagda.
»Sagt so etwas nicht«, sagte Dulac streng. »Ihr seid krank, aber das ist auch schon alles.«
»Meine Krankheit heißt Alter«, beharrte Dagda. Er versuchte sich aufzurichten und zu Dulacs Überraschung gelang es ihm sogar. Seine Schultern sanken kraftlos nach

vorne. Er sah unglaublich alt aus. »Dreihundert Jahre sind genug, meinst du nicht auch?«
Dulac riss die Augen auf. Was hatte Dagda gesagt? Dreihundert Jahre? Unmöglich! Er fantasierte im Fieber.
»Aber der Moment ist denkbar ungünstig«, fuhr Dagda mit einem trockenen Husten fort. »Ich meine, nicht dass es einen günstigen Moment gäbe, um zu sterben, aber dieser ist ganz besonders ungünstig. Nicht jetzt, wo Mordreds Pläne aufzugehen drohen.«
Er hob den Kopf und im ersten Moment glaubte Dulac, dass er ihn ansah, aber als er zu sprechen begann, wurde ihm klar, dass sich sein Blick direkt in die wogende Dunkelheit hinter ihm bohrte.
»Guter Versuch, Morgaine le Faye«, sagte er. »Aber noch bin ich nicht geschlagen. Du bist stärker als ich, aber Stärke allein ist nicht alles. Die dunkle Magie wird niemals über das Licht siegen.«
Dulac sah nervös hinter sich. Rings um sie herum war nichts als Schwärze und die unheimliche Bewegung, die er darin zu spüren glaubte, war zweifellos nur ein Ausdruck seiner eigenen Nervosität. Dagda hatte hohes Fieber und fantasierte, das war alles.
»Geh und ... hol mir von den Kräutern in dem grünen Säckchen«, sagte Dagda stockend. »Und einen Becher Wasser.« Er versuchte zu lächeln. »Hab keine Angst. Ich werde zwar sterben, aber noch nicht gleich. Nicht, wenn du ein Feuer machst und mir meine Medizin holst. Es ist bitterkalt hier.«
Dualc sprang hastig auf und tat, was Dagda ihm aufgetragen hatte.
Nachdem er den Lederbeutel gefunden und zusammen

mit einem Becher Wasser zu Dagda gebracht hatte, entzündete er ein weiteres halbes Dutzend Kerzen und trug schließlich einen Arm voll trockenem Reisig zum Kamin. Binnen weniger Minuten prasselte ein Feuer hoch, dessen Flammen nicht nur die Kälte, sondern auch die unheimlichen Schatten aus dem Zimmer vertrieben. Dagda gab unterdessen etwas von seinen Kräutern in den Becher, rührte lange und sorgfältig um und murmelte etwas, von dem Dulac nicht ganz sicher war, ob es sich um einen Zauberspruch handelte oder vielleicht auch nur um das sinnlose Gebrabbel eines alten Mannes.

Als er sich am Kamin aufrichtete und herumdrehte, wurde die Tür aufgestoßen und Sir Galahad und König Artus stürmten herein. Beide wirkten übernächtigt und auf ihren Gesichtern lag ein Ausdruck von Schrecken, der an nackte Panik grenzte.

»Dagda!«, rief Artus. »Was ist mit Euch?«

»Der Junge sagt, Ihr wäret schwer krank!«, fügte Galahad hinzu. Hinter den beiden wurden weitere, polternde Schritte laut. Scheinbar hatte Evan das halbe Schloss alarmiert.

Dagda hustete trocken, ehe er antwortete. »Der Junge hat vielleicht ein wenig übertrieben«, sagte er.

Artus schoss einen ärgerlichen Blick in Dulacs Richtung ab und Dagda fuhr mit einer besänftigenden Geste fort: »Das dürft Ihr ihm nicht verübeln. Ich habe Fieber und habe wohl im Schlaf gesprochen. Er war in Sorge um mich.«

»Es war richtig, dass du uns alarmiert hast«, sagte Galahad, bevor Artus noch das Wort ergreifen konnte. Mit wenigen raschen Schritten war er bei Dagda, legte ihm die

Hand auf die Stirn und schien einen Moment lang in sich hineinzulauschen.

»Ein wenig Fieber? Ihr glüht, Dagda. Ihr seid schwer krank!«

»Unsinn«, widersprach Dagda hustend. Er versuchte Galahads Hand zur Seite zu schieben, aber seine Kraft reichte nicht.

»Vielleicht sollten wir nach einem Arzt schicken«, schlug Evan vor. Er war hinter Galahad hereingekommen und sah aus wie jemand, der sich weit, weit weg wünschte.

»Dagda ist der Arzt hier auf Camelot«, sagte Artus. Er dachte einen Moment nach. »Galahad, bringt ihn in den Thronsaal. Dort ist es zumindest wärmer als hier. Und du, Junge –«, er drehte sich zu Dulac herum, »– machst Feuer unter dem Herd und kochst eine heiße Suppe für Dagda. Nimm nur die allerbesten Zutaten. Dagda muss wieder zu Kräften kommen.«

»Ich ... ich kann nicht kochen, Herr«, antwortete Dulac.

»Dann wird es Zeit, dass du es lernst«, sagte Artus. Mit einem schrägen Seitenblick auf Dagda fügte er hinzu: »Schlimmer als seine Kochkünste können die deinen wohl kaum sein.«

»*Das* habe ich gehört«, sagte Dagda.

Das Licht der Sonne, das durch die hohen Fenster in den Thronsaal fiel, enthüllte einen für diese Stunde ungewohnten Anblick. Im Kamin brannte ein prasselndes Feuer, obwohl es bereits warm war, und nahezu alle Ritter hatten an der Tafel Platz genommen, sodass Dulac und Evan, der kurzerhand dienstverpflichtet worden war, kaum damit nachkamen, die Becher mit Wein und Bier zu füllen. Daran, etwa ein Frühstück aufzutragen, war gar nicht zu denken. Dabei hielten sich längst nicht alle Ritter der Tafel auf Camelot auf. Es geschah so gut wie nie, dass alle sechsundfünfzig Tafelritter gleichzeitig in der Burg weilten.

Heute waren es immerhin an die vierzig Gäste, die an Artus' Tafel Platz genommen hatten, ihn selbst, Uther und Gwinneth mitgerechnet. Dagda saß auf einem Stuhl direkt am Kamin. Trotz der brütenden Hitze, die die Flammen verströmten, hatte er sich zusätzlich in eine Decke gehüllt und zitterte am ganzen Leib. Er sah aus wie das sprichwörtliche Häufchen Elend.

Evan fuhr sich mit dem Handrücken über die Stirn um den Schweiß fortzuwischen und stieß hörbar die Luft zwischen den Zähnen aus.

»Puuuuh«, machte er und verdrehte die Augen. »Ich hatte ja keine Ahnung, dass du so schwer arbeiten musst.«

»Ich auch nicht«, antwortete Dulac.

Evan sah ihn irritiert an, verkniff sich aber eine Antwort und ergriff stattdessen den Bierkrug, als einer der Tafelritter in seine Richtung sah und die Hand hob. Dulac und er hatten sich in einen Winkel des weitläufigen Saales zurückgezogen, damit es nicht so aussah, als ob sie die Ritter bei ihrem Gespräch belauschten. Natürlich verstanden sie trotzdem jedes Wort, denn Artus und seine Ritter sprachen nicht nur laut genug, der Thronsaal hatte auch eine ausgezeichnete Akustik. Aber so waren eben die komplizierten Regeln der Etikette.

Dulac hatte jedoch noch einen anderen Grund, sich möglichst unauffällig zu verhalten. Dieser Grund hieß Gwinneth, saß auf dem Stuhl direkt neben Uther und Artus und trug ein schlichtes Kleid in königlichem Blau, und obwohl ihr Gesicht verschleiert war, glaubte Dulac ihre Blicke manchmal wie die Berührung einer unsichtbaren Hand zu spüren. Sein Herz klopfte, wenn er nur in ihre Richtung sah, und als er ihr vorhin eingeschenkt hatte, hatten seine Hände so sehr gezittert, dass er den Wein um ein Haar verschüttet hätte. Er scheute davor zurück, auch nur in ihre Nähe zu kommen. Artus musste schon blind sein um nicht zu bemerken, dass Gwinneth für ihn mehr war als nur ein weiterer adeliger Gast auf Camelot.

Nachdem Evan eingeschenkt hatte, musste er – zum ungefähr fünfundzwanzigsten Mal – die Geschichte erzählen, wie er auf den Silbernen Ritter gestoßen war. Aller Aufmerksamkeit hing auch diesmal an seinen Lippen, nur Gwinneth nutzte die Gelegenheit, in Dulacs Richtung zu sehen.

Dulac hätte sich gewünscht, dass sie es nicht getan hätte. Warum quälte sie ihn so? Seit er sie das erste Mal gesehen hatte, war sie beinahe alles, woran er noch denken konnte, aber ihm war auch klar, dass sie auf ewig unerreichbar für ihn bleiben musste. Beinahe wünschte er sich, sie niemals getroffen zu haben.

Dagda zog die Hand unter der Decke hervor und winkte in seine Richtung und Dulac schulterte rasch seinen Krug und eilte zu ihm – wobei er einen vollkommen übertriebenen Bogen um die Tafel schlug.

»Gib mir einen Schluck Wasser«, bat Dagda.

»Dann muss ich –«, begann Dulac, doch Dagda unterbrach ihn sofort mit einer müden, aber dennoch befehlenden Geste.

»Wein wird es auch tun«, sagte er.

Dulac schenkte ihm ein, aber Dagda trank nur einen winzigen Schluck, gerade genug, um seine Lippen zu befeuchten. Als Dulac sich umwenden wollte, deutete er mit den Augen ein Kopfschütteln an. »Bleib.«

Dulac setzte den Krug wieder ab und wich auf die andere Seite des Stuhles zurück. Die Hitze, die das Kaminfeuer ausstrahlte, war nahezu unerträglich. Dennoch konnte er hören, wie Dagda mit den Zähnen klapperte.

»Ich muss mit dir reden«, sagte Dagda leise. »Aber nicht hier. Ich werde nachher in mein Gemach zurückkehren. Warte ein paar Minuten und komm dann nach. Es ist wichtig.«

Bevor Dulac antworten konnte, sah er aus den Augenwinkeln, wie Gwinneth sich von ihrem Platz erhob und mit schnellen Schritten näher kam. Während sie es tat, schlug sie den Schleier zurück und Dulacs Herz begann noch heftiger zu pochen. Gwinneths Gesicht war blass und sehr ernst, aber sie war so schön, wie er sie in Erinnerung hatte; wenn nicht noch schöner. Als sich ihre Blicke kreuzten, leuchtete es in ihren Augen erfreut auf und Dulac musste sich mit aller Gewalt beherrschen, um nicht mit einem strahlenden Lächeln zu antworten – oder besser noch ihr entgegenzueilen und sie in die Arme zu schließen.

»Dagda«, begann Gwinneth. »Ihr könnt Euch gar nicht vorstellen, wie sehr es mich schmerzt, Euch so wieder zu sehen.« Sie kam näher, beugte sich über Dagda und hauchte ihm einen Kuss auf die Wange. Ganz leise und an Dulac gewandt fügte sie hinzu: »Ich habe Artus nicht gesagt, dass wir uns kennen. Bitte lass es dabei.«

Ihre Worte versetzten Dulac einen tiefen Stich, obwohl sie

durch und durch vernünftig waren. Trotzdem fühlte er sich von ihr beinahe verraten.
Und vielleicht war es sogar schon zu spät für diese Warnung. Artus hatte den Kopf gedreht und sah stirnrunzelnd in ihre Richtung. Dann stand er mit einem Ruck auf und kam zu ihnen. Er maß Dulac mit einem kurzen, aber alles andere als freundlichen Blick und wandte sich dann zu Dagda um.
»Wie fühlt Ihr Euch?«
»Besser«, antwortete Dagda. Er zog eine Grimasse. »Allerdings werde ich wohl bald taub werden, wenn ich mir euer Geschnatter noch länger anhören muss. Ihr seid ja schlimmer als die Gänse.«
Artus nickte. »Es geht Euch besser«, sagte er. Dann wandte er sich zu Gwinneth um. »Ich muss mich für meine fehlenden Manieren entschuldigen, Mylady«, sagte er. »Ich bin noch gar nicht dazu gekommen, Euch in aller Form willkommen zu heißen. Camelot steht zu Recht in dem Ruf, eine goldene Festung zu sein, nun, wo Ihr in seinen Mauern weilt.«
»Ihr schmeichelt mir, König Artus«, sagte Gwinneth. Sie lächelte, aber ihre Stimme war eine Spur kühler, als sie hätte sein sollen.
»Ganz im Gegenteil, Mylady«, antwortete Artus. »Und nennt mich nicht König, ich bitte Euch. Artus. Mein Name ist Artus. Ich kannte Euch schon, als Ihr noch ein kleines Kind wart. Wie ich sehe, seid Ihr zu einer wunderschönen jungen Frau herangewachsen.«
»Ihr Gemahl ist zu beneiden«, sagte Dulac. Er hatte die Worte noch nicht ganz ausgesprochen, da bereute er sie schon.

Artus reagierte im ersten Moment gar nicht und Dulac begann schon zu hoffen, dass er die Worte vielleicht nicht gehört hätte.
Aber natürlich hatte er sie gehört. Nach einem Augenblick wandte er sich zu Dulac um und sein Gesicht schien zu Stein zu erstarren. Es war kein Zorn in seinen Augen, sondern etwas anderes. Sein Blick bohrte sich in den Dulacs, suchte dann den Gwinneths und kehrte wieder zu Dulac zurück. Er weiß es, dachte Dulac. Er spürte einfach, dass es so war.
»Ja«, sagte Artus kühl. »Ihr Gemahl ist in der Tat zu beneiden.«
Dulac dachte der Panik nahe über irgendeine Erwiderung nach, die Artus vielleicht besänftigen mochte, doch in diesem Moment kam ihm das Schicksal zu Hilfe: Die Tür flog auf und ein Mann in zerfetzter Kleidung torkelte herein. Er atmete keuchend und schnell und schien kaum noch die Kraft zu haben, sich auf den Beinen zu halten. Taumelnd legte er zwei, drei Schritte zurück, prallte gegen den Tisch und fiel auf die Knie, wobei er gleich zwei Stühle mit sich riss.
Artus war herumgefahren und fast alle Ritter waren von ihren Stühlen aufgesprungen; einige Hände hatten sich ganz von selbst auf die Schwertgriffe gesenkt, aber auf den meisten Gesichtern spiegelte sich nur Verwirrung und Schrecken.
»Was ist geschehen?!« Artus war mit zwei, drei weit ausgreifenden Schritten bei dem Gestürzten und ließ sich neben ihm auf ein Knie herab. »Wer bist du? Sprich!«
»Ich ... ich ... Herr«, keuchte der Mann. »Die ... die Pikten. Sie ...«

Seine Stimme versagte. Sosehr er sich bemühte, er brachte nur noch ein schreckliches Röcheln und Keuchen zustande. Artus fuhr zu Dulac herum und winkte herrisch. »Junge! Bring Wasser!«
Wie Dagda zuvor musste der Mann mit Wein vorlieb nehmen, den er in tiefen, gierigen Zügen zu trinken versuchte, wobei er allerdings das meiste verschüttete und sich ein paar Mal verschluckte, was dann immer in einem qualvollen Hustenanfall endete. Als er den Becher halb geleert hatte, nahm Artus ihn ihm aus der Hand und sagte fast sanft: »Jetzt beruhige dich erst einmal. Auf einen Moment mehr oder weniger kommt es nun auch nicht mehr an.«
Der Mann nickte dankbar. Dulac konnte sehen, wie er mit aller Macht versuchte, seinen pfeifenden Atem wieder unter Kontrolle zu bekommen. Er sah schrecklich aus. Seine Kleidung, die die Farben und das Emblem Camelots zeigte, starrte vor Schmutz, aber auch vor eingetrocknetem Blut, und es schien noch immer endlos zu dauern, bis er endlich die Kraft fand, aufzustehen. Artus richtete einen der Stühle auf, die er mit sich gerissen hatte, und half ihm darauf Platz zu nehmen.
»Jetzt rede.«
»Die Pikten, Herr«, antwortete der Krieger, noch immer keuchend vor Anstrengung und am ganzen Leib zitternd. »Sie haben die Grenze im Norden mit zweihundert Mann überschritten.«
»Zweihundert?«
»Mindestens, Herr!«, antwortete der Krieger. »Vielleicht sogar mehr.«
»Wann?«, fragte Galahad scharf.
»Gestern Abend, bei Sonnenuntergang. Wir hatten keine

Chance, Sir. Sie haben uns vollkommen überrascht. Es waren einfach zu viele.«

»Niemand macht dir einen Vorwurf«, sagte Artus. »Bist du als Einziger entkommen?«

Für einen ganz kurzen Moment erschien so etwas wie Schrecken in den Augen des Mannes. »Ich wäre bei meinen Kameraden geblieben um mit ihnen zu sterben, Herr, aber –«

»– aber dann wärst du jetzt nicht hier um uns zu warnen und Camelot würde vielleicht ebenso überrascht wie ihr«, unterbrach ihn Artus. »Du hast vollkommen richtig gehandelt. War Mordred bei ihnen?«

»Das weiß ich nicht, Herr«, antwortete der Krieger. Er streckte eine zitternde Hand in Dulacs Richtung aus und Dulac reichte ihm einen weiteren Becher Wein, nachdem Artus ihm mit einem kurzen Nicken sein Einverständnis signalisiert hatte. Er trank diesmal langsamer und mit großen, bedächtigen Schlucken, ehe er weitersprach.

»Ich kenne Mordred nicht, aber sie wurden von einem Mann angeführt, der nicht wie ein Pikte aussah.«

»Mordred«, sagte Galahad grimmig. »Er verliert keine Zeit.«

»Ich fürchte, noch weniger, als Ihr ahnt«, sagte der Krieger. »Nachdem ich sicher war, ihnen entkommen zu sein, habe ich sie beobachtet. Sie marschieren auf Camelot, Herr. Sehr schnell.«

Galahad wollte eine weitere Frage stellen, aber Artus brachte ihn mit einer hastigen Geste zum Verstummen. »Bist du sicher? Wie weit sind sie noch entfernt?«

»Bestimmt nicht mehr als einen halben Tag«, antwortete der Krieger. »Ich habe zwei Pferde zu Schanden geritten,

um möglichst rasch hierher zu kommen, aber sie marschieren sehr schnell, Herr.«
»Gut«, sagte Artus düster. »Du hast uns einen großen Dienst erwiesen, mein Freund. Ich werde später noch einmal mit dir reden, aber im Moment ist es genug. Geh nach unten und lass dir etwas zu essen geben und dann ruh dich eine Weile aus. Ich lasse dich rufen.«
Der Mann stand auf und ging mit unsicheren Schritten hinaus. Niemand sprach, bis er den Raum verlassen und die Tür hinter sich zugezogen hatte.
»Es fällt mir schwer, das zu glauben«, sagte Gawain. »Nicht einmal Mordred ist so vermessen, die Hand gegen Camelot zu heben.«
»Glaubt es ruhig, Gawain«, sagte Uther. »Camelot war von Anfang an, was er wirklich wollte.«
»Aber –«
»Uther hat Recht«, unterbrach ihn Artus. »Ich wusste, dass es so kommt. Nur hatte ich gehofft, dass uns noch ein wenig mehr Zeit bliebe.«
»Zweihundert Mann, das ist ein großes Heer«, sagte Gwinneth. »Und es ist nahe. Die Zeit wird doch reichen, Euer eigenes Heer zu mobilisieren und die Verteidigung zu organisieren?«
Artus sah sie nur wortlos und sehr ernst an und Uther sagte fast sanft: »Camelot hat kein Heer, mein Kind.«
Gwinneth riss ungläubig die Augen auf. »Kein Heer?«, wiederholte sie. »Aber das ... das kann nicht sein. Ich meine: Camelot ist in ganz Britannien für seine Stärke und Macht berühmt! Ich dachte, Ihr hättet eine gewaltige Armee.«
»Uther sagt die Wahrheit, Mylady«, sagte Artus. Er

machte eine weit ausholende Geste. »Wir sind Camelots Heer. Das ist mehr als genug.«
»Ihr allein gegen zweihundert Krieger?«
»Wir haben schon gegen größere Heere gekämpft und gesiegt«, antwortete Artus. »Habt keine Furcht. Mordred wird bekommen, was ihm zusteht. Und bei dieser Gelegenheit wird er auch gleich für den Tod Eures Vaters bezahlen und dafür, was er Uther und Euch angetan hat.«
»Aber –«
»Bitte, mein Kind«, sagte Uther ruhig. »Artus hat Recht. Mordred muss vollkommen den Verstand verloren haben, mit seinen Männern hierher zu kommen. Er weiß, dass er keine Chance hat.«
»Das ist es ja, was mir Sorge bereitet«, sagte Artus düster. »Mordred mag vieles sein, aber eines ist er gewiss nicht: ein Dummkopf. Er führt seine Männer in den sicheren Tod. Und ich frage mich, warum.« Er ballte die Hand zur Faust. »Ich werde ihm diese Frage stellen, bevor ich ihm das Schwert ins Herz stoße.«
»Warum erwarten wir ihn nicht hier?«, fragte Uther. »Sollen sich seine Männer an Camelots Mauern die Schädel einrennen!«
»Und den Krieg in die Stadt tragen?« Artus deutete auf Evan. »Die Eltern dieses Jungen und alle anderen Menschen in der Stadt vertrauen darauf, dass wir ihre Leben beschützen. Nein – wir brechen in einer Stunde auf und reiten den Pikten entgegen. Wir stellen sie in einer offenen Schlacht.«
»Ich begleite Euch«, sagte Uther. Gwinneth sah ihn erschrocken an und Artus hob die Hand und schüttelte den Kopf.

»Sosehr ich Euch verstehe, alter Freund, ich kann das nicht zulassen. Jemand muss für Lady Gwinneths Sicherheit sorgen. Fünf meiner Ritter und die Besatzung der Burg werden bei Euch bleiben, um Euch zu beschützen.«
Uther sah nicht begeistert drein, aber er schien auch zu begreifen, dass es vollkommen sinnlos war, die Diskussion fortzusetzen. Er senkte den Blick und nach einem kurzen Moment eilte Gwinneth zu ihm und legte die Hand auf seine Schulter.
Dagda erhob sich ächzend von seinem Stuhl. »Dann werde ich mich an die Arbeit machen.«
»Ihr wollt was?«, keuchte Dulac.
»Eine Stunde ist nicht viel Zeit«, antwortete Dagda. »Die Ritter werden noch ein Mahl zu sich nehmen wollen, bevor sie aufbrechen. Es kämpft sich schlecht mit leerem Magen.«
Er streckte die Hand aus und Dulac wollte zu ihm eilen, aber Artus hielt ihn mit einer befehlenden Geste zurück. Mit der anderen Hand deutete er auf Evan. »Der Junge da kann Euch helfen. Ich will, dass Dulac uns begleitet.«
»Was für ein Unsinn!«, polterte Dagda. »Was sollte er Euch nutzen?«
»Er wird Eure Aufgabe übernehmen«, sagte Artus. »Ihr seid zu krank um uns zu begleiten, aber jemand muss als Zeuge und Chronist mit uns reiten. Ihr habt ihn doch das Schreiben und Lesen gelehrt, oder?«
»Ja«, sagte Dagda, »aber –«
»Dann ist es ja gut«, fiel ihm Artus ins Wort. »Keine Sorge – er wird nur beobachten. Ich werde persönlich dafür sorgen, dass er nicht einmal eine Waffe berührt.« Er fuhr mit einer beinahe zornig wirkenden Bewegung zu Dulac

herum. »Geh zum Stall und such dir ein Pferd aus. Und ihr anderen: Macht euch fertig. Wir verlassen Camelot in genau einer Stunde!«

Es war ein zugleich prachtvoller wie etwas sonderbar anmutender Zug, der eine Stunde später durch das Burgtor ritt und sich nach Norden wandte: Vierunddreißig Ritter, ein König und ein Junge, der ebenso aufgeregt wie verwirrt war – und zornig. Artus hatte zu verhindern gewusst, dass er noch einmal mit Dagda reden oder Gwinneth sehen konnte. Einer von Artus' Rittern war die ganze Zeit über in seiner Nähe geblieben, vorgeblich um ihm bei der Auswahl des Pferdes zu helfen und ihm zu zeigen, wie er Sattelzeug und Geschirr anzulegen hatte. Dulac zweifelte jedoch nicht daran, dass er in Wahrheit auf Geheiß des Königs gehandelt hatte.
Aber warum? Selbst wenn Artus spüren sollte, dass zwischen Gwinneth und ihm etwas war, was nicht sein durfte – warum hielt er ihn von Dagda fern? Selbst den Lederbeutel mit den Oblaten und seinen Schreibutensilien hatte ihm Evan gebracht, nicht Dagda.
Dulacs Zorn legte sich jedoch, kaum dass sie die Burg verlassen hatten. Um die Straße nach Norden zu erreichen, mussten sie quer durch die Stadt reiten und natürlich sorgte der schimmernde Tross für allgemeine Neugier und Aufregung. Die Männer ritten in voller Rüstung und auch ihre Pferde waren in Schabracken und schwere Kettenpanzer gehüllt. Die Stadt dröhnte unter dem Donnern der Hufe und an den Lanzenspitzen der Männer waren bunte Wimpel befestigt und am Beginn des Zuges flatterte das prachtvolle Banner Camelots. Das Sonnenlicht brach sich

auf Stahl und silbernen und goldfarbenen Rüstungsteilen, sodass es nahezu unmöglich war, den Heereszug anzusehen ohne geblendet zu werden. Doch trotz dieses prachtvollen Anblickes war die Menschenmenge, die bald die Straße säumte, erstaunlich still. Dulac hörte nur ganz selten einen Hochruf oder ein »Lang lebe der König!« und der Ausdruck auf den allermeisten Gesichtern, in die er schaute, war eindeutig Furcht. Die schlimmen Neuigkeiten schienen bereits die Runde gemacht zu haben. Die Menschen wussten, dass Artus und seine Ritter nicht zu einer Parade ritten, sondern in den Krieg.

Sie verließen die Stadt und ritten zwei Stunden in scharfem Tempo nach Norden. Begegneten ihnen am Anfang noch vereinzelte Fuhrwerke, Reiter oder auch Menschen, die zu Fuß unterwegs waren, so wurde die Landschaft rechts und links des Weges doch bald immer einsamer. Es gab keine Gehöfte mehr, keine Häuser, und endlich verschwand auch die Straße selbst und unter den hämmernden Hufen der Pferde war nur noch nacktes Erdreich und Gras.

Eine weitere Stunde lang sprengten sie in rasendem Tempo direkt nach Norden und wichen höchstens einmal von dieser Richtung ab um einem Waldstück auszuweichen oder einem Sumpfgebiet, die häufiger wurden, je weiter sie nach Norden vordrangen.

Dulac wusste schon bald nicht mehr, woher er die Kraft nahm, sich noch im Sattel zu halten. Jeder Muskel in seinem Leib schmerzte und er spürte mittlerweile jeden einzelnen Hufschlag des Pferdes wie einen Tritt, der ihn selber traf. Das Pferd, das Sir Braiden für ihn ausgesucht hatte, war ein kräftiges, gut trainiertes Tier, aber es war deutlich am Ende seiner Kräfte. Es fiel ihm immer schwerer, mit den anderen Tieren Schritt zu halten. Dabei trug es weder selbst einen Panzer noch musste es das Gewicht eines Ritters in voller Rüstung schleppen. Wie die Tafelritter und ihre Rösser die Anstrengungen aushielten, war Dulac ein Rätsel.

Gerade als er glaubte, im nächsten Moment einfach aus dem Sattel stürzen zu müssen, hob Artus den Arm und gab damit das Zeichen zum Anhalten. Vor ihnen lag eine flache, bewaldete Hügelkuppe, die selbst einem so großen Tross wie ihnen hinlänglich Deckung vor einer zufälligen Entdeckung bot, und nachdem das Donnern der Hufe verklang, konnte er das Geräusch von Wasser hören, das ganz in der Nähe floss; vermutlich auf der anderen Seite des Waldes.

Die Ritter stiegen einer nach dem anderen aus den Sätteln und auch Dulac versuchte abzusteigen, erstarrte dann aber mit einem zischenden Laut. Seine Kniekehlen, die Innenseiten der Oberschenkel und vor allem der Körperteil, auf dem er saß, brannten wie Feuer.

»Worauf wartest du?« Auch Artus war abgestiegen und kam mit schnellen Schritten auf ihn zu. Er trug den Helm unter dem linken Arm und sah geradezu unverschämt frisch aus; als käme er von einem gemächlichen Waldspaziergang, nicht von einem stundenlangen Gewaltritt. Plötzlich verhielt er im Schritt, legte den Kopf auf die Seite und grinste dann breit.

»Ich verstehe«, sagte er. »Du hast dir einen Wolf geritten.«

»Herr?«, sagte Dulac verständnislos.

»Du bist wund«, erklärte Artus. »So nennt man das.«

»Oh«, murmelte Dulac. »Ich verstehe.«

Artus grinste noch breiter und streckte ihm die Hand entgegen. »Ich helfe dir. Steig einfach ab. Nur zu. Da musst du durch, wenn du eines Tages ein Ritter werden willst.«
Dulac griff nach der Hand, die Artus ihm entgegenstreckte, biss die Zähne zusammen und stieg mit einer schnellen Bewegung aus dem Sattel. Es tat schrecklich weh und sein Rücken fühlte sich an, als wollte er wie ein trockener Ast einfach durchbrechen.
Artus hielt seine Hand etwas länger fest, als nötig gewesen wäre – als wäre er nicht ganz sicher, dass Dulac auch aus eigener Kraft stehen könnte. Dann fragte er: »Willst du es?«
»Was?«
»Ein Ritter werden, so wie ich und die anderen?«, antwortete Artus.
»Natürlich, Herr«, antwortete Dulac spontan.
»Welcher Junge in deinem Alter wollte das nicht?«, sagte Artus. »Nur schade, dass Dagda so gänzlich andere Pläne mit dir hat.«
Jetzt war Dulac vollends verwirrt. Er war fest überzeugt davon gewesen, dass Artus ihn mitgenommen hatte, um ihn für irgendetwas zu bestrafen. Nun aber sprach der König in einem fast freundschaftlichen Ton mit ihm. Worauf wollte er hinaus?
Statt sein seltsames Benehmen zu erklären fuhr Artus auf dem Absatz herum und winkte einen Ritter zu sich. »Sir Lioness! Mordreds Pikten befinden sich auf der anderen Seite des Hügels. Bitte seht nach, wie weit sie noch entfernt sind. Ich würde gerne noch eine Andacht abhalten, bevor wir in den Kampf ziehen.«
Der ganz in Rot und Gold gekleidete Ritter eilte davon um

Artus' Befehl nachzukommen und Dulac sah den König erstaunt an. »Auf der anderen Seite des Hügels? Woher wisst Ihr das?«
Artus lachte leise. »Zweihundert Männer marschieren nicht ohne Spuren zu hinterlassen«, sagte er. »Siehst du die Punkte dort oben am Himmel?«
Dulacs Blick folgte der Richtung, in die Artus' ausgestreckter Arm wies. Er nickte. »Vögel.«
»Zu viele Vögel und nur dort«, sagte Artus. »Mordreds Heer hat sie aufgescheucht. Und wenn du genau hinsiehst, erkennst du auch den Staub in der Luft.«
»Das ... wäre mir niemals aufgefallen«, gestand Dulac. Er maß Artus mit einem fast bewundernden Blick.
»Wie auch? Dagda hat dich zum Küchenjungen und Mundschenk ausgebildet. Aber ich kann mir nicht vorstellen, dass dir ein solches Leben reicht.«
»Dagda war sehr gut zu mir«, antwortete Dulac. »Er hat mich viel gelehrt.«
»Und noch viel mehr hat er von dir fern gehalten«, sagte Artus. Dulac musste an den Streit zwischen ihm und Dagda denken. Offenbar erlebte er nun die Fortsetzung des Gespräches, das gestern so abrupt unterbrochen worden war. Wenn auch auf eine völlig andere Art, als er erwartet hätte.
Er sprach einfach aus, was ihm auf der Zunge lag. »Ihr ... seid nicht mehr zornig auf mich?«, fragte er vorsichtig.
»Zornig? Wegen des kleinen Kratzers?« Artus lachte. »Es war meine eigene Ungeschicklichkeit. Ich war ungerecht zu dir. Und es war dumm von mir, dir ein Schwert in die Hand zu geben. Nichts ist gefährlicher als eine Waffe in der Hand eines Mannes, der nicht damit umgehen kann.«

Dulac schwieg. Artus' Worte hatten ihn mehr verstört, als sie irgendeine Frage beantwortet hätten. Und er wusste nicht einmal, ob er wirklich lernen wollte mit einem Schwert umzugehen.
Noch vor einem Tag hätte er diese Frage mit einem ganz eindeutigen Ja beantwortet. Aber seither war doch einiges geschehen. Er *hatte* ein Schwert in der Hand gehabt und die Bilder, die es ihm gezeigt hatte, waren furchtbar gewesen.
»Es wird bald eine Schlacht geben«, sagte Artus. »Hast du Angst?«
»Nein«, antwortete Dulac, doch das schien nicht die Antwort zu sein, die Artus hatte hören wollen, denn auf seinem Gesicht erschien ein Ausdruck von Sorge.
»Das solltest du aber«, sagte er. »Wir werden mit Sicherheit siegen, doch es werden Menschen sterben und das ist immer eine schlimme Sache.«
»Aber es sind doch nur Pikten.«
»Sind sie keine Menschen?«, gab Artus zurück. »Für uns mögen sie Barbaren sein, die finstere Gottheiten anbeten und unsere Art zu leben bedrohen. Unsere Feinde. Aber auch sie sind Männer und Väter und Söhne. Viele Tränen werden in ihren Heimatdörfern vergossen werden, wenn sie nicht heimkehren.«
Dulac fragte sich, warum Artus eigentlich Krieger geworden war, wenn er wirklich so dachte. Und fast gegen seinen Willen stellte er diese Frage laut – was er gleich darauf wieder bedauerte. Irgendwann würde ihn seine lose Zunge den Hals kosten.
Artus reagierte jedoch nicht verärgert, sondern lächelte auf eine Art, als hätte er auf diese Frage gewartet und wäre

froh sie zu hören. »Weil es leider notwendig ist, mein Junge«, antwortete er. »Vielleicht wird einmal eine Zeit kommen, in der die Menschen keine Krieger mehr brauchen, doch noch ist es nicht so weit. Es ist noch gar nicht so lange her, da war dieses Land ganz genau wie das der Pikten. Wild. Barbarisch und gewalttätig. Die Menschen Britanniens haben dazugelernt und nun ist es an der Zeit für die Pikten, zu lernen.« Er legte die Hand auf das Schwert. »Manchmal tut es weh, zu lernen. Ich freue mich nicht darauf, ihre Krieger zu erschlagen, doch ich muss auch die Menschen beschützen, die mir vertrauen.«

Sir Lioness kam zurück. »Sie sind da«, sagte er. »Auf der anderen Seite des Hügels, vielleicht eine Meile entfernt. Sie lagern am Waldrand. Ich glaube, sie wissen, dass wir kommen.«

»Sie wollen uns in den Wald locken, wo uns unsere Pferde und die Rüstungen eher behindern würden«, sagte Artus grimmig. »Aber den Gefallen werde ich ihnen nicht tun.« Er überlegte einen Moment. »Schickt einen Boten zu ihnen. Ich will mich in einer halben Stunde mit ihrem Anführer treffen, nur er und ich.«

»Sie werden versuchen die Zeit zu nutzen um uns zu umzingeln«, gab Lioness zu bedenken.

»Sollen sie«, erwiderte Artus abfällig. »Geht. Tut, was ich Euch gesagt habe.« Er hob die Stimme. »Sir Mandrake! Lasst uns noch eine Andacht abhalten und Gott um Kraft für den bevorstehenden Kampf bitten!«

Dulac kam sich ein wenig hilflos vor – oder um es auf den Punkt zu bringen: fehl am Platz. Artus hatte dieses kurze Gespräch vermutlich nur mit ihm geführt, um sich die Zeit bis zur Rückkehr des Ritters zu vertreiben, ganz bestimmt

nicht, weil es von irgendeiner *Wichtigkeit* war. Nun rief er seine Ritter zum gemeinsamen Gebet zusammen und dabei hatte er nun wirklich nichts verloren. Artus und seine Ritter waren wie beinahe jedermann in Camelot Christen. Dagda hingegen glaubte noch an die alten Götter, die schon über dieses Land und die Menschen geherrscht hatten, als es den Gott der Christen noch nicht einmal gab, und was Dulac selbst anging ... Er war sich bis zum heutigen Tage im Grunde nicht darüber im Klaren, woran er glaubte; oder ob überhaupt an irgendetwas. Ganz bestimmt jedoch nicht an den Gott der Christen, der Liebe und Vergebung predigte und das Leben der Menschen mit einer Unzahl von Reglementierungen und Ver- und Geboten knebelte, bis ihnen kaum noch Luft zum Atmen blieb. Tander wusste das und ging im Allgemeinen darüber hinweg, gab es ihm doch einen Vorwand, ihm auch am Sonntag Arbeit zuzuweisen, wenn die anderen zur Kirche gingen, und auch Artus hatte einmal eine entsprechende Bemerkung gemacht und ihn auf diese Weise wissen lassen, dass es ihn nicht störte. Dulac wusste allerdings, dass unter Artus' Rittern viele waren, die ihrer Religion mit schon fast erschreckendem Eifer nachgingen, und er wollte den König nicht in Verlegenheit bringen. Nicht wenige Tafelritter hätten empört reagiert, hätten sie erfahren, dass Artus einen Heiden an seinem Hofe duldete.
So wandte er sich um, ging ein paar Schritte bis zum Waldrand und suchte sich einen Platz, um sich hinzusetzen und seinem schmerzenden Rücken ein wenig Ruhe zu gönnen. Es war sehr still hier. Aus dem Wald drang nicht der geringste Laut, nicht einmal das Knacken eines Zweiges oder das Rascheln der Blätter, und der Wind trug einen leicht

modrigen Geruch mit sich, den Dulac aber nicht als unangenehm empfand. Vielmehr erfüllte er die Umgebung mit einem Gefühl von Leben, wie er es in dieser Intensität selten verspürt hatte.

Überhaupt begann ihm dieses Stück Land immer besser zu gefallen, so unwirtlich und fremd es ihm auch im ersten Moment vorgekommen war. Sie waren hier weitab von jeder menschlichen Behausung und noch weiter von dem, was Artus manchmal mit dem Wort *Zivilisation* bezeichnete. Es hätte Dulac nicht gewundert, zu erfahren, dass hier manchmal monatelang keine Menschen entlangkamen, wenn nicht Jahre. Und vielleicht war es gerade das, was er spürte: die Unberührtheit dieses Ortes.

Nicht weit von ihm entfernt zogen Artus und seine Ritter nacheinander ihre Schwerter aus den Gürteln und rammten die Waffen vor sich in den Boden, um davor niederzuknien und die Hände zum Gebet zu falten. Einzig Sir Mandrake blieb stehen und begann mit leiser Stimme lateinische Verse zu zitieren, die vermutlich außer ihm und Artus niemand verstand.

Dulac konnte sich eines eisigen Schauderns nicht erwehren. Der Anblick erinnerte ihn an Männer, die vor Grabkreuzen knieten, um Gnade für die Seelen der Verstorbenen zu erbitten. Nur dass er sich des unheimlichen Gefühles nicht erwehren konnte, dass es *ihre eigenen* Gräber waren ...

Er verscheuchte den Gedanken, aber ganz gelang es ihm nicht. Etwas von der klebrigen Furcht blieb, die er mit sich gebracht hatte. Er hatte das unheimliche Gefühl, einen Blick in die Zukunft getan zu haben, ja auf eine bestimmte Weise *wusste* er, dass es ganz genau so war. In den Jahren,

die er nun auf Camelot lebte, hatte er so manchen Ritter kommen und gehen sehen und die meisten, die gegangen waren, waren im Kampf gefallen. Die Tafelritter und allen voran König Artus mochten schon zu Lebzeiten eine Legende sein, doch sie waren weder unsterblich noch unverwundbar. Die meisten von ihnen – wenn nicht alle – würden durch das Schwert fallen, mit dem sie gelebt hatten. Vielleicht nicht heute, vielleicht nicht in einem Monat oder einem Jahr, aber sie würden durch das Schwert fallen. Er fragte sich, ob es das war, was Dagda gemeint hatte.
Das Gebet ging zu Ende. Mandrake hob die Hand, um die Ritter vor sich zu segnen, stockte dann mitten in der Bewegung und sah sich irritiert um und Dulacs Herz machte einen erschrockenen Satz. Mit einer einzigen Bewegung sprang er auf, rannte zu seinem Pferd und nestelte den Lederbeutel vom Sattelgurt, den Dagda ihm mitgegeben hatte. Noch während er zu Mandrake hinrannte, riss er ihn auf und grub mit zitternden Fingern nach dem zweiten, kleineren Ledersäckchen, das er enthielt. Er brauchte auf diese Weise weniger als eine halbe Minute, bis er Mandrake erreichte. Trotzdem durchbohrte ihn der Tafelritter mit einem Blick, als hätte er ein todeswürdiges Verbrechen begangen, und riss ihm das Säckchen ungestüm aus der Hand.
Dulac wich rasch rückwärts gehend ein halbes Dutzend Schritte zurück, um die Zeremonie nicht noch weiter zu stören und sich Mandrakes Zorn damit endgültig zuzuziehen. Mandrake schenkte ihm noch einen zornsprühenden Blick, dann öffnete er das Säckchen und schüttelte die darin befindlichen Oblaten in seine geöffnete linke Hand. Während er weiter halblaut lateinische Texte murmelte,

traten die Tafelritter einer nach dem anderen zu ihm, knieten vor ihm nieder und ließen sich eine der Oblaten auf die Zunge legen, wobei Mandrake mit der anderen Hand das Kreuzzeichen auf ihre Stirn machte. Dulac kannte natürlich die Bedeutung dieses Vorganges, auch wenn er kein geübter Kirchengänger war, aber er war ein wenig erstaunt. Er glaubte kaum, dass dies die übliche Form des christlichen Abendmahles war; oder dass man es überhaupt in einer Situation wie dieser abhielt.
Aber andererseits war er auch noch niemals zuvor mit Artus und seinen Männern in die Schlacht geritten.
Dulac sah schweigend zu, während die Ritter einen Schluck Messwein aus dem einfachen Becher tranken, den ihnen Sir Mandrake hinhielt.
Nach einer Weile runzelte er erstaunt die Stirn, trat ein paar Schritte näher – gerade so weit, wie er es wagte, ohne dadurch Artus' oder den Unmut eines der anderen Ritter auf sich zu ziehen – und kniff die Augen zusammen um genauer sehen zu können. Er erkannte den einfachen Trinkbecher, den Sir Mandrake in den Händen hielt. Es war kein prunkvoller Pokal, wie er es erwartet hätte, sondern der zerbeulte, schäbige Becher, der normalerweise auf Dagdas Regalbrett stand; kaum eines Bettlers würdig, geschweige denn eines Königs. Wieso, fragte er sich, hatte Dagda den Rittern ausgerechnet den einfachsten und schäbigsten seiner Pokale mitgegeben? Er würde ihn fragen, sobald sie zurück waren – auch wenn er ganz und gar nicht sicher war, überhaupt eine Antwort zu bekommen. Und er wäre nicht einmal überrascht zu erfahren, dass es sich um einen von Dagdas manchmal schon reichlich seltsamen Scherzen handelte,

den König und all seine Ritter mit diesem verbeulten Blechnapf in die Schlacht ziehen zu lassen, statt mit einem goldenen Pokal ...

Artus war der Letzte, der das Abendmahl empfing. Dann stand er auf, zog jedoch nicht wie alle anderen sein Schwert aus dem Boden, um die Waffe wieder in seinen Gürtel zu stecken, sondern drehte sich zu Dulac herum.

»Junge! Bring mir Excalibur!«

Dulac eilte zu Artus' Pferd, einem prachtvollen weißen Hengst in einem goldschimmernden Schuppenpanzer, löste die in roten Samt eingeschlagene Waffe vom Sattelgurt und brachte sie dem König. Artus nahm das Schwert entgegen und begann es auszuwickeln, während er Dulac ein kurzes, aber sehr warmes Lächeln schenkte – fast als wollte er sich für Sir Mandrakes Benehmen von vorhin entschuldigen.

Dulac verspürte ein Gefühl von Ehrfurcht, als Artus den Samt zurückschlug und Excalibur in seiner weißen Lederscheide zum Vorschein kam. Artus gab Dulac den Samt zurück, löste seinen Waffengurt und ließ ihn einfach fallen. Dulac konnte ihn gerade noch auffangen, bevor er in den Schmutz fiel.

Während Artus den Schwertgurt mit Excalibur umschnallte, holte Dulac das Schwert, das Artus mitgebracht hatte, schob es in die Scheide und wollte zu seinem Pferd eilen, um die Waffe am Sattelgurt zu befestigen, wo sie auf die Rückkehr des Königs warten konnte, doch Artus winkte ihn erneut heran.

»Nimm es an dich«, befahl er.

»Herr?«

»Nimm es an dich«, wiederholte Artus mit einer leicht un-

geduldigen Geste auf den Waffengurt. »Du wirst mich begleiten.«
»Ich?«, wiederholte Dulac fassungslos. »Aber wieso ich? Ich meine –«
»Dir wird nichts geschehen, solange du immer in meiner Nähe bleibst«, unterbrach ihn Artus. »Du begleitest mich. Wenn du hinterher immer noch Ritter werden willst, werde ich persönlich für deine Ausbildung sorgen.«
Er hatte gesagt, was er zu sagen hatte, und drehte sich wieder zu seinen Rittern herum. »Lasst uns beginnen«, sagte er. Dann legte er die Hand auf den Schwertgriff, zog Excalibur und reckte die Waffe hoch in die Luft.
»Für Camelot!«
»Für Camelot!«, wiederholten die Ritter im Chor.
Und Dulac stockte schier der Atem.
Es war das erste Mal, dass er Excalibur wirklich erblickte. Dagda hatte ihm einmal erklärt, dass Excalibur nicht nur eine heilige, sondern vor allem auch eine *magische* Waffe sei, die nur zum wirklichen Kampf gezogen werden durfte, und so hatte er Excalibur bisher nur in seiner weißen Lederscheide gesehen.
Zugleich stimmte das aber auch nicht.
Er *hatte* Excalibur schon einmal gesehen oder zumindest ein Schwert wie dieses. Es war sogar erst ein paar Stunden her, seit er es in der Hand gehalten hatte.
Denn Excalibur und das Schwert, das er im See gefunden hatte, glichen sich wie ein Ei dem anderen ...
Artus drehte sich zu ihm herum, schien etwas sagen zu wollen und runzelte dann die Stirn, als er den Ausdruck von Fassungslosigkeit sah, mit dem Dulac das Schwert anstarrte. Natürlich deutete er ihn völlig falsch, denn nach ei-

nem Atemzug lächelte er und sagte: »Eine prachtvolle Waffe, nicht wahr? Möchtest du sie vielleicht einmal anfassen?«

Er hielt Dulac die Klinge hin und Dulacs Herz begann noch schneller zu schlagen, als er die seltsamen Runen sah, die die Blutrinne des Schwertes einrahmten. Obwohl er sie nur flüchtig gesehen hatte, gab es nicht den geringsten Zweifel: Es waren die gleichen Runen. Excalibur und das Schwert aus dem See waren Zwillingsbrüder.

»Nur zu«, sagte Artus auffordernd. »Es beißt nicht. Jedenfalls nicht, solange du nicht sein Feind bist.«

Dulac streckte zögernd die Hand aus, wagte es aber nicht, die Bewegung zu Ende zu führen. Nach dem, was ihm widerfahren war, als er das Schwert aus dem See berührt hatte, was würde da erst passieren, wenn er *Excalibur* anfasste?

»Nun gut.« Artus steckte das Schwert mit einem enttäuschten Schulterzucken wieder ein. »Ich sollte vielleicht nicht zu viel auf einmal erwarten. Steig in den Sattel. Wir reiten los.«

Ganz wie Sir Lioness gesagt hatte, erwartete sie das piktische Heer auf der anderen Seite des Hügels, genauer gesagt vor dem dichten Wald, der sich vielleicht eine halbe Meile entfernt erhob. Und selbst Dulac, der nicht das Geringste von Kriegsführung oder Taktik verstand, erkannte sofort, dass es eine Falle war. Die Pikten hatten in einer langen, mehrfach gestaffelten Reihe dicht am Waldrand Aufstellung genommen, und wenn dieser Wald auch nur annähernd so dicht war wie der, hinter dem sie gerade gerastet hatten, dann mussten Artus' Ritter auf ihren schwer

gepanzerten Pferden schon nach wenigen Schritten hoffnungslos darin stecken bleiben.
Er erschrak, als er sah, wie viele es waren. Das piktische Heer bestand nur aus sehr wenigen Reitern, aber gut und gerne zweihundert Männern zu Fuß. Sie waren in Kleidung aus grobem Stoff gehüllt und trugen weder so etwas wie eine wirkliche Rüstung und auch ihre Bewaffnung hielt keinem Vergleich mit der der Tafelritter stand. Aber es waren entsetzlich viele.
»Da ist er.« Artus deutete auf einen einzelnen, in Schwarz gehüllten Reiter, der langsam in ihre Richtung kam. »Der Unterhändler.«
»Das ist nicht Mordred«, sagte Galahad, der rechts neben Artus ritt. Dulac hatte sein Pferd auf die andere Seite gelenkt, war aber ganz bewusst ein kleines Stück zurückgefallen.
»Ich sehe es«, sagte Artus düster. »Das gefällt mir nicht.«
»Wir sollten sofort angreifen«, schlug Galahad vor. »Das ist mit Sicherheit eine Hinterlist.«
»Vermutlich«, bestätigte Artus. »Ich werde ihn fragen. Haltet Euch bereit.«
Galahad sog erschrocken die Luft zwischen den Zähnen ein. »Ihr wollt doch wohl nicht wirklich allein dorthin reiten?«
»Ich werde nicht allein gehen, keine Angst.« Artus drehte den Kopf. »Dulac.«
Gehorsam lenkte Dulac sein Pferd neben das des Königs. Galahad widersprach noch einmal und erhielt diesmal eine scharfe Abfuhr, aber Dulac hörte gar nicht mehr hin. Die Situation kam ihm mit jedem Moment unwirklicher vor, als erlebe er in Wirklichkeit einen Traum, der bizarr und

erschreckend war, in dem er aber nicht wirklich Angst haben musste. Artus lenkte sein Pferd mit sanftem Schenkeldruck den Hügel hinunter und auf den Unterhändler zu und Dulac schloss nach wenigen Schritten auf.

»Angst?«, fragte Artus leise und ohne ihn dabei anzusehen.

»Ich weiß nicht«, antwortete Dulac. Dann verbesserte er sich: »Ja. Ein wenig.«

»Wenn das hier vorbei ist, wirst du viel Angst haben«, sagte Artus. Und es war Dulac, als ob er lautlos, aber auch unüberhörbar hinzufügte: *dafür werde ich sorgen*.

»Warum tut Ihr das, Herr?«, fragte Dulac.

»Warum ich will, dass du mich begleitest?« Artus lachte auf eine Weise, die Dulac einen kalten Schauer über den Rücken laufen ließ. »Nenn es einen Test.«

»Einen *Test*?«

»Ich muss wissen, woran ich mit dir bin«, antwortete Artus. »Und du selbst solltest es auch wissen. Frauen bewundern Ritter, keine Knaben.«

Ein plötzlicher Schlag ins Gesicht hätte Dulac kaum härter treffen können. Er glaubte zu spüren, wie sein Herzschlag stockte. Doch er kam nicht dazu, eine weitere Frage zu stellen, denn sie hatten sich dem Pikten mittlerweile fast bis auf Hörweite genähert und er wusste, dass Artus jetzt nicht mehr antworten würde. Und einen Augenblick später sah er zudem etwas, das ihn kaum weniger erschreckte als Artus' Worte von vorhin.

Der Pikte war ein sehr großer, dunkelhaariger Mann, der einen schwarzen Mantel über einer gleichfarbigen Hose und einem rotbraunen Lederharnisch trug. Aus seinem Gürtel ragte der Griff eines gewaltigen Schwertes, das die meisten anderen Männer als Beidhänder benutzt hätten, und an seinem Sattel war eine riesige zweischneidige Axt befestigt. Zweifellos führte er diese Waffen nur mit sich, um sein barbarisches Äußeres zu unterstreichen und seine Feinde damit einzuschüchtern, denn so beeindruckend sie aussahen, waren sie im Kampf wohl eher unpraktisch. Als Dulac ihn das letzte Mal gesehen hatte, hatte er ein normales Schwert im Gürtel getragen. Es war der Pikte, mit dem Mordred am Seeufer gesprochen hatte.

»König Artus.«

Der Pikte senkte grüßend den Kopf und Artus erwiderte die Bewegung knapp, besaß aber nicht einmal die Höflichkeit, sich nach dem Namen seines Gegenübers zu erkundigen, sondern begann übergangslos:

»Wo ist Mordred?«

»Sir Mordred ist ... anderweitig beschäftigt«, antwortete der Pikte in ebenso kühlem Tonfall. »Ich fürchte, Ihr müsst mit mir vorlieb nehmen. Ihr habt einen Boten zu uns geschickt und wolltet mich sprechen?«

Wenn so viel Unverfrorenheit dem König die Sprache verschlug, so ließ er es sich jedenfalls nicht anmerken. »Ihr kommt ohne Umschweife zur Sache«, sagte er. »Gut. Auch ich bin für ein offenes Wort. Geradeheraus: Was wollt ihr hier?«

»Wir suchen keinen Streit mit Euch, Artus«, antwortete der Pikte, »oder mit Camelot. Wir sind lediglich auf dem Durchmarsch. Ich versichere Euch, dass kein Bewohner Eures Landes irgendetwas von uns zu befürchten hat.«

»Ich weiß, warum ihr hier seid.« Artus ließ – vermutlich ganz bewusst – offen, was er von der letzten Behauptung des Pikten hielt. »Ich kann das nicht zulassen. Ich dachte,

ich hätte mich Mordred gegenüber deutlich ausgedrückt. Hat er Euch meine Antwort nicht überbracht?«
»Das hat er«, erwiderte der Pikte. »Ich kann sie nicht akzeptieren. Es würde uns zu viel Zeit kosten, die Grenzen Eures Landes zu umgehen.«
»Das ist euer Problem«, antwortete Artus. »Es bleibt dabei: Kehrt auf der Stelle um und Euch und Euren Männern wird nichts geschehen. Tut es nicht und die Waffen werden sprechen.«
Der Pikte spannte sich ein wenig, doch seine Stimme blieb so beherrscht und kühl wie zuvor. »Überlegt es Euch gut, Artus. Wir wollen keinen Streit mit Camelot, doch wir schrecken auch nicht davor zurück, wenn es sein muss. Keiner von uns hätte etwas von einem Kampf. Viele gute Männer würden sterben, auf beiden Seiten. Das muss nicht sein.«
»Dann machen wir es gleich hier aus, unter uns«, sagte Artus. Er legte die Hand auf den Schwertgriff. »Nur wir beide. So werden viele Leben geschont.«
Der Pikte schüttelte den Kopf. »Ich bin kein Feigling, König Artus, aber auch nicht tollkühn genug, gegen einen Mann zu kämpfen, der die Magie der alten Götter auf seiner Seite hat.«
»Hütet Eure Zunge!«, zischte Artus. »Ich kämpfe in Gottes Namen, nicht in dem heidnischer Götter wie Ihr!«
»Artus, ich bitte Euch!« Der Pikte machte eine Kopfbewegung auf Excalibur. »Ihr und ich, wir wissen beide, woher dieses Schwert stammt.«
»Ich kehre jetzt zurück zu meinen Männern«, sagte Artus, ohne die Worte des Pikten zu beachten. »Genau so lange habt Ihr noch Zeit, Euch zu entscheiden. Habt Ihr bis dahin nicht mit dem Rückzug begonnen, greifen wir an!«

Er wartete die Antwort des Pikten nicht einmal ab, sondern drehte sein Pferd auf der Stelle und setzte sich in Bewegung und auch Dulac wollte sein Pferd wenden.
Statt es zu tun schrie er Artus eine Warnung zu. Der Pikte machte keine Bewegung um sich ebenfalls zurückzuziehen, sondern riss stattdessen das Schwert aus dem Gürtel und schwang die Waffe zu einem gewaltigen Hieb.
Artus reagierte mit fast übernatürlicher Schnelligkeit und ganz anders, als Dulac erwartet hatte; und wohl auch der Pikte. Statt irgendeine Bewegung der Abwehr zu machen oder sich zu ducken, rammte er seinem Pferd die Absätze in die Seiten, sodass das Tier einen erschrockenen Satz machte und sich dann aufbäumte. Der Beidhänder des Pikten zischte kaum eine Handbreit hinter Artus' Nacken durch die Luft. Hätte der Hieb sein Ziel getroffen, so hätte er Artus zweifellos enthauptet. So aber ging der Schlag nicht nur ins Leere, sondern wurde dem Pikten um ein Haar auch zum Verhängnis. Der Schwung seiner eigenen Bewegung und vor allem das enorme Gewicht der Waffe rissen den Krieger mit solcher Gewalt nach vorne, dass er halbwegs über den Hals seines Pferdes sank und nur mit letzter Kraft verhinderte aus dem Sattel zu stürzen.
Während er verzweifelt um sein Gleichgewicht kämpfte, riss Artus mit aller Kraft an den Zügeln seines Pferdes und ließ das Tier ein ganz erstaunliches Manöver vollführen: Das Pferd hatte sich auf die Hinterläufe aufgebäumt und schlug wiehernd mit den Vorderhufen aus. Artus' Bewegung zwang den Hengst, weiter auf den Hinterläufen zu tänzeln und sich dabei auf der Stelle zu bewegen. Statt ihm den Rücken zuzuwenden, schlug der Hengst plötzlich mit den Vorderhufen nach dem völlig überraschten Pikten.

Der Mann hatte mittlerweile sein Gleichgewicht wieder gefunden und versuchte sich im Sattel aufzurichten. Mit einer verzweifelten Bewegung warf er den Kopf zurück und entging den tödlichen Hufen auf diese Weise nur um Haaresbreite. Statt seinen Schädel zu treffen prallten sie klirrend auf die Schwertklinge und prellten dem Mann die Waffe aus der Hand.

Der Pikte schrie wütend auf und musste einige Sekunden lang mit aller Macht darum kämpfen, nicht rücklings aus dem Sattel zu stürzen.

Endlich ließ Artus die Zügel des Hengstes los und das Tier sank mit einem protestierenden Schnauben wieder auf alle viere herab und tänzelte ein paar Schritte zurück. Auf der Hügelkuppe vor dem Wald wurde ein erschrockenes Brüllen aus zweihundert Kehlen laut und auch der Pikte brüllte vor Wut und riss seine Axt vom Gürtel. In derselben Sekunde schien Excalibur fast wie von selbst aus seiner Scheide und in Artus Hand zu springen.

Das Gebrüll auf der Hügelkuppe wurde lauter, und obwohl Dulac den Blick keine Sekunde von Artus und dem Pikten nehmen konnte, sah er trotzdem aus den Augenwinkeln, wie sich mehr und mehr Barbarenkrieger in Bewegung setzten und auf sie zurannten oder zuritten.

Der Pikte schwang seine gewaltige Axt mit beiden Armen und schien jede Furcht vor Artus' magischem Schwert vergessen zu haben, denn er griff ohne das geringste Zögern und brüllend vor Zorn an. Sein Pferd prallte gegen Artus' gepanzertes Schlachtross und wäre um ein Haar von den Beinen gerissen worden, aber die gewaltige Axt sauste trotzdem auf Artus herab.

Artus wehrte den Hieb ohne besondere Probleme ab. Sein

hochgerissenes Schwert zielte auf die Handgelenke des Pikten und hätte sie zweifellos mitsamt der Waffe abgehackt, denn es gab nichts, was Excaliburs Biss widerstehen konnte. Im letzten Moment aber drehte Artus die Klinge, sodass sie mit der Breitseite auftraf. Ihre Wucht war immer noch so groß, dass sie die Hände des piktischen Kriegers auf der Stelle lähmte, sodass er die Axt mit einem Schmerzensschrei fallen ließ und halb benommen im Sattel zusammenbrach, aber Artus verzichtete ganz offensichtlich darauf, den Mann zu töten oder schwer zu verletzen. Stattdessen ließ er sein Pferd einige Schritte zurücktänzeln und begann seinen Gegner zu umkreisen, wobei er immer wieder mit dem Schwert nach ihm stieß, ohne ihm jedoch mehr als einige harmlose Kratzer und Schnittwunden beizubringen. Dulac verstand nicht, was er da eigentlich tat. Es war, als ob er mit seinem Gegner spielte wie eine Katze mit der Maus, die sie gefangen hatte.

Plötzlich schrie Artus: »Verschwinde! Sie kommen!«

Dulac sah hoch – und verstand mit jähem Schrecken, was Artus meinte: Die Pikten stürmten in breiter Front heran. Die meisten waren noch hundert oder mehr Schritte entfernt, aber die zwanzig oder dreißig Reiter, die vorab ritten, hatten sie schon fast erreicht.

Voll Panik riss er sein Pferd herum – und schrie vor Schrecken und Enttäuschung auf, als er sah, dass es auch in dieser Richtung kein Entkommen gab, denn von hinten galoppierten Artus' Tafelritter heran!

Es ging alles viel zu schnell, als dass er auch nur Zeit fand, einen weiteren klaren Gedanken zu fassen. Artus ließ endlich von seinem ohnehin wehrlosen Gegner ab und im nächsten Augenblick prallten rings um ihn herum die bei-

den unterschiedlichen Reiterheere zusammen. Ihre Zahl war in etwa gleich, aber das war auch schon alles, was gleich war.
In wenigen Augenblicken war es vorüber und es kam Dulac beinahe so vor, als hätte es gar keinen wirklichen Kampf gegeben. Die golden und silberfarben schimmernde Front der Tafelritter prallte gegen die heranpreschende Front der Pikten und zermalmte sie regelrecht. Der Großteil der Reiter wurde schon im ersten Anprall von den Pferden gerissen oder brach mitsamt seinen Tieren zusammen und die wenigen, die den ersten Ansturm überlebt hatten, fielen unter den erbarmungslosen Hieben der Tafelritter. Nur einen Augenblick nachdem der Kampf begonnen hatte, war er auch schon wieder vorbei. Keiner der Pikten hatte ihn überstanden, während es unter Artus' Rittern nicht einmal einen Verwundeten zu geben schien.
Artus lenkte sein Pferd neben das Dulacs. »Jetzt verschwinde endlich«, sagte er. »Gleich wird es hier ziemlich übel. Warte oben am Waldrand auf uns.« Er lachte. »So viel zu ihrer Reiterei. Aber es war fast zu leicht.«
Allmählich glaubte Dulac zu verstehen. Artus' sonderbares Verhalten war nicht sinnlos gewesen und schon gar nicht leichtsinnig. Er war mittlerweile sogar fast sicher, dass er den heimtückischen Angriff der Pikten bewusst herausgefordert hatte, um einen überhasteten Angriff des gesamten piktischen Heeres zu provozieren und ihre Kräfte auf diese Weise zu spalten.
Schaudernd sah Dulac sich um. Ein halbes Dutzend toter Pferde und annähernd dreißig erschlagene Pikten bedeckten den Boden, ein Anblick, der ihn an den vor dem *Schwarzen Eber* erinnerte, nur dass es ungleich schlimmer

war. Und dabei hatte die wirkliche Schlacht noch nicht einmal begonnen.
Artus hob die Stimme. »Formiert euch!«, rief er.
Die Tafelritter begannen sich rings um ihren König zu einem lockeren Kreis aufzustellen und Dulac begriff, dass es nun wirklich an der Zeit war, sich zu sputen. Die Pikten waren allerhöchstens noch dreißig Schritte entfernt, aber ihr Tempo hatte sich geändert. Während die Mitte der lang gezogenen Kette allmählich zurückfiel, wurden ihre Flanken schneller und schwenkten gleichzeitig herum. Die Pikten hatten wohl vor, Artus' Ritter zu umzingeln und sie dann von allen Seiten her anzugreifen. Irgendwie hatte Dulac das sichere Gefühl, dass Artus auch genau das von ihnen erwartete ...
Bevor auch er in den Umzingelungsring geriet, knallte er mit den Zügeln und sprengte den Hügel hinauf. Erst auf halber Strecke ließ er das Tier wieder langsamer laufen und drehte den Kopf um nach hinten zu sehen.
Die Pikten hatten ihr Manöver fast beendet. Den Ring aus Rittern umgab jetzt ein zweiter, größerer Kreis, der sich in diesem Augenblick schloss und sich gleichzeitig zusammenzuziehen begann. Doch auch in die Tafelritter kam Bewegung. Statt den Ansturm der Pikten in einer dichten Front zu erwarten, womit diese wohl gerechnet haben mussten, formierten sie sich blitzschnell zu zwei gleich großen Gruppen, die den Pikten entgegensprengten und ihren Ring beinahe mühelos durchbrachen. Fast im gleichen Atemzug löste sich ihre Formation vollends auf.
Dulac wandte seine Aufmerksamkeit wieder nach vorne und ritt den Hügel hinauf, so schnell er konnte. Als er den Waldrand erreichte, sprang er aus dem Sattel und wich ein

paar Schritte in den Schutz des dichten Unterholzes zurück, ehe er sich wieder herumdrehte.
Die wenigen Augenblicke hatten gereicht, um den Anblick unter ihm vollkommen zu verändern. Statt einer geordneten Aufstellung, in der zwei Heere aufeinander prallten, sah er auf den ersten Blick nichts als ein einziges, scheinbar chaotisches Durcheinander. Artus' Ritter hatten sich zu Gruppen von jeweils drei zusammengetan, die sich gegenseitig Deckung gaben, zugleich und viel schlimmer aber auch gnadenlos unter den Barbarenkriegern wüteten.
Selbst auf die große Entfernung konnte Dulac erkennen, dass die Lage für die Pikten hoffnungslos war. Sie waren annähernd zehnmal so viele, aber schlecht bewaffnet, zu Fuß und beinahe ohne Rüstung. So hatten sie keine Chance gegen die Ritter, die auf ihren gewaltigen gepanzerten Schlachtrössern wie Dämonen aus einer längst vergangenen Zeit über sie emporragten. Soweit Dulac erkennen konnte, war bisher nicht einer der Tafelritter gefallen oder auch nur ernsthaft verletzt, während sie selbst aber fürchterlich unter den Pikten wüteten. Binnen weniger Minuten würden sie das piktische Heer einfach auslöschen.
Plötzlich hatte Dulac das intensive Gefühl, nicht mehr allein zu sein. Nervös sah er sich um. Er war allein. Rings um ihn herum herrschte nur die schattenerfüllte Stille des Waldes, durchdrungen von demselben leisen Modergeruch, den er vorhin schon einmal wahrgenommen hatte. Und trotzdem wurde das Gefühl, dass jemand oder etwas da war, mit jeder Sekunde stärker. Dulac sah sich mit wachsender Nervosität um und wich vorsichtshalber einige Schritte weiter in den Schutz des Dickichts zurück. Unter ihm tobte die Schlacht mit unverminderter Wucht

weiter, aber das Schreien der Kämpfenden und Verwundeten schien bereits an Lautstärke abgenommen zu haben. Links von ihm knackte ein Ast. Dulac duckte sich hastig hinter einen Busch und Mordred und zwei Männer im verblichenen Schwarz der Pikten traten kaum zwei Schritte neben ihm aus dem Wald. Wäre er nur zwei Sekunden später in den Wald zurückgewichen, so hätten sie ihn unweigerlich gesehen.

»Die Schlacht steht nicht gut«, sagte einer der Pikten.

Mordred blickte einige Sekunden lang reglos auf das Geschehen unter sich hinab und zuckte dann mit den Schultern. »Das kommt ganz darauf an, von welchem Standpunkt aus man es betrachtet«, sagte er. »Ich finde, sie läuft gut. Artus gewinnt. Das sollte er doch, oder?«

Der Pikte machte ein finsteres Gesicht. »Das da unten sind unsere Brüder, Mordred. Artus wird sie alle töten.«

»Und damit eine ganze Weile beschäftigt sein«, sagte Mordred schulterzuckend. »Spielt nicht den Überraschten. Alles läuft ganz genau so ab, wie wir es geplant haben. Soldaten sind zum Sterben da. Seht es in einem anderen Licht: Hätten wir Artus' Heer in einer offenen Feldschlacht schlagen wollen, hätte es Euch weit mehr als zweihundert Krieger gekostet. Das da unten sind nicht Eure besten Männer, nehme ich an.«

»Nein«, erwiderte der Pikte düster.

»Dann ist es ein geringer Preis für das, was Ihr am Ende von mir bekommt ... wenn Eure Männer in Camelot ihre Aufgabe erfüllen, heißt das.«

Camelot? Dulac wurde hellhörig. Was war mit Camelot?

»Das werden sie«, versicherte der Pikte. »Solange sich die Hexe um den Magier kümmert.«

Mordred fuhr mit einer wütenden Bewegung herum und packte den Pikten mit beiden Händen am Kragen. »Nennt sie noch einmal Hexe und ich reiße Euch die Kehle heraus!«, zischte er.
»Ich ... verzeiht, Herr«, krächzte der Pikte. Er konnte kaum sprechen, weil ihm Mordreds Griff den Atem abschnürte. Sein Gesicht hatte alle Farbe verloren. »Ich ... ich meine selbstverständlich Lady Morgaine.«
Mordred hielt ihn noch einen Augenblick lang fest, dann ließ er ihn los und stieß ihn so derb von sich, dass der Mann fast gestürzt wäre.
»Ich nehme Eure Entschuldigung an«, sagte er. »Aber hütet in Zukunft Eure Zunge. Wenn Ihr eine solche Bemerkung in ihrer Nähe macht, dann ist es Eure letzte!«
»Natürlich, Herr«, sagte der Pikte nervös. »Es ... verzeiht mir.«
Mordred winkte ab. »Vergesst es. Und was Morgaine le Faye angeht, so könnt ihr sicher sein, dass sie sich um den alten Narren kümmern wird. Sie hat noch eine persönliche Rechnung mit Merlin offen, auf deren Begleichung sie schon viel zu lange wartet.« Er machte eine herrische Geste. »Reitet nach Camelot und tragt dafür Sorge, dass auch alles nach Plan verläuft. Ich erwarte Euch und Eure Männer spätestens morgen früh auf Malagon.«
Der Pikte und sein Begleiter entfernten sich hastig, aber Mordred blieb noch einen Moment stehen und sah reglos auf die Schlacht hinab. Dann geschah etwas, was Dulac schier das Blut in den Adern gerinnen ließ: Mordred drehte sich herum, blickte genau in seine Richtung und sagte:
»Ich weiß nicht, wer du bist oder was du willst. Aber ich

weiß, dass du da bist. Du warst auch gestern am See, nicht wahr?«

Panik stieg in Dulac hoch. Mordred wusste, dass er da war! Aber wie war das möglich? Dulac hielt vor Schrecken den Atem an, sah sich aber aus den Augenwinkeln verzweifelt nach einem Fluchtweg um.

»Zeig dich«, verlangte Mordred. »Du hast nichts zu befürchten, darauf gebe ich dir mein Wort!«

Dulac rührte sich nicht. Er hätte es nicht einmal gekonnt, wenn er es gewollt hätte. Er war vor Schrecken wie gelähmt.

»Gut, ganz wie du willst«, sagte Mordred nach einer Weile. Er lachte leise. »Ich werde nicht nach dir suchen. Vielleicht bist du ja nur neugierig. Solange du mir nicht in die Quere kommst, tue ich dir nichts. Aber hüte dich, meine Pläne zu stören.«

Damit ging er und Dulac blieb mit klopfendem Herzen zurück. Hätte Mordred beschlossen ihn zu suchen, wäre er nicht einmal in der Lage gewesen, wegzulaufen. Die Lähmung war von ihm abgefallen, aber er zitterte am ganzen Leib und sein Herz schlug so schnell, dass er kaum noch atmen konnte. Wie war es möglich, dass Mordred von seiner Anwesenheit gewusst hatte? Er war sicher, keinen verräterischen Laut verursacht zu haben, und der Wald war selbst hier so dunkel, dass er ihn unmöglich gesehen haben konnte. Und doch hatte er gewusst, dass er da war.

Andererseits – schließlich hatte auch er umgekehrt schon zweimal gespürt, dass Mordred in seiner Nähe war, und dieses Gefühl hatte ihn auch jedes Mal gerettet. Wenn er Mordreds Nähe fühlte, vielleicht erging es Mordred umgekehrt ganz genau so.

Was allerdings immer noch keine Antwort auf die Frage war, wie so etwas überhaupt möglich war.
Dulac blieb etliche Minuten lang reglos hinter seiner Deckung hocken und wartete darauf, dass sich sein rasender Herzschlag beruhigte und seine Hände und Knie aufhörten zu zittern. Beides geschah, aber das wirbelnde Chaos zwischen seinen Schläfen beruhigte sich nicht. Schließlich stand er auf und ging vorsichtig wieder zum Waldrand.
Mordred und die Pikten waren verschwunden und die Schlacht näherte sich ihrem Ende. Die Pikten leisteten kaum noch Widerstand. Die meisten suchten ihr Heil in der Flucht, aber Dulac bezweifelte, dass viele den Tafelrittern entkommen würden. Das schmale Tal war mit Toten und Sterbenden übersät und die Ritter machten gnadenlos Jagd auf die wenigen Überlebenden. Dulac hatte eine ziemlich konkrete Vorstellung davon, was weiter geschehen würde. Artus und seine Ritter waren nicht dafür bekannt, Gefangene zu machen.
Camelot.
Er musste nach Camelot!

Das Pferd war dem Zusammenbruch nahe, als er die Stadt erreichte. Für die Strecke, für die sie am Morgen mehr als drei Stunden gebraucht hatten, hatte er nun kaum die halbe Zeit benötigt. Das Tier war in Schweiß gebadet. Sein Atem ging keuchend und es zitterte am ganzen Leib und flockiger weißer Schaum flog von seinen Nüstern.
Trotzdem kam er zu spät.
Dulac hatte den Rauch schon von weitem gesehen, eine schwarze Wolke, die aus dem Herzen der Stadt aufstieg

und sich zu einer brodelnden Decke ausbreitete, als tobe ein fürchterliches Unwetter über Camelot. Einen Moment lang hatte er sich noch an die verzweifelte Hoffnung geklammert, dass in der Stadt vielleicht nur einige Kamine qualmten, aber natürlich war das nur reines Wunschdenken.
Camelot brannte.
Als er näher kam, sah er mindestens ein Dutzend Feuer, die hinter der Stadtmauer loderten, und auch über den Zinnen der Burg erhob sich schwarzer, fettiger Qualm. Dulac sprengte durch das nördliche Tor in die Stadt, musste sein Pferd aber schon nach wenigen Schritten zügeln und sprang aus dem Sattel, denn die Straßen waren mit durcheinander rennenden und schreienden Menschen voll gestopft, dass es zu Pferd einfach kein Durchkommen mehr gab. Vermutlich rettete er dem Tier damit das Leben, denn das Pferd torkelte ein paar Schritte zur Seite und wäre vor Erschöpfung fast zusammengebrochen, aber daran verschwendete Dulac in diesem Moment keinen Gedanken. Von Verzweiflung getrieben rannte er los.
Er brauchte nur zehn Minuten, um die Burg zu erreichen, aber diese zehn Minuten schienen zu zehn Ewigkeiten zu werden. Camelot war ein Albtraum. Zahlreiche Häuser standen in Flammen und an noch mehr Gebäuden entdeckte er die Spuren bereits gelöschter Brände. Auch der Dachstuhl von Tanders Gasthaus bestand nur noch aus einem Gerippe brandgeschwärzter Balken und viele der Menschen, zwischen denen er sich hindurchquetschte, trugen blutige Verbände oder hatten offene Wunden – und er sah auch mehr als einen toten Pikten.
Nichts davon zählte. Dulac rannte sich schier die Lunge

aus dem Leib um die Burg zu erreichen und hatte trotzdem das Gefühl, nicht von der Stelle zu kommen. Bis zum allerletzten Moment klammerte er sich an die widersinnige Hoffnung, dass die Burg dem Angriff widerstanden haben könnte, der Rauch über den Zinnen vielleicht nur von den Feuern der Verteidiger stammte, die Öl und Pech zum Sieden gebracht hatten, um es auf die Angreifer hinabzuschütten.

Es war eine vergebliche Hoffnung.

Das Burgtor war unbeschädigt, aber weit geöffnet, und unter dem steinernen Torbogen lagen drei blutbefleckte Tote in den Farben Camelots. Schwarzer Qualm erfüllte den Hof, sodass Dulac kaum noch atmen konnte. Die meisten Fenster, die auf den Hof hinausführten, waren zerborsten und aus manchen loderten noch hellrote Flammen. Dutzende von Männern hasteten hin und her, versuchten die Brände zu löschen oder schienen Hab und Gut in Sicherheit zu bringen, und er sah noch mehr Tote in den Farben Camelots. Mindestens einer war in eine blutbefleckte Rüstung gehüllt. Er sah auch hier tote Barbaren, mindestens ein Dutzend, wenn nicht mehr. Die Pikten hatten einen gewaltigen Preis für den Sieg über Camelot gezahlt, doch wie es aussah, hatten sie diesen Sieg auch errungen.

Dulac blieb einen Moment lang auf dem Hof stehen, sah sich hilflos um und lief schließlich die Treppe zum Kellergewölbe hinab. Wenigstens schlug ihm kein Rauch entgegen. Er hoffte, dass die Pikten gar nicht erst hier heruntergekommen waren. Schließlich – warum sollten sie eine *Küche* angreifen?

Rauch und drückende Hitze blieben hinter ihm zurück, als

er die Treppe hinunterging und die Luft hier unten kam ihm im Gegenteil sogar kühl vor. Es war unheimlich still. Er sah keinerlei Verwüstung. Wenn jemand hier unten gewesen war, so hatte er nichts zerstört oder mitgenommen. Es hatte eindeutig kein Kampf stattgefunden.
Allerdings war auch Dagda nicht zu sehen.
»Dagda?«, rief Dulac. »Wo seid Ihr?«
Er bekam keine Antwort. Dafür fiel ihm etwas auf, das ihm fast unheimlich erschien: Es war hier unten nicht nur kühl, es war *kalt*, so eisig, dass sein eigener Atem als grauer Dampf vor seinem Gesicht erschien und die Haut auf seinen Händen zu prickeln begann.
»Dagda?«, rief er noch einmal. »Antwortet mir!«
Er bekam auch diesmal keine Antwort und ging weiter. Ohne dass er es selbst merkte, wurden seine Schritte dabei immer langsamer, und als er die Tür zu Dagdas Schlafgemach erreicht hatte, zitterte er am ganzen Leib vor Kälte. Die Tür war nur angelehnt. Das Holz glitzerte, und als Dulac die Hand hob und sie vorsichtig aufdrückte, stellte er fest, dass es tatsächlich *Eis* war.
Von einem immer unguter werdenden Gefühl erfüllt, schob er die Tür ganz auf und trat in den dahinter liegenden Raum.
Sein Atem stockte.
Der Anblick war so fantastisch, dass er im ersten Moment nicht einmal Schrecken empfand, sondern sich nur aus ungläubig aufgerissenen Augen umsah.
Dagdas Schlafgemach hatte sich in eine Eishöhle verwandelt. Schimmernde weiße Kristalle glitzerten überall an den Wänden, der Decke und dem Fußboden und alles, was sich im Raum befand, war unter einer fingerdicken

Schicht aus Eis verborgen. Selbst die Flammen im Kamin waren gefroren, so unglaublich es auch war. Sie leuchteten in einem kalten Rot und Gelb, aber sie bewegten sich nicht ein bisschen, und wenn man genau hinsah, konnte man den Panzer aus Eis erkennen, der die Flammen umschloss.

Was hatte der Pikte gesagt? *Wenn die Hexe ihre Aufgabe erfüllt ...*

Dulac verspürte ein eisiges Schaudern, das nichts mit der grausamen Kälte zu tun hatte, die den Raum erfüllte.

Zauberei. Es war finstere Magie und Hexenwerk, deren Wirken er beobachtete, daran gab es gar keinen Zweifel. Es musste die Hexe gewesen sein, von der der Pikte gesprochen hatte – wie hatte er sie genannt? Morgaine le Faye –, die für all das hier verantwortlich war und vermutlich letzten Endes auch für den Fall Camelots. Kein Heer, und sei es noch so stark, hätte Camelot nehmen können, auch wenn es nur von fünf Rittern und einer Hand voll Wachen verteidigt wurde. Plötzlich musste er wieder an die unheimlichen Schatten denken, die er hier unten beobachtet hatte, und ihm wurde klar, dass er wohl Zeuge des ersten, gescheiterten Angriffs finsterer Magie geworden war.

Ein leises Stöhnen drang in seine Gedanken. Dulac schrak hoch, sah sich alarmiert um und entdeckte mit jähem Entsetzen, dass sich der eisglitzernde Umriss auf Dagdas Bett *bewegte*!

Mit einem einzigen Satz war Dulac dort und aus seinem Entsetzen wurde schiere Panik, als er erkannte, dass es tatsächlich Dagda war, der unter der gefrorenen Decke lag.

Kristalle schimmerten in seinem Bart und dem schütteren Haar, und als er die Lider hob, sah Dulac, dass auch seine Augen von einer dünnen trüben Eisschicht bedeckt waren. Als er atmete, erklang ein schreckliches Rasseln; ein Geräusch, als rieben sich Eissplitter aneinander.

»Dagda?«, murmelte Dulac. Er bekam keine Antwort und streckte die Hand aus, um Dagda an der Schulter zu berühren, wagte es aber dann nicht aus der absurden Furcht heraus, der alte Mann könnte unter seiner Berührung einfach zerbrechen wie eine Statue aus mürbem Eis.

Noch zwei- oder dreimal rief er Dagdas Namen, ohne dass sich Erkennen in Dagdas reifbedeckten Augen zeigte, dann benutzte er einer plötzlichen Eingebung folgend den Namen, den Mordred bei seinem Gespräch mit dem Pikten am Waldrand genannt hatte.

»Merlin!«

Dagda drehte den Kopf und sah ihn nun direkt an und jetzt war in seinen Augen Erkennen. Er hob die Hand und seine dürren Finger krallten sich mit solcher Kraft in Dulacs Unterarm, dass ihm vor Schmerz die Tränen in die Augen stiegen. Seine Hand war so kalt wie ein Klumpen Eis.

»Lancelot«, flüsterte er mit dünner, gläserner Stimme. »Morgaine. Sie hat ... ich ... ich habe sie unterschätzt.«

»Sprecht nicht, Dagda«, sagte Dulac leise. Er versuchte sich aus Dagdas Griff zu befreien, aber der alte Mann entwickelte erstaunliche Kräfte. »Ich bringe Euch hier heraus. Ihr erfriert ja.«

»Zu spät«, flüsterte Dagda. Er schüttelte schwach den Kopf. Auf dem gefrorenen Kissen hörte es sich an, als scharrten Fingernägel über Glas. »Lancelot, hör mir … zu«, hauchte er. »Du darfst nicht …«

»Was darf ich nicht?«, fragte Dulac, als Dagda nicht weitersprach. Er war nicht mehr sicher, dass er noch eine Antwort bekommen würde. Obwohl Dagdas Finger sein Handgelenk noch immer mit der Kraft eines Schraubstockes umklammerten, konnte er doch spüren, wie da eine andere, viel gewaltigere Kraft tief in ihm zu erlöschen begann, lautlos und mit erschreckender Endgültigkeit.

»Dagda, stirb nicht!«, murmelte er.

»Lancelot«, stöhnte Dagda. »Mordred hat … die … die Rüstung … Avalon … du darfst … auf keinen Fall …«

Und damit starb er. Es geschah seltsam undramatisch. Die erlöschende Kraft, die Dulac gespürt hatte, war von einem Moment auf den anderen gar nicht mehr da und auch Dagdas Augen waren nun nicht mehr als gesprungene Kugeln aus bemaltem Eis.

»Nein«, flüsterte Dulac. »Dagda, nein, du … du darfst nicht …«

Seine Stimme versagte, aber nicht allein weil ihm der Schmerz die Kehle zuschnürte. Es war so kalt hier drinnen, dass die Luft in seinen Lungen zu gefrieren schien, und als er auf seine Hände hinabsah, stellte er fest, dass auch sie bereits von einer dünnen glitzernden Raureifschicht bedeckt war, ebenso wie seine Kleider. Er musste schnellstens hier raus, wenn er nicht Gefahr laufen wollte, zu erfrieren.

Es kostete ihn erstaunliche Kraft, Dagdas Finger von seinem Handgelenk zu lösen und den Arm des alten Mannes auf das hart gefrorene Bett sinken zu lassen, und trotz allem blieb er noch einige Sekunden um Dagdas Lider zu

schließen. Erst dann wandte er sich um und lief aus dem Raum, so schnell er konnte.
Noch immer vor Kälte und Schmerz am ganzen Leib zitternd erreichte er den Hof und sah sich aus tränenerfüllten Augen um. Auch wenn es ihm viel, viel länger vorgekommen war, so war er doch nur wenige Minuten unten im Keller gewesen und es hatte sich nur sehr wenig verändert. Die meisten Feuer brannten noch und Dutzende von Männern eilten hin und her, schleppten Wassereimer oder Decken oder versuchten gar das Feuer auseinander zu reißen um ihm die Nahrung zu entziehen.
Dulac rührte keinen Finger um ihnen zu helfen. Er weigerte sich noch immer zu begreifen, dass Dagda tot sein sollte. Solange er lebte und sich erinnern konnte, hatte er Dagda gekannt. Es war buchstäblich kein Tag vergangen, an dem sie sich nicht gesehen hatten. Dagda war beinahe so etwas wie ein Vater für ihn gewesen und in gewisser Hinsicht vielleicht sogar mehr. Dass er tot war, war bitter genug, aber der Tod gehörte nun einmal zum Leben dazu und Dulac hätte es vielleicht noch ertragen, wäre er auf natürliche Weise gegangen. Aber dieser Mord, noch dazu durch das Wirken schwarzer Magie, war mehr, als er ertragen konnte. Jemand würde für diesen Tod bezahlen. Morgaine le Faye, die Hexe. Auch wenn er noch nicht einmal wusste, wer sie war.
Doch das Allerschlimmste sollte ihm noch bevorstehen. Dulac drehte sich um und wollte gehen, als er bemerkte, dass sich der vermeintlich tote Ritter vor der Freitreppe bewegte. Erschrocken eilte er zu ihm, ließ sich neben ihm auf die Knie fallen und drehte die Gestalt in der schweren Rüstung unter Aufbietung aller Kräfte auf den Rücken.

Das Helmvisier des Ritters stand offen. Das Gesicht dahinter war blutverschmiert, aber Dulac erkannte es trotzdem sofort. Es war Sir Caldridge, einer der älteren und ein sehr erfahrener Tafelritter. Am Ende hatte es ihm nichts genutzt. Ein einziger Blick in Caldridges Augen zeigte Dulac, dass er sterben würde.

»Dulac«, murmelte Caldridge. »Du bist zurück. Wo ist Artus?«

»Ich bin vorausgeritten um euch zu warnen, aber ich kam zu spät«, antwortete Dulac. »Was ist hier passiert?«

»Eine Falle«, antwortete Caldridge im Flüsterton. »Die Pikten. Es war nur eine Falle, um Artus und die anderen ... von hier fortzulocken. Sie kamen ... zwei Stunden nachdem ihr weggeritten seid. Hunderte. Ein ganzes Heer. Wir haben die Tore geschlossen, weil wir dachten, sie wollten die Burg angreifen, aber sie ... sie haben die Stadt angegriffen. Es waren keine Soldaten in Camelot. Nur Frauen und Kinder. Sie haben wie die Teufel unter ihnen gewütet und die Stadt angezündet.«

»Und dann haben sie euch aufgefordert die Burg zu übergeben oder sie würden die ganze Stadt niederbrennen«, vermutete Dulac.

»Und uns im Gegenzug freies Geleit angeboten«, bestätigte Caldridge. »Wir mussten nachgeben. Sie hätten die ganze Stadt niedergebrannt und alle getötet. Aber sie haben uns belogen. Kaum hatten wir das Tor geöffnet, da sind sie über uns hergefallen. Wir haben uns gewehrt, aber es waren einfach zu viele.«

»Schon gut«, sagte Dulac. »Ich bin sicher, Ihr habt alles getan, was Ihr konntet. Macht Euch keine Vorwürfe. Ich gehe und suche nach einem Arzt für Euch.«

»Zu spät«, sagte Caldridge hastig. »Ich weiß, dass ich sterbe, aber das macht nichts. Sag Artus, dass ... dass alle tot sind. Wir haben ... sicher fünfzig von ihnen erschlagen, wenn nicht mehr, aber es waren einfach zu viele. Und ... und sag ihm, dass Uther und Lady Gwinneth ...«

»Gwinneth?«, entfuhr es Dulac. Eine kalte Hand schien nach seinem Herzen zu greifen. »Was ist mit ihr?«

»Die Pikten«, murmelte Caldridge. »Sie haben Sir Uther und ... und Lady Gwinneth mitgenommen. Sag Artus, dass ... dass beide unversehrt sind, aber ... aber der Anführer der Pikten lässt ihm ausrichten, dass er ihn auf Malagon erwartet. Er gibt ihm ... drei Tage Zeit.«

Dulac blieb noch so lange bei Caldridge, bis die Seele des Tafelritters seinen Körper verlassen hatte. Als er die schrecklichen Verletzungen des Ritters sah, kam es ihm wie ein schieres Wunder vor, dass dieser überhaupt noch so lange gelebt hatte. Offenbar hatte er all seine Kraft zusammengenommen, um die Nachricht an Artus zu überbringen, und war gestorben, nachdem er es endlich getan hatte.

Malagon ...

Auch dieses Wort hatte Dulac aus Mordreds Mund gehört. Er hatte gesagt, dass er den Pikten und seine Krieger spätestens am nächsten Morgen dort erwartete. Der Weg dorthin konnte also nicht allzu weit sein. Aber er wusste weder, was Malagon war noch in welcher Richtung es lag.

Nachdem Caldridge in seinen Armen gestorben war, verließ Dulac die Burg und machte sich auf den Weg zu Tanders Gasthaus. Wenn es jemanden außerhalb der Burg gab, der wusste, was Malagon war, dann war es der Schankwirt.

Erst auf dem Rückweg sah Dulac wirklich, wie schlimm es Camelot getroffen hatte. Kaum ein Haus schien ohne mehr oder minder schlimme Schäden davongekommen zu sein, kaum ein Bürger der Stadt unversehrt. Später sollte er erfahren, dass es nur wenige wirklich ernsthaft Verletzte gegeben hatte und nur eine Hand voll Tote, in diesen Momenten aber kam es ihm so vor, als bewege er sich durch eine Stadt der Toten, die vor Hunderten von Jahren geschleift worden war und in der man den Tod tausendfach öfter antraf als das Leben.

Seine Stimmung war auf den Tiefpunkt gesunken, als er Tanders halb niedergebranntes Gasthaus erreichte. Er streifte die Scheune mit einem raschen Blick – sie war unversehrt – und betrat dann das eigentliche Gasthaus. Fast überrascht registrierte er, dass er tatsächlich eine wenn auch leise Erleichterung verspürte, sowohl Tander als auch seine Söhne unversehrt zu erblicken. Die drei hielten sich in der vollkommen verwüsteten Küche auf und versuchten Ordnung in das Chaos zu bringen. Hier hatte es nicht gebrannt, aber der Raum war trotzdem hoffnungslos verwüstet. Es sah aus, als hätte das gesamte piktische Heer hier drinnen gewütet.

Als Dulac hereinkam, hielt Tander in seinem Tun inne und starrte ihn aus zornfunkelnden Augen an. »Wo bist du gewesen?«, fuhr er Dulac an. »Sieh dich um! Ich bin ruiniert!«

»Bei Artus«, beantwortete Dulac die Frage.

»Bei Artus, natürlich«, antwortete Tander höhnisch. »Camelot wird niedergebrannt und die Hälfte seiner Bewohner erschlagen und der junge Herr hat nichts Besseres zu tun als mit dem König durch die Lande zu ziehen!« Allein die Art, auf die Tander das Wort König aussprach, hätte ausgereicht, ihn den Hals zu kosten, hätte er es in Gegenwart Artus' getan.

»Sprecht nicht so von unserem König!«, sagte Dulac.

Tander lachte böse. »O ja, dem König!«, antwortete er noch hämischer. »Jetzt sieh dir an, was hier geschehen ist! Wo war er, dein famoser König, als die Pikten über uns hergefallen sind und wir ihn gebraucht hätten?«

»Wir haben gegen die Pikten gekämpft«, antwortete Dulac ruhig. »Es gab eine große Schlacht.«

»Eine große Schlacht! Dass ich nicht lache!«

»Wer hat gesiegt?«, wollte Wander wissen, Tanders ältester Sohn.

»Wir«, antwortete Dulac. »Artus und seine Ritter haben an die zweihundert Pikten geschlagen.«

»Wenigstens etwas«, sagte Tander abfällig. »Trotzdem hätten wir ihn hier gebraucht. Und dich auch. Was stehst du da herum und hältst Maulaffen feil? Fass gefälligst mit an! Wir haben genug Arbeit für ein Jahr!«

»Ich habe keine Zeit«, antwortete Dulac. »Ihr müsst mir eine Frage beantworten.«

Seine Antwort schien Tander für einen Moment die Sprache zu verschlagen. Dann ächzte er: »Keine ... Zeit? Was erdreistest du dich? Wirst du wohl auf der Stelle –«

»Malagon«, unterbrach ihn Dulac. »Was wisst Ihr davon?«

Tander trat mit drohend erhobener Hand auf ihn zu. »Das reicht jetzt. Ich werde dich lehren –«

»Tut das nicht«, sagte Dulac. Er sprach weder laut noch in

herausforderndem Ton und doch geschah etwas sehr Sonderbares. Tander machte noch einen Schritt, blieb dann stehen und sah Dulac fast verwirrt an. In den Zorn in seinen Augen mischte sich etwas, das Dulac für Furcht gehalten hätte, hätte er nicht gewusst, dass es vollkommen unmöglich war.

»Malagon«, sagte Dulac noch einmal.

Tander ließ langsam den Arm sinken. »Davon weiß ich nichts«, behauptete er. »Nur eine alte Legende.«

»Erzählt sie mir«, verlangte Dulac.

Tander schwieg, aber Sander, sein jüngerer Sohn, sagte: »Eine alte Festung, hoch oben im Norden.«

»Im Land der Pikten?«

»Nein«, antwortete Sander. »Aber auf dem Weg dorthin. Man sagt, sie sei verhext.«

»Verhext?«

»Geister und Dämonen treiben ihr Unwesen dort und nachts sieht man unheimliche Lichter. So mancher Wanderer, der dort nach einem Nachtlager gesucht hat, wurde nie wieder gesehen.«

»Abergläubisches Gerede!«, sagte Tander. »Jetzt haltet den Mund und arbeitet, beide!«

Dulac ignorierte ihn und wandte sich direkt an Sander. »Im Norden, sagst du?«

»An der Küste«, bestätigte Sander. »Die Menschen dort meiden die Gegend, aber es heißt, dass –«

»Jetzt ist es genug!«, sagte Tander herrisch.

Dulac nickte Sander dankbar zu und wandte sich um, doch Tander hatte seine Verwirrung wohl endgültig überwunden, denn er ergriff ihn am Oberarm und riss ihn mit einer fast brutalen Bewegung zurück.

»Darf ich fragen, wo du hinwillst?«, zischte er.
»Ich muss fort«, antwortete Dulac. »Artus hat mich hergeschickt, um einen Botengang für ihn zu erledigen. Er erwartet meine Rückkehr. Soll ich ihm sagen, dass ich stattdessen Eure Küche aufräumen musste?«
Tander ließ ihn widerstrebend los. »Verschwinde schon«, grollte er. »Aber glaube bloß nicht, dass du so leicht davonkommst. Wir reden noch über diese Sache.«
Dulac machte sich nicht einmal die Mühe, zu antworten, sondern drehte sich herum, verließ das Haus und ging direkt zur Scheune hinüber. Als er durch die Tür trat, schoss ihm ein kläffendes Fellbündel entgegen. Offensichtlich hatte Wolf die Scheune den ganzen Tag über nicht verlassen.
»Du hast auf sie aufgepasst, nicht wahr?«, fragte Dulac. »Das hast du gut gemacht.«
Wolf sprang kläffend und schwanzwedelnd an ihm hoch und wartete darauf, zur Belohnung für seine treuen Dienste wenigstens gestreichelt zu werden. Aber Dulac hatte im Moment keine Zeit für ihn.
Mit klopfendem Herzen näherte er sich dem Strohhaufen, in dem er die Rüstung versteckt hatte. Er hatte furchtbare Angst vor dem, was er nun tun musste, aber er hatte keine andere Wahl. Letzten Endes war es Dagda selbst gewesen, der ihm gesagt hatte, was zu tun war.
Dennoch zitterten seine Hände so stark, dass er Mühe hatte, das Stroh zu teilen und die Rüstung herauszuholen. Einen Moment lang überlegte er, sie bereits jetzt anzulegen, entschied sich aber dann dagegen. Er hatte Tanders zornige Worte über den König nicht vergessen. Bei der Stimmung, die im Moment in Camelot herrschte, war es

vielleicht nicht besonders klug, in einer Rüstung durch die Stadt zu gehen.
Außerdem gewann er auf diese Weise noch einmal einige kostbare Minuten, bevor er in diese schreckliche Rüstung schlüpfen musste.
Er ging zum anderen Ende der Scheune, holte einen leeren Sack und verstaute die einzelnen Rüstungsteile darin, so gut er konnte. Trotz der Größe des Kriegskleides erwies er sich als überraschend leicht, als Dulac ihn schulterte und damit aus der Scheune trat. Wolf folgte ihm schwanzwedelnd, aber mit leicht irritiertem Ausdruck in den Augen.
Dulac machte sich auf den Weg zum Nordtor. Er mied die Hauptstraße und bewegte sich nur durch schmale Gassen und Hinterhöfe, aber er begegnete trotzdem einer Menge Menschen, von denen ihm nicht wenige stirnrunzelnd nachblickten. Vielleicht glaubten sie ja, er hätte Diebesgut in seinem Sack; ein Verdacht, der nicht einmal so weit hergeholt schien. Plünderei war eines der verachtenswertesten Verbrechen, die Dulac kannte, trotzdem aber weit verbreitet.
Aber niemand sprach ihn an. Vielleicht lag es daran, dass der Waisenjunge, der auf dem Heuboden schlief und in der Burg arbeitete, in der ganzen Stadt bekannt war, aber vielleicht war es auch etwas anderes. Möglicherweise dasselbe, was Tander daran gehindert hatte, ihn zu schlagen. Dulac war es gleich. Die Hauptsache war, dass ihn niemand aufhielt.
Unbehelligt verließ er die Stadt und machte sich auf den Weg zu einem nahe gelegenen Waldstück. Nachdem er sich davon überzeugt hatte, dass er auch wirklich allein und unbeobachtet war, breitete er den Inhalt seines Sackes

vor sich auf dem Waldboden aus, um die einzelnen Rüstungsteile noch einmal zu betrachten. Es gab überhaupt keinen Grund dafür; allerhöchstens den, noch einmal Zeit zu gewinnen, bevor er die Rüstung endgültig anlegte.
Die größte Angst hatte er davor, sich hinterher wieder an nichts erinnern zu können. Tief in sich war Dulac längst klar geworden, dass niemand anderer als er selbst der Silberne Ritter gewesen war, den Evan am Ufer gesehen und der Uther vor den Pikten gerettet hatte; genauer gesagt: die Rüstung. Aber keine Rüstung, auch keine verzauberte, bewegte sich von selbst. Er konnte sich noch immer an rein gar nichts erinnern, aber es musste so gewesen sein, dass ihn die Zauberrüstung irgendwie dazu gebracht hatte, sie anzulegen. Nicht die Rüstung hatte ihm gedient, sondern er ihr. Ein Gedanke, der ihm zutiefst zuwider war. Er hätte sich selbst jetzt lieber die rechte Hand abhacken lassen, ehe er dieses verzauberte Ding noch einmal anzog, wäre es nicht um Gwinneths Leben gegangen. Und schließlich hatte ihn Dagda mit seinem letzten Atemzug selbst dazu aufgefordert, die Rüstung anzulegen, um Morgaine le Faye unschädlich zu machen.
Mit klopfendem Herzen legte er die einzelnen Rüstungsteile an, band sich den Schwertgurt um und befestigte den Schild auf seinem Rücken. Als Letztes hob er den Helm auf. Jetzt, im Nachhinein, wunderte er sich fast selbst darüber, dass ihm nicht sofort klar geworden war, dass mit dieser Rüstung etwas nicht stimmte. Er hatte unter Wasser atmen können, als er diesen Helm getragen hatte!
Dulac verscheuchte den Gedanken, schloss die Augen und setzte den Helm auf. Nach einem Moment hob er die Lider wieder und er rechnete fast damit, sich Tage oder

Stunden später und an einem vollkommen anderen Ort wieder zu finden. Er stand jedoch noch immer an derselben Stelle und es war genau die Zeit vergangen, die er gebraucht hatte, um den Helm aufzusetzen und die Augen zu öffnen.

Dulac atmete erleichtert auf, klappte das Helmvisier hoch und bewegte sich prüfend ein paar Schritte hin und her. Es fiel ihm sehr viel leichter, als er erwartet hatte. Er hatte überhaupt nicht das Gefühl, eine Rüstung zu tragen. Wenn er sie überhaupt spürte, so hatte er das Gefühl, ein Kleidungsstück aus anschmiegsamem, weichem Leder zu tragen.
Seine Hand senkte sich auf das Schwert und diesmal spürte er etwas. Es war, als flösse eine unsichtbare prickelnde Kraft in seine Hand, etwas, das direkt aus dem Schwert kam und ihn mit einem Gefühl fast unbesiegbarer Stärke erfüllte.
Er nahm die Hand wieder vom Schwert, doch es kostete ihn große Überwindung. Viel lieber hätte er die Waffe gezogen, um sie in warmes, lebendiges Fleisch zu stoßen, die Klinge Blut trinken zu lassen, um ihre Kraft auf diese Weise zu mehren ...
Dulac schloss die Augen und presste die Lider so fest zusammen, dass grelle Lichtblitze über die Schwärze dahinter huschten. Zugleich ballte er die Hände in den schweren Handschuhen so fest zu Fäusten, dass es wehtat. Die brodelnde Gier tief in seinem Inneren erlosch, aber nur ganz allmählich, und zurück blieb eine vage Furcht. Die Rüstung – und viel mehr noch das Schwert – waren auf unheimliche Weise verzaubert. Er konnte nur hoffen, dass er dieses Zaubers Herr wurde.

Aber er hatte gar keine andere Wahl.
Dulac bewegte sich einen Schritt zurück in Richtung Waldrand und blieb wieder stehen, als ihm schlagartig klar wurde, dass er einen Fehler gemacht hatte. Es war zwar recht umsichtig gewesen, die Rüstung erst hier draußen anzulegen, aber dafür umso dümmer, sich kein Pferd besorgt zu haben. Er konnte den Weg nach Malagon wohl schlecht zu Fuß zurücklegen!
Hinter ihm ertönte ein scharfes Krachen. Dulac fuhr erschrocken herum.
Nur wenige Schritte hinter ihm stand ein gewaltiges, in schimmerndes Silber gehülltes Pferd. Es war ein prachtvolles Tier, sicherlich so groß wie das des Königs, aber ungleich eleganter. Aus seinem Stirnpanzer ragte ein handlanger, gedrehter Silberdorn, was ihm das Aussehen eines mythischen Einhorns verlieh, und auf seinem Panzer und der weißen Satteldecke wiederholte sich das Symbol, das auch auf dem Schild auf Dulacs Rücken prangte. Ein sonderbar milder Schimmer umgab das Tier, wie ein Licht aus einer fremden Welt, das für einen Moment seine Konturen nachzeichnete und dann erlosch. Das Tier wandte den Kopf, sah ihn aus seinen großen, klugen Augen an und schnaubte dann auffordernd.
»Ja, ja, ich komme«, sagte Dulac. »Du hast ja Recht. Wir haben nicht viel Zeit.« Während er auf das Tier zuging und sich mit einer so kraftvollen Bewegung in den Sattel schwang, als hätte er sein Leben lang nichts anderes getan, stahl sich ein Lächeln auf seine Lippen.
»Nur gut, dass ich mir keinen Drachen gewünscht habe«, seufzte er.
Das Pferd schnaubte, als hätte es seine Worte verstanden,

dann drehte es sich um und setzte sich ohne das Zutun seines Reiters in nördlicher Richtung in Bewegung.

Er war den Rest des Tages und den allergrößten Teil der Nacht durchgeritten, ohne eine einzige Rast einzulegen. Sein Pferd war unermüdlich nach Norden getrabt, nicht allzu schnell, aber in stetigem Tempo und ohne vom direkten Weg abzuweichen. Sie waren durch Wälder geritten, über flache Wiesen und steinige Ebenen und kein Wald schien dem silbergepanzerten Ross zu dicht, kein Weg zu steinig, kein Hügel zu steil. Gegen Mitternacht hatten sie die Küste erreicht und das Tier war für den Rest der Nacht der Küste gefolgt. Nun zeigte sich im Osten der erste graue Schimmer des heraufdämmernden Tages und Dulac/Lancelot hatte sein Ziel fast erreicht. Malagon lag vor ihm.

Lancelot – es war seltsam, aber seit er diese silberne Rüstung trug, dachte Dulac von sich selbst immer öfter als Lancelot, den Namen, mit dem Dagda ihn angesprochen hatte, und nicht mehr als Dulac – Lancelot also hatte Malagon noch nie zuvor gesehen und er erkannte auch jetzt kaum mehr als einen finsteren, sonderbar bucklig wirkenden Schatten, aber er wusste einfach, dass er sein Ziel erreicht hatte. Dieser Schatten dort vorne schien ihm mehr als ein bloßer Schatten zu sein. Eine Dunkelheit schien von ihm auszugehen, die auf unheimliche Weise etwas *Lebendiges* hatte.

Malagon ...

Lancelot wiederholte den Namen ein paar Mal in Gedanken, ohne dass er dadurch irgendetwas von seinem düsteren Nachhall verlor. Obwohl er ihre Sprache nicht kannte,

war er sicher, dass dieses Wort nicht von den Pikten stammte. Es klang völlig anders als das, was er aus dem Mund der Pikten gehört hatte, und schien für sich allein schon etwas Böses zu sein, als wäre es viel mehr als ein bloßer Name, sondern ein Wort, das an sich schon böse war und das Unheil brachte, wenn man es nur aussprach.
Seine Hand strich über den Sattelgurt, ohne dass er sich der Bewegung selbst bewusst war. Er war nicht im Geringsten müde. Obwohl er zahllose Meilen zurückgelegt hatte, fühlte er sich so frisch und ausgeruht, als wäre er gerade eben erst losgeritten. Es musste die Zauberrüstung sein, die ihm Kraft gab, eine Kraft, die schier unerschöpflich zu sein schien, aber er fragte sich auch besorgt, ob er für diese geliehene Kraft vielleicht einen Preis würde zahlen müssen und wenn ja, welchen?
Sein Pferd schnaubte. Der Laut brach sich auf unheimliche Weise an den schwarzen Felsen, zwischen denen er angehalten hatte, und Lancelot konnte ein eisiges Frösteln nicht mehr ganz unterdrücken. Das war etwas, wovor ihn die Zauberrüstung nicht schützen konnte: die Furcht.
Gestern noch hatte er über Sanders Worte gelacht, aber nun kam ihm das, was der Sohn des Schankwirtes über Malagon erzählt hatte, plötzlich gar nicht mehr so närrisch vor. So wenig wie Dulac an irgendwelche Götter glaubte, so sehr glaubte er an die Existenz von Geistern und Dämonen.
Aber irgendetwas war hier, etwas Unsichtbares, das wie ein übler Geruch über allem zu liegen schien und mit jedem Atemzug ein wenig tiefer in seinen Körper eindrang. Der Gedanke erschien ihm im ersten Moment genau so absurd wie die Geschichten, die Sander erzählt hatte –

aber hatte er nicht selbst erst vor wenigen Stunden das Wirken finsterer Magie beobachtet und trug er nicht selbst eine Rüstung, die unmöglich von Menschenhand geschmiedet sein konnte?
Plötzlich hatte der Gedanke an die Zauberrüstung sehr viel mehr Beunruhigendes als Schutz. Wenn es Magie gab, dann mochten die finsteren Mächte, mit denen er es hier zu tun hatte, sich als durchaus stärker erweisen als die Mächte, die auf seiner Seite standen. Es gab keine Waffe, vor der es keinen Schutz gab, und keinen Schild, der gegen jede Waffe schützte.
Lancelot versuchte den Gedanken in den hintersten Winkel seines Bewusstsein zu verbannen und sah sich noch einmal aufmerksam um. Er war vielleicht noch eine Meile von Malagon entfernt. In wenigen Augenblicken würde draußen über dem Meer die Sonne aufgehen, und wenn er Malagon bis dahin nicht erreicht hatte, hatte er praktisch keine Chance mehr, das letzte Stück des Weges ungesehen zurückzulegen. So prachtvoll seine silberne Rüstung auch war, musste sie doch wie ein Spiegel aufleuchten, wenn sie auch nur von einem einzigen Lichtstrahl getroffen wurde. Er musste sich sputen.
Sein Pferd schien sich unwilliger zu bewegen, fast widerstrebend, als er es auf den gedrungenen Schatten oben auf der Steilküste zu lenkte. Mehrmals musste er es durch einen kräftigen Schenkeldruck oder eine Bewegung der Zügel dazu bringen, überhaupt weiterzugehen; etwas, das auf dem ganzen Weg hierher nicht einmal vorgekommen war. Dennoch erreichten sie die Festung gerade einen Augenblick, bevor sich die Sonne als rot leuchtender Ball aus dem Meer erhob.

Malagon war aus der Nähe betrachtet nicht besonders groß und unheimlicherweise schien es noch immer kaum mehr als ein düsterer Schatten zu sein. Aber es gab am Fuße des zerschundenen Felsenhügels Spalten und Risse, die selbst für das Pferd groß genug waren. Er führte das Tier in eines dieser natürlichen Verstecke, stieg aus dem Sattel und legte den Kopf in den Nacken um zur Burg hinaufzusehen. Malagon war eine Ruine, aber sie konnte selbst zu ihrer besten Zeit nicht besonders groß gewesen sein; ein gedrungener Turm, der von einer leicht asymmetrischen Mauer umgeben war, das war beinahe schon alles. Dennoch wirkte es, zumindest im unsicheren Zwielicht des Morgens, auf eine düstere Art gewaltiger als Camelot – oder zumindest *einschüchternder*. Das halbrunde Tor war am oberen Rand ausgebrochen, was ihm das Aussehen eines aufgerissenen Drachenmaules verlieh.
Lancelot dachte eine Weile darüber nach, dort hinaufzugehen und die Burg zu erforschen. Unter normalen Umständen hätte er nicht einmal darüber nachgedacht, sondern es ohne das geringste Zögern und mit großer Begeisterung getan. Aber er war nicht hier um seine Neugier zu befriedigen, sondern um Uther und vor allem Gwinneth zu befreien. Sicher hatte er noch eine Menge Zeit, ehe die Pikten mit ihren Gefangenen kamen. Er war zwar mindestens zwei Stunden nach ihnen aufgebrochen, aber viel schneller geritten als sie und auf einem Weg, den die piktischen Krieger wahrscheinlich nicht kannten. Mordred hatte gesagt, dass er die Pikten am frühen Morgen hier erwartete.
Eine kurze, in unregelmäßigen Stufen aus dem Fels gehauene Treppe führte zum Tor hinauf. Lancelot legte etwa

die Hälfte der Strecke zurück, dann drehte er sich herum und blickte nach Süden, in die Richtung, aus der die Pikten kommen würden. Es konnte nichts ausmachen. Die Sonne begann aufzugehen, aber es war noch immer alles andere als hell. In ihrer vornehmlich schwarzen Kleidung würde er die Barbarenkrieger vermutlich erst sehen, wenn sie unmittelbar vor ihm standen.

Er hörte einen Laut, der nicht in die normale Geräuschkulisse des Morgens passte: das Rauschen der Wellen, die sich zwanzig Meter unter ihm am Fuße der Steilküste brachen, das Wispern des Windes, der sich an Felsen rieb und in den Baumwipfeln raunte. Hinter ihm kollerte ein Stein. Lancelot fuhr herum, ließ seinen Blick aufmerksam in die Runde schweifen, konnte aber nichts entdecken. Dann wiederholte sich das Poltern und ihm wurde klar, dass es aus dem offen stehenden Tor Malagons kam. Jemand war dort drinnen.

Nun hatte er keine Wahl mehr.

Lancelot löste den Schild von seinem Rücken und befestigte ihn an seinem linken Arm, während er die Treppe hinaufging und sich dem Tor näherte. Die Selbstverständlichkeit, mit der er es tat, überraschte ihn selbst. Es war, als hätte er nie etwas anderes getan. Eigentlich sollten ihn diese kleinen Handgriffe beruhigen, denn er konnte durch sie durchaus darauf schließen, dass er in dieser Rüstung auch über andere Fertigkeiten verfügte, die er eigentlich nicht besaß. Aber das Gegenteil war der Fall.

Als er durch den zerbrochenen Torbogen trat, wurde er langsamer und blieb schließlich stehen. Die Mauer musste fast so dick wie hoch sein, der Länge des Torgewölbes nach zu schließen. In der Decke befand sich ein Muster aus unregelmäßigen Löchern, durch die im Verteidigungsfall Steine oder auch heißes Öl auf die Angreifer geschüttet werden konnten. Das Tor selbst existierte nicht mehr, aber aus den Wänden ragten mächtige, rostzerfressene Scharniere, und als er die andere Seite erreichte, musste er sich unter den Resten eines wuchtigen Fallgitters hindurchbücken. Malagon war klein, aber äußerst wehrhaft gewesen. Trotzdem war es am Ende gefallen. Die Spuren gewaltsamer Zerstörung waren fast so alt wie die Burg selbst, aber unübersehbar, und für einen Moment glaubte er sogar noch den Lärm des Kampfes zu hören, den Geruch der Brände wahrzunehmen, das Flackern der Feuer zu sehen ...

Nur mit Mühe gelang es ihm, die Bilder aus seinem Geist zu vertreiben und sich wieder auf das Hier und Jetzt zu konzentrieren. Der Hof schien verlassen und still vor ihm zu liegen, aber wie schon mehrmals zuvor *spürte* er einfach, dass er nicht allein war.

Nach kurzem Suchen fand er seinen Verdacht bestätigt. Hinter den zerborstenen Zinnen auf der anderen Seite des Hofes stand eine dunkle Gestalt, die reglos in östliche Richtung auf das Meer hinaus blickte. Einen Augenblick später gewahrte er einen zweiten Posten hoch oben auf dem Turm, der in die entgegengesetzte Richtung sah. Malagon war nicht so verlassen, wie es von außen den Anschein hatte.

Lancelot überlegte einen Moment, ob er sich auf die Mauer hinaufschleichen und den Posten dort oben ausschalten sollte, entschied sich aber dann dagegen – die Gefahr, von dem zweiten Wächter oben auf dem Turm gesehen zu werden, war zu groß.

Erst als er diesen Gedanken gedacht hatte, begriff er voller Entsetzen, was er um ein Haar getan hätte: Er hatte ganz kalt darüber nachgedacht, einen Menschen zu töten, nicht in Notwehr oder im Kampf, sondern heimtückisch und hinterrücks, aus reinem Kalkül heraus. Vom Standpunkt eines Kriegers aus war diese Überlegung vielleicht sogar gerechtfertigt, aber Dulac – nicht Lancelot – spürte für einen Moment nichts als eisiges Entsetzen. Diese Rüstung verlieh ihm mehr als nur die Stärke und die feinen Instinkte eines Kriegers, sie machte ihn auch zu etwas, vor dem er sich eindeutig fürchtete. Wäre es in diesem Moment nur um Uther und sogar Artus gegangen, so hätte er sie vermutlich abgelegt und wäre von Panik geschüttelt davongerannt. Aber dann erschien Gwinneths blasses Gesicht vor seinem inneren Auge und er tat es nicht. Ganz egal, welchen Preis er dafür zahlen musste, er würde Gwinneth retten.

Und dafür sorgen, dass Mordred ihr nie wieder etwas zu Leide tun konnte.

Aber er würde dafür nicht zum Mörder werden, ganz egal, mit welchen Argumenten ihn die düstere Stimme in seinem Inneren zu überzeugen versuchte, die sich als die seiner Vernunft ausgab.

Lancelot nahm die Hand wieder vom Schwert, wartete einen Moment ab, der ihm günstig erschien, und huschte dann geduckt und so leise und schnell er konnte über den Hof. Möglicherweise nicht leise genug, denn der Schatten über den Zinnen drehte sich mit einer erschrockenen Bewegung herum und starrte eine ganze Weile konzentriert auf den Hof herab, wandte sich zu Lancelots Erleichterung aber dann wieder um und setzte seine Beobachtung

des Meeres fort. Lancelot blieb noch einen Moment lang reglos gegen die Wand gepresst stehen und huschte dann weiter. Er hatte nichts zu befürchten. Hier unten auf dem Hof war es pechschwarz und die Augen des Mannes hatten sich bereits an das Sonnenlicht draußen über dem Meer gewöhnt. Er war vollkommen unsichtbar.
Dicht vor ihm lag eine Tür. Lancelot huschte geduckt hindurch, ging noch ein paar Meter und blieb dann stehen um zu lauschen. Vor ihm waren Geräusche. Er konnte sie nicht eindeutig identifizieren, aber sie schienen nicht natürlichen Ursprungs zu sein. Lancelot ging weiter und erreichte eine Gangkreuzung. Nachdem er einen Moment stehen geblieben war um sich zu orientieren, wandte er sich nach rechts um den Geräuschen zu folgen. Er konnte jetzt zwei, vielleicht drei Stimmen unterscheiden, und nachdem er eine weitere Gangbiegung hinter sich gebracht hatte, sah er auch einen blassroten Lichtschimmer, der ihm den Weg wies.
Vor ihm lag eine Treppe, die in halsbrecherischem Winkel in die Tiefe führte. Die Wände bestanden aus roh vermauerten Felssteinen und die gewölbte Decke war so niedrig, dass er den Kopf senken musste um nicht anzustoßen. Hier und da war ein von Rost zerfressener Fackelhalter in den Stein eingelassen und die Stufen waren von zahllosen Füßen glatt poliert und ausgetreten. In unregelmäßigen Abständen waren kleine Nischen in die Wand eingelassen. Die meisten waren leer, aber in einigen entdeckte er kleine, grob aus Stein oder Lava geschnitzte Götzenstatuen und manchmal auch gemeißelte Schriftzeichen, die an ungeschickte Kopien der Runen erinnerten, die er auf seinem Schwert und dem Sattelzeug des Pferdes gefunden hatte.

Er wusste nicht, wer diese Festung erbaut hatte oder wann, aber Malagon musste uralt sein.
Als er sich dem Ende der Treppe näherte, änderte sich seine Umgebung. Sowohl die Stufen unter ihm als auch die Wände und die Decke bestanden nicht mehr aus vermauerten Quadern, sondern waren aus dem natürlich gewachsenen Fels herausgemeißelt. Er befand sich nun unter der Erde.
Licht und Stimmen wurden stärker. Lancelot konnte erkennen, dass er sich einem großen, unregelmäßig geformten Raum näherte; vermutlich einer Höhle, über der die Festung erbaut worden war.
Er wurde immer langsamer, je weiter er ging, und seine Vorsicht erwies sich als durchaus begründet. Die Treppe führte in eine sehr weitläufige, aber niedrige Höhle hinab, die von einer Anzahl heftig flackernder Fackeln in unterschiedliche Bereiche aus tanzendem roten Licht und absoluter Finsternis unterteilt wurde. Genau auf der anderen Seite der Höhle befand sich ein mächtiges zweiflügeliges Tor aus schwarzem Eisen und unweit des Eingangs war ein grob aus Balken zusammengezimmerter Tisch aufgestellt worden, den eine Anzahl dazu passender Stühle umgab; eine ungeschickte, vielleicht aber sogar auch bewusst höhnisch gemeinte Kopie der Tafel in Artus' Thronsaal.
Auf der anderen Seite des Eingangs standen zwei Krieger in den schwarzen Rüstungen der Pikten. Es waren ihre Stimmen gewesen, die Lancelot gehört hatte. Sie sahen ihn im gleichen Augenblick, in dem Lancelot die Höhle betrat und sie erblickte, und obwohl die beiden Pikten in ein intensives Gespräch vertieft waren und unmöglich mit dem Eindringen eines Fremden hier unten gerechnet haben

konnten, reagierten sie augenblicklich: Der eine fuhr herum und griff nach dem Speer, der neben ihm an der Wand lehnte, während der zweite mit wehendem Mantel zu Lancelot herumwirbelte und sein Schwert zog.

Sie kamen nicht einmal dazu, einen Warnschrei auszustoßen. So schnell sie waren, erschienen Lancelot ihre Bewegungen doch geradezu lächerlich langsam. Das Runenschwert war plötzlich in seiner Hand, ohne dass er sich erinnern konnte, es gezogen zu haben, und ganz wie an jenem Morgen, als er mit Artus gekämpft hatte, schien es die Waffe zu sein, die ihm sagte, was er zu tun hatte, und nicht umgekehrt. Das Schwert sprang hoch und bohrte sich ohne fühlbaren Widerstand durch Harnisch und Brust des Kriegers, und noch bevor der Mann zusammenbrach, war Lancelot an ihm vorbei und riss den linken Arm in die Höhe. Sein Schild traf den zweiten Pikten mit solcher Wucht, dass er gegen die Wand geschleudert wurde und seine Waffe fallen ließ und im nächsten Augenblick kostete Lancelots Schwert zum zweiten Male Blut. Auch der zweite Pikte brach ohne einen Laut zusammen und starb.

Lancelot schob das Schwert in den Gürtel zurück und drehte sich rasch einmal um seine Achse. Niemand schrie Alarm, niemand stürzte sich aus den Schatten auf ihn. Er war allein.

Nachdem er noch einige Augenblicke lang konzentriert gelauscht und sich auf diese Weise davon überzeugt hatte, dass der kurze Zwischenfall auch tatsächlich unbemerkt geblieben war, schleifte er die beiden Toten in den hinteren, dunklen Teil der Höhle und schaffte auch ihre Waffen beiseite. Auf dem Boden blieb ein deutlich sichtbarer Blut-

fleck zurück, wo sie gelegen hatten, aber daran ließ sich nun einmal nichts ändern.
Ein Teil von ihm – Dulac – beobachtete sein eigenes Tun fast mit Entsetzen, aber der im Moment sehr viel stärkere Teil – Lancelot – erledigte die blutige Arbeit mit fast mechanischer Präzision und Schnelligkeit. Nach kaum einer Minute hatte er die Spuren des Kampfes so gut beseitigt, wie es ging, und näherte sich dem eisernen Tor auf der anderen Seite der Höhle. Es war nicht ganz geschlossen. Flackerndes rotes und gelbes Licht drang durch den Spalt und er glaubte noch immer Stimmen zu hören.
Als er näher kam, sah er, dass auch das Tor mit den gleichen Symbolen und Schriftzeichen übersät war wie die Nischen in den Wänden. Einige von ihnen schienen Götzen und Dämonen darzustellen, andere barbarische Schlacht- oder auch Folterszenen. Sie waren uralt, aber eindeutig von Menschenhand geschaffen und ihr bloßer Anblick jagte ihm schon einen kalten Schauer über den Rücken. Welches untergegangene Volk auch immer Malagon und diese Bilder geschaffen hatte, er war froh, ihm nicht begegnen zu müssen.
Vorsichtig bewegte er sich weiter, schob das Helmvisier hoch und spähte durch den handbreiten Spalt zwischen den beiden Torhälften. Dahinter lag eine weitere, etwas kleinere Höhle, deren Anblick ihm für den Moment den Atem stocken ließ.
Sie war fast perfekt kreisrund geformt. Von der gewölbten Decke hing ein Gewirr spitz zulaufender Stalaktiten, von denen Wasser tropfte, das sich in der Mitte der Höhle zu einem flachen See gesammelt hatte. Aus der Mitte dieses Sees wuchsen jedoch keine Stalagmiten hervor, wie es in

einer normalen Tropfsteinhöhle der Fall gewesen wäre, sondern ein filigranes Gebilde aus zerbrechlichen Kristallen, die in vornehmlich düsteren, jedoch allesamt prachtvollen Farben leuchteten, als wären sie von einem kalten inneren Feuer erfüllt. Manche dieser schimmernden Kristalle waren so groß wie ein Mann, andere wiederum nur Nadeln, kaum länger als der Finger eines Neugeborenen. Etwas Faszinierendes ging von diesem Gebilde aus, das nichts mit seinem fantastischen Aussehen zu tun hatte. Es war wie das Flüstern und Locken von etwas Lebendigem, das er mit einem Teil seiner Seele spürte, nicht mit seinen normalen menschlichen Sinnen. Nur mit großer Mühe gelang es ihm, sich von dem Anblick loszureißen und auch den Rest der Grotte in Augenschein zu nehmen.

In der von flackerndem, vielfarbigem Licht erfüllten Höhle hielten sich zwei Menschen auf, soweit Lancelot sehen konnte. Der Anblick des einen sorgte dafür, dass sich sein Gesicht schlagartig verdüsterte und er am liebsten das Schwert gezogen hätte, um durch das Tor zu stürmen, denn es war niemand anderer als Mordred, der Mann, der für den feigen Überfall auf Camelot und letztendlich Dagdas Tod verantwortlich war. Doch der Anblick der zweiten Gestalt hielt ihn davon ab, etwas Unbedachtes zu tun.

Er konnte sie nicht wirklich erkennen, denn sie stand ein Stück entfernt und mit dem Rücken zur Tür, sodass er nur einen schwarzen Umriss sah, dessen Konturen vom tanzenden Licht der Kristalle auf unheimliche Weise zum Leben erweckt zu werden schienen. Aber irgendetwas war an dieser Gestalt, was ihn zur Vorsicht mahnte. Er spürte ganz deutlich, dass sie auf ihre Art weit gefährlicher war als Mordred.

»… verstehe das alles nicht«, sagte Mordred in diesem Moment. In seiner Stimme lag mühsam unterdrückter Zorn. »Warum haben wir es nicht zu Ende gebracht? Camelot war praktisch schon in unserer Hand und Artus hilflos! Wir könnten jetzt schon in Camelots Thronsaal sitzen statt in diesem düsteren Loch.«

Die Gestalt vor den Kristallen lachte leise. »Immerhin hat dieser *hilflose* Mann mehr als zweihundert deiner piktischen Krieger erschlagen, Mordred«, antwortete sie und Lancelot war, als habe er diese Stimme schon einmal gehört. »Und das ohne einen einzigen Ritter zu verlieren.«

»Das waren keine Krieger«, antwortete Mordred verächtlich. »Zahnlose alte Männer, Schwache und Kranke. Und er hat es nur geschafft, weil er Merlins Magie auf seiner Seite hatte! Wie lange wird sie noch anhalten, jetzt, wo er tot ist?«

»Nicht mehr sehr lange«, antwortete die Gestalt und drehte sich herum und Lancelot erkannte voller Überraschung, dass es sich um die dunkelhaarige Frau handelte, die er schon einmal zusammen mit Mordred gesehen hatte. Schon damals am See war es ihm schwer gefallen, ihr Alter zu schätzen, und nun, in dem unsicheren tanzenden Licht, erschien es ihm vollkommen unmöglich. Sie konnte zwanzig sein, ebenso gut aber auch vierzig oder vierhundert. Ihren makellosen, sehr schönen Zügen haftete etwas Zeitloses an.

»Trotzdem ist es besser, zu warten, bis Merlins Zauber ganz erloschen ist«, fuhr sie fort, während sie sich langsam auf Mordred und damit auch auf Lancelot zu bewegte. Wie Mordred war sie ganz in Schwarz gekleidet, aber während er Mantel und Rüstung eines Kriegers trug, hatte sie das prachtvolle Kleid einer Königin an. »Und wir sollten auch dafür Sorge tragen, dass er keinen anderen Weg findet, sie sich zunutze zu machen.«

»Du überschätzt ihn, Mutter«, sagte Mordred abfällig. »Das war schon immer dein größter Fehler.«

Mutter?, dachte Lancelot überrascht. Diese Frau war Mordreds Mutter? Es fiel ihm schwer, das zu glauben. Sie sah trotz allem eindeutig *jünger* aus als Mordred.

»Keineswegs, Mordred«, antwortete sie ernst. »Es ist schon immer dein Fehler gewesen, deine Gegner zu unterschätzen. Du fühlst dich unbesiegbar und du bist es auch fast, aber eben nur fast. Dieser kleine Unterschied könnte dich eines Tages das Leben kosten, vergiss das nie. Ich habe gehört, du hattest Streit mit Calvis? Du sollst gedroht haben, ihm die Kehle herauszureißen.«

»Ich hätte es besser getan«, grollte Mordred. »Dieser Hund hat dich eine Hexe genannt!«

Lancelot fuhr so heftig zusammen, dass er um ein Haar ein verräterisches Geräusch gemacht hätte. Jetzt wusste er, wer diese Frau war: Morgaine le Faye. Die Frau, die Dagda getötet hatte. Seine Hand senkte sich auf das Schwert, ohne dass er imstande war die Bewegung zurückzuhalten.

»Aber das bin ich doch auch.« Morgaine lachte. »Du solltest dein Temperament ein wenig zügeln, Mordred. Immerhin ist Calvis einer der drei Führer des piktischen Heeres. Und noch brauchen wir es.«

»Das gibt ihm nicht das Recht, so über dich zu sprechen«, widersprach Mordred gereizt. Dann machte er eine wegwerfende Geste. »Außerdem spielt es keine Rolle. Er ist tot. Artus hat ihn erschlagen.«

»Nein«, widersprach Morgaine. »Das hat er nicht.«

Mordred blinzelte. »Nein?«

»Er hat ihn übel zugerichtet, das ist wahr«, sagte Morgaine. »Aber er lebt. Artus hätte sich besser davon überzeugt, dass er auch wirklich tot ist. Mir scheint, er wird allmählich nachlässig. Ich habe dafür gesorgt, dass Calvis nach Hause gebracht und gut gepflegt wird. Möglich, dass wir ihn noch brauchen. Jeder Mann, der Artus hasst, ist ein Mann auf unserer Seite.«

»Ich verstehe dich nicht!«, sagte Mordred. Er begann unruhig auf und ab zu gehen, wobei er sich immer wieder mit der rechten Faust gegen den in Eisen gehüllten Oberschenkel schlug. »Wozu warten? Artus hat kein Heer, nur eine Hand voll Ritter, und wir haben Tausende von Kriegern! Warum stürmen wir Camelot nicht einfach und nehmen uns, was uns rechtmäßig zusteht?«

»Um über eine Ruine zu herrschen?« Morgaine schüttelte heftig den Kopf. Mitten in der Bewegung stockte sie und sah so direkt in Lancelots Richtung, dass er schon befürchtete, sie hätte ihn entdeckt, aber dann wandte sie sich wieder an Mordred und fuhr fort: »Du wirst deinen Kampf bekommen und den Platz an Artus' Tafel, der dir zusteht, aber du musst Geduld haben!«

»Geduld! Wie lange noch? Wie viele Jahre soll ich noch darauf warten, ihn für das zu bestrafen, was er dir angetan hat?«

Morgaine lachte leise. »Du bist ein schlechter Schauspieler, Mordred«, sagte sie. »Du willst Camelot. Du willst den Thron und du willst Artus' Tod, weil du niemals über Camelot herrschen kannst, solange er oder einer seiner Ritter noch am Leben sind. Was er mir angetan hat oder auch nicht, interessiert dich doch gar nicht.«

Mordred wollte widersprechen, doch Morgaine hob die Hand und schnitt ihm mit einer herrischen Bewegung das Wort ab. »Das ist in Ordnung. Du bist böse und egoistisch und du würdest keine Sekunde zögern, auch mich zu töten, wenn ich dir im Wege wäre. Leugne es nicht. Du bist genau so, wie ich dich gemacht habe. Und vergiss bitte eines nie: Dasselbe gilt auch für mich.«

»Ich verstehe«, sagte Mordred düster. Der Ton, in dem er sprach, enthielt eine schlimmere Drohung, als alle Worte es gekonnt hätten.

»Das hoffe ich«, antwortete Morgaine lächelnd. »Doch bevor wir weiter darüber streiten, wer von uns die schwärzere Seele hat, sollten wir uns erst einmal darauf konzentrieren, Artus zu besiegen. Wann erwartest du Uther und seine liebreizende Gemahlin, deine zukünftige Braut?«

»In längstens einer Stunde«, knurrte Mordred. »Vielleicht eher, falls –«

Er stockte mitten im Wort, drehte sich zur Tür herum und verengte die Augen zu schmalen Schlitzen. Seine Hand senkte sich auf das Schwert und zog sich nach sekundenlangem Zögern wieder zurück.

»Was ist?«, fragte Morgaine. Sie klang amüsiert.

»Nichts«, antwortete Mordred. »Ich ... ich dachte, dort wäre jemand.«

Morgaine lachte. »Nun, das mag daran liegen, dass dort wirklich jemand ist«, sagte sie. »Er steht schon die ganze Zeit da und belauscht uns. Genauer gesagt, seit er die beiden Wachen getötet hat.« Sie drehte sich zur Tür herum. »Nicht wahr, mein Freund?«

Lancelot prallte erschrocken von der Tür zurück, sah aber trotzdem, wie Mordred das Schwert halb aus der Scheide

zog und auf die Tür zueilen wollte, Morgaine ihn aber mit einer raschen Handbewegung zurückhielt.
»Warte!«, rief sie. »Ich will nur mit dir reden, mehr nicht!«
Lancelot zögerte. Das einzig Vernünftige, was er tun konnte, war, auf der Stelle herumzufahren und wegzurennen, bevor sich Mordred auf ihn stürzte oder er die halbe piktische Armee zu Hilfe rief. Dennoch blieb er stehen.
»Ich wusste es«, grollte Mordred. »Ich habe mich also nicht geirrt. Irgendwie habe ich gespürt, dass jemand da ist.«
»Was hast du erwartet?« Morgaine maß ihn mit einem fast verächtlichen Blick. »Er ist einer von uns.«
Einer von uns? Was sollte das nun wieder heißen?
»Warum kommst du nicht herein, sodass wir uns von Angesicht zu Angesicht unterhalten können, mein Freund?«, fuhr Morgaine fort. »Du hast nichts zu befürchten.«
Und Lancelot tat etwas, das er selbst am allerwenigsten verstand: Beinahe gegen seinen Willen hob er die Hand, klappte das Helmvisier herunter und ging zur Tür zurück. Mit einer langsamen Bewegung schob er sie auf und trat einen Schritt in die dahinter liegende Höhle hinein.
Mordred sog scharf die Luft ein. Seine Hand senkte sich erneut auf das Schwert. »Du!«
»Ich sehe, ihr kennt euch bereits«, sagte Morgaine amüsiert.
Mordreds Antlitz verdüsterte sich noch weiter. »Das ist der Kerl, der meine Männer erschlagen hat!«, zischte er.
»Bei deinem etwas voreiligen Versuch, Uther in deine Gewalt zu bringen«, vermutete Morgaine. »Nun verstehe ich manches besser.« Sie legte den Kopf auf die Seite und be-

trachtete Lancelot nachdenklich von Kopf bis Fuß. Dann nickte sie. »Ich würde sagen, du hast großes Glück, noch am Leben zu sein, Mordred. Wer bist du, mein Freund?«
Alles, nur eines ganz bestimmt nicht, dachte Lancelot. *Dein Freund.* Er schwieg.
»Du willst nicht reden«, sagte Morgaine. »Ich verstehe.«
»Lass mich und ich bringe ihn schon zum Reden!«, zischte Mordred.
»Narr!«, antwortete Morgaine in scharfem Ton. »Willst du, dass er dich tötet? Sieh dir seine Rüstung an und seinen Schild! Er gehört zu uns. Auch wenn ich nicht ganz sicher bin, ob er es selbst schon weiß.« Direkt an Lancelot gewandt und mit einem verzeihenden Lächeln fuhr sie fort: »Vergib meinem Sohn, Freund. Er ist jung und manchmal etwas ungestüm. Ich hoffe doch, du nimmst ihm seine Worte nicht übel.«
Lancelot antwortete auch jetzt nicht und Morgaine schien sein Schweigen wohl als Zustimmung zu deuten, denn das Lächeln auf ihrem Gesicht wurde um eine Spur wärmer.
»Ich glaube, du bist sehr verwirrt«, sagte sie. »Du bist noch nicht lange hier, nicht wahr? Allein in einer fremden Welt, deren Menschen du nicht kennst und deren Regeln du nicht verstehst. Auch ich habe lange gebraucht um sie zu lernen.« Sie zögerte, wartete abermals vergeblich auf eine Antwort und fuhr schließlich fort: »Ich kann dir alle deine Fragen beantworten. Warum kommst du nicht näher und stellst sie?«
Sie machte einen Schritt in Lancelots Richtung und Lancelot wich etwas zurück. Morgaine blieb wieder stehen.
»Ich verstehe«, seufzte sie. »Nun, es ist nicht leicht, ein Gespräch zu führen, wenn nur einer redet. Und es ist auch

nicht leicht, Antworten zu geben, wenn die Fragen nicht gestellt werden. Aber ich glaube, ich kenne die meisten davon.«

Während sie sprach, geschah etwas Sonderbares: Es war nicht etwa so, dass sich ihr Gesicht veränderte, aber Lancelot sah sie plötzlich anders. Sie war ihm schon vorher bezaubernd vorgekommen, aber erst jetzt fiel ihm wirklich auf, wie unbeschreiblich schön sie war. Etwas sehr Warmes, Vertrautes ging von ihr aus und in ihren Augen lag eine Verlockung, der er sich mit jeder Sekunde weniger zu entziehen vermochte. Er vergaß alles andere. Es gab nur noch sie, ihr wunderschönes Gesicht und ihre Augen, in denen ein Versprechen auf unvorstellbare Freuden lag, die Frau, die –

Dagda getötet hatte.

Die Hexe, die für die Verheerung Camelots verantwortlich war, die Artus den Tod geschworen hatte und auf deren Befehl hin Gwinneth entführt worden war.

Es war nicht Lancelot, der diesen Gedanken dachte, sondern Dulac, der irgendwo tief in ihm immer noch existierte und ihm eine verzweifelte Warnung zuschrie. Und so dünn und kraftlos seine Stimme auch war, sie durchbrach den Zauber, den Morgaine gewoben hatte.

Etwas in Morgaines Augen erlosch, als sie spürte, dass ihre Bemühungen gescheitert waren, und Lancelot fuhr mit einem Schrei herum und stürzte aus der Tür.

»Wir sehen uns wieder, mein Freund!«, rief ihm Morgaine le Faye nach. »Schon bald! Und dann werde ich alle deine Fragen beantworten!«

Lancelot wirbelte endgültig herum und rannte davon, so schnell er konnte.

Erst nachdem er die Festung schon lange hinter sich gelassen hatte, kamen seine Gedanken wieder ein wenig zur Ruhe. Er erinnerte sich kaum, wie er Malagon verlassen und sein wartendes Pferd erreicht hatte. Wie von Furien gehetzt war er die Treppe hinauf- und durch die finsteren Korridore und Gänge gerannt, ohne inne zu halten oder auch nur einen Blick hinter sich zu werfen. Ein paar verschwommene Bildsplitter in seinem Kopf wollten ihm erzählen, dass er einem weiteren piktischen Krieger begegnet war, den er einfach über den Haufen gerannt hatte, ohne auch nur langsamer zu werden, aber er war nicht sicher, ob es wirklich geschehen oder bloße Einbildung war. Hinter seiner Stirn lieferten sich die unterschiedlichsten Gefühle einen wütenden Kampf. Er war in Panik. Die Worte der Hexe hatten ihn mit einem Entsetzen erfüllt, das er kaum in Worte zu fassen vermochte, und da war etwas in ihren Augen gewesen, was einen Teil seiner Seele schier zu Eis erstarren ließ.

Und doch war das Schlimmste seine eigene Reaktion gewesen.

Erst im Nachhinein war Lancelot klar geworden, wie nahe er daran gewesen war, der Verlockung der Hexe zu erliegen. Einer von uns. Er hörte die Worte Morgaine le Fayes immer und immer wieder. Einer von uns. Du bist einer von uns. Und auch wenn er nicht verstand, was sie damit gemeint hatte, erfüllten ihn diese Worte mit schierem Entsetzen. Vielleicht weil er spürte, dass etwas Wahres daran war. Das Gefühl des Vertrauten, das er in Morgaines Nähe empfunden hatte, war nicht eingebildet gewesen und es war wohl das, was ihn am meisten erschreckt hatte: Die bloße Vorstellung, er könnte – und sei es nur zu einem

kleinen Teil – so sein wie Mordred oder gar die Hexe, war fast mehr, als er ertragen konnte.
Lancelot versuchte sich einzureden, dass es vielleicht nur die Rüstung war, die Morgaine gesehen hatte. Ganz zweifellos war sie kein Menschenwerk und vielleicht hatte sie nur die Rüstung gesehen und nicht den, der darin steckte. Der Gedanke trieb ein bitteres Lächeln auf seine Lippen. Ausgerechnet er, der sich stets geweigert hatte, an die Existenz von Göttern und Dämonen zu glauben, dachte nun *so etwas*?
Er rief sich mit Gewalt zur Ordnung, ließ sein Pferd etwas langsamer traben und schließlich anhalten und richtete sich im Sattel auf um sich umzusehen. Es war mittlerweile hell geworden. Die Sonne hatte noch keine wirkliche Kraft, aber ihr Licht reichte aus, die Welt dem farbenverzehrenden Griff der Nacht zu entreißen.
Und Lancelot klarzumachen, dass er keine Ahnung hatte, wo er war.
Links von ihm befand sich ein schmales Waldstück, nicht allzu hoch, aber so unpassierbar und finster wie jeder Wald in diesem Teil des Landes. Zur Rechten erstreckte sich flaches, ganz sanft gewelltes Grasland, das aber mehr zu erahnen als wirklich zu erkennen war, denn über dem Boden lag noch grauer Nebel, der nicht nur alles mit seiner Feuchtigkeit durchtränkte, sondern dem Moment auch etwas sonderbar Mystisches verlieh. Andere – selbst Dulac noch vor wenigen Tagen – hätten das Gefühl vielleicht als *unheimlich* bezeichnet, aber ihm erschien es auf sonderbare Weise ... vertraut. Hätte er nicht gewusst, dass es vollkommen unmöglich war, hätte er gesagt, dass er sich zu Hause fühlte ...

Und was, dachte er schaudernd, wenn Morgaine Recht hat? Wenn er wirklich zu *ihnen* gehörte, wer immer sie auch waren, und sie nicht nur die Rüstung, sondern auch den Mann darin gesehen hatte? Niemand wusste, wer er war und woher er kam, nicht einmal er selbst. Der einzige Mensch auf der Welt, der es gewusst hatte, war tot, gestorben, bevor er ihm das Geheimnis seiner Herkunft endgültig enthüllen konnte. Die wenigen Andeutungen, die Dagda vor seinem Tode noch gemacht hatte, hatten eher dazu beigetragen, seine Verwirrung noch zu steigern. Keine Antworten, sondern nur weitere Fragen.

Trotzdem ergab sich allmählich ein Bild, das Lancelot mehr erschreckte, als er wahrhaben wollte. Immerhin wusste er, dass er in der Nähe eines Sees gefunden worden war – und hatte er nicht auch die Rüstung in einem See gefunden? Was, wenn es derselbe See gewesen war?

Aus diesem Gedanken ergab sich eine andere, noch bedeutend unangenehmere Frage:

Was, wenn es *seine* Rüstung war? Wenn er sie keineswegs zufällig gefunden hatte, sondern sie *die ganze Zeit auf ihn gewartet hatte*?

Er hörte ein Geräusch, sah hoch und gewahrte eine lang auseinander gezogene Reihe von Gespenstern, die lautlos aus dem Nebel auftauchten.

Es waren dunkel gekleidete Reiter, die auf schwarzen Pferden ritten, und es war der Nebel, der ihre Konturen verwischte und das Geräusch ihrer Hufschläge verschluckte, der ihrem Erscheinen etwas Gespenstisches verlieh. Es waren die Pikten. Seine scheinbar ziellose Flucht hatte ihn zufällig genau in die Richtung geführt, aus der Mordreds Handlanger herankamen.

Der Gedanke ließ ihn erneut lächeln. Zufällig? Ganz bestimmt nicht! Es gab keinen Zufall, jedenfalls nicht, solange er diese verzauberte Rüstung trug, und vielleicht auch sonst nicht.

Er klappte das Helmvisier herunter, überzeugte sich davon, dass der Schild sicher an seinem linken Arm befestigt war, und ritt den Männern in gemächlichem Tempo entgegen. Während sie näher kamen, zählte er sie. Es waren vierzehn Gestalten: Zwölf piktische Krieger auf gewaltigen Schlachtrössern und zwei etwas kleinere Gestalten, ebenfalls in schwarze Mäntel gehüllt, aber auf helleren und deutlich edleren Pferden. Eines der Tiere erkannte er sogar. Er hatte es schon einmal im Hof von Artus' Burg gesehen. Uther und Gwinneth.

Seine Hand senkte sich instinktiv zum Schwert und zog sich dann wieder zurück, noch bevor er die Bewegung ganz zu Ende geführt hatte. Es waren immerhin zwölf Krieger. Irgendetwas sagte ihm, dass er selbst diese Übermacht nicht zu fürchten brauchte, aber es waren auch eindeutig zu viele, um sich auch nur den kleinsten Fehler zu erlauben. Er musste an das denken, was Morgaine vorhin zu Mordred gesagt hatte. *Er* würde nicht den Fehler begehen und seine Gegner unterschätzen.

Die Reiter kamen noch ein Stück in unverändertem Tempo näher und wurden dann langsamer, wobei sie sich gleichzeitig dichter zusammenschlossen. Lancelot konnte sich gut vorstellen, wie sein Erscheinen auf sie wirken musste. So wie sie für ihn lautlos wie Gespenster aus dem Nebel aufgetaucht waren, musste *sein* Anblick auf sie umgekehrt noch viel unheimlicher sein: eine Gestalt in schimmerndem Silber, die wie aus dem Nichts aus den wogen-

den grauen Schwaden erschien, hoch zu Ross auf einem silbernen Einhorn, von dessen Schuppenpanzer die Nässe tropfte. Wäre er an Stelle der Pikten gewesen, hätte er Angst empfunden.
Und offensichtlich erging es ihnen auch ganz genau so, denn sie wurden immer langsamer und hielten schließlich an, zu einem dichten Pulk zusammengedrängt. Ihre Pferde bewegten sich unruhig und auf den Gesichtern der Reiter lag ein Ausdruck gespannter Aufmerksamkeit, aber auch ein gehöriger Schuss Furcht. Lancelot rief sich in Erinnerung, dass diese Männer nicht nur Barbaren waren, sondern auch abergläubische Heiden, die an Götter und Dämonen und Teufel glaubten. Vermutlich hielten sie ihn für irgendetwas Ähnliches – eine Tatsache, aus der er unter Umständen Nutzen ziehen konnte.
Fünf Schritte vor den Reitern hielt er an. Er versuchte einen Blick auf Uthers und vor allem Gwinneths Gesicht zu erhaschen, aber es gelang ihm nicht. Beide sahen zwar in seine Richtung, aber sie waren zu weit entfernt und zu gut von den Pikten abgeschirmt. Die Barbaren mochten Angst vor ihm haben, aber sie nahmen ihre Aufgabe ernst.
Einer der Männer ritt ihm einen Schritt entgegen und hielt dann wieder an. »Wer bist du?«, fragte er in gebrochenem Englisch. »Was willst du von uns?«
Lancelot antwortete nicht. Er starrte den Mann nur schweigend durch die schmalen Sehschlitze seines Helmvisiers an und die Furcht in den Augen des Pikten wurde zur Panik.
»Wer seid Ihr?«, fragte der Pikte noch einmal, lauter und in herausforderndem Tonfall, der in Wahrheit aber nur

seine Nervosität unterstrich. »Gebt den Weg frei. Wir haben keinen Streit mit Euch!«

Die Tatsache, dass er zum respektvollen *Ihr* wechselte und dem einzelnen Reiter, der sich ihm und seinem Dutzend Begleitern in den Weg stellte, versicherte, keinen Streit mit ihm haben zu wollen, machte seine Furcht sehr deutlich. Lancelot war jetzt sicher, dass er mehr in ihm sah als nur irgendeinen Ritter, der zufällig seinen Weg gekreuzt hatte. Vielleicht wusste er ja, wer er war. Und vielleicht, dachte Lancelot, war dies der Moment, um ein paar Antworten zu bekommen.

»Warum sagt Ihr nichts?«, fragte der Pikte nervös. »Wenn Ihr nicht reden wollt, dann ... dann ...«

Er brach ab und suchte sichtlich nach Worten und Lancelot hörte sich zu seiner eigenen Überraschung sagen: »Ihr könnt in Eurer Sprache reden. Ich verstehe sie.« Und nicht nur das. Er hatte Piktisch gesprochen, eine Sprache, die er erst vor wenigen Tagen zum ersten Mal gehört hatte! Nun waren ihm die Worte so glatt über die Lippen gekommen, als wäre er damit aufgewachsen!

»Dann sagt mir, was Ihr von uns wollt, edler Herr«, antwortete der Pikte in seiner Muttersprache. »Wir sind in einer wichtigen Mission unterwegs und haben nicht viel Zeit!«

Lancelots ausgestreckte Hand deutete auf Uther und Gwinneth. Er sagte nichts, aber der Pikte verstand die Bedeutung der Geste trotzdem. Er wirkte erschrocken, aber nicht überrascht, fast so, als hätte er genau das erwartet.

»Ich bin für die sichere Ankunft unserer Gäste verantwortlich, Herr«, antwortete er. »Mordred wird uns alle töten, wenn wir ohne sie zurückkommen.«

Hinter ihm entstand Unruhe in den Reihen der Pikten. Die Sehschlitze des Helmes engten Lancelots Gesichtsfeld stark ein, aber er wusste trotzdem, was vor sich ging: Einige der fremden Krieger lenkten ihre Tiere unauffällig zur Seite, um in seinen Rücken zu gelangen und ihn so einzukreisen. Das durfte er nicht zulassen.

»Gebt sie frei«, sagte er. Gleichzeitig zog er sein Schwert. Die runenbedeckte Klinge fuhr mit einem scharrenden, fast gierig klingenden Laut aus der Scheide und funkelte boshaft im Licht der Morgensonne.

»Das kann ich nicht machen, Herr«, antwortete der Pikte.

»Dann sterbt«, sagte Lancelot.

Diesmal konnte er spüren, wie es geschah, auch wenn es sich wieder im Bruchteil eines Augenblickes vollzog. Rüstung, Schild und Schwert übernahmen die Kontrolle über seinen Willen, ohne ihn jedoch vollends auszuschalten. Anders als vorhin, als er die beiden Wächter niedergeschlagen hatte, war er kein unbeteiligter Zuschauer mehr. Aber die magischen Waffen schienen ihm zu sagen, was er zu tun hatte, und Dulac reagierte mit einer Schnelligkeit und einem Geschick, als hätte er jede einzelne Stunde seines Lebens auf dem Übungsplatz verbracht.

Anders als die Pikten erwartet haben mussten, attackierte er den Krieger vor sich nicht, sondern zwang sein Pferd auf der Stelle herum und wandte sich den Männern zu, die in seinen Rücken zu gelangen versucht hatten.

Es waren drei. Lancelot streckte einen mit einem geraden Stich in die Brust nieder, riss den Schild hoch, um einen Schwerthieb des zweiten zu parieren, und führte gleichzeitig einen weit ausholenden Streich, an dessen Ende die Spitze des Runenschwertes den Waffenarm des dritten

Barbarenkriegers traf und glatt durchschlug. Während der Mann mit einem gellenden Schmerzensschrei zu Boden fiel, führte er die begonnene Bewegung mit dem Schild zu Ende und schmetterte den Krieger damit vollends aus dem Sattel. Sein Pferd setzte ohne sein Zutun über das zusammenbrechende Tier des zweiten Kriegers hinweg, sprengte drei oder vier Schritte weit in gestrecktem Galopp davon und drehte sich dann herum. Der ganze Waffengang hatte kaum mehr als eine Sekunde gedauert.

Der Rest des piktischen Heeres stand da wie gelähmt. Der Ausdruck auf den Gesichtern der Menge war pures Entsetzen und Lancelot konnte sie nur zu gut verstehen. Alles war so schnell gegangen, dass sie kaum richtig gesehen haben konnten, was geschah, und nun waren bereits drei ihrer Kameraden tot oder lagen im Sterben.

Lancelot hingegen fühlte sich ... großartig. Ein Teil von ihm, Dulac, der immer schwächer wurde, schrie lautlos vor Entsetzen über das auf, was er getan hatte, aber der weitaus größere Teil genoss das Gefühl des Sieges, den er davongetragen hatte, in vollen Zügen. Er fühlte sich stark. Sein Atem ging ruhig und die furchtbaren Hiebe, die er geführt hatte, schienen ihn keine Kraft gekostet, sondern ihm neue Kraft gegeben zu haben, als hätte das Runenschwert die Lebenskraft der Männer getrunken. Sein Pferd scharrte unruhig mit den Hufen, aber nicht vor Furcht oder Nervosität, sondern vor Ungeduld, sich in den Kampf zu stürzen. Ganz plötzlich war es ihm, als könne er in die Zukunft blicken, als er in die Gesichter der Pikten sah. Er wusste mit unerschütterlicher Sicherheit, dass er diese Männer töten würde, jeden Einzelnen von ihnen.

Trotzdem hob er noch einmal das Schwert und deutete auf Uther. »Gebt sie frei!«
Statt zu antworten sprengten die Pikten los. Sechs der noch lebenden neun Männer trieben ihre Pferde mit trotzigen Kampfschreien direkt auf ihn zu, während ihre drei Kameraden Uthers und Gwinneths Pferde am Zaumzeug packten und in entgegengesetzter Richtung mit ihnen davonsprengten.
Lancelot fluchte lautlos in sich hinein. Hatte er gedacht, dass es so einfach sein würde? Offensichtlich hatte er den Mut der Barbarenkrieger unterschätzt. Das halbe Dutzend Reiter musste wissen, wie schlecht ihre Aussichten standen ihn zu überwältigen, aber die Männer schienen entschlossen ihr Leben zu opfern, damit ihre Kameraden die Gefangenen in Sicherheit bringen und somit Mordreds Befehl ausführen konnten.
Lancelot war es recht. Die Krieger würden ihn nicht aufhalten; wenigstens nicht lange genug, damit die anderen entkommen konnten.
Er sprengte den Pikten entgegen, hob Schild und Schwert und schwenkte im letzten Moment nach links, um die Front der Pikten nicht in ihrer Mitte zu treffen, sondern an der Flanke. Seine Rechnung ging auf. Ein weiterer Pikte sank tödlich getroffen aus dem Sattel, ehe seine Kameraden auch nur ihre Waffen heben konnten, aber im nächsten Moment waren die fünf überlebenden Pikten über ihm.
Ohne die magische Rüstung hätte er nicht einmal den ersten Zusammenprall überlebt. Die Pikten kreisten ihn ein und überschütteten ihn aus allen Richtungen mit einem Hagel von Hieben und Stichen.

Nicht einer davon durchbrach seine magische Rüstung. Lancelot spürte die Treffer, aber es war nur die bloße Berührung, die er fühlte, kein Schmerz, nicht einmal die Kraft, mit der die Hiebe geführt wurden. Noch während der Krieger, den er im ersten Ansturm niedergestreckt hatte, mit durchschnittener Kehle rücklings aus dem Sattel kippte, riss er sein Schwert herum und verschaffte sich mit einem wuchtigen Hieb Luft. Er traf niemanden, trieb aber zumindest drei seiner Gegner weit genug zurück, um sich den verbliebenen beiden zuwenden zu können. Lancelots Schild kam hoch und traf den einen mit solcher Gewalt, dass er nach hinten kippte und halb bewusstlos aus dem Sattel gestürzt wäre, hätten ihn nicht die Steigbügel gehalten. Der andere beging den Fehler, seine vermeintliche Schwäche ausnutzen und einen Schwertstreich in seinen ungeschützten Rücken anbringen zu wollen. Die Klinge fuhr Funken sprühend und mit einem kreischenden Laut über das silberfarbene Metall, ohne auch nur einen Kratzer auf seiner Oberfläche zu hinterlassen, und der Pikte bezahlte den Angriff mit seinem Leben. Lancelots Schwert drang mit einem knirschenden Laut durch seinen Brustharnisch. Der Mann kippte mit einem seufzenden Laut seitwärts aus dem Sattel und Lancelot wandte sich den verbliebenen Barbarenkriegern zu.

Er wurde noch zwei- oder dreimal hart getroffen, aber die Gralsrüstung schützte ihn zuverlässig, während seine eigenen Hiebe von grässlichem Erfolg gekrönt waren. Schließlich war nur noch der Mann übrig, mit dem Lancelot am Anfang gesprochen hatte. Er blickte in dessen Augen und er erkannte darin Furcht und Hoffnungslosigkeit. Sosehr er davon überzeugt war, diesen Zweikampf zu gewinnen,

so gewiss war sich der Pikte, unterliegen zu müssen. Trotzdem griff er sein Schwert fester und attackierte Lancelot ohne das geringste Zögern. Warum tat er das? Während Lancelot mit seinen Begleitern beschäftigt gewesen war, hätte er Zeit genug gehabt, um zu fliehen, aber er versuchte es nicht einmal, sondern zog es vor, seine Waffe zu ergreifen und in den sicheren Tod zu gehen.
Lancelot wollte ihn nicht töten. Das Schwert in seiner Hand schrie nach dem Blut des Kriegers, aber er wollte es nicht. Dieser Mann war nicht sein Feind. Sie hatten sich noch nie zuvor gesehen und ihre Wege würden sich vermutlich auch niemals wieder kreuzen. Statt dem Verlangen der Runenklinge nachzugeben, parierte Lancelot die beiden ersten verzweifelten Hiebe des Pikten und führte dann einen einzelnen wuchtigen Schlag, der den Angreifer entwaffnete, ohne ihn jedoch zu verletzen. Der Pikte taumelte unter der Gewalt des Hiebes zurück, richtete sich dann aber wieder im Sattel auf und starrte verblüfft auf seine plötzlich leeren Hände hinab.
Lancelot setzte dazu an, ihm zu sagen, dass er gehen sollte, da machte sein Pferd einen blitzschnellen Satz nach vorne. Die gepanzerte Brust des Schlachtrosses prallte gegen die Flanke des piktischen Pferdes und brachte es aus dem Gleichgewicht und das handlange gedrehte Horn, das aus seinem Stirnpanzer ragte, brach mit einem knirschenden Laut durch den Harnisch des Kriegers und bohrte sich fast zur Gänze in seine Brust.
Lancelot starrte den zusammenbrechenden Krieger mit einer Mischung aus Entsetzen und Unglauben an. Der Mann kippte langsam nach hinten aus dem Sattel und in seinen Augen stand ein Ausdruck, den Lancelot nie wie-

der im Leben vergessen würde. Sein Pferd taumelte, versuchte mit einem ungeschickten Grätschschritt sein Gleichgewicht wieder zu finden und stürzte dann endgültig, als Lancelots Schlachtross sich abermals gegen seine Flanke warf. Ein blitzschneller, gezielter Tritt mit den furchtbaren Hufen besiegelte das Schicksal des Tieres endgültig.

Lancelot war zutiefst verstört. Er hatte gewusst, dass es zum Kampf kommen würde und dass etliche der Pikten dabei den Tod finden mussten. Was diesem Krieger jedoch widerfahren war, hatte nichts mehr mit einem Kampf zu tun. Er war längst vorbei gewesen und Lancelot hatte ihm das Leben schenken wollen. Wozu einen Gegner töten, der bereits besiegt war und sich nicht mehr wehren konnte?

Das Schlachtross drehte den Kopf und starrte ihn aus einem dunklen, auf beunruhigende Weise wissenden Auge an, dann stieß es ein halblautes Schnauben aus und scharrte mit den Hufen im blutigen Sand. Es war noch nicht vorbei. Das, weshalb er eigentlich hier war, war noch nicht getan.

Lancelot drehte sich im Sattel herum und suchte nach den drei verbliebenen Pikten. Sie hatten sich bereits eine gute halbe Meile entfernt und rasten in gestrecktem Galopp auf das kleine Waldstück zu, das Lancelot vorhin passiert hatte. Vielleicht hofften sie, sich im dichten Unterholz vor dem Silbernen Ritter verbergen zu können, aber Lancelot wusste, dass sie es niemals erreichen würden. Sein Einhorn war viel schneller als ihre schwer gebauten Pferde und ihre beiden Gefangenen taten ihr Möglichstes um sie zu behindern.

Er sprengte los. Schon nach wenigen Augenblicken schoss das silberne Einhorn schnell wie ein Pfeil dahin, wobei seine Hufe kaum den Boden zu berühren schienen. Trotz ihres großen Vorsprunges holte er die Reiter gute fünfzig Meter vor dem Waldrand ein, galoppierte an ihnen vorbei und riss das Pferd dann mit einer so plötzlichen Bewegung herum, dass es um ein Haar gestrauchelt wäre.

Die drei Krieger mussten den Kampf beobachtet haben und wissen, mit wem sie es zu tun hatten, doch sie erwiesen sich als ebenso todesmutig wie ihre Kameraden. Während sich einer die Zügel von Uthers und Gwinneths Pferden griff und blitzschnell zur Seite ausbrach, rissen die beiden anderen ihre Waffen aus den Gürteln und sprengten auf ihn zu. Einer von ihnen war mit einem Schwert bewaffnet, der zweite mit einem Morgenstern, einer Waffe, deren bloßer Anblick Dulac schon immer mit Entsetzen erfüllt hatte.

Er fing den Schwerthieb des ersten Kriegers mit seinem Schild ab, duckte sich unter der stachelbesetzten Kugel am Ende der wirbelnden Kette hindurch und versuchte einen Treffer anzubringen, verschätzte sich aber und fügte dem Pikten nur einen harmlosen Kratzer an der Schulter zu, der die Wut des Mannes nur noch steigerte. Der Krieger führte einen zweiten, diesmal besser gezielten Hieb nach Lancelots Rücken, der sein Ziel diesmal traf.

Die faustgroße, mit spitzen Dornen besetzte Eisenkugel vermochte die Rüstung nicht zu durchschlagen, aber die Wucht des Hiebes war so gewaltig, dass er nach vorne geworfen wurde und halb über dem gepanzerten Hals des Einhorns zusammenbrach. Praktisch im gleichen Augenblick traf ihn ein Schwerthieb dicht oberhalb des Schildes,

nur knapp von dem Spalt zwischen Helm und Rüstung entfernt.
Wieder war es das Pferd, das den Kampf entschied. Als der Pikte an ihm vorbeijagte, drehte es blitzschnell den Kopf. Das schreckliche Horn auf seinem Schädel riss die Flanke des anderen Pferdes auf und das Tier brach mit einem gequälten Wiehern zusammen und begrub seinen Reiter unter sich.
Lancelot richtete sich benommen im Sattel auf. Ihm blieb kaum Zeit, sein Schwert wieder fester zu ergreifen und in eine sichere Position zu rutschen, da sprengte der zweite Pikte auch schon wieder heran und schwang seinen schrecklichen Morgenstern. Durch seinen ersten Erfolg offenbar mutig geworden schien er diesmal entschlossen, den Kampf mit diesem Ansturm zu beenden. Ein Fehler, der ihn das Leben kostete.
Der Morgenstern prallte mit vernichtender Wucht auf Lancelots Schild. Der Hieb fügte dem silbernen Metall nicht einmal einen Kratzer zu und Lancelot drehte seinen Schildarm im letzten Moment um eine Winzigkeit, sodass die Eisenkugel abgelenkt wurde und die Wucht seines eigenen Schlages den Krieger beinahe aus dem Sattel riss. Lancelots Runenschwert beendete den Kampf fast ohne sein Zutun. Das plötzlich reiterlose Pferd sprengte in unverändertem Tempo weiter, während Lancelot das Einhorn herumzwang und zur Verfolgung des letzten Kriegers ansetzte.
Er brauchte nur wenige Augenblicke um ihn einzuholen und zu seiner unendlichen Erleichterung erwies sich der Mann als klüger als seine Kameraden. Er sah wohl ein, wie sinnlos jeder weitere Widerstand sein musste, denn er ließ

die Zügel der beiden Pferde los und galoppierte davon, so schnell er konnte. Für einen schrecklichen Moment schien es Lancelot, als ob das Einhorn sich seinen Befehlen widersetzen und den Mann verfolgen wollte, um auch ihn noch zu töten, aber dann gehorchte es ihm. Der Pikte raste in gestrecktem Galopp davon und Lancelot wendete das Einhorn und ritt zu Uther und Gwinneth zurück. Während er das Schwert in den Gürtel zurückschob und sich den beiden Gefangenen näherte, machte er eine neue Erfahrung: Sein Herz jagte vor Anstrengung und seine Schulter und sein Rücken schmerzten fast unerträglich. Neben vielem anderen, auf das er gerne verzichtet hätte, hatte er noch etwas gelernt: Die silberne Rüstung machte ihn zu einem schrecklichen Gegner, aber er war nicht unverwundbar.

Gwinneth und Uther sahen ihm aus großen Augen entgegen, als er näher kam. Uther war sehr blass. Seine linke Gesichtshälfte war angeschwollen und über dem Auge prangte eine erst halb verschorfte Schnittwunde. Er war den Pikten offenbar nicht kampflos in die Hände gefallen. Eine Weile standen sie sich nur stumm gegenüber und sahen sich an, dann beugte sich Lancelot vor, zog den Dolch aus dem Gürtel und durchtrennte mit einer raschen Bewegung die Stricke, die Uthers zusammengebundene Handgelenke an den Sattelknauf fesselten. Gwinneth lenkte ihr Pferd näher heran. Sie erwartete wohl, dass Lancelot nun dasselbe mit ihr tat, doch stattdessen richtete sich dieser wieder im Sattel auf und reichte den Dolch an Uther weiter. Er sah Gwinneth noch immer nicht an. Sie konnte sein Gesicht unter dem silbernen Helm unmöglich erkennen, aber er war nicht sicher, ob dasselbe auch für

seine Augen galt. Und er war erst recht nicht sicher, ob er sich noch beherrschen konnte, wenn er sie ansah.
Uther griff zögernd nach dem silbernen Dolch. Seine Hände waren stundenlang aneinander gebunden gewesen und taub und er stellte sich nicht besonders geschickt dabei an, Gwinneths Fesseln zu durchtrennen. Aber es gelang ihm, ohne sie zu verletzen.
»Ich danke Euch«, sagte er, als er Lancelot das Messer zurückgab. Er versuchte zu lächeln, aber es wurde eher eine Grimasse daraus.
Lancelot nahm den Dolch mit einem wortlosen Nicken entgegen und schob ihn in den Gürtel zurück. Er spürte, dass Gwinneth ihn anstarrte, und allmählich begann er sich selbst albern dabei vorzukommen, so zu tun, als wäre sie gar nicht da. Fast widerwillig drehte er den Kopf und maß sie mit einem verstohlenen Blick, und als er in ihr Gesicht sah, schien sich sein Herz zu einem schmerzenden harten Ball zusammenzuziehen.
Gwinneth war unverletzt, aber ihr Gesicht war von tiefer Erschöpfung gezeichnet und unter der Erleichterung in ihrem Blick loderte ein Schmerz, der vielleicht nie wieder ganz erlöschen würde. Dennoch war sie so schön wie eh und je und sie sah ganz und gar nicht mehr wie ein Kind aus. Lancelot fragte sich, wie er auch nur eine Sekunde lang hatte glauben können, Morgaine le Faye käme ihr auch nur *nahe*.
»Das ist jetzt das zweite Mal, dass Ihr uns aus der Gewalt der Barbaren befreit, edler Ritter«, sagte Uther ein wenig gestelzt. »Mir scheint, ein einfaches Danke reicht nicht mehr.«
Lancelot drehte sich wieder zu ihm herum. Es war seltsam:

Jetzt, wo alles vorbei war, wusste er nicht, was er sagen sollte.

»Lasst mich Euer Gesicht sehen, edler Herr«, verlangte Gwinneth. »Ich möchte wissen, wie der Ritter aussieht, dem mein Gemahl und ich unsere Leben verdanken.«

Lancelot schüttelte den Kopf. Das Visier öffnen? Unmöglich. Wenn nicht Uther, so musste ihn doch Gwinneth auf der Stelle erkennen.

Gwinneth wollte enttäuscht widersprechen, aber Uther brachte sie mit einer raschen Geste zum Schweigen. »Ganz wie Ihr wünscht«, sagte er. »Aber verratet Ihr uns wenigstens Euren Namen?«

Lancelot zögerte noch einen Herzschlag, doch dann antwortete er. »Lancelot. Mein Name ist Lancelot Dulac.«

»Lancelot Dulac.« Uther wiederholte den Namen, als versuche er in seinem Klang irgendetwas Vertrautes zu entdecken, und Lancelot behielt Gwinneth dabei scharf im Auge. Sie sah ihn aufmerksam an, zeigte aber ansonsten keine Reaktion. Wahrscheinlich hatte der Helm seine Stimme hinlänglich verzerrt, sodass sie sie nicht erkannte.

»Und woher kommt Ihr, Sir Lancelot?«, wollte Uther wissen.

»Von weit her«, antwortete Lancelot ausweichend. »Aus einem Land, dessen Namen Ihr vermutlich noch nicht einmal gehört habt, Uther.«

Uther lächelte flüchtig. Er hatte verstanden, was Lancelot mit dieser Antwort sagen wollte. »Ich respektiere Eure Wünsche, Sir Lancelot«, sagte er. »Wie könnte ich auch nicht, nach allem, was Ihr für mich und meine Gemahlin getan habt? Was kann ich tun, um mich bei Euch zu bedanken?«

»Nichts«, antwortete Lancelot. »Dass Ihr und Lady Gwinneth am Leben und unversehrt seid, ist Dank genug. Aber damit es so bleibt, sollten wir uns auf den Weg zurück nach Camelot machen. Einer der Pikten ist entkommen.«
»Und er wird bald mit Verstärkung zurückkehren«, sagte Uther nickend. »Ihr habt Recht. Hier ist es nicht sicher. Obwohl es mich nicht wundern würde, wenn Ihr es mit dem gesamten piktischen Heer aufnehmen würdet.« Er sah Lancelot mit unverhohlener Bewunderung an. »Bei Gott, ich habe schon viele Ritter getroffen, aber niemals habe ich einen Mann so kämpfen sehen. Ich wusste nicht einmal, dass es möglich ist.«
Um ein Haar hätte Lancelot geantwortet: ich auch nicht. Aber dann machte er nur eine Bewegung, die Uther als ein Achselzucken auslegen konnte, und deutete in südliche Richtung. »Wir sollten wirklich losreiten«, sagte er. »Es ist ein langer Weg zurück nach Camelot.«
Uther nickte und eine spöttische Stimme hinter Lancelot sagte: »Ich fürchte, das kann ich nicht zulassen.«
Gwinneth stieß einen kleinen, erschrockenen Schrei aus und schlug die Hand vor den Mund und Lancelot riss sein Pferd herum und erstarrte dann vor Schrecken.
Sie waren vielleicht noch zwanzig oder dreißig Schritte vom Waldrand entfernt. Morgaine le Faye und Mordred waren lautlos wie Gespenster aus dem Dickicht herausgetreten. Die Hexe trug noch immer das einfache schwarze Kleid, in dem Lancelot sie in der Höhle gesehen hatte, hatte aber nun ein Diadem aus schwarzen Diamanten in ihr Haar gesteckt und Mordred hielt einen riesigen Langbogen in der rechten und zwei schwarz gefiederte Pfeile in der linken Hand.

»Ich habe dir doch gesagt, dass wir uns wieder sehen werden, mein Freund«, sagte Morgaine. »Das war wirklich ein beeindruckender Kampf. Ich muss König Uther beipflichten: Ich habe selten zuvor einen Mann so kämpfen sehen. Trotzdem musst du noch eine Menge lernen. Ich könnte es dir beibringen, wenn du willst.«

Gwinneth sog die Luft zwischen den Zähnen ein und Uther fragte leise: »Ihr kennt diese Frau, Sir Lancelot?«

Bevor Lancelot antworten konnte, sagte Morgaine lachend: »Nicht so, wie Ihr befürchtet, Uther. Euer tapferer Retter treibt kein doppeltes Spiel, wenn es das ist, was Ihr glaubt.« Sie schüttelte den Kopf, trat einen Schritt zur Seite und maß Gwinneth mit einem nachdenklichen Blick. »Ein schönes Kind«, sagte sie dann. »Eure Gemahlin wird bald zu einer wunderschönen Frau heranwachsen, Uther. Ich glaube, ich kann meinen Sohn jetzt besser verstehen ... und euch auch, Sir Lancelot.«

»Was wollt Ihr?«, fragte Uther.

Das Lächeln in Morgaines Augen erlosch. Sie beantwortete Uthers Frage nicht, sondern wandte sich wieder zu Lancelot um.

»Ich kann nicht zulassen, dass du mir meine Gäste entführst«, sagte sie.

»Dann versucht mich daran zu hindern«, sagte Lancelot. Seine Hand senkte sich auf das Schwert, aber Morgaine zeigte sich wenig beeindruckt. Sie gab Mordred einen Wink und dieser hob seinen Bogen und legte beide Pfeile zugleich auf die Sehne.

»Du bist noch nicht so weit, mein Freund«, sagte sie in bedauerndem Tonfall. »Vielleicht verlange ich zu viel von dir. Ich werde dir Zeit geben, dich in Ruhe zu entscheiden.«

»Wie ... meint Ihr das?«, fragte Lancelot misstrauisch. Morgaine hob die Hand und Mordred spannte sofort seinen Bogen. »Du kannst gehen, Lancelot«, sagte sie. »Und ich mache dir zudem ein Geschenk. Du kannst einen von ihnen mitnehmen. Gwinneth oder Uther. Entscheide dich.«

»Niemals«, sagte Lancelot.

»Seid vernünftig, Lancelot«, sagte Uther leise. »Ihr kennt diese Frau nicht. Lasst mich hier und rettet Gwinneth.«

»Wie edel«, sagte Morgaine spöttisch. »Kein anderes Benehmen hätte ich von einem König erwartet.«

»Niemals!«, sagte Lancelot noch einmal. »Geht uns aus dem Weg oder ich töte euch beide.« Diesmal meinte er seine Worte bitterernst. Seine Hand schloss sich fester um den Schwertgriff, während er Mordred und den Bogen in seinen Händen aufmerksam musterte. Die beiden Pfeile auf der Sehne sahen schlichtweg albern aus und er fragte sich, was Mordred überhaupt vorhatte. Selbst wenn es ihm gelang, beide Pfeile zugleich abzuschießen, so konnte er doch nur auf ein Ziel feuern.

Aber auf welches?

»Du wirst dich entscheiden«, sagte Morgaine. »Jetzt!«

Mordred schoss. Die Sehne entspannte sich mit einem peitschenden Knall und die beiden Pfeile verwandelten sich in rasende Schatten. Lancelot warf sich mit einer verzweifelten Bewegung zur Seite und versuchte den Schild in die Höhe zu bekommen, aber er spürte selbst, dass er zu langsam war, viel zu langsam. Der Pfeil, der auf Gwinneth gezielt war, schrammte über die Oberkante seines Schildes, hämmerte mit grausamer Wucht gegen seine Rüstung und durchschlug sie, um sich tief in seine Schulter zu graben. Die schiere Wucht des Treffers schleuderte ihn rücklings aus dem Sattel, aber noch während er fiel und die Welt vor seinen Augen in rotem Schmerz versank, sah er etwas ganz und gar Unmögliches. Mordreds zweiter Pfeil hatte sein eigentliches Ziel getroffen. Uther sank mit einem seufzenden Laut nach vorne, brach über dem Hals seines Pferdes zusammen und fiel seitwärts zu Boden.

Der Aufprall raubte Lancelot beinahe das Bewusstsein. Rote Nebel wallten vor seinen Augen. Wie aus großer Entfernung hörte er Gwinneth schreien, aber er war unfähig, darauf zu reagieren. Der Schmerz in seiner Schulter war unbeschreiblich. Dünne Linien aus purer Qual schienen von der Wunde auszugehen und sich tiefer und immer tiefer in seinen Körper hineinzufressen. Trotzdem wurde ihm klar, dass der Pfeil vergiftet gewesen sein musste. Die Zauberrüstung hatte ihn nicht geschützt.

Ein Gesicht erschien in den wirbelnden roten Schwaden vor seinen Augen. Jemand berührte ihn an der Schulter und der grausame Schmerz sank zu einem Brennen herab und erlosch dann ganz.

»Ich sagte dir doch, dass du dich entscheiden wirst«, sagte Morgaine ruhig. Sie kniete neben ihm nieder, drückte ihn mit der linken Hand zu Boden und schloss die rechte um den Pfeil, der aus seiner Schulter ragte. Der Schmerz kam zurück, doppelt so schlimm wie zuvor, und Lancelot schrie gellend auf, als Morgaine den Pfeil mit einem Ruck aus seiner Schulter riss.

»Ich schenke dir damit das Leben, mein Freund«, sagte sie ernst. »Aber das ist ein einmaliges Geschenk. Ginge es nach Mordred, so würde ich dir auf der Stelle die Kehle durchschneiden. Aber ich habe andere Pläne mit dir.« Sie

stand auf, brach den Pfeil in der Mitte durch und ließ die Stücke zu Boden fallen.
»Noch einmal werde ich dich nicht verschonen, wenn du dich mir in den Weg stellst«, sagte sie. »Für heute magst du gehen, aber du musst dich entscheiden, auf welcher Seite du stehst.«
Lancelot wollte antworten, aber bevor er noch dazu kam, schlug der Schmerz wie eine lodernde Woge über ihm zusammen und er verlor das Bewusstsein.

Seine Schulter fühlte sich taub an und eine kühle Hand lag auf seiner Stirn, als er erwachte. Jemand hatte ihm den Helm abgenommen.
Lancelot öffnete die Augen und das Erste, was er sah, war ein Paar wunderschöne Augen, die aus einem ebenmäßigen, sehr blassen Gesicht auf ihn herab blickten.
»Wie fühlt Ihr Euch?«, fragte Gwinneth. Ihre Stimme war sehr leise und von der gleichen, ehrlich empfundenen Sorge erfüllt, die er auch in ihren Augen las.
Ganz automatisch wollte er mit »gut« antworten, aber dann wurde ihm selbst klar, wie närrisch das gewesen wäre. Außerdem erwachte in seiner Schulter ein pochender Schmerz, der ihm nahezu die Tränen in die Augen trieb.
Statt zu antworten fragte er: »Uther?«
Gwinneths Gesicht umwölkte sich. »Er ... er ist tot«, sagte sie stockend. »Mordreds Pfeil hat ihn direkt ins Herz getroffen. Aber macht Euch keine Vorwürfe, Sir Lancelot. Es war nicht Eure Schuld. Ihr seid der tapferste Mann, den ich je getroffen habe, doch selbst die größte Tapferkeit muss gegen schwarze Magie versagen.«

Lancelot sah mit wachsender Verwirrung zu Gwinneth hoch. Wieso sprach sie so mit ihm? Als sie ihm den Helm abgenommen hatte, musste sie ihn doch erkannt haben! Spielte sie ein grausames Spiel mit ihm? Das konnte er sich nicht vorstellen. Nicht nach dem, was gerade geschehen war!
Sehr behutsam, damit der Schmerz in seiner Schulter nicht noch schlimmer wurde, richtete er sich auf und sah sich um. Uther lag wenige Meter neben ihm auf dem Rücken. Jemand – wahrscheinlich Gwinneth – hatte eine Satteldecke über sein Gesicht gelegt. Die beiden Pferde grasten friedlich nebeneinander, während das Einhorn ein gutes Stück entfernt dastand und aufmerksam in ihre Richtung sah. Von Morgaine le Faye und Mordred war nichts mehr zu sehen.
»Sie sind fort«, sagte Gwinneth. Sie hatte seinen Blick bemerkt und richtig gedeutet. Sie zögerte. »Sie ... hat noch etwas zu mir gesagt, bevor sie ging.«
»Und was?«, fragte Lancelot, als sie nicht sofort weitersprach.
Er konnte Gwinneth ansehen, wie schwer es ihr fiel, seine Frage zu beantworten. »Ich soll Euch etwas ausrichten. Sie sagt, Ihr ... Ihr sollt Eurem Herzen folgen. Dann würdet Ihr schon den Weg auf die richtige Seite finden.«
Lancelot dachte einen Moment über diese Worte nach, aber sie ergaben einfach keinen Sinn. Nicht, wenn sie aus Morgaines Mund kamen.
Mit einiger Mühe stand er auf, hob den Schild auf, den er fallen gelassen hatte, und winkte das Einhorn herbei. Er konnte hören, wie sich Gwinneth hinter ihm bewegte, und gewann noch einige Sekunden damit, den Schild um-

ständlich und mit nur einer Hand am Sattelgurt zu befestigen. Er verstand immer noch nicht, warum Gwinneth so tat, als ob sie ihn noch nie gesehen hätte. Konnte es an der Rüstung liegen, die er trug? Natürlich hatte sie ihn erkannt, aber vielleicht glaubte sie ja umgekehrt, dass er sich mit ihr ein Spiel erlaubt hatte, als sie sich in Camelot begegnet waren.

Er würde der Sache ein Ende bereiten, jetzt gleich. Er drehte sich mit einem Ruck herum und verzog das Gesicht, als seine Schulter mit einer kleinen Schmerzexplosion auf die unvorsichtige Bewegung reagierte.

»Gwinneth«, sagte er. »Ich muss Euch etwas erklären.«

Gwinneth sah ihn erwartungsvoll an. »Ja?«

»In Camelot«, begann er. »Als wir uns dort getroffen haben, da wusste ich noch nicht –«

Er brach ab, als er den Ausdruck völliger Verständnislosigkeit sah, der sich auf Gwinneths Gesicht ausbreitete.

»In ... Camelot?«, wiederholte sie zögernd. »Ihr ... Ihr meint in diesem Gasthaus? Dem *Schwarzen Eber.*«

Diesmal war es Lancelot, der mit der Antwort zögerte. Der Ausdruck auf Gwinneths Gesicht war nicht gespielt. Sie erkannte ihn tatsächlich nicht!

»Schon gut«, sagte er verwirrt. »Verzeiht. Ich bin ... ein wenig durcheinander.« Er deutete auf den toten Uther. »Es tut mir Leid, aber wir haben wenig Zeit. Dass Morgaine gegangen ist, bedeutet nicht, dass die Pikten nicht wiederkommen. Könnt Ihr mir helfen, ihn auf das Pferd zu heben?«

Er deutete auf seine verletzte Schulter und Gwinneth nickte. Mit vereinten Kräften hoben sie den Leichnam des töten Königs auf sein Pferd, dann stiegen sie selbst auf und ritten in südlicher Richtung los.

Für eine lange Zeit sprach keiner von ihnen ein Wort. Lancelot maß Gwinneth dann und wann mit einem verstohlenen Blick. Die meiste Zeit starrte sie mit leeren Augen vor sich hin, aber manchmal strich ihre Hand fast zärtlich über den Hals des Pferdes, auf dem ihr toter Ehemann lag, und er sah Tränen in ihren Augen schimmern. Auch wenn sie nicht »wie Mann und Frau« zusammengelebt hatten, wie sie ihm in Camelot erzählt hatte, so musste sie ihn doch geliebt haben.

Auch Lancelot schmerzte Uthers Tod. Er hatte ihn kaum gekannt, aber selbst die wenigen Sätze, die sie miteinander gewechselt hatten, hatten ihn erkennen lassen, dass Uther ein aufrechter Mann gewesen war; etwas, was für sehr wenige Männer galt, die er kennen gelernt hatte. Sein Tod erschien ihm so sinnlos. Mordred hatte keinen Grund gehabt, ihn umzubringen.

»Es tut mir so Leid, Mylady«, sagte er leise. »Ich kannte Uther nicht, aber nach allem, was ich über ihn gehört habe, war er ein guter Mann.«

»Das war er«, bestätigte Gwinneth. »Und ich habe ihm den Tod gebracht.«

Lancelot sah überrascht auf. »Ihr? Wie meint Ihr das?«

»Wie ich es sagte«, antwortete Gwinneth. Tränen liefen über ihre Wangen, aber ihr Gesicht blieb starr und in ihrer Stimme war eine furchtbare Leere. »Auf mir lastet ein Fluch. Ich bringe allen den Tod, denen ich begegne. Ihr solltet Euch also besser von mir fern halten, Ritter Lancelot.«

»Was für ein Unsinn«, widersprach Lancelot heftig.

»Es ist kein Unsinn.« Gwinneths Tränen begannen heftiger zu fließen, aber ihr Gesicht war nach wie vor wie aus

Stein gemeißelt. »Zuerst war es mein Vater. Er hat sein Reich verloren, seine Burg und am Schluss sein Leben. Und nun Uther. Zuerst hat ihm Mordred sein Land genommen, dann seine Burg und jetzt das Leben.«
»Ich habe kein Land, das ich verlieren könnte«, sagte Lancelot. »Nicht einmal eine Burg.«
»Aber ein Leben.« Gwinneth lachte bitter. »Vielleicht sollte ich Uther folgen, um nicht noch mehr unschuldigen Menschen den Tod zu bringen.«
»Redet nicht so!«, sagte Lancelot scharf. »Das gestatte ich nicht! So etwas ist Gotteslästerung!«
Zu seiner Überraschung wandte sich Gwinneth im Sattel um und lächelte, das allerdings auf eine Weise, die ihm das Herz zusammenzog. »Gotteslästerung ...« Sie nickte nachdenklich. »Seid Ihr ein Christ, Sir Lancelot?«
»Warum fragt Ihr das?«, fragte Lancelot ausweichend.
»Wir reiten nach Camelot«, antwortete Gwinneth. »Artus hat schon vor langer Zeit das Kreuz der Christenheit auf sein Banner geschrieben, aber ich sehe die Symbole der alten Götter auf Eurem Schild.«
Lancelot wurde hellhörig. »Und?«, fragte er.
»Artus hat kein Problem damit«, sagte Gwinneth. »Uther hat mir erzählt, dass er zwar zur heiligen Kommunion gegangen ist, den Glauben an die alten Götter aber trotzdem noch nicht ganz abgelegt hat. Viele seiner Ritter sind jedoch nicht so tolerant wie er.« Sie maß seine Rüstung mit einem abschätzenden Blick. »Ihr könnt Eure Rüstung nicht verbergen, aber es wäre vielleicht besser, wenn Ihr Euch bei Gesprächen über den Glauben ... ein wenig zurückhieltet.«
Lancelot verstand, was sie meinte. *Nicht so tolerant* war

noch sehr zurückhaltend ausgedrückt. Etliche von Artus' Rittern – allen voran Sir Lioness, so freundlich er sonst auch sein mochte – waren regelrechte religiöse Fanatiker.
»Auch ich glaube noch an die alten Götter«, sagte Gwinneth plötzlich.
»Ihr?«, wunderte sich Lancelot. »Aber Uther –«
»Uther«, fiel ihm Gwinneth sanft ins Wort, »war ein sehr kluger Mann, der die Zeichen der Zeit stets richtig zu deuten gewusst hat. Die Christenheit wird dieses Land zur Gänze erobern. Er hat sich einer Kraft gebeugt, der er auf Dauer nicht widerstehen konnte, statt an ihr zu zerbrechen. Mag das Christentum ruhig seine Symbole auf den Dächern unserer Häuser errichten. Unsere Herzen wird es nicht erobern ... und wie ist es mit Euch?«
Lancelot hatte niemals wirklich über diese Fragen nachgedacht. Er konnte sie nicht beantworten. Aber Gwinneths Worte berührten ihn seltsam, so als wäre da doch etwas tief in ihm, das sich sehr wohl seine Meinung gebildet hatte, wenn auch, ohne dass er sich dessen bewusst gewesen wäre. Er schwieg verwirrt.
»Ihr wollt nicht darüber sprechen«, sagte Gwinneth ein wenig enttäuscht. »Ich verstehe. Vielleicht ist es auch das Klügste.«
»Wenn es sich mit Artus und seinen Rittern wirklich so verhält, wie Ihr sagt, Mylady«, sagte Lancelot, »dann wäre es vielleicht besser, wenn auch Ihr Eure wahre Überzeugung für Euch behieltet.«
»Niemand wird mir etwas tun«, antwortete Gwinneth überzeugt. »Ich bin bei Artus so sicher, wie ich nur sein kann.« Sie lachte. »Und hört auf, mich *Mylady* zu nennen. Dabei komme ich mir vor wie eine alte Frau!«

»Nur, wenn Ihr aufhört, mich *Ritter* und *Sir* zu nennen«, antwortete Lancelot.

»Lancelot?«, schlug Gwinneth vor.

»Gwinneth«, bestätigte Lancelot lachend.

Auch Gwinneth stimmte in dieses Lachen ein, und obwohl es den tiefen Kummer nicht vertreiben konnte, der sie gefangen hielt, war es doch ein sehr befreiendes Lachen, das dem Sonnenlicht wieder ein wenig von seinem Glanz zurückzugeben schien. In dem Meer aus Schmerz, in dem sie zu ertrinken gedroht hatten, war dieses einfache Lachen ein Hoffnungsschimmer und somit Ausdruck jener stillen Kraft, die Menschen schon immer dazu befähigt hatte, das schier Unmögliche zu vollbringen.

»Ihr kennt Artus?«, nahm Gwinneth an.

Lancelot verneinte. »Ich war noch nie auf Camelot«, log er.

»Er wird Euch gefallen.« Gwinneth sah ihn nachdenklich von der Seite an. »Ihr seid sicher, dass Ihr noch nie in Camelot gewesen seid? Ich meine ... irgendwie habe ich das Gefühl, dass wir uns kennen müssten.«

Lancelots Herz machte einen erschrockenen Sprung und er hoffte, dass man seinem Gesicht seine wahren Gefühle nicht zu deutlich ansah. »Ihr müsst Euch täuschen, Gwinneth«, sagte er. »Eine so wunderschöne Frau wie Euch würde ich doch nicht vergessen. Kein Mann, in dessen Brust ein Herz aus Fleisch und Blut schlägt, könnte das.«

Gwinneth errötete leicht. »Ihr schmeichelt mir, Lancelot. Es ist, wie ich es sagte: Artus wird Euch gefallen. Ihr seid euch sehr ähnlich. Er ist natürlich älter als Ihr und erfahrener in höfischen Umgangsformen –«

»Oh«, machte Lancelot. »Damit wollt Ihr mir sagen, dass ich ein ungehobelter Klotz bin, nehme ich an.«
Gwinneth lachte. »Gewiss nicht. Hört auf mich zu verspotten, Lancelot. Artus ist im gleichen Maße Politiker, wie er Ritter ist. Dafür seid Ihr der bessere Kämpfer.«
»Ich habe gehört, dass auch Artus ein gefürchteter Schwertkämpfer sein soll«, antwortete Lancelot.
»Das stimmt«, bestätigte Gwinneth, schüttelte aber trotzdem den Kopf. »Doch so etwas ... hätte man es mir erzählt, hätte ich es nicht geglaubt. Selbst jetzt fällt es mir schwer, es zu glauben, obwohl ich es doch mit eigenen Augen gesehen habe. Zwölf Männer! Ihr habt ganz allein *zwölf* Männer besiegt!«
Lancelot antwortete nicht gleich. Das Gespräch begann sich in eine Richtung zu bewegen, die ihm unangenehm war. »Es ... es waren nur elf«, antwortete er.
»Den Letzten habt Ihr entkommen lassen, ich weiß«, sagte Gwinneth. »Ich bin froh, dass Ihr ihn nicht verfolgt habt, um auch ihn noch zu töten. Artus hätte das nicht getan.«
»Ist er so grausam?«, fragte Lancelot.
»Manchmal ja, glaube ich«, antwortete Gwinneth. »Ich kenne ihn nicht gut genug, um mir ein Urteil über ihn erlauben zu können. Aber Uther hat mir oft von ihm erzählt.«
»Sie waren gute Freunde, nicht wahr?«, fragte Lancelot leise.
»Gute Freunde?« Gwinneth runzelte die Stirn, sah ihn einen Moment lang nachdenklich an und sagte dann noch einmal. »Gute Freunde?« Sie schüttelte den Kopf. »Ihr wusstet es nicht?«
»Was?«, fragte Lancelot verwirrt.

»Uther und Artus«, antwortete Gwinneth. »Ich dachte, Ihr wüsstet es. Uther Pendragon war Artus' Vater.«

Sie waren mehrere Stunden in südlicher Richtung geritten und hatten nur zwei kurze Pausen eingelegt, um Gwinneths Pferd eine Rast zu gönnen. Lancelots Einhorn schien keine Erschöpfung zu kennen und auch Gwinneth selbst hielt sich erstaunlich gut, wenn man bedachte, dass sie seit mittlerweile guten zwanzig Stunden im Sattel sitzen musste, ohne auch nur eine Sekunde Schlaf gefunden zu haben. Ihr und Uthers Pferd jedoch waren dem Zusammenbruch nahe.

Und auch Lancelot selbst fühlte sich schlecht. Seine Schulter pochte, nicht unerträglich, aber stetig, und im Laufe des Vormittags bekam er Fieber. Er war jetzt sicher, dass der Pfeil, den Mordred auf ihn abgeschossen hatte, vergiftet gewesen war. Ohne die Zauberrüstung wäre er vermutlich schon längst tot, doch auch so konnte er spüren, dass tief in ihm ein verbissener Kampf tobte. Ein Kampf, über dessen Ausgang er sich lange Zeit nicht so sicher war, wie er sich einzureden versuchte.

Dazu kam, dass ihm Gwinneths Worte einfach nicht aus dem Sinn gingen. Uther war Artus' Vater gewesen? Es fiel ihm schwer, das zu glauben. Nicht, dass er etwa annahm, Gwinneth würde ihn belügen. Aber er hatte gehört, wie Uther über Artus gesprochen hatte und wie Artus *mit* Uther gesprochen hatte. Es hatte sich nicht angehört wie ein Gespräch zwischen Vater und Sohn; allenfalls wie ein Gespräch zwischen alten Freunden, zwischen denen vor langer Zeit etwas vorgefallen sein musste, das ihre Freund-

schaft zerstörte, ohne dass beide es sich bis zu diesem Moment eingestanden hatten.
Er fragte sich, ob Mordred gewusst hatte, wer Uther in Wahrheit war. Wenn, dann wäre seine Tat noch verruchter, als sie es ohnehin schon gewesen war, denn dann hätte Mordred wissentlich sein eigenes Blut vergossen: das seines Großvaters.
Kaum hatte er diesen Gedanken gedacht, da wurde ihm klar, wie lächerlich er war. Mordred hatte keine Hemmungen, das Blut seines *Vaters* zu vergießen – wieso also sollte er auch nur eine Sekunde zögern, dasselbe mit seinem Großvater zu tun?
Die Sonne war mittlerweile in den Zenit hinaufgestiegen und es war warm geworden. Obwohl sich der Nebel längst aufgelöst hatte, lag etwas wie ein unsichtbarer klammer Hauch über dem Land. Ihr Weg führte sie zwischen kleinen, aber zahlreichen Waldstücken und ausgedehnten Sumpfgebieten hindurch. Der Pflanzenwuchs war zum Großteil niedrig und die wenigen Büsche kahl und geduckt. Aus den Augenwinkeln betrachtet wirkten sie manchmal wie hingekauerte düstere Gestalten. Aus den Wäldern krochen Schatten und die gleiche Art von unheimlicher Stille, die er schon am Morgen bemerkt hatte, lag über allem.
Als hätte sie seine Gedanken gelesen, sagte Gwinneth: »Ein seltsames Land, nicht wahr?« Sie machte eine ausholende Geste mit der linken Hand. »Die Menschen erzählen sich düstere Geschichten darüber und meiden es. Mir gefällt es.«
Lancelot sah sie überrascht an und Gwinneth fuhr mit einem bekräftigenden Kopfnicken fort: »Ich mag es, weil es

so wild und unberührt ist. Ich könnte mir vorstellen, dass es früher überall so ausgesehen hat. Bevor es Menschen gab, meine ich.«

»Zu Zeiten des Alten Volkes?«

Gwinneth hob die Schultern. »Vielleicht noch früher. Alles hier ist so ... friedlich. Nennt mich verrückt, aber manchmal habe ich das Gefühl, hierher zu gehören und nicht nach Camelot oder in irgendeine andere Stadt.«

Verrückt? O nein, das kam ihm nicht verrückt vor, ganz und gar nicht. Eher schon unheimlich, denn das, was sie sagte, war fast wortwörtlich das, was er selbst an diesem Morgen gedacht hatte, in einem anderen, aber ähnlichen Teil dieses Landes.

»Wollt Ihr denn in Camelot bleiben?«, fragte er.

»Artus hat Uther versprochen, sich um mich zu kümmern, sollte ihm etwas zustoßen«, antwortete Gwinneth.

»Ja, aber ist es auch das, was Ihr wollt?«, fragte Lancelot geradeheraus.

Gwinneth zögerte gerade lange genug, um nicht mehr ganz so glaubhaft zu klingen, wie sie es wohl beabsichtigt hatte. »Ja«, sagte sie.

»Ja?«

»Welche Wahl habe ich schon?«, fragte Gwinneth. »Ich kann nirgendwohin. Das Schloss meiner Eltern ist zerstört und über Uthers Palast herrschen nun die Pikten.« Sie lachte bitter. »Ich mag eine Königin sein, aber ich bin trotzdem heimatlos und arm wie eine Bettlerin. Ich besitze nur noch das, was ich auf dem Leib trage.«

»So geht es mir auch«, sagte Lancelot.

»Ihr seid eine heimat- und mittellose Königin?«, fragte Gwinneth. In ihren Augen glitzerte es spöttisch.

»Nein«, lächelte Lancelot. »Aber auch ich besitze nicht mehr als das, was ich bei mir habe. Ich brauche nicht mehr. Weltlicher Besitz belastet nur. Eine Schatztruhe oder gar ein Haus lassen sich schlecht mitnehmen, wenn man auf Reisen geht.«
»Und Ihr seid viel auf Reisen«, vermutete Gwinneth. Lancelot schwieg.
»Ihr wollt nicht darüber reden«, sagte Gwinneth. »Damit werdet Ihr bei Artus nicht durchkommen. Er wird Euch so lange bedrängen, bis Ihr von Euren Abenteuern erzählt.«
»Ich ... werde Euch nicht nach Camelot begleiten«, sagte Lancelot zögernd.
Gwinneth wandte erschrocken den Kopf. »Nicht?«
»Keine Sorge«, sagte Lancelot rasch. »Ich begleite Euch, bis Ihr in Sicherheit seid. Aber es ist besser, wenn ich Camelot nicht betrete.«
»Warum? Ich dachte, Ihr kennt Artus gar nicht.«
»Es hat nichts mit Artus zu tun«, antwortete Lancelot. »Ich habe meine Gründe. Bitte respektiert das.«
»Natürlich«, antwortete Gwinneth. Sie klang traurig und enttäuscht. »Es ist nur ... ich dachte, dass ...«
»Es ist besser so, glaubt mir«, unterbrach sie Lancelot. »Camelot ist nicht der richtige Ort für mich.«
»Ihr kennt es doch gar nicht.«
»Das muss ich auch nicht«, antwortete Lancelot. Camelot? Es war vollkommen unmöglich, dass er nach Camelot ging oder gar Artus unter die Augen trat. Nicht in dieser Rüstung. »Es ist sicher eine prachtvolle Stadt, aber ich bleibe niemals lange an einem Ort.«
»Auch nicht ...« Gwinneth brach ab und wusste für einen Moment nicht wohin mit ihrem Blick. Statt den Satz zu

Ende zu führen, flüchtete sie sich in ein halb verlegenes, halb enttäuschtes Lächeln. Lancelot wusste, was sie hatte sagen wollen, und dieses Wissen grub sich wie ein glühender Dolch in sein Herz.

»Ihr wollt Artus also nicht sehen«, sagte Gwinneth nach einer Weile.

»Es ist besser so«, bestätigte Lancelot.

Gwinneth hob die Schultern. »In diesem Fall solltet Ihr Euch wohl besser beeilen. Wenn ich mich nicht sehr täusche, dann ist er das dort vorne nämlich.«

Lancelot sah erschrocken hoch. Während sie geredet hatten, hatte er nicht auf den Weg geachtet und auch nicht auf ihre Umgebung. So war ihm auch das gute Dutzend Ritter entgangen, das vor ihnen aufgetaucht war. Es waren prachtvolle, schwer gepanzerte Ritter auf gewaltigen Schlachtrössern, über deren Köpfen das Banner Camelots wehte. Artus selbst ritt an ihrer Spitze.

Lancelot hielt das Einhorn mit einem harten Ruck am Zaumzeug an und fuhr im Sattel herum. Auch hinter ihnen waren Ritter erschienen, und als er nach rechts und links blickte, da erkannte er ohne große Überraschung auch dort eine Anzahl in Silber und Gold gepanzerter Gestalten. Sie waren umzingelt. Im ersten Moment verstand er dieses Manöver nicht, ja, es machte ihn regelrecht zornig. Doch dann begriff er, dass der König in Wahrheit höchst umsichtig gehandelt hatte. Gwinneth und Uther waren mit Gewalt aus Camelot verschleppt worden und alles, was der König jetzt sah, waren ein einzelner fremder Ritter, Gwinneth selbst und ein drittes Pferd, über dessen Rücken offensichtlich ein Toter gelegt war. Artus hatte nur ein gesundes Maß an Vorsicht walten lassen.

»Jetzt werdet Ihr Artus wohl einige von Euren Geschichten erzählen müssen, ob Ihr es wollt oder nicht«, sagte Gwinneth. Sie klang nicht besonders unglücklich, fand Lancelot. »Wenn Ihr keine wisst, die Ihr erzählen wollt, dann könnt Ihr Euch ja welche ausdenken. Keine Sorge, ich werde Euch bestimmt nicht verraten.«
»Ich fürchte, das wird nicht gehen, Gwinneth«, antwortete Lancelot bedauernd. »Ich muss mich nun von Euch verabschieden. Artus wird Euch den Rest des Weges sicher zurück nach Camelot begleiten.«
»Aber –«, begann Gwinneth.
Lancelot hob die Hand, schloss das Helmvisier und zwang das Einhorn herum. Der Einkesselungsring der Tafelritter war mittlerweile fast geschlossen. Zur Linken gab es noch eine schmale Lücke. Mit einem normalen Pferd hätte er keine Chance gehabt, sie zu erreichen, bevor sie sich schloss, aber mit dem Einhorn gelang es ihm.

Es war Dulac, der lange nach Einbruch der Dunkelheit wieder zurück nach Camelot kam, nicht mehr Lancelot, und in den Stunden, die seit seinem Abschied von Gwinneth vergangen waren, war ihm eines klar geworden: Er würde die verzauberte silberne Rüstung nie wieder anlegen.
Es musste auf Mitternacht zugehen. Die meisten Häuser in Camelot waren dunkel, aber hier und da brannte doch Licht und manchmal hörte er Stimmen oder ein gedämpftes Hämmern und Werken. Die Bewohner der Stadt versuchten ihre beschädigten Häuser notdürftig zu reparieren. Die Burg selbst war taghell erleuchtet und selbst über die gesamte Länge der Stadt hinweg deutlich zu sehen.

Sein Ziel war jedoch nicht die Burg. Er war den ganzen Tag über geritten ohne ein einziges Mal anzuhalten. In dem gleichen Waldstück, in dem er auf das Einhorn gestoßen war, war er wieder aus dem Sattel gestiegen und hatte sich anschließend der Rüstung entledigt, um sie unter einem dichten Dornengestrüpp zu verbergen. Als er sich wieder aufgerichtet hatte, war das Einhorn verschwunden gewesen, aber das hatte er eher mit Erleichterung zur Kenntnis genommen statt mit Bedauern. Wie bei der Rüstung selbst hatte sich auch in die Faszination, die das gepanzerte Pferd auf ihn ausübte, schon längst Unbehagen und mehr als nur eine Spur von Furcht gemischt. Heute Morgen hatte er sich noch gefragt, ob er vielleicht einen Preis für die geliehene Kraft und Unverwundbarkeit zahlen musste. Nun kannte er die Antwort. Es gab einen Preis und er war höher, als er befürchtet hatte. Vielleicht sogar höher, als ihm in diesem Moment schon klar war. Er hatte Menschen getötet. Nicht nur einen, sondern zahlreiche Männer, mehr als ein Dutzend, so mühelos und ohne zu zögern, als hätte er ein Feuer ausgetreten. Zwar versuchte er sich damit zu trösten, dass er es hatte tun müssen um Gwinneth zu retten, aber obgleich das durchaus der Wahrheit entsprach, vermochte es sein nagendes schlechtes Gewissen nicht zu besänftigen. Er hatte Menschen getötet. Es spielte keine Rolle, wie viele und aus welchem Grund. An seinen Händen klebte Blut, das allein zählte. Er würde diese verfluchte Rüstung nie wieder anlegen, ganz egal, was geschehen mochte.

Statt Camelot anzusteuern ging er zu Tanders Gasthaus. Er erreichte es buchstäblich mit letzter Kraft. Nachdem er die Rüstung abgelegt hatte, hatte sein Körper begonnen nachhaltig sein Recht zu fordern. Die wenigen Dutzend Schritte zum Tor hatten ihn mehr Kraft gekostet als die zahllosen Meilen, die er davor zurückgelegt hatte, und dazu kam, dass seine Schulter immer heftiger schmerzte. Die Wunde war wieder aufgebrochen und blutete und jeder Schritt schien ihn mehr Kraft zu kosten als der vorhergehende. Er hätte Camelot vermutlich nicht einmal mehr erreicht, wenn er es gewollt hätte.

Mit letzter Kraft langte er beim Gasthaus an und taumelte zur Scheune. Das Haus war dunkel. Nicht der geringste Laut drang heraus. Tander und seine Söhne mussten längst schlafen. Dulac schleppte sich zur Scheune, stemmte sich mit der unverletzten Schulter gegen das Tor und bekam es mit einiger Mühe auf.

Ein schwarzes Fellbündel schoss ihm entgegen, kläffte schrill und begann schwanzwedelnd an ihm hochzuspringen.

»Nicht so laut, Wolf«, murmelte Dulac. »Du weckst ja noch alle auf.«

Wolf kläffte nur noch lauter und gebärdete sich wie toll. Er würde keine Ruhe geben, bis er seinen Willen hatte, und vorher vermutlich die halbe Stadt aufwecken. Dulac ließ sich mit einem resignierenden Seufzer in die Hocke sinken und streckte die Hände aus. Der kleine Hund kam schwanzwedelnd näher und setzte dazu an, ihm die Finger abzulecken, wie er es fast immer tat um ihn zu begrüßen, stockte dann aber mitten in der Bewegung und hörte auf mit dem Schwanz zu wedeln. Er knurrte. Als Dulac die Hand nach ihm ausstreckte, wich er einen Schritt zurück und fletschte drohend die Zähne.

»Was ist denn in dich gefahren?«, fragte Dulac. »Wolf, was ist los?«
Er streckte den Arm noch weiter aus. Wolf knurrte, wich noch ein winziges Stück zurück – und schnappte nach seiner Hand.
»Wolf!«, keuchte Dulac erschrocken. »Bist du verrückt geworden?«
Der Hund knurrte drohend und wirbelte dann herum, um wie von Furien gehetzt davonzurasen. Dulac blickte fassungslos in die Richtung, in der der Hund verschwunden war, und dann auf seine rechte Hand. Wolfs Zähne hatten zwei winzige, nadelstichgroße Wunden in seinem Handrücken hinterlassen. Zwar hatte er sich beim Herumbalgen mit dem Hund schon öfter die eine oder andere Schramme zugezogen, aber Wolf hatte ihn noch niemals absichtlich gebissen.
Er war zu müde, um sich weiter den Kopf über das sonderbare Verhalten des Hundes zu zerbrechen. Ohne sich auch nur noch einmal aufgerichtet zu haben, kroch er auf den nächsten Strohhaufen, rollte sich zusammen und schloss die Augen.
Er hatte es kaum getan, da wurde die Tür aufgestoßen und Tander und sein älterer Sohn kamen herein. Tander trug eine flackernde Kerze in der rechten Hand und Wander hatte sich mit einem gewaltigen Knüppel bewaffnet.
Dulac hob den Kopf aus dem Stroh und blinzelte ihnen entgegen. »Was ist los?«, murmelte er.
Wander atmete erleichtert auf, als er ihn erkannte, aber Tanders Gesicht verdüsterte sich noch weiter. »Ach nein«, sagte er hämisch. »Geruht der Herr auch einmal wieder nach Hause zu kommen? Ich hoffe, du hast dich gut er-

holt, während wir uns hier halb zu Tode geschuftet haben.«

Dulac ließ den Kopf wieder auf das Stroh sinken und schloss die Augen. Er war viel zu müde, um mit Tander zu streiten oder ihm auch nur zu antworten. Seit er die magische Rüstung ausgezogen hatte, nahmen seine Kräfte immer mehr ab. Er wollte nur noch schlafen.

Tander war jedoch nicht gewillt, es dabei bewenden zu lassen. Er kam mit zwei, drei raschen Schritten näher und riss Dulac an der verletzten Schulter herum. »Ich werde dich lehren, hier –«

Dulac schrie vor Schmerz auf und Tander prallte überrascht um einen halben Schritt zurück und starrte seine rechte Hand an. An seinen Fingern klebte Blut.

Sein Sohn erfasste die Lage schneller als er. »Du bist ja verletzt!«, sagte er erschrocken. Er ließ sich neben Dulac auf ein Knie herabsinken, zog dessen blutgetränktes Hemd auseinander und ließ einen erschrockenen Laut hören.

»Das sieht schlimm aus«, sagte er. »Was ist passiert?«

»Die Pikten«, antwortete Dulac. Er hatte sich die Geschichte auf dem Weg hierher zurechtgelegt. Sie war sehr simpel, kam ihm aber gerade deshalb sehr überzeugend vor. »Ich bin aus dem Tor gelaufen und nach Norden.«

»Um dieses Malagon zu suchen«, sagte Tander hämisch. »Hast du es gefunden?«

Dulac ignorierte die Frage. »Im Wald habe ich angehalten um mich zu orientieren. Es waren zwei. Sie waren im Gebüsch versteckt. Als ich sie gesehen habe, bin ich weggelaufen. Ich war schneller als sie, aber als sie merkten, dass sie mich nicht einholen konnten, haben sie auf mich geschossen.«

»Blödsinn!«, sagte Tander. »Wahrscheinlich hat er sich diese Verletzung aus lauter Ungeschick selbst zugefügt und jetzt erzählt er diese verrückte Geschichte um unser Mitleid zu erheischen.«
»Diese Verletzung stammt von einem Pfeil«, widersprach Wander. Er legte die flache Hand auf Dulacs Stirn. »Er hat Fieber. Wir müssen ihn ins Bett bringen und ihm kalte Wadenwickel anlegen. Und er braucht eine warme Suppe.«
»Das ist nicht nötig«, widersprach Dulac. »Lasst mich einfach schlafen. Morgen früh geht es mir bestimmt schon wieder besser.«
»Kommt nicht in Frage.« Wander machte eine entsprechende Geste. »Kannst du allein gehen?«
Dulac war ganz und gar nicht sicher, dass er es konnte, aber er nickte trotzdem und stützte sich schwer auf Wanders ausgestreckte Hand um in die Höhe zu kommen. Seine Knie zitterten. Ohne Wanders Hilfe hätte er es wohl kaum bis zum Haus geschafft.
Drinnen war es warm und behaglich. Im Herd musste noch vor kurzem ein Feuer gebrannt haben, denn Wander brauchte nur wenige Augenblicke, um mit einer Schale voll lauwarmer Suppe zurückzukommen, die er vor ihm auf den Tisch stellte. Sein Vater sah ihm die ganze Zeit über missmutig zu. Er rührte keinen Finger um ihm zu helfen, beschwerte sich aber auch nicht darüber, dass Dulac eine Schale Suppe bekam ohne dafür zu arbeiten, was für ihn schon eine überraschende Großzügigkeit darstellte.
Dulac war unendlich müde. Er wollte nichts anderes als sich auf der harten Küchenbank auszustrecken. Aber der

Geruch der warmen Suppe weckte auch seinen Hunger. Er hatte mehr als einen Tag nichts gegessen und sein Magen knurrte hörbar, als er mit zitternden Fingern nach dem groben Holzlöffel griff.

»Ich hole Verbandzeug«, sagte Wander. »Iss in Ruhe deine Suppe.«

»Die Pikten«, erkundigte sich Tander, während sein Sohn aufstand. »Was haben sie getan, nachdem sie dich niedergeschossen hatten?«

»Das weiß ich nicht«, antwortete Dulac. »Sie haben wohl gedacht, dass ich tot bin. Ich nehme an, sie sind fort.«

»Ich hoffe, sie sind tot«, grollte Tander. »Verdammte Hunde! Es müssen Nachzügler gewesen sein, die wohl auf jemanden gewartet haben, den sie überfallen und ausrauben können! Aber sie werden dafür bezahlen. Wenn Artus zurück ist, dann werden wir ein Heer aufstellen und ihnen einen Gegenbesuch abstatten. Sie sollen spüren, was es heißt, Krieg in die Mauern einer friedlichen Stadt zu tragen.«

»Artus ist nicht da?«, fragte Dulac harmlos.

Tander schüttelte heftig den Kopf. »Er ist mit all seinen Rittern losgezogen, um Uther und Lady Gwinneth zu befreien, dieser Narr!«

»Artus ist kein Narr«, widersprach Dulac heftig. »Ich hätte dasselbe getan.«

»Was nur zeigt, dass du ein ebensolcher Dummkopf bist«, sagte Tander grimmig. »Was, wenn die Barbaren zurückgekommen wären? Camelot war wehrlos. Sie hätten uns alle töten können.«

Dulac hätte ihm gerne abermals widersprochen, aber er konnte es nicht. Das Schlimme war, dass Tander vollkommen Recht hatte. Es war unverantwortlich von Artus gewesen, Camelot schutzlos zurückzulassen, nur um zwei Menschenleben zu retten. Selbstverständlich hätte Dulac an seiner Stelle dasselbe getan, ging es doch um Gwinneth und ihren Gatten, aber er verstand Tanders Unmut trotzdem. Jemand wie er war Herr seines Lebens und konnte frei entscheiden, was er damit tat und für wen er es aufs Spiel setzte, aber das galt nicht für Artus. Mit der Krone hatte er auch die Verantwortung für dieses Land und das Leben jedes einzelnen seiner Bewohner übernommen.

Wander kam zurück, balancierte eine Schale Wasser, ein kleines Tongefäß und ein nicht allzu sauberes Tuch auf den Armen und setzte alles vor ihm auf dem Tisch ab. Er geduldete sich, bis Dulac seine Suppe ausgelöffelt hatte, dann forderte er ihn auf das Hemd auszuziehen und begann mit geschickten Bewegungen seine Wunde zu säubern und anschließend zu verbinden. Es tat ziemlich weh, aber Dulac ertrug die Prozedur mit zusammengebissenen Zähnen. Er war froh, dass sich jemand um ihn kümmerte, allerdings auch ziemlich erstaunt, dass es ausgerechnet Wander war. Tanders Sohn und er waren alles andere als gute Freunde.

»Was hast du mit dem König zu schaffen?«, fragte Tander nach einer Zeit.

»Wie?« Dulac begriff nicht einmal, was Tander meinte. Diese Frage war doch vollkommen sinnlos!

»Nachdem du gestern fort warst«, erklärte der Schankwirt, »war Artus hier, zusammen mit all seinen Rittern. Er hat nach dir gefragt.« Tander schnaubte. »Er war ziemlich aufgebracht. Du ziehst uns doch da nicht in irgendetwas hinein, Bursche?«

»Bestimmt nicht!«, versicherte Dulac hastig. »Er war wütend, sagt Ihr? Weshalb? Was hat er gesagt?«
»Er wollte wissen, wo du bist und wo du hinwillst«, antwortete Tander schulterzuckend.
»Und Ihr habt es ihm erzählt?« Seine Stimme verriet mehr von seinem Schrecken, als Dulac lieb war.
»Selbstverständlich habe ich es ihm erzählt«, antwortete Tander. »Was hast du denn geglaubt? Dass ich den König deinetwegen belüge?«
»Alles?«, vergewisserte sich Dulac. »Ich meine: auch ... auch von Malagon und ...«
»Hast du denn sonst noch von etwas gesprochen?«, unterbrach ihn Tander hämisch. Er wollte noch mehr sagen, aber Dulac fiel auf, dass Wander ihm einen raschen, warnenden Blick zuwarf, und er verbiss sich den Rest.
»Du sollst dich auf der Burg melden, sobald du zurück bist«, fuhr Tander stattdessen fort. »Falls du dazu in der Lage bist, heißt das. Deine Schulter sieht nicht gut aus. Das hast du prima hingekriegt, wirklich. Du wirst mindestens eine Woche lang nicht richtig arbeiten können, wenn nicht länger. Und das ausgerechnet jetzt, wo wir jede Hand dringender denn je brauchen!«
Für einen Moment hatte Dulac zu nichts größere Lust als Tander den Rest der Suppe ins Gesicht zu kippen, der vor ihm auf dem Tisch stand. Doch er beherrschte sich und sagte stattdessen in ruhigem Ton: »Ich werde es wieder gutmachen.«
Tander zog eine Grimasse, aber in seinen Augen erschien ein verschlagener Ausdruck. »Ich wüsste schon einen Weg, wie du das könntest«, sagte er.
»So?«, fragte Dulac.

»Sie haben Dagda getötet, nicht wahr?«, fragte Tander. »Artus' Koch und Küchenmeister.«

»Das stimmt«, antwortete Dulac traurig. Für einen Moment erschien das Gesicht des gutmütigen alten Mannes noch einmal vor seinem inneren Auge und Dulac hatte plötzlich alle Mühe, die Tränen zu unterdrücken.

»Dafür werden ihre Seelen in der Hölle schmoren«, sagte Tander grimmig. »Dennoch dürfen wir die Augen nicht vor der Realität verschließen. Es ist jetzt niemand mehr da, der sich um das leibliche Wohl des Königs und seiner Ritter sorgt. Du allein wirst es nicht schaffen, vor allem nicht mit deiner verletzten Schulter.«

»Worauf wollt Ihr hinaus?«, fragte Dulac. Dabei glaubte er die Antwort auf diese Frage bereits zu kennen. Nur weigerte er sich für den Augenblick einfach es zu glauben. Tander konnte doch nicht in einem Moment wie diesem ...

Aber er konnte. »Artus wird einen neuen Koch brauchen«, antwortete Tander. »Die Arbeit ist viel zu schwer für dich allein, verletzt oder nicht. Du könntest dich dafür einsetzen, dass er uns bei der Auswahl berücksichtigt. Wir können die Arbeit gut gebrauchen. Die Zeiten sind schlecht. Niemand geht ins Gasthaus, wenn ihm gerade das Dach über dem Kopf abgebrannt ist. Und natürlich behältst du deinen Posten bei Hofe, auch wenn ich in Zukunft die Küche leite«, beeilte er sich hastig hinzuzufügen.

Dulac war empört. Das also war der einzige Grund für Tanders ungewohnte Großzügigkeit! Camelot lag in Trümmern. Viele Menschen waren tot, Artus und alle seine Ritter verschwunden und Tander konnte nicht einmal wissen, ob sie lebend zurückkamen, und alles, woran er dachte, war sein Geschäft!

»Ich werde ihn fragen«, antwortete Dulac.
»Aber nicht heute Nacht«, fügte Wander hinzu. »Du brauchst Ruhe. Für heute kannst du in meinem Bett schlafen. Morgen sehen wir dann weiter.«

Die neue Großzügigkeit des Schankwirtes erlebte einen nie geahnten Höhepunkt, als Dulac am nächsten Morgen erwachte. Was ihn aufweckte, war nämlich ein hektisches Hämmern, Sägen und Werkeln, das vom Dachboden herunterdrang, nicht Tanders Hand, die ihn wie gewohnt vor Sonnenaufgang wachrüttelte, damit er noch die eine oder andere Kleinigkeit erledigen konnte, bevor er sich auf den Weg zur Burg machte.
Es war schon spät. Das Sonnenlicht fiel in schrägen Bahnen ins Zimmer, die ihm verrieten, dass der Morgen schon ein gutes Stück vorangeschritten war. Tander hatte ihn ausschlafen lassen, tatsächlich zum allerersten Mal, seit Dulac Aufnahme in der Familie des Gastwirtes gefunden hatte, und für einige Momente genoss er einfach das Gefühl, dazuliegen und allmählich wach zu werden, ohne dass jemand neben ihm stand und seinen Tag mit einer Schimpfkanonade und endlosen Vorwürfen begann.
Nach einer Weile richtete er sich auf und verzog das Gesicht, als nun auch die Wunde in seiner Schulter erwachte und heftig zu pochen begann. Mit zusammengebissenen Zähnen bückte er sich nach seinen Kleidern und zog sich ungeschickt und mit nur einer Hand an. Sein blutiges Hemd war verschwunden. Stattdessen fand er ein sorgsam zusammengelegtes weißes Wams auf dem Schemel neben seinem Bett, das Wander gehörte, wie er wusste. Nicht nur das – es war sein bestes Stück und er hatte es erst im letz-

ten Herbst bekommen. Dulac erinnerte sich gut daran, dass Tander eine Woche lang über den Preis lamentiert und wieder einmal so getan hatte, als ob ihn die zusätzlichen Kosten unweigerlich in den Ruin treiben mussten. Tander schien wirklich großen Wert darauf zu legen, dass er einen guten Eindruck machte, wenn er zu Artus ging.
Dulacs Groll über die scheinbare Gier des Schankwirtes hatte sich mittlerweile jedoch einigermaßen gelegt. So unerhört ihm sein Ansinnen auch nach wie vor erschien, konnte er ihn doch auch verstehen. Die Geschäfte liefen schlecht in letzter Zeit. Tander hatte Recht. Die Leute trugen ihr Geld nicht ins Gasthaus, wenn ihnen das Dach über den Köpfen brannte und vielleicht Krieg drohte. Und Tander in Camelots Küche mochte zwar etwas sein, das Dulacs Vorstellung von einem Albtraum ziemlich nahe kam, aber es konnte durchaus schlimmer kommen.
Er zog sich fertig an, ging nach unten und verließ das Haus, bevor er Tander über den Weg lief und dieser vielleicht auf die Idee kommen konnte, dass es auch noch genug Arbeiten im Haus gab, die man mit nur einer Hand erledigen konnte. Er trug den linken Arm in der Schlinge, und solange er ihn nicht übermäßig bewegte, hielten sich die Schmerzen in seiner Schulter in erträglichen Grenzen. Dennoch hatte Tander mit seiner Vorhersage Recht: Es würde Wochen dauern, bis er den Arm wieder ganz normal bewegen konnte.
Dulac machte sich auf den Weg zur Burg. Er ließ sich Zeit, zum einen, weil seine Schulter stärker schmerzte, je schneller er sich bewegte, zum anderen aber, weil er Angst vor dem Moment hatte, in dem er Artus – und vor allem Gwinneth! – wieder sehen würde.

Camelot bot einen Anblick des Jammers. Anders als das letzte Mal, als er durch die Straßen der Stadt gegangen war, waren die Menschen nicht in Panik und er hörte kein Weinen und keine Schmerzensschreie. Ganz im Gegenteil drang manchmal ein Lachen aus einer offen stehenden Tür oder einem Fenster und überall wurde gehämmert und gearbeitet. Die Menschen bauten wieder auf, was sie verloren hatten, und meistens wahrscheinlich schöner und größer als zuvor. Dennoch schien etwas wie eine Atmosphäre der Angst über der Stadt zu liegen, eine stille Furcht, die von den Herzen der Menschen Besitz ergriffen hatte und selbst noch durch das Lachen in ihren Augen hindurchschimmerte. Im ersten Moment verstand er das nicht, aber nach und nach wurde ihm klar, was hier geschehen war. Solange er in Camelot lebte, ja, länger noch, seit Artus über Camelot herrschte, hatte diese Stadt Frieden erlebt. Artus und seine Ritter zogen oft in den Krieg, aber die Schlachten, die sie für Gerechtigkeit und Ehre schlugen, fanden stets weit entfernt statt, jenseits der Grenzen des Landes oder doch zumindest so weit von der Stadt entfernt, dass das Wort Krieg für die meisten seiner Bewohner seine wahre Bedeutung schon lange verloren hatte.

Jetzt hatte die Wirklichkeit sie wieder eingeholt. Mordreds feiger Überfall hatte den Krieg wieder zurück nach Camelot getragen und das war es, was die Menschen so tief erschüttert hatte und was wohl letztendlich auch der Grund für Tanders Zorn war. Nicht Artus' Schwert, sondern seine bloße Gegenwart hatte die Stadt fast ein Menschenleben lang vor jedem Angriff beschützt. Niemand wagte es, die Hand gegen Camelot zu erheben. Mordred hatte gegen dieses ungeschriebene Gesetz verstoßen, aber die Menschen hier gaben nicht ihm die Schuld, sondern Artus, von dem sie sich verraten fühlten.

Dulac musste an das denken, was ihm Gwinneth über Artus und seine Fähigkeiten als Politiker erzählt hatte, und er verstand sie jetzt ein bisschen besser. Es war kompliziert, machte aber durchaus Sinn. So oder so – er hätte in diesem Moment nicht mit Artus tauschen wollen.

Nach einer Weile erreichte er die Burg. Artus und seine Begleiter mussten in der Nacht zurückgekommen sein, denn Artus' Banner hing schlaff in der windstillen Luft über dem Tor und vom Burghof drangen ihm Hämmern und die Rufe der Handwerker entgegen, die mit vereinten Kräften dabei waren, die Spuren von Mordreds *Besuch* zu beseitigen. In einem aber unterschied sich Burg Camelot eindeutig von den Straßen der gleichnamigen Stadt: Hier herrschte keine Angst, sondern eine fast fröhliche Stimmung. Die Toten waren weggeschafft worden, alle Spuren der Kämpfe beseitigt, und als Dulac durch das Tor trat und die große Anzahl von Handwerkern und Gehilfen sah, die Camelot etwas von einem wimmelnden Ameisenhaufen zu geben schienen, wurde ihm klar, dass die Burg in wenigen Tagen schon wieder so prachtvoll und strahlend aussehen würde wie zuvor. Angesichts der Schäden, die die Stadt davongetragen hatte, erschien ihm dies fast widersinnig, denn ein funktionierender Brunnen war allemal wichtiger als das polierte Kupferdach eines Aussichtsturmes, aber dann sagte er sich, dass wohl auch dies zu Artus' ganz speziellen *politischen* Aufgaben gehörte. Es war wichtig, dass Camelot in all seiner Pracht erstrahlte. Wenn die Menschen wieder an Artus' Schutz und Unbesiegbar-

keit glauben sollten, dann brauchten sie etwas, zu dem sie aufblicken konnten.
Vielleicht war er an diesem Morgen der einzige Mensch in der ganzen Burg, der sich nicht von der allgemeinen Fröhlichkeit und Aufbruchstimmung anstecken ließ. Aus dem vagen Kummer, der die ganze Zeit über in ihm gewesen war, wurde allmählich ein dumpfer Schmerz, als er sich der Treppe zum Kellergewölbe näherte. Es war ein schwerer Gang, den er nun zu gehen hatte, aber er musste es tun. Als er das letzte Mal hier gewesen war, war ihm keine Zeit geblieben, wirklich von Dagda Abschied zu nehmen. Nun würde er dieses Versäumnis nachholen. Selbst wenn er nur in einem leeren Zimmer und allein vor einem leeren Bett stand.
Er war jedoch nicht allein und das Zimmer war nicht leer. König Artus stand an dem Bett und starrte dorthin, wo gestern noch Dagdas einfacher Strohsack gelegen hatte. Er musste Dulac bemerkt haben, denn dieser hatte sich keine Mühe gegeben, leise zu sein, hatte er sich hier unten doch vollkommen allein gewähnt. Trotzdem reagierte er nicht im Geringsten, als Dulac hereinkam. Erst als dieser mit einem unbehaglichen Räuspern auf sich aufmerksam machte, hob er den Kopf und drehte sich ganz langsam zu ihm herum. Sein Gesicht war wie Stein, eine Maske königlicher Beherrschtheit wie immer, aber seine Augen schimmerten nass und auf seinen Wangen waren zwei schmale, feuchte Linien zu erkennen. Hatte der König … geweint?
»Dulac«, begrüßte er Dulac.
Dulac senkte hastig den Blick und hauchte ein: »Mein König.«

»Lass den Unsinn«, sagte Artus. »Wir sind allein. Und ich fühle mich im Moment ganz und gar nicht königlich.« Er holte hörbar Luft. »Ich habe einen guten Freund verloren. Den besten vielleicht, den ich je hatte.«

»Dagda.«

»Merlin«, verbesserte ihn Artus. »Sein Name war Merlin. Er hat ihn abgelegt, als sich die Zeiten zu ändern begannen und das Kreuz immer stärker und der Runenstab immer schwächer zu werden begann.«

»Warum?«, fragte Dulac.

Artus zuckte die Schultern. »Er wollte mir wohl nicht im Weg stehen«, sagte er. »Merlin war der letzte Hohepriester der alten Götter, musst du wissen. Der letzte der alten Magier und mit Sicherheit der mächtigste, der je gelebt hat. Ich weiß nicht, wie es ohne ihn weitergehen soll. Am Ende ist auch er dem erbarmungslosen Feind erlegen, der Zeit.«

»Nein«, sagte Dulac. Vermutlich war es ein Fehler, aber Artus hatte das Recht, zu erfahren, was wirklich geschehen war.

»Nein? Was meinst du damit?«

»Dagda – Merlin – wusste, dass er sterben würde«, antwortete Dulac. »Er hat es mir gesagt. Er fühlte sich alt und schwach. Aber es war nicht das Alter, das ihn getötet hat.«

»Du warst ... dabei?«, fragte Artus ungläubig.

»Er ist in meinen Armen gestorben«, bestätigte Dulac. »Ja.«

»Wer hat ihn getötet?« Artus' Stimme wurde scharf. »Die Pikten?«

»Zauberei«, antwortete Dulac. »Es war schwarze Magie. Ich verstehe nichts von solcherlei Dingen, aber es war Zauberei. Finsteres Hexenwerk.«

Artus' Blick verdüsterte sich. Er stellte keine Fragen nach Einzelheiten. »Morgaine«, murmelte er. »Ich hätte es wissen müssen. Die Hexe. Ich wusste, dass sie etwas im Schilde führt, aber ich hätte nie geglaubt, dass sie es wagt, hier im Herzen Camelots zuzuschlagen.« Er maß Dulac mit einem grimmigen Blick. »Du irrst dich, Junge. Es war das Alter, das Merlin getötet hat. Wäre er auch nur noch im Besitz eines Bruchteiles seiner Kräfte gewesen, so hätte er diesen feigen Angriff ohne Mühe abgewehrt. Und es ist meine Schuld. Ich hätte ihn nicht allein lassen dürfen! Ich bin wie ein Dummkopf auf den ältesten aller Tricks hereingefallen. Und um ein Haar hätte ich auch noch Uther und Gwinneth ins Verderben geführt.«

»Gwinneth?«, fragte Dulac mit gespieltem Schrecken. »Was ist mit –«

»Sie ist unversehrt«, unterbrach ihn Artus. »Aber das ist nicht mein Verdienst. König Uther ist tot, und wäre nicht dieser geheimnisvolle Silberne Ritter aufgetaucht, dann wäre wohl auch Gwinneth nicht zurückgekommen.«

»Derselbe Ritter, der –«

»Derselbe, ja«, unterbrach ihn Artus. Dann fragte er: »Was ist mit deinem Arm passiert?«

»Ich war ungeschickt«, antwortete Dulac ausweichend. »Es ist nicht schlimm.« Um seine Behauptung gleich unter Beweis zu stellen, nahm er den Arm aus der Schlinge. Die Bewegung hätte ihm fast die Tränen in die Augen getrieben, aber er beherrschte sich und beließ es bei einem flüchtigen Verziehen der Lippen.

»Ich bin froh, dass du nicht arg verletzt bist«, sagte Artus. Zu Dulacs Erleichterung fragte er nicht, wie und wo er sich die Verletzung zugezogen hatte. »Und es wird noch mehr Blut fließen. Ich fürchte, das war erst der Anfang. Mordred wird nicht aufgeben. Er will Camelot und es ist ihm egal, wenn er auf dem Weg dorthin durch ein Meer aus Blut waten muss.«

Dulac war verwirrt. Es erstaunte ihn, dass Artus ihn so ins Vertrauen zog, aber dann wurde ihm klar, dass dieser Eindruck nicht stimmte. Artus zog ihn nicht ins Vertrauen. Er brauchte einfach jemanden um zu reden und Dulac war zufällig der Erste, den er getroffen hatte.

Artus sog so tief die Luft ein, dass es sich fast wie ein kleiner Schrei anhörte. Als er weitersprach, hatte er sich wieder vollkommen in der Gewalt. »Das Leben geht weiter, Dulac«, sagte er, »so grausam es klingen mag. Ich möchte, dass du zu deinem Ziehvater gehst und ihn bittest, fürs Erste hier nach dem Rechten zu sehen. Jemand muss für uns kochen. Und was dich angeht ...« Er zögerte einen Moment. »Ich habe Merlin vor langer Zeit versprochen, mich um dich zu kümmern, sollte ihm etwas zustoßen, und ich werde mein Wort halten. Doch ich möchte dich bitten, mir noch etwas Zeit zu geben. Im Moment ist einfach zu viel im Ungewissen.«

»Natürlich«, antwortete Dulac hastig. Der König bat *ihn* um Verständnis? Er konnte es kaum glauben, obwohl er es mit eigenen Ohren hörte.

»Geh jetzt nach Hause«, sagte Artus. »Dort wartet bestimmt genug Arbeit auf dich. Morgen bei Sonnenaufgang werden wir unsere gefallenen Brüder beisetzen. Ich erwarte dich vor der Kirche.«

Dulac hatte in seinem ganzen Leben noch keinen Fuß in eine Kirche gesetzt, aber er widersprach nicht. Artus erwartete etwas Bestimmtes von ihm. Er wusste noch nicht, was, aber er spürte deutlich, dass der König nicht nur aus bloßer Freundlichkeit mit ihm sprach. Da war noch etwas. Und eines spürte er ganz deutlich: Was immer es war, es würde ihm nicht gefallen.

Die Beisetzung fand am nächsten Morgen statt, eine halbe Stunde nach Sonnenaufgang. Camelots Friedhof lag außerhalb der Stadtmauern und er spiegelte auf seine Art den gleichen Geist wider, der auch in der Burg und an Artus' Tafel herrschte. Alle Kreuze auf diesem Gottesacker waren gleich. Es gab keinen Unterschied, ob hier eine einfache Magd oder ein Ritter von edler Geburt begraben lagen, und die meisten Kreuze waren nicht einmal beschriftet.

Caldridge und die vier anderen Ritter waren nicht die Einzigen, die an diesem Morgen beigesetzt wurden. Neben der kleinen Kapelle waren annähernd zwei Dutzend in weißes Leinen eingeschlagene Körper aufgereiht; die Tafelritter, Männer und Frauen aus Camelot, die beim Angriff der Pikten gefallen waren, aber auch die Pikten, die den Überfall mit dem Leben bezahlt hatten. Der Tod machte alle gleich.

Der Trauerzug, der mit dem ersten Licht der Dämmerung aus dem Stadttor zog, war erstaunlich lang. Nicht nur Artus und alle seine Ritter, sondern auch Dutzende von Männern und Frauen aus Camelot waren gekommen, um Abschied von den ihren zu nehmen, und Dulac fühlte sich mit jedem Moment weniger wohl. Eine Beisetzung war wohl nie eine angenehme Sache und es war nicht die erste, an der er teilnahm, aber niemals zuvor hatte er so großen Schmerz und solch hilflose Wut in den Augen der

Menschen gesehen. Was er gestern in Camelots Straßen gefühlt hatte, galt noch immer und es war sogar noch schlimmer geworden. Hätte Artus ihm nicht befohlen hierher zu kommen, hätte er kehrtgemacht, ohne den Friedhof auch nur zu betreten, und sich irgendwo verkrochen.

Und wäre Gwinneth nicht gewesen.

Sie ging, ganz in strahlendes Weiß gekleidet, die Trauerfarbe der Könige, ganz vorne an der Spitze des Trauerzuges. Ihr Gesicht war verschleiert, aber sie schien sich nur noch mit letzter Kraft bewegen zu können und ihre Schultern bebten ununterbrochen. Sie weinte unter ihrem Schleier.

Dulac hätte viel darum gegeben, hätte auch er weinen können. Er hatte Dagdas Tod noch lange nicht verwunden und in ihm war ein tiefer, grausamer Schmerz, der nicht abnahm, sondern im Gegenteil immer noch schlimmer zu werden schien.

Und er konnte die Männer nicht vergessen, die er erschlagen hatte.

Er hatte diese verfluchte silberne Rüstung abgelegt, aber die Erinnerung an das schreckliche Geschehen konnte er nicht einfach abstreifen. Wenn er die Augen schloss, dann sah er das Gesicht des Pikten vor sich, den das Einhorn aufgespießt hatte, das dumpfe Entsetzen in seinen Augen und vor allem die Mutlosigkeit. Von allen ging ihm das Schicksal dieses Mannes am nahesten. Er hatte gewusst, dass er chancenlos war, dass er in den sicheren Tod ritt. Es war kein fairer Kampf gewesen. Ebenso gut hätte er einem Gefesselten die Kehle durchschneiden können. Er hatte geglaubt, dass die Rüstung ihn zu einem Ritter machen

würde, aber wenn er ganz ehrlich war, dann hatte sie ihn zum Mörder gemacht. Er würde sie nie, *nie* wieder anlegen, ganz egal, was geschah.
Sie betraten die Kapelle. Sir Lioness hielt eine einfache, überraschend kurze Andacht, dann gingen sie wieder hinaus um sich den Trägern anzuschließen, die die in Leinen gehüllten Leichname zu den bereits ausgehobenen Gräbern trugen. Dulac ging bewusst langsamer als die anderen. Er hatte die Kapelle als Letzter betreten, sodass die anderen Trauergäste nun an ihm vorbeigingen und er auf diese Weise in Gwinneths Nähe gelangte. Vielleicht konnte er sogar einen Blick auf ihr Gesicht erhaschen.
Er bekam deutlich mehr. Als Artus und Gwinneth an ihm vorbeigingen, nickte der König ihm zu und Gwinneth blieb stehen und sah ihn einen Herzschlag lang durch den Schleier vor ihrem Gesicht hindurch an. Dann drehte sie den Kopf und blickte Artus an, und erst als dieser abermals genickt hatte, drehte sie sich wieder zu ihm herum und hob den Schleier. Ihr Gesicht war weiß und ihre Augen sahen aus, als hätte sie die ganze Nacht hindurch ununterbrochen geweint. Trotzdem glomm in ihrem Blick ein zwar schwaches, aber sehr warmes Lächeln auf, als sie ihn ansah.
»Dulac. Ich bin froh, dich zu sehen.«
»Mylady.« Dulacs Herz begann zu klopfen. Spätestens jetzt würde es sich entscheiden. Vorgestern noch mochte sich Gwinneth einen Spaß daraus gemacht haben, so zu tun, als ob sie ihn nicht erkannte, aber so grausam, dieses Spiel selbst jetzt noch weiterzutreiben, konnte sie einfach nicht sein.
Doch alles, was er in ihren Augen las, waren Erleichterung

und Freude, ihn zu sehen. Es blieb dabei: Sie hatte ihn nicht erkannt. Es war, als hätte die magische Rüstung ihm nicht nur Stärke verliehen, sondern tatsächlich einen vollkommen anderen aus ihm gemacht.

»Bleib einen Moment bei mir, Dulac«, bat Gwinneth. »Ich ... brauche jetzt einen Freund.«

Dulac blinzelte überrascht zu Artus hoch, aber Artus reagierte ganz anders, als er erwartet hatte, und signalisierte mit einem Nicken seine Zustimmung. Er trat, noch immer ein bisschen verwirrt, hinter Gwinneth und den König und folgte ihnen.

Der Rest der Zeremonie dauerte vielleicht noch eine halbe Stunde, aber Dulac kam es vor, als nähme sie kein Ende. Sir Lioness sprach an jedem der offenen Gräber ein kurzes Gebet, aber ihre schiere Zahl ließ die Beisetzung unerträglich lang werden. Endlich, endlich war es vorbei und Lioness erteilte einen letzten abschließenden Segen, worauf sich die Trauergemeinde rasch zu zerstreuen begann. Es gab keine Gespräche, keine Hinterbliebenen, die noch eine Weile am offenen Grab standen um Abschied zu nehmen. Die Menschen flohen regelrecht von dem kleinen Friedhof. Vielleicht hofften sie in der vertrauten Umgebung in ihren Häusern einen schwachen Trost zu finden.

Auch die meisten Ritter zogen sich bald zurück und schließlich standen außer Artus selbst und Sir Lioness nur ein knappes Dutzend Tafelritter an den offenen Gräbern.

Auch Dulac wünschte sich einfach nur weg. Gwinneths Nähe spendete keinen Trost und Artus sah ihn immer wieder auf eine Art an, die ihm einen kalten Schauer über den Rücken laufen ließ.

Gwinneth begann wieder zu weinen. Dulac hätte alles

darum gegeben, ihren Schmerz zu lindern oder wenigstens zu teilen, aber er konnte weder das eine noch das andere. Als sie ihr von Schluchzen unterbrochenes Schweigen endlich brach, begriff er, dass er den wahren Grund ihres Schmerzes gar nicht kannte.

»Er war so ein guter Mann«, murmelte sie. »Es ist nicht richtig, dass er so sterben musste.«

»Uther?«, vermutete Dulac.

»Er war der Letzte seiner Art«, fuhr Gwinneth fort, ohne seine Frage zu beantworten. »Jetzt gibt es wohl nur noch ...«

Sie sprach nicht weiter, aber Dulac hatte schon alle Mühe, diesem halben Satz irgendeinen Sinn abzugewinnen. Er sah fast Hilfe suchend zu Artus hoch, aber auch der König reagierte ganz anders, als er erwartet hatte. Statt auch nur irgendetwas zu sagen, lächelte er Dulac traurig an – und drehte sich herum, um mit schnellen Schritten davonzugehen. Dulac sah ihm verwirrt nach. Er sollte froh sein, einige Momente allein mit Gwinneth verbringen zu können, aber er spürte das Gegenteil. Er war beunruhigt.

»Mylady?«, murmelte er unsicher.

»Gwinneth«, verbesserte ihn Gwinneth. »Wir sind doch Freunde – oder waren es wenigstens fast. Jedenfalls habe ich das gedacht.«

»Das ... das stimmt auch«, versicherte Dulac hastig. Seine Gedanken führte einen wilden Tanz auf. Worauf wollte Gwinneth hinaus? Hatte sie ihn am Ende doch erkannt und nur auf eine Gelegenheit gewartet, um allein mit ihm zu reden? Aber eigentlich erschien ihm dieser Gedanke wenig wahrscheinlich. Artus hatte sie nicht zufällig allein gelassen.

»Siehst du und genau das ist unser Problem«, sagte Gwinneth traurig.
»Problem?«, wiederholte Dulac verständnislos. Wie konnte es ein Problem sein, sich der Freundschaft eines anderen gewiss zu sein?
»Worauf wollt Ihr hinaus, Mylady?«, fragte er geradeheraus. Diesmal benutzte er die formelle Anrede ganz bewusst und er las in Gwinneths Augen auch, dass sie dies begriff, ebenso wie den Grund, aus dem er es tat. Als sie weitersprach, war ihr Lächeln eine Spur trauriger geworden.
»Lass uns ein paar Schritte gehen, Dulac«, schlug sie vor. Dulac war froh, aus der Nähe der offenen Gräber zu entkommen. Etliche der Toten waren jetzt an die drei Tage alt, und obwohl man sie zweifellos sorgsam gewaschen und gesalbt hatte, lag bereits ein leichter Verwesungsgeruch über dem Friedhof. Mit einem wortlosen Nicken schloss er sich Gwinneth an, drehte aber nach ein paar Schritten noch einmal den Kopf und sah zu Artus zurück. Der König blickte direkt in ihre Richtung, machte aber keine Anstalten, ihnen zu folgen.
»Keine Sorge«, sagte Gwinneth. Sie hatte seinen Blick bemerkt. »Er hat nichts dagegen, dass wir miteinander reden. Im Gegenteil. Er hat mich gebeten, mit dir zu sprechen.«
»Worüber?«, fragte Dulac unbehaglich.
»Über uns«, antwortete Gwinneth offen. »Wir können uns nicht mehr sehen, Dulac.«
»Nicht mehr sehen? Aber –«
Gwinneth blieb stehen und drehte sich zu ihm herum. Die Tränen waren aus ihren Augen verschwunden, aber sie wirkte auf eine Art gefasst, die Dulac klarmachte, dass sie

gar nicht mit ihm reden wollte, sondern dass sie ihm etwas *mitzuteilen* hatte.

»Es ist meine Schuld, Dulac«, begann sie. »Ich hätte dir keine Hoffnungen machen dürfen.«

»Hoffnungen? Aber –«

»Du hast sie dir gemacht«, behauptete Gwinneth. »Du musst dich deswegen nicht schämen. Es war meine Schuld ganz allein. Mir war die Zeit lang und ich habe einen netten Jungen gesehen, mit dem ich ein bisschen plaudern konnte. Für mich war es nicht mehr. Ich hätte wissen müssen, was ich damit anrichte. Es tut mir Leid.«

»Ich verstehe«, sagte Dulac bitter. »Wir passen nicht zusammen, Ihr und ich. Eine Königin und ein einfacher Junge, der nicht einmal weiß, wo er geboren ist und wer seine wirklichen Eltern waren.«

Gwinneth sah ihn lange genug wortlos an, um ihn seine Antwort bedauern zu lassen, dann sagte sie leise und traurig: »Das habe ich wohl verdient.«

»Verzeiht, Mylady«, sagte Dulac hastig. »So ... so habe ich das nicht gemeint.«

»Doch, das hast du«, sagte Gwinneth. »Und du hast Recht. So grausam es dir auch vorkommen mag, Dulac, aber es ist die Wahrheit. Wir stammen aus verschiedenen Welten, du und ich, und wir werden immer in verschiedenen Welten leben. Ich hätte niemals mit dir reden dürfen. Mir war nicht klar, was ich damit anrichte. Bitte verzeih mir. Wirst du das tun?«

»Selbstverständlich, Mylady«, sagte Dulac. Er kämpfte mit letzter Kraft um seine Beherrschung. Seine Stimme klang selbst in seinen eigenen Ohren kälter, als er es beabsichtigt hatte. Gwinneths Blick wurde noch trauriger.

»Wir werden uns nicht wieder sehen können, Dulac«, sagte sie noch einmal. »Es ist besser so, auch für dich, glaube mir.«

»Selbstverständlich, Mylady«, sagte Dulac noch einmal. »Ich nehme an, das entspricht auch Artus' Befehl.«

»Seinem Wunsch«, verbesserte ihn Gwinneth. »Ja.«

Nun wurde ihm auch klar, warum es Artus so eilig gehabt hatte, einen neuen Küchenmeister für Camelot zu finden. Ganz plötzlich wusste er, dass er Camelot vermutlich nicht mehr betreten würde; wenigstens nicht, solange Gwinneth zu Gast auf der Burg war.

»Artus und ich werden heiraten«, sagte Gwinneth plötzlich. Sie sah ihn dabei nicht an.

»Ihr werdet ... *was*?«, krächzte Dulac. Er hatte Gwinneths Worte gehört, aber er *wollte* den Sinn nicht verstehen.

»Wir werden heiraten«, wiederholte Gwinneth, noch immer ohne ihm in die Augen zu sehen. »Wir haben darüber geredet, während des gesamten Weges zurück und auch gestern.«

»Heiraten? Aber ... aber Euer Gemahl ist noch nicht einmal richtig beerdigt und –«

Gwinneth unterbrach ihn mit einer sanften Handbewegung. »Natürlich nicht sofort, sondern erst nach einer angemessenen Trauerzeit«, sagte sie.

»Aber Artus ist ... ist alt genug, um Euer Vater zu sein!«, stammelte Dulac.

»So wie Uther alt genug war, um mein Großvater zu sein«, sagte Gwinneth ruhig. »Erinnerst du dich, was ich dir über Uther und mich erzählt habe? Wir waren vor Gott und dem Gesetz vermählt, aber er war nicht wirklich mein Mann. Er hat mich zur Frau genommen um mich zu beschützen. Artus hat mir dasselbe Angebot gemacht und ich werde es annehmen. Ich muss es wohl tun, Dulac. Ich kann nirgendwohin. Mordred würde jedes Königreich zerstören, in dem ich Aufnahme finden könnte.«

Dulac schwieg. Seine Augen begannen zu brennen und er hatte wirklich alle Mühe, die Tränen zurückzuhalten. Aber anders als Gwinneth wohl annahm, waren es Tränen der Wut und der Enttäuschung. Gwinneth erzählte ihm nichts anderes als das, was sie auch schon dem Silbernen Ritter erzählt hatte, und im Grunde hätte er sich denken können, dass es früher oder später so kommen würde.

Aber nach kaum zwei Tagen?

Artus hatte wahrlich keine Zeit verloren!

»Gibt es denn ...« Seine Stimme versagte ihm den Dienst. Er musste ein paar Mal schlucken, ehe er noch einmal ansetzen konnte. »Gibt es denn gar keinen anderen, dem Euer Herz gehört?«

Gwinneth antwortete nicht gleich. Ihr Blick schien geradewegs durch ihn hindurch zu gehen und sich auf einen Punkt in weiter Ferne zu richten. Was sie wohl sagen würde, hätte sie geahnt, dass Dulac wusste, was sie in diesem Moment sah?

»Nein«, sagte sie schließlich, sehr leise und sehr traurig. »Für einen Moment habe ich vielleicht geglaubt, dass es jemanden gäbe, aber es ... es war wohl nur ein Traum.«

Nein, das war es nicht, wollte Dulac schreien. *Es war kein Traum und er ist auch nicht fort. Ich bin es! Ich stehe doch vor Euch!*

Er war ganz dicht davor, die Worte laut auszusprechen, sie einfach an den Schultern zu ergreifen und ihr die Wahrheit

entgegenzuschreien, ganz egal was danach auch mit ihm geschah.
Doch Gwinneth kam ihm zuvor. Plötzlich und ohne irgendeine Warnung trat sie auf ihn zu, legte die Arme um seinen Hals und hauchte ihm einen Kuss auf die Lippen.
Dulac war so überrascht, dass er nicht einmal richtig begriff, was sie tat. Fassungslos und wie gelähmt stand er da und starrte Gwinneth an.
»Das war ich dir schuldig«, sagte sie lächelnd. »Bewahre ihn gut auf, Dulac. Es war das letzte Mal, dass wir uns berührt haben.« Und damit fuhr sie auf dem Absatz herum und ging davon, so schnell sie es gerade noch konnte ohne zu rennen.
Dulac sah ihr verstört nach. Hinter seiner Stirn tobte ein Orkan einander widersprechender Gefühle und er war nicht fähig, auch nur einen einzigen klaren Gedanken zu fassen. Länger als eine Minute stand er stocksteif da und sah Gwinneth nach, selbst als sie schon längst verschwunden war.
Als er sich endlich herumdrehte, stand Artus hinter ihm. Er stand vermutlich schon eine ganze Weile da und hatte vielleicht sogar einen Teil ihres Gespräches gehört, wenn nicht alles, aber das war Dulac egal. Er war sogar fast sicher, dass Artus seine wahren Gefühle auf seinem Gesicht lesen konnte oder zumindest erraten, aber auch das war ihm gleich.
»Es tut mir Leid«, sagte Artus. »Aber es ist am besten so, glaube mir.«
»Natürlich, Herr«, sagte Dulac bitter.
»Ich habe dir gesagt, dass ich Merlin mein Wort gegeben habe, mich um dich zu kümmern«, fuhr Artus fort, »und

ich werde dieses Wort halten. Ich weiß, dass du es jetzt noch nicht verstehen kannst, aber eines Tages wirst du es, glaube mir, und dann wirst du mir dankbar sein.«
»Und bis dahin muss ich Camelot verlassen«, vermutete Dulac.
»Ich habe lange darüber nachgedacht und ich glaube, es ist das Beste so«, sagte Artus. »Heute in vier Tagen ist Vollmond und dann werden wir Merlin zu Grabe tragen. Ich nehme an, es ist dein Wunsch, dabei zu sein?«
Dulac nickte und Artus fuhr nach einer kurzen Pause fort: »Dann wirst du es natürlich auch dürfen«, sagte er. »Anschließend aber werde ich dich nach York schicken. Du kennst Sir Daikin noch? Er war im letzten Jahr zu Gast auf Camelot.«
»Ich erinnere mich«, sagte Dulac.
»Sir Daikin ist einer meiner ältesten und verlässlichsten Freunde. Er wird sich um deine Ausbildung kümmern. Du wirst als Knappe an seinem Hof aufgenommen, und wenn du dich der Ausbildung gewachsen zeigst und es willst, dann werden wir uns vielleicht in einigen Jahren wieder sehen, wenn du zum Ritter geworden bist. Das wolltest du doch immer, oder?«
Dulac antwortete nicht darauf. Er starrte Artus noch einige Herzschläge lang an, dann wandte er sich um und rannte davon.

Innerlich hundertmal mehr aufgewühlt als nach seinem Kampf gegen die Pikten rannte Dulac fast den gesamten Weg zum Gasthaus zurück, bis er vor Erschöpfung einfach nicht mehr konnte und kraftlos gegen eine Wand taumelte. Er spürte einen Schmerz, wie er ihn niemals zuvor im Leben kennen gelernt hatte, aber auch einen Zorn von einer Heftigkeit, die ihm neu war und die ihn erschreckte. Es war so ... so ungerecht!

Natürlich war das Leben niemals gerecht. So etwas wie Gerechtigkeit gab es nur für die Reichen und Mächtigen und selbst für die meist nur, wenn sie es sich mit dem Schwert erzwangen. Aber was ihm nun widerfuhr, das war einfach zu viel, als dass er es noch hinnehmen konnte. Binnen weniger Tage hatte er alles verloren, was er jemals besessen hatte, ja mehr, als er jemals zu besitzen *geahnt* hatte. Seine Freunde, sein Leben, seine Zukunft, ja selbst einen Teil seiner Seele, die ihm diese verfluchte Rüstung genommen hatte. Und Artus hatte ihn nun selbst um den Preis betrogen, gegen den er seine Unschuld eingetauscht hatte. Ebenso gut hätte der König auch sein Messer ziehen und ihm die Kehle durchschneiden können.

Tatsächlich machte sich Dulac klar, dass er im Grunde noch großes Glück gehabt hatte. Artus hätte durchaus das ganz legitime Recht gehabt, ihn zu töten. Er war in der Schlacht von seiner Seite desertiert und er hatte Lady Gwinneth belästigt, die immerhin von edlem Blut war. Jedes einzelne dieser Verbrechen war mehr als ausreichend, ihn an den Galgen zu bringen. Dennoch beließ Artus es dabei, ihn aus Camelot zu verbannen, und er gewährte ihm noch dazu eine Ausbildung, wie er sie sich vor wenigen Tagen nicht einmal zu erträumen gewagt hätte.

Und dennoch verachtete er Artus für das, was er getan hatte. Es wäre ihm fast lieber gewesen, hätte der König ihn getötet.

Es dauerte lange, bis er wieder so weit zu Atem gekommen war, dass er seinen Weg fortsetzen konnte. Das Gasthaus war verlassen, Tander und seine Söhne waren wohl schon auf Camelot um ihren neuen Arbeitsplatz zu besichtigen – was vermutlich nichts anderes hieß, als dass sie Dagdas Sachen durchwühlen und alles stehlen würden, was nicht niet- und nagelfest war. Dulac hätte Artus warnen können; schließlich kannte er Tander lange genug um zu wissen, was geschehen würde. Aber wozu? Artus würde es noch früh genug merken.

Außerdem geschah es ihm recht.

Statt ins Haus zu gehen betrat Dulac die Scheune und erwartete ganz automatisch Wolf zu sehen, der schwanzwedelnd auf ihn zukam und ihn ankläffte, um sich seine täglichen Streicheleinheiten zu ertrotzen. Aber der Hund kam nicht und zu dem Schmerz in Dulacs Herzen gesellte sich noch ein weiterer, glühender Pfeil, als ihm klar wurde, dass er das kleine Tier vielleicht niemals mehr wieder sehen würde. Was hatte er dem Schicksal getan, dass es ihm alles, aber auch wirklich *alles* wegnahm?

Er ließ sich ins Stroh fallen und betete, dass er einschlief oder auch in Ohnmacht fiel (seine Schulter schmerzte mittlerweile schlimm genug), aber er fand keine Ruhe. Bis weit in den Nachmittag hinein, bis Tander und seine Söhnen zurückkamen, wälzte er sich ruhelos herum, haderte mit dem Schicksal und stürzte manchmal in tiefste Verzweiflung, manchmal in einen so brodelnden Zorn, dass er am liebsten aufgesprungen und zur Burg zurückgelaufen wäre um sich auf Artus zu stürzen.

Vor allem aber kam er zu einem Entschluss.

Er würde Camelot verlassen, aber nicht um nach York zu gehen und sich zum Ritter ausbilden zu lassen. Er war es Dagda schuldig, bis zu seiner Beisetzung zu warten und

ihm die letzte Ehre zu erweisen, doch danach würde er Camelot verlassen, vielleicht sogar Britannien, und nie wieder zurückkommen.
Nie mehr.

Er verbrachte die nächsten drei Tage im Gasthaus, und auch wenn ihn seine verletzte Schulter noch immer behinderte, so arbeitete er doch freiwillig und ohne dass Tander ihn dazu auffordern musste, bis er dem Zusammenbruch nahe war. Am Schluss schien es selbst Tander unheimlich zu werden, denn statt ihn wie üblich mit Vorwürfen zu überhäufen, forderte er ihn auf, etwas weniger zu tun, angeblich, weil er sich um seine Gesundheit sorgte, in Wahrheit aber wohl eher, weil selbst er wusste, dass Dulac drauf und dran war sich zu Tode zu schuften und ihm seine Arbeitskraft dann auf Dauer verloren ginge. Dulac beachtete seine Warnung jedoch gar nicht. Er versuchte sich mit Arbeit zu betäuben und bis zu einem gewissen Grad gelang es ihm sogar. Selbst die Träume verschonten ihn weitestgehend, schon weil er jeden Abend buchstäblich bis zum Umfallen schuftete und sein Schlaf mehr einer Bewusstlosigkeit nahe kam.
Am Morgen des vierten Tages holte ihn die Wirklichkeit ein.
Jemand rüttelte ihn grob wach, und als er stöhnend und unwillig die Augen öffnete, blickte er in Tanders Gesicht. Er sah einigermaßen lächerlich aus, denn er trug ein schmuddeliges Nachthemd und dazu eine Schlafmütze mit einem Zipfel. »Steh auf, Faulpelz«, knurrte er. »Ein Bote vom Schloss ist da. Du sollst zum König kommen. Sofort.«

»Zum König?« Dulac stemmte sich aus dem Stroh hoch und blinzelte verschlafen zu Tander hinauf. »Warum?«

»Woher soll ich das wissen?«, schnauzte Tander. »Steh gefälligst auf. Er hat gesagt, du sollst dich beeilen. Und lass dir ja nicht einfallen, den ganzen Tag herumzutrödeln, als wäre hier nichts zu tun.«

Damit ging er. Dulac blieb noch eine Weile in unveränderter Haltung im Stroh sitzen und wartete darauf, dass seine Benommenheit verflog. Der König ließ ihn rufen? Nachdem er ihn vor wenigen Tagen praktisch der Burg verwiesen hatte, verstand er das im ersten Moment nicht. Dann fiel ihm ein, welcher Tag heute war, und ein Gefühl tiefer Trauer überkam ihn.

Er stand auf, zog sich an und verließ die Scheune. Die Sonne war noch nicht aufgegangen und nach den ersten hektischen Tagen war das Leben in Camelot wieder zu seinem normalen Verlauf zurückgekehrt. Die Stadt schlief noch und es war fast unheimlich still.

Und noch etwas war wieder wie beinahe immer: Als er ein paar Minuten unterwegs war, erschienen drei schattenhafte Gestalten vor ihm und vertraten ihm den Weg.

»Was wollt ihr?«, fragte Dulac kurz angebunden. »Verschwindet! Ich habe heute keine Zeit für euch.«

Statt den Weg jedoch freizugeben nahm Mike breitbeinig vor ihm Aufstellung und verschränkte herausfordernd die Arme vor der Brust. Evan und Stan postierten sich rechts und links von ihm.

»Nicht so hastig«, grinste Mike. »Was soll das heißen, du hast keine Zeit für uns? Für gute Freunde hat man immer Zeit. Oder hast du gar etwas Wichtigeres vor? Vielleicht einen Besuch beim König?«

»Du hast es erraten«, antwortete Dulac in einem Ton, der weitaus sicherer klang, als er sich in Wahrheit fühlte. Die drei waren auf Streit aus und er war ihnen mit seiner verletzten Schulter eindeutig nicht gewachsen.

»Irgendwie fällt es mir schwer, zu glauben, dass du zum König willst«, griente Mike. »Ich habe gehört, du wärst bei ihm in Ungnade gefallen.«

Schlechte Nachrichten machen schnell die Runde, dachte Dulac, darin unterschied sich Camelot offenbar von keiner anderen Stadt auf der Welt. Laut sagte er: »Da hast du offenbar was Falsches gehört. Gib den Weg frei – oder soll ich Artus sagen, dass ich zu spät komme, weil ihr mich aufgehalten habt?«

»Artus, hört, hört«, sagte Mike lauernd. »Er nennt den König also schon beim Namen. Ich frage mich, worüber sie wohl sonst noch so geredet haben.«

Es dauerte noch einen Moment – aber dann begriff Dulac endlich, warum Mike und die beiden anderen ihm aufgelauert hatten. Sie waren nicht gekommen, um sich einen ihrer wenig lustigen Scherze mit ihm zu erlauben oder ihn aus purer Langeweile zu verprügeln, wie sie es manchmal in der Vergangenheit getan hatten, sondern aus einem viel ernsteren Grund.

Nachdenklich sah er Evan an. Er war ein wenig enttäuscht von ihm, hatte er doch geglaubt, das Eis zwischen ihnen wenigstens ein bisschen gebrochen zu haben, und Evan besaß immerhin den Anstand, den Kopf zu senken und seinem Blick auszuweichen. Trotzdem wirkte er auf eine grimmige Art ebenso entschlossen wie die beiden anderen.

Die drei Jungen waren nicht gekommen, weil sie nichts mit ihrer Zeit anzufangen wussten, sondern weil sie in den

zurückliegenden fünf Tagen buchstäblich Todesängste ausgestanden hatten. Nicht ganz zu Unrecht.
»Ich habe Artus nichts gesagt, wenn es das ist, was ihr wissen wollt«, sagte er.
»Gesagt? Worüber?«
»Über eure kleine Verabredung mit den Pikten«, antwortete Dulac. Tatsächlich hatte er keine Sekunde lang daran gedacht, Evan und die beiden anderen zu denunzieren. Artus hätte sie zweifellos auf der Stelle hinrichten lassen, und auch wenn er ihnen in der Vergangenheit oft genug die Pest an den Hals gewünscht hatte, so wollte er doch nicht ihren Tod. Er war sicher, dass die drei ihre Lektion gelernt hatten.
»Hätte ich etwas gesagt, dann wärt ihr jetzt schon tot«, fügte er hinzu.
»Das ist wohl wahr«, seufzte Mike. Seine Hand kroch unter sein Hemd und blieb dort. »Aber wer sagt uns, dass das auch so bleibt?«
»Ich«, antwortete Dulac.
Mike schüttelte den Kopf. Die Hand unter dem Hemd schloss sich um etwas. Dulac war ziemlich sicher, dass es ein Messer war. »Ich fürchte, das allein reicht nicht«, sagte er. »Wenn du es dir doch noch anders überlegst ...«
Dulac verstand. Er war nicht sicher, was Stan und Evan anging, aber Mike war eindeutig mit dem festen Entschluss hierher gekommen, ihn umzubringen.
Es ging so schnell, dass es ihn selbst überraschte. Dulac drehte sich zur Seite. Seine Stirn prallte so hart gegen Stans Gesicht, dass er das Nasenbein des Jungen brechen hören konnte. Im gleichen Sekundenbruchteil fegte er Evan die Beine unter dem Leib weg, sodass er hilflos zu Boden fiel

und schwer mit dem Hinterkopf auf dem harten Kopfsteinpflaster aufschlug. Sofort stieß er den rechten Arm vor. Sein Handballen traf Mikes Kehlkopf und ließ ihn mit einem erstickten Keuchen zusammenbrechen. Während er fiel, glitt seine Hand unter dem Hemd hervor und ein Messer klirrte zu Boden.

Vielleicht war Dulac von allen Beteiligten am meisten überrascht, auf jeden Fall aber zutiefst erschrocken. Es war noch nicht einmal eine Sekunde vergangen und das Schlimme war: Er hatte nichts von alledem wirklich gewollt. Etwas in ihm hatte registriert, dass er in Gefahr war, und mit gnadenloser Konsequenz reagiert.

Dulac ließ sich auf ein Knie herabsinken und untersuchte die drei Jungen flüchtig. Evan hatte das Bewusstsein verloren, atmete aber gleichmäßig und tief, während Stan beide Hände auf seine zerschmetterte Nase presste und wimmernd versuchte das Blut zu stillen, das in Strömen daraus hervorschoss. Am schlimmsten hatte es Mike erwischt. Er strampelte mit den Beinen, warf verzweifelt den Kopf hin und her und versuchte vergeblich zu atmen. Er litt in diesem Moment Höllenqualen, aber Dulac wusste, dass er es überleben würde – auch wenn er vermutlich die nächsten zwei oder drei Wochen nur von Suppe und eingeweichtem Brot würde leben müssen.

Wenigstens hatte er keinen der drei umgebracht.

Dulac schauderte, als ihm klar wurde, dass er auch diesen Gedanken ohne das mindeste Gefühl dachte. Sein Leben war bedroht worden. Jemand hatte ihn angegriffen und er hatte sich gewehrt mit allen ihm zur Verfügung stehenden Mitteln, so einfach war das.

Was um alles in der Welt hatte diese verfluchte Rüstung ihm angetan?
»Du brauchst keine Angst zu haben«, sagte er. Er wusste nicht, ob Mike ihn überhaupt hörte, aber er war es schon sich selbst schuldig, diese Worte auszusprechen. »Ich werde euch nicht verraten. Aber überlegt es euch in Zukunft genau, mit wem ihr euch einlasst.«
Mike rang mit einem schrecklichen Geräusch nach Atem und bekam endlich etwas Luft und Stan drehte sich wimmernd auf die Seite, zog die Knie an den Leib und spuckte Blut.

Camelot war von Dutzenden von Fackeln taghell erleuchtet, als er die Burg erreichte. Ein gutes Dutzend aufgezäumter Pferde stand auf dem Hof und eine deutlich größere Anzahl Ritter – unter ihnen auch Artus, Galahad und Parzifal – stand in voller Rüstung dabei und sah den Dienstboten zu, wie sie die Packpferde beluden und Geschirr und Schabracken der Schlachtrösser kontrollierten. Eine fühlbare Aufbruchstimmung lag über dem Hof, zugleich aber auch eine deutlich spürbare Spannung.
Nur einen Moment später wurde aus dem Gefühl Gewissheit, denn nachdem Dulac sich zu Artus durchgekämpft hatte, platzte er mitten in einen Streit zwischen ihm und Sir Lioness hinein.
Der Tafelritter stand in voller Rüstung und Waffen da wie die meisten anderen und sein Gesicht hatte sich vor Zorn fast dunkelrot gefärbt. »Das kann nicht Euer Ernst sein, Artus!«, polterte er. »Ich bitte Euch, überlegt es Euch noch einmal!« Seine Stimme klang nicht nach dem Wort bitte, das er benutzt hatte. Er sah im Gegenteil so aus, als

hätte er gute Lust, seine Waffe zu ziehen und die Diskussion mit anderen Argumenten fortzusetzen.
Artus blieb ruhig. Er begrüßte Dulac mit einem flüchtigen Kopfnicken und wandte sich dann wieder zu Lioness um. »Es gibt nichts, worüber ich nachdenken müsste«, antwortete er. »Und es gibt auch nichts, was Eure Erregung rechtfertigte, Sir Lioness. Wir erweisen einem Freund und treuen Weggefährten die letzte Ehre. Wir alle haben Merlin viel zu verdanken. Fast alles. Auch Ihr, mein Freund.«
Lioness fuhr zusammen, als er den kaum versteckten Vorwurf in Artus' Worten registrierte. Er warf Dulac einen kurzen, zornsprühenden Blick zu, ehe er antwortete, fast als gäbe er ihm die alleinige Schuld an der Auseinandersetzung mit Artus.
»Niemand bestreitet Merlins Verdienste um Camelot«, antwortete er. »Er war ein großer Mann und der treueste Freund, den man sich nur wünschen kann. Aber Ihr seid nicht nur ein Freund und Ritter, Artus. Ihr seid auch König. Die Menschen schauen auf das, was Ihr tut.«
»Eben darum bin ich es Merlin schuldig, ihm diesen letzten Freundschaftsdienst zu erweisen«, antwortete Artus ruhig. »Was sollen die Menschen von einem König halten, der seinem treuesten Diener die letzte Ehre verweigert?«
»Einen heidnischen Ritus!«, grollte Lioness. »Das ist Gotteslästerung, Artus.«
Der König seufzte. Er sah nicht ärgerlich aus, sondern ein wenig enttäuscht. »Mein Entschluss steht fest, Sir Lioness«, sagte er. »Nennt es einen Abschied, wenn Ihr wollt. Merlin war der letzte der alten Magier und wir werden ihn auf die Weise beerdigen, die er sich gewünscht hat, heute Nacht, im Schein des Vollmondes im Cromlech. Es wird

wohl der letzte ...« Er verzog die Lippen zu einem bitteren Lächeln, »... *Ritus* dieser Art sein. Ich kann Euch verstehen, Sir Lioness. Auch ich kenne die Bibel und weiß, was unser aller Herr über Götzen und heidnischen Glauben sagt. Tut es für Merlin.«
Sir Lioness schwieg. Einen Moment lang starrte er Artus an, dann sah er aus blicklosen Augen an ihm vorbei ins Leere. Schließlich nickte er.
»Ich werde Euch begleiten«, sagte er. »Ich werde für Euer Seelenheil beten, Artus, und das aller, die Euch begleiten. Vielleicht erbarmt sich Gott der Herr und vergibt Euch Eure Sünden.«
Er fuhr auf dem Absatz herum und ging und Artus blickte ihm kopfschüttelnd nach. Er sagte jedoch kein Wort mehr, sondern drehte sich zu Dulac herum und zauberte ein müdes, aber sehr ehrliches Lächeln auf sein Gesicht. »Ich bin froh, dass du gekommen bist«, sagte er. »Ich war nicht sicher.«
»Herr?«
»Du wolltest davonlaufen«, sagte Artus. »Du hasst mich für das, was ich dir antue, und du hast in den letzten Tagen über nichts anderes nachgedacht. Am liebsten würdest du mir die Kehle durchschneiden.« Er berührte lächelnd die Stelle an seinem Hals, wo Dulac ihn verletzt hatte. »Außerdem bist du fest entschlossen, nicht nach York zu gehen.«
»Könnt Ihr ... könnt Ihr meine Gedanken lesen?«, fragte Dulac verdattert.
»Sie stehen auf deiner Stirn geschrieben«, behauptete Artus. »Außerdem war ich auch einmal so alt wie du, auch wenn du es vielleicht nicht glauben magst. Tu nichts, was du später bedauern würdest, Dulac. Die Welt ist groß und

sie lockt mit Abenteuern. Drachen sind zu erschlagen – oder auch Könige, je nachdem – und Jungfrauen zu befreien. Aber glaube mir: Was dich dort draußen erwartet, das sind Leid, Schmerz und Tod. Du wirst dort draußen keine Schätze finden, sondern wahrscheinlich einen Dolch, der dir die Kehle durchschneidet.«
Dulac war zutiefst verwirrt, nicht einmal so sehr über das, was Artus sagte, sondern vielmehr darüber, dass er es sagte. Wer war er gegen den König? Artus hatte es wahrlich nicht nötig, sich vor ihm zu rechtfertigen oder ihm irgendetwas zu erklären. Wieso war er plötzlich so wichtig für den König?
»Es wird Zeit«, sagte Artus. »Ich habe ein Pferd für dich satteln lassen. Du kennst es, glaube ich.« Er lächelte flüchtig. »Du versprichst mir, uns auch auf dem Rückweg zu begleiten?«
»Ja«, antwortete Dulac. Es fiel ihm nicht leicht, dieses Versprechen zu geben, aber er meinte es ehrlich.
»Dann geh zu deinem Pferd«, sagte Artus. »Wir haben einen langen Weg vor uns und nicht sehr viel Zeit.«

Sie brachen nur kurze Zeit später auf. Der Tross, der bei Sonnenaufgang durch das nördliche Tor der Stadt ritt, war kaum weniger groß und prachtvoll anzuschauen als der, mit dem Dulac vor einigen Tagen schon einmal aus der Stadt geritten war, bestand aber nun aus sehr wenigen Rittern, dafür aber umso mehr Packpferden und Bediensteten, die – zusammen mit Dulac – in einigem Abstand hinter Artus und den Tafelrittern die Stadt verließen.
Abgesehen von Dulac selbst und Sir Lioness waren es nur Sir Galahad, Sir Braiden, Sir Gawain und Sir Leodegranz;

alle anderen waren erst gar nicht auf dem Hof erschienen oder hatten mehr oder weniger fadenscheinige Vorwände gefunden, sie nicht zu begleiten. Dulac hatte den ihm zugewiesenen Platz ganz am Ende der Kolonne eingenommen, aber es gelang ihm dennoch, einen Blick auf Artus' Gesicht zu erhaschen. Es wirkte auf den ersten Blick ungerührt und unnahbar, aber Dulac kannte den König vielleicht besser als viele der Männer, die an seiner Tafel saßen, und ihm entging die Mischung aus Enttäuschung und brodelndem Zorn in dessen Augen keineswegs. Von mehr als fünfzig Rittern waren ihm gerade einmal fünf gefolgt und Sir Lioness galt nicht, denn er hatte keine Zweifel an seinen Beweggründen gelassen. Artus musste zutiefst enttäuscht sein. Während sie sich im Hof zum Abmarsch formierten, hatte er noch die schwache Hoffnung gehegt, dass vielleicht auch Gwinneth sich dem sonderbaren Trauerzug anschließen würde, aber sie hatte sich nicht erfüllt. Gwinneth hatte ihm ja – als er in der Maske des Lancelot steckte – selbst anvertraut, dass auch sie eine Anhängerin des alten Glaubens war, und er hatte gehofft, dass sie Merlin auf seinem letzten Weg begleiten würde. Aber vermutlich war dies viel zu anstrengend und viel zu gefährlich für sie. Dulac verstand nicht ganz, dass Artus das Risiko einging, mit nur so wenigen Bewaffneten die Burg zu verlassen. Immerhin befanden sie sich mitten in einem Krieg, auch wenn dieser im Moment den Atem anzuhalten schien.

Sie trafen jedoch weder auf Pikten noch auf irgendwelche anderen Feinde und abgesehen von der ersten Stunde nach dem Verlassen der Stadt auf gar keine Menschen mehr.

Der Trauerzug hatte sich zuerst nach Norden gewandt, fast genau in dieselbe Richtung, in die Dulac Tage zuvor auf dem Einhorn geritten war. Nach etwas mehr als einer Stunde jedoch änderten sie ihren Kurs ein wenig und ritten nun zwar immer noch nach Norden, aber auch in westliche Richtung, sodass sie sich von der Küste weg und mehr ins Landesinnere bewegten.

Allmählich begann sich ihre Umgebung zu verändern. Dulac konnte den Unterschied anfangs kaum in Worte fassen, aber dafür spürte er ihn umso deutlicher. Sie drangen in einen Teil des Landes ein, in dem es keine Menschen gab, aber es war, als spüre er vielmehr die Anwesenheit von etwas Fremdem und weniger die Abwesenheit von Menschen. Aber vielleicht war es ja etwas, das nur da war, weil es hier keine Menschen gab.

Dulac versuchte den Gedanken zu verscheuchen. Solcherlei Überlegungen waren nicht nur närrisch, sie führten auch zu nichts.

Was jedoch blieb, war die Tatsache, dass sie sich tiefer und tiefer in einen unwirtlichen Teil des Landes hineinbewegten. Ihre Umgebung bestand zum größten Teil aus Wald- und Sumpfgebieten, die einander abwechselten und manchmal ineinander übergingen, sodass man kaum sehen konnte, wo das eine aufhörte und das andere begann. Auch kam wieder Nebel auf, obwohl weder die Witterung noch die Tageszeit dafür war.

Trotzdem verringerte sich ihre Geschwindigkeit nicht. Ihr Ziel musste wohl wirklich sehr weit entfernt sein, denn Artus, der vorausritt, legte ein geradezu halsbrecherisches Tempo vor. Die Sicherheit, mit der er sein Pferd durch den Sumpf lenkte, an diesem Busch nach links auswich, um jenen Baum einen großen Bogen schlug oder scheinbar sicheren Boden in einigem Abstand umging, machte Dulac klar, dass er diesen Weg nicht zum ersten Mal nahm.

Sie ritten ohne Pause bis zur Mittagsstunde, ehe Artus mit sichtlichem Widerwillen das Zeichen zum Anhalten gab und ihnen eine kurze Rast gestattete, nach der sie weiterritten, um auch noch den Nachmittag im gleichen, schnellen Tempo zurückzulegen. Als es zu dämmern begann, wurde das Land immer steiniger und härter und der Boden begann allmählich anzusteigen, sodass sie langsamer vorwärts kamen. Eine Landschaft aus zerschrundenen Felsen und jäh aufsteigenden Hügeln, die selten eine Höhe von mehr als zwanzig Metern erreichten und somit nicht einmal so hoch waren wie die Türme Camelots, aber so steil und unbesteigbar, dass sie wie ein Gebirge wirkten – und so abweisend und fremd wie ein Teil einer vollkommen anderen Welt, in der Menschen nicht erwünscht waren.

Diese unheimliche Welt erfüllte die Männer mit Furcht. Dulac las es deutlich in den Gesichtern seiner Begleiter und ihm selbst erging es auch nicht viel besser. War ihm die nebelverhangene Sumpflandschaft, durch die sie einen großen Teil des Tages geritten waren, noch auf sonderbare Weise vertraut vorgekommen, so erfüllten ihn die harten Linien, die schwarzen Schlagschatten und jäh aufklaffenden Abgründe und Spalten mit Angst. Er war sehr froh, als Artus endlich das Zeichen zum Anhalten gab und sie ihre Pferde zügelten – was aber nur für Dulac und die anderen Mitglieder des Begleittrupps galt, nicht für Artus und seine Ritter. Der König lenkte sein gepanzertes

Schlachtross zu ihnen zurück, während Lioness und die vier anderen Ritter in den Sätteln blieben.
»Schlagt das Nachtlager auf«, befahl Artus. »Wir sind in zwei, längstens drei Stunden zurück. Entzündet ein Feuer und stellt Wachen auf. Es gibt wilde Tiere hier und möglicherweise auch Räuber.« Er machte eine abwehrende Bewegung, als Dulac sich wie alle anderen aus dem Sattel schwingen wollte. »Du nicht. Ich brauche deine Hilfe. Bereitet ein Mahl vor. Wir werden hungrig sein, wenn wir zurückkehren.«
Dulac lenkte sein erschöpftes Tier in Artus' Richtung und hielt abermals an, als Artus unwillig den Kopf schüttelte. Zugleich deutete er mit einer herrischen Geste auf das Packpferd, über dessen Sattel der schlichte Leinensack gelegt war, der Dagdas sterbliche Überreste enthielt. Dulac verstand. Dazu also brauchte ihn Artus.
Er ritt zurück, ergriff die Zügel des Packpferdes und machte wieder kehrt um sich Artus anzuschließen. Er hatte damit gerechnet, dass der König bereits wieder zu Lioness und den anderen Rittern zurückkehrte, die in zwanzig oder dreißig Metern Entfernung warteten und bereits deutliche Zeichen von Ungeduld zeigten. Artus wartete jedoch auf ihn und er wendete sein Pferd erst, als Dulac neben ihm angekommen war. Dann sagte er etwas sehr Seltsames:
»Was immer du von jetzt an siehst oder hörst, du wirst niemandem davon erzählen.«
»Bestimmt nicht, Herr«, antwortete Dulac. »Aber warum –?«
»Es ist besser so«, unterbrach ihn Artus. »Du wirst mich verstehen, wenn wir unser Ziel erreicht haben. Es ist nicht mehr sehr weit.«

Dulac musste sich mit dieser Antwort zufrieden geben, aber sie war nicht unbedingt dazu angetan, ihn zu beruhigen.
In respektvollem Abstand folgte er Artus. Der König setzte sein Pferd wieder an die Spitze des jetzt nur noch sieben Köpfe zählenden Trupps. Sir Gawain nickte Dulac müde zu, aber die anderen nahmen nicht einmal Notiz von ihm – sah er von Sir Lioness ab, der ihm einen raschen, aber durch und durch feindseligen Blick zuwarf, dessen Grund Dulac nicht verstand.
Sie ritten ohne Pause weiter. Wie Artus gesagt hatte, war der Weg nicht mehr allzu lang, aber Dulac kam er schier endlos vor. Der Pfad wurde bald so schmal, dass sie nur noch hintereinander reiten konnten, und mehr als einmal sah es so aus, als würden sie es gar nicht schaffen. Der Pfad schlängelte sich in immer enger werdenden Kehren und Windungen zwischen den Felsen hindurch und wurde immer steiler und der Boden war mit Felsbrocken und Spat übersät, auf denen die Pferde kaum Halt fanden und nur zu oft ausglitten und zu stürzen drohten.
Doch dann änderte sich ihre Umgebung schlagartig. Sie hatten einen der steilen Felshügel erklommen und Dulac erwartete etwas wie eine kahle Hochebene oder eine mit Felsbrocken übersäte Einöde, doch das genaue Gegenteil war der Fall: Vor ihnen lag ein dichter, wuchernder Wald, durch den nur ein schmaler Pfad führte. Artus ritt ohne zu zögern weiter, aber Dulac sah, dass die anderen Ritter zusammenfuhren und sich erschrocken ansahen.
Vielleicht war Dulac der Einzige, der von der schleichenden Furcht unberührt blieb, die die Herzen der Männer ergriffen zu haben schien. Die Ritter – selbst Artus – sahen

immer nervöser nach rechts und links und Dulac konnte diese Nervosität durchaus nachvollziehen, aber ein anderer Teil von ihm schien regelrecht aufzuatmen. Der Wald, durch den sie ritten, war schwärzer als die Nacht. Das wenige Licht, das durch das dichte Blätterdach hoch über ihren Köpfen drang, reichte gerade aus, um einen unsicheren silbrigen Schein auf den schmalen Pfad zu werfen, versickerte aber schon nach einer Handbreit im dichten Unterholz und Blattwerk des Waldes, so spurlos und schnell, als lauere irgendetwas in diesem Wald, das das Licht regelrecht auffraß. Auch dieser Gedanke sollte Dulac Angst machen, aber er bewirkte das Gegenteil. Dulac fühlte sich ... geborgen. Irgendeine unheimliche, düstere Macht lauerte in diesem Wald, aber so intensiv er ihre Anwesenheit auch spürte, fühlte er auch gleichzeitig, dass diese Macht ihm nicht feindlich gesonnen war.

Endlich wurde es vor ihnen wieder hell. Artus ritt ein wenig schneller und nach wenigen Augenblicken schon ritt Dulac als Letzter auf eine weite, oval geformte Lichtung hinaus. Sie musste fünf- oder sechshundert Schritte in ihrer größten Ausdehnung messen und war an allen Seiten von dem gleichen undurchdringlichen Wald umgeben, durch den sie gerade gute zehn Minuten geritten waren, und war somit ungleich größer, als sie eigentlich sein konnte. Dulac verschwendete daran jedoch im ersten Augenblick nicht einmal einen Gedanken. Er war viel zu sehr damit beschäftigt, den gewaltigen Steinkreis anzustarren, der sich im Zentrum der Lichtung erhob.

Jeder der gewaltigen Menhire musste gute fünf Meter hoch sein und Dutzende von Tonnen wiegen. Die riesigen Pfeiler aus sorgsam bearbeitetem Granit bildeten einen

perfekten Kreis, in dessen Zentrum sich etwas erhob, das Dulac über die große Entfernung nicht richtig erkennen konnte, von dem er aber tief in sich spürte, dass es etwas Großes und Heiliges war und etwas sehr Machtvolles.
Er erinnerte sich daran, wie Artus diesen Platz genannt hatte: Cromlech. Das war das Wort, das er benutzt hatte. Cromlech ...
Dulac wiederholte es ein paar Mal in Gedanken und es verlor dabei nichts von seinem zugleich unheimlichen wie sonderbar vertrauten Klang. Was immer dieses Wort bedeutete – es lag vor ihnen.
Artus hob die rechte Hand und gab damit das Zeichen zum Anhalten. Sir Lioness zügelte sein Pferd so abrupt, als wäre er vor eine unsichtbare Wand geprallt, und wankte tatsächlich für einen kurzen Moment im Sattel, während die übrigen Ritter zu Artus aufschlossen und sich zu einem lockeren Kreis um ihn formierten. Wahrscheinlich war es nicht wirklich so – aber Dulac hatte das Gefühl, dass sie sich um den König stellten um ihn zu schützen. Aber wovor?
Als er an Sir Lioness vorbeiritt, warf er einen kurzen Blick auf dessen Gesicht. Die Züge des Tafelritters schienen zu Stein erstarrt zu sein. »Häresie«, murmelte er. »Das ist Häresie.«
Dulac hätte fast geantwortet, aber dann begriff er, dass die Worte nicht ihm galten. Sir Lioness hatte seine Anwesenheit wahrscheinlich gar nicht bemerkt. Sein Blick war starr auf den Steinkreis gerichtet, und was Dulac darin las, das ließ ihn bis ins Innerste erschauern. Es war Furcht, eine Furcht, der sich auch Dulac nicht gänzlich entziehen konnte, denn der Steinkreis strahlte etwas unbeschreiblich

Finsteres und Abweisendes aus. Dulac senkte hastig den Blick und beeilte sich an Artus' Seite zu kommen, aber Sir Lioness' Blick blieb weiterhin vor seinen Augen.

Artus sah kurz zur Seite, als er Dulacs Näherkommen registrierte, dann nickte er und stieg mit müde wirkenden Bewegungen aus dem Sattel. Die anderen Ritter und auch Dulac taten es ihm gleich, einzig Sir Lioness blieb reglos und stocksteif aufgerichtet im Sattel.

Artus trat an das Packpferd heran und hob Dagdas in Leinen gehüllten Körper aus dem Sattel. Sir Braiden wollte ihm helfen, aber Artus schüttelte fast zornig den Kopf und drehte sich herum. Hoch aufgerichtet und scheinbar ohne das Gewicht des toten Magiers auf seinen Armen zu spüren, ging er auf den Steinkreis zu. Sir Braiden und die anderen Ritter folgten ihm, nur Dulac machte einen einzelnen zögernden Schritt und blieb dann wieder stehen. Er fragte sich, warum Artus ihn überhaupt mitgenommen hatte. Sir Lioness war nicht der Einzige, der nicht hierher gehörte.

»Worauf wartest du?«, fragte Artus.

»Ich ... ich weiß nicht, Herr, ob ... ob ich ...«, stotterte er.

»Ob du hierher gehörst?« Artus nickte. »Vielleicht mehr als jeder andere. Es wäre Merlins Wunsch gewesen, dass du ihn auf seinem letzten Weg begleitest.«

Er ging weiter ohne Dulacs Antwort abzuwarten.

Je näher sie dem Steinkreis kamen, desto unbehaglicher wurde Dulac zu Mute. Es war nicht nur die Größe der tonnenschweren Menhire, die zu einem Kreis von gut zwanzig Schritten Durchmesser aufgestellt waren. Sie strahlten eine spürbare Aura von *Alter* aus. In den schwarzen Granit waren verschlungene Schriftzeichen und Symbole eingemeißelt, die ihn an jene erinnerten, die er in Malagon gesehen hatte, aber weitaus kunstvoller waren. Auch sie waren nur Kopien der Runen, die er auf dem Schwert und der silbernen Rüstung gesehen hatte, aber statt grobe Imitationen zu sein, kamen sie ihren Vorbildern schon recht nahe. Dulac nahm sich vor, Artus nach ihrer Bedeutung zu fragen, sobald das Zeremoniell vorüber war. Wenn es jemand wusste, dann er.

Als sie näher kamen, erkannte er auch das Objekt im Zentrum des Steinkreises. Es war ein gewaltiger, quaderförmiger Block, der aus demselben Material bestand wie die Menhire, aber auf der Seite lag und so eine Art Altar bildete. Auch er war mit Runen und unheimlichen Symbolen übersät, die sich im bleichen Licht des Mondes zu bewegen schienen.

Natürlich war das nicht möglich. Dulac versuchte den Gedanken als lächerlich abzutun, aber ganz gelang es ihm nicht. Je näher sie dem Steinkreis kamen, desto deutlicher spürte er, dass da tatsächlich etwas war. Dieses uralte Heiligtum bestand aus mehr als Stein und uralten Schriftzeichen. Es war ein heiliger Ort, ein Ort, der eine Seele und einen Geist und vielleicht auf seine ganz eigene Art sogar ein Bewusstsein hatte.

Artus schritt langsam zwischen den gewaltigen Steinsäulen hindurch, näherte sich dem Altar und legte Dagda behutsam davor auf den Boden. Dann zog er sein Messer und trennte mit einer raschen Bewegung das Leinentuch auf, in das der Leichnam eingehüllt war.

Dulacs Herz zog sich schmerzhaft zusammen, als er Dagda erblickte. Aber so grausam sein Tod gewesen war, hatte er doch keine Spuren in seinem Gesicht hinterlassen. Es wirkte entspannt und auf seinen Lippen schien sogar die Andeutung eines Lächelns zu liegen. Wäre er nicht in Dulacs Armen gestorben, hätte er erwartet, dass er im nächsten Moment die Augen aufschlug und sich aufsetzte.

Artus richtete sich wieder auf und legte Dagdas Körper auf den Altar. Dann trat er zurück, schloss für einen Moment die Augen und hob den Blick dann zum Himmel.

Lange Zeit stand er vollkommen reglos so da und blickte den Mond an, der zu einem vollkommenen Kreis gerundet über dem Cromlech stand. Er schien auf irgendetwas zu warten, aber Dulac konnte nicht sagen worauf. Verstohlen sah er aus den Augenwinkeln zu Sir Gawain hin, aber der Tafelritter wirkte ebenso ratlos wie er. Außer Artus selbst schien niemand zu wissen, worauf der König wartete.

Und irgendetwas ... geschah.

Es war nicht zu sehen, nicht zu hören oder mit irgendeinem seiner anderen normalen menschlichen Sinne wahrzunehmen, aber dafür spürte Dulac es umso deutlicher. Etwas an der unheimlichen Aura, die über dem Cromlech lag, begann sich zu verändern. Plötzlich war da eine Stimmung von ... *Erwartung*.

Dulac sah sich schaudernd um, aber sosehr er die unheimliche Veränderung auch spürte, seine Augen sahen doch nichts Außergewöhnliches. Die Ritter standen in einem lockeren Dreiviertelkreis da, in dessen Zentrum sich Artus und der Altarstein befanden, und sahen ebenso hilflos und leicht verängstigt aus, wie Dulac sich selbst fühlte. Auf der anderen Seite war Sir Lioness nun doch aus dem Sattel gestiegen und hatte sich neben seinem Pferd niedergekniet um zu beten. Der Wald lag schwarz wie eine undurchdringliche Mauer ringsum da. Der Weg, über den sie die Lichtung betreten hatten, war von der Nacht verschlungen worden.

Dann sah Dulac doch etwas.

Es war nur ein flüchtiges Blitzen, kürzer als ein Wimpernschlag, als hätte sich ein Lichtstrahl auf Metall gebrochen. Dulac sah genauer hin und das silbrige Blitzen wiederholte sich. Es war Metall, irgendwo am Waldrand, dort, wo kein Metall sein durfte.

Dulac wollte sich an Sir Braiden wenden, um ihn auf seine Entdeckung aufmerksam zu machen, entschied sich aber dann dagegen, als er den Ausdruck auf dem Gesicht des Ritters sah. Einen Moment lang zögerte er noch, dann drehte er sich um, verließ lautlos den Steinkreis und näherte sich mit schneller werdenden Schritten dem Waldrand.

Im ersten Moment sah er nichts und glaubte schon, sich doch getäuscht zu haben, aber dann hörte er ein gedämpftes Knacken wie das Brechen eines trockenen Zweiges, und als er in diese Richtung sah, wiederholte sich das Blitzen erneut.

Dulac blickte noch einmal zum Cromlech zurück, dann wandte er sich um und drang mit klopfendem Herzen in den Wald ein. Allerdings war er fest entschlossen, nicht weiter als zwei oder drei Schritte zu gehen. So dunkel, wie es hier drinnen war, bestand selbst dann bereits die Gefahr, die Orientierung zu verlieren und sich hoffnungslos zu verirren.

Im nächsten Moment hatte er die Dunkelheit vergessen.

Vor ihm stand das Einhorn. Es war zur Gänze gepanzert und aufgezäumt und an seinem Sattelgurt hing eine kurze Lanze mit einer silbernen Spitze. Es sah ihn aus seinen großen, auf unheimliche Weise intelligenten Augen an und stand in vielleicht fünf oder sechs Schritten Entfernung da, drehte sich aber herum und lief ein kleines Stück davon, als Dulac sich zu nähern versuchte. Dann blieb es wieder stehen, drehte den Kopf und sah auffordernd zu ihm zurück. Der Sinn seines Benehmens war eindeutig. Es wollte, dass Dulac ihm folgte.

Dulac zögerte jedoch. Er sah unschlüssig zum Waldrand zurück. Obwohl er nur knapp entfernt war, konnte er ihn kaum noch erkennen. Noch zwei Schritte weiter und er hatte keine Chance mehr, den Rückweg aus eigener Kraft zu finden.

Das Einhorn ließ ein gedämpftes Schnauben hören und Dulac fällte eine Entscheidung und folgte ihm. Er hoffte halbwegs, dass das Tier stehen bleiben und ihm Gelegenheit geben würde, in den Sattel zu steigen. Das Pferd wartete jedoch immer, bis er sich ihm bis auf wenige Schritte genähert hatte, um sich dann wieder ein wenig zu entfernen und erneut stehen zu bleiben.

Auf diese Weise führte es ihn tiefer und tiefer in den Wald hinein. Dulac hatte längst die Orientierung verloren, nicht nur in räumlicher, sondern auch in zeitlicher Hinsicht. Er konnte nicht sagen, wie weit er in den Wald eingedrungen war und ob sie nun eine Minute oder eine Stunde unterwegs waren. Wieder wandte sich das Pferd um und trabte davon und Dulac erwartete, dass es auch diesmal wieder nach wenigen Schritten stehen bleiben würde, damit er aufholen konnte. Stattdessen jedoch begann es plötzlich zu galoppieren und verschwand und Dulac blieb allein zurück.

Doch er war nicht allein. Er hörte Geräusche, dann Stim-

men und identifizierte ohne Probleme die Richtung, aus der sie kamen. Lautlos und mit nahezu angehaltenem Atem schlich er los und erreichte nach wenigen Schritten den Rand einer kleinen Lichtung.
Vor ihm bewegte sich eine Anzahl dunkel gekleideter Gestalten. Er konnte die Stimmen jetzt deutlicher hören, aber trotzdem nicht verstehen. Dennoch identifizierte er die Sprache, in der sich die Männer unterhielten, denn es war noch nicht lange her, dass er sie gehört hatte. Es war Piktisch.
Pikten? Hier?
Es mussten zwei Dutzend sein, wenn nicht mehr, und der Grund ihres Hierseins war Dulac sofort klar. Es war ein Hinterhalt, der Artus und seinen Rittern galt. Irgendwie hatten die Pikten davon erfahren, dass der König hierher kommen würde.
Er musste Artus warnen. Aber wie? Dulac hatte nicht die geringste Ahnung, wo er war und in welche Richtung er reiten musste um zum Cromlech zurückzukommen. Er bezweifelte nicht, dass Artus und seine fünf Begleiter es in einem fairen Kampf selbst mit dieser Übermacht aufnehmen konnten, aber nicht wenn sie in eine heimtückische Falle liefen. Und er konnte sich beim besten Willen nicht vorstellen, dass die Barbarenkrieger Artus und die anderen zu einem ritterlichen Zweikampf herausfordern würden.
Jetzt entstand am gegenüberliegenden Rand der Lichtung Unruhe, dann erschienen zwei Berittene zwischen den Pikten und Dulacs Herz machte einen erschrockenen Sprung. Mordred! Dulac duckte sich tiefer hinter den Busch, hinter dem er Deckung gesucht hatte.
Mordred ritt in die Mitte der Lichtung und hielt an. Du-

lac versuchte seinen Begleiter zu erkennen, aber es gelang ihm nicht. Die Gestalt trug einen weit fallenden Mantel mit einer übergroßen Kapuze, unter der nur Finsternis zu sein schien.

»Seid ihr bereit?«, fragte Mordred.

Die Frage galt einem der piktischen Krieger, der ihm entgegentrat und in gebrochenem Englisch antwortete. »Unsere Krieger sind bereit, Herr. Wir warten noch auf die Rückkehr unserer Späher.«

»Späher? Das ist nicht nötig. Artus hat nur eine Hand voll Krieger bei sich.«

»Wir haben einen zweiten Trupp entdeckt, der jenseits des Waldes lagert«, gab der Pikte zu bedenken.

»Armseliges Bauernpack«, antwortete Mordred abfällig. »Macht euch keine Sorgen. Sie werden es nicht wagen, den Wald auch nur zu betreten. Sie sind noch abergläubischer als ihr.«

»Und Artus?«, fragte der Pikte.

»Was soll mit Artus sein?«, gab Mordred zurück. »Ihr seid mehr als zwei Dutzend. Fürchtet ihr euch vor fünf Männern?«

»Nicht vor fünf Männern«, antwortete der Pikte ruhig. »Aber vor der Magie *eines* Mannes.«

Mordred wollte antworten, aber sein Begleiter kam ihm zuvor, indem er die Kapuze seines Mantels zurückschlug. Dulac erstarrte.

Morgaine le Faye trug dasselbe schwarze Diadem, mit dem er sie nach seinem Kampf gegen die Pikten gesehen hatte, aber ihr Gesicht erschien ihm schmaler und der Ausdruck darauf kälter. In ihren nachtfarbenen Augen blitzte es verächtlich, als sie auf den Pikten herabsah.

»Was ihr fürchtet, ist Merlins Magie, nicht die von Artus«, sagte sie. »Aber Merlin ist tot und seine Magie ist mit ihm vergangen. Das Licht des Mondes wird ihren letzten Rest in die andere Welt hinüberbegleiten. Wartet bis Mitternacht, dann steht ihr einem sterblichen Mann gegenüber, dessen Schwert nicht gefährlicher ist als eure. Aber denkt daran – ich will Artus lebend. Tötet meinetwegen die anderen, aber ihn will ich lebendig.«

»Falls ihr dazu in der Lage seid«, fügte Mordred verächtlich hinzu, was ihm einen ärgerlichen Blick seiner Mutter einbrachte.

»Das werden wir«, antwortete der Pikte. Seine Stimme klang schneidend.

Mordreds Gesicht verdüsterte sich und er setzte zu einer geharnischten Antwort an, aber Morgaine brachte ihn mit einer herrischen Geste zum Schweigen.

»Genug jetzt«, sagte sie scharf. »Ihr solltet aufbrechen. Es ist zwar noch ausreichend Zeit, aber der Weg ist weit und ihr dürft auf keinen Fall zu spät kommen. Artus wird bis Mitternacht warten, aber sobald Merlins Geist in die andere Welt übergewechselt ist, wird er den Cromlech verlassen.«

Dulac hatte genug gehört und zog sich auf Händen und Knien rückwärts kriechend ein gehöriges Stück weit in den Wald zurück, ehe er es wagte, sich wieder aufzurichten. Noch länger zu bleiben wäre viel zu gefährlich gewesen. Es kam ihm ohnehin schon wie ein kleines Wunder vor, dass weder Morgaine noch Mordred seine Anwesenheit gespürt hatten.

Alles, was jetzt zählte, war, dass er Artus warnen musste. Aber wie? Er wusste ja nicht einmal, in welcher Richtung der Cromlech lag!

Hinter ihm erklang das gedämpfte Geräusch von Hufen. Dulac fuhr herum und erkannte das Einhorn, das ebenso plötzlich wieder aufgetaucht war, wie es vorhin verschwunden war. Diesmal lief es nicht davon, als er sich ihm näherte, sodass er den Arm ausstreckte und sich in den Sattel schwang. Welches Geheimnis auch immer dieses Tier umgab, es stand eindeutig auf seiner Seite. Mit seiner Hilfe konnte er Artus zweifellos erreichen und warnen, bevor die Pikten am Cromlech ankamen.
Als hätte es seine Gedanken erraten, drehte sich das ganz in Silber gehüllte Pferd auf der Stelle herum und sprengte mit solcher Geschwindigkeit los, dass Dulac einen erschrockenen Schrei ausstieß und sich an den Sattel klammerte um nicht abgeworfen zu werden.
So schnell der Höllenritt war, dauerte er dennoch scheinbar ewig. Er war mit seinen Kräften am Ende und schaffte es kaum noch, sich am Sattel festzuklammern, als es endlich vor ihm wieder hell wurde. Sie hatten den Waldrand erreicht.
Aber es war nicht der Cromlech, der vor ihnen lag. In Dulacs Erleichterung, diesen unheimlichen Wald endlich hinter sich gelassen zu haben, mischte sich maßloses Erstaunen, als er die weite, größtenteils offene Ebene erblickte, die sich vor ihm erstreckte. Sie und die Stadt, die dahinter lag.
Camelot.
Es war vollkommen unmöglich, aber vor ihm lag Camelot. Doch wie konnte das sein? Das Einhorn hatte ein geradezu mörderisches Tempo vorgelegt, aber sie waren vor Sonnenaufgang aufgebrochen und den ganzen Tag nahezu ohne Rast durchgeritten und jetzt ging es auf Mitternacht

zu. Es war völlig unmöglich – es sei denn, es war Magie im Spiel, etwas, an das wirklich zu glauben er sich immer noch weigerte, obwohl er es schon mehr als einmal mit eigenen Augen gesehen und am eigenen Leib gespürt hatte. Darüber hinaus: Magie hin oder her – warum hatte ihn das Pferd zurück nach Camelot gebracht statt zu Artus und seinen Rittern?
Zumindest in diesem Punkt irrte er sich, das wurde ihm schlagartig klar, als sie Camelot fast erreicht hatten und sich dem Nordtor näherten. Statt jedoch hindurchzureiten oder anzuhalten, damit er absteigen konnte, schwenkte das Pferd plötzlich in scharfem Bogen nach Norden und näherte sich dem kleinen Wäldchen, das sich eine halbe Meile von Camelot entfernt erhob. Binnen weniger Augenblicke hatten sie es erreicht. Das Pferd drang noch etliche Schritte weit ins Dickicht ein und blieb dann stehen, damit Dulac absteigen konnte.
Ein sehr sonderbares Gefühl begann sich in Dulac auszubreiten, während er langsam aus dem Sattel stieg. Es war eindeutig Entsetzen, aber auch Zorn und etwas, was ihm vollkommen fremd war. Er kannte dieses Dornengebüsch. Er hatte sich geschworen, diese furchtbare Rüstung nie wieder anzulegen, ganz egal, worum es ging und was auf dem Spiel stand. Aber er begriff auch, dass er diesen Schwur nicht würde halten können. Er hatte ihn geleistet, weil er Angst vor sich selbst bekommen hatte, aber welche Rolle spielte sein Schicksal, wenn es um das Leben des Königs ging und damit letzten Endes um das Wohl und Wehe ganz Camelots und aller Menschen, die darin lebten?
Er hatte keine Wahl.
Dulac ließ sich in die Hocke sinken und bog die Zweige

auseinander. Die Rüstung lag unverändert dort, wo er sie liegen gelassen hatte. Er streckte die Hand danach aus, zögerte und zog den Arm dann wieder zurück.
Das Pferd schnaubte und begann unruhig mit einem Vorderhuf zu scharren. Sie hatten keine Zeit. Es war noch nicht Mitternacht, aber jede Minute, die er zögerte, konnte über Leben und Tod des Königs und seiner Begleiter entscheiden.
Aber wenn er diese Rüstung jetzt anlegte ...
Dulac war von der absoluten Gewissheit erfüllt, dass er diese Rüstung nicht einfach anlegen und hinterher nach Belieben wieder ablegen konnte. Der Preis, den sie das letzte Mal von ihm verlangt hatte, war hoch gewesen, aber er spürte, dass der, den er das nächste Mal bezahlen musste, noch unendlich viel höher sein würde. Mehr als er bezahlen wollte und vielleicht sogar mehr, als er bezahlen *konnte*.
Doch er hatte keine Wahl. Und wann im Leben hatte er jemals etwas geschenkt bekommen?
Dulac sah noch einmal nach Camelot hinüber, dann zog er die Gralsrüstung aus dem Gebüsch und legte sie an.
Es war nicht mehr Dulac, der in den Sattel stieg und sich auf den Rückweg zum magischen Wald und dem Cromlech machte, sondern Lancelot.

Das Zauberross überwand die Strecke zurück zum Cromlech mit der gleichen, magischen Schnelligkeit wie den Weg nach Camelot und trotzdem kam er zu spät. Lancelot hörte das Klirren von Waffen und das Schreien von Mensch und Tier schon, als sie sich dem Waldrand näherten, und noch bevor vor seinem inneren Auge das Bild der verzweifelten Schlacht entstand, die auf der Waldlichtung toben musste, spürte er, wie sich eine sonderbare kribbelnde Erregung in ihm ausbreitete. Es war ein neues und düsteres Gefühl, das aber nicht unangenehm war, und was ihn am meisten daran erschreckte, war vielleicht, dass er sich der Bedeutung dieses Gefühles durchaus bewusst war. Etwas in ihm ...

... freute sich auf den Kampf.

Er wollte kämpfen, schlimmer noch, er wollte töten. Ohne sein Zutun löste er die Lanze vom Sattelgurt, klemmte sie sich fest unter den rechten Arm und schloss die Hand um den Schaft. Dann hatte das Einhorn den Waldrand erreicht und brach wie eine silberfarbene Chimäre aus dem Unterholz.

Seine Lanze fand im ersten Moment kein Ziel. Der Kampf tobte mit der gnadenlosen Härte und Wut, die er erwartet hatte, aber sie konzentrierte sich auf den Steinkreis, in dessen Inneres sich Artus und seine Ritter zurückgezogen hatten. Während Lancelot auf den Cromlech zusprengte, erkannte er vier oder fünf in schwarze Lederrüstungen gehüllte Gestalten, die reglos ausgestreckt auf dem Boden lagen, und eine Anzahl reiterloser Pferde, die verwirrt über die Lichtung liefen. Zu seinem Entsetzen sah er auch eine Gestalt in Blau und Gold, die sich nicht mehr bewegte. Vielleicht kam er schon zu spät. Vielleicht hatte sein kurzes Zögern, die Rüstung anzulegen, bereits einen von Artus' Männern das Leben gekostet und möglicherweise nicht nur einen.

Lancelot spornte das Pferd zu noch größerer Schnelligkeit an, beugte sich leicht im Sattel nach vorne und visierte den Rücken des nächstbesten piktischen Reiters an.

Der Mann spürte wahrscheinlich nicht einmal, was ihn traf. Die Lanze grub sich genau zwischen den Schulterblättern in seinen Rücken, durchschlug seine Brust und hatte immer noch genügend Wucht, auch den Harnisch des Pferdes zu durchdringen. Noch während Reiter und Pferd sterbend zusammenbrachen, riss Lancelot das Runenschwert aus der Scheide. Er rammte einen weiteren Pikten mit solcher Wucht, dass der Mann mitsamt seinem Tier stürzte, und streckte noch einen dritten Barbarenkrieger nieder, ehe die Übrigen auch nur bemerkten, dass er da war.

Wie es aussah, kam er nicht einen Augenblick zu früh. Artus und vier seiner Begleiter saßen noch in den Sätteln und wehrten sich verbissen, und da sie sich ins Innere des Steinkreises zurückgezogen hatten, konnten die Angreifer ihre zahlenmäßige Überlegenheit nicht so ausspielen, wie sie es vermutlich geplant hatten.

Trotzdem war die Lage der Tafelritter aussichtslos. Keiner der Männer, auch Artus nicht, war noch unverletzt. Ihre Rüstungen waren über und über mit Blut besudelt. Sir Galahad hatte seinen Schild verloren und presste die Linke auf einen tiefen Riss in seinem Brustpanzer, aus dem Blut quoll, und wo Sir Braidens rechte Hand gewesen war, war jetzt nur noch ein blutiger Stumpf. Der Tafelritter kämpfte mit der linken Hand weiter, aber seine Bewegungen hatten viel von ihrer gewohnten Eleganz und Schnelligkeit verloren. Es konnte nur noch Augenblicke dauern, bis die Angreifer nicht nur ihn, sondern auch die übrigen Tafelritter überwältigt hatten.

Lancelots Auftauchen wendete das Blatt. Es gelang ihm, einen weiteren Pikten niederzustrecken, bevor sich die

Übrigen zu einem organisierten Widerstand formierten, doch dann blieb er buchstäblich in der Masse der Reiter stecken, die sich ihm entgegenwarf. Wahrscheinlich wäre er allein nicht einmal in der Lage gewesen, Artus und seine Männer vor dem Schlimmsten zu bewahren, denn es war die schiere Masse der Barbaren, die ihn zurückwarf. Aber die Pikten schienen auch zu glauben, dass er nicht allein, sondern nur die Vorhut eines weit größeren Trupps war, denn ihr Angriff erlahmte für einen Moment und viele von ihnen drehten sich in den Sätteln um und sahen erschrocken zum Waldrand zurück.

Artus und seine Männer nutzten die Chance, um augenblicklich zum Gegenangriff überzugehen. Lancelot war zu sehr damit beschäftigt, Hiebe abzuwehren und auszuteilen, um auf den Kampf achten zu können, aber er sah immerhin, dass Sir Braiden endgültig im Sattel zusammenbrach und dann vom Pferd fiel, während Artus und die drei verbliebenen Ritter plötzlich die Pikten vor sich her trieben statt sich ihrer Angriffe mehr schlecht als recht zu erwehren.

Lancelot verschaffte sich mit einem wuchtigen Hieb nach rechts und einem gleichzeitigen Schildstoß nach links Luft und ließ das Pferd einen Schritt zurücktänzeln. Einer der piktischen Krieger legte dieses Manöver als Zeichen von Furcht aus und setzte ihm nach – um diesen Fehler mit dem Leben zu bezahlen. Bis jetzt hatte ihm das reine Ungestüm seines überraschenden Angriffs einen Vorteil verschafft, der die zahlenmäßige Überlegenheit der Pikten aufwog, aber die Überraschung der Barbarenkrieger würde nicht ewig währen und Lancelot war sich darüber im Klaren, dass er ganz und gar nicht unverwundbar war und auch nicht unbesiegbar. Artus und seine Ritter befanden sich in keinem Zustand, in dem sie ihm viele seiner Gegner vom Leibe halten konnten. Die Hauptlast der Schlacht würde auf seinen Schultern ruhen. Er konnte siegen, aber nicht, wenn er seiner bisherigen Taktik folgte und einfach blindlings drauflos drosch. Früher oder später würde ein Schwert oder eine Speerspitze eine Lücke in seiner Rüstung finden oder einer seiner Gegner einfach einen Zufallstreffer landen.

Dulac folgte seinen eigenen Überlegungen mit einer Art verwirrter Distanz. Es waren die Gedanken eines Kriegers, die er dachte, nicht seine eigenen, und er dachte sie fast ohne jedes Gefühl. Selbst die Möglichkeit, verletzt werden zu können, erschreckte ihn nur insoweit, als eine Verwundung möglicherweise den Ausgang des Kampfes beeinflusste.

Lancelot ließ das Einhorn zwei weitere Schritte rückwärts gehen, riss es dann herum und galoppierte ein kurzes Stück davon, ehe er abermals kehrtmachte und sich den Pikten entgegenwarf. Er schlug einen Krieger aus dem Sattel, dessen Mut größer als seine Vernunft gewesen war, denn er hatte sich von den anderen abgesondert und versuchte ihn ganz allein zu attackieren, duckte sich unter dem Schwertstreich eines zweiten hindurch und stieß den Mann mit dem Schild vom Pferd, als er an ihm vorüberpreschte, dann krachte das Einhorn mit der Gewalt eines stählernen Fausthiebes in eine Gruppe von fünf oder sechs Pikten.

Allein die Wucht des Zusammenpralls riss zwei der piktischen Pferde zu Boden, wobei eines seinen Reiter unter sich begrub. Der zweite Krieger rappelte sich hoch und suchte sein Heil in der Flucht und Dulac beobachtete sich selbst voll ungläubigem Entsetzen dabei, wie er sich im Sattel vorbeugte und dem Pikten das Schwert zwischen die Schulterblätter stieß.

Dann griffen die vier verbliebenen Krieger gleichzeitig aus vier Richtungen an. Lancelot konnte zwei der Hiebe mit Schild und Schwert parieren, aber die beiden anderen trafen. Die Rüstung nahm ihnen die schlimmste Wucht, aber Lancelot wurde trotzdem fast aus dem Sattel geworfen. Mit Mühe und Not arbeitete er sich wieder hoch und kippte im nächsten Moment nach vorne über den Hals des Pferdes, als ihn ein wuchtiger Schwertstreich quer über den Rücken traf.

Das Einhorn bäumte sich mit einem schrillen Wiehern auf die Hinterläufe auf. Seine schrecklichen silbernen Hufe wirbelten wie tödliche Keulen durch die Luft, trafen einen der Krieger an der Schläfe und zerschmetterten Nüstern und Kiefer eines Pferdes, das mit einem gequälten Kreischen zusammenbrach, und noch bevor das Einhorn wieder mit den Vorderhufen auf dem Boden aufkam, sauste Lancelots Schwert hinab und tötete einen weiteren piktischen Krieger.

Das brachte die Entscheidung. Der letzte überlebende Pikte riss sein Pferd herum und sprengte davon und auch die übrigen Krieger, die aus der Richtung des Cromlechs herankamen, änderten plötzlich ihren Kurs und jagten davon.

Lancelot setzte ihnen ohne zu zögern nach. Er holte den ersten Krieger noch auf halbem Wege zum Waldrand ein, stieß ihn aus dem Sattel und sprengte in gestrecktem Galopp an ihm vorbei hinter dem nächsten her.

Nicht einer der Pikten entkam ihm. Die Krieger waren in Panik und vollkommen von Sinnen vor Furcht. Keiner dachte mehr daran, zu kämpfen oder sich auch nur zu verteidigen, und es war kein Kampf, sondern ein Töten und Abschlachten, das Dulac mit kaltem Entsetzen vor sich selbst erfüllte, ohne dass er im Stande gewesen wäre, es zu beenden. Die Rüstung erfüllte ihn mit übermenschlicher Kraft und das Schwert in seiner Hand schrie nach Blut. Und je mehr es davon trank, desto größer wurde sein Durst. Als es vorbei war, war Lancelots Rüstung nicht mehr silbern, sondern glänzte in einem nassen, hellen Rot. Schwer atmend drehte er sich im Sattel herum. Die piktischen Krieger, die zu fliehen versucht hatten, waren alle tot, aber der Kampf war noch nicht vorbei. Aus dem Cromlech hallte noch immer das Klirren von aufeinander prallendem Stahl herüber und Lancelot sah dunkle Schatten, die einen bizarren Totentanz umeinander aufzuführen schienen.

Mehr.

Seine Hand, die das Schwert hielt, begann zu zittern. Die Klinge spürte das Blut, das dort drüben vergossen wurde, und gierte danach. Ohne sein Zutun wirbelte das Einhorn herum und galoppierte auf den Steinkreis zu.

Dort tobte der Kampf mit unverminderter Härte weiter. Artus und zwei seiner Ritter wehrten sich verzweifelt gegen ein gutes Dutzend Pikten, die ihrerseits mit schierer Todesverachtung kämpften – Lancelot wusste, warum. Mordred hatte keinen Zweifel daran gelassen, dass die Männer entweder mit Artus in ihrer Gefangenschaft oder gar nicht zurückkehren durften.

Lancelots Schwert bekam, wonach es verlangte. Sowohl

die Tafelritter als auch ihre Gegner waren aus den Sätteln gesprungen, um innerhalb des Steinkreises zu Fuß weiterzukämpfen. Lancelot fuhr wie ein Dämon unter sie. Sein Schwert tötete die meisten der Pikten und schlug die wenigen Überlebenden in die Flucht.

Schließlich war nur noch Artus da, der hinter dem Steinaltar mit einem einzelnen Gegner kämpfte, der eine mit spitzen Metalldornen besetzte Rüstung und einen wehenden schwarzen Mantel trug. Sein Gesicht verbarg sich hinter dem Visier seines Helmes, der die Form eines mythischen Drachenschädels hatte.

Trotzdem erkannte Lancelot ihn sofort.

Es war Mordred.

Blanker Hass loderte in Lancelot auf und wischte auch noch den letzten Rest von klarer Überlegung hinweg. Er riss das Einhorn herum und sprengte so rücksichtslos auf die beiden Kämpfenden zu, dass er Gawain, der nicht schnell genug zur Seite sprang, kurzerhand über den Haufen ritt. Er war vielleicht noch zehn Schritte von Mordred und Artus entfernt und doch war er nicht sicher, dass er es schaffte. Artus wehrte sich mit der Kraft der Verzweiflung, aber er war verletzt und blutete aus mehreren Wunden und schien kaum noch in der Lage, sich auf den Beinen zu halten. Mordreds Schläge prasselten mit erbarmungsloser Wucht auf ihn herab. Irgendwie gelang es Artus immer im letzten Augenblick, sie zu parieren oder mit dem Schild aufzufangen, aber Lancelot sah auch, dass der König unter jedem Hieb mehr taumelte. Seine Rüstung war zertrümmert und sein Schild so verbeult, dass er praktisch nutzlos geworden war. Noch zwei oder drei dieser fürchterlichen Hiebe und es war um ihn geschehen.

Lancelot lenkte das Pferd in gestrecktem Galopp um den Altarstein herum und auf die beiden Kämpfenden zu. Mordred bemerkte wahrscheinlich nicht einmal, dass er kam. Er hatte sich voll auf Artus konzentriert und wandte ihm den Rücken zu.

Lancelot hatte keine Hemmungen gehabt, dem Pikten den Speer in den Rücken zu stoßen, und er hatte auch keine Skrupel, dasselbe mit Mordred zu tun. Entschlossen beugte er sich im Sattel vor und schwang seine Waffe. Das Runenschwert zischte mit einem hässlichen Geräusch durch die Luft und prallte mit fürchterlicher Wucht gegen den Nackenschutz des schwarzen Drachenritters.

Und wurde zurückgefedert.

Die Klinge, die so mühelos durch Stahl schnitt wie ein Messer durch Papier, prallte von dem schwarzen Eisen zurück und wäre Lancelot fast aus der Hand gerissen worden. Er verlor beinahe den Halt im Sattel, sprengte an Mordred und Artus vorbei und brachte sein Tier mit einiger Mühe wieder unter Kontrolle.

Sein rechter Arm schmerzte und seine Hand pochte so heftig, dass er Mühe hatte, das Schwert zu halten, denn die ganze ungestüme Kraft, mit der er nach Mordreds Nacken geschlagen hatte, war in seinen Arm und die Schulter zurückgeworfen worden.

Immerhin hatte die Wucht seines Schlages ausgereicht, Mordred aus dem Gleichgewicht zu bringen und gegen den Altar stolpern zu lassen. Artus warf seinen ohnehin nutzlosen Schild fort, ergriff das Schwert mit beiden Händen und legte all seine verbliebene Kraft in einen einzigen Schlag, der Mordreds ungeschützte Seite traf.

Die Klinge prallte ebenso an Mordreds Rüstung ab wie

Lancelots Hieb zuvor. Mordred knurrte wie ein gereizter Hund, schlug Artus seine gepanzerte Faust ins Gesicht und hätte die Gelegenheit gehabt, seinen Gegner nun zu töten, denn Artus ließ sein Schwert fallen und brach hilflos in die Knie. Mordred ließ die Gelegenheit jedoch ungenutzt verstreichen, hob Schild und Schwert auf, die er fallen gelassen hatte, und drehte sich zu Lancelot um. Er wusste genau, welcher seiner Gegner im Moment die größere Gefahr darstellte.

Lancelot hatte nicht vor, ihm eine Chance zu lassen oder sich gar zu einem ritterlichen Zweikampf zu stellen. Das Kribbeln in seiner Hand hatte aufgehört und er spürte, wie ihn neue, pulsierende Kraft durchströmte. Rücksichtslos trieb er das Einhorn an und galoppierte auf Mordred zu. Diesmal war er gewarnt und täuschte einen weit ausholenden und leicht ungeschickten Schlag an, korrigierte seine Bewegung, aber dann im letzten Moment und führte einen geraden Stich nach Mordreds Brust. Der schwarze Ritter wich dem Angriff jedoch mühelos aus, vollführte eine blitzschnelle Wendung und landete einen Treffer bei Lancelot, der zwar von dessen Rüstung abprallte, ihn aber um ein Haar aus dem Sattel geworfen hätte. Noch bevor er sein Gleichgewicht wieder gefunden hatte, drang Mordred auf ihn ein und versetzte ihm zwei blitzschnelle Hiebe. Auch diesmal schützte ihn die Rüstung vor dem scharfen Stahl, aber die Kraft, mit der Mordred zuschlug, war grausam. Lancelot krümmte sich vor Schmerz, klammerte sich mit verzweifelter Kraft am Sattelzeug fest und schaffte es irgendwie, das Pferd zur Seite und ein paar Schritte weit weg zu lenken. Mordred setzte ihm sofort nach, aber die wenigen Augenblicke, die er auf diese Weise gewann,

reichten ihm aus. Die magische Rüstung verlieh ihm neue Kraft, und als Mordred diesmal heranstürmte, konnte er seinen Hieb nicht nur mit dem Schild parieren, sondern trat ihm gleichzeitig mit solcher Wucht vor die Brust, dass Mordred ein paar Schritte zurücktaumelte und stürzte.
Lancelot nutzte die Atempause, um das Einhorn in einem Bogen herumzuzwingen und zu einem neuerlichen Angriff loszupreschen. Mordred stemmte sich hoch, warf sich zur Seite und führte einen Schwerthieb gegen die verwundbaren Fesseln des Pferdes. Er traf nicht richtig. Das Schwert hätte das Bein des Tieres zweifellos durchtrennt, aber seine Spitze schrammte nur daran entlang und fügte dem Tier einen tiefen, blutenden Schnitt bis fast hinauf zum Kniegelenk zu. Das Einhorn kreischte vor Schmerz und Wut und kam ins Stolpern und Lancelot verlor endgültig den Halt und flog in hohem Bogen über seinen Hals hinweg. Er prallte mit solcher Wucht auf den Rücken, dass ihm für einen Moment schwarz vor den Augen wurde. Hätte er das Bewusstsein verloren, dann wäre es wahrscheinlich für immer gewesen.
Nach einem Moment lichteten sich die Schleier vor seinen Augen jedoch und er bekam auch wieder Luft. Mit zusammengebissenen Zähnen und ächzend vor Schmerz stemmte er sich in die Höhe und sah sich um.
Mordred war längst wieder auf die Füße gekommen und hatte Schwert und Schild aufgehoben. Aus einem Grund, den Lancelot nicht nachvollziehen konnte, hatte er darauf verzichtet, die Gelegenheit zu nutzen und seinen hilflos am Boden liegenden Gegner anzugreifen.
Lancelot erhob sich, langsam und mit umständlichen Bewegungen, die keinen anderen Zweck hatten als den, Zeit

zu gewinnen, in der ihm die Rüstung neue Kraft verleihen konnte.
Er warf einen raschen Blick in die Runde. Das Einhorn war ein Stück weit davon gelaufen und zog das verwundete Bein an und Artus lehnte erschöpft am Altarstein. Der Kampf war vorüber. Die Pikten waren entweder tot oder geflohen, aber auch von den Tafelrittern stand keiner mehr auf den Beinen. Es gab nur noch Mordred und ihn.
Mordred zögerte immer noch anzugreifen. Er starrte ihn abschätzend durch die schräg stehenden Sehschlitze seiner Drachenmaske an, dann sagte er: »Ich habe doch gesagt, dass wir uns wieder sehen, mein Freund. Nur hätte ich selber nicht geglaubt, dass es so bald der Fall sein würde. Was macht deine Schulter?«
Lancelot schwieg. Er trat Mordred einen Schritt entgegen, blieb wieder stehen und hob Schwert und Schild; eine Herausforderung, die Mordred unmöglich missverstehen konnte. Trotzdem rührte er sich nicht, sondern fuhr fort: »Wie ich sehe, hast du dich entschieden, auf welcher Seite du stehen willst. Nicht dass es mich überrascht. Um ehrlich zu sein, habe ich mir fast gewünscht, dass du dich so entscheidest.«
Lancelot zögerte jedoch. Er hatte keine Angst vor Mordred, aber ihm war klar, dass er es mit einem sehr viel gefährlicheren Gegner zu tun hatte als bisher. Mordred war ein Meister der Schwertkunst.
»Du kannst dich immer noch entscheiden«, sagte Mordred. »Camelot wird fallen, so oder so. Die Frage ist, ob du leben willst oder sterben.«
»Ich habe mich bereits entschieden«, sagte Lancelot.
»Ja, das habe ich gehofft«, antwortete Mordred. Sein An-

griff kam so schnell, dass Lancelot ihn nicht einmal sah. Mordred schien sich einfach in einen schwarzen Schemen zu verwandeln, der in einem Moment dort und im nächsten hier war, und Lancelot taumelte unter einem Schwerthieb zurück, der seinen Schild mit solcher Gewalt traf, dass er glaubte, sein Arm wäre gebrochen. Trotzdem schlug er selbst mit kaum weniger Kraft zurück und diesmal gab es keinen Zweifel: Er sah, wie die Schneide des Runenschwertes Mordreds Oberarm traf und von dem schwarzen Eisen zurückprallte, ohne auch nur einen Kratzer zu hinterlassen.

Weil Mordred nämlich ebenfalls eine magische Rüstung trug!

Die Erkenntnis versetzte Lancelot für einen Moment fast in Panik. Mordreds schwarze Rüstung war das Gegenteil seines eigenen silbernen Panzers, aber Lancelot wusste plötzlich, dass sie ihrem Träger die gleiche Unverwundbarkeit verlieh wie ihm und ihm vermutlich auch dieselbe unerschöpfliche Kraft verlieh.

Mordred drang erbarmungslos auf ihn ein. Seine Hiebe prasselten immer schneller auf Lancelot herab. Lancelot wehrte sich, so gut er konnte, aber er begriff schon nach wenigen Momenten, dass er verlieren würde. Er war Mordred nicht gewachsen. Jetzt, wo sie beide mit den gleichen Waffen kämpften, zählten nur noch Kraft und Erfahrung und Mordred war nicht nur viel stärker als er, sondern hatte den Schwertkampf auch ein Leben lang geübt. Lancelot wurde rasch in die Defensive gedrängt und kam kaum noch dazu, seinerseits einen Hieb anzubringen. Seine Kräfte ließen rapide nach. Jeder Treffer, den Mordred anbrachte, entzog seinem Körper mehr Kraft, als ihm

die silberne Rüstung geben konnte. Noch ein paar Augenblicke und der Kampf war zu Ende. Lancelot wurde Schritt für Schritt zurückgetrieben.
Während er rückwärts vor Mordred davontaumelte, fiel sein Blick auf Artus und den Altarstein. Artus hatte den Helm abgenommen und lehnte kraftlos an dem schwarzen Stein. Sein Gesicht war blutüberströmt und grau vor Erschöpfung und seine Augen waren leer. Merlins Leichnam lag unberührt und wie schlafend ausgestreckt auf dem schwarzen Altar.
Dann erschien ein sonderbares, graues Leuchten über dem Altar. Es war nur ein Schimmer, so blass, dass man ihn kaum sah, und es war nicht nur Licht und auch nicht nur Nebel, sondern etwas wie eine unheimliche Mischung aus beidem, das für einen Moment wie blass leuchtender Morgendunst hin und her wogte ... und dann eine Form annahm. Die Form eines Pokales. Eines prachtvollen, goldenen Trinkbechers ...
Es war der Gral.
Lancelot erkannte ihn jenseits allen Zweifels. Über Merlins reglosem Körper schwebte der Heilige Gral, der auch auf seinem Schild und seiner Rüstung zu sehen war, und von dem plötzlich ein dünner, zitternder Finger ausging, der lautlos und sehr schnell herübergriff und Lancelot berührte. Er erlosch, kaum dass es geschehen war, und im selben Moment verschwand auch der Gral selbst, aber Lancelot fühlte, wie ihn eine neue, ungeheure Kraft durchströmte.
Als Mordred das nächste Mal zuschlug, versuchte er nicht den Hieb abzuwehren, sondern nahm ihn hin ohne ihn wirklich zu spüren und schlug seinerseits zurück.

Mordreds Rüstung knirschte, als sich das Runenschwert hineinfraß. Funken stoben auf und plötzlich lief hellrotes Blut über das schwarze Eisen. Mordred keuchte, taumelte zwei, drei Schritte zurück und starrte eine Sekunde lang fassungslos auf seinen Arm herab. Dann brüllte er vor Wut, riss sein Schwert in die Höhe und stürmte heran.
Lancelot empfing ihn mit einem einzigen gewaltigen Hieb, der Mordreds Schwert traf und wie Glas zersplittern ließ. Mordred taumelte zurück, starrte den nutzlosen Schwertgriff in seiner Hand einen Moment lang mit vollkommener Fassungslosigkeit an – und fuhr auf dem Absatz herum um davonzustürmen.
Als Lancelot ihm folgen wollte, fiel er mit einem stolpernden Schritt auf die Knie und konnte gerade noch den Arm ausstrecken um nicht ganz zu stürzen. Die geliehene Kraft versiegte so jäh, wie sie gekommen war. Mit einem Male spürte er jeden einzelnen Schlag, den ihm Mordred versetzt hatte. Müdigkeit schlug wie eine klebrige schwarze Woge über ihm zusammen und er musste all seine Willensstärke aufbieten, um sich nicht einfach auf die Seite fallen zu lassen und die Augen zu schließen.
Als er wieder in die Wirklichkeit zurückfand, war Mordred nicht mehr da und auch das unheimliche graue Leuchten über dem Altarstein war erloschen. Artus lehnte zitternd an dem schwarzen Fels und schien mit aller Kraft darum zu kämpfen, nicht auf der Stelle zusammenzubrechen. Das Stöhnen von Verwundeten und süßlicher Blutgeruch hingen in der Luft und da war noch etwas: Die unwirkliche Stimmung, die den Cromlech erfüllt hatte, war noch immer fühlbar, aber sie hatte sich verändert. Hatte Lancelot bisher das intensive Gefühl gehabt, sich an ei-

nem heiligen Ort zu befinden, so spürte er nun ebenso deutlich, dass dieser heilige Ort geschändet worden war. Blut war vergossen worden an einem Platz, der dem Frieden und den Geistern einer anderen Welt geweiht worden war.
Müde hob er den Blick und suchte die Stelle ab, an der ihm der Gral erschienen war. Natürlich war er nicht da. Vielleicht war er niemals da gewesen. Er wollte es nicht wirklich wissen. Da waren so viele Fragen und so unendlich wenige Antworten. Vielleicht war es gut, dass er sie nicht kannte. Vielleicht war er gut damit beraten, sich selbst einzureden, dass es nichts als ein Trugbild gewesen war, eine Halluzination, von Erschöpfung und Todesangst hervorgerufen. Denn wenn das, was er gesehen hatte, tatsächlich *geschehen* war, dann bedeutete das ...
Nein. Er weigerte sich, diesen Gedanken auch nur zu Ende zu denken.
Lancelot stand mühsam auf, schob das Schwert in die Scheide, legte den Schild ins Gras und ging mit schleppenden Schritten auf Artus zu.
Der König blickte ihm ruhig entgegen. Sein Gesicht war bleich. Schmerz und Erschöpfung hatten tiefe Linien hineingegraben. Er sah um Jahre gealtert aus und unendlich müde.
»Ihr müsst Lancelot sein«, sagte er. Seine Stimme besaß so wenig Kraft wie sein Blick und war kaum mehr als ein Flüstern.
»Das ist richtig. Und Ihr seid Artus.«
Lancelot senkte das Haupt und wollte sich auf ein Knie herablassen, aber Artus hielt ihn mit einer raschen Bewegung zurück. »Ich bitte Euch, Sir Lancelot. *Ich* müsste vor

Euch auf die Knie fallen, nicht umgekehrt. Wenn Ihr nicht gekommen wärt, dann wäre ich jetzt tot.«

Dem konnte Lancelot schwer widersprechen. Ein wenig unbehaglich sagte er: »Ich hätte eher kommen müssen, dann hätte ich vielleicht das Schlimmste verhindern können.« Vielleicht nur eine Minute. *Vielleicht gerade die Zeit, die er gezögert hatte die Rüstung anzulegen.*

»Ihr seid gekommen, das zählt«, sagte Artus. »Also stehe ich nun das zweite Mal in Eurer Schuld, Sir. Ich hoffe doch, dass Ihr mir diesmal erlaubt, Euch in angemessener Weise zu danken, und nicht sofort wieder die Flucht ergreift.«

Lancelot fühlte sich immer unbehaglicher. Er hätte die Flucht längst ergreifen sollen. Es war ein Fehler, überhaupt mit Artus zu reden. Ohne Artus' Frage direkt zu beantworten, drehte er sich herum und sah zu seinem Pferd. Das Tier hatte sich bis an den Rand des Steinkreises zurückgezogen und scharrte mit dem verletzten Bein am Boden. Es blutete stark.

»Im Moment würde mir das schwer fallen, fürchte ich«, sagte er.

»Ein prachtvolles Tier«, sagte Artus. »Macht Euch keine Sorgen, Sir. Wir werden ihm die bestmögliche Pflege angedeihen lassen. Was ist mit Euch? Seid Ihr verletzt?«

»Nur in meinem Stolz«, antwortete Lancelot schulterzuckend. »Dieser Schwarze Ritter hätte mir nicht entkommen dürfen.«

Er sprach diese Worte mit Bedacht aus, um Artus' Reaktion darauf zu prüfen, aber als sie kam, wusste er nicht ganz genau, was er davon halten sollte.

»Ihr habt nicht gegen einen Mann gekämpft, sondern gegen schwarze Magie, Sir Lancelot«, sagte er. »Ich danke Gott, dass Ihr noch am Leben seid.«

»Euer Gott«, erwiderte Lancelot betont, »hat nicht besonders viel damit zu tun.«

Er behielt Artus scharf im Auge, während er das sagte, aber wieder reagierte der König nicht so, wie er es erwartet hätte. »Gleichwie«, sagte er, »ich habe niemals zuvor einen Mann so kämpfen sehen wie Euch. Gwinneth hat nicht übertrieben.«

»Lady Gwinneth? König Uthers Witwe?«

»Und meine Braut«, antwortete Artus. Lancelots Herz zog sich zu einem Stein zusammen. »Sie hat mir von Eurem Kampf gegen die Pikten berichtet. Um ganz ehrlich zu sein: Ich habe ihr nicht wirklich geglaubt. Was sie von Euren Taten berichtete, erschien mir doch zu übertrieben. Aber nun ...« Er schüttelte den Kopf. »Ich stehe tiefer in Eurer Schuld, als ich jemals wieder gutmachen könnte.«

»Ihr habt schon mehr für mich getan, als Ihr wisst«, antwortete Lancelot – was ihm sofort wieder Leid tat. Artus runzelte die Stirn, doch bevor er eine entsprechende Frage stellen konnte, wechselte Lancelot das Thema und fuhr mit veränderter Stimme fort:

»Lasst uns nach Euren Männern sehen, Artus. Reden können wir später immer noch.«

Die Bilanz der Schlacht, die sie zogen, war grauenhaft. Neunzehn Pikten lagen erschlagen oder sterbend im Gras und auch die Tafelritter hatten einen fürchterlichen Blutzoll bezahlt. Sir Lioness war tot, denn ihn hatten die Pikten als Ersten erreicht und überrannt, als sie aus dem Wald gebrochen waren, und keiner der Tafelritter – Artus eingeschlossen – war ohne mehr oder minder schwere Verletzungen davongekommen.

Am schlimmsten hatte es Sir Braiden getroffen. Er hatte die rechte Hand verloren, und obwohl sich Sir Galahad und Sir Gawain bereits nach Kräften um ihn bemühten, als Artus und Lancelot hinzutraten, standen seine Chancen schlecht, die nächste Stunde zu überleben. Sein Arm war mittlerweile abgebunden, aber er hatte entsetzlich viel Blut verloren und sein Puls war so schwach, dass man ihn kaum noch fühlen konnte.

Artus' Gesicht verdüsterte sich noch weiter, als er auf den bewusstlosen Tafelritter hinabsah. »Mordred«, flüsterte er hasserfüllt. »Dafür wird er bezahlen, das schwöre ich. Für Braiden, für Lioness und für das, war er diesem heiligen Ort angetan hat.«

Lancelot sah ihn fragend an. Das Visier seines Helmes war noch immer heruntergeklappt – und das würde es auch bleiben –, aber Artus schien seinen fragenden Blick zu spüren, denn er erklärte:

»Dies ist ein Ort des Friedens, Lancelot. Ein Ort des Gebetes und der Einkehr. Blut an einem Cromlech zu vergießen bedeutet eine Beleidigung des Geistes, der über ihn wacht. Dieser Frevel wird nicht ungesühnt bleiben.«

Noch vor ein paar Tagen hätte Dulac diese Worte als lächerlich empfunden, noch dazu aus dem Munde eines Mannes, der vor etlichen Jahren offiziell zum Christentum konvertiert war und öffentlich geschworen hatte, den alten heidnischen Glauben zu bekämpfen, aber seither war so viel geschehen, dass er einfach nicht mehr wusste, was er glauben sollte. Er musste an das graue Leuchten und den Gral denken, der über dem Altar erschienen war und ihm neue Kraft gegeben hatte, und ein eisiger Schauer lief über seinen Rücken. Ebenso wie die Kraft, die unsichtbar über dem Cromlech wachte, war auch dieses Leuchten eine freundliche Macht, die auf seiner Seite stand, doch das änderte nichts daran, dass es ihm zugleich auch Angst machte; und sei es nur, weil er spürte, dass sie Teil einer vollkommen anderen Welt war, die jenseits seines Begreifens lag.

Artus legte sein Schweigen wohl als Antwort aus, denn er ging nicht weiter auf das Thema ein. Die nächste gute halbe Stunde verbrachten er und die drei anderen damit, ihre Rüstungen abzulegen und gegenseitig ihre Wunden zu versorgen. Lancelot beteiligte sich nicht daran – das schien auch niemand zu erwarten –, sondern stand schweigend dabei und versuchte seinen Schrecken niederzukämpfen, als er sah, wie schlimm auch Artus und die drei anderen verletzt waren. Es würde Wochen dauern, bis die Tafelritter wieder vollkommen gesundet waren, wenn nicht Monate.

Außerdem zerbrach er sich vergeblich den Kopf darüber, was er nun tun sollte. Es war zweifellos ein Fehler gewesen, nicht sofort in den Sattel zu steigen und davonzureiten, aber er hatte ihn nun einmal gemacht und konnte ihn nicht zurücknehmen. Und irgendetwas – die Ahnung eines bevorstehenden, noch viel größeren Unheils – hielt ihn davon ab, dasselbe jetzt zu tun, nämlich einfach zu gehen.

Nach einer Weile wandte er sich um und ging wieder in den Steinkreis zurück. Etwas sehr Sonderbares war geschehen: Der Boden innerhalb des Steinkreises war vollkommen unberührt. Die Körper der Erschlagenen waren ebenso wie das Blut und die zerbrochenen Waffen ver-

schwunden. Selbst die Fuß- und Hufspuren waren nicht mehr da.
Merlin lag noch immer so friedlich auf dem Altar, als schliefe er nur. Er wirkte uralt, aber nicht gebrechlich; ein alter Mann, aber kein Greis. Was hätte Dulac darum gegeben, hätte er die Augen aufgeschlagen und ihm eines seiner so unendlich sanftmütigen Lächeln geschenkt.
Er würde es nie wieder tun. Ein bitterer Kloß schnürte Lancelot die Kehle zu und plötzlich liefen Tränen unter dem Visier über sein Gesicht. Es war, als hätte er erst jetzt wirklich begriffen, dass Dagda tot war. Vielleicht war er tatsächlich dreihundert Jahre alt gewesen, wie er einmal im Scherz behauptet hatte, aber am Ende hatte er vor einem Feind kapitulieren müssen, dem selbst die mächtigste Magie nicht gewachsen war – dem Tod.
Er schrak aus seinen Gedanken hoch, als er Schritte hinter sich hörte, drehte sich aber nicht herum. Trotzdem wusste er, dass es Artus war, noch bevor er seine Stimme hörte.
»Er war ein guter Freund«, sagte Artus. »Der beste, den ein Mann sich wünschen konnte.«
»Wie ist er gestorben?«, fragte Lancelot.
»Er wurde Opfer derselben schwarzen Magie, die auch für diesen Frevel hier verantwortlich ist«, sagte Artus düster. »Und auch dafür wird Mordred bezahlen.«
Lancelot drehte sich zu Artus herum. Der Blick des Königs war auf den Altar gerichtet und der Ausdruck, der auf seinem Gesicht lag, war blanker Hass.
»Mordred«, wiederholte Lancelot leise. »Ihr hasst diesen Mann sehr.«
»Ja«, antwortete Artus einfach. Und dieses eine Wort sagte mehr, als es jede langatmige Erklärung gekonnt hätte.

Obwohl er Euer Sohn ist?
Lancelot sprach die Frage nicht laut aus, aber sie lag ihm so deutlich auf der Zunge, dass er für einen Moment fast davon überzeugt war, es getan zu haben. Artus zeigte jedoch keinerlei Reaktion, sodass Lancelot innerlich aufatmete.
Nach einer Weile räusperte sich Artus unbehaglich. »Es ist spät«, sagte er. »Wir müssen aufbrechen. Vor uns liegt noch ein weiter Weg. Ihr könnt Sir Lioness' Pferd haben. Es ist unverletzt und ich bin sicher, er hätte nichts dagegen, dass Ihr es reitet.«
Lancelot nickte. Er war sicher, dass das Einhorn ihn trotz seiner Verletzung tragen konnte, aber er hatte fast Angst davor, wieder in seinen Sattel zu steigen. Auf eine besondere Weise war ihm das silbergepanzerte Schlachtross noch viel unheimlicher als die Rüstung.
Sie gingen zurück zu den anderen. Galahad und Gawain hatten Lioness bereits auf den Rücken eines der herrenlosen Pferde gebunden, von denen fast zwei Dutzend auf der Lichtung herumliefen, und waren gerade dabei, dasselbe mit Braiden zu tun; allerdings sehr viel behutsamer.
Artus führte ihn zu dem Pferd des getöteten Tafelritters, doch als er aufsitzen wollte, hörte er Hufschlag und das Einhorn erschien hinter ihm.
Sein Bein war unversehrt. Die Wunde war spurlos verschwunden und auch seine Rüstung blitzte im Mondlicht, als wäre sie frisch poliert.
Lancelot sah an sich herab und stellte fest, dass dasselbe für ihn galt. Vorhin, als er unter den Pikten gewütet hatte, war seine Rüstung von Kopf bis Fuß mit Blut besudelt gewesen. Nun war sie makellos. Er musste sein Schwert nicht

ziehen um zu wissen, dass auch die Runenklinge wieder so sauber war wie an dem Tag, an dem sie geschmiedet worden war.
Er drehte sich herum und begegnete Artus' Blick. Dem König konnte die unheimliche Veränderung unmöglich entgangen sein, aber er sagte nichts dazu, sondern wandte sich hastig ab, machte einen Schritt und ließ sich dann in die Hocke sinken, um einen der Toten auf den Rücken zu drehen. Als er sich wieder aufrichtete, wirkte er erleichtert.
»Habt Ihr erwartet, jemand Bestimmten zu finden?«, fragte Lancelot geradeheraus.
Artus machte eine beinahe abwehrende Bewegung.
»Befürchtet«, verbesserte er ihn. Ohne dass Lancelot eine entsprechende Frage stellte, fuhr er fort: »Einen Jungen.«
»Einen Jungen?« Dulacs Herz schlug ein wenig schneller.
»Meinen Küchenjungen, um genau zu sein«, antwortete Artus. »Und nebenbei Merlins guten Freund. Ich habe ihn mitgebracht, damit er Abschied nehmen kann, aber nun ist er fort.«
»Vielleicht lebt er nicht mehr«, antwortete Dulac.
»Er ist nicht unter den Toten«, erwiderte Artus kopfschüttelnd. »Ich bin froh, dass es so ist. Er ist wohl weggelaufen.«
Statt zu antworten hob Lancelot beide Hände an den Helm und öffnete das Visier. Es war ihm jetzt gleich, ob er sein Geheimnis preisgab oder nicht. Trotz allem Groll, den er Artus gegenüber gehegt hatte, wollte er nicht, dass der König ihn als Feigling in Erinnerung behielt.
Artus fuhr überrascht zusammen, als er in sein Gesicht sah. Seine Augen weiteten sich ungläubig.
»Artus, ich hätte –«

»Verzeiht«, unterbrach ihn Artus. »Meine Reaktion war ungehörig. Ich muss mich entschuldigen. Ich war nur überrascht, weil ... Ihr noch so jung seid.«
Es ist wie bei Gwinneth, dachte Dulac. Artus erkannte ihn nicht. Zehn Jahre lang waren sie sich tagtäglich begegnet und nun blickte Artus ihm aus kaum einen Schritt Entfernung ins Gesicht und wusste nicht, wem er gegenüberstand.
»Manchmal täuscht der äußere Eindruck«, sagte er. »Lasst uns aufbrechen. Ihr habt Recht. Es ist spät.«

Der Rückweg durch den verwunschenen Wald war so unheimlich wie der Hinweg. Anders als am Abend ritt Lancelot jetzt an der Seite des kleiner gewordenen Trupps, direkt hinter Artus. Trotz der unheimlichen Heilung war Lancelot nicht in den Sattel des Einhorns gestiegen, sondern hatte das Pferd des toten Tafelritters genommen, wie Artus es vorgeschlagen hatte. Das Einhorn selbst trabte direkt hinter ihm her, und auch wenn Lancelots Verstand ihm sagte, dass dieser Gedanke absolut lächerlich war, so glaubte er doch die missbilligenden Blicke des Tieres zwischen den Schultern zu spüren.
Wie schon einmal ließ ihn sein Zeitgefühl im Stich, während sie durch den Tunnel aus Schwärze ritten, der durch den Wald führte. Bestimmt waren es nicht mehr als wenige Minuten, aber ihm – und wie er später einmal erfahren sollte, allen anderen auch – kam es vor, als wären es Stunden. Lancelot atmete innerlich auf, als sie endlich aus dem Wald heraus waren und der mit Geröll übersäte Hohlweg vor ihnen lag.
Die Pferde bewegten sich noch sehr viel vorsichtiger als

auf dem Hinweg den steilen Pfad hinab. Unter ihren Hufen lösten sich immer wieder Steine, die in größer werdenden Felslawinen zu Tal polterten, aber sie schafften es wie durch ein Wunder bis zum Fuß des Hügels, ohne dass ein größeres Unglück geschah. Dann jedoch hielt Artus abrupt an und hob alarmiert den Kopf.

»Was habt Ihr?«, fragte Lancelot.

»Etwas stimmt nicht«, antwortete Artus halblaut. »Die Männer sollten Wachen aufstellen, aber hier ist niemand.«

Das Lager befand sich hinter der nächsten Wegbiegung, wie Lancelot sehr wohl wusste, aber das konnte er natürlich nicht sagen. Stattdessen schnippte er mit den Fingern und das Einhorn trabte gehorsam an seine Seite. Lancelot wechselte in den Sattel des silbergepanzerten Schlachtrosses, befestigte den Schild am linken Arm und zog das Schwert aus der Scheide. Dann ritt er wortlos an Artus vorbei und setzte sich an die Spitze des kleinen Trupps.

Er war nicht einmal wirklich überrascht, als er um die Wegbiegung ritt und das Lager vor sich sah. Es war, als hätte er es nicht nur geahnt, sondern irgendwie gewusst.

Das Lager war verheert. Die Diener und Knappen, die Artus und seine Ritter bis hierher begleitet hatten, lagen erschlagen am Boden und die Wut der Angreifer war so groß gewesen, dass sie nicht einmal vor den Pferden Halt gemacht hatten. Mehr als ein Dutzend Pferdekadaver lag zwischen den toten Männern. Das Lagerfeuer war auseinander gerissen und niedergetrampelt worden und selbst die beiden Zelte, die die Männer aufgestellt hatten, waren zerfetzt und zerrissen.

»Mordred«, sagte Artus. Seine Stimme klang leer. So als wäre das Entsetzen, mit dem ihn der Anblick erfüllte, so

groß, dass es selbst seinen Hass auf Mordred erschlagen hatte.
Auch Lancelot konnte nur nicken. Er war von einem hilflosen Zorn erfüllt, der es ihm unmöglich machte, auch nur ein einziges Wort zu sagen. Er wusste, dass Artus Recht hatte.
Was sie sahen, war Mordreds Werk. Die Männer waren nicht einfach nur erschlagen worden. Jeder von ihnen hatte mindestens eine tödliche Wunde, die meisten aber gleich mehrere, und der Ausdruck ewig eingefrorenen Entsetzens auf ihren Gesichtern bewies Lancelot, dass sie einer sinnlosen Raserei zum Opfer gefallen waren. Diese Männer hatten niemandem etwas getan. Sie waren keine Krieger gewesen, sondern Stallburschen, Diener und einfache Bedienstete, von denen die meisten wahrscheinlich noch niemals eine Waffe in der Hand gehabt hatten.
»Und auch dafür wird er bezahlen«, murmelte Artus.
»Macht das die Männer wieder lebendig?«, fragte Dulac leise.
Artus maß ihn mit einem Blick, der Dulac klarmachte, dass er nicht verstand, was er meinte.
»Diese Männer waren unschuldig«, sagte Artus schließlich. »Sie waren keine Soldaten. Mordred führt Krieg gegen Diener und Bauern.«
»Das war kein Krieg«, grollte Lancelot. »Rache. Er hat diese Männer getötet um mich, Lancelot, zu treffen.«
Oder mich, dachte Dulac düster.
Artus machte eine Bewegung, wie um aus dem Sattel zu steigen, überlegte es sich dann anders und schüttelte müde den Kopf. Und so bitter es war, Lancelot musste sich eingestehen, dass er Recht hatte. Sie hatten weder die Zeit

noch die Kraft, abzusteigen und den Männern wenigstens ein christliches Begräbnis zukommen zu lassen; ja nicht einmal sie mit Steinen zu bedecken, damit sie nicht von wilden Tieren oder Aasfressern gerissen wurden. Vielleicht war dies das Schlimmste, was sie den Männern antun konnten. Und somit Mordreds größter Triumph.

Er überlegte einen Moment, dann wusste er, was er zu tun hatte.

Er würde Artus und die überlebenden vier Tafelritter bis Camelot begleiten und dann gehen. Das Gemetzel an den wehrlosen Männern bewies; dass Mordred keineswegs geschlagen war. Er hatte die Männer getötet, um seine Wut an ihnen auszulassen, aber das war nicht der alleinige Grund. Diese toten Männer waren eine Botschaft an Artus – und auch an ihn –, wie sie eindeutiger nicht sein konnte: Es war nicht vorbei. Es gab keinen Ort zwischen Hier und Camelot, an dem sie sicher waren.

Lancelots Schwert war das Einzige, das zwischen Camelot und Mordreds Rache stand.

»Ich werde Euch bis Camelot begleiten«, sagte er.

Artus sah ihn leicht irritiert an. Zuerst glaubte Lancelot, es läge daran, dass er bisher noch gar nicht auf den Gedanken gekommen war, er könnte irgendetwas anderes vorhaben als sie nach Camelot zu begleiten. Dann aber sah er auch die neuerliche Verletztheit in Artus' Augen und endlich wurde es ihm klar. Sowohl Artus als auch seinen Begleitern war bewusst, dass Lancelot ihre einzige Chance darstellte, Camelot lebend zu erreichen. Sie waren hilflos, kaum in der Lage, sich in den Sätteln zu halten, geschweige denn sich zu verteidigen. Dieser Umstand allein war schmerzlich genug. Aber ungleich schlimmer war die

Tatsache, dass er Artus und die anderen wissen ließ, dass es so war. Vielleicht war diese eine, unbedachte Bemerkung der Grund für alles, was später geschehen sollte, aber das konnte Dulac in diesem Moment weder wissen noch hätte er es überhaupt für möglich gehalten. Er würde Artus und die anderen bis Camelot begleiten und mit seinem Schwert und der Kraft der magischen Rüstung beschützen und dann würde er gehen um niemals zurückzukehren. Doch es sollte anders kommen.

Für die Strecke von Camelot bis zum Cromlech hatten sie einen Tag und einen Teil der darauf folgenden Nacht gebraucht. Für den Weg zurück brauchten sie den Rest der Nacht, den gesamten nachfolgenden Tag und die Nacht, die ihm folgte. Die Ritter waren erschöpft, verwundet und am Ende ihrer Kräfte, sodass sie immer längere Pausen in immer kürzeren Abständen einlegen mussten. Die Sonne berührte zum zweiten Mal den Horizont und setzte die Nacht in Flammen, als der Fluss und Camelot endlich unter ihnen lagen.

Selbst Lancelot, der von den Kräften der magischen Rüstung zehrte, konnte sich vor Erschöpfung kaum noch im Sattel halten. Seine Augen brannten. Jeder Muskel in seinem Leib war verkrampft und tat weh und sein Rücken fühlte sich an, als wollte er im nächsten Moment einfach durchbrechen. Er fragte sich, wie Artus und seine schwer verwundeten Begleiter diese Tortur durchstanden.

Nicht davon zu reden, welchen Anblick sie bieten mussten. Sie waren mit wehenden Fahnen und in Glanz und Prunk losgezogen, eine kleine, aber prachtvolle Armee, die jeden, der sie sah, mit einem Schauer von Ehrfurcht er-

füllte. Was nach Camelot zurückkehrte, war ein zerschlagener, blutbefleckter Haufen von Männern, der kaum noch die Kraft hatte, sich im Sattel zu halten.
Ihr Kommen blieb nicht unbemerkt. Sie waren noch mehr als eine Meile von der Stadtmauer entfernt, als das große Tor geöffnet wurde und das rote Licht von mehr als einem Dutzend Fackeln die Dämmerung erhellte. Eine weit auseinander gezogene Kette dunkler Gestalten trat im Schein dieser Fackeln aus dem Tor und kam ihnen entgegen. Während sie näher kamen, zerfiel die Gruppe in zwei Teile. Etwa die Hälfte des Begrüßungskomitees war beritten und näherte sich ihnen entsprechend schneller.
Als sie noch eine knappe Meile entfernt waren, ließ Artus sein Pferd langsamer gehen und hielt schließlich an. Wie alle anderen wankte er vor Erschöpfung im Sattel. Sein Gesicht war eingefallen und grau; das Antlitz eines alten Mannes, nicht eines Königs. Seine Augen hatten einen fiebrigen Glanz, als ihr Blick den Lancelots suchte.
»Wir sind zu Hause«, murmelte er. »Ich danke euch, Sir Lancelot. Ohne Eure Hilfe wäre wohl keiner von uns lebend zurückgekehrt. Und doch habe ich noch eine weitere Bitte an Euch. Vielleicht die größte überhaupt.«
Lancelot schwieg. Die Reiter, die ihnen aus Camelot entgegenkamen, waren nicht mehr weit entfernt, und wenn sie erst einmal hier waren, hatte er so gut wie keine Aussichten mehr, unauffällig zu verschwinden.
»Ihr wollt nicht bei uns bleiben«, sagte Artus unvermittelt.
Lancelot fuhr überrascht zusammen. »Woher ... ich meine, wie kommt Ihr auf diese Idee?«
Ein müdes Lächeln erschien auf Artus' Zügen. »Ihr seid nervöser geworden, je näher wir Camelot gekommen

sind«, antwortete er. »Als Ihr Lady Gwinneth und König Uther gerettet habt, seid Ihr davongeritten, ohne auch nur unseren Dank abzuwarten. Und Ihr hättet dasselbe wohl auch gestern getan, hättet Ihr nicht befürchten müssen, dass Mordred uns unterwegs auflauert um zu Ende zu bringen, was er begonnen hat.«

Lancelot schwieg. Was sollte er auch sagen? Wie es aussah, hatte er Artus wohl gründlich unterschätzt.

Artus ließ sein Pferd ein paar Schritte zur Seite laufen und hielt wieder an, damit Lancelot ihm folgte. Als Lancelot das Einhorn neben ihm zügelte, sprach er mit gesenkter Stimme weiter. »Ich will offen zu Euch sein, Lancelot. Ich brauche Euch. Camelot braucht Euch.«

»Camelot?«

»Ich weiß, was Ihr sagen wollt«, antwortete Artus. »Was habt Ihr mit Camelot zu schaffen? Weder ist es Eure Heimat noch sind seine Menschen Eure Brüder und Schwestern. Und doch brauchen sie Euch. Camelot braucht einen König und ich werde diese Rolle für eine Weile nicht mehr ausfüllen können.«

»Ich bin kein König und ich will es auch nicht sein«, antwortete Lancelot erschrocken.

»Aber Ihr könnt mich vertreten«, beharrte Artus. »Camelot braucht Euer Schwert. Wenn bekannt wird, dass der König von Camelot nicht mehr in der Lage ist, seinen Thron zu verteidigen, dann werden unsere Feinde in Scharen herbeiströmen.« Er deutete zur Stadt hinüber. »Ich bitte nicht für mich, Lancelot. Ich bitte für sie. Für die Menschen, die dort leben und die ihr Schicksal in meine Hände gelegt haben.«

Lancelot schwieg noch immer. Er sah zur Stadt hin, dann

drehte er sich im Sattel herum und blickte auf den jämmerlichen, zerschlagenen Haufen, der einstmals der Stolz Camelots gewesen war, und schließlich den näher kommenden Reitertrupp. Eine der Gestalten, die ganz vorne ritt, unterschied sich von den anderen. Sie war auffallend hell gekleidet und schien es ganz besonders eilig zu haben, denn sie ritt ein gutes Stück vor den anderen.

Dann erkannte er sie. Es war Gwinneth. Sie trug ein schneeweißes Kleid, das in der hereinbrechenden Dämmerung hell leuchtete, und dazu einen weit geschnittenen Umhang, der hinter ihr im Wind flatterte. Sie ritt nicht im Damensattel, sondern saß wie ein Mann auf dem Rücken ihres Pferdes, und die Schnelligkeit, mit der sie heranpreschte, ließ keinen Zweifel daran, dass sie eine hervorragende Reiterin war. Im flackernden Licht der sich zurückziehenden Nacht schien sie von etwas wie einem milden, fast unsichtbaren Leuchten umgeben zu sein.

Hätte man Lancelot in diesem Moment gesagt, dass sie kein Mensch sei, sondern eine Feenkönigin oder eine Elfe, er hätte es geglaubt. Sein Herz zog sich zu einem schmerzenden Stein zusammen, und ohne dass er es merkte, krampften sich seine Finger so fest um die Zügel, dass das Leder knirschte.

Artus wartete noch eine kurze Weile vergebens auf eine Antwort, dann drehte er sein Pferd herum und ritt Gwinneth und den anderen entgegen. Auch seine Ritter folgten ihm und schließlich schloss sich auch Lancelot an.

Gwinneth sprengte den Hang hinauf und brachte ihr Pferd mit einem so harten Ruck neben Artus zum Halten, dass das Tier scheute und zu tänzeln begann.

»Artus, um Gottes willen!« Gwinneth stieß einen erschrockenen Schrei aus, als sie in Artus' Gesicht blickte, und schlug die Hand vor den Mund. Dann fiel ihr Blick auf die anderen Ritter und Lancelot konnte sehen, wie alles Blut aus ihrem Gesicht wich.

»Was ... was ist geschehen?«, keuchte sie. »Was ist denn nur –«

Sie brach mitten im Satz ab, als sie Lancelot erblickte. Ihre Augen wurden groß.

»Mordred«, antwortete Artus. »Wir sind in einen Hinterhalt gelockt worden. Wäre Sir Lancelot nicht erschienen, dann wären wir wohl alle getötet worden.«

»Der König übertreibt«, sagte Lancelot unbehaglich. »Ich konnte meinen Teil dazu beitragen, aber die Schlacht haben wir alle gemeinsam gewonnen.«

Gwinneth starrte ihn an. Lancelot war sicher, dass sie seine Worte gar nicht gehört hatte, so wenig wie die Artus' zuvor. In ihren Augen erschien ein Ausdruck, den Lancelot im ersten Moment nicht verstand, denn er schien aus purem Schrecken zu bestehen, aber dann wurde ihm klar, dass sie denselben Schmerz verspürte wie er. Er hätte nicht kommen sollen. Er hätte Artus bis hierher begleiten und dann davonreiten sollen, bevor Gwinneth heran war. Nun war es zu spät.

»Sir ... Lancelot«, murmelte sie schließlich.

In ihrer Stimme war ein Unterton, der Lancelot schaudern und Artus alarmiert aufblicken ließ.

»Sir Lancelot, ja«, bestätigte er überflüssigerweise. »Nun haben wir noch etwas gemeinsam, denn jetzt verdanken wir ihm beide unser Leben.« Er atmete hörbar ein. »Aus diesem Grund habe ich ihn auch gebeten, den Sommer über in Camelot zu bleiben.«

Niemals! Aus dem Schrecken in Gwinneths Augen wurde für die Dauer eines Herzschlages das blanke Entsetzen. *Tut es nicht! Ich flehe Euch an!*
Artus drehte sich halb im Sattel herum um Lancelot direkt anzusehen. »Unsere Vermählung ist für das Sonnenwendfest geplant«, sagte er. »Ich möchte, dass Ihr bis dahin unser Gast seid, Sir Lancelot! Lady Gwinneth und ich würden uns geehrt fühlen, wenn Ihr unser Trauzeuge wärt.«
Lancelot sah Gwinneth an, registrierte das Flehen in ihren Augen, aber auch die verzweifelte Hoffnung darunter. Es war Wahnsinn. Für einen Augenblick sah er die Zukunft so klar vor sich, als hätte er sie bereits gelebt. Er wusste, was passieren würde, wenn er Artus' Bitte entsprach und blieb. Aber wenn er ging, dann würde er Gwinneth niemals wieder sehen.
»Ich danke Euch, König Artus«, sagte er. »Euer Angebot ehrt mich. Ich nehme es gerne an.«

Drei Tage lang irrte er ziellos umher. Er aß nichts in die ser Zeit, schlief zusammengenommen weniger als in einer einzigen Nacht und hielt nur ein paar Mal an, um seinen schlimmsten Durst zu stillen. Er wusste nicht, wo er war oder wohin er ritt, und er wusste nicht einmal, was er in dieser Zeit gedacht hatte. Wenn er sich daran zu erinnern versuchte, dann war es wie die Erinnerung an einen Fiebertraum, voll düsterer, sinnloser Bilder und Furcht, deren einziger Grund er selbst war.
Am Abend des dritten Tages erreichte er Malagon.
War es Zufall, dass ihn die Schritte des Einhorns zu diesem verfluchten Ort gelenkt hatten?

Lancelot glaubte es nicht. Er war kreuz und quer durch das Land geritten und hatte jede menschliche Ansiedlung gemieden und nun war er ausgerechnet hier, weit im Norden des Landes, in einem Gebiet, das Menschen normalerweise wie die Pest mieden und in das kein befestigter Weg und kein Pfad führte. Und nun stand er vor diesem düsteren, uralten Gemäuer, von einem Schicksal hierher geführt, das sich einen grausamen Scherz nach dem anderen mit ihm erlaubt hatte und dessen Plan er noch immer nicht durchschaute. Falls es überhaupt einen gab.

Vielleicht war das, was die Menschen so gern als Schicksal bezeichneten, in Wahrheit nur bloße Willkür, eine Aneinanderreihung von Dingen, die geschahen oder auch nicht; und eine bequeme Ausrede für alle, die nicht in der Lage waren, ihre eigenen Geschicke zu lenken.

So wie er.

Zeit seines Lebens hatte er sich gewünscht, nicht länger ein einfacher Küchenjunge zu sein und ein Leben zu führen, dessen größte Aufregung darin bestand, irgendwie Tanders Wutausbrüchen zu entgehen und sich ein- oder zweimal pro Woche mit Mike und seinen beiden Kumpanen zu prügeln. Er hatte ein Held sein wollen. Ein Ritter auf einem strahlenden Ross, der gewaltige Schlachten schlug und seine Feinde besiegte und am Ende das Herz einer wunderschönen Jungfrau eroberte, kurz: Er hatte dieselben Wünsche gehabt wie jeder andere Junge in seinem Alter.

Nun war er ein Held. Er saß auf dem gewaltigsten Schlachtross, das die Welt jemals gesehen hatte. Er hatte König Artus' Leben gerettet und eine Schlacht gegen eine wahre Übermacht gewonnen, er trug eine silberne Rüstung und er *hatte* das Herz einer wunderschönen Jungfrau gewonnen. Und das alles hatte zu nichts anderem als Leid und Schrecken und Blutvergießen geführt. Der Traum hatte sich erfüllt, aber er war zum Albtraum geworden. Lancelot weigerte sich zu glauben, dass es so etwas wie ein lenkendes Schicksal gab, denn hätte hinter alledem eine solche Macht gestanden, dann wäre sie von einer Grausamkeit gewesen, die einfach unvorstellbar war. Er hatte innerhalb weniger Tage alles gewonnen, was er sich jemals erträumt hatte, und innerhalb weniger Augenblicke mehr verloren, als er jemals besessen hatte.

Und dann wusste er, was er zu tun hatte.

Ganz plötzlich war ihm alles klar. Es war kein Zufall, der ihn hierher gebracht hatte, und auch nicht irgendwelche rätselhaften Schicksalsmächte. Vielmehr war er selbst es gewesen. Ein Teil von ihm – vielleicht Dulac, der irgendwo tief verborgen in ihm immer noch existierte – hatte ganz deutlich begriffen, dass es nur noch eines gab, was er tun konnte. Er würde diese verfluchte Rüstung dorthin zurückbringen, wo er sie gefunden hatte, aber zuvor würde er Artus einen letzten Dienst erweisen. Er würde nach Malagon gehen und Mordred töten und, wenn es sein musste, auch Morgaine le Faye. Vielleicht würde er bei dem Versuch, dies zu tun, sterben, aber welche Rolle spielte das jetzt noch? Er würde Camelot so oder so nie wieder sehen.

Lancelot ritt bis zum Fuß des felsigen Hügels, auf dem sich die schwarze Festung erhob, und stieg aus dem Sattel. Das Einhorn wieherte unwillig, als wäre es mit seiner Entscheidung nicht einverstanden. Lancelot ignorierte es, befestigte den Schild an seinem linken Arm und zog das Schwert, während er langsam auf das offen stehende Tor

zu ging. Er hätte warten können, bis die Sonne ganz untergegangen war, um sich Malagon im Schutze der Dunkelheit zu nähern, aber welchen Sinn hätte das gehabt? Die Sinne der Pikten, die möglicherweise hinter den zerfallenen Zinnen standen, konnte er täuschen, aber Morgaine le Faye und Mordred würden seine Annäherung spüren, noch bevor er die Burg erreichte.
Alle seine Sinne waren bis aufs Äußerste gespannt, als er in das Torgewölbe trat. Unendlich langsam und jederzeit auf einen Angriff gefasst bewegte er sich durch das gemauerte Gewölbe.
Doch er wurde nicht angegriffen. Er hörte nicht einmal einen verdächtigen Laut und das änderte sich auch nicht, als er das jenseitige Ende des Tores erreicht hatte. Der Hof lag still vor ihm. Malagon war verlassen – oder erweckte zumindest diesen Eindruck.
Lancelot sah sich misstrauisch um. Er lauschte angespannt, aber alles, was er hörte, war das Pochen seines eigenen Herzens und das Geräusch des Windes, der sich an den zerbröckelnden Zinnen brach. In diesem besonderen Moment klang es in seinen Ohren wie das Wehklagen tausend gequälter Seelen.
Er schüttelte den Gedanken ab und konzentrierte sich auf die Wirklichkeit. Sie war unheimlich genug. Malagon war eindeutig verlassen, aber etwas ... war hier. In den Schatten zwischen den Trümmern, Erkern und Mauervorsprüngen schien noch eine andere, tiefere Dunkelheit zu lauern und die Stille verbarg ein noch stärkeres Schweigen, das sich über die Grenzen des Hörbaren hinaus erstreckte.
Lancelot ging weiter. Vorsichtig näherte er sich der Tür, durch die er das Innere der Burg schon einmal betreten

hatte, und folgte demselben Weg wie damals. Unbehelligt erreichte er den Kellerraum, im dem er auf die piktischen Wachen gestoßen war. Er war leer wie der Rest der Burg, sonderbarerweise aber von einem Dutzend Fackeln taghell erleuchtet. Das schwarze Eisentor auf der andere Seite war geschlossen.

Auf dem großen Holztisch standen noch Teller mit den Resten einer Mahlzeit. Lancelot untersuchte sie flüchtig und stellte fest, dass sie bereits von einer dicken Schicht grünen Schimmel überzogen waren. Es musste eine Weile her sein, dass Malagon verlassen worden war. Trotzdem behielt er das Schwert in der Hand, während er sich dem eisernen Tor näherte. Das Gefühl, dass etwas da war, wurde stärker.

Lancelot legte die Handfläche auf das schwarze Eisen und war darauf vorbereitet, mit aller Kraft zu drücken, aber das Tor bewegte sich so leicht in seinen uralten Angeln, dass er überrascht hindurchstolperte und einen großen Schritt machen musste, um sein Gleichgewicht wiederzufinden.

Auch die Höhle hatte sich nicht verändert. Stalagmiten und Kristalle verwandelten das hintere Drittel der Höhle in ein schier undurchdringliches Labyrinth und auch das unheimliche Leuchten war noch immer da und erfüllte den Raum mit Farben, wie er sie noch nie zuvor gesehen hatte. Eine düstere Verlockung ging von den leuchtenden Kristallen aus, eine Verlockung, die mit jedem Moment stärker zu werden schien und die die Ahnung einer gewaltigen Gefahr enthielt, zugleich aber auch etwas ungemein Verlockendes.

Dennoch trat Lancelot einige Schritte in den Raum hinein und blieb dann stehen, um sich lange und aufmerksam umzusehen, ehe er weiterging. Er war durchaus bereit, sein Leben zu geben, um Artus und Camelot zu retten, aber das hieß schließlich nicht, dass er blindlings in eine Falle stolpern musste. Die Höhle war jedoch leer. Es gab keinen zweiten Eingang und die Stalagmiten und ihre Gegenstücke bildeten zwar ein fast undurchdringliches Labyrinth, boten jedoch kein Versteck, in dem ein eventueller Feind auf ihn lauern konnte.

Endlich schob er das Schwert in den Gürtel zurück, löste den Schild vom linken Arm, befestigte ihn auf dem Rücken und schob das Helmvisier hoch. Dann ging er weiter und näherte sich den leuchtenden Kristallen.

Das letzte Stück musste er durch wadentiefes Wasser waten. Es war unerwartet warm, und als es in seine Rüstung drang und er es auf seiner Haut fühlte, da hatte er das absurde Gefühl, gar nicht nass zu werden, sondern leuchtend warmes Sonnenlicht zu spüren.

Zögernd streckte er die Hand aus, um einen der Kristalle zu berühren, verhielt im letzten Moment aber noch einmal. Vielleicht sollte er es besser nicht tun. Diese leuchtenden Kristalle waren vielleicht nicht nur ungewöhnlich, sondern mochten durchaus gefährlich sein. Er nahm an, dass sie irgendetwas mit Morgaines magischer Kraft zu tun hatten, vielleicht sogar deren Quelle waren.

Aber wenn er weiter hier herumstand und sie nur anstarrte, würde er das nie herausfinden.

Entschlossen legte er die Hand auf den leuchtenden Kristall.

Nichts geschah.

Weder tat sich der Boden unter seinen Füßen auf noch fiel ihm die Decke auf den Kopf. Es passierte überhaupt

nichts und Lancelot war beinahe ein bisschen enttäuscht. Doch dann fühlte er doch etwas.
In den leuchtenden Kristallen schien eine sanfte, aber ungemein starke Kraft zu vibrieren. Er konnte sie weder beschreiben noch schien sie irgendetwas zu bewirken, aber sie war eindeutig da und sie war von unvorstellbarer Stärke, wie das lodernde Feuer im Herzen eines vermeintlich erloschenen Vulkans, der seit Tausenden von Jahren schlief und nur darauf wartete, wieder auszubrechen.
Lancelot zog die Hand zurück, überlegte einen Moment und zog dann das Schwert. Sein Verdacht war richtig gewesen. In diesen Kristallen schlummerte große magische Macht und es war klar, dass es genau diese Macht war, der sich Morgaine le Faye bediente, um ihre Fäden zu spinnen und Artus zu bekämpfen. Wenn er sie zerstörte, dann zerstörte er auch Morgaine. Auf jeden Fall aber würde er sie entscheidend schwächen. Vielleicht stark genug, dass Artus sie auch ohne seine Hilfe besiegen konnte.
Er ergriff das Schwert mit beiden Händen, holte aus und führte einen Hieb, in dem alle Kraft lag, die er aufbringen konnte.
Ein dröhnender Glockenschlag erscholl, unvorstellbar laut und von einer Macht, die Lancelots Körper bis ins Innerste erzittern ließ, und das Runenschwert, das so mühelos durch fingerdicken Stahl glitt wie ein heißes Messer durch Schnee, prallte vom Kristall ab, ohne ihm auch nur einen Kratzer zugefügt zu haben.
Lancelot taumelte unter der Wucht seines eigenen Schlages zurück und hätte um ein Haar das Schwert fallen gelassen. Das Dröhnen und Klirren hielt noch immer an, als schriee der Kristall vor Schmerz.

Er war fassungslos. Das Kristallgebilde sah so filigran aus wie ein gefrorenes Spinnennetz, ein zerbrechliches Gespinst, das so verwundbar wirkte, dass man es kaum mit den Fingerspitzen zu berühren wagte – und doch hatte es einem Hieb standgehalten, der eine tausendjährige Eiche gefällt hätte! Wenn er noch einen Beweis gebraucht hätte, dass hier etwas nicht mit rechten Dingen zuging, dann hatte er ihn nun.

Aber so leicht würde er nicht aufgeben.

Lancelot trat einen halben Schritt zurück, spreizte die Beine um festen Stand zu haben und ließ das Schwert mit noch größerer Kraft auf den Kristall herabsausen. Ein ungeheures Dröhnen und Sirren erklang. Der Laut vibrierte in jeder Faser seines Körpers, ließ seine Zähne schmerzen und trieb ihm die Tränen in die Augen, doch diesmal zeigte er Wirkung. Die Höhle begann zu erzittern. Winzige, rasch aufeinander folgende Wellen liefen über die Oberfläche des flachen Sees, in dem Lancelot stand, und hier und da lösten sich Kalktrümmer von den Stalaktiten, die von der Decke wuchsen, und stürzten ins Wasser und Lancelot holte zu einem dritten Schlag aus, in den er noch mehr Gewalt zu legen versuchte.

Die Tür flog auf und Morgaine stürzte herein. Ihr Haar war aufgelöst und auf ihrem Gesicht lag der Ausdruck blanken Entsetzens. »Was tust du da, du Wahnsinniger?!«, kreischte sie. »Hör auf! *Hör sofort auf!*«

Lancelot lachte schrill und ließ das Runenschwert zum dritten Mal auf das Kristallgebilde niedersausen.

Das Ergebnis war verheerend.

Das Dröhnen und Klingen schien seine Trommelfelle zu zerreißen. Funken stoben unter seinem Schwert auf und es regnete Steine und gefährliche Kalkspitzen von der Decke. Die Spitze des Kristallgebildes zerbarst mit solcher Wucht, dass die Luft rings um Lancelot herum für einen Moment von Millionen winziger Eissplitter erfüllt zu sein schien. Die gesamte Höhle begann zu erbeben, schien für einen Moment wie ein Schiff auf sturmgepeitschter See zu schwanken. Es war, als bräche der ganze Berg rings um ihn herum zusammen.

Lancelot kämpfte einen Moment lang verzweifelt um sein Gleichgewicht, verlor diesen Kampf und fiel rücklings ins Wasser. Aus den Augenwinkeln sah er, dass auch Morgaine von den Füßen gerissen wurde und stürzte. Die beiden tonnenschweren Torflügel hinter ihr schwankten so wild hin und her wie hölzerne Fensterläden in einem Sturm, aber selbst das ungeheure Dröhnen, mit dem sie gegen die Felswände schlugen, ging im Klirren der Kristalle unter.

Mühsam rappelte er sich auf und tastete nach seinem Schwert, das er fallen gelassen hatte. Während sich seine Hand um den Griff schloss, fiel sein Blick auf den Kristall: Aus dem abgebrochenen Stumpf sprühte buntfarbenes Licht wie leuchtendes Blut und ein schmaler, vielfach verästelter Riss zog sich durch den Fuß des gesamten Gebildes. Noch ein einziger, entschlossener Hieb und die gesamte Kristallburg würde zusammenbrechen. Wahrscheinlich würde er mit seinem eigenen Leben dafür bezahlen, aber welche Rolle spielte das schon?

Er stemmte sich in die Höhe, schwang das Runenschwert hoch über den Kopf und raffte noch einmal alle Kraft zusammen, die er in seinem Körper fand, und hinter ihm schrie Morgaine so gellend auf, als hätte man ihr einen glühenden Dolch in den Leib gestoßen. Weißes Feuer sprühte aus ihren hoch gerissenen Händen, sprang auf Lancelots Schwert und von dort aus auf seinen Körper über und ein so unvorstellbar heftiger Schmerz explodierte in ihm, dass sein Bewusstsein auf der Stelle ausgelöscht wurde.

Er lag nicht im Wasser, als er erwachte, und auch nicht auf hartem Fels, sondern auf etwas Weichem, von dem ein warmer Geruch ausging.
Das erste Gefühl, das ihn ergriff, noch bevor er die Augen aufschlug, war ein maßloses Erstaunen, dass er überhaupt noch in der Lage war, etwas zu empfinden. Die Erinnerung an den grässlichen Schmerz, mit dem Morgaine le Faye ihn überwältigt hatte, war noch immer deutlich in ihm. Er hatte das Gefühl gehabt, dass jede einzelne Faser seines Körpers Feuer gefangen hatte, und war fest davon überzeugt gewesen, sterben zu müssen. Kein Mensch konnte eine solche Qual aushalten.
Dann öffnete er die Augen, blinzelte verwirrt, setzte sich auf und sah sich eine geraume Weile mit einer Mischung aus Unglauben und Verwirrung um und war sich nicht mehr so sicher, ob er auch tatsächlich noch am Leben war. Wo immer er sich befand – dies war nicht mehr die Welt, die er kannte. Er lag auf einem dicken Moosteppich, der zu einem von knorrigen Wurzelsträngen und runden, wie glatt poliert wirkenden Steinen durchsetzten Waldboden gehörte. Rings um ihn herum erhoben sich die sonderbarsten Bäume, die er jemals gesehen hatte. Selbst die kleinsten von ihnen mussten dreißig oder mehr Meter messen. Bis zur halben Höhe wuchs kein Ast oder auch nur ein Zweig

aus ihm hervor. Ihre Rinde war von mattweißer Farbe und so glatt, dass sie eher wie Elfenbein als Baumrinde aussah. Unendlich hoch über ihm verzweigten sie sich zu einem dicht geschlossenen Blätterdach, durch das goldenes Sonnenlicht schlüpfte.

Lancelot stand auf. Irgendetwas huschte zwischen seinen Füßen hervor und verschwand, bevor er es erkennen konnte, aber Lancelot hatte einen flüchtigen Eindruck von einem winzigen weißen Körper und sirrenden Libellenflügeln.

Langsam drehte er sich einmal im Kreis, und je mehr er wahrnahm, desto sonderbarer kam ihm dieser Wald vor. Es gab kein Unterholz, aber hier und da wuchsen fremdartige Pilze oder Blumen, wie er sie noch nie zuvor gesehen hatte.

Nein, dies waren gewiss nicht die sumpfigen Wälder rings um Malagon und auch nicht um Camelot. Er hatte überhaupt noch nie von einem Wald wie diesem gehört. Vielleicht hatte er sich ja getäuscht. Vielleicht hatte Morgaine le Faye ihn getötet und das hier war es, was einen auf der anderen Seite erwartete.

Er sah an sich herab, und was er erblickte, das ließ ihn doch an dieser Vorstellung zweifeln. Er trug noch immer die Gralsrüstung. Schild, Schwert und Helm lagen neben ihm im Moos. Wenn das das Paradies war, wozu brauchte er dann eine Rüstung und Waffen?

Aber wenn er nicht tot war, wo war er dann?

Er würde es nicht herausfinden, wenn er weiter hier herumstand und seine Zeit damit vertrödelte, sich zu wundern.

Lancelot hob Schwert und Schild auf und befestigte beide

an ihrem Platz, dann klemmte er sich den Helm unter den linken Arm und machte sich auf den Weg. Er schlug keine bestimmte Richtung ein, sondern marschierte einfach los und versuchte nur einigermaßen geradeaus zu gehen, um nicht im Kreis zu laufen ohne es zu merken. Er hatte von Fällen gehört, in denen Menschen auf diese Weise zu Tode gekommen waren.
Mindestens eine Stunde lang ging er so zwischen den Stämmen des unheimlichen Elfenbeinwaldes hindurch, bis es vor ihm heller zu werden begann. Offensichtlich war er nicht im Kreis gelaufen, sondern wirklich geradeaus. Er näherte sich dem Waldrand.
Lancelot schritt rascher aus – und blieb mit einem ungläubigen Keuchen stehen.
Vor ihm fiel das Land sanft und über Meilen und Meilen hinweg ab, bis es am Ufer eines unendlichen, dunkel azurblauen Meeres endete. Er entdeckte mehrere kleine Ansiedlungen oder Höfe auf dieser gewaltigen grünen Ebene, aber nur eine davon war nahe genug um Einzelheiten erkennen zu können.
Das Wenige, was er sah, war erstaunlich genug.
Die Häuser wirkten auf eine schwer in Worte zu fassende Weise grazil und zerbrechlich, obwohl sie eine ansehnliche Größe hatten. Die Dächer waren sonderbar geschwungen und es gab keine Kamine, als herrsche in diesem Land immer währender Sommer. Eine Anzahl winziger, vornehmlich hell gekleideter Gestalten bewegte sich zwischen den Gebäuden. Auf halber Strecke zwischen dem Waldrand und der kleinen Ansiedlung weideten Pferde; vielleicht ein Dutzend. Sie waren ausnahmslos von strahlendem Weiß.

Und jedem einzelnen wuchs ein handlanges, gedrehtes Horn aus der Stirn.
Lancelot fuhr sich ungläubig mit der Hand über die Augen, aber es blieb dabei. Unter ihm weidete eine Herde ... *Einhörner!*
Mindestens zwei oder drei Minuten lang stand er einfach da und starrte die Fabelwesen an, dann drehte er sich langsam herum
– und schrie nun wirklich vor Überraschung laut auf.
Auch zu seiner Linken fiel das Land sanft zum Meer hin ab, wenn auch nicht ganz so unendlich weit wie auf der anderen Seite.
Und unter ihm am Strand lag Camelot.
Natürlich war es nicht wirklich Camelot. Es war das, was Camelot vielleicht irgendwann einmal hatte werden sollen; die Vision, die hinter der aus Stein erbauten Stadt steckte. Dieses Camelot war zehnmal so groß wie das König Artus' und hundertmal so prachtvoll, denn seine Mauern bestanden tatsächlich aus Gold. Tausende und Abertausende von Menschen mussten in seinen Mauern leben und allein die Burg erschien Lancelot gewaltig genug, um mehr Einwohnern Platz zu bieten als die ganze Stadt auf der anderen Seite.
Dennoch war die Ähnlichkeit unübersehbar. Wie das Camelot König Artus' war auch diese Stadt an drei Seiten von Wasser umschlossen, wenn es auch auf einer Halbinsel lag statt in einer Flussbiegung, und ihre Architektur folgte den gleichen komplizierten Regeln: Die Häuser wurden zur Stadtmitte hin allmählich höher und bildeten vier, wenn nicht fünf oder sechs ineinander liegende Verteidigungswälle, die es jedem Angreifer nahezu unmöglich machten,

bis zur Burg vorzudringen. Die Stadt wirkte wie ein gemauertes Gebirge, so uneinnehmbar und trutzig wie ein von Menschenhand geschaffenes Massiv.
Von Menschenhand ...?
Lancelot war nicht sicher, dass dieses Wort das richtige war. Er hatte die Gestalten unten im Dorf nicht genau erkennen können, aber zwischen ihm und dem Ort weideten Einhörner und nach allem, was er nun sah, war er ziemlich sicher, dass er vorhin tatsächlich eine Elfe gesehen hatte. Im Grunde gab es keinen Zweifel mehr, nur erschien ihm der Gedanke trotz allem immer noch so bizarr, dass er ihn einfach nicht wahrhaben wollte: Dies war das Land, das er in Dagdas Vision gesehen hatte.
Avalon.
Er befand sich auf Avalon, der Tir Nan Og, der Insel der Unsterblichen.
Eine Bewegung erweckte seine Aufmerksamkeit. Lancelot sah genauer hin und gewahrte ein silbernes Funkeln, so winzig wie feine Glassplitter im Gras vor dem Hintergrund der Stadtmauer. Aber dieser Eindruck kam nur durch die Gewaltigkeit der Dimensionen zustande. In Wirklichkeit war es eine Reihe von mindestens fünfzig, wenn nicht hundert Reitern, die silbergepanzerte Pferde ritten und Rüstungen aus demselben schimmernden Metall trugen. Der Krieger in ihm verlängerte den Weg der glitzernden Silberschlange in Gedanken und stellte mit einem Anflug von Besorgnis fest, dass die Männer ziemlich genau auf die Stelle am Waldrand zu hielten, an der er stand. Aber dabei mochte es sich um einen reinen Zufall handeln. Außerdem würden noch Stunden vergehen, bis sie hier waren, selbst wenn sie schnell ritten.

Außerdem – warum sollte er sie fürchten? Das hier war Avalon, nicht nur die Insel der Unsterblichkeit, sondern auch das Land des ewigen Friedens. Er lächelte nervös, um seine eigene Unsicherheit zu überspielen, hörte ein Geräusch hinter sich und reagierte ganz instinktiv, aber in krassem Gegensatz zu dem, was er gerade noch gedacht hatte: Mit einem einzigen Schritt wich er in den Wald zurück und duckte sich hinter einen der glatt polierten Stämme. Das Geräusch wiederholte sich und er konnte nun hören, dass es direkt aus der Richtung kam, aus der er auch selbst gekommen war. Vorsichtig schob er den Kopf hinter seiner Deckung hervor und prallte erschrocken zurück.

Er hatte sich gerade noch rechtzeitig in Sicherheit gebracht. Aus der Dunkelheit des Waldes tauchten zwei, drei, schließlich fünf Reiter auf, die allesamt auf riesigen schwarzen Pferden saßen. Wie ihre Reiter waren auch die Tiere ganz in schwarzes, Licht schluckendes Eisen gehüllt. Handlange Stacheln ragten an verschiedenen Stellen aus den Rüstungen. Die Helme der Reiter hatten die Form schrecklicher Drachenschädel. Es war dieselbe Art von Furcht erregender Rüstung, wie sie auch Mordred getragen hatte. Lancelots Herz begann wild zu schlagen. Die Männer bewegten sich langsam, hielten immer wieder an und richteten ihre Blicke zu Boden und manchmal senkte auch eines der schrecklichen Pferde den Schädel, aus dem ein schwarzes, handlanges Horn wuchs, fast, als wolle es wie ein bizarrer Bluthund Witterung aufnehmen. Es war nicht schwer, zu erkennen, dass diese Männer nach etwas suchten.

Genauer gesagt: nach jemandem.

Nach ihm.
Die Reiter kamen allmählich näher. Kaum weiter als eine Armeslänge entfernt hielt der vorderste sein Tier an und schüttelte enttäuscht den Kopf.
»Das ist sinnlos«, sagte er. Seine Stimme drang hohl und sonderbar verzerrt unter dem metallenen Drachenkopf hervor, dem sein Helm nachempfunden war. »Wir sind Avalon schon zu nahe. Verdammtes Hochelbenpack! Ihre Nähe verwischt jede Spur!«
Er griff sich mit beiden Händen an den Helm und zog ihn mit einer zornigen Bewegung über den Kopf. Darunter kam ein ebenso schmales wie edel geschnittenes Gesicht zum Vorschein, das Lancelot entfernt an das Mordreds erinnerte. Die beiden Männer sahen sich nicht wirklich ähnlich, aber das Gesicht des Reiters wies den gleichen harten Zug auf wie das Mordreds. Von dem Mann schien etwas wie eine fühlbare körperlose Kälte auszugehen.
In einem Punkt jedoch unterschied er sich von Mordred – und auch von allen anderen Menschen, denen Lancelot jemals begegnet war: Er hatte spitze Ohren.
Lancelot starrte ihn so fassungslos an, dass er für einen Moment sogar die Gefahr vergaß, in der er immer noch schwebte. Hätte der schwarze Krieger in diesem Moment den Kopf gedreht, hätte er ihn zweifellos gesehen, denn Lancelot war einfach wie gelähmt.
Der Reiter sah jedoch nicht in seine Richtung, sondern legte den Helm vor sich auf den Sattel und fuhr sich mit der freien Hand durch das Haar. Es war so schwarz wie seine Rüstung, aber nicht einmal annähernd so dunkel wie seine Augen.
Auch die anderen Reiter nahmen nach und nach ihre

Helme ab. Alle ihre Gesichter hatten den gleichen, ebenso düsteren wie edlen Zug, alle hatten schwarze Haare und noch schwärzere Augen und sie alle hatten die gleichen Fuchsohren wie ihr Anführer.

»Wir müssen weitersuchen«, sagte einer der anderen Männer. »Lady Morgaine wird nicht begeistert sein, wenn wir mit leeren Händen zurückkehren.«

Lady Morgaine? Lancelot wurde hellhörig. Etwa Morgaine le Faye? Dann konnte es unmöglich ein Zufall sein, dass diese Reiter hier aufgetaucht waren. Aus seinem Verdacht wurde Gewissheit. Sie waren auf der Suche nach ihm!

»Lady Morgaine«, antwortete der erste Reiter mit einem freudlosen Lachen, »wird uns wahrscheinlich töten, wenn wir mit leeren Händen zurückkommen. Allerdings weiß ich nicht, was ich mehr fürchten soll: ihren Zorn oder die Vorstellung, denen da in die Hände zu fallen.«

Er deutete mit einer Kopfbewegung auf die Kette aus Silberfunken, die sich weiter in ihre Richtung bewegte, ohne jedoch sichtbar näher gekommen zu sein.

Sein Begleiter schnaubte abfällig. »Tuata!«, sagte er. »Verweichlichte Schwächlinge!«

»Das mag sein«, antwortete der Reiter. »Unglückseligerweise sind es ziemlich viele verweichlichte Schwächlinge. Und selbst wenn wir ihnen gewachsen wären – du kennst Lady Morgaines Befehl. Keinen Kampf. Wir sind zu weit auf das Gebiet der Tuata vorgestoßen. Ein Zusammenstoß hier könnte einen Krieg auslösen.«

Das andere Spitzohr wirkte nicht überzeugt, aber es widersprach nicht, sondern beließ es bei einem missmutigen Achselzucken. »Also suchen wir den Bengel«, knurrte er.

»Und das besser schnell«, fügte der andere hinzu. »Die Tuata sind nicht blind und dies hier ist ihr Land. Sie werden unsere Spuren sehen. Wir müssen von hier verschwunden sein, wenn sie den Waldrand erreichen.«
Er hob die Stimme und drehte sich halb im Sattel herum und Lancelot zog sich hastig weiter hinter seine Deckung zurück, sodass er ihn nun nicht mehr sah, sondern nur noch seine Stimme hörte.
»Zwei von euch reiten zurück bis zu der Stelle, an der wir seine Spur verloren haben! Wir anderen schwärmen hier aus und suchen den Waldrand ab. Aber gebt Acht, dass euch die Tuata nicht sehen! Ich möchte nicht als der in die Annalen eingehen, der den ersten Krieg auf Avalon seit tausend Jahren ausgelöst hat!«
Lancelot konnte hören, wie er seinen Helm wieder aufsetzte, dann wurde für einen kurzen Moment Hufgetrappel laut und danach kehrte wieder Stille ein.
Aber für wie lange?
Es gab jetzt keinen Zweifel mehr daran, dass die Männer in den schwarzen Rüstungen nach ihm suchten. Er hatte nicht viel von dem verstanden, was die Krieger gesagt hatten, aber das Wenige reichte aus. Er war in höchster Gefahr. Dass sie ihn bisher noch nicht entdeckt hatten, war ein reines Wunder.
Er sah wieder zu der Stadt Avalon hin. Dic Reiter – *Tuata* hatte der Spitzohrige sie genannt; was für ein sonderbares Wort: fremd, aber zugleich auch auf seltsame Weise vertraut wie so vieles – waren noch immer nicht sichtbar näher gekommen, aber ihre Rüstungen blitzten und funkelten im Sonnenlicht wie poliertes Silber. Dasselbe galt zweifellos auch für seine Rüstung. Sobald er den Wald ver-

ließ, musste er deutlich zu sehen sein, und zwar aus *beiden* Richtungen. Und selbst wenn es nicht so gewesen wäre: Lancelot war nicht sicher, dass er bei den silbernen Rittern tatsächlich sicherer wäre als bei den Spitzohren.
Hier konnte er jedoch auf keinen Fall bleiben. Früher oder später würden die Spitzohren seine Spur wieder finden oder durch einen bloßen Zufall über ihn stolpern.
Es gab nur einen Platz, an dem er sich verstecken konnte. Aufmerksam sah er zu der kleinen Ansiedlung hin. Er schätzte, dass es eine gute Meile bis dorthin war, aber der Hang war fast überall mit hüfthohem Gras bewachsen und es gab zahlreiche Büsche und kleinere Gehölze, die ihm Deckung gewähren würden. Natürlich brauchte er ein wenig Glück um es zu schaffen – um genau zu sein, eine *ganze Menge* Glück –, aber welche Wahl hatte er schon?
Lancelot sah sich noch einmal nach allen Seiten um, dann huschte er geduckt zwischen den Bäumen hervor und rannte auf ein niedriges Gebüsch zu, das vielleicht zwanzig oder fünfundzwanzig Schritte entfernt war. Bei jedem einzelnen dieser Schritte rechnete er damit, das Sirren einer Bogensehne zu hören oder donnernden Hufschlag. Aber das Wunder geschah: Er erreichte unbehelligt das Gebüsch und ließ sich schwer atmend dahinter auf die Knie fallen. Mindestens drei oder vier Minuten blieb er dort sitzen und suchte den Waldrand nach irgendwelchen Verfolgern ab. Aber es blieb dabei: Er hatte es geschafft.
Und das Glück blieb ihm treu. Er brauchte lange um sich dem Dorf zu nähern, denn er huschte von Deckung zu Deckung und wartete immer ab um sich zu überzeugen, dass ihn auch wirklich niemand verfolgte. Die letzten zweihundert Schritte stellten ein Problem dar, denn sie waren

vollkommen ohne Deckung und auch das Gras war kaum knöchelhoch.
Während er noch dastand und überlegte, hörte er ein Geräusch und im nächsten Augenblick trat eine schlanke Gestalt aus dem Gebüsch.
Lancelot vermochte nicht zu sagen, wer erschrockener war. Er oder der andere. Lancelot griff sofort nach dem Schwert und auch der andere prallte erschrocken zurück und machte eine Bewegung, als wollte er herumfahren und davonstürzen. Aber er führte sie nicht zu Ende. Der Ausdruck von Schrecken auf seinem Gesicht machte Verwirrung Platz, dann einer Mischung aus Bewunderung und Staunen.
Lancelot konnte nicht sagen, ob er einem Jungen oder einem Mädchen gegenüberstand. Er oder sie trug ein weißes, schlichtes Gewand, das bis zu seinen Knöcheln herabreichte und seine Gestalt vollkommen verdeckte. Er hatte sehr helles, fast weißes Haar, das bis weit über seine Schultern herabfiel, und auch sein Gesicht war von einer fast unnatürlichen Blässe und ließ keinerlei Rückschlüsse auf sein Geschlecht zu.
Außerdem hatte er spitze Ohren.
Eine ganze Weile standen sie sich schweigend gegenüber und blickten einander mit Verwirrung an. Lancelot war plötzlich sehr froh, den Helm wieder aufgesetzt zu haben, sodass man sein Gesicht nicht richtig erkennen konnte.
Schließlich war es der andere, der das immer unbehaglicher werdende Schweigen brach.
»Herr?«, fragte er zögernd.
Lancelot wusste nicht so recht, was er antworten sollte, zumal er spürte, dass der andere auf eine ganz bestimmte Re-

aktion wartete. Aber immerhin hatte er ihn *Herr* genannt, was auf eine gewisse Rollenverteilung schließen ließ, die er kannte.

»Wer bist du?«, fragte er ganz bewusst etwas grober, als nötig gewesen wäre.

»Arianda«, antwortete der andere hastig. »Mein Name ist Arianda, Herr.«

Prima, dachte Lancelot. Das half ihm wirklich weiter. War das nun ein Jungen- oder Mädchenname? »Was tust du hier?«, fragte er.

»Was ich hier ...?« Arianda blinzelte. Dann erschien der Versuch eines schüchternen Lächelns auf seinem Gesicht. »Aber ich ... ich wohne hier.«

»In diesem Dorf?« Lancelot deutete auf die Ansammlung niedriger heller Gebäude. Arianda nickte und Lancelot fügte hinzu: »Wie ist sein Name?«

Diese Frage war ein Fehler, das begriff er sofort. In Ariandas Augen, die von einem so strahlenden Blau waren, wie Lancelot es noch nie zuvor gesehen hatte, erschien ein neuerlicher Ausdruck von Verwirrung. Dann lachte er wieder, aber noch nervöser als zuvor.

»Ich verstehe, Ihr wollt mich auf die Probe stellen«, sagte er. »Das ist Edorals Rast.«

»Edorals Rast ...« Lancelot wiederholte das Wort ein paar Mal in Gedanken. Es klang sonderbar. »Bring mich hin.«

Diesmal war Ariandas Überraschung beim besten Willen nicht mehr zu übersehen. »Ihr ... Ihr wollt wirklich ...«

»In dein Dorf, ja«, unterbrach ihn Lancelot. »Was ist daran auszusetzen?«

»Nichts«, versicherte Arianda hastig. »Es ist nur ... es kommt selten vor, dass ein Tuata Edorals Rast besucht.

Um ehrlich zu sein, seid Ihr der Erste, solange ich mich erinnern kann.«
»Obwohl die Stadt so nahe ist?«
»Die Tuata verlassen Avalon nie«, antwortete Arianda. »So wenig, wie wir Avalon je betreten.« Er runzelte die Stirn. »Ihr stellt sonderbare Fragen für einen Tuata.«
Lancelot hob die Schultern. »Vielleicht bin ich ja gar nicht das, wofür du mich hältst.«
Für einen Moment verwandelte sich Ariandas Verwirrung vollends in Bestürzung, aber dann lachte er laut und sehr befreit auf. »Jetzt weiß ich, dass Ihr mich auf die Probe stellen wollt, Herr«, erklärte er. »Ihr wollt herausfinden, ob ich meine Lektionen auch richtig gelernt habe, nicht wahr?« Er schüttelte lachend den Kopf. »Nur ein Tuata kann diese Rüstung tragen. Sie würde jeden töten, der nicht reinen Blutes ist, wenn er auch nur versuchen würde sie anzulegen.«
»Sicher«, sagte Lancelot in etwas versöhnlicherem Tonfall. »Du hast wirklich gut aufgepasst, scheint mir. Und nun bring mich in dein Dorf.«
Irgendwie schien auch das nicht das zu sein, was Arianda zu hören erwartet hatte, aber das erschien Lancelot schon kaum noch wichtig. Er hatte bisher schon so viele Fehler gemacht, dass es auf einen mehr oder weniger gar nicht mehr ankam.
Und einen Moment später spielte es überhaupt keine Rolle mehr. Arianda wollte sich herumdrehen um zum Dorf voranzugehen, doch dann erstarrte er mitten in der Bewegung und das letzte bisschen Farbe wich aus seinem Gesicht. Lancelot fuhr herum und sah in dieselbe Richtung. Der Waldrand schien sich aufgetan zu haben und mindestens

ein Dutzend schwarz gepanzerter Gestalten auf gewaltigen schwarzen Einhörnern sprengte heran.

»Bei Dana!«, entfuhr es Arianda. »Dunkelelben? *Hier?* Aber wie ist das ...« Er fuhr zu Lancelot herum und seine Augen wurden noch größer. »Lauft, Herr! Bringt Euch in Sicherheit!«

»Nein!« Lancelot zog entschlossen sein Schwert. »Du läufst! Ich halte sie auf!«

Ariandas Gesichtsausdruck machte klar, dass er ernsthaft an seinem Verstand zweifelte, aber dann sah er noch einmal zu den herannahenden Reitern hin und der Anblick schien seine Zweifel wohl endgültig zu beseitigen, denn er fuhr herum und rannte los.

Lancelot befestigte fast gelassen den Schild an seinem linken Arm, klappte das Helmvisier herunter und trat den Reitern ruhig entgegen. Das Kräfteverhältnis erschien ihm nicht besonders fair; er stand allein gegen ein Dutzend berittener Gegner, die bestimmt auch nicht zum ersten Mal ein Schwert in der Hand hielten. Aber er hatte möglicherweise eine Überraschung für die Dunkelelben. Das Schwert in seiner Hand schrie nach Blut und diesmal würde es bekommen, was es wollte. Und so viel es wollte.

Die Reiter kamen rasch näher. Lancelot warf noch einmal einen Blick über die Schulter zurück und stellte voller Erleichterung fest, dass Arianda das Dorf schon fast erreicht hatte und dass auch keiner der Dunkelelben versuchte ihn einzuholen. Sonderbarerweise schien im Dorf selbst niemand von ihm und den Dunkelelben Notiz zu nehmen. Das Leben dort ging seinen normalen Gang. Und der Heereszug der silbernen Ritter war noch viel zu weit entfernt, als dass er irgendeine Hilfe von ihnen erwarten konnte.

Lancelot war es nur recht. Er würde auch allein mit den Angreifern fertig werden und er wollte nicht, dass noch mehr Unschuldige seinetwegen zu Schaden kamen.
Als der erste Reiter heransprengte, spreizte Lancelot leicht die Beine, knickte in den Knien ein und ergriff das Schwert mit beiden Händen. Die Klinge schnitt mit einem sirrenden Laut durch die Luft, traf den Oberschenkel des Reiters –
und wurde ihm aus der Hand geprellt.
Lancelot taumelte mit einem überraschten Schrei zurück und fiel gleich darauf auf den Rücken, als der Dunkelelb seinen Schild senkte und ihm vor die Brust stieß. Bunte Sterne explodierten vor seinen Augen und für einen Moment bekam er keine Luft mehr.
Mehr auf sich selbst wütend als auf den Mann, der ihn niedergeschlagen hatte, setzte er sich auf und tastete nach seinem Schwert. Er war ungeschickt gewesen, aber ein zweites Mal würde ihm das gewiss nicht passieren.
Als er aufstand, waren sämtliche Reiter herangekommen und hatten ihn eingekreist. Nur einer der Männer – der, der ihn gerade niedergeschlagen hatte – war aus dem Sattel gestiegen und kam langsam auf ihn zu. Lancelot packte sein Schwert fester.
»Gib auf«, sagte der Dunkelelb. »Ich will dich nicht verletzen.«
Statt zu antworten schwang Lancelot das Schwert zu einem wütenden Hieb.
Der Dunkelelb machte sich nicht einmal die Mühe, seinen Schild zu heben, sondern parierte den Hieb mit dem gepanzerten Unterarm. Das Runenschwert konnte das schwarze Eisen nicht durchdringen!

Noch bevor Lancelot auch nur die Zeit fand, richtig zu erschrecken, trat der Elb mit einem wütenden Knurren vor, deutete einen abermaligen Schildstoß an und versetzte Lancelot einen Faustschlag vor die Schläfe, als dieser auf die Finte hereinfiel und auszuweichen versuchte.
Sein Helm bewahrte ihn vor dem Schlimmsten, aber die Wucht des Hiebes reichte allemal, ihn in die Knie brechen zu lassen. Alles drehte sich um ihn. Er war nicht mehr in der Lage, sein Schwert festzuhalten; geschweige denn sich zu wehren. Brutal wurde Lancelot in die Höhe gerissen und quer über den Rücken des Pferdes geworfen, auf dessen Sattel sich der Reiter im nächsten Moment schwang. Während er noch mit aller Kraft darum kämpfte, nicht das Bewusstsein zu verlieren, riss der Mann das Pferd herum und die gesamte Gruppe galoppierte dem Waldrand entgegen.
»Beeilt euch!«, schrie der Elb. Immerhin erkannte Lancelot jetzt seine Stimme. Es war der Mann, den er am Waldrand beobachtet hatte. »Der Zauber hält nicht mehr lange an! Wenn die Tuata uns sehen, ist es aus!«
Lancelot hob stöhnend den Kopf. Das Ergebnis war ein grober Fausthieb zwischen seine Schulterblätter, der ihm den Atem nahm.
»Rühr dich nicht, Bursche!«, knurrte der Dunkelelb. »Oder ich werde wirklich grob.«
Lancelot hätte es nicht einmal gekonnt, wenn er es gewollt hätte. Sein Kopf dröhnte noch immer, Blut lief ihm aus Mund und Nase und machte ihm das Atmen schwer. Der Mann hatte ihn so spielend niedergerungen, wie ein Erwachsener ein Kind niedergeschlagen hätte, das ihn mit einem Spielzeugschwert attackierte. Und so bitter die Ein-

sicht auch war – dieser Vergleich kam der Wahrheit ziemlich nahe. Die Magie der Rüstung, die ihn in Camelot praktisch unbesiegbar machte, wirkte hier nicht. Lancelot konnte von Glück sagen, dass er überhaupt noch lebte.
Wie lange dieser Zustand noch anhalten würde, wusste er nicht. Die Männer hatten ganz offensichtlich Befehl, ihn lebend bei Morgaine le Faye abzuliefern, aber so, wie er Morgaine mittlerweile zu kennen glaubte, nur aus einem einzigen Grund: Morgaine wollte ihn selbst töten.
Sie erreichten den Elfenbeinwald und sprengten ein gutes Stück weit hinein, bis ihr Tempo allmählich geringer wurde und sie schließlich anhielten. Lancelot wurde grob aus dem Sattel gezerrt und auf die Füße gestellt. Jemand riss ihm den Schild vom Arm, ein anderer schwarzer Riese nahm ihm den Helm ab.
»Wirst du jetzt vernünftig sein?«, fragte der Dunkelelb, der ihn entwaffnet hatte. Er hatte sein Helmvisier hochgeklappt, sodass Lancelot in sein Gesicht blicken konnte, nicht in eine eiserne Drachenfratze, aber er konnte sich des unheimlichen Eindruckes nicht erwehren, in das aufgerissene Maul eines Drachen zu blicken, der gerade einen Menschen verschlungen hatte.
Er nickte.
»Gut«, sagte der Dunkelelb. »Dann kannst du jetzt selbst reiten. Versprichst du mir, keinen Fluchtversuch zu unternehmen, oder soll ich dir die Beine brechen, damit du keine Dummheiten machst?«
In seiner Stimme war nicht die Spur von Humor und Lancelot begriff, dass die Drohung bitterernst gemeint war.
»Ich werde nicht fliehen«, versprach er.
Die abgrundtief schwarzen Augen des Dunkelelbs starrten

ihn einen Moment lang durchdringend an, aber dann nickte er. »Gut. Schnell jetzt.«
Er ergriff Lancelot an der Schulter, drehte ihn herum und versetzte ihm einen Stoß, der ihn ungeschickt auf ein reiterloses schwarzes Einhorn zustolpern ließ. Rasch, bevor der Dunkelelb auf die Idee kommen konnte, seinem Wunsch mit weiteren Faustschlägen Nachdruck zu verleihen, kletterte er auf seinen Rücken und griff nach den Zügeln. Auch sein Bezwinger stieg wieder in den Sattel und sie ritten ohne ein weiteres Wort los.
Ihr Weg führte sie tiefer und tiefer in den Elfenbeinwald hinein. Lancelot vermochte nicht zu sagen, in welche Richtung sie ritten, den es gab in diesem unheimlichen Wald rein gar nichts, woran er sich orientieren konnte. Die Baumstämme waren frei von Moos, das ihm die Himmelsrichtung hätte sagen können, und er konnte den Blick so oft in den Himmel heben, wie er wollte, die Sonne schien stets genau im Zenit zu stehen.
Trotzdem hielt er unentwegt nach einem möglichen Fluchtweg Ausschau. Er hatte keine Sekunde lang vorgehabt, das gegebene Wort zu halten. Was immer ihm der Dunkelelb auch antun konnte, wenn er einen Fluchtversuch unternahm und scheiterte, konnte unmöglich so schlimm sein wie das, was ihn erwartete, wenn er Morgaine le Faye in die Hände fiel. Er hatte den abgrundtiefen Hass in den Augen der Hexe nicht vergessen, als sie sich in der Kristallhöhle begegnet waren.
Doch es ergab sich keine Gelegenheit zur Flucht. Vielleicht ahnten die Dunkelelben sein Vorhaben, vielleicht war es auch nur ihr angeborenes natürliches Misstrauen – gleichwie, Lancelot war nicht einen Moment unbeobach-

tet. Darüber hinaus war er nicht einmal sicher, ob es ihm etwas genutzt hätte. Das Tier, das er ritt, war ein riesiges schwarzes Schlachtross, ein dunkles Spiegelbild des Einhorns, das er selbst in Camelot ritt. Wenn es diesem Tier auch nur annähernd ähnelte, dann würde es seinen Befehlen wahrscheinlich gar nicht gehorchen.

Stunde um Stunde ritten sie durch den Elfenbeinwald. Die Dunkelelben und ihre Tiere schienen das Wort Erschöpfung ebenso wenig zu kennen, wie sich die Sonne hoch über ihren Köpfen auch nur einen Deut vom Zenit wegbewegte. Vielleicht gab es in dieser Welt der Elben und Einhörner so etwas wie Zeit gar nicht.

Endlich wurde es weit vor ihnen zwischen den Baumstämmen wieder hell. Sie näherten sich jedoch nicht dem Waldrand, sondern ritten auf eine große Lichtung hinaus, vor deren gegenüberliegendem Rand eine Gruppe weiterer Dunkelelben auf Einhörnern auf sie wartete.

Eine der berittenen Gestalten unterschied sich von den anderen. Sie war kleiner und deutlich schlanker und statt einer stachelbesetzten Rüstung mit einem eisernen Drachenschädel trug sie einen schwarzen Mantel und ein Diadem aus nachtfarbenen Diamanten. Morgaine le Faye.

Die Hexe kam ihnen entgegengeritten, begleitet von zwei besonders großen, breitschultrigen Gestalten in schwarzen Rüstungen, die vermutlich ihre persönliche Leibgarde darstellten. Lancelot hatte fast sicher angenommen, auch auf Mordred zu treffen, aber von König Artus' Sohn war nichts zu sehen.

Morgaine zügelte ihr Pferd unmittelbar vor ihm, starrte ihn stumm und hasserfüllt an und wandte sich dann an seinen Begleiter.

»Das hast du gut gemacht. Ich werde dafür sorgen, dass du angemessen belohnt wirst. Hat euch jemand gesehen?«
»Ein Junge«, gestand der Dunkelelb. »Sonst niemand. Es waren Tuata in der Nähe, aber Euer Zauber hat uns zuverlässig vor ihren Augen verborgen.«
»Nur ein Junge?«, vergewisserte sich Morgaine.
»Er hat mit ihm geredet«, sagte der Dunkelelb. »Ich weiß nicht, was er ihm verraten hat.«
»Zerbrecht Euch darüber nicht den Kopf.« Morgaine le Faye machte eine wegwerfende Handbewegung. »Wer wird ihm schon glauben? Ein Kind, das Geschichten erzählt, um sich interessant zu machen. Seit hundert Jahren hat es keiner von uns gewagt, den Elfenbeinwald auch nur zu betreten. Warum sollten wir den Frieden riskieren, um einen Jungen zu fangen?«
Sie schüttelte den Kopf, dann wandte sie sich mit veränderter Stimme direkt an Lancelot. »Du dummes, dummes Kind«, sagte sie, allerdings eher verärgert als wirklich zornig. »Weißt du eigentlich, was du getan hast? Deinetwegen hätte ein Krieg ausbrechen können!«
»Und das schreckt Euch?« Lancelot wusste selbst nicht, woher er den Mut zu diesen Worten nahm. Aber vielleicht war es auch nur Trotz. »Ich dachte, Ihr liebt den Krieg. Immerhin lasst Ihr nichts unversucht, um Camelot damit zu überziehen.«
Morgaine blickte ihn einen Herzschlag lang vollkommen ausdruckslos an, dann beugte sie sich im Sattel vor und versetzte ihm eine schallende Ohrfeige. Der Schlag warf Lancelots Kopf in den Nacken und trieb ihm die Tränen in die Augen.
»Artus?« Morgaines Stimme wurde schneidend. »Ich bin

gerührt über deine Sorge. Schade, dass ich dich nicht zurückschicken kann. Ich bin fast versucht es zu tun, nur damit du siehst, welchen Dienst du deinem heiß geliebten König erwiesen hast.«
Wie meinte sie das? Lancelot versuchte sich einzureden, dass Morgaines Worte nur dem einen Zweck dienten, ihn zu quälen, aber irgendetwas sagte ihm, dass es nicht so war.
»Und was habt Ihr jetzt vor?«, fragte er, wobei er vergeblich versuchte die Tränen aus seinen Augen wegzublinzeln. »Wenn Ihr mich töten wollt, worauf wartet Ihr dann noch?«
»Töten?« Morgaine schien Gefallen an dem Gedanken zu finden, ihrem Gesichtsausdruck nach zu schließen. Aber dann schüttelte sie den Kopf und ein kaltes Lächeln breitete sich auf ihren Zügen aus.
»Nein«, sagte sie. »So einfach kann ich es dir nicht machen, fürchte ich.« Sie seufzte. »Und ich hatte so große Hoffnungen in dich gesetzt. Aber es ist wohl meine Schuld. Ich hätte wissen müssen, dass ich nicht zu viel von einem Küchenjungen erwarten darf.«
Lancelot hatte sich trotz aller Mühe nicht gut genug in der Gewalt, um seine Überraschung vollends zu verbergen.
Morgaine lachte hässlich. »Du hast doch nicht wirklich gedacht, ich wüsste nicht, wer du bist?«, fragte sie. »Ich wusste es vom ersten Augenblick an.«
»Warum ...?«, murmelte Lancelot.
»– ich nichts gesagt habe?« Morgaine lachte wieder. »Aber warum sollte ich? Ich muss gestehen, dass mich die Vorstellung amüsiert hat, einen kleinen Küchenjungen an Artus' berühmter Tafel sitzen zu wissen. Doch ich muss auch

gestehen, dass ich nicht geglaubt habe, dass du uns so viel Ärger bereiten könntest.« Das Lächeln auf ihrem Gesicht erlosch wie weggeblasen und machte einem Ausdruck gnadenloser Härte Platz.

»Aber damit ist es ja nun vorbei. Du hattest deine Chance. Ich wünschte, du hättest dich anders entschieden, doch nun ist es zu spät.«

»Mir bricht das Herz«, sagte Lancelot hämisch.

»In spätestens einer Stunde wirst du dir wünschen, dass genau das geschieht«, sagte Morgaine böse. »Ich fürchte nur, dass dieser Wunsch nicht in Erfüllung gehen wird. Dies hier ist die Tir Nan Og, Lancelot. Die Insel der Unsterblichkeit. Manchmal kann es sich als Fluch erweisen, nicht sterben zu können.«

Sie machte eine herrische Geste zu dem Mann an Lancelots Seite. »Bringt ihn fort. Und verschwendet keine Zeit mehr. Ihr wisst, dass der Drache nicht gerne wartet.«

»Aber Herrin!«, entfuhr es dem Dunkelelben. »Der Drache! Ich meine: Er ... er ist doch noch fast ein Kind und –«

»Du hast gehört, was ich gesagt habe!«, unterbrach ihn Morgaine zischend. »Willst du meinen Befehl ausführen oder soll ich einen deiner Männer beauftragen? Der Appetit des Drachen reicht möglicherweise auch für zwei.«

»Nein, Mylady«, antwortete der Dunkelelb. Ein deutlicher Unterton von Furcht hatte sich in seine Stimme geschlichen. »Ich werde gehorchen.«

»Was für eine Überraschung«, sagte Morgaine gehässig.

Und Lancelot sprang.

Mit einer Kraft, die ihm die pure Verzweiflung verlieh, stieß er sich ab, sprang auf Morgaines Pferd und war hinter ihr, noch bevor sie richtig begriff, wie ihr geschah. Morgaine schrie erschrocken auf und mindestens ein halbes Dutzend Dunkelelben griff gleichzeitig nach ihren Waffen und bewegte sich auf sie zu und Lancelot schlang den linken Arm um Morgaines Hals und zwang mit der anderen Hand ihren Kopf so weit zurück, dass sie kaum noch atmen konnte. Aus Morgaines Schrei wurde ein ersticktes Keuchen.

»Niemand rührt sich!«, rief er. »Noch einen Schritt weiter und ich breche ihr das Genick!«

Tatsächlich erstarrten die meisten Dunkelelben mitten in der Bewegung. Nur zwei oder drei näherten sich ihm weiter, hielten dann aber ebenfalls an, als er Morgaines Kopf noch ein winziges Stück weiter zurückbog. »So und jetzt können wir weiterreden«, sagte er.

»Ich ... bekomme ... keine Luft ... mehr«, würgte Morgaine mühsam hervor.

»Ach was«, antwortete Lancelot. »Habt Ihr mir nicht gerade selbst erklärt, dass es hier keinen Tod gibt? Und wo wir schon einmal dabei sind: Wie würde es Euch gefallen, für den Rest Eures unendlich langen Lebens an einen Besenstiel gebunden zu werden, damit Euer Kopf nicht unentwegt auf Euren Schultern hin und her rollt?«

»Gib auf, du Dummkopf!«, zischte der Dunkelelb. »Du hast keine Chance!«

Seine Behauptung entbehrte nicht einer gewissen Wahrheit. Ein gutes Dutzend Schwerter und Speerspitzen konnte Lancelot auf sich gerichtet sehen und wie viele auf seinen Rücken zielten, das wollte er lieber gar nicht wissen. Statt die Warnung jedoch zu beherzigen, bog er Morgaines Kopf noch weiter zurück, sodass sie nun endgültig keine Luft mehr bekam. Nach einem Moment lockerte er seinen Griff jedoch wieder.

Morgaine rang gurgelnd nach Atem. »Du ... du Narr«, keuchte sie. »Dein Tod ... wird dafür noch ... noch tausendmal schlimmer werden als der, den ... den ich dir ohnehin zugedacht hatte. Du weißt nicht, wen du herausforderst.«

»Eine Hexe?«, vermutete Lancelot.

»Dafür wirst du büßen«, drohte Morgaine. Sie hatte Mühe, überhaupt zu sprechen, aber das nahm ihren Worten nichts von ihrer Drohung.

»Wahrscheinlich«, antwortete Lancelot. »Aber im Augenblick sieht es wohl eher so aus, als hätte ich hier das Sagen. Schickt Eure Leute fort.«

Morgaine lachte, allerdings nur für einen Moment, genau so lange, wie Lancelot brauchte, um den Druck auf ihren Hals noch weiter zu verstärken. Ihre Nackenwirbel knackten hörbar und Lancelot gemahnte sich zur Vorsicht. Er wollte sie nicht umbringen.

»Ich meine es ernst. Schickt Eure Leute weg oder Ihr sterbt vor mir!«

»Ihr ... habt gehört, was er ... gesagt hat«, keuchte Morgaine. »Verschwindet!«

Der Dunkelelb, der offensichtlich so etwas wie den Führer des kleinen Trupps darstellte, zögerte. »Herrin ...«

»Verschwindet!« Morgaine versuchte zu schreien, aber sie brachte nur ein halb ersticktes Keuchen zustande. Trotzdem zögerte der Krieger nur noch einen Moment, ehe er seinen Begleitern das Zeichen zum Abziehen gab. Als er selbst sein Pferd herumdrehen wollte, rief Lancelot ihn noch einmal zurück.

»Halt!«

Der Dunkelelb sah ihn hasserfüllt an.

»Mein Schwert!«, verlangte Lancelot. »Gebt es mir. Sehr vorsichtig und mit dem Griff voran. Und versucht nichts, worunter Eure Herrin leiden würde.«

»Gib ihm schon das verdammte Schwert, du Narr«, zischte Morgaine.

Der Dunkelelb tat, was Morgaine von ihm verlangt hatte, wenn auch langsam und mit sichtbarem Widerwillen. Lancelot konnte sehen, wie es hinter seiner Stirn arbeitete. Vermutlich war er ohne weiteres in der Lage, ihn binnen eines Augenblickes zu töten. Aber er wagte es nicht. Der Druck, den Lancelot auf Morgaines Hals ausübte, war so groß, dass eine einzige unbedachte Bewegung ausreichen musste, um Morgaine das Genick zu brechen. Lancelot seinerseits fragte sich, wie lange er die Anstrengung noch aushalten würde. Die Muskeln in seinem rechten Arm waren schon jetzt verkrampft und taten furchtbar weh.

Hastig nahm er das Schwert entgegen, deutete dem Dunkelelben endlich zu verschwinden und versetzte Morgaine einen Stoß, der sie aus dem Sattel schleuderte und zu Boden warf. Als sie aufzustehen versuchte, hielt ihr Lancelot die Schwertspitze an die Kehle und Morgaine erstarrte in einer fast grotesk aussehenden Haltung irgendwo zwischen Stehen und Hocken.

»Versucht ja keine Tricks!«, sagte Lancelot drohend. »Ich weiß, wozu Ihr fähig seid! Eine falsche Bewegung und ich stoße zu.«

Morgaine richtete sich ganz langsam auf. Ihre Augen loderten vor Hass. »Ich glaube nicht, dass du das wirklich weißt, du kleiner, dummer Küchenjunge«, sagte sie hasserfüllt. »Aber du wirst es herausfinden, das verspreche ich dir.«

Lancelot machte eine befehlende Kopfbewegung. »Geh los!«
»Wohin?« Morgaine rührte sich nicht.
»Du wirst mich zurückbringen«, befahl Lancelot. »Dreh dich herum. Und dann los!«
Morgaine gehorchte, wenn auch widerstrebend. Lancelot bedrohte sie weiter mit dem Schwert und sie schien seine Drohung auch wirklich ernst zu nehmen – aber er war schon lange nicht mehr sicher, ob er sie wirklich töten könnte. Einen Menschen im Kampf zu töten war schlimm genug, aber dabei konnte man sich wenigstens noch einreden, dass es in Notwehr geschah. Aber ihr das Schwert in den Rücken stoßen? Das wäre glatter Mord.
Sie verließen die Lichtung. Wie ein Schatten folgte ihnen das Reitpferd Morgaines. Nachdem sie eine Zeit lang zwischen den spiegelglatten weißen Stämmen hindurchmarschiert waren, schüttelte Morgaine wütend den Kopf und sagte: »Du glaubst wirklich, du könntest entkommen, wie? Du bist noch dümmer, als ich dachte.«
»Dummerweise bin ich im Moment auch im Besitz des Schwertes«, sagte Lancelot.
Morgaine lachte und schüttelte erneut den Kopf, aber diesmal merkte er, dass diese Bewegung wohl eher dem Zweck galt, dabei unauffällig nach rechts und links in den Wald zu blicken.
»Du Narr!«, sagte sie. »Glaubst du wirklich, meine Männer sind nach Hause gegangen, als wäre nichts geschehen?«
Das hätte Lancelot keine Sekunde lang geglaubt. Aber wenn er ehrlich war, dann hatte er nicht einmal die Spur eines Planes, was er weiter tun sollte. Er hatte einfach rea-

giert und seine Chance ergriffen, ohne über das Danach nachzudenken.
»Die Tuata«, sagte er. »Bring mich zu ihnen.«
Morgaine zog eine verächtliche Grimasse. »Niemals. Sie würden mich auf der Stelle töten.«
»Wenn du es nicht tust, geschieht dasselbe hier«, drohte Lancelot.
Morgaine blieb stehen, drehte sich herum und blickte ihm direkt in die Augen. Ein schmales, böses Lächeln erschien auf ihrem Gesicht. »Dann tu es«, sagte sie. »Ein rascher Tod ist eine Gnade gegen das, was mich bei den Tuata erwartet. Aber ich glaube nicht, dass du es tust. Wenn ich es mir genau überlege, dann glaube ich nicht, dass du überhaupt fähig bist, jemanden kaltblütig umzubringen.«
»Willst du es herausfinden?«, fragte Lancelot drohend. Innerlich verzweifelte er fast. Es war ein Fehler gewesen, Morgaine le Faye in die Augen zu sehen. Sie schien in ihm zu lesen wie in einem offenen Buch.
Und wie um ihm dies zu beweisen, hob sie die Hand. Ihre schmalen Finger schlossen sich um die Klinge des Runenschwertes. Langsam drückte sie die Waffe herunter, bis ihre Spitze direkt an ihrem Herz ruhte.
»Stoß zu«, sagte sie herausfordernd. »Nur keine Angst. Es ist ganz leicht. Nur ein kleiner Ruck. Du wirst es kaum spüren.«
Lancelot fluchte, riss das Schwert zurück und versetzte ihr im selben Moment mit der anderen Hand einen Hieb, der sie haltlos zurücktaumeln ließ. Er hatte nicht einmal mit großer Kraft zugeschlagen, aber seine Finger steckten in einem Handschuh aus Eisen. Morgaine prallte gegen einen

Baum und schlug hart mit dem Hinterkopf gegen den eisenharten Stamm.
Noch während sie benommen zu Boden sackte, wurde der Wald rings um Lancelot lebendig. Schatten und schwarz glitzernde Bewegungen tauchten zwischen den Bäumen auf und er hörte aufgeregte Stimmen und das Dröhnen eisenbeschlagener Pferdehufe; als wäre die Dunkelheit ringsum lebendig geworden, um nun aus allen Richtungen zugleich auf ihn einzustürmen. Wie Morgaine gesagt hatte, waren ihnen die Dunkelelben gefolgt, gerade außerhalb seiner Sichtweite. Diesmal hatte er keine Gnade von ihnen zu erwarten, das war ihm klar.
Er sprang auf Morgaines Pferd und sprengte los.
Zu seiner Erleichterung reagierte das schwarze Einhorn auf seine Befehle und es entwickelte binnen Sekunden eine ebenso fantastische Geschwindigkeit wie sein weißes Gegenstück in der anderen Welt. Hinzu kam, dass der Elfenbeinwald keinerlei Unterholz besaß und die Stämme weit auseinander standen. Binnen weniger Augenblicke jagte er wie ein von der Sehne geschnellter Pfeil dahin, zehnmal schneller, als es jedem normalen Pferd möglich gewesen wäre; auf jeden Fall aber schnell genug, um jeden Verfolger abzuschütteln.
Lancelot drehte den Kopf, erschrak bis ins Mark und verbesserte sich in Gedanken.
Jeden Verfolger, der nicht ebenfalls auf einem Einhorn ritt. Unglückseligerweise galt das nicht für die Dunkelelben. Fünf oder sechs der schwarz gekleideten Gestalten waren hinter ihm und sie holten auf. Sie waren einfach die besseren Reiter.
Dennoch dachte Lancelot nicht daran, aufzugeben. Dieser

sonderbare Wald musste doch irgendwann einmal aufhören. In wirklich freiem Gelände würde er vielleicht schnell genug reiten können, um seine Verfolger doch noch abzuschütteln. Er beugte sich tief über den Hals des Einhorns und ließ die Zügel knallen.
Schneller und schneller jagten sie durch den Wald. Als Lancelot nach einer Weile zurücksah, stellte er fest, dass sich die Anzahl der Verfolger auf drei verringert hatte. Diese drei aber waren deutlich näher gekommen. Und ob drei, dreißig oder nur ein einziger, spielte keine Rolle. Lancelot hatte ja gerade erlebt, dass er nicht einmal einem einzigen dieser schrecklichen schwarzen Krieger gewachsen war.
Und plötzlich hörte der Wald auf. Vor ihm lag ein sanft abfallender Hang, der zum Ufer eines kleinen Sees hinabführte. Auf der Wiese und unten am Wasser weideten mindestens ein Dutzend schneeweißer Einhörner.
Lancelots Tier bäumte sich so erschrocken auf, dass seine hastige Reaktion zu spät kam. Er griff nach dem Sattelknauf um sich daran festzuklammern, konnte aber trotzdem nicht verhindern, dass er aus dem Sattel glitt und ungeschickt zu Boden stürzte. Die wirbelnden Hufe des Einhorns verfehlten ihn um Haaresbreite. Lancelot zog erschrocken den Kopf zwischen die Schultern, verlor durch die hastige Bewegung endgültig den Halt und rollte unter gewaltigem Getöse den Hang hinab. Erst auf halber Strecke zum See kam er zum Liegen und stemmte sich benommen in eine sitzende Position hoch.
Was er sah, war höchst erstaunlich.
Das schwarze Einhorn, das ihn abgeworfen hatte, stand am Waldrand und tänzelte nervös auf der Stelle. Seine Oh-

ren bewegten sich ununterbrochen hin und her. Irgendetwas hier schien ihm große Angst zu bereiten.
Lancelot sah sich alarmiert um. Was dazu angetan war, diesem schier unverwundbaren Fabelwesen Angst zu machen, das war vermutlich erst recht ein Grund für *ihn*, auf der Hut zu sein. Avalon war vielleicht das Land der Elben und Fabelwesen, aber es war ganz und gar nicht ungefährlich.
Er sah jedoch keinerlei Monster oder andere Ungeheuer. Die einzigen anderen Lebewesen zwischen dem Waldrand und dem See waren die weißen Einhörner.
Die Tiere hatten aufgehört zu grasen oder Wasser zu trinken und sahen aufmerksam zum Waldrand hin. Das schwarze Einhorn tänzelte noch einen Moment unruhig auf der Stelle, dann fuhr es herum und verschwand mit wirbelnden Hufen im Wald.
Nur einen Augenblick später jedoch sprengten die drei Dunkelelben zwischen den Baumstämmen hervor.
Auch ihre Tiere scheuten, kaum dass sie den Wald verlassen hatten, aber ihre Reiter hatten sie eindeutig besser in der Gewalt. Sie wurden nicht abgeworfen, sondern brachten ihre Tiere auf halber Strecke zwischen dem Waldrand und Lancelot zum Stehen. Erstaunlicherweise stürzten sie sich nicht sofort auf ihn, sondern blieben unschlüssig stehen und sahen sich nervös um.
Auch die Einhörner hatten die Köpfe gehoben und sahen aufmerksam zu den drei Neuankömmlingen hin. Zwei, drei Tiere machten einen zögernden Schritt in ihre Richtung und blieben wieder stehen.
Lancelot stand vorsichtig auf, wirbelte herum, rannte aufs Wasser zu und im gleichen Moment brach die Hölle los.

Zwei Dunkelelben sprengten los um ihn einzuholen – und die Einhörner stürzten sich aus allen Richtungen zugleich auf ihre schwarzen Brüder.
Die Dunkelelben kamen nicht einmal in Lancelots Nähe. Fünf, sechs, sieben Einhörner zugleich prallten gegen die Flanken ihrer Tiere. Eines der schwarz gepanzerten Rösser stürzte mit einem gellenden Wiehern zu Boden, als sich ein gedrehtes Elfenbeinhorn knirschend durch seine Rüstung grub. Das andere blieb auf den Beinen, strauchelte aber und warf seinen Reiter ab. Der Mann stürzte schwer ins Gras und blieb liegen und im Hintergrund sah er, dass die Einhörner auch den dritten Reiter attackierten, der am Waldrand zurückgeblieben war. Der Mann zog sich hastig zurück und Lancelot hetzte weiter und lief durch das aufspritzende Wasser ein gutes Stück weit in den See hinein, bevor er stehen blieb und sich wieder herumdrehte.
Was er sah, ließ ihn innerlich vor Entsetzen erschauern. Die beiden Reiter hatten sich wieder hochgekämpft und flohen in schierer Panik in Richtung Waldrand. Die Einhörner schienen nicht einmal Notiz von ihnen zu nehmen. Dafür stürzten sie sich mit noch größerer Wucht auf ihre schwarzen Brüder. Das gestürzte Tier hatte keine Chance, auf die Beine zu kommen, und den anderen erging es kaum besser. Die beiden Einhörner wurden regelrecht in Stücke gerissen. Lancelot hatte niemals zuvor eine solche Wut und Gnadenlosigkeit erlebt wie die, mit der die Einhörner über ihre dunklen Brüder herfielen. Selbst als sich die Tiere schon lange nicht mehr rührten, trampelten sie noch weiter auf den blutigen Kadavern herum und stießen mit ihren schrecklichen Hörnern zu.

Es war ein Grauen erregender Anblick. Die ehemals weißen Fabelwesen schienen sich in blutbesudelte Dämonen verwandelt zu haben und der Bereich am Seeufer hatte sich in den Schauplatz eines Wirklichkeit gewordenen Albtraumes verwandelt.
Lancelot starrte eine Weile erschüttert auf das entsetzliche Bild. Endlich machte er einen Schritt in Richtung Ufer – und blieb sofort wieder stehen.
Eines der Einhörner hatte von seinem Opfer abgelassen und sich in seine Richtung gedreht. Sein Gesicht und sein Hals waren mit roten Flecken verschmiert und von seinem Horn tropfte hellrotes Blut. Der Ausdruck in seinen Augen war die pure Mordlust.
Und die galt eindeutig *ihm*.
Lancelot machte einen Schritt zurück. Der Seegrund unter seinen Füßen war schlüpfrig und er musste aufpassen, dass er nicht das Gleichgewicht verlor.
Das Einhorn kam langsam auf ihn zu. Das Lodern in seinen Augen erlosch nicht und Lancelot begriff, dass er von diesem Wesen keine Gnade zu erwarten hatte. Er gehörte nicht hierher. Wenn er ans Ufer zurückging, würden ihn diese Geschöpfe ebenso gnadenlos töten, wie sie es mit den schwarzen Einhörnern getan hatten.
Und vielleicht nicht nur dann ...
Das Tier trat einen weiteren Schritt ins Wasser hinein. Das zornige Funkeln in seinen Augen ließ nicht nach und es zog die Lefzen zurück wie ein wütender Hund, der drohend die Zähne fletschte.
Lancelot wich einen weiteren Schritt vor dem Tier zurück und rutschte auf dem glitschigen Seeboden aus. Hastig versuchte er sein Gleichgewicht wieder zu finden und es

wäre ihm wahrscheinlich auch gelungen, hätte er dazu nicht einen weiteren Schritt nach hinten tun müssen.
Dort, wo er schlammigen Boden erwartete, war – nichts mehr.
Sein Fuß stieß ins Leere. Hinter ihm gähnte ein Abgrund, in dem es keinen Halt gab. Lancelot kippte nach hinten, ruderte verzweifelt mit den Armen, um seinen Sturz vielleicht doch noch irgendwie aufzufangen, schaffte es aber nicht. Er fiel rücklings ins Wasser und das Gewicht seiner Rüstung zerrte ihn wie einen Stein in die Tiefe.

Und damit endete der Albtraum. Lancelot wälzte sich mit einem Schrei herum, stemmte sich auf die ausgestreckten Arme hoch und würgte qualvoll und keuchend, fest davon überzeugt, schlammiges Wasser und Morast zu erbrechen. Alles, was aus seinem geöffneten Helmvisier tropfte, war ein wenig Spucke. Er zitterte am ganzen Leib. Der Boden, auf dem er sich abstützte, war trockener, mit Tannennadeln bedeckter Waldboden, nicht der saugende Morast auf dem Grund des Sees. Es war weit und breit kein Wasser zu sehen.
Dafür lag er halb in einem stacheligen Gebüsch, dessen Dornen es irgendwie geschafft hatten, durch die schmalen Spalten und Ritzen seiner Rüstung zu dringen und ihn an den unmöglichsten Stellen zu pieken.
Verwirrt stemmte er sich weiter hoch, bis er sich in eine kniende Position erheben konnte, und sah sich um. Aus dem See, in dem er gerade noch zu ertrinken gedroht hatte, war ein Wald geworden und es war ein ganz normaler Wald mit ganz normalen Bäumen, zwischen denen Unterholz und Gestrüpp wucherte. Keine toten Einhörner la-

gen auf dem Boden und es gab auch keine lebendigen Einhörner, die ihn aufzuspießen oder zu Tode zu trampeln versuchten. Und schon gar keine Männer mit spitzen Ohren, die schwarze Rüstungen trugen und auf gehörnten Ungeheuern ritten. Er befand sich nicht mehr in der Kristallhöhle unter den Ruinen Malagons, aber auch nicht mehr im Elfenbeinwald und vermutlich nicht einmal mehr auf Avalon.

Nein. Lancelot verbesserte sich in Gedanken. Nicht *nicht mehr*. Er war niemals dort gewesen, ganz einfach, weil es dieses *Dort* nicht gab. Avalon und die Tir Nan Og waren ebenso eine Legende, wie es Elben nur in Mythen und Märchen gab. Er hatte weder eine Ahnung, wo er war, noch wie er hierher gekommen war. Ein Blick in den Himmel zeigte ihm, dass es früher Vormittag war. Die Sonne konnte gerade erst aufgegangen sein und dies hier waren ganz bestimmt nicht die düsteren, sumpfigen Wälder, in denen Malagon lag. Es gehörte nicht sonderlich viel Fantasie dazu, sich vorzustellen, was geschehen war. Morgaines magisches Feuer hatte ihn betäubt. Irgendwie hatte er es überlebt und irgendwie war er auch aus Malagon herausgekommen und vermutlich war er den ganzen Tag und die darauf folgende Nacht ziellos herumgeirrt, bis er schließlich hier zusammengebrochen und in diesen absurden Albtraum gefallen war.

Auch diese Theorie stand auf ziemlich wackeligen Füßen, aber sie war immer noch tausendmal besser als der Gedanke, dass er wirklich in diesem unheimlichen Land der Fabelwesen und Elben gewesen war.

Er stand ganz auf und bekam den Beweis, dass alles nur ein Traum gewesen war. Der Dunkelelb, der ihn entwaff-

net hatte, hatte ihm auch den Schild weggenommen, aber nun trug er ihn wieder auf dem Rücken und in seinem Gürtel steckte auch wieder das Schwert, das man ihm ebenfalls abgenommen hatte.
Lancelot drehte sich einmal um seine Achse und stieß einen leisen Pfiff durch die Zähne aus. Nur ein Moment verging, da wurde hinter ihm Hufschlag laut, und das Einhorn trat zwischen den Bäumen hervor. So erleichtert Lancelot auch war, das Tier in diesem Moment zu sehen, zögerte er doch einen Augenblick, sich ihm zu nähern. Er sah das Einhorn nun mit anderen Augen. Illusion oder nicht, ihm war jetzt endgültig klar, dass dieses Tier kein sanftmütiges Fabelwesen war, sondern ein gefährliches Raubtier.
Er verscheuchte auch diesen Gedanken, schwang sich mit einer kraftvollen Bewegung in den Sattel und lenkte das Einhorn in die Richtung, die er für Süden hielt. Ganz sicher war er nicht, denn in einem Punkt hätte er sich den Elfenbeinwald aus seinem Traum beinahe zurückgewünscht: Dieser reale Wald war so dicht, dass er kaum von der Stelle kam, und das Blätterdach über seinem Kopf war wie eine Decke, dass er die Sonne mehr erahnte als sie sah, und sich nicht an ihrer Position orientieren konnte. Mehr als einmal drohten sie im dichten Unterholz stecken zu bleiben und kamen nur weiter, weil sich das Einhorn mit brutaler Kraft einen Weg durch das Gestrüpp brach.
Aber der Weg war nicht sehr weit. Auch wenn es ihm so vorkam, als wären es Stunden gewesen, bewegten sie sich in Wahrheit doch kaum länger als zehn Minuten durch den Wald, bis es vor ihnen wieder hell wurde. Wenige Augenblicke später tat das Einhorn einen letzten Schritt zwi-

schen den Bäumen hervor und Lancelot brachte es mit einem überraschten Ruck zum Stehen.
Vor ihm lag ein schmaler Weg, auf dessen gegenüberliegender Seite kein Wald mehr war, sondern das von mannshohem Schilf beherrschte Ufer eines kleinen Sees.
Und das Unheimlichste war, dass er diesen See kannte.
Lancelot erkannte ihn sofort und ohne den allerkleinsten Zweifel wieder. Es war genau die Stelle, an der er Morgaine le Faye zum ersten Mal gesehen hatte. Der See, in dem er die Rüstung gefunden hatte.
Lancelot blieb endlos lange im Sattel des Einhorns sitzen und starrte das ruhig daliegende Wasser an. Er war erschüttert, denn wenn er eines nicht glaubte, dann das, dass er zufällig hierher gekommen war. Vielleicht war er tatsächlich einen ganzen Tag und eine ganze Nacht durch die Wälder geirrt, aber alles andere als ziellos. Irgendetwas in ihm – vielleicht Dulac, der irgendwo tief in ihm noch immer existieren mochte – hatte ihn ganz gezielt hierher geführt.
Und er glaubte zu wissen, warum.
Nach einer Weile schwang er sich aus dem Sattel und ging mit langsamen Schritten zum Ufer. Plötzlich ergab alles einen Sinn, selbst der See, in dem er in seinem Traum zu ertrinken geglaubt hatte.
Während er so dastand und den See anstarrte, ohne ihn indes wirklich zu sehen, wurde ihm noch einmal klar, was in den letzten Tagen und Wochen alles geschehen war. Was er getan hatte.
Er hatte Menschen getötet. Er hatte jeden enttäuscht und verletzt, der ihm jemals etwas bedeutet hatte, und er hatte die beiden einzigen Menschen verloren, die er jemals ge-

liebt hatte. Vor wenigen Stunden war er sogar bereit gewesen, einen kaltblütigen Mord zu begehen.
Und alles hatte mit dieser Rüstung angefangen. Was er für ein Geschenk gehalten hatte, war zu einem Fluch geworden, der sein Leben innerhalb weniger Tage in einen Trümmerhaufen verwandelt hatte. Wenn er sie auch nur einen einzigen Tag länger behielt, dann würde er vielleicht nicht einmal mehr die Kraft haben, sie abzulegen.
Er wusste jetzt, warum Dulac ihn ausgerechnet hierher geführt hatte. Dies war der Ort, an dem er die Rüstung gefunden hatte, und hier würde er sie auch wieder ablegen. Mochte sie weiter hundert oder vielleicht auch tausend Jahre im Wasser liegen, bis sie ein anderer fand. Vielleicht würde sie ja nicht für jeden zum Fluch werden.
Er setzte den Helm ab, hielt ihn noch ein letztes Mal zögernd in den Händen und warf ihn schließlich in hohem Bogen von sich. Er versank mit einem gewaltigen Platschen im Wasser und war noch für einen Moment zu sehen, um dann endgültig zu verschwinden.
Etwas in Lancelot schien sich zu krümmen wie ein getretener Wurm. Das Gefühl des Verlustes war so stark, dass er an einen körperlichen Schmerz grenzte. Es dauerte Minuten, bis er die Kraft fand, weiterzumachen und den linken Handschuh auszuziehen, und noch einmal Minuten, bis der rechte folgte.
Lancelot brauchte fast eine halbe Stunde, um sich der kompletten Rüstung zu entledigen. Anschließend watete er in den See, bis ihm das Wasser bis zu den Hüften reichte, und versenkte die Rüstung darin. Nackt und zitternd stand er im kalten Wasser, aber er fühlte sich unendlich erleichtert. Die Rüstung war fort und mit ihr war

Lancelot verschwunden. Der zitternde nackte Junge, der zwei Meter entfernt vom Ufer im eisigen Wasser stand, war wieder Dulac. Er war unendlich, unendlich erleichtert.

»Du wirst dich fürchterlich erkälten, wenn du noch lange so im eiskalten Wasser herumstehst.«

Dulac fuhr so erschrocken zusammen, dass das Wasser rings um ihn herum kleine Wellen schlug, und wirbelte herum.

Was er sah, hätte ihm um ein Haar einen Schrei entlockt. Das Einhorn war spurlos verschwunden. An seiner Stelle stand ein anderes, ebenfalls weißes Pferd, das fast so groß war wie das Einhorn, aber viel zartgliedriger. In seinem Sattel saß eine schlanke, in strahlendes Weiß gekleidete Gestalt, die mit einem spöttischen Lächeln auf ihn herabsah.

»Lady ... Gwin...neth«, stammelte er. »Aber das ... ich meine, wie ...?«

»Du erinnerst dich also immerhin noch an meinen Namen«, sagte Gwinneth spöttisch. »Nach so langer Zeit. Ich fühle mich geschmeichelt.«

Dulac sah sich fast verzweifelt nach einem Fluchtweg um. Es gab keinen. Er konnte sich weiter in das mannshohe Schilf zurückziehen, aber das war auch alles.

»Wirklich, du solltest aus dem Wasser kommen«, sagte Gwinneth spöttisch. »Es ist viel zu kalt, um zu baden.«

Damit hatte er das nächste Problem. »Dann ... dann wärt Ihr vielleicht so freundlich, mir meine Kleidungsstücke zu geben, Mylady?«, fragte er. »Sie liegen dort am Ufer.«

Gwinneth sah sich von der Höhe des Pferderückens aus in alle Richtungen um und hob dann die Schultern. »Hier liegen keine Kleidungsstücke.«

»Seid Ihr sicher?«

»Ganz sicher«, antwortete Gwinneth. »Dann müssen sie wohl gestohlen worden sein«, setzte sie fort. »Die Welt ist schlecht. Überall treiben sich Diebe und Räuber herum. Aber vielleicht hat sie ja auch ein plötzlicher Windstoß davongeweht, was meinst du? Obwohl es eigentlich sehr windstill ist.«

Dulac biss sich auf die Unterlippe. Gwinneths Stimme war der pure Hohn. Wie lange stand sie schon da und beobachtete ihn?

»Auf jeden Fall haben wir ein Problem. Ich meine: Du kannst schließlich nicht ewig da im Wasser stehen und frieren, nicht wahr?«

»Aber ich kann auch nicht hinaus«, antwortete Dulac. »Meine Sachen sind weg.«

»Hmm ...«, machte Gwinneth. »Was machen wir denn da?«

»Ich könnte noch eine Weile frieren«, schlug Dulac vor.

»Ja, das könntest du«, antwortete Gwinneth ernsthaft. »Du könntest aber auch meinen Mantel nehmen.« Sie löste die goldene Fibel, die den weißen Umhang auf ihrer Schulter hielt, und ließ das Kleidungsstück mit einer eleganten Bewegung auf ihren ausgestreckten rechten Arm gleiten.

»Euren Mantel?« Plötzlich wünschte sich Dulac fast, wieder Lancelot zu sein. Er wusste einfach nicht, was er sagen und wie er sich verhalten sollte. In seiner Gestalt als Silberner Ritter wäre ihm das gewiss nicht passiert.

»Worauf wartest du?«, fragte Gwinneth. Sie hielt den ausgestreckten Arm mit ihrem Mantel in seine Richtung, machte aber nicht den Versuch, näher zu kommen. »Du kannst ihn ruhig nehmen. Er ist sauber.«

Nichts hätte Dulac lieber getan. Er fror mittlerweile erbärmlich. Aber dazu hätte er aus dem Wasser kommen müssen, und nachdem er die Rüstung und das dazugehörige Unterkleid abgelegt hatte, trug er keinen Faden mehr am Leib.

»Das ist es nicht, Mylady«, sagte er verlegen.

»Nein?«, wunderte sich Gwinneth. »Was dann? Er müsste dir passen. Wir haben ungefähr die gleiche Größe.«

In ihren Augen blitzte der Schalk und es war Dulac unmöglich, ihr böse zu sein. Ganz im Gegenteil hatte er plötzlich alle Mühe, nicht vor Lachen laut herauszuplatzen – was allerdings nichts daran änderte, dass er sich in einer nicht nur peinlichen, sondern auch von Moment zu Moment unangenehmer werdenden Situation befand. Er schlotterte mittlerweile vor Kälte und er konnte spüren, dass sich seine Lippen allmählich blau zu färben begannen. Das Wasser war eisig.

Endlich zeigte auch Gwinneth ein Einsehen mit ihm, denn sie beugte sich im Sattel vor und hängte den Mantel über ein Gebüsch, das dicht am Ufer wuchs. Dann zwang sie ihr Pferd mit einer geübten Bewegung herum und verschwand hinter derselben Wegbiegung, hinter der auch Mordred und Morgaine le Faye damals verschwunden waren.

Dulac warf noch einen sichernden Blick nach rechts und links, dann watete er hastig aus dem Wasser, pflückte den Umhang von den Zweigen und wickelte sich hinein. Seine Finger waren so steif vor Kälte, dass er alle Mühe damit hatte und ihm das Kleidungsstück fast entglitten wäre – was ihn wahrscheinlich in eine peinliche Situation gebracht hätte, denn Gwinneth tauchte nach wenigen Augenblicken schon wieder hinter der Wegbiegung auf. Sie grinste noch immer über das ganze Gesicht und Dulac nahm an, dass er einen ziemlich lächerlichen Anblick bot, wie er so am Seeufer stand, barfuß, in ihren Mantel eingewickelt und vor Kälte mit den Zähnen klappernd.

Im Moment war ihm dies aber herzlich egal. Er wickelte sich enger in den Mantel, der zwar aus recht dünnem Stoff bestand, aber herrlich weich und sehr warm war. Außerdem roch er nach Gwinneths Haar. Als sie näher kam, wich er ein kleines Stück von ihr zurück, wurde aber von dem dichten Gebüsch am Waldrand rasch gestoppt; während Gwinneth ihr Pferd weiter heranlenkte und erst einen knappen Meter vor ihm aus dem Sattel glitt.

Sie stand eine Weile einfach da und sah ihn an, als böte er nun, nicht mehr von der Höhe des Pferderückens aus betrachtet, einen anderen Anblick, dass sie sich erst daran gewöhnen musste, dann sagte sie:

»Ich hatte die Hoffnung schon beinahe aufgegeben, dich wieder zu sehen.«

Das Wort Hoffnung klang gut in Dulacs Ohren. Aber er gestattete sich nicht, irgendetwas hineinzudeuten, was möglicherweise nicht darin war. Er hatte in der letzten Zeit einfach zu viele Enttäuschungen erlebt, um noch mehr davon aushalten zu können. Er sagte gar nichts, sondern lächelte nur schüchtern.

»Artus war der Meinung, du würdest nie wieder kommen«, sagte Gwinneth.

»Er muss ziemlich zornig auf mich sein«, vermutete Dulac.

»Zornig?« Gwinneth schüttelte den Kopf. »Nein. Enttäuscht. Er war sehr enttäuscht, weißt du? Er wollte alles für dich tun, was er konnte, und dann bist du einfach weggelaufen.«

»Ich bin nicht weggelaufen«, antwortete Dulac impulsiv. »Ich meine, ich ... ich bin nicht –«

»– aus Feigheit weggerannt.« Gwinneth fiel ihm kopfschüttelnd ins Wort. »Das glaube ich auch nicht. Ebenso wenig wie Artus, wenn du mich fragst. Vielleicht hält er dich für undankbar, aber gewiss nicht für feige.« Sie hob die Schultern. »Wo bist du die ganze Zeit gewesen?«

»Hier und da«, antwortete Dulac ausweichend. »Überall.«

»Außer in Camelot«, fügte Gwinneth hinzu.

Dulac beließ es zur Antwort bei der Andeutung eines Nickens. Das Verhör, dem ihn Gwinneth unterzog, begann ihm mit jedem Augenblick unangenehmer zu werden. Andererseits – was hatte er erwartet?

Wieder verging eine ganze Weile, in der sie einander nur schweigend ansahen, und obwohl das Lächeln auf Gwinneths Zügen vollkommen unverändert blieb, glaubte er doch immer deutlicher zu spüren, dass ihr die Situation genau so unangenehm war wie ihm. Er war nicht der Einzige, der sich ... befangen fühlte.

»Du könntest zurück, weißt du das?«, fragte Gwinneth plötzlich.

Zurück? Wohin?

Obwohl er die Frage nicht laut ausgesprochen hatte, schien Gwinneth sie in seinen Augen gelesen zu haben, denn sie beantwortete sie. »Nach Camelot. Artus hätte sicher nichts dagegen.« Sie verbesserte sich: »Artus *hat* nichts dagegen.«

»Woher wollt Ihr das wissen?«, fragte Dulac misstrauisch.

»Weil er es mir gesagt hat«, antwortete Gwinneth. Sie

schien auf eine ganz bestimmte Reaktion seinerseits zu warten. Als diese nicht kam, hob sie mit einem Ausdruck leiser Enttäuschung die Schultern und wandte sich um. Dulac befürchtete schon, dass sie einfach zu ihrem Pferd gehen und davonreiten würde, aber sie machte nur ein paar Schritte und setzte sich dann mit angezogenen Knien auf das Moos am Waldrand. Ohne darüber nachzudenken folgte Dulac ihr und setzte sich neben sie; nicht so nahe, wie er es gerne getan hätte, aber eindeutig näher, als sich geziemte.
Erneut war es, als hätte sie seine Gedanken gelesen, denn sie sagte: »Mach dir keine Sorgen. Niemand wird uns so zusammen sehen. Ich bin allein.«
»Hier draußen?« Dulac sah sich um. »Ist das nicht zu gefährlich?«
»Jetzt hörst du dich an wie Artus«, sagte Gwinneth. »Aber keine Angst. Mir kann nichts geschehen. Ich bin in einer Gegend wie dieser aufgewachsen, weißt du? Alle Barbaren der Welt würden mich in diesen Wäldern nicht fangen.«
So selbstverständlich, wie sie das sagte, klangen ihre Worte vollkommen überzeugend. Und plötzlich rutschte sie ein kleines Stück auf ihn zu und legte den Kopf auf seine Schulter. Dulac erstarrte innerlich schier zu Eis.
»Ich komme oft hierher«, sagte sie. »Fast jeden Tag, wenn es mir gelingt, mich aus der Stadt zu schleichen, heißt das.«
»Warum?« Dulac hob ganz vorsichtig die Hand, wartete darauf, dass sich der Boden auftat um ihn zu verschlingen, und legte ihr schließlich den Arm um die Schulter. Auch jetzt fiel ihm nicht der Himmel auf den Kopf, aber Gwin-

neth schmiegte sich noch etwas fester an ihn. Dulacs Herz begann zu rasen.
»Es ist sehr schön hier«, antwortete sie, wenn auch erst nach einer geraumen Weile. »Dieser Platz erinnert mich an meine Heimat. Ich wurde an einem See wie diesem gefunden, weißt du?«
»Gefunden?« Dulac war so überrascht, dass er um ein Haar die Hand von ihrer Schulter genommen hätte.
»Ja«, bestätigte Gwinneth. »Meine Eltern sind ... waren nicht meine wirklichen Eltern, musst du wissen. Sie haben mich nur an Kindes statt angenommen, weil sie selbst keine Kinder hatten. Sie haben es mir nie gesagt, aber nach ihrem Tod hat Uther mir erzählt, dass ich als Säugling am Ufer eines Sees gefunden wurde.« Sie machte eine Kopfbewegung auf das still daliegende Wasser hin und lachte leise. »Es könnte sogar dieser See hier gewesen sein.«
»Dieser ... See?«, murmelte Dulac stockend. Er war völlig fassungslos.
Gwinneth lachte abermals. »Ich weiß, was du sagen willst. Dieser Zufall wäre wohl gar zu groß. Aber es war ein See wie dieser. Manchmal, wenn ich so am Ufer sitze, dann ... spüre ich es fast.«
»Du wurdest ... an einem See gefunden?«, vergewisserte sich Dulac. Seine Stimme zitterte so sehr, dass sie den Kopf von seiner Schulter hob und ihn einen Moment lang irritiert ansah, bevor sie nickte.
»Niemand weiß, wer meine leiblichen Eltern sind«, bestätigte sie. »Vielleicht waren sie zu arm um ein Kind zu ernähren. Vielleicht sind sie auch zu Tode gekommen.« Sie machte eine vage Handbewegung. »Wozu über etwas reden, was nicht nur vor langer Zeit geschehen ist und sich

ohnehin nicht rückgängig machen lässt. Mein Vater wollte wohl nicht, dass ich es erfahre, aber Uther war der Meinung, dass ich das Recht hätte, es zu wissen.«

Dulac sagte immer noch nichts. Er starrte sie einfach nur an. Er merkte nicht einmal, dass seine Hände zu zittern begonnen hatten.

»Du siehst aus, als hättest du gerade ein Gespenst gesehen«, sagte Gwinneth, zwar lachend, aber auch in leicht verunsichertem Ton. »Bist du jetzt enttäuscht, weil ich nicht von Geburt an blaublütig bin?«

»Nein, das ... das ist es nicht«, stammelte Dulac. Es ist nur ...«

Dass du mir gerade meine eigene Geschichte erzählt hast und das beinahe wortwörtlich. Aber das sprach er nicht aus. Wie konnte er es? Und selbst wenn, wie hätte sie ihm *glauben* können?

»Es klingt ein bisschen wie ein Märchen, ich weiß«, sagte Gwinneth, als er nicht weitersprach. »Ich erzähle die Geschichte normalerweise auch niemandem. Nur Uther hat sie gekannt und jetzt Artus – und du. Aber du musst mir dein Wort geben, sie niemandem zu sagen.«

Statt zu tun, was sie von ihm erwartete, und ihr sein Wort zu geben, fragte er: »Artus?«

»Wir werden bald Mann und Frau sein«, erinnerte Gwinneth. »Wir haben keine Geheimnisse voreinander. Und ich habe auch mit Artus über dich gesprochen.«

»Über ... *mich*?«

»Du brauchst wirklich keine Angst zu haben«, versicherte Gwinneth. »Artus würde es niemals laut zugeben, aber er hat mir verraten, dass er wohl ein wenig eifersüchtig auf dich war.«

»Eifersüchtig?«

»Er ist ein Mann«, antwortete Gwinneth, als wäre das allein Erklärung genug. »Aber nachdem du verschwunden warst, hat er sich große Vorwürfe gemacht. Er hat mir versprochen, dass du auf Camelot bleiben darfst, wenn du willst.«

Es war Dulac bisher schwer gefallen, ihren Worten auch nur zu folgen. Seine Gedanken kreisten noch immer um die schier unglaubliche Eröffnung, die sie ihm gemacht hatte. Jetzt aber riss er die Augen auf. Immerhin hatte Artus nichts unversucht gelassen, um ihn an einen Ort zu bringen, der möglichst weit weg von Camelot war. Und vor allem von Gwinneth.

»Es ist wahr«, bestätigte Gwinneth. »Was er getan hat, tut ihm Leid. Er bedauert es sehr – schon weil er Dagda versprochen hat, sich um dich zu kümmern. Ich bin sicher, dass er sich freuen würde, wenn du zurückkommst.« Plötzlich grinste sie. »Schon weil dein Nachfolger in der Küche ein heilloses Durcheinander angerichtet hat.«

»Tander?«

»Ja. Er hat alles gestohlen, was sich stehlen lässt, und zwei von drei Goldstücken, die Artus ihm gibt, um auf dem Markt einzukaufen, wandern in seine Tasche.«

»Mehr nicht?« Dulac war kein bisschen überrascht. »Ich hätte gedacht, dass es neun von zehn sind.«

»Wären es wahrscheinlich auch, wenn Tander bis neun zählen könnte«, antwortete Gwinneth im gleichen ernsthaften Tonfall.

»Warum wirft Artus ihn nicht einfach raus oder lässt ihn einen Monat im Keller schmoren?« Dulac wusste die Antwort auf seine Frage, bevor Gwinneth sie aussprach.

»Weil Artus nun einmal Artus ist«, sagte sie. »Er sagt, der Moment würde schon kommen, Tanders Schulden einzutreiben.«
»Ja«, seufzte Dulac. »Das klingt ganz nach Artus.«
Gwinneth lächelte, aber dann wurde sie wieder ernst. Sie rückte ein Stück weit von ihm fort, sah ihm einen Moment lang tief in die Augen und sagte dann:
»Komm mit zurück nach Camelot, Dulac.«
»Warum?«, fragte Dulac. »Weil Artus mich braucht? Er wird auch ohne meine Hilfe mit Tander fertig.«
»Weil *ich* dich brauche.«
»Ihr?« Dulacs Herz jubilierte. Er hatte sich nicht einmal zu wünschen gewagt, diese Worte aus ihrem Mund zu hören. Und nun hatte sie sie ausgesprochen.
»Ich brauche einen Freund, Dulac«, antwortete Gwinneth. »Es ist einsam auf Camelot.«
»Aber … aber Ihr habt selbst gesagt –«
»Ich weiß, was ich gesagt habe«, unterbrach ihn Gwinneth. In ihrer Stimme und ihrem Blick waren ein Ernst, der ihn frösteln ließ. »Und ich habe es so gemeint, damals wie heute.« Sie zögerte einen Moment. »Glaubst du, dass du ... das kannst? Nur mein Freund sein?«
»Das würde Artus niemals erlauben«, sagte er, aber Gwinneth schüttelte sofort den Kopf.
»Er wird es, wenn ich ihn darum bitte«, sagte sie.
»Seid Ihr da so sicher?«
»Das bin ich«, bestätigte Gwinneth. »Ich habe geschworen, dass es in meinem Herzen keinen Platz für einen anderen Menschen geben wird, und ich werde diesen Schwur halten. Artus weiß das.« Sie sah ihn auffordernd an. »Kommst du mit zurück?«

Dulac antwortete nicht gleich, sondern blickte auf den See hinaus. Vielleicht, dachte er, gibt es doch so etwas wie eine Macht des Schicksals – aber wenn, dann besaß sie einen wirklich sonderbaren Sinn für Humor. Genau an diesem Platz hatte er alles gefunden, wovon er jemals geträumt hatte. Aus diesem Traum war ein Albtraum geworden und nun, wo er sich genau an diesem Platz wieder von der Rüstung und dem magischen Schwert getrennt hatte, schien es, als würde ihm sein altes Leben zurückgegeben. Vielleicht steckte ja tatsächlich irgendein Sinn dahinter, aber wenn, dann konnte er ihn nicht erkennen.
»Nun?«, fragte Gwinneth. »Was willst du? Dich weiter in den Wäldern herumtreiben und von Pilzen und Wurzeln leben oder mit mir nach Camelot kommen? Du wirst dir schlimmstenfalls eine Standpauke von Artus anhören müssen, die nicht einmal ernst gemeint ist.«
Dulac überlegte lange – obwohl es im Grunde nichts zu überlegen gab. Das Leben in den Wäldern, von dem sie sprach, hatte er zwar nicht geführt, aber er würde es führen, sobald sie auf ihr Pferd stieg und davonritt. Es gab keinen Platz, an den er gehörte, keinen Ort, wohin er gehen konnte, buchstäblich niemanden, den er kannte – und schon gar niemanden, der ihm helfen würde. Der bevorstehende Krieg warf bereits seine Schatten über das Land und abgesehen davon, dass er einen Fußboden schrubben und Wein servieren konnte, verfügte er über keinerlei besondere Fähigkeiten. Er würde nicht lange in den Wäldern leben und sich von Wurzeln und Beeren ernähren, sondern spätestens im nächsten Winter erfrieren, wenn er nicht zuvor verhungert oder auf irgendeine andere Weise zu Tode gekommen war.

Und wenn er mit nach Camelot ging, konnte er wenigstens in Gwinneths Nähe bleiben.
Statt irgendetwas davon laut auszusprechen deutete er mit einer Kopfbewegung an sich herab und fragte mit einem verlegenen Grinsen: »Und Ihr glaubt wirklich, Artus hätte nichts dagegen, wenn ich zusammen mit Euch zurückkomme ... nackt und mit Eurem Mantel bekleidet?«
Gwinneth begann schallend zu lachen, und wie sich zeigte, waren die Kleider auch tatsächlich kein Problem, so wenig wie der Rückweg nach Camelot. Gwinneth hatte nicht ganz die Wahrheit gesagt, als sie behauptet hatte, allein gekommen zu sein. Sie schwang sich auf ihr Pferd und ritt ohne irgendeine Erklärung davon, kam aber schon nach wenigen Minuten wieder und sie führte nicht nur ein zweites gesatteltes Pferd am Zügel hinter sich her, sondern warf ihm auch – noch immer ohne etwas zu sagen – ein eng zusammengeschnürtes Bündel zu, das ein Paar aus feinstem Leder gefertigter Stiefel, eine Hose aus robustem Stoff und eine weiße Bluse enthielt. Seine Frage, woher die Kleider stammten, ignorierte sie ebenso hartnäckig wie seine auffordernden Blicke, wegzusehen oder sich wenigstens herumzudrehen, während er sich anzog, sodass er dazu gezwungen war, sich umständlich anzukleiden, ohne dabei den weißen Mantel abzulegen, der mittlerweile nass war und wie eine faltige zweite Haut an seinem Körper klebte.
Gwinneth sah seinen Verrenkungen mit unverhohlener Schadenfreude zu. Kaum dass er fertig war und den nassen Mantel abstreifte, ritt sie ein Stück näher und machte eine auffordernde Kopfbewegung auf das reiterlose Pferd neben sich. »Schaffst du es allein in den Sattel oder soll ich

ein paar Zweige abschneiden und dir eine Leiter bauen?«, fragte sie spöttisch.

Dulac schluckte die spitze Bemerkung hinunter, die ihm auf der Zunge lag, und deutete stattdessen auf das Pferd. »Woher kommt dieses Pferd?«, fragte er misstrauisch.

»Aus König Artus' Stall«, antwortete Gwinneth. »Und nun beeil dich. Meine Zofe wird allmählich ungeduldig. Und ich fürchte, meine Leibwache auch.«

»Leibwache?!« Dulac sah sich erschrocken um. »Wieso Leibwache? Und was für eine Zofe?«

»Natürlich eine Leibwache.« Gwinneth verdrehte die Augen. »Ich bin die zukünftige Königin von Camelot.«

Dulac begann den triefnassen Mantel auszuwringen. »Und woher kommen diese Kleider?«, erkundigte er sich.

»Es sind meine«, antwortete Gwinneth. Auf seine unausgesprochene, aber deutlich in seinen Augen zu lesende Frage hin zuckte sie im ersten Moment nur die Schultern, antwortete aber dann doch: »Manchmal ... reite ich gerne abseits des Weges. Oder auch schon einmal ein bisschen schneller. Kleider wie diese sind einfach praktischer für solche Zwecke.«

Das mochte sein, aber Dulac blickte trotzdem mit plötzlich gemischten Gefühlen an sich herab. Etwas an den Kleidern, die er nun trug, war ihm von Anfang an seltsam vorgekommen und nun wusste er auch, was. Es waren sehr schöne Kleider und von besserer Qualität, als er sie jemals besessen hatte. Aber das änderte nichts daran, dass es Frauenkleider waren ...

»Was wird Artus sagen, wenn ich in Euren Kleidern zurückkomme?«, fragte er.

Gwinneth hob die Schultern. »Ich glaube nicht, dass er es

überhaupt bemerkt. Artus hat im Moment wahrlich zu viel zu tun, um auf meine Kleider zu achten. Und selbst wenn – was glaubst du, würde er sagen, wenn du stattdessen nichts anhättest?«

Darüber dachte Dulac lieber nicht nach. Nach einem letzten Zögern schwang er sich in den Sattel. Er glaubte noch immer nicht, dass seine Rückkehr nach Camelot so leicht und reibungslos vonstatten gehen würde, wie Gwinneth es sich vorstellte.

Aber er hatte immerhin eine Chance, vielleicht doch noch so etwas wie eine Heimat zu finden. Mit Gwinneth auf seiner Seite hatte er das Schlimmste beinahe schon hinter sich.

Jedenfalls glaubte er das in diesem Moment.

Er hatte Camelot ja noch nicht gesehen.

Gwinneth war tatsächlich mit nicht nur gleich zwei Zofen gekommen, sondern auch in Begleitung von vier Kriegern, die ihre Leibwache darstellten. Ihr Anblick sollte Dulac eigentlich beruhigen, aber er bewirkte eher das Gegenteil. Früher hatte niemand einen Leibwächter nötig gehabt, wenn er Camelot verlassen wollte.

Sie ritten so schnell, dass die beiden Zofen ihre liebe Mühe hatten, nicht zu weit zurückzufallen, brauchten aber dennoch mehr als eine Stunde, bevor Camelot in Sichtweite kam. Und als es geschah, da erfüllte der Anblick Dulac mit solchem Entsetzen, dass er sein Pferd mit einem heftigen Ruck am Zügel zum Stehen brachte.

Die Silhouette der Stadt hatte sich verändert. Der große Turm der Burg wirkte wie angenagt und war um ein gutes Drittel kürzer geworden. Ein Teil der äußeren Stadtmauer

sah aus, als hätte ein Riese mit einem Hammer darauf herumgeschlagen, und auch etliche Häuser der Stadt waren beschädigt; einige schienen ganz zertrümmert zu sein.
Er hatte sein Pferd mit einem so heftigen Ruck angehalten, dass Gwinneth ein Stück vorausgeritten war, ehe sie merkte, dass Dulac nicht mehr an ihrer Seite war. Jetzt ritt sie in einem engen Bogen zurück und lenkte ihr Tier wieder an Dulacs Seite.
»Was ist los mit dir?«, fragte sie.
Dulac hob den Arm und deutete mit einer zitternden Hand auf Camelot. Er hatte Mühe, überhaupt zu sprechen. »Was ... was ist denn hier ... passiert?«, presste er hervor.
»Das Erdbeben.« Zwischen Gwinneths Brauen erschien eine steile Falte.
»Erdbeben? Aber ... aber was denn für ein ... ein Erdbeben?«, murmelte Dulac hilflos.
»Das große Erdbeben, vor vier Wochen«, sagte Gwinneth.
Vor vier Wochen? Dulac starrte sie nun eindeutig entsetzt an. Er schwieg.
»Du hast nichts davon gewusst?« Gwinneth wirkte regelrecht bestürzt. »Du musst ziemlich weit weg gewesen sein, wenn du wirklich nichts davon gehört hast.«
Weit weg?, dachte Dulac. O ja, er war wirklich weit weg gewesen. Weiter, als sie sich vermutlich auch nur vorstellen konnte.
Gwinneth machte eine entsprechende Kopfbewegung. »Komm weiter. Aber mach dich auf einen Schrecken gefasst, wenn du es wirklich nicht gewusst hast. Es sieht ziemlich schlimm aus.«
Und das war keineswegs über-, sondern allerhöchstens un-

tertrieben. Je näher sie Camelot kamen, desto mehr Spuren gewaltiger Zerstörungen sah er. Die Stadtmauer war an keiner Stelle vollkommen zusammengestürzt, aber an etlichen fast bis auf die Hälfte niedergebrochen. Ein ganzer Abschnitt der überdachten Wehrgänge war einfach nicht mehr da und auch das Tor, durch das sie ritten, hing ein wenig schief in den Angeln. Kaum ein Haus, das unversehrt geblieben wäre. Zahlreiche Dachstühle waren eingesunken oder ganz zusammengestürzt. Gewaltige Risse zogen sich durch die Mauern der Häuser und etliche waren mit großen Balken abgestützt, um sie vor dem Zusammenbrechen zu bewahren. Aber sie kamen auch an Gebäuden vorbei, die nur noch aus mannshohen Trümmer- und Steinhaufen bestanden. Nach den Zerstörungen, die die Pikten angerichtet hatten, war Camelot zum zweiten Mal verwüstet worden und diesmal ungleich schlimmer.

Dulacs Bestürzung wuchs, je mehr sie sich der Burg näherten, denn *dort* waren die Zerstörungen noch viel deutlicher zu sehen. Ein Teil der Mauer war niedergebrochen. Dutzende von Handwerkern bewegten sich auf hastig errichteten Gerüsten oder krochen emsig wie Ameisen über die Trümmer, um die Schäden so gut es ging zu beseitigen, was ihnen aber vermutlich niemals ganz gelingen würde. Das Dach des Palas war fort und durch ein Gerippe aus frisch geschlagenen Balken ersetzt worden und das obere Drittel des Turmes existierte einfach nicht mehr. Dulac versuchte sich vorzustellen, wie es gewesen sein musste, als der Turm zusammenbrach, aber seine Fantasie kapitulierte vor dieser Aufgabe. Es musste buchstäblich Steine geregnet haben.

»Wie viele ...«, murmelte er, schluckte den bitteren Kloß

hinunter, der plötzlich in seiner Kehle saß, und begann noch einmal: »Wie viele Menschen sind ums Leben gekommen?«

Gwinneth deutete ein Kopfschütteln an. »Keine.«

»Niemand?«, vergewisserte sich Dulac ungläubig.

»Es ist ein Wunder, ich weiß«, antwortete Gwinneth. »Als es geschah, da dachte ich, wir alle müssten sterben. Es gab viele Verletzte, sehr viele, aber nicht einen einzigen Toten in der Burg und auch nicht in der Stadt.«

»Ihr wart dabei?«, fragte Dulac erschrocken. Erst dann begriff er, was für eine dumme Frage das war.

»Es war furchtbar.« In Gwinneths Stimme war ein Klang, der Dulac verriet, dass schon die bloße Erinnerung an das furchtbare Geschehen ausreichte, um den Schrecken wieder wachzurufen.. »Die Erde hat gebebt wie ... wie ein sterbendes Tier. Dreimal.«

Dulac brachte sein Pferd abermals mit einem harten Ruck am Zügel zum Stehen und starrte sie aus aufgerissenen Augen an. »Drei...mal?«, keuchte er.

Gwinneth nickte. »Der erste Erdstoß war nicht einmal sehr schlimm«, sagte sie. »Gerade stark genug, um ein paar Möbel umzuwerfen und alle aufzuwecken.«

»Aufzuwecken?« Dulacs Herz begann schneller zu schlagen. »Es war ... kurz vor Sonnenaufgang?«

Gwinneth runzelte die Stirn. »Bei Anbruch der Dämmerung«, bestätigte sie. »Woher weißt du das?«

»Du hast von aufwecken gesprochen«, antwortete Dulac mit belegter Stimme. Er begann am ganzen Leib zu zittern. Es durfte nicht sein. Nicht das! Bitte! Wenn es einen Gott gab, dann durfte es nicht so gewesen sein! »Und es waren ... drei Erdstöße? Gewiss drei?«

»Der letzte war der schlimmste«, sagte Gwinneth. »Ich dachte schon, es wäre vorbei, aber dann ...« Die Erinnerung an das Schreckliche verdüsterte ihren Blick. »Der große Turm ist ... ist regelrecht explodiert! Die Trümmer sind bis zur Stadtmauer geflogen. Es war, als hätte ein Riese mit einem unsichtbaren Hammer auf die Burg geschlagen!«

Oder ein Dummkopf mit einem Schwert, dachte Dulac. Er fühlte sich wie betäubt. In ihm war ein kaltes, unendlich tiefes Entsetzen.

Langsam löste er die rechte Hand vom Zügel und hob sie vor die Augen. Sie zitterte immer heftiger. Er konnte es nicht unterdrücken. Die Kälte in ihm wurde schlimmer. Es war diese Hand, die das Schwert geführt hatte. Er, er ganz allein, war für diese entsetzlichen Verwüstungen verantwortlich! Und hätte Morgaine ihn nicht aufgehalten ...

Nein, er wagte es nicht, diesen Gedanken auch nur zu Ende zu denken.

Er ließ die Hand wieder sinken und ritt weiter. Gwinneth sah ihn nachdenklich an, sagte aber nichts, sondern ritt schweigend neben ihm her.

So schlimm der Weg zur Burg auch war, gab es doch einen Lichtblick. Zahlreiche Menschen, an denen sie vorbeikamen, blieben stehen oder unterbrachen ihre Tätigkeit, um Gwinneth zuzuwinken oder ihr ein Lächeln zu schenken. Sie war offensichtlich sehr beliebt unter den Einwohnern Camelots. Sie würde eine Königin werden, die von ihrem Volk geliebt wurde. So wie Artus einmal ein König gewesen war, den das Volk liebte.

Endlich erreichten sie Camelot. Der Hof war so überfüllt, dass sie absteigen und zu Fuß durch das Tor gehen mussten. Die Trümmer waren zwar beiseite geräumt worden, aber alles war voll gestopft mit Steinen, Balken, Dachziegeln und anderen Baumaterialien und Dutzende von Handwerkern waren damit beschäftigt, die Schäden zu reparieren.

Dulac wollte sich mit einer Frage an Gwinneth wenden, aber er kam nicht dazu, denn in diesem Moment ging die Tür des Palas auf und Artus, Galahad und Mandrake traten ins Freie. Braiden folgt ihnen. Sein rechter Arm hing in einer Schlinge, was bewies, dass seine Verletzung trotz der langen Zeit noch immer nicht vollständig ausgeheilt war, die drei anderen Ritter aber machten einen durchaus gesunden Eindruck.

Vor allem Sir Mandrake lebendig und gesund zu erblicken erfüllte Dulac mit großer Erleichterung. Er hatte den Gedanken mit einigem Erfolg aus seinem Bewusstsein verdrängt, aber tief in ihm war doch die nagende Furcht geblieben, den Tafelritter getötet zu haben.

Als Artus ihn sah, blieb er mitten im Schritt stehen und ein Ausdruck von Überraschung erschien auf seinen Zügen. Nicht unbedingt *freudiger* Überraschung, wie Dulac unangenehm berührt feststellte. Vielleicht war Gwinneths Einschätzung, was Artus' Gefühl ihm gegenüber anging, doch ein wenig zu optimistisch gewesen. Aber nun konnte er nicht mehr zurück, zumal Gwinneth ihn am Oberarm ergriff und hinter sich her die Treppe hinauf und auf Artus zu zog.

»Artus, schau, wen ich gefunden habe!«, sagte sie aufgeregt.

Artus' Stirnrunzeln vertiefte sich noch, als er Dulac mit einem langen Blick von Kopf bis Fuß musterte.

»Ja«, sagte er. »Ich erinnere mich, dass uns jemand abhanden gekommen ist. Du hast ihn gefunden, sagst du? Darf ich fragen, wo?«
»Am See«, antwortete Gwinneth. »Ich wollte ausreiten, und als ich dort ankam, da stand er im Wasser.«
»Und dabei sind ihm seine Kleider abhanden gekommen, nehme ich an. Sind sie weggeschwommen?«
Dulac wollte antworten, aber Gwinneth kam ihm zuvor.
»Seine alten Kleider hingen in Fetzen«, sagte sie. »Vier Wochen in den Wäldern sind ihnen nicht sehr gut bekommen. Er wollte dir nicht in Lumpen unter die Augen treten.«
Artus' Blick verriet, was er von dieser Antwort hielt, aber er gab sich damit zufrieden. Einen Moment lang sah er Dulac noch auf die gleiche, nicht besonders angenehme Art an, dann drehte er sich herum und wechselte ein paar Worte mit den Rittern, die Dulac nicht verstand, woraufhin sich diese rasch entfernten. Dann drehte er sich wieder zu Dulac um.
»Du bist also wieder da«, begann er. »Glaub es oder nicht, ich freue mich, dich unversehrt wieder zu sehen. Ich hatte ehrliche Angst, dass die Pikten dich getötet oder verschleppt hätten.«
»Beinahe hätten sie das auch«, improvisierte Dulac. »Ich ... es tut mir Leid, Herr. Als ich sie aus dem Wald brechen sah, da habe ich es einfach mit der Angst zu tun bekommen und bin weggelaufen. Einer der Barbaren hat mich verfolgt. Ich konnte ihm entkommen, aber dabei habe ich mich im dichten Wald verirrt. Ich ... ich wollte zurück um Euch beizustehen, aber ich habe mich immer tiefer im Wald verirrt.«

Artus lächelte flüchtig. »Mach dir keine Vorwürfe«, sagte er. »Wir hatten Hilfe genug. Wenn du zurückgekommen wärst, hätte es dich vielleicht das Leben gekostet. Aber wo bist du die ganze Zeit über gewesen?«
Dulac druckste einen Moment herum und schließlich wählte er die Antwort, von der er annahm, dass Artus sie erwartete.
»Ich ... ich wäre ja zurückgekommen, aber ich ... ich habe es nicht gewagt. Ich fürchtete, dass Ihr mich für meine Feigheit bestraft.«
»Feigheit?« Artus hob die linke Augenbraue. »Es ist nicht unbedingt ein Zeichen von Mut, sich allein gegen hundert Bewaffnete zu stellen. Eher von Dummheit. Was hättest du getan, wenn Gwinneth dich nicht getroffen hätte? Den Rest deines Lebens als Einsiedler in den Wäldern verbracht?« Er lachte. »Aber gut, jetzt, wo du wieder hier bist, müssen wir überlegen, was wir mit dir tun.«
»Tun?« Dulac sah sich unbehaglich um.
»Dein alter Platz ist besetzt«, antwortete Artus. »Ich habe Tander die Verantwortung über Küche und Keller Camelots übertragen.«
»Das ... hat mir Gwin –« Dulac verbesserte sich rasch. »*Lady Gwinneth* schon gesagt.«
Sein Versprecher entging Artus keineswegs, aber er sagte nichts dazu. »Gehen wir hinunter und sehen wir, ob wir eine Aufgabe für dich finden. Dein Ziehvater wird sich sicher ebenfalls freuen dich zu sehen.«
Das bezweifelte Dulac. Wenn Tander überhaupt einen Gedanken an ihn verschwendet hatte, dann allerhöchstens den, dass er heilfroh war, ihn los zu sein. Natürlich sprach er das nicht aus, sondern drehte sich gehorsam herum, als

Artus eine entsprechende Geste machte. Bevor sie gingen, wandte sich Artus jedoch noch einmal an Gwinneth.
»Es ist gut, dass du ihn gefunden und mitgebracht hast«, sagte er. »Trotzdem – du warst wieder draußen am See. Ich bitte dich inständig, Gwinneth, tu es nicht wieder. Du bist außerhalb der Stadtmauern nicht sicher.«
»Vier deiner Krieger haben mich begleitet.«
»Nicht einmal *vierhundert* Krieger könnten für deine Sicherheit garantieren«, antwortete Artus. Er klang mehr verärgert als besorgt. »Mordreds Heer ist noch längst nicht geschlagen. Gerade berichtet mir Galahad, dass er auf Spuren einer großen Anzahl Reiter gestoßen ist, die gewiss nicht zu uns gehören. Es wäre mir lieber, wenn du Camelot nicht verlässt. Wenigstens für eine Weile, bis es wieder sicherer ist.«
»Aber ich hatte doch einen Beschützer bei mir«, antwortete Gwinneth und deutete lächelnd auf Dulac. »Mir konnte gar nichts geschehen.«
»Ja«, seufzte Artus. Man sah ihm an, dass er innerlich resignierte. Es hatte wohl wenig Sinn, mit Gwinneth zu diskutieren.
Nachdem Artus' zukünftige Frau im Haus verschwunden war, setzten sie ihren Weg fort und gingen in den Keller. Dulac, der dicht vor Artus herging, rechnete instinktiv damit, von einer Bratpfanne oder einem Kochtopf getroffen zu werden, als er das Ende der Treppe erreichte, aber natürlich geschah das nicht. Doch er erlebte eine andere Überraschung.
Die Küche hatte sich vollkommen verändert. Der üble Geruch, der immer irgendwie in der Luft gehangen hatte, war verschwunden. Die Wände waren frisch gekalkt worden

und Dagdas uralter verbeulter Kessel war durch ein neues, blitzendes Kupfergefäß ersetzt worden. Dasselbe galt für beinahe alles Kochgeschirr und den größten Teil der Möblierung. Der Raum wirkte adrett und hell. Tander hatte ausgezeichnete Arbeit geleistet. Aber Dulac war auch sicher, dass er dafür sehr tief in Artus' Schatulle gegriffen hatte und das mit beiden Händen.
Tander war nicht hier, aber Dulac glaubte seine Stimme aus dem angrenzenden Raum zu hören. Als er sich jedoch dorthin wenden wollte, schüttelte Artus rasch den Kopf.
»Hier hat sich eine Menge verändert, nicht wahr?« Seine Stimme klang leise, als wolle er nicht, dass er im Nebenzimmer gehört wurde. »Tander hat gute Arbeit geleistet. Und das Essen ist auch besser geworden. Schade nur, dass er mich dabei so unverschämt bestiehlt.« Er schüttelte den Kopf, seufzte und fuhr noch einmal deutlich leiser fort: »Du wirst ein Auge auf ihn werfen. Halte mich auf dem Laufenden, aber pass auf, dass er es nicht merkt.« Seine Stimme wurde wieder lauter: »Tander!«
Wie aus dem Boden gewachsen erschien der Schankwirt unter der Tür. Auf seinem Gesicht lag ein überraschter Ausdruck, der jedoch nicht ganz echt wirkte. Offensichtlich hatte er gelauscht. Dulac fragte sich, wie viel er wirklich gehört hatte.
»Ich bringe dir einen neuen Gehilfen«, sagte Artus.
»Einen ... Gehilfen, Herr? Aber ich habe keinen –«
»Für ein Paar Hände mehr findet sich immer eine Aufgabe«, sagte Artus. »Der Junge kennt sich hier aus und wird dir von Nutzen sein. Bis wir eine andere Aufgabe für ihn gefunden haben, wird er dir in der Küche helfen.«
»Wie Ihr befehlt, Herr.« Tander senkte demütig den Kopf.

Er wagte es nicht, zu widersprechen, sondern blieb in unveränderter Haltung stehen, bis Artus sich herumgedreht hatte und gegangen war. Auch dann gab er noch einige Augenblicke zu, wohl um sicher zu sein, dass der König auch wirklich außer Hörweite war.
»Also weilt Artus' Schützling wieder unter uns«, sagte er dann. »Was für eine Ehre. Noch dazu eine, mit der wir gar nicht mehr zu rechnen gewagt hätten. Wo hast du dich die ganze Zeit herumgetrieben, du Nichtsnutz?«
»Mal hier, mal da«, antwortete Dulac schulterzuckend. »Die meiste Zeit war ich auf Avalon und habe mich mit ein paar Elbenkriegern geschlagen, die mir ans Leder wollten.«
Tander japste. »Übertreib es nicht, Bürschchen«, sagte er. Seine Augen blitzten. »Ob du nun Artus' Schützling bist oder nicht, eine Tracht Prügel kann ich dir immer noch verpassen.«
Daran zweifelte Dulac nicht. Auch nicht daran, dass Tander nur auf einen Vorwand wartete, ihm genau diese Tracht Prügel zu verabreichen. Aber davor hatte er plötzlich gar keine Angst mehr. Tander konnte ihm nichts antun, was auch nur annähernd so schlimm war wie das, was ihm bereits geschehen war.
»Was soll ich tun?«, fragte er anstatt sich mit Tander auf eine Diskussion einzulassen, die ohnehin zu nichts führte. Tander spießte ihn mit zornigen Blicken regelrecht auf, schien aber tatsächlich einen Moment lang über diese Frage nachzudenken. Während er es tat, ging Dulac kurzerhand an ihm vorbei und betrat den angrenzenden Raum. Er erkannte ihn kaum wieder. Das Einzige, was noch wie früher aussah, war der Kamin an der gegenüber-

liegenden Wand. Wahrscheinlich hätte Tander auch ihn weggeschafft, wäre er nicht festgemauert gewesen. Was aber einmal Dagdas Schlafraum gewesen war, das war nun ein mit Gerümpel und Vorräten voll gestopftes Durcheinander. Dulac war schockiert.

»Wo ... wo sind Dagdas Sachen?«, fragte stockend.

»Ich wüsste nicht, was dich das anginge!«, schnappte Tander. »Als ich den ganzen Kram mit eigenen Händen wegräumen musste, hat es dich auch nicht interessiert. Was also willst du –«

»Dagdas Bücher!«, fiel ihm Dulac ins Wort. Gleichzeitig fuhr er auf dem Absatz herum und funkelte Tander so wütend an, dass dieser instinktiv einen halben Schritt zurückwich und die Hände hob, als hätte er plötzlich Angst, von Dulac geschlagen zu werden. »Seine Aufzeichnungen! All seine Sachen! Was habt Ihr damit gemacht?«

»Das ... das meiste hat Artus wegschaffen lassen«, antwortete er hastig. »Die Bücher und Schriftrollen. Was übrig blieb, habe ich weggeworfen. Es war sowieso nur altes Zeug, das keiner mehr wollte.«

»Weggeworfen?« Nie und nimmer. Garantiert hatte er verkauft, was sich zu Geld machen ließ, und den Rest irgendwo versteckt.

»Natürlich«, behauptete Tander. Dann verdunkelte Zorn sein Gesicht. »Was geht dich das überhaupt an, du Nichtsnutz? Treibst dich wochenlang herum, und kaum bist du wieder da, führst du dich auf, als wärst du der König persönlich! Ich glaube, es wird Zeit, dir wieder einmal Manieren beizubringen!«

Er hob den Arm, um seine Drohung wahr zu machen und Dulac einen Schlag zu versetzen, aber dann geschah etwas ganz und gar Sonderbares: Dulac sah ihn einfach nur an, sehr ruhig, ohne Furcht, aber auch ohne Zorn. Tander erstarrte mitten in der Bewegung. Einen Moment lang hielt er Dulacs Blick noch stand, dann ließ er den Arm sinken und machte einen Schritt zurück und schließlich hatte er nicht einmal die Kraft, Dulac in die Augen zu sehen.

»Im Moment habe ich hier nichts für dich zu tun«, sagte er. »Verschwinde. Geh ins Gasthaus, dort ist Arbeit genug. Wander wird dir zeigen, was zu tun ist.«

»König Artus hat gesagt –«

»Ich weiß, was Artus gesagt hat!«, fiel ihm Tander wütend ins Wort. »Bis morgen werde ich schon eine Aufgabe für dich gefunden haben, aber jetzt verschwinde endlich. Ich habe zu arbeiten.«

Vermutlich muss er rasch noch die letzten Spuren seiner Diebereien beseitigen, dachte Dulac. Er hätte sich weigern und einfach hier bleiben können, indem er auf Artus' Befehl pochte, und er wäre vermutlich auch damit durchgekommen. Aber damit hätte er Tander nur misstrauisch gemacht.

Er ging ohne ein weiteres Wort.

Das Gasthaus gehörte zu den wenigen Gebäuden der Stadt, die durch das Beben keine Schäden davongetragen hatten. Die zurückliegenden Wochen hatten Tander und seinen Söhnen sogar ausgereicht, die von den Pikten angerichteten Schäden zu reparieren. Wander zeigte sich höchst erstaunt, Dulac wieder zu sehen, aber anders als sein Vater überschüttete er ihn mit Fragen, wo er die ganze Zeit gewesen und was ihm widerfahren war.

Dulac redete sich heraus, so gut er konnte, und nach einer Weile begriff Wander wohl, dass er nicht über die zurückliegende Zeit reden wollte, und wies ihm eine Arbeit zu. Im Grunde war es nur eine Beschäftigung. Er musste nicht annähernd so schwer arbeiten, wie es der Fall gewesen wäre, wäre Tander selbst da gewesen, und noch bevor es zu dämmern begann, beschied ihm Wander, dass es für heute genug sei und sie nun essen konnten.

Dulac hatte den Nachmittag damit verbracht, die Zimmer in der oberen Etage zu säubern und für Gäste herzurichten, die vielleicht kommen mochten, und so war er ziemlich erstaunt zu sehen, dass Wander ihr Mahl am großen Tisch in der Gaststube aufgetragen hatte statt in der Küche, wie er es gewohnt war. Er setzte sich, sah Wander jedoch zögernd an, ehe er nach der Schale mit heißer Suppe griff. Es war heiße, dicke Suppe mit viel Gemüse und großen Fleischstücken, eine Köstlichkeit, die er selten bekommen hatte, wenn Tander die Befehlsgewalt in der Küche hatte.

»Und wenn jetzt Gäste kommen?«, fragte er mit einer entsprechenden Kopfbewegung zur Tür.

»Dann sind noch genügend andere Tische frei«, antwortete Wander lapidar. Er brach ein Stück Brot ab, tunkte es in seine Suppe und fuhr kauend und mit vollem Mund fort: »Außerdem kommen keine Gäste.«

»Was soll das heißen, es kommen keine Gäste? Ist das Gasthaus geschlossen?«

»Nein«, antwortete Wander. »Aber es kommt niemand mehr. Der letzte Gast war vor zwei Wochen da.« Er hob die Schultern. »Du hast die Stadt gesehen. Die Menschen haben Besseres zu tun als ins Gasthaus zu gehen. Und seit

sich die Barbaren rings um Camelot zusammenziehen, kommen keine Gäste mehr von außerhalb.«
Dulac ließ das Brot sinken. »Seit sich ... die Barbaren zusammenrotten?«, wiederholte er. »Was meinst du damit?«
»Dafür, dass du vier Wochen lang in den Wäldern gelebt hast, weißt du ziemlich wenig«, sagte Wander spöttisch.
»Ich war ziemlich weit weg«, antwortete Dulac. »Und die meiste Zeit habe ich mich in den Wäldern versteckt.«
»Dabei hättest du eigentlich über sie stolpern müssen«, sagte Wander, »denn die Wälder wimmeln von Pikten. Es heißt, Mordred zieht ein Heer zusammen, um gegen Camelot zu ziehen.«
»Und Artus unternimmt nichts dagegen?«
»Was soll er tun?«, fragte Wander. »Er hat Patrouillen ausgeschickt und er stellt seinerseits ein Heer auf. Seine Ritter bilden einen Trupp von fünf- oder sechshundert Mann aus – Sander ist übrigens auch dabei –, aber das ist alles, was Camelot an waffenfähigen Männern entbehren kann.«
Seine Worte erschreckten Dulac weit mehr, als er zugab. Ein Heer? Camelot hatte niemals ein *Heer* gebraucht. Artus und seine Tafelritter waren alles, was sie an Schutz nötig hatten.
»Dann wird es Krieg geben?«, fragte er fast im Flüsterton.
»Es sieht so aus«, antwortete Wander düster. »Artus behauptet zwar bei jeder Gelegenheit, dass nicht einmal Mordred wahnsinnig genug wäre, Camelot offen anzugreifen, aber in Wahrheit glaubt er das wohl nicht einmal selbst.«
»Das klingt nicht nach dem Artus, den ich kenne«, murmelte Dulac.

»Artus hat sich verändert, seit Lancelot nicht mehr da ist«, bestätigte Wander. »Er macht sich wohl Vorwürfe.«
»Weshalb?«
Statt zu antworten machte Wander eine wegwerfende Handbwegung. »Ich will nicht den Hofklatsch wiedergeben«, sagte er. »Ich war nicht dabei. Warum fragst du ihn nicht selbst?«
Dulac beugte sich hastig über seine Suppe. Er hatte Wander mit seiner Frage verärgert, auch wenn er nicht genau wusste wieso. Eine Zeit lang aßen sie schweigend, dann wechselte Dulac ganz bewusst das Thema.
»Wenn keine Gäste mehr kommen, wovon lebt ihr dann?«
»Der König zahlt gut«, antwortete Wander.
Und was er nicht bezahlt, das stiehlt Tander eben, fügte Dulac in Gedanken hinzu. Natürlich sprach er es nicht aus. Wander wusste es sowieso. Er wechselte abermals das Thema.
»Was erzählt man sich über die bevorstehende Hochzeit?«
Wander lutschte schmatzend die Brühe aus seinem Brot und hob die Schultern. »Sie wird wohl stattfinden, aber wenn du mich fragst, ist es kein guter Zeitpunkt. Das Volk will keine große Hochzeitsfeier, wenn Mordreds Horden bereits mit der Fackel in der Hand dastehen, um ihm das Dach über dem Kopf anzuzünden.«
»Vielleicht gibt es ja keinen Krieg«, sagte Dulac. Die Worte klangen nicht einmal in seinen eigenen Ohren überzeugend und Wander machte sich auch gar nicht die Mühe, darauf zu antworten. Er schlürfte weiter seine Suppe, schob die nur halb geleerte Schale schließlich zurück und sagte: »Ja, vielleicht.«
Warum tat Artus nichts? Dulac ließ alles, was er gerade

gehört hatte, noch einmal in Gedanken Revue passieren, aber es ergab hinterher noch weniger Sinn als zuvor. Der Artus, den er kannte, hätte nicht die Hände in den Schoß gelegt und abgewartet, ob die Pikten angriffen oder nicht. Er hätte etwas unternommen. Und dieses *Etwas* hätte gewiss nicht darin bestanden, ein paar hundert hastig ausgebildete Männer aufzustellen, die in der offenen Schlacht ohnehin keine Chance hatten.

»Es ist spät geworden«, sagte Wander plötzlich. Er stand auf. »Räum den Tisch ab und dann solltest du dich besser schlafen legen, damit du morgen früh deinen Dienst auf Camelot antreten kannst. Du magst in einem der Gästezimmer schlafen. Sie werden sowieso nicht gebraucht.«

Er ging. Dulac tat, was er ihm aufgetragen hatte, aber er zögerte, Wanders Angebot anzunehmen und sich in ein Bett eines der Gästezimmer zu legen. Sicher waren sie bequemer und weicher als das Stroh, in dem er sonst geschlafen hatte, aber die heruntergekommene Scheune war so etwas wie sein Zuhause. Und was Tander sagen würde, wenn er zurückkam und ihn schlafend in einem der Gästebetten vorfand, das wagte er sich erst gar nicht vorzustellen.

Er war müde, aber er verschob die Entscheidung, wo er die Nacht verbringen würde, noch einmal und trat stattdessen aus dem Haus. Es war gerade erst dunkel geworden, aber Camelot begann bereits einzuschlafen. Nur der Himmel über der Burg schimmerte noch rot im Widerschein zahlloser Fackeln, die im Hof und auf den Wehrgängen brannten. Eines hatte sich offensichtlich nicht geändert: Die Lichter der Burg brannten länger als die in der Stadt und die Nächte dort waren viel kürzer. Er fragte

sich, ob Artus und seine Ritter in diesem Moment an der Tafel saßen und sich berieten.
Und ob Gwinneth bei ihnen war.
Dulac fuhr leicht zusammen. Bisher war es ihm gelungen, den Gedanken an Gwinneth zu verdrängen, aber nun, einmal da, machte er sich sofort selbstständig und verdrängte seinerseits jeden anderen. Er sah Gwinneths Gesicht so deutlich vor sich, als stünde sie tatsächlich da, und sein Herz zog sich zu einem eisigen Klumpen zusammen.
Es war ein Fehler gewesen, zurückzukommen. Er hatte geglaubt, eine zweite Chance bekommen und seine Heimat wieder gefunden zu haben. Das stimmte nicht. Seine Heimat – das, was sie ausgemacht hatte – existierte nicht mehr. Und Gwinneth?
Allein der Gedanke an sie bohrte sich wie eine glühende Messerklinge in sein Herz. Sie hatte gesagt, dass sie ihn brauchte, als Freund, und er hatte geglaubt, dass ihm das ausreichen würde, aber auch das stimmte nicht. Nur in ihrer Nähe zu sein und sie vielleicht dann und wann einmal zu sehen war nicht genug. Er würde den Schmerz auf Dauer nicht ertragen.
Hinter ihm raschelte etwas. Dulac fuhr überrascht herum, sah gerade noch einen Schatten auf sich zufliegen und riss schützend die Arme vor das Gesicht. Aber seine Reaktion kam zu spät. Etwas traf ihn mit solcher Wucht vor die Brust, dass er zwei ungeschickte Schritte zurückstolperte und zu Boden fiel.
Dulac spannte instinktiv die Muskeln und griff nach dem Angreifer – und holte im nächsten Moment keuchend Luft, als eine lange, raue Hundezunge kreuz und quer durch sein Gesicht schlabberte.

»Wolf!«, japste er. »Hör gefälligst auf damit! Ich bekomme ja keine Luft mehr!«
Es war tatsächlich Wolf, der ihn angesprungen hatte. Und der kleine Terrier dachte natürlich nicht daran, seine überschwänglichen Liebesbezeugungen einzustellen, sondern leckte ihm nur noch heftiger über das Gesicht und trampelte dabei nach Herzenslust auf seiner Brust und seinem Hals herum, sodass Dulac schließlich gar keine andere Wahl mehr hatte, als ihn mit beiden Händen zu ergreifen und einfach hochzuheben. Wolf zappelte vor Freude so heftig, dass er seine liebe Mühe hatte, ihn auch nur festzuhalten, und noch mehr, sich in die Höhe zu stemmen. Wolf quietschte vor Freude und wedelte heftig mit dem Schwanz, und als Dulac ihn behutsam zu Boden setzte, sprang er sofort wieder an ihm hoch, sodass er schließlich kapitulierte und ihn auf den Arm nahm um ihn zu streicheln.
Auch Dulac freute sich, den Hund zu sehen. Er musste zu seiner Schande gestehen, dass er Wolf schlichtweg *vergessen* hatte. Dennoch hatte der kleine Hund ihm gefehlt, auch wenn ihm das eigentlich erst jetzt wirklich klar wurde – immerhin war Wolf jahrelang der einzige Freund gewesen, den er gehabt hatte.
Mindestens zehn Minuten lang nötigte ihn Wolf durch heftiges Winseln und Schwanzwedeln dazu, ihn mit beiden Händen zu streicheln, bevor er sich weit genug beruhigt hatte, dass er ihn wenigstens zu Boden setzen konnte. Wolf wuselte noch einige Augenblicke schwanzwedelnd zwischen seinen Füßen herum, dann rannte er auf die Scheune zu, blieb stehen, kläffte, drehte sich herum und kam zurückgewetzt. Das wiederholte sich drei- oder viermal, bis Dulac endlich begriff.

»Ist ja schon gut«, sagte er. »Ich komme.« Wolf wollte in die Scheune, deren Tor geschlossen war. Offensichtlich hatte das treue Tier die ganze Zeit über auf ihn gewartet. Und es fällte mit seinem Verhalten auch gleichzeitig die Entscheidung, wo Dulac die Nacht verbringen würde. So verlockend ihm ein richtiges weiches Bett auch vorkam, diese Scheune war sein Zuhause. Vielleicht das Einzige, das ihm geblieben war.
Wolf wieselte voraus und begann mit der Pfote an der Tür zu kratzen. Dulac schüttelte den Kopf über seine Ungeduld, schritt aber trotzdem rascher aus und rüttelte an der Tür.
Sie ging nicht auf.
Dulac versuchte es noch einmal mit dem gleichen Ergebnis, dann trat er zurück und ließ seinen Blick über das große, zweiflügelige Tor schweifen. Durch den Riegel waren zwei eiserne Krampen getrieben worden, die mit einem schweren Schloss gesichert waren. Dulac musterte beides voller Erstaunen. Ein Schloss war eine kostspielige Angelegenheit und Tander war nicht unbedingt dafür bekannt, Geld zu verschwenden. Außerdem gab es in dieser Scheune nichts, was des Stehlens Wert gewesen wäre. Jedenfalls hatte es das bisher nicht gegeben ...
Wolf kratzte weiter hektisch an der Tür. Der kleine Hund konnte gar nicht verstehen, dass er aus seinem Zuhause ausgesperrt war. Auch Dulac rüttelte noch einen Moment vergeblich an der Tür, dann trat er zurück und ließ seinen Blick suchend über die heruntergekommene Fassade der Scheune schweifen. Das Gebäude war schon alt gewesen, als er nach Camelot gekommen war, und die zurückliegenden zehn Jahre hatten es nicht besser gemacht. Nach

kurzem Suchen fand er eine Stelle, an der die Bretter morsch genug waren, um eines davon lösen zu können. Wolf wuselte zwischen seinen Beinen hindurch und verschwand im Inneren der Scheune. Dulac hörte ihn irgendwo in der Dunkelheit rumoren, während er ihm mit einiger Mühe folgte.

Er wollte nicht, dass man auf Anhieb sah, dass er in das verschlossene Gebäude eingedrungen war, deshalb erweiterte er den Spalt nur gerade so weit, dass er sich hindurchquetschen konnte, und zog das Brett hinter sich sorgsam wieder an seinen Platz, bevor er sich aufrichtete und herumdrehte.

Im ersten Moment konnte er kaum etwas sehen, so dunkel, wie es hier drinnen war. Ein sonderbares Gefühl beschlich ihn. Diese Scheune war praktisch sein Zuhause, viel mehr, als es das Gasthaus jemals gewesen war, und nun kam er sich vor wie ein Einbrecher. Warum nur hatte Tander das Schloss an der Tür angebracht? Wenn es etwas gab, wofür Camelot womöglich noch berühmter war als für seine Burg und seinen König, dann war es wohl der Umstand, dass seine Türen immer und jedem offen standen. Die meisten Türen hatten nicht einmal Schlösser.

Dulac wartete darauf, dass sich seine Augen an das schwache Licht hier drinnen gewöhnten, aber auch nachdem dies geschehen war, sah er nichts Außergewöhnliches. Stroh und Heuballen lagen herum und der alte Ochsenkarren, den Tander vor Jahren einmal von einem Gast bekommen hatte, der seine Rechnung nicht bezahlen konnte, stand noch immer an derselben Stelle wie immer. Er – Dulac – hielt mitten in der Bewegung inne, drehte sich wieder zurück und presste die Augen zu schmalen Schlitzen zusammen, ohne dadurch allerdings auch nur einen Deut besser sehen zu können.

Etwas an der Silhouette des Wagens stimmte nicht und es dauerte auch nur noch einen Moment, bis ihm klar wurde, was: Der Wagen, dem im Laufe der Zeit ein Rad abhanden gekommen war, hatte jetzt wieder vier Räder und außerdem war er hoch beladen.

Dulac ging hin, betrachtete stirnrunzelnd das neue Rad und wandte sich dann der schweren Plane zu, die auf der Ladefläche lag. Behutsam hob er sie an einer Ecke an und sah das Blitzen von Metall.

Sein Gesicht verdüsterte sich, als er die Plane weiter zurückschlug und sah, was darunter verborgen war, und jetzt begriff er auch, warum Tander die Scheune so sorgsam verschlossen hatte.

Auf diesem Wagen lag alles, was aus Dagdas Kellerräumen verschwunden war. Das Kochgeschirr aus Kupfer, Teller und Becher aus Zinn und auch etliche schwere Krüge und Silberbestecke. Kein Wunder, dass Tander nicht wollte, dass jemand hier hereinkam. Und auch Wanders Großzügigkeit, ihm ein Bett in einem der Gästezimmer anzubieten, erschien ihm mit einem Mal in einem anderen Licht.

Er betrachtete den Haufen mit Tanders Beute genauer. Jedes einzelne Teil auf dem Wagen war ihm vertraut, und als er sich in Erinnerung rief, wie es nun in Dagdas Küche aussah, ergriff ihn die kalte Wut. Tander hatte alles neu eingerichtet, allerdings mit Sachen von weit minderer Qualität – für die er Artus vermutlich einen vollkommen überhöhten Preis abverlangt hatte. Das kostbare Kupfer- und Zinngeschirr wollte er wohl verkaufen, sobald sich eine Gelegenheit dazu ergab.

Hinter ihm winselte Wolf leise. Dulac drehte den Kopf und sah, dass der kleine Hund vergeblich an dem Wasserfass in die Höhe sprang, das auf der anderen Seite der Tür stand. Er hatte Durst.

»Warte«, sagte er. »Ich gebe dir Wasser.«

Er nahm wahllos einen Becher vom Wagen und ging damit zu Wolf hinüber. Der Terrier hörte auf an dem Fass hochzuspringen, das Dulac zwar nur bis zum Gürtel reichte, dennoch aber mindestens fünfmal so groß war wie der Hund, und sah schwanzwedelnd und hechelnd zu ihm hoch.

»Du bekommst sofort etwas«, versicherte Dulac. Erst als er das Wasser aus der Tonne schöpfen wollte, sah er überhaupt, was er da erwischt hatte: Es war der schwarze Pokal, der jahrelang auf einem Regal in Dagdas Küche gestanden hatte – dasselbe unscheinbare Gefäß, aus dem Sir Lioness den Rittern vor der Schlacht den Messwein gegeben hatte. Schon da hatte er sich gewundert, wieso er ein solches Trinkgefäß wählte, das eines Königs eigentlich nicht würdig war, und er zögerte einen Moment und drehte ihn nachdenklich in den Händen. Selbst in dem schwachen Licht hier drinnen kam er ihm schäbig und unscheinbar vor; er konnte gar nicht richtig verstehen, dass sich Tander überhaupt die Mühe gemacht hatte, ihn zu stehlen. Wahrscheinlich hatte er alles an sich gerafft, was ihm in die Hände geraten war, ohne es auch nur genauer anzusehen.

Dann aber fiel ihm das Gewicht des Bechers auf. Er drehte ihn nachdenklich in den Händen, hielt ihn in einen der Streifen aus grauem Licht, die durch die Ritzen im Dach und den Wänden hereinfielen, und kratzte mit dem Daumennagel daran. Unter der Schicht aus klebrigem schwarzem Schmutz blitzte Metall. Silber, vielleicht Gold. Und als er genauer hinsah, erkannte er eingravierte Verzierungen und flache, regelmäßige Verdickungen, die um den oberen Rand des Gefäßes herum angebracht waren; vermutlich verbargen sich unter dem Schmutz wertvolle Edelsteine. Dieser Becher war nicht schäbig, sondern vielleicht sogar das wertvollste Stück, das auf dem gesamten Wagen zu finden war.

Er zögerte noch einen Moment, ihn zu dem Zweck zu benutzen, zu dem er ihn geholt hatte, aber dann sagte er sich, dass Artus ganz bestimmt nichts dagegen hätte – schon, weil er es nicht wusste und es auch niemals erfahren würde. Er schöpfte Wasser aus dem Fass, stellte den Becher zu Boden und sah zu, wie Wolf ihn hastig leer schlabberte.

Der Anblick weckte seinen eigenen Durst. Er wartete, bis Wolf fertig getrunken hatte, dann hob er den Becher auf, goss das restliche Wasser weg und wollte gerade frisches schöpfen, als Wolf plötzlich ein tiefes, drohendes Knurren ausstieß und mit aufgestellten Ohren zur Tür hinsah.

Dulac blieb einen Moment lang reglos stehen und lauschte. Er hörte nichts, aber die Sinne des Hundes waren viel schärfer als seine eigenen. Wenn Wolf dort draußen etwas witterte, dann war er gut damit beraten, auf ihn zu hören.

Er fuhr auf der Stelle herum, eilte zum Wagen zurück und legte den Becher wieder an seinen Platz und in diesem Moment hörte er ein Geräusch: Schritte, die sich schnell näherten und auf die Tür zukamen, dann undeutliche Stimmen und das Klappern eines Schlüssels im Schloss.

Für einen Moment drohte Dulac in Panik zu geraten. Jemand kam herein und er hatte nur noch wenige Augenblicke Zeit, sich irgendwo zu verstecken. Das Problem war, dass es hier praktisch kein Versteck gab. Und den Weg die Leiter hinauf und bis auf den Heuboden würde er niemals schaffen. Er konnte hören, wie das Schloss aufsprang und jemand den Riegel zurückschob.

Hastig rückte er die Plane wieder in ihre ursprüngliche Position und duckte sich in das einzige Versteck, das es weit und breit gab – auch wenn es diesen Namen im Grunde nicht verdiente –: direkt unter den Wagen. Im selben Augenblick wurde die Tür geöffnet und zwei Personen betraten die Scheune. Das rote Licht einer Fackel vertrieb die Dunkelheit, erweckte aber zugleich auch die Schatten zu unheimlichem Leben. Dulac presste sich gegen den Boden und hielt den Atem an, aber er wusste, das ihn das nicht im Geringsten schützen würde, wenn einer der beiden auch nur in seine Richtung blickte.

Das taten sie nicht, doch sie bewegten sich nebeneinander auf den Wagen zu. Dulac konnte zwar nur Schuhe und Hosen erkennen, war aber trotzdem sicher, dass einer der beiden Tanders Sohn war. Nur einen Moment später wurde sein Verdacht bestätigt, denn er hörte Wanders Stimme:

»Das muss bis morgen Abend verschwunden sein.«

Jemand ächzte und Dulac runzelte überrascht die Stirn, als er Evans Stimme antworten hörte: »Der ganze Kram? Vollkommen unmöglich!«

Die Plane wurde zurückgeschlagen. Metall schepperte.

»Wir brauchen eine Woche, um das alles aus der Stadt zu schaffen, ohne dass es jemand merkt.«

»So viel Zeit habt ihr aber nicht«, antwortete Wander gereizt. »Das Zeug muss bis morgen weg sein. Ich kann es auch selbst tun, aber dann sehe ich schwarz für euren Anteil.«

»Moment mal!«, protestierte Evan. »Wir haben die ganze Arbeit gemacht und jetzt –«

»– kneift ihr im entscheidenden Moment«, fiel ihm Wander ins Wort. Das Licht flackerte und die Schatten begannen erneut hin und her zu huschen, als bewege Wander unwillig die Fackel, die er in der Hand hielt. »Ich sage ja nicht, dass es wirklich so ist. Aber du kennst meinen Vater. Er wird es ganz bestimmt so sehen.«

Evan schnaubte. »Dein Vater ist –«

»– mein Vater«, unterbrach ihn Wander. »Also überleg dir lieber genau, was du jetzt sagst.«

Einen Augenblick lang herrschte Schweigen, während Evan unruhig von einem Fuß auf den anderen trat. »Ich verstehe nicht, was die plötzliche Eile soll«, sagte er schließlich, jetzt aber in eher quengeligem als zornigem Ton. »Das Zeug liegt seit Wochen hier herum. Wieso ist es plötzlich so eilig?«

»Weil Dulac wieder da ist.«

»Dulac?«, keuchte Evan.

»Dulac«, bestätigte Wander, »ja. Stell dir vor, mein heiß geliebter Stiefbruder ist wieder da. Und natürlich hat er sich sofort wieder bei Artus lieb Kind gemacht. Kannst du dir vorstellen, was passiert, wenn er dem König erzählt, dass er das eine oder andere aus der Burg vermisst und Artus möglicherweise hierher kommt und *das* hier sieht?«

»Er würde euch alle aufhängen lassen«, sagte Evan.

»Falsch«, verbesserte ihn Wander. »Nicht nur uns, son-

dern dich und deine Freunde auch. Du siehst, es ist wirklich besser, wenn ihr euch etwas einfallen lasst.«
Abermals schepperte Metall und Dulac registrierte eine Bewegung aus den Augenwinkeln. Sein Herz machte einen erschrockenen Sprung, als er Wolf erkannte. Der kleine Hund hatte sich mit aufgestellten Ohren neben ihm postiert und die Lefzen zurückgezogen, sodass man seine spitzen Zähne sehen konnte. Er knurrte so leise, dass selbst Dulac es kaum hörte, aber es konnte nur noch Augenblicke dauern, bis er in ein wildes Gekläff ausbrach.
»Still«, flüsterte Dulac. »Wolf, sei um Gottes willen still!«
Normalerweise war dies die sicherste Methode, um Wolf erst recht ein wüstes Gebell anstimmen zu lassen, aber das Wunder geschah: Statt laut loszubellen beließ es Wolf bei einem zornigen Knurren, das allerdings so leise war, dass Wander und Evan es nicht hören konnten.
Jedenfalls hoffte es Dulac ...
Eine ganze Weile herrschte Schweigen, nur unterbrochen von einem gelegentlichen Scheppern und Klirren, wenn einer der beiden in der Ladung des Wagens herumkramte. Dann fragte Evan:
»Wo ist er überhaupt die ganze Zeit gewesen?«
»Das weiß ich nicht«, antwortete Wander in verstimmtem Ton. »Und wenn es nach mir ginge, dann wäre er auch gar nicht erst zurückgekommen.«
»Dann jag ihn doch einfach weg!«
»Wenn das so einfach wäre!« Wander schnaubte zornig.
Etwas klapperte und Dulacs Herz machte einen erschrockenen Sprung, als derselbe Becher, mit dem er Wolf gerade Wasser geschöpft hatte, vom Wagen fiel und direkt auf sie zurollte. Wander fluchte ungehemmt, ließ sich in

die Hocke sinken und tastete mit der Hand nach dem Becher, während er fortfuhr: »Er steht immer noch unter Artus' Schutz. Niemand versteht, warum, aber es ist so.«
Dulac hielt die Luft an, als Wanders tastende Hand den Becher zwar verfehlte, sich dafür aber Wolf näherte. Der Terrier fletschte die Zähne und sein Knurren wurde eine Spur lauter.
»Vielleicht haben wir ja Glück und er verschwindet irgendwann wieder«, sagte Wander. »Wo ist dieser verdammte ... ah, da haben wir ihn ja!«
Seine Hand schloss sich um den Rand des Bechers und Dulac konnte gerade noch ein erleichtertes Aufatmen unterdrücken, als er sich wieder aufrichtete, ohne auch nur einen Blick unter den Wagen geworfen zu haben.
»Was auf jeden Fall verschwinden muss, ist dieser Kram hier«, fuhr Wander fort. »Ich habe ihn für heute Nacht in einem der Gästezimmer untergebracht, aber der Bursche ist neugierig wie eine Katze. Du sprichst also mit deinen Freunden.«
»Das muss ich ja wohl«, maulte Evan.
»Und noch etwas«, fügte Wander hinzu. »Mein Vater weiß genau, was auf dem Wagen liegt.«
»Darauf wette ich«, antwortete Evan. Dulac konnte hören, wie die Plane wieder an ihren Platz geschoben wurde, dann drehten sich die beiden herum und gingen. Nachdem sie die Tür zugeschoben und das Schloss vorgelegt hatten, konnte Dulac ihre Stimmen draußen leiser werden hören. Er verstand nicht, was sie sagten, aber es klang nicht gerade nach einer freundschaftlichen Unterhaltung.
Dulac atmete erleichtert auf, aber es verging noch eine Minute, ehe er es wagte, unter dem Wagen herauszukrie-

chen und sich langsam aufzurichten. Das war knapp gewesen! Was die beiden mit ihm gemacht hätten, wäre er entdeckt worden, das wollte er sich gar nicht erst vorstellen.
Er wartete noch eine Weile, bevor er es wagte, die Scheune zu verlassen und in das Zimmer zurückzuschleichen, das Wander ihm zugewiesen hatte.

Er fand in dieser Nacht nicht besonders viel Schlaf. Das Bett war zwar weich und bequem, aber ihm ging zu viel durch den Kopf. Erst lange nach Mitternacht fiel er in einen unruhigen Schlummer, aus dem er mehrmals hochschrak, und ungefähr eine Stunde vor Sonnenaufgang erwachte er endgültig und setzte sich auf.
Das Haus war noch vollkommen still. Das Fenster stand offen und die Nachtkälte war hereingekrochen und ließ ihn selbst unter der Decke zittern. Er war noch immer todmüde. Seine Augen brannten und seine Glieder fühlten sich an, als wären sie mit Blei gefüllt. Trotzdem ließ er sich nicht wieder zurücksinken, sondern schlug die Decke zur Seite und stand auf. Es war eigentlich noch viel zu früh um zur Burg zu gehen. Wenn sich das Leben dort nicht radikal geändert hatte, dann waren Artus und seine Ritter wahrscheinlich erst vor wenigen Stunden zu Bett gegangen. Artus würde nicht begeistert sein, wenn er ihn jetzt weckte. Aber er hatte nicht viel Zeit. In zwei oder drei Stunden spätestens trat Tander seinen Dienst auf Camelot an und er würde ihn wahrscheinlich den ganzen Tag über scharf im Auge behalten. Und Artus würde seinen Ärger, zu so früher Stunde aus dem Schlaf gerissen worden zu sein, rasch vergessen, wenn Dulac ihn in die Scheune führte.

Schließlich hatte er Dulac ja selbst den Auftrag gegeben, Tander im Auge zu behalten.
Er schlüpfte in Hemd und Hose, nahm aber die Stiefel in die Hand und schlich auf nackten Füßen die Treppe hinunter. Erst als er das Gasthaus verlassen und die Tür lautlos hinter sich zugezogen hatte, setzte er sich auf die unterste Stufe und zog auch die Stiefel an.
Ein kleiner, struppiger Schatten trat aus der Dunkelheit heraus und sah schwanzwedelnd und aus leuchtenden Augen zu ihm hoch. Dulac lächelte Wolf zu und kraulte ihn mit der linken Hand zwischen den Ohren, während er mit der anderen den viel zu engen Stiefel hochzog. Wolf war verschwunden, nachdem er die Scheune verlassen hatte, aber das hatte ihn nicht erstaunt. Wolf kam nie ins Haus, was zum einen daran lag, dass Tander ihn dort nicht duldete und mit Füßen nach ihm trat, wenn er ihn erblickte, zum viel größeren Teil aber wohl daran, dass Wolf sich im Haus ebenso unwohl fühlte wie Dulac selbst. Obwohl er selten in einem so weichen Bett geschlafen hatte wie heute, war er doch beinahe froh, wieder im Freien zu sein. Er gehörte hierhin, nicht in dieses Zimmer mit seinem bequemen Bett, und er wusste, dass es Wolf nicht besser erging. Der kleine Hund hatte wahrscheinlich gar nicht verstanden, dass er die Nacht im Haus verbracht hatte, und hier draußen auf ihn gewartet.
Zu seinem Erstaunen blieb Wolf jedoch nicht stehen und bettelte darum, gekrault zu werden, bis Dulac die Hand lahm wurde. Stattdessen wich er nach einem Augenblick ein kleines Stück zurück und gab ein Geräusch von sich, wie Dulac es noch nie zuvor von ihm gehört hatte; eine sonderbare Mischung aus Knurren, Winseln und einem

gedämpften Bellen, das Dulac verwirrt den Kopf drehen und in seine Richtung blicken ließ.
Wolf hatte aufgehört mit dem Schwanz zu wedeln. Er sah auch nicht mehr in seine Richtung, sondern starrte mit gefletschten Zähnen in die Dunkelheit auf der anderen Seite der Straße.
Irgendetwas bewegte sich dort. Dulac sah konzentrierter hin und erkannte einen Schatten, der sich in der Dunkelheit regte, dann einen zweiten und dritten ...
Er erkannte die drei Straßenköter, bevor sie wirklich aus dem Schatten heraustraten und nebeneinander die Straße zu überqueren begannen. Ärgerlich runzelte er die Stirn. Die drei hatten ihm gerade noch gefehlt!
»Wolf«, sagte er halblaut. »Verschwinde! Versteck dich irgendwo. Ich werde sie so lange aufhalten.«
Wolf rührte sich nicht, sondern fletschte die Zähne und ließ ein Knurren hören, nicht besonders laut, aber so tief und drohend, dass es auch einem der drei Straßenköter gut zu Gesicht gestanden hätte.
Dulac stand auf, machte eine ärgerliche Geste in Wolfs Richtung und drehte sich dann zu den drei Straßenkötern um. Er hatte nicht wirklich Angst vor ihnen, aber die Biester waren groß genug um ihm Ärger zu machen – und im Moment konnte er alles gebrauchen, nur kein lautstarkes Gekläffe und Gebell direkt unter Tanders Schlafzimmerfenster.
Die drei Hunde hatten die Straße mittlerweile zur Hälfte überquert und trotteten fast gemächlich näher, wobei sie sich gleichzeitig ein wenig auseinander bewegten, um ihrem Opfer jeden möglichen Fluchtweg abzuschneiden. Nicht nur das erinnerte Dulac auf fast unheimliche Weise

an Evan, Stan und Mike, die ihn auf dieselbe Weise in die Zange genommen hatten. Die drei Köter waren ebenso auf Streit aus, wie es die drei Jungen gewesen waren.

Und sie erlebten eine ebenso unangenehme Überraschung.

Dulac hörte ein wütendes Kläffen, fuhr erschrocken herum und riss die Augen auf, als er sah, dass Wolf keineswegs das Weite gesucht hatte, sondern mit gebleckten Zähnen und einem kampflustigen Knurren auf seine drei Gegner zuschoss. Selbst die drei Straßenköter wirkten für einen Moment vollkommen überrascht – aber dann stimmten sie ebenfalls ein schrilles Gebell an und stürzten sich gleichzeitig auf den kleinen Terrier. Dulac erstarrte für einen Moment vor Schrecken, dann stürzte er los um Wolf zu Hilfe zu eilen.

Aber es war gar nicht nötig. Dulac machte zwei, drei rasche Schritte, blieb wieder stehen und starrte auf die Szene vor sich.

Jeder der drei Hunde war nicht nur fünfmal so groß wie Wolf, sondern auch mindestens zehnmal so stark. Sie hätten den kleinen Terrier binnen einem Augenblick in Stücke reißen müssen – doch das genaue Gegenteil war der Fall.

Wolf wütete regelrecht unter den drei Hunden. Er bewegte sich so schnell, dass er zu einem verschwimmenden Schatten zu werden schien. Die drei Hunde schnappten mit ihren gewaltigen Reißzähnen nach ihm, aber sie hatten nicht einmal die Spur einer Chance, ihn zu erwischen. Wolf hingegen traf sein Ziel umso genauer. Schon nach der ersten Sekunde stieß einer der Hunde ein schrilles Jaulen aus, torkelte zur Seite und fiel zwei- oder dreimal hin, während er sich davonschleppte. Sein linker Vorderlauf war beinahe abgebissen.

Über Dulac flog ein Fensterladen auf, dann ertönte Tanders keifende Stimme: »Was ist das für ein verdammter Lärm? Gebt auf der Stelle Ruhe, ihr blöden Köter, oder es setzt was mit der Peitsche!«

Natürlich gaben die Hunde keine Ruhe. Das Kläffen, Knurren und Winseln der kämpfenden Tiere wurde nur noch lauter und Dulac wich hastig ein paar Schritte zurück, um nicht von Tander entdeckt zu werden. Der Hundekampf auf der Straße tobte unterdessen immer heftiger. Dulac konnte kaum mehr als ein Knäuel ineinander verschlungener, struppiger Körper erkennen, aber nach dem, was er gerade gesehen hatte, war er ziemlich sicher, dass sich der kleine Terrier schon seiner Haut erwehren konnte. Vermutlich sollte er sich eher um die beiden Hunde Sorgen machen.

»Wartet, ihr räudigen Biester!«, brüllte Tander wütend. »Ich ziehe euch das Fell über die Ohren!«

Er warf den Fensterladen mit solcher Wucht zu, dass der ganze Rahmen ächzte, und Dulac wich rasch noch ein paar Schritte zurück. Es war besser, wenn Tander ihn jetzt nicht sah. Einen kurzen Moment sah er zu den kämpfenden Hunden hin, dann drehte er sich herum und lief mit schnellen Schritten davon. Er nutzte die Schatten der Häuser als Deckung, und so schnell er auch lief, verursachten seine Schritte doch nicht den mindesten Laut. Erst als er fast die gesamte Länge der Straße hinter sich gebracht hatte, blieb er stehen und sah zurück. Es herrschte immer noch tiefste Nacht und der Himmel war bewölkt, sodass auch Mond und Sterne kaum Licht spendeten. Er konnte weder Tander noch die Hunde sehen, aber dafür hörte er sie umso deutlicher: Aus dem wütenden Gekläff der Hunde war längst ein schrilles Jaulen und Wimmern geworden und Tander keifte wie ein Marktweib, dem jemand seinen besten Kohlkopf unter den Fingern weggestohlen hatte. Aber nicht lange, dann wurde aus seinem wütenden Schreien ein schrilles Schmerzensgeheul. Ganz offensichtlich war er den kämpfenden Hunden zu nahe gekommen.

Dulac grinste schadenfroh, drehte sich herum und setzte seinen Weg fort.

Er kam allerdings auch diesmal nur wenige Schritte weit, denn vor ihm wurden Hufschläge laut. Ein Reiter näherte sich.

Aus irgendeinem Grund hatte er das Gefühl, dass es besser war, dem frühen Reiter nicht zu begegnen. Er machte noch zwei Schritte, bis er eine schmale Toreinfahrt erreichte, und trat dann hastig in den schwarzen Schlagschatten des niedrigen Gewölbes. Eng gegen die Wand gepresst und mit nahezu angehaltenem Atem spähte er auf die Straße hinaus.

Die Hufschläge waren näher gekommen und hallten fast unheimlich von den Wänden der dunkel daliegenden Straßenschlucht wider, aber von dem Reiter selbst war im ersten Moment noch nichts zu sehen. Er gab sich zwar keine besondere Mühe, leise zu sein, schien es aber auch nicht besonders eilig zu haben. Es verging noch mindestens eine Minute, bis Dulac ihn sah.

Er runzelte überrascht die Stirn, als er den Reiter erkannte. Artus trug weder seine Rüstung noch eines der prachtvollen Gewänder, in denen man ihn normalerweise sah, son-

dern einen einfachen schwarzen Mantel, dessen Kapuze er hochgeschlagen und weit in die Stirn gezogen hatte. Trotzdem erkannte er ihn jenseits allen Zweifels. Es war Artus. Aber was tat er hier, zu einer Zeit, zu der er normalerweise erst zu Bett zu gehen pflegte, und noch dazu verkleidet?
Dulac wartete bewegungslos, bis Artus an seinem Versteck vorübergeritten war, dann trat er lautlos aus dem Durchgang heraus und folgte ihm. Es fiel ihm nicht besonders schwer. Artus ritt nicht sehr schnell und Dulac musste eher darauf achten, nicht zu sehr aufzuholen, damit Artus ihn nicht sofort sah, sollte er sich unversehens im Sattel herumdrehen.
Sie durchquerten Camelot zur Gänze und näherten sich dem östlichen Tor. Auf dem letzten Stück musste Dulac nun doch rennen, weil Artus plötzlich in einen gemäßigten Galopp verfiel. Es ging ihn nichts an, wohin Artus ritt, und erst recht nicht, warum, aber es war mittlerweile eindeutig, dass Artus die Stadt verlassen wollte. Eigentlich konnte er es sich sparen, ihm noch weiter zu folgen. Wenn er erst einmal draußen war, würde sein Pferd rasch an Tempo zulegen und Dulac musste den Anschluss verlieren.
Artus war vom Pferd gestiegen und machte sich umständlich an dem schweren Riegel zu schaffen. Er stellte sich nicht besonders geschickt dabei an. Ganz offensichtlich hatte er wenig Übung in solcherlei Dingen. Und es war weit und breit niemand zu sehen, der ihm helfen konnte – dabei sollten hier mindestens zwei Wachen stehen. Dulac vermutete, dass Artus sie weggeschickt hatte, um ungesehen aus der Stadt zu kommen.
Während Dulac Artus dabei zusah, wie er sich mit den schweren Riegeln abmühte, wurde ihm klar, dass er zwar

Lancelots Rüstung abgestreift hatte, Lancelot selbst aber wohl niemals ganz loswerden würde. Für eine Weile hatte er sich selbst eingeredet, von Lancelot wieder zu Dulac geworden zu sein, aber das stimmte nicht. Dulac existierte nicht mehr. Die Berührung des Silbernen Ritters hatte ihn ein für alle Mal ausgelöscht und nun, da es auch Lancelot nicht mehr gab, war er zu einem vollkommen anderen geworden. Er wusste selbst nicht genau, zu wem.

Dulac verscheuchte den Gedanken und sah zu, wie Artus wieder aufsaß und gebückt durch das Tor ritt. Wie Dulac gehofft hatte, machte sich Artus nicht die Mühe, das Tor hinter sich wieder zu schließen, aber er gab seinem Pferd die Sporen, kaum dass er außerhalb der Stadtmauer war. Noch bevor er selbst das Tor erreichte, war Artus schon gute fünfzig Schritte entfernt und sprengte auf ein nahe gelegenes Waldstück zu.

Erst nach einem Augenblick wurde Dulac klar, dass es nicht *irgendein* Waldstück war. Es war der kleine Hain, in dem er zum ersten Mal auf das Einhorn gestoßen war. Das konnte unmöglich ein Zufall sein. Dulac trat durch das Tor und lief los.

Natürlich hatte er keine Chance, Artus einzuholen. Der König hatte den Waldrand erreicht und zügelte sein Pferd, noch bevor Dulac auch nur ein Zehntel der Strecke hinter sich gebracht hatte. Ohne sich nur einmal umzudrehen band Artus sein Pferd hastig am Waldrand fest und verschwand dann mit schnellen Schritten zwischen den Bäumen. Da es auf dem Weg aus der Stadt und dem Waldrand ohnehin so gut wie keine Deckung gab, ließ er alle Vorsicht fallen und rannte einfach los. Ziemlich erschöpft, aber unbehelligt erreichte er den

Waldrand und blieb einen Moment stehen um zu lauschen, aber auch um wieder zu Atem zu kommen. Artus' Pferd, das nur wenige Schritte entfernt angebunden war, drehte den Kopf in seine Richtung und schnaubte unruhig, aber das war auch der einzige Laut, den er hörte. Wenn Artus in der Nähe war, dann verhielt er sich vollkommen still.

Dulac blieb noch ein paar Momente stehen. Er hatte keinen Grund, Artus zu folgen, und vor allem hatte er nicht das mindeste *Recht*, es zu tun. Artus würde nicht besonders erfreut sein, wenn er ihn entdeckte – er würde es wohl eher als *spionieren* bezeichnen, falls ihm nicht noch ein schlimmeres Wort einfiel. Und es erschien Dulac im Moment nicht besonders ratsam, Artus noch misstrauischer zu machen, als er es vermutlich sowieso schon war.

Trotz dieser durchaus berechtigten Bedenken ging Dulac dann doch weiter. Er war noch nicht sehr weit gekommen, als er vor sich Geräusche hörte. Er blieb stehen, lauschte und wich dann ein wenig von Artus' direkter Spur ab. Er bemühte sich möglichst leise zu sein, wodurch er natürlich noch langsamer vorwärts kam. Trotzdem wurden die Geräusche vor ihm lauter. Artus entfernte sich nicht weiter von ihm.

Es vergingen nur noch wenige Augenblicke, bis er die schwarze Silhouette des Königs vor sich sah. Artus hatte eine kleine Lichtung in der Mitte des Haines erreicht, aber er stand nicht still, sondern bewegte sich unruhig hin und her. Er wirkte sehr nervös. Offensichtlich wartete er auf jemanden und er sah diesem Treffen nicht unbedingt mit Freude entgegen.

Aber warum hier, nachts, so weit weg von Camelot und in aller Heimlichkeit? Wen gab es, den Artus nicht in seinem Thronsaal auf Camelot empfangen konnte?
Dulac dachte eine Weile angestrengt über diese Frage nach, aber er kam zu keinem Ergebnis. Selbst Mordred hätte freies Geleit nach Camelot gehabt, hätte Artus sich mit ihm treffen wollen. Es gab nur einen Weg, es herauszufinden – er musste sich verstecken und abwarten.
Das Verstecken war kein Problem. Artus' Blick irrte zwar unentwegt über den Waldrand und schien jeden noch so schmalen Schatten abzutasten, aber er wartete auf jemanden, der sich zeigen würde, und suchte nicht nach einem Lauscher.
Die Zeit verging – eine Stunde oder mehr –, eine Ewigkeit, wenn man reglos im Schutz eines Busches hockte und nichts anderes zu tun hatte als still zu sein und abzuwarten. Der Horizont begann sich bereits heller zu färben und aus der fast vollkommenen Dunkelheit, die selbst auf der kleinen Lichtung herrschte, begann graues Zwielicht zu werden. Dulac war nahe daran, einfach aufzugeben und aus seinem Versteck herauszukommen und Artus anzusprechen, ganz gleich, was danach geschah, als Artus in seinem ruhelosen Hin und Her plötzlich innehielt und zu einer Stelle am jenseitigen Rand der Lichtung sah. Auch Dulac blickte konzentriert in diese Richtung, konnte aber im ersten Moment nichts Auffälliges erkennen.
Als die Gestalt aus dem Wald trat, geschah es auf eine durch und durch unheimliche Weise. Vielleicht lag es ganz einfach am Licht: Es war jener seltene Moment des Tages, in dem sich Dunkelheit und Licht genau die Waage hielten und es nur die Farbe Grau zu geben schien, und so sah er

nicht einmal genau, wie die Gestalt aus dem Wald trat. Vielmehr kam es ihm so vor, als ballten sich die Schatten zusammen, um einen verschwommenen Körper zu bilden; ein Schatten, der nicht mehr ganz Schemen, aber noch lange nicht Körper war.

Dennoch erkannte Dulac sie sofort.

Um ein Haar hätte er laut aufgeschrien.

Morgaine le Faye trug nicht mehr ihr schwarzes Kleid, sondern war ganz in Grau gekleidet, als trüge sie nicht wirklich ein Gewand, sondern hätte sich in die Farbe der Dämmerung gehüllt, die sie umgab. Selbst ihr Haar wirkte grau, nicht mehr schwarz, und als sie auf die Lichtung hinausging, war es ihm, als versuche der Nebel sie zurückzuhalten und zerre einen Moment lang mit aller Kraft an ihren Umrissen. Eigentlich trat sie nicht aus dem Wald, sondern *erschien.*

»Du kommst spät«, sagte Artus anstelle einer Begrüßung.

»Man könnte auch sagen, du warst zu früh«, antwortete Morgaine. Sie lachte leise, trat endgültig aus dem Wald heraus und gerann endlich zu einem Körper. Sie blieb knapp vor Artus stehen und sah sich in alle Richtungen um. »Du hast tatsächlich Wort gehalten und bist allein gekommen! Ich bin überrascht!«

»Das wundert mich nicht«, antwortete Artus kühl. »Verrat und Wortbruch sind ja deine eigentlichen Namen, nicht wahr?«

Dulac hatte Mühe, der Unterhaltung zu folgen. Morgaine? *Morgaine le Faye?* Zusammen mit Artus? *HIER?!*

Morgaine lachte, aber es klang ein wenig gezwungen. »Auf jeden Fall bist du da«, sagte sie.

»Das bin ich«, antwortete Artus zornig. »Also?«

»Also?« Hätte man Morgaines Gesichtsausdruck trauen dürfen, dann hätte man meinen können, sie wäre die Unschuld in Person.

»Du wolltest mich treffen«, sagte Artus. Dann noch einmal: »Also?«

»Du willst es also wirklich tun«, sagte Morgaine kopfschüttelnd. »Es fällt mir immer noch schwer, das zu glauben, Bruder.«

Bruder?

Dulac war im allerersten Moment nicht einmal sicher, ob er richtig gehört hatte. Bruder?

»Du sprichst von –«

»– von diesem dummen Kind, ganz genau«, fiel ihm Morgaine ins Wort. Von einer Sekunde auf die andere war ihre Stimme kalt, so kalt wie Eis und so schneidend wie Stahl. Wie hatte sie ihn genannt, dachte Dulac betäubt. *Bruder?* Aber das war unmöglich! Es konnte nicht sein; Von Uther – und vor allem Dagda! – hatte er erfahren, dass Mordred Artus' Sohn war, und schon diese Tatsache erschien ihm in Anbetracht der Umstände unglaublich genug. Und er wusste, dass Morgaine le Faye Mordreds Mutter war.

Es konnte nicht sein. Es war ... vollkommen ausgeschlossen, dass Morgaine zugleich Mordreds *Mutter* wie Artus' *Schwester* war! Es durfte nicht sein. Wie sollte er jemals wieder Respekt vor einem König haben, der einen Sohn mit seiner eigenen Schwester gezeugt hatte?!

»Ihr Name ist Gwinneth«, sagte Artus. »Nur falls du es vergessen haben solltest.«

»Das habe ich nicht«, antwortete Morgaine. »Ich verstehe bloß nicht, was du dir davon versprichst, Artus. Glaubst du wirklich, du könntest den Verlauf des Schicksals ändern, weil du dieses ... dieses *Kind* heiratest?«

Dulacs Herz erstarrte zu einem Klumpen aus Eis in seiner Brust. Sie sprachen über Gwinneth. *Seine* Gwinneth!

»Dieses Kind ist zufällig die Frau, die ich liebe«, sagte Artus.

Morgaines Antwort bestand aus einem abfälligen Lachen. »Die einzige Frau«, sagte sie betont, »die du in deinem ganzen Leben geliebt hast und jemals wirklich lieben wirst, Artus, bin ich.«

»Was willst du?«, fragte Artus.

Morgaine bedachte ihn mit einem perfekt geschauspielerten, verwirrten Augenaufschlag. »Was ich will? Aber *du* hast mich doch um dieses Zusammentreffen gebeten.«

Es fiel Dulac immer schwerer, ruhig zu bleiben. In seinem Kopf überschlugen sich die Gedanken. *Artus* traf sich mit *Morgaine*?

»Du weißt verdammt noch mal ganz genau, was ich will.« Artus schrie fast. Seine Stimme zitterte vor Spannung, die Dulac in seinem Versteck regelrecht spüren konnte.

»Ja, vielleicht weiß ich, was du willst«, antwortete Morgaine. »Aber weißt du es auch?« Sie hob gebieterisch die Hand, als Artus etwas erwidern wollte. »Du bist ein Narr, Artus. Ein romantischer, dummer Narr. Glaubst du denn wirklich, du könntest die Welt retten, indem du ein Kind ehelichst?« Sie machte eine herrische Geste, mit der sie Artus das Wort abschnitt, bevor er antworten konnte. »Sei ausnahmsweise einmal ganz ehrlich, Bruder: liebst du sie?«

Dulac starrte Artus aus seinem Versteck heraus an. Ein glühender Dolch senkte sich in sein Herz und der Schmerz wurde schlimmer mit jeder Sekunde, die Artus mit seiner Antwort zögerte. Als er endlich antwortete, schien sich irgendetwas in ihm vor Entsetzen zu krümmen.

»Liebe«, sagte Artus. »Ein großes Wort, Morgaine. Was ist schon Liebe? Etwas für romantische Narren.« Er lachte bitter. »Eine Krankheit, wenn du mich fragst. Eine sehr angenehme Krankheit, aber dennoch nichts anderes. Ein Fieber, das den Geist befällt.«

»Ich nehme nicht an, dass das die Brautrede ist, die du der liebreizenden Gwinneth nächste Woche halten willst«, sagte Morgaine spöttisch.

Nächste Woche? Dulac schrak innerlich zusammen. Die Hochzeit war schon auf die nächste Woche angesetzt worden?

Artus überging die Frage. Seine Stimme wurde kälter, als er weitersprach. »Ich habe dich um dieses Treffen gebeten, weil das Töten ein Ende haben muss, Morgaine«, sagte er. »Befiehl Mordred, dass er aufhört.«

Morgaine lachte. »Aber warum sollte ich das tun, Bruder?«

»Er kann nicht gewinnen, Morgaine«, antwortete Artus. »Du weißt das und ich weiß das. Und es wird Zeit, dass auch Mordred es begreift.«

»Ich fürchte, er würde nicht auf mich hören, Artus, selbst wenn ich versuchen würde ihn zurückzuhalten«, seufzte Morgaine. »Er ist ein richtiger Starrkopf, weißt du? Ein Charakterzug, den er von seinem Vater hat, fürchte ich.« Sie hob die Schultern. »Außerdem – warum machst du dir Sorgen, wenn du doch so sicher bist, nicht verlieren zu können?«

»Weil es sinnlos ist!«, begehrte Artus auf. »Ich bitte dich,

Morgaine! Ich flehe dich an, bring Mordred zur Vernunft! Willst du denn wirklich, dass dieses Land in einem Meer von Blut ertrinkt? Mordreds Pikten können niemals gegen uns bestehen!«
»Dann hast du ja nichts zu befürchten«, sagte Morgaine kühl. »Auf der anderen Seite ...« Sie breitete die Hände aus. »Wenn du so sehr um das Wohl deiner Untertanen besorgt bist ... du weißt, was ich will. Gib meinem Sohn, was ihm zusteht, und du kannst den Krieg verhindern.«
»Die Macht über Camelot?« Artus schüttelte heftig den Kopf, aber Morgaine unterbrach ihn mit einer heftigen Geste, bevor er weiterreden konnte.
»Den Platz, der ihm zusteht!«, zischte sie. »Was willst du? Es sind deine eigenen Gesetze! Die Gesetze deiner Menschenfreunde, an denen dir ja so viel liegt! Er ist dein Sohn, Artus. Der Sohn des Königs. Der Prinz von Camelot. Der Platz an deiner Seite steht ihm zu nach deinen eigenen Gesetzen.«
»Unmöglich«, antwortete Artus. »Die Menschen in Camelot vertrauen mir. Ich soll sie der Terrorherrschaft dieses ... dieses *Wahnsinnigen* ausliefern?«
»Immerhin würden sie leben«, antwortete Morgaine kalt.
»Du willst es also«, sagte Artus traurig. »All diese unschuldigen Menschen, Morgaine. Hunderte werden sterben. Vielleicht Tausende. Hasst du mich wirklich so sehr?«
»Hassen?« Morgaine schien einen Moment über dieses Wort nachzudenken. Dann zuckte sie mit den Achseln.
»Du überschätzt dich, Bruder«, sagte sie. »Aber das war ja schon immer dein größter Fehler. Ich hasse dich nicht. Du bist mir vollkommen gleichgültig. Ich will für meinen Sohn, was ihm zusteht, nicht mehr und nicht weniger.«

»Was ihm zusteht ...« Artus schüttelte den Kopf. »Was willst du wirklich, Morgaine? Ist dein Rachedurst erst befriedigt, wenn Mordred und ich uns auf dem Schlachtfeld gegenüberstehen? Hasst du mich so sehr, dass du zusehen willst, wie ich ihn töte? Oder er mich?«

»Du bist ein Narr, Artus«, sagte Morgaine abfällig. »Ein Dummkopf und ein Narr. Du hast nichts verstanden. Gar nichts.«

»Ich verstehe, dass es wohl sinnlos ist, an deine Vernunft appellieren zu wollen oder an dein Gewissen«, sagte Artus traurig. »Ich bitte dich noch einmal, Morgaine: Dies ist eine Sache zwischen dir und mir! Willst du wirklich ein ganzes Land ins Verderben stürzen, um dich an mir zu rächen?«

»Es liegt ganz allein bei dir, ob es zum Krieg kommt oder nicht, Artus«, antwortete Morgaine kalt. Plötzlich lachte sie. »Aber um unserer alten Freundschaft willen werde ich großzügig sein. Ich gebe dir eine Woche Bedenkzeit. Oder einen Monat, ein Jahr ... solange du willst.«

Artus' Augen wurden schmal. »Wie meinst du das?«

»Was geschehen wird, liegt ganz bei dir, Artus«, antwortete Morgaine. »Mordred wird nicht angreifen, solange du darauf verzichtest, dieses Kind zu heiraten. Du willst, dass sie dir einen Erben schenkt, aber das kann ich nicht zulassen. Du hast bereits einen Sohn. Ich werde nicht zusehen, wie du ihn um das bringst, was ihm zusteht.« Sie trat noch näher an ihn heran. »Verzichte auf diese Ehe und ich werde sehen, was ich tun kann. Heirate sie und ich verspreche dir, dass Mordred und ich dir ein ganz besonderes Hochzeitsgeschenk machen werden.«

Artus fuhr zusammen. Seine Hand verschwand unter dem Mantel.

»Nur zu«, sagte Morgaine. Sie machte eine auffordernde Handbewegung. »Worauf wartest du? Zieh dein Schwert und töte mich. Das würde dir eine Menge Sorgen abnehmen. Tu es. Ich werde mich nicht wehren.«
Artus begann zu zittern. Dulac konnte sein Gesicht aus seinem Versteck heraus nicht erkennen, aber er spürte, dass Artus für einen Moment nahe daran war, tatsächlich zu tun, was Morgaine ihm vorgeschlagen hatte.
Aber er zog sein Schwert nicht. Stattdessen starrte er Morgaine eine Sekunde lang an, dann fuhr er mit einem Ruck herum und stürmte davon.
Dulac duckte sich tiefer hinter den Busch, hinter dem er Deckung gesucht hatte. Dennoch hätte Artus ihn zweifellos gesehen, wäre er nicht viel zu aufgeregt gewesen, um auf seine Umgebung zu achten. Artus rannte so dicht an ihm vorbei, dass er ihm beinahe auf die Finger getreten wäre.

Erst eine geraume Zeit nach Artus und noch länger nach Tander erreichte er die Burg. Dulac war von dem, was er gesehen und gehört hatte, so aufgewühlt, dass er das Donnerwetter, das Tander wegen seines Zuspätkommens über ihm entfesselte, kaum zur Kenntnis nahm. Tander packte ihn sogar einmal grob bei der Schulter und hob die Hand um ihn zu schlagen, ließ den Arm aber dann wieder sinken; vielleicht war auch ihm klar geworden, dass Dulac es wahrscheinlich gar nicht gespürt hätte. So versetzte er ihm nur einen derben Stoß und überschüttete ihn mit einem neuerlichen Schwall von Beschimpfungen und Flüchen.
Seit Dulac den Wald verlassen hatte, kam er sich vor wie in einem bösen Traum, einem von jener ganz besonders un-

angenehmen Art, in der man weiß, dass man träumt, ohne dass dieses Wissen der apokalyptischen Szenerie auch nur einen Deut von ihrem Schrecken nehmen konnte. Er hatte Dinge von solcher Ungeheuerlichkeit gehört, dass sich ein Teil von ihm immer noch weigerte, sie zu glauben. Die Arbeiten, die Tander ihm auftrug, verrichtete er ohne überhaupt zu merken, was er tat.

Die Glocken der kleine Kapelle läuteten zum Mittagsgebet, als Evan zu ihm kam. Dulac kniete auf dem Boden und schrubbte ihn mit einer groben Wurzelbürste und seine Finger hatten von der ungewohnten Arbeit bereits zu bluten begonnen. Außerdem schmerzten seine Rücken- und Nackenmuskeln so sehr, dass er sich kaum noch bewegen zu können glaubte.

»Du sollst dich waschen«, raunzte Evan ihn an. »Und beeil dich gefälligst.«

»Waschen?« Dulac blickte auf seine Hände hinab. Unter seinen Fingernägeln sickerte ein wenig Blut hervor, aber seine Haut war von der stundenlangen Arbeit im Wasser rubbelig und weich und seine Finger waren so sauber, wie es nur ging. »Wozu?«

Evan schob die Hände in die Hosentaschen, zuckte mit den Schultern und kam in gemächlichem Schlendergang näher. »Woher soll ich das wissen?«, fragte er. »Vielleicht will Tander nicht, dass du dem König so schmutzig unter die Augen trittst. Obwohl ich nicht glaube, dass er es überhaupt merken würde. Er ist heute noch später zu Bett gegangen. Nach Sonnenaufgang, heißt es.«

Es lag Dulac auf der Zunge, Evan in scharfem Ton zu fragen, was es ihn anginge, wann der König zu Bett ging, aber er schluckte die Bemerkung hinunter. Er hatte wahrlich anderes im Kopf als sich mit Evan zu streiten. Mit einem angedeuteten Heben der Schultern ließ er die Bürste in den Eimer fallen, stützte die flachen Hände auf die Oberschenkel auf und stemmte sich mit einiger Mühe in die Höhe. Evan sah ihm stirnrunzelnd dabei zu, zuckte bedauernd mit den Schultern und stieß den Wassereimer dann mit dem Fuß um.

»Hoppla«, grinste er. »Das tut mir aber jetzt Leid. Tander wird das gar nicht gefallen, fürchte ich. Aber du kannst es ja später wegwischen.«

Dulac hätte wütend werden müssen, aber er wurde es nicht. Er blickte nur auf die rasch größer werdende Pfütze aus schmutzigem Wasser hinab, die sich auf den Steinfliesen ausbreitete, die er gerade so mühsam geschrubbt hatte. Dann sah er zu Evan auf und fragte: »Warum hast du das getan?«

»Getan? Aber das war doch keine Absicht«, beteuerte Evan, ohne dass das unverschämte Grinsen dabei aus seinem Gesicht wich.

Dulac schüttelte den Kopf und wollte einfach an Evan vorbeigehen, aber der Junge vertrat ihm mit einem raschen Schritt den Weg. »Aber mal angenommen, es wäre Absicht gewesen, was würdest du dann tun? Mich wieder schlagen? Mir die Nase brechen oder ein paar Rippen? Oder mir das halbe Bein abreißen, wie es dein Köter mit meinem Hund gemacht hat?«

»Mein Köter? Wolf?« Dulac erinnerte sich erst jetzt wieder an das Geschehen vom frühen Morgen. Nachdem er das Gespräch zwischen Artus und Morgaine belauscht hatte, hatte er die Balgerei der Hunde vollkommen vergessen.

»Ja, dein verdammter Köter!«, bestätigte Evan. Das Grinsen war aus seinem Gesicht verschwunden. Seine Augen blitzten vor Hass. »Sparky hat er die Kehle durchgebissen und Buster und Holly sind mehr tot als lebendig! Du hast dieses verdammte Vieh verhext!«

»Du bist ja verrückt«, sagte Dulac verwirrt. Erneut versuchte er an Evan vorbeizugehen und wieder vertrat ihm der Junge den Weg.

»Was soll das?«, fragte Dulac. »Lass mich durch!«

»Irgendwas stimmt doch mit dir nicht!«, behauptete Evan. »Erst verprügelst du uns alle drei und dann zerreißt dein Mistköter unsere Hunde. Das ist Hexerei! Du hast dich mit dem Teufel eingelassen, habe ich Recht?«

»Wenn es wirklich so wäre«, antwortete Dulac, »dann wäre es ziemlich tollkühn von dir, so mit mir zu reden.«

Evan lachte, aber es wirkte nicht ganz echt. In seinen Augen flackerte es vor Angst, die er nur noch mit Mühe beherrschte. »Treib es nicht zu weit«, sagte er. »Du stehst vielleicht unter Artus' Schutz, aber du solltest dich besser nicht zu sicher fühlen.«

»Wer sagt, dass ich das tue?« Dulac hob den Arm und schob Evan kurzerhand zur Seite. Einen Moment lang schien es, als wolle Evan Widerstand leisten, und Dulac fragte sich bereits, was er tun sollte, wenn Evan den Weg nicht freiwillig freigab. Aber dann konnte er spüren, wie Evans Widerstand brach und die Furcht die Oberhand gewann. Hastig trat er zur Seite und Dulac ging an ihm vorbei und lief mit raschen Schritten die Treppe hinauf.

Er war erleichtert, dass Evan letzten Endes doch nachgegeben hatte. Dulac hatte keine Angst vor ihm. Er wusste, dass er Evan jederzeit gewachsen war, aber er hätte es zu-

tiefst bedauert, wenn er gezwungen gewesen wäre, sich mit ihm zu schlagen. Er wollte nicht mehr kämpfen, nicht einmal gegen ihn. Er hatte so viele Kämpfe miterlebt und hinter sich gebracht, dass er endgültig begriffen hatte, dass es in einem Kampf niemals einen wirklichen Sieger gab, sondern nur Verlierer. Vermutlich hätte er Evan nicht einmal schlagen müssen um ihn zu vertreiben. Aber er wollte keine Angst mehr verbreiten.
Er verließ den Keller, wandte sich nach rechts und eilte die Stufen zum Haupthaus empor. Ohne innezuhalten durchquerte er die Halle, lief nach oben und betrat den Thronsaal. Er hätte angeklopft, aber es war nicht nötig: Die Tür stand offen und Artus war allein in dem großen Raum. Er saß nicht an seinem angestammten Platz an der Tafel, sondern auf dem wuchtigen Stuhl vor dem Kamin. Obwohl es sehr warm war, hatte er ein Feuer entzündet und sich in denselben schwarzen Mantel gewickelt, den er auch am Morgen getragen hatte, und Dulac musste nur einen einzigen Blick in sein Gesicht werfen um zu erkennen, dass Evan sich geirrt hatte. Artus war nicht nach Sonnenaufgang, sondern noch gar nicht schlafen gegangen. Er sah sehr müde aus und das auf eine Art, die sich nicht auf rein körperliche Erschöpfung beschränkte.
Als Dulac hereinkam, schrak Artus leicht zusammen und sah ihn einen Moment lang an, als wüsste er gar nicht, wer vor ihm stand. Dann erschien ein mattes Lächeln auf seinem Gesicht. »Ah, Dulac«, sagte er.
»Mylord.« Dulac deutete ein Kopfnicken an. Einige Sekunden herrschte Stille. Als Artus keine Anstalten machte, von sich aus weiterzusprechen, fuhr er fort: »Ihr habt mich rufen lassen?«

»Ja, das habe ich.« Artus hob die Hand und winkte Dulac näher zu kommen. Die Bewegung wirkte matt, fast wie die eines uralten Mannes, dem es schon Mühe bereitete, auch nur die Hand zu heben, und zum allerersten Mal fragte sich Dulac, wie alt Artus eigentlich war. Niemand wusste es genau und niemand hatte diese Frage je gestellt. Sein Gesicht war das eines Mannes irgendwo in jenem schwer zu schätzenden Alter zwischen vierzig und fünfzig. Er trug das Haar etwas länger, als es die derzeitige Mode vorschrieb, was ihn möglicherweise jünger erscheinen ließ, als er war, und der Großteil der schmalen Falten, die seine Augen einrahmten, kamen vom Lachen. Aber es war lange her, dass er Artus das letzte Mal hatte lachen sehen.
Artus sprach auch jetzt nicht weiter und so ergriff Dulac wieder das Wort. »Wenn es um Tander geht, Herr – ich weiß jetzt, dass er Euch bestohlen hat. Und auch, wo er seine Beute versteckt hat. Er will sie heute Abend –«
»Das ist jetzt nicht so wichtig.« Artus unterbrach ihn mit einer Geste und setzte sich gerade auf, aber er wirkte immer noch müde. »Ich habe eine Arbeit für dich. Konntest du dich ein wenig erholen?«
»Ja«, log Dulac.
»Gut«, sagte Artus. »Ich möchte, dass du deine alte Tätigkeit wieder aufnimmst.«
»Meine alte Arbeit?«, fragte Dulac überrascht. »Davon wird Tander nicht erbaut sein.« Innerlich jubilierte er allerdings. Artus' Worte bedeuteten nicht mehr und nicht weniger, als dass er einen großen Teil seiner Zeit in Artus' unmittelbarer Nähe verbringen würde – und damit natürlich auch in Gwinneths.
»Hast du Angst vor ihm?«, fragte Artus.

Dulac zuckte nur mit den Schultern, was Artus aber als Antwort vollkommen zu genügen schien, denn er runzelte verärgert die Stirn. »Du wirst mich sofort unterrichten, wenn er irgendetwas tut, was dich bei deiner Arbeit behindert«, sagte er. »Und du wirst mich ebenso unterrichten, wenn er dich prügelt.«

Er sprach nicht weiter, sondern runzelte plötzlich die Stirn und starrte mit nachdenklichem Gesicht einen Punkt irgendwo hinter Dulac an. Verwirrt drehte Dulac sich halb herum, um in dieselbe Richtung zu sehen, konnte aber nichts Außergewöhnliches entdecken. Hinter ihm befand sich die große Tafel mit ihren fast sechzig Stühlen, mehr nicht. Erst dann fiel ihm auf, dass er unmittelbar neben dem Stuhl stand, auf dem Artus normalerweise Platz nahm. Oder anders ausgedrückt: direkt *hinter* dem Stuhl, den Artus dem Silbernen Ritter angeboten hatte.

Aber das war sicher nur ein Zufall.

Artus räusperte sich, um Dulacs Aufmerksamkeit wieder auf sich zu ziehen, und fuhr fort: »Ich habe für heute Abend eine Versammlung aller Ritter einberufen, um etwas Wichtiges zu verkünden. Ich möchte, dass du uns Speis und Trank servierst, wie du es früher getan hast. Ich weiß, dass es viel Arbeit für einen allein ist, aber ich traue Tander nicht. Und auch nicht diesem Jungen, den er als Gehilfen eingestellt hat.«

Und damit hast du nur zu Recht, dachte Dulac. Vielleicht war jetzt der Moment gekommen, Artus zu sagen, was er wirklich über Evan wusste, aber er zögerte. Wenn er Artus von Evans Verrat unterrichtete, kam das dem Todesurteil für Evan gleich.

»Ich schaffe das schon, Herr«, versicherte er.

»Das ist gut«, antwortete Artus. Nichts anderes schien er erwartet zu haben. »Was ich meinen Rittern zu sagen habe, ist nur für ihre Ohren bestimmt. Jetzt geh und sage meinem diebischen Küchenmeister, dass ich dich für den Rest des Tages von allen Arbeiten befreit habe, damit du heute Abend ausgeruht und bei Kräften bist. Ich erwarte dich in einer halben Stunde vor der Tür zur Schatzkammer.«
»Der ... Schatzkammer?«
Artus lächelte knapp. »Da ist noch etwas, was ich von dir will, Junge«, sagte er. »Doch nun geh. Ich muss über Verschiedenes nachdenken. Sei pünktlich. Und achte darauf, dass dich niemand sieht.«

Dulac verzichtete darauf, Tander von Artus' Befehl in Kenntnis zu setzen, weil das nur wieder zu endlosen Diskussionen und Zornesausbrüchen geführt hätte. Darüber hinaus vermutete er zu Recht, dass Tander im Moment ganz froh war, ihn nicht zu sehen.
Er machte sich überpünktlich auf den Weg zur Schatzkammer, die sich im Kellergeschoss des Turmes befand und nur aus einem winzigen Raum bestand, der kaum groß genug war, um sich bequem darin umdrehen zu können. Dulac war nicht das erste Mal hier. Umso erstaunter war er, als er das massive Schloss sah, das vor der Tür aus schweren Eichenbohlen hing.
Beides war neu. Als er das letzte Mal hier gewesen war – was mindestens ein halbes Jahr her sein musste, wenn nicht länger, hatte die Tür aus morschen Brettern bestanden und das Schloss hatte diesen Namen nicht einmal verdient. Jetzt war beides neu und beides äußerst massiv. Er war ziemlich verwirrt. Es war kein Zufall, dass Artus'

Schatzkammer so schlecht gesichert war. Niemand musste in Camelot Angst vor Dieben haben und darüber hinaus war die Schatzkammer ohnehin meistens so gut wie leer; Camelot hatte nie über große Schätze verfügt und wozu auch?

Dulac wartete bis zu der verabredeten Zeit, eine weitere Viertelstunde und dann noch eine. Artus erschien nicht und Dulac begann sich zu wundern, dann zu sorgen, denn Artus war normalerweise ein sehr zuverlässiger Mann, der eher zu früh kam als zu spät. Er überlegte, ob er hinaufgehen und nach ihm suchen sollte, besann sich dann aber im letzten Moment darauf, wer er war; nämlich ein einfacher Küchenjunge und Artus der König. Er konnte ihn den ganzen Tag hier unten warten lassen, wenn er es wollte, und es stand ihm nicht zu, nach dem Warum zu fragen.

Er wartete eine weitere halbe Stunde, dann gab er auf und ging die Treppe wieder nach oben.

Auf halbem Weg kam ihm Gwinneth entgegen.

Dulac war so überrascht, dass er mitten im Schritt innehielt – und auch ein wenig erschrocken. Es war ihm bisher gelungen, jeden Gedanken an Gwinneth, der mehr als oberflächlich gewesen wäre, von sich fern zu halten, aber nun, als sie ihm entgegenkam und er in ihr Gesicht blickte, war das nicht mehr möglich.

Sein Herz begann zu klopfen. Obwohl er mitten im Schritt buchstäblich zur Salzsäule erstarrt war, hatte er trotzdem das Gefühl, innerlich zu zittern, und seine Handflächen fühlten sich feucht und kalt an. So absurd ihm der Gedanke im ersten Moment auch selbst vorkam – Tatsache war, dass er Angst vor dem Moment hatte, in dem er allein mit ihr war.

Dulac hatte zwar das Gefühl, dass nicht nur sein Körper, sondern auch sein Gesicht zu Stein erstarrt wäre, aber so ganz schien das nicht zu stimmen; Gwinneth jedenfalls verharrte ebenfalls mitten im Schritt, als sie noch zwei oder drei Stufen über ihm stand, und in das freundliche Lächeln auf ihrem Gesicht mischte sich ein Ausdruck leiser Verwunderung. Sie legte den Kopf auf die Seite, um ihn nachdenklich zu betrachten.

»Was ist los mit dir?«, fragte sie schließlich, anstelle sich mit einer formellen Begrüßung oder auch nur mit einem »Hallo« aufzuhalten. »Du siehst aus, als hättest du ein Gespenst gesehen. Bin ich über Nacht hässlich geworden?«

»Nein!«, versicherte Dulac hastig. »Ganz im Gegenteil, Mylady! Entschuldigt! Ihr ... Ihr seid schöner denn je!«

»Ich verstehe.« Zwischen Gwinneths Augenbrauen entstand eine schmale Falte. »Bis gestern war ich hässlich.«

»Nein, das ... das habe ich nicht ...« Dulac geriet endgültig ins Stottern, brach verwirrt ab und fühlte sich durch und durch hilflos. Ihm war klar, dass Gwinneth ihn foppen wollte, aber ihm war wahrlich nicht nach Scherzen zumute. Er wäre am liebsten im Boden versunken, wenn auch aus ganz anderen Gründen, als Gwinneth annehmen mochte.

Als sie begriff, dass sie keine Antwort bekommen würde, kam Gwinneth zwei weitere Stufen die Treppe hinunter und nickte gewichtig. »Ich verstehe«, sagte sie. »Du hast jemand anderen erwartet.«

»Ja, Mylady«, antwortete Dulac mit gesenktem Blick. »Den ... den König.«

»Gwinneth«, erinnerte Gwinneth sanft. »Wir waren schon bei Gwinneth, wenn ich mich nicht irre.«

»Wie Ihr befehlt, My...«, begann Dulac, fuhr fast unmerklich zusammen und verbesserte sich dann hastig: »Gwinneth.«

»Nein, ich befehle gar nichts«, seufzte Gwinneth. »Ich würde mich freuen, wenn du es tätest.«

»Wenn es Euer Wunsch ist.«

Gwinneth seufzte noch tiefer. »Das war eigentlich auch nicht unbedingt das, was ich gemeint habe«, sagte sie in resignierendem Tonfall. »Aber gut. Artus hat mich geschickt. Er lässt dir ausrichten, dass er nicht kommen kann. Du sollst nicht länger auf ihn warten, sondern schon einmal mit den Vorbereitungen für heute Abend beginnen ... was immer du auch vorzubereiten hast.«

Dulac ignorierte die Frage, die sich hinter diesem Satz verbarg, und nickte nur stumm. Er wollte nicht mit Gwinneth reden. Er *durfte* es nicht. Irgendetwas sagte ihm, dass es ein schrecklicher Fehler wäre, sein Schweigen zu brechen. Wenn er einmal anfing zu reden, dann würde er sich möglicherweise nicht mehr beherrschen können und etwas sehr Dummes sagen, zumindest aber etwas, das er im nächsten Augenblick zutiefst bedauern würde.

»Hast du deine Zunge verschluckt?«, erkundigte sich Gwinneth.

»Nein, Mylady«, antwortete Dulac. »Verzeiht.«

»Gwinneth.« Gwinneth drohte ihm spielerisch mit dem erhobenen Finger. »Wenn du mich noch einmal *Mylady* nennst, lasse ich dich auspeitschen.«

Dulac sah erschrocken hoch und für einen Moment sah auch Gwinneth regelrecht erschrocken drein, als wäre ihr das, was sie sagte, erst in diesem Moment selbst klar geworden.

Dann rettete sie sich in ein leicht verlegenes Lächeln. »Das war nur ein Scherz«, sagte sie.
Natürlich war es das. Dulac hatte ihre Worte nicht für den Bruchteil eines Augenblicks ernst genommen. Und dennoch ... sie taten weh.
»Es tut mir Leid«, sagte Gwinneth, nachdem einige weitere Sekunden in unbehaglichem Schweigen verstrichen waren. »Ich wollte dich nicht verletzen.«
»Das habt Ihr auch nicht«, versicherte Dulac hastig. »Wirklich nicht.« Das war eine Lüge. Er wusste selbst nicht, warum, aber ihre Worte hatten ihn verletzt.
Gwinneth machte eine Bewegung, wie um die Hand zu heben und seine Wange zu berühren, ließ den Arm aber dann wieder sinken. Sie wirkte ein bisschen traurig. Dulac nahm all seinen Willen zusammen, um ihr ins Gesicht zu blicken und ihrem Blick standzuhalten, aber es war gar nicht sie, die er in diesem Moment sah. Er sah Artus und Morgaine und er glaubte noch einmal das Gespräch zwischen den beiden zu hören, das er am frühen Morgen belauscht hatte. Sein Herz zog sich zu etwas zusammen, das wie ein kalter Stein in seiner Brust ruhte. Er war nicht sicher, ob es wirklich noch schlug.
»Was ist los mit dir?«, fragte Gwinneth geradeheraus.
»Nichts«, antwortete Dulac. »Wirklich, ich –«
»Lüg mich nicht an«, unterbrach ihn Gwinneth. Vielleicht eine halbe Sekunde zu spät fügte sie hinzu: »Bitte.«
»Ich lüge nicht«, versicherte Dulac. »Es ist nur ...«
»Ja?«
»Artus«, sagte Dulac. »Du solltest ihn nicht heiraten.«
Jetzt war es heraus. Dulac krümmte sich innerlich vor Entsetzen, denn ihm war klar, dass er mit diesem halben Dut-

zend Worten vielleicht alles zerstört hatte. Zugleich jedoch fühlte er sich unendlich erleichtert.
Zu seiner Überraschung reagierte Gwinneth jedoch nicht zornig oder auch nur überrascht, was das Mindeste gewesen wäre angesichts dieser Ungeheuerlichkeit. Lange – Minuten, die sich zu einer Ewigkeit dehnten – sah sie ihn schweigend an und ihre Augen füllten sich mit einem Ausdruck von solchem Schmerz, dass sich Dulacs Herz noch weiter zusammenzog.
»Aber ich muss es, Dulac«, murmelte sie schließlich. In ihren Augen schimmerten Tränen.
»Wieso?«, begehrte Dulac auf. »Er kann dich nicht zwingen!«
Für einen Augenblick sah Gwinneth ihn nur verwirrt an. »Du ... du glaubst, dass er mich –?« Sie schüttelte den Kopf und sah für einen Moment einfach nur hilflos drein. Dann seufzte sie tief, ging rückwärts wieder eine Stufe hinauf, ließ sich auf den ausgetretenen Stein sinken und machte dann eine einladende Handbewegung neben sich.
Dulac zögerte der Aufforderung zu folgen. Die Selbstverständlichkeit ihrer Geste deutete eine Vertrautheit an, die er nicht mehr wollte. Es war ein Fehler gewesen, das Angebot der Freundschaft anzunehmen, das sie ihm gemacht hatte. Es war so ehrlich gemeint gewesen, wie es nur ging – aber er würde es nicht ertragen, einfach nur ihr Freund zu sein. Warum quälte sie ihn so? War denn da gar nichts in ihr, das über bloße Sympathie hinausging?
Nach ein paar Sekunden gehorchte er doch und setzte sich neben sie auf die Stufe; allerdings ein gutes Stück weiter weg, als sie erwartet zu haben schien. Gwinneth nahm es

mit einem bekümmerten Ausdruck zur Kenntnis, ging jedoch nicht weiter darauf ein.

»Es ist leider nicht so einfach, wie du glaubst, Dulac«, begann sie in leisem, traurigem Ton. »Artus hat mich nicht gezwungen, ihn zu heiraten. Er hat mich nicht einmal bedrängt. Ich könnte nein sagen, wenn ich das wollte.«

»Dann tu es!«, sagte Dulac impulsiv. Da war immer noch eine leise Stimme in ihm, die ihm zuflüsterte, dass er dabei war, sich um Kopf und Kragen zu reden, aber er ignorierte sie. Er hatte einmal angefangen und er würde jetzt weiterreden und ihr sagen, was er zu sagen hatte. Schon weil ihm klar war, dass er vermutlich nicht noch einmal den Mut haben würde, so offen mit ihr zu reden. »Du liebst ihn doch gar nicht!«

»Lieben?« Gwinneth lächelte traurig. »Wer weiß?«

»Ich!«, behauptete Dulac. »Man sieht es dir an.«

»Liebe ist ein großes Wort, Dulac.«

»Es ist das Wichtigste, was es im Leben gibt!«

Gwinneth nickte. »Ja, das ist es. Für dich, Dulac. Für alle deine Freunde, für die Menschen in der Stadt und überall im Land ... Und doch gibt es Wichtigeres. Camelot muss weiterleben.«

Das hatte sie schon einmal gesagt und er verstand es jetzt so wenig wie damals. Er fragte: »Indem du einen Mann heiratest, den du nicht liebst?«

»Ich wäre nicht die Erste, die so etwas tut«, antwortete Gwinneth. Sie sah sehr traurig drein. Er schien sie mit seinen Worten verletzt zu haben, aber er wusste nicht, wie. »Aber es ist nicht so einfach, wie du glaubst. Camelot ist ... nicht irgendeine Stadt, Dulac, so wie Artus nicht irgendein König ist. Camelot ist der Garant für Frieden in diesem

Land. Wenn Camelot fällt, dann würden die Zeiten der finsteren Barbarei wieder anbrechen. Es ist nicht nur Artus' Schwert, das den Menschen in diesem Teil des Landes Frieden und Freiheit garantiert, Dulac. Es ist Artus selbst.« Sie legte eine kurze Pause ein, als fiele es ihr schwer, weiterzureden. »Aber Artus ist nicht unsterblich, Dulac, so wenig wie du oder ich. Camelot braucht einen Erben. Irgendwann wird der Tag kommen, an dem Artus nicht mehr da ist, und dann muss jemand Camelots Thron besteigen. Jemand aus seinem Geschlecht.«

»Und du –«

»Ich bin die Einzige, die ihm einen Sohn schenken kann, der seines Blutes ist«, unterbrach ihn Gwinneth. »Ich verlange nicht, dass du das verstehst, Dulac. Es ist so. Glaube mir einfach.«

Dulac nahm all seinen Mut zusammen. »Aber ist denn da niemand, dem dein Herz gehört?«

Wieder dauerte es lange, bis Gwinneth antwortete, und erneut glaubte er Tränen in ihren Augen glitzern zu sehen. Ihre Stimme sank zu einem Flüstern herab. Sie drehte mit einem Ruck den Kopf zur Seite und starrte den ausgetretenen Stein zwischen ihren Füßen an.

»Nein«, sagte sie. »Es ... es gab jemanden. Für eine kurze Zeit dachte ich, da ... da wäre jemand.«

»Und was ist aus ihm geworden?« In Dulacs Kehle war plötzlich ein harter, bitterer Kloß. Wo sein Herz sein sollte, war nur eisige Leere.

»Er ist fort«, antwortete Gwinneth. »Er ist gegangen.«

»Lancelot.«

»Lancelot«, bestätigte Gwinneth. »Ein bisschen war er wie du, weißt du? Ich glaube, er ist fortgegangen, weil er gewusst hat, dass er Camelot den Untergang bringt, wenn er bleibt.«

»Lancelot? Niemals! Er hätte sein Leben für Artus geopfert!«

Gwinneth sah ihn wieder an und ein trauriges Lächeln erschien auf ihrem Gesicht. »Du hast also auch von ihm gehört. Und du hast Recht. Er ist vielleicht der aufrechteste Mensch, dem ich je begegnet bin. Zu aufrecht, um mit der Lüge leben zu können, für die Artus und ich uns opfern müssen. Deshalb ist er gegangen. Weil auch er weiß, dass Camelot weiterleben muss.«

»Und wenn er zurückkäme?«

»Das wird er nicht«, antwortete Gwinneth seufzend. »Es vergeht kein Tag, an dem ich nicht darum bete, dass er zurückkommt, und doch flehe ich Gott an, dass es nicht geschieht. Es wäre unser aller Ende.«

»Er hat Artus versprochen, Euer Brautführer zu sein«, sagte Dulac.

Gwinneth sah ihn verwirrt an.

»Artus hat es mir erzählt«, sagte Dulac rasch. Er rief sich in Gedanken zur Ordnung. Er musste aufpassen, was er sagte.

»Dann scheinst du wirklich sein Vertrauen zu genießen«, sagte Gwinneth, aber zögernd und in einem Tonfall, der nicht sehr überzeugt klang. Dann schüttelte sie den Kopf. »Aber er wird nicht kommen.« Sie stand auf und straffte sich. Während auch Dulac hastig auf die Füße sprang, drehte sie sich herum, und als sie weitersprach, war in ihrer Stimme ein entschiedener Ton.

»Artus und ich sind die Letzten unserer Art und wir werden tun, was getan werden muss.«

Der Tag verging, ohne dass Dulac des Verstreichens der Zeit überhaupt gewahr wurde. Das Gespräch mit Gwinneth machte ihm so zu schaffen, dass er sich kaum auf die einfachsten Dinge zu konzentrieren vermochte und selbst bei den simpelsten Handgriffen immer wieder einen Fehler beging. Tander brüllte sich die Kehle wund und Dulac erinnerte sich düster, dass er ihn sogar geschlagen hatte ... als ob es noch irgendetwas gäbe, was ihm wehtun konnte!
Spät am Nachmittag deckte er zusammen mit Evan die große Tafel im Thronsaal. Artus hatte ihm zwar aufgetragen, es allein zu tun, aber die Bewirtung von mehr als fünfzig Gästen war eine Aufgabe, die von einem allein unmöglich zu bewältigen war. Selbst zu zweit schafften sie es gerade, die Gedecke aufzutragen, bevor draußen auf dem Gang die schweren Schritte eisenbeschlagener Stiefel laut wurden.
Es war Artus, der den Thronsaal als Erster betrat. Er trug Kettenhemd und Wappenrock und darüber einen dunkelroten Mantel, der mit goldenen Stickereien verziert war. Um seine Hüfte lag ein silberbeschlagener Gürtel, an dem eine ebenfalls mit Silber beschlagene Schwertscheide hing. Excaliburs reich verzierter Griff ragte daraus hervor.
Artus verhielt mitten im Schritt, als er Evan erblickte, und runzelte missbilligend die Stirn, aber dann ließ er seinen Blick über die riesige gedeckte Tafel schweifen und Dulac konnte in seinen Augen lesen, dass er die Unmöglichkeit seines Befehles einsah. Er nickte fast unmerklich in Dulacs Richtung und steuerte dann mit schnellen Schritten seinen angestammten Platz an der Tafel an. Während er sich setzte und die übrigen Ritter den Raum betraten, winkte er Dulac zu sich heran.

»Bring den Thronsessel«, befahl er halblaut. Er machte eine Geste zu seiner linken Seite. »Hier hin.«
Dulac war zwar verwirrt – war es nicht Artus' eigenes, unumstößliches Gesetz, dass es an der Tafel keinen besonderen Platz gab, sondern nur Gleiche unter Gleichen? –, wandte sich aber gehorsam um und ging zu dem wuchtigen Stuhl vor dem Kamin.
Seine Kräfte reichten nicht aus um ihn zu bewegen. Er mühte sich eine kurze Weile damit ab und sah dann in Evans Richtung, erntete aber nur einen schadenfrohen Blick.
»Worauf wartest du?«, herrschte Artus den Jungen an. »Hilf ihm!«
Evan fuhr zusammen, als hätte Artus ihn geschlagen, und rannte fast zu Dulac. Seine Augen glühten vor Hass.
Mit vereinten Kräften schleppten sie den schweren Stuhl zur Tafel und platzierten ihn links neben dem König. Links. Dulac hatte eine ziemlich konkrete Vorstellung, wer auf diesem Stuhl Platz nehmen sollte – aber warum links? Der Ehrenplatz neben dem König war eindeutig rechts.
Doch dieser Platz blieb leer. Während sie den Stuhl links von Artus auf den Boden stellten, betraten die Tafelritter nach und nach den Raum – *sämtliche* Tafelritter, wie Dulac fast erschrocken zur Kenntnis nahm – und setzten sich auf ihre Stühle, aber der Platz rechts neben Artus blieb frei.
Lancelots Platz.
Dulac wurde schmerzhaft bewusst, dass es sein Platz war, den Artus für einen Gast reservierte, der nicht kommen würde. Es gab keinen Ritter Lancelot mehr. Er selbst hatte

ihn getötet, indem er die silberne Rüstung an derselben Stelle im See versenkte, an dem er sie gefunden hatte. Artus hielt ihm diesen Platz frei. Der Platz eines Toten, der freigehalten und gedeckt wurde, obwohl jeder wusste, dass er nie wieder kommen würde.

Nachdem alle Tafelritter Platz genommen hatten, betrat Gwinneth als Letzte den Raum.

Ihr Anblick war beinahe mehr, als Dulac ertragen konnte. Sie trug ein dunkelblaues, mit zarten Goldstickereien verziertes, hochgeschlossenes Kleid und hatte ihr Haar mit einem goldenen Band nach hinten gefasst. Und sie war schöner als je zuvor.

Ihr Anblick traf Dulac wie ein glühender Pfeil. Sie sah ihn nur flüchtig an, aber ihr Blick tat weh.

Gwinneth ging mit gemessenen Schritten zu ihrem Stuhl und ließ sich darauf nieder. Jeder Zoll an ihr war eine Königin. Und sie wich seinem Blick aus. Nicht zufällig, sondern ganz bewusst. Dulac krümmte sich innerlich vor Pein.

Artus schenkte Gwinneth ein kurzes, aber sehr warmes Lächeln, dann wandte er sich zur Tür und klatschte leicht in die Hände und Dulac ...

erstarrte. Die Welt brach über ihm zusammen.

Gwinneth war nicht der letzte Gast.

Wenige Augenblicke, nachdem Artus in die Hände geklatscht hatte, betrat ein weiterer Gast den Thronsaal.

Mordred.

Irgendetwas in Dulac weigerte sich zu glauben, was er sah. Mordred, gekleidet in eine nachtschwarze, stachelbewehrte Rüstung und einen blutroten Umhang, der auf schreckliche Weise dem Artus' ähnelte – kam herein. Sein

Gesicht war wie eine Maske aus Stein, aber in seinem Blick war etwas, das ...

Dulac war nicht in der Lage, die Bewegung zu unterdrücken. Seine rechte Hand zuckte dorthin, wo sein Schwert gewesen wäre, wäre er in diesem Moment noch der Silberne Ritter. Aber dort war kein Schwert.

Er war nicht Lancelot. Er war nur Dulac, der Küchenjunge. Seine Hand bewegte sich – langsam und zitternd, wie gegen einen unsichtbaren Widerstand ankämpfend – zurück. Und von den annähernd sechzig Personen im Raum war Mordred der Einzige, der seine Bewegung bemerkte, und in seinen Augen blitzte es triumphierend auf. *Ich weiß, wer du bist*, sagte dieser Blick. *Du glaubst, du könntest mich aufhalten. Aber du kannst es nicht. Niemand kann das. Ich werde gewinnen. Ich habe bereits gewonnen. Keine Macht der Welt kann mich noch aufhalten!*

Vielleicht keine Macht dieser Welt, antwortete Dulacs Blick und Mordred las diese Antwort umgekehrt ebenso deutlich in seinen Augen, wie Dulac seine Botschaft empfangen hatte.

»Sir Mordred.« Artus erhob sich halb aus seinem Stuhl und ließ sich wieder zurücksinken, ohne die Bewegung mehr als zur Hälfte zu Ende geführt zu haben. Gwinneth deutete ein Kopfnicken an; eine Geste, die an Knappheit nur einen Deut von einer Beleidigung entfernt war.

»Sir Mordred«, fuhr Artus fort. »Camelot fühlt sich geehrt durch Euren Besuch.«

Mordred deutete ebenfalls ein Kopfnicken an; auch diese Bewegung in ihrer Knappheit fast eine Beleidigung. Dulac hätte nicht einmal sagen können, wen er länger fixierte.

»Ich habe zu danken, König Artus«, sagte er steif. »Nach allem, was geschehen ist, bedeutet Eure Einladung eine ganz besondere Ehre für mich.«
Er schien auf eine ganz bestimmte Antwort zu warten. Als Artus ihm diese schuldig blieb, steuerte er den (mit Ausnahme von dem Stuhl rechts neben Artus) einzig frei gebliebenen Platz an. Sein Blick glitt durch den Raum und taxierte die Gesichter der Ritter, blieb einen kurzen Moment auf dem Artus', einen etwas längeren auf dem Gwinneths und einen deutlich längeren auf dem Dulacs hängen. Dann hob er die Hand und deutete in seine Richtung.
»Der Junge da. Ich möchte, dass er geht.«
Artus drehte sich ein wenig schwerfällig in seinem Stuhl herum, runzelte die Stirn und hob dann verwirrt die Schultern.
»Das ist eine ... ungewöhnliche Bitte, Sir Mordred«, sagte er gedehnt. »Aber wenn Ihr darauf besteht ... Dulac.«
Dulac machte einen Schritt und Mordred schüttelte den Kopf. »Nicht der. Der andere.«
Überrascht blieb Dulac wieder stehen und sah nach links. Mordreds Hand hatte gar nicht auf ihn gedeutet, sondern auf Evan, der direkt neben ihm stand. Jetzt fiel ihm auch auf, dass Evan nicht nur erstaunt, sondern regelrecht entsetzt auf Mordred blickte.
Allerdings nur für einen Moment. Dann nickte er hastig und eilte so schnell hinaus, wie er konnte.
»Würdet Ihr uns freundlicherweise über den Grund Eures Wunsches aufklären, Sir Mordred?«, fragte Ritter Blaiden spröde.
»Was wir zu besprechen haben, ist nicht für jedermanns Ohren bestimmt«, antwortete Mordred. Er wies auf Du-

lac. »Der Junge da war auch bei unserem letzten Gespräch schon anwesend. Daher nehme ich an, dass Ihr ihm vertraut. Doch ein Paar neugieriger Ohren sind genug.«

»Ihr habt ein gutes Gedächtnis.« Artus' Blick streifte Dulac. Der Ausdruck darin war undeutbar, aber nicht besonders angenehm.

»Und was genau haben wir zu besprechen, dass niemand außerhalb dieses Raumes davon erfahren darf?«, fuhr Braiden fort.

Statt zu antworten legte Mordred beide Hände flach nebeneinander auf die Tischplatte und betrachtete scheinbar interessiert seine Fingerspitzen. Ein dünnes Lächeln spielte um seine Mundwinkel – aber es konnte ebenso gut ein Ausdruck von Verachtung sein. Überdies war seine Begründung nicht wahr. Er hatte Evan hinausgeschickt, weil die beiden sich kannten und er nicht Gefahr laufen wollte, dass irgendjemand das Erschrecken auf Evans Gesicht sah und die richtigen Schlüsse daraus zog.

»Sir Mordred ist auf meine Einladung hin gekommen«, sagte Artus, als Mordred nicht antwortete. »Ich habe ihn gebeten.«

Für einen Moment entstand Unruhe. Etliche Ritter wandten sich verwirrt Artus zu und nicht alle sahen drein, als wären sie mit seiner Entscheidung einverstanden. Schließlich sorgte Artus mit einer befehlenden Geste für Ruhe.

»Ich habe ihn gebeten herzukommen«, sagte er noch einmal und mit ganz leicht erhobener Stimme, »weil schon zu viel Blut geflossen ist und weil ich euch allen – und vor allem Euch, geehrter Mordred – etwas zu verkünden habe. Etwas, das sehr wichtig ist. Und das vieles ändern wird.«

»Und was wäre das?« Es war Sir Mandrake, der diese Frage stellte, nicht Mordred.
»Gemach«, antwortete Artus. »Lasst uns zuerst speisen. Es redet sich besser bei einem guten Essen.«
Mandrake schürzte die Lippen, aber er widersprach nicht und diesmal war das Lächeln auf Mordreds Gesicht eindeutig überheblich. Er sah jedoch nicht einmal auf, sondern betrachtete weiter angelegentlich seine Fingerspitzen.
Artus klatschte in die Hände und Dulac fuhr erschrocken zusammen und machte sich an die schier unmögliche Aufgabe, ganz allein das Essen für annähernd sechzig Gäste aufzutragen.
Er bemühte sich nach Kräften, aber er versagte schon bei dem Versuch, die Becher der Ritter zu füllen. Nicht einer der Ritter beschwerte sich, aber nach einer kurzen Weile erhob sich einer von ihnen und trat neben ihn, um ihm zur Hand zu gehen.
»Ich bitte Euch, Sir«, begann Dulac, »das ist –«
Er brach erschrocken ab, als er erkannte, wen er vor sich hatte. Der Ritter war deutlich älter als Artus. Sein Haar begann an den Schläfen bereits grau zu werden und in seinem Gesicht waren auch früher schon tiefe Linien gewesen, Narben, die der Anblick zu vieler Schlachten und das vergossene Blut zu vieler Feinde hineingegraben hatten. Nun aber war noch etwas hinzugekommen. Der Ausdruck in seinen Augen hatte sich verändert. Etwas fehlte. Dulac konnte nicht sagen was, aber es war etwas Wichtiges, dessen Verschwinden aus Sir Braiden einen anderen machte. Sein rechter Arm endete in einem Stumpf, über den er eine silberne Manschette gezogen hatte.
»Das ist schon in Ordnung, Junge«, sagte er lächelnd.

»Die Arbeit ist für einen allein unmöglich zu schaffen und so bin ich wenigstens noch zu etwas nutze. Oder kann es mir zumindest einreden.«

»Aber ... aber Eure Hand«, stammelte Dulac.

»Oh, das.« Braiden sah auf seinen Armstumpf hinab, beinahe so, als hätte er das Fehlen seiner Hand überhaupt erst jetzt bemerkt. »Ich war ungeschickt. Lass es dir eine Warnung sein, wenn du das nächste Mal in der Küche mit einem Messer umgehst.«

Dulac sah ihn verwirrt an. Sir Braidens Worte waren nichts anderes als scherzhaft gemeint, aber in seiner Stimme schwang ein Unterton von Bitterkeit mit, dessen er sich vermutlich selbst nicht einmal bewusst war. Es fiel Dulac schwer, sich nichts von seinen wirklichen Gefühlen und Gedanken anmerken zu lassen. Er kannte Sir Braiden, solange er sich überhaupt erinnern konnte. Der Tafelritter hatte die schwere Verletzung, die er bei der Schlacht am Cromlech davongetragen hatte, körperlich gut verkraftet. Aber etwas in ihm war zerbrochen und er würde nie wieder der Alte sein.

Dulac verscheuchte den Gedanken und konzentrierte sich wieder auf seine Arbeit. Sir Braiden war als Helfer eher willig als talentiert, sodass Dulac alle Hände voll zu tun hatte, auch nur die dringendsten Wünsche der Ritter zu erfüllen, aber irgendwie schafften sie es. Wäre nicht die leicht angespannte Stimmung gewesen, die wie die Vorahnung eines kommenden Gewitters in der Luft hing, hätte es fast ein ganz normaler Tag an König Artus' Tafel sein können.

Dieses *Fast* lag an Gwinneths Anwesenheit. Dulac erfüllte selbstverständlich jeden ihrer Wünsche und er beeilte sich es zu tun, noch bevor sie sie ganz ausgesprochen hatte, aber er hielt trotzdem eine möglichst große Distanz zu ihr und er bemühte sich, ihrem Blick auszuweichen, so gut es nur ging. Er hätte es nicht ertragen, ihr ins Gesicht zu sehen.

Schließlich wandte sich Artus mit einem lauten Räuspern an die Versammlung und bat um Aufmerksamkeit.

»Die Herren«, begann er. »Sir Mordred.«

Es wurde still. Sämtliche Ritter sahen Artus aufmerksam an; einzig Mordred griff nach seinem Becher und tat so, als wäre er vollkommen darauf konzentriert, zu trinken.

Artus überging den Affront. »Ich habe Euch heute alle hierher gebeten um Euch etwas mitzuteilen«, begann er. Seine linke Hand glitt über den Tisch und ergriff Gwinneths schlanke Finger. Gwinneth zog die Hand zwar nicht zurück, aber Dulac bemerkte sehr wohl, dass sie seinen Griff auch nicht erwiderte.

»In den letzten Wochen und Monaten«, fuhr Artus fort, »haben wir sehr viel erlebt. Wir haben gekämpft. Wir haben einige sehr gute Freunde verloren, aber auch neue gewonnen, und großes Unglück hat Camelot und seine Bewohner getroffen und der Schatten des Krieges hat sich über das Land gelegt. Das muss ein Ende haben.«

»Hört, hört«, sagte Mordred spöttisch. In Sir Galahads Augen blitzte es zornig auf, aber Artus brachte ihn mit einem raschen Blick wieder zur Ruhe.

»Aus diesem Grund habe ich mich entschlossen, ein Zeichen zu setzen«, fuhr Artus unbeeindruckt fort. »Ihr wisst, dass ich um Lady Gwinneths Hand angehalten habe und dass sie meinen Antrag angenommen hat. Unsere Hochzeit war auf das Fest der Sommersonnenwende angesetzt, doch wir sind übereingekommen, nicht mehr so lange zu warten.« Er legte eine kurze, auf Wirkung bedachte Pause ein. »Ich habe einen Boten nach York geschickt und den Bischof gebeten nach Camelot zu kommen, um die Trauung zu vollziehen. Lady Gwinneth Pendragon und ich werden am kommenden Sonntag in der Kapelle unten am Fluss heiraten.«

Dulac fuhr so erschrocken zusammen, dass er um ein Haar den Krug fallen gelassen hätte, den er in Händen hielt. Am kommenden Sonntag? Aber das war in *vier Tagen*! Sein Herz jagte. Unmöglich!, dachte er. Das konnte, das *durfte* nicht sein! Er begann am ganzen Leib zu zittern.

Niemand bemerkte es, denn auch die versammelten Ritter starrten Artus überrascht und betroffen an. Nicht alle Gesichter wirkten *freudig* überrascht. Selbst Gwinneth sah Artus fassungslos an und Dulac wurde klar, dass auch sie von Artus' Vorhaben erst in diesem Moment erfahren hatte.

Am fassungslosesten aber wirkte Mordred. Alle Farbe war aus seinem Gesicht gewichen. Er saß stocksteif da, wie zu Stein erstarrt, und seine Augen begannen vor Wut zu funkeln. Seine Hände zerdrückten den Zinnbecher, aus dem er bisher getrunken hatte, ohne dass er es selbst merkte.

»Verzeiht, Artus«, mischte sich Parzifal ein. »Aber die traditionelle Verlobungszeit ist noch –«

»Mein Freund«, unterbrach ihn Artus sanft. »War Camelot nicht immer dafür bekannt, mit überkommenen Traditionen zu brechen und sich der Zukunft zuzuwenden statt in der Vergangenheit zu verharren?«

Parzifal schwieg, aber Mandrake wandte ein: »Artus, wir alle gönnen Euch Euer Glück. Wer von uns verstünde nicht, dass Euer Herz der liebreizenden Lady Gwinneth verfallen ist. Aber bedenkt bitte auch, dass die Menschen in der Stadt anders denken und ... reden könnten?«

»Reden?«, fragte Artus. »Worüber?«

»Lady Gwinneth hat erst vor kurzem ihren Gatten verloren«, antwortete Mandrake. »Wäre es nicht klüger, zumindest eine angemessene Trauerzeit verstreichen zu lassen?«

Statt Artus antwortete Gwinneth. »Es wäre Uthers Wunsch gewesen«, sagte sie. Ihre Stimme war fest, aber Dulac spürte trotzdem den Aufruhr, der in ihrem Inneren tobte. »Wir haben darüber gesprochen.«

»Dass Ihr seinen Sohn heiratet?«

Artus' Gesicht verdüsterte sich, aber Gwinneth sprach ruhig und mit selbstsicherer Stimme weiter. »Ihr wisst, dass er alt genug war, um mein Großvater zu sein.«

Und Artus alt genug, um Euer Vater zu sein. Sir Mandrake sprach diese Worte nicht laut aus, sondern dachte sie nur, aber Dulac war trotzdem sicher, dass jedermann im Raum sie hörte. Artus' Miene verdüsterte sich noch weiter.

»Ihm war immer klar, dass Gott ihn lange vor mir zu sich rufen wird«, fuhr Gwinneth fort. Dulac fragte sich vergeblich, woher sie die Kraft nahm, so ruhig zu bleiben. Immerhin saß der Mann, der Uther getötet hatte, mit ihnen am Tisch. »Es war Uthers Wunsch, dass ich möglichst bald wieder einen Mann finde, der für mich sorgt und für meine Sicherheit garantiert. Und das Schicksal war sehr großzügig zu mir. Ich habe nicht nur gefunden, was sich Uther für mich gewünscht hat, sondern noch dazu einen Mann, der mich von ganzem Herzen liebt. Was soll ich mir mehr wünschen, Sir?«

»Einen Thron«, sagte Mordred böse.
»Und auch den bekomme ich«, antwortete Gwinneth lächelnd.
»So wie Camelot eine neue Königin«, fügte Artus hinzu. »Endlich. Vielleicht, wenn es Gottes Wille ist, sogar einen Erben, der den Thron besteigen kann, wenn einst meine Zeit gekommen ist.«
Seine Worte waren ein Schlag in Mordreds Gesicht. Seine Augen loderten vor Hass. »Wie erfreulich für Euch, Mylord«, sagte er spröde. Er deutete ein Kopfnicken in Gwinneths Richtung an. »Mylady. Meinen Glückwunsch. Aber wenn Ihr mir eine Frage gestattet, Artus –«
»Warum ich Euch hergebeten habe?« Artus lächelte. »Aber könnt Ihr Euch das denn nicht denken? Mein Herz quillt über vor Glück und ich möchte, dass die ganze Welt an diesem Glück teilhat. Krieg und Tod passen nicht so recht dazu, wie mir scheint. Deshalb biete ich Euch Frieden an.«
»Haben wir denn Krieg?«, fragte Mordred.
Artus ignorierte die Frage. »Ich habe ein Fest angeordnet, das eine Woche dauern soll«, sagte er. »Ganz Camelot soll mit mir feiern und glücklich sein. Eine Woche ist eine lange Zeit. Wir werden am Rande des Festes Gelegenheit finden, unsere Meinungsverschiedenheiten auszuräumen, da bin ich sicher.«
Mordred zögerte mit der Antwort. Dulac konnte sehen, wie sich die Gedanken hinter seiner Stirn jagten. »Das ist sehr freundlich von Euch, Mylord«, sagte er, »aber –«
»Selbstverständlich seid Ihr bis dahin mein Gast«, fiel ihm Artus ins Wort. »Ich habe bereits mein Privatgemach für Euch herrichten lassen.«

»Wie gesagt, Euer Angebot ehrt mich«, antwortete Mordred. Seine Hände begannen ganz leicht zu zittern. Um es zu verbergen griff er wieder nach dem zerquetschten Trinkbecher. »Dennoch kann ich es nicht annehmen. Es ist –«

»Ich fürchte, Ihr versteht mich nicht, Mordred.« Artus unterbrach ihn erneut. »Ich bestehe darauf.«

Es wurde sehr still. Mordred legte das, was von dem Becher übrig geblieben war, langsam und mit beiden Händen auf den Tisch und hob noch langsamer den Blick. »Ich verstehe Euch wirklich nicht, fürchte ich«, sagte er.

»Ich wünsche, dass Ihr hier auf Camelot bleibt, bis die Hochzeitsfeier vorüber ist, Mordred«, antwortete Artus. Er lächelte noch immer, aber seine Stimme war so kalt wie Eis und der Ausdruck in seinen Augen erinnerte Dulac an geschliffenen Stahl.

»Als Euer Gast – oder Euer Gefangener?«, fragte er geradeheraus.

»Diese Entscheidung«, antwortete Artus, »liegt ganz bei Euch. Aber ich wäre sehr froh, wenn Ihr die richtige treffen würdet.«

»Das werde ich, Artus«, sagte Mordred. »Verlasst Euch darauf.«

Er sprang in die Höhe, seine rechte Hand riss das Schwert aus der Scheide, mit der anderen griff er nach dem Gürtel, zog einen Dolch und schleuderte ihn mit furchtbarer Gewalt nach Artus. Der Dolch verwandelte sich in einen flirrenden Blitz, dem der Blick nicht mehr zu folgen vermochte.

Dennoch war Dulac schneller.

Er war sich nicht bewusst, was er tat. Etwas in ihm – vielleicht der Silberne Ritter, den es tief in ihm immer noch gab – übernahm einfach die Kontrolle. Dulac schleuderte den Weinkrug, den er noch immer in den Händen hielt, nach Mordred und warf sich mit weit ausgebreiteten Armen nach vorne auf Artus. Seine Wucht war so groß, dass Artus mitsamt seinem Stuhl zur Seite kippte, gegen den Gwinneths krachte und ihn auch noch aus dem Gleichgewicht brachte.

Dulac spürte etwas wie einen sanften Schlag gegen Rücken und Schulter. Er wusste genau, was es war, und erwartete einen grausamen Schmerz, aber es tat überhaupt nicht weh. Dennoch war die Gewalt des Treffers so groß, dass Artus, Gwinneth und er zusammen zu Boden geschleudert wurden. Die beiden Stühle zerbarsten und er hörte Artus ächzen und Gwinneth vor Schrecken aufschreien.

Er stürzte, rollte schwerfällig von Artus herunter und blieb auf dem Rücken liegen. Dulac spürte immer noch keinen Schmerz, aber er konnte sich nicht bewegen. Seine linke Schulter war taub und er fühlte seinen Arm nicht mehr. Alles schien unwirklich und leicht zu werden. Er hörte Kampfgeräusche, Schreie und das Klirren von Stahl. Mordred wehrte sich offenbar mit aller Kraft, aber Dulac wusste, dass er am Ende unterliegen würde. Er mochte so stark wie zehn Männer sein, aber die Übermacht war selbst für ihn zu groß.

Aber all das interessierte Dulac plötzlich gar nicht mehr. Das Gefühl von Leichtigkeit, das ihn ergriffen hatte, wurden immer stärker. Es war ihm gleich, was mit Mordred geschah, mit den Rittern, ja selbst mit Artus. Etwas tief in ihm war zerbrochen und er spürte mit unerschütterlicher Gewissheit, dass er sterben würde.

Auch das war ihm gleich. Er hatte überhaupt keine Angst. Er wünschte sich nur, Gwinneth wäre bei ihm.

Dann ging sein Wunsch in Erfüllung. Gwinneths Gesicht schwebte über ihm, eingerahmt in einen sanften, warm-roten Lichtschein, der alles andere ringsum verschwimmen ließ und ihrem Antlitz etwas Engelhaftes gab. Jemand hatte ein Stück aus der Zeit herausgeschnitten, denn er konnte sich weder erinnern das Bewusstsein verloren zu haben noch eingeschlafen zu sein. Dennoch lag er nicht mehr auf dem Boden vor dem Kamin, sondern in einem weichen Bett. Das mit Teppichen und Gemälden verzierte Mauerwerk gehörte zu Artus' Privatgemach und das Licht stammte von brennenden Fackeln an den Wänden.

»Ist er wach?«

Dulac begriff irgendwie, dass es sich bei der Frage um ihn handelte. Er wollte nicken, aber sein Körper weigerte sich immer noch ihm zu gehorchen.

An seiner Stelle antwortete Gwinneth. »Ja. Aber ich weiß nicht, wie lange.«

Dulac versuchte ihr Gesicht genauer zu erkennen. Das rote Licht verwischte nun nicht mehr alle Konturen, sodass er sehen konnte, wie unendlich müde und erschöpft sie aussah. Sie hatte geweint.

»Was ... ist passiert?«, murmelte er.

»Du sollst doch nicht reden, du Dummkopf«, schalt ihn Gwinneth. »Das strengt dich nur an.«

»Lass ihn ruhig.« Schritte wurden laut, dann trat Artus in sein Blickfeld. Er sah so müde und erschöpft aus wie Gwinneth. »Es spielt keine Rolle mehr. Und er hat ein Recht, alles zu erfahren.«

Dulac hatte das Gefühl, dass diese Worte ganz dazu angetan waren, ihm Angst zu machen, aber dieses Gefühl stellte sich nicht ein. Stattdessen empfand er eine tiefe Dankbarkeit.

Er befeuchtete seine Lippen mit der Zungenspitze, um deutlicher reden zu können, und fragte noch einmal: »Was ist geschehen?«

»Du hast mir das Leben gerettet«, antwortete Artus. »Mordreds Wurf hätte mich getötet. Und Gwinneth vielleicht auch. Wenn du dich nicht dazwischen geworfen hättest, dann wäre ich jetzt tot.«

Dulac wollte antworten, aber seine Lippen waren plötzlich so spröde, dass sie ihm den Dienst versagten. Gwinneth stand auf, kam nach einem Moment zurück und setzte ihm einen zierlichen silbernen Trinkbecher an die Lippen. Dulac trank mit großen, gierigen Schlucken, hustete qualvoll und spuckte einen Großteil des Wassers wieder über Gwinneths Hände. Als er das nächste Mal zu sprechen versuchte, ging es besser.

»Und was ist ...«

»Mit dir?« Artus schüttelte den Kopf. »Wir haben den besten Arzt Camelots kommen lassen, aber dieser Dummkopf kann eine Hämorride nicht von einem eingewachsenen Zehennagel unterscheiden. Wenn Merlin noch hier wäre! Aber so ...«

»Ich werde sterben«, sagte Dulac.

»Deine Schulter ist zerschmettert«, antwortete Artus. »Einige Splitter sind wohl in die Lunge gedrungen. Selbst wenn du es überleben würdest, wärst du für den Rest deines Lebens verkrüppelt. Aber die Verletzung ist zu schwer.«

Gwinneth begann lautlos zu weinen und Dulac fragte: »Wie lange noch?«

»Das weiß nur Gott allein«, antwortete Artus. »Diese Nacht, vielleicht noch den morgigen Tag ...« Er zögerte. »Ich kann dir etwas geben, das es abkürzt, wenn die Schmerzen zu schlimm werden.«

»Ich habe keine Schmerzen«, antwortete Dulac, was die Wahrheit war. Er fühlte gar nichts.

»Wenigstens etwas«, sagte Artus erleichtert. »Ich wollte, ich hätte bessere Nachrichten für dich. Aber ich will dich nicht belügen.«

»Es ... es ist doch noch gar nicht sicher, dass er wirklich stirbt!«, protestierte Gwinneth. Tränen liefen über ihr Gesicht. Ihre Stimme bebte. »Manchmal tut Gott ein Wunder!«

»Gott?« Artus sah sie traurig an. »Welcher Gott? Seiner? Oder unserer?«

»Du sollst ... nicht weinen«, flüsterte Dulac. Seine Stimme wurde leiser. Diesmal konnte er spüren, wie sein Bewusstsein zu erlöschen begann; nicht schlagartig wie vorhin, sodass er es gar nicht bemerkte, sondern den angefangenen Gedanken einfach Stunden später weiterdachte. Jetzt war es, als würde ein unsichtbarer ruhiger Strom, der bisher unbemerkt, aber sehr machtvoll tief in ihm geflossen war, ganz allmählich versickern. Er hatte noch ein wenig Zeit.

»Warum nicht?«, fragte Gwinneth. »Darf ich nicht weinen, wenn du stirbst? Warum nimmst du es einfach so hin? Warum wehrst du dich nicht?«

»Weil es gut so ist«, antwortete Dulac. Diese Worte waren ehrlich gemeint. Er hatte keine Angst vor dem Tod und er haderte auch nicht mit dem Schicksal. Ganz im Gegenteil

– endlich hatte er begriffen, warum er zurück nach Camelot gekommen war. Er hatte geglaubt, dass sich das Schicksal einen grausamen Scherz mit ihm erlaubt hatte, ihn hierher zurückzubringen, wo er ständig in Gwinneths Nähe sein würde, jeder Tag eine unvorstellbare Qual, die ihn langsam von innen heraus verzehren musste.
Die Wahrheit war die, dass er zurückgekommen war um Artus zu retten. Und wenn es sein eigenes Leben kostete, so war das ein geringer Preis.
»Gut so? Was soll am Tod eines Menschen gut sein?« Gwinneth weinte jetzt nicht mehr lautlos, sondern schluchzte, schnell und krampfhaft. Ihr Kopf sank nach vorne und ihr Haar fiel auf eine Seite. Wieder sah er – diesmal bewusst – Gwinneths Ohren. Sie waren hell, fast weiß, und so zerbrechlich wie Porzellan wie alles an ihr, aber sie hatten auch eine Besonderheit: Gwinneth trug einen Ohrschmuck, wie Dulac ihn noch nie zuvor gesehen hatte. Der obere Rand ihrer Ohren war mit schmalen goldenen Streifen verziert, in denen winzige Edelsteine glitzerten. Ein solches Schmuckstück ergab überhaupt keinen Sinn, denn es musste sehr unbequem zu tragen sein und niemand sah es.
Es sei denn, man wollte etwas damit verbergen.
Er sagte nichts und auch Gwinneth bemerkte nichts von seinem Erschrecken, aber als er den Blick hob, begegnete er dem Artus', und was er darin las, ließ ihn erschauern.
»Ich will nicht, dass du aufgibst«, schluchzte Gwinneth. »Du ... du darfst nicht sterben!«
Artus legte ihr sanft die Hand auf die Schulter. »Bitte lass uns allein, Gwinneth«, sagte er.
»Warum?« Gwinneths Kopf flog mit einem Ruck in den

Nacken. Ihre Augen flammten. »Damit du ihm etwas geben kannst, damit es *schneller geht*?« Sie schlug zornig seine Hand zur Seite, sprang auf und rannte aus dem Raum.

Artus sah ihr traurig nach, bis sie die Tür hinter sich zugeworfen hatte, und ließ sich anschließend neben Dulac auf die Bettkante sinken; genau dort, wo Gwinneth bis jetzt gesessen hatte.

»Sie meint es nicht so«, sagte er. »Manchmal hilft es einem, eigenen Schmerz leichter zu ertragen, wenn man einem anderen wehtut.«

»Sie ist –«

»Wie wir«, unterbrach ihn Artus. Er strich mit beiden Händen das Haar zurück und Dulac sah ohne besondere Überraschung, dass seine Ohren vernarbt waren; deutlich feiner als die Dulacs, aber auf dieselbe, charakteristische Weise. So als wären sie früher viel länger und vielleicht spitz gewesen und man hätte sie abgeschnitten.

»Wie ich«, fuhr er fort. »Und du.«

»Dann sind wir –«

Wieder unterbrach ihn Artus. »Wir wurden nicht auf dieser Welt geboren, Dulac, weder du noch ich oder Gwinneth, und auch so manch anderer nicht. Wir stammen von der Tir Nan Og, der Insel der Unsterblichen.«

»Avalon?«, fragte Dulac. Warum sagte er es ihm nicht einfach? Es spielte keine Rolle mehr.

»Die Menschen haben viele Namen dafür gefunden«, antwortete Artus. »Sie alle bedeuten dasselbe – den Ort, den keiner von ihnen je gesehen hat und von dem sie doch tief in sich spüren, dass es ihn gibt. Sie sehnen sich dorthin, denn er ist alles, was sie niemals haben können.«

»Ist Merlin auch von dort gekommen?«, fragte Dulac.
»Er war einer der mächtigsten Magier der Anderswelt«, bestätigte Artus.
»Dann ... dann seid Ihr auch ein Magier?«
Artus schüttelte mit einem traurigen Lächeln den Kopf. »Ich? O nein. Manchmal wünschte ich mir, ich wäre es, aber ich bin nur ein Krieger. Da, wo wir herkommen, bin ich nicht einmal ein König. Ich wurde hierher geschickt, um über die Menschen zu wachen. Sie sind ein starkes Volk und sehr stolz, aber sie sind jung und sie müssen noch viel lernen. Merlin und einige wenige Getreue haben mich begleitet, aber das ist lange her. Am Schluss gab es nur noch Merlin und mich. Und jetzt nur noch mich.«
»Und ... und ich?«, fragte Dulac.
Artus schüttelte traurig den Kopf. »Eine Zeit lang hatte ich gehofft, du wärst derjenige, dessen Kommen mir Merlin prophezeit hat, aber du bist es nicht. Manchmal ...« Er suchte nach Worten. »Manchmal verirrt sich ein Kind aus der Anderswelt in diese, weißt du? Die meisten sterben oder werden getötet, weil sie anders sind und weil die Menschen alles fürchten, was sie nicht verstehen. Es gibt eine alte Prophezeiung, nach der eines dieser Kinder zum Mann heranwachsen und Camelot in der Stunde der höchsten Not beistehen wird. Eine Zeit lang dachten Merlin und ich, du könntest dieser Junge sein. Aber ich fürchte, du bist es nicht.«
»Weil ich sterbe?«
»Weil ich ihn getroffen habe«, antwortete Artus traurig. »Er ist gekommen, als die Not am größten war, hat Camelot gerettet und ist wieder verschwunden, so wie Merlin es vorausgesagt hat.«

»Der Silberne Ritter«, vermutete Dulac. »Lancelot.«
»Er hätte dir gefallen«, sagte Artus lächelnd. »Er war nicht viel älter als du, aber er war ein Ritter, der selbst mich das Fürchten hätte lehren können.«
»Warum ist er gegangen?«, fragte Dulac.
»Das weiß ich nicht«, antwortete Artus leise. »Vielleicht ist es, wie ich es gerade gesagt habe. Die Menschen fürchten, was sie nicht verstehen, und was sie fürchten, das hassen sie.«
»Aber Euch lieben sie doch!«
»Ich habe ihnen auch niemals meine wahre Stärke gezeigt«, antwortete Artus. »Und sie brauchen mich. Meinen Schutz und vor allem mein Schwert. Camelot muss weiterleben, Dulac. Deshalb muss ich Gwinneth heiraten. Nur einer von uns kann Camelots Thron besteigen. Und das muss geschehen. Wenn Camelot fällt, wird dieses ganze Land zurück in die Barbarei fallen, aus der wir es herausgeführt haben.«
Dulac spürte, wie der Strom in ihm weiter versickerte. Es war jetzt nur noch ein kaum hörbares Plätschern, nicht mehr der gewaltige Strom von Lebenskraft, dazu gedacht, ein Leben lang zu reichen. Aber diesmal stemmte er sich mit aller Verzweiflung gegen die Schwäche. Da war noch etwas, was er wissen musste.
»Warum ... erzählt Ihr mir das alles, Herr?«, fragte er.
»Weil ich möchte, dass du mir verzeihst«, antwortete Artus.
»Verzeihen? Aber was hätte ich –«
Artus hob die Hand um ihn zu unterbrechen. »Hast du wirklich geglaubt, dass ich nicht merke, wie du Gwinneth ansiehst und sie dich? Dass zwischen euch mehr ist als nur

Freundschaft? Ich wollte dich nicht nur wegschicken, um dir eine gute Ausbildung zukommen zu lassen.« Er hob in einer schuldbewussten Geste die Schultern. »Ich wollte dich loswerden und es erschien mir ein bequemer Weg. Und nun kommst du zurück und opferst dein Leben für mich, ohne auch nur einen Augenblick zu zögern. Ich stehe auf ewig in deiner Schuld.«
Dulac lächelte matt. »So lange wird das nicht mehr sein.«
»Darf ich trotzdem noch eine Bitte äußern?«, fragte Artus.
Selbst in seinem geschwächten Zustand riss Dulac ungläubig die Augen auf. Artus – der König! – fragte ihn, ob er eine Bitte äußern dürfte!
»Selbstverständlich.«
»Ich habe dich heute Morgen nicht ohne Grund zur Schatzkammer bestellt«, sagte Artus. »Du warst von allen hier bei Hofe immer der, der am längsten mit Merlin zusammen war. Und der ihm am nächsten gekommen ist. Ich habe, was von Merlins Gerätschaften und Büchern geblieben ist, in die Schatzkammer bringen lassen. Kennst du dich damit aus? Mit dem, was er damit getan hat?«
»Nein«, antwortete Dulac wahrheitsgemäß. Er war nicht Dagdas Zauberlehrling gewesen. Die wenigen Male, die er eher zufällig Zeuge von Merlins Magie gewesen war, hatte ihn das Gesehene zutiefst erschreckt.
Artus hob die Schultern. »Merlins Hilfe fehlt mir schmerzlich. Es wäre wichtig, wenn dir etwas einfallen würde.«
»Nein«, sagte Dulac noch einmal. »Es tut mir Leid.«
»Das braucht es nicht«, antwortete Artus. Es fiel ihm schwer, seine Enttäuschung zu verbergen. Trotzdem lächelte er, als er aufstand. »Wahrscheinlich war es sowieso nicht wichtig. Ich danke dir, dass du es versucht hast.«

Er wollte sich herumdrehen und gehen, aber Dulac rief ihn noch einmal zurück. »Artus?«
Artus blieb stehen und wandte sich auf halbem Weg noch einmal zu ihm um. »Ja?«
»Darf ich ... jetzt auch noch eine Bitte äußern?«, fragte Dulac.
»Natürlich«, antwortete Artus. »Was immer du willst.«
»Ich möchte nicht hier sterben«, sagte Dulac. »Lasst mich ... zu der Stelle bringen, an der man mich gefunden hat. Der Stelle am See.« Er zögerte einen Moment. »Es ist doch der kleine See, auf halbem Wege zum *Schwarzen Eber*, nicht wahr?«
Artus nickte. »Der Weg ist viel zu weit und zu anstrengend«, sagte er. »Du wärst tot, noch bevor wir die Stadt verlassen haben.«
»Und?«, fragte Dulac. Er wusste, dass er den Weg bis zum See vermutlich nicht überleben würde. Aber irgendetwas zog ihn mit fast unwiderstehlicher Gewalt dorthin. Es musste wohl so sein, wie Artus gesagt hatte: Seine Heimat lag auf der anderen Seite und irgendetwas in ihm spürte, dass der Weg dort begann.
Aber es gab noch einen anderen, mindestens ebenso triftigen Grund. Seine Schulter hatte zu schmerzen begonnen. Nicht stark, aber er spürte, dass es bald schlimmer werden würde. Sein Tod würde nicht leicht werden. Er würde leiden, vielleicht schreien. Und er wusste, dass Gwinneth wiederkommen würde, sobald Artus gegangen war. Er wollte nicht, dass sie ihn so sah.
»Es tut mir Leid, Dulac«, sagte Artus bedauernd. »Jeden anderen Wunsch, nur diesen nicht. Selbst wenn ich es wollte, es wäre unmöglich. Mordred wurde in den Kerker

geworfen, aber seine Krieger streifen noch durch die Wälder rings um Camelot. Jeder, der die Stadt verlässt, riskiert sein Leben. Ich kann das von niemandem verlangen.«
»Nein«, flüsterte Dulac. »Sicher nicht.«
»Es tut mir Leid«, sagte Artus noch einmal. »Ich würde es nicht einmal für mich selbst verlangen.«
Aber den letzten Satz hörte Dulac schon kaum noch.

Er starb nicht, aber sein Geist näherte sich jenem Punkt, an dem es keine Rückkehr mehr gab, so sehr, wie es nur möglich war, ohne ihn tatsächlich zu überschreiten.
Obwohl bewusstlos, hatte er große Schmerzen. Er wusste nicht zu sagen, ob es sich dabei nur um einen Teil der bizarren Halluzinationen und Fieberfantasien handelte, die er durchlitt, oder um tatsächlichen Schmerz, der irgendwie seinen Weg in den Traum gefunden hatte. Die Wirkung blieb sich gleich. Dulac wünschte sich schon bald, endlich zu sterben, und sei es nur, um der unvorstellbaren Qual zu entrinnen, die nun nicht mehr nur in seiner Seele, sondern auch in seinem Körper wütete.
Doch statt zu sterben wachte er irgendwann während der Nacht auf. Sein Geist wurde von einer Fiebervision in die nächste gewirbelt, sein Körper von allen Dämonen der Hölle gepeinigt und er hätte im ersten Moment nicht einmal sagen können, ob die aus rauen Quadern errichteten Wände ringsum Wirklichkeit waren oder zu einer der Albtraumszenarien gehörten, in denen er sich während der letzten Stunden aufgehalten hatte.
Eine Gestalt bildete sich aus den gerinnenden Schatten, selbst nicht mehr als ein flackernder Schemen, ohne Substanz und auch ohne Gesicht, aber schwärzer als bloße

Dunkelheit und von einer fast greifbaren Aura der Bedrohung eingehüllt. Sie machte einen Schritt auf ihn zu, verschwand, tauchte wieder auf und hatte nun ein Gesicht. Es war Morgaine le Faye, doch noch bevor Dulac auch nur Zeit finden konnte, zu erschrecken, schlug eine Woge weiß glühender lodernder Schemen über ihm zusammen und löschte sein Bewusstsein nahezu aus. Als sich sein Blick wieder klärte, stand Morgaine über sein Bett gebeugt und hielt ihm eine Schale aus Holz an die Lippen – nur dass es jetzt nicht mehr Morgaine war, sondern Gwinneth.

»Trink«, sagte sie. »Es schmeckt scheußlich, aber es wird den Schmerz auf ein erträgliches Maß lindern.«

Dulac gehorchte. Er hätte gar nicht die Kraft gehabt, sich zu widersetzen. Selbst das Schlucken forderte fast mehr Kraft von ihm, als er besaß, und Gwinneth hatte Recht: Die Flüssigkeit war warm und schmeckte abscheulich, aber die versprochene Wirkung blieb zumindest im ersten Moment aus. Von seiner Schulter aus rasten Wogen schier unerträglicher Pein durch seinen Körper.

Aber sein Denken begann sich zu klären. Gwinneths Gesicht gewann rasch an Deutlichkeit und machte nun keine Anstalten mehr, zu dem ihrer dunklen Gegenspielerin zu werden, und es gelang ihm sogar, zu sprechen; auch wenn es im ersten Moment kaum mehr als ein Flüstern war.

»Gwinneth. Was tut ... Ihr hier? Ich will nicht, dass –«

»Nicht reden«, unterbrach ihn Gwinneth. Ihre Stimme war ungewohnt kühl, dabei aber sehr befehlend. Als hätte sie ihm angesehen, wie ihre Worte wirkten, lächelte sie plötzlich und fügte sanfter hinzu: »Wenigstens noch nicht. Du verbrauchst zu viel Kraft.«

»Was tust du hier?«, fragte Dulac noch einmal. Der Zaubertrank, den sie ihm eingeflößt hatte, wirkte nun doch. In seinen Adern schien noch immer rot glühendes Feuer zu fließen, aber die Qual war nicht mehr so unerträglich, dass er den Tod herbeigesehnt hätte.

»Das einzig Richtige«, antwortete Gwinneth. »Artus hatte kein Recht, dir deinen letzten Wunsch abzuschlagen. Ich werde tun, was er dir verwehrt hat.«

Es dauerte einen Moment, bis Dulac begriff, wovon sie überhaupt sprach. Er versuchte sich in die Höhe zu stemmen, aber er hatte seine Kräfte überschätzt und sank mit einem wimmernden Laut zurück.

»Streng dich nicht an«, sagte Gwinneth. Wieder begann ihr Gesicht vor seinen Augen zu verschwimmen, und als es erneut Gestalt annahm, war auch noch die allerletzte Ähnlichkeit mit Morgaine verschwunden. Auch wenn der Trank, den sie ihm gegeben hatte, den Schmerz nicht zu besiegen vermochte, so hatte er ihn doch endgültig aus den Klauen des Albtraumes befreit.

»Ich wünschte, ich könnte mehr für dich tun«, sagte sie traurig. »Ich wünschte, ich könnte alles ungeschehen machen und noch einmal von vorne anfangen.«

»Ich ... verstehe nicht ...«, murmelte Dulac.

»Ich habe immer nur dich geliebt.« Gwinneths Augen füllten sich mit Tränen. »Nicht Artus. Warum muss man etwas erst verlieren, damit man merkt, wie viel es einem wirklich bedeutet hat?«

»Du solltest nicht hier sein«, murmelte Dulac. Tief, ganz tief in sich drinnen hörte er eine Stimme, die fragte, ob sie tatsächlich die Wahrheit sprach oder ob es nur eine barmherzige Lüge war, um ihm seine letzten Augenblicke zu erleichtern. Er hasste sich dafür, dass er sich diese Frage stellte, und er hasste sich noch viel mehr für die Antwort, die er sich selbst gab.

»Artus und seine Ritter sind oben im Thronsaal und debattieren sich die Köpfe heiß«, sagte Gwinneth kopfschüttelnd. »Keine Sorge. Niemand wird herkommen. Glaubst du, dass du aufstehen kannst?«

Dulac versuchte es. Der Schmerz, der in seiner Schulter und in seinem Rücken explodierte, war grauenvoll, aber er schaffte es. Schwankend richtete er sich auf, blieb eine volle Minute auf der Bettkante sitzen, um wieder zu Kräften zu kommen, und stemmte sich dann endgültig in die Höhe. Er machte zwei taumelnde Schritte und musste sich an der Wand abstützen um nicht zu fallen.

»Unten warten zwei Pferde auf uns und ich habe die Wachen am Tor bestochen«, sagte Gwinneth. »Niemand wird uns aufhalten. Die Männer sind es gewohnt, dass ich manchmal allein wegreite, auch zu ungewöhnlichen Zeiten.«

Sie reichte ihm einen schwarzen Mantel und half ihm ihn überzustreifen, dann wandte sie sich rasch um, ging zur Tür und sah aufmerksam hinaus.

»Es ist keiner da«, flüsterte sie. »Komm.«

Dulac war sicher, dass er es nicht schaffen würde. Seine Kraft würde nicht einmal ausreichen den Raum zu durchqueren, davon, die Treppe hinunterzugehen oder gar auf ein Pferd zu steigen, ganz zu schweigen. Die Wunde in seinem Rücken hatte wieder zu bluten begonnen. Er konnte spüren, wie das Leben aus ihm herauslief. Mordred hatte ihn getötet.

Er machte einen einzelnen, qualvollen Schritt, einen weiteren und noch einen und irgendwie gelang es ihm, die Tür zu erreichen und sich auf den Gang hinauszuschleppen.

Dulac vermochte hinterher nicht mehr zu sagen, wie er es geschafft hatte, den Gang zu überwinden und die Treppe hinter sich zu bringen. Das Haus wirkte wie ausgestorben. Er konnte die Stimmen Artus' und der anderen im Thronsaal hören und auch aus anderen Teilen des Gebäudes drangen Geräusche und Stimmen. Aber sie begegneten keinem Menschen, sondern erreichten unbehelligt den Hof und die beiden wartenden Pferde.

Gwinneth hob ihn mehr in den Sattel, als er aus eigener Kraft hinaufstieg, und er schien für einige Augenblicke erneut das Bewusstsein verloren zu haben, denn der nächste halbwegs klare Eindruck, den er hatte, war die Dunkelheit des Torgewölbes, durch das sie ritten. Von den beiden Wachen, die normalerweise hier standen, war nichts zu sehen und selbst Gwinneth schien zu einem flackernden Schatten irgendwo neben ihm geworden zu sein.

Der Weg zum See hinaus glich einem Albtraum. Fieber, Schüttelfrost und Schmerzen wechselten einander ab und die meiste Zeit wusste Dulac nicht einmal, wo er war, und er war sich auch Gwinneths Anwesenheit kaum bewusst.

Er erwachte aus dem tranceähnlichen Zustand, als sein Pferd langsamer wurde und schließlich anhielt. Er saß weit nach vorne gebeugt im Sattel und registrierte mit dumpfer Überraschung, dass sie ihr Ziel erreicht hatten: Vor ihnen beschrieb der Weg einen sanften Knick, hinter dem er den See wusste, an dem alles begonnen hatte.

»Wir sind da«, sagte Gwinneth neben ihm und wies auf die Wegbiegung. »Weiter werde ich dich nicht begleiten. Lebe wohl, Dulac. Vertrau auf die Macht derer, die uns hierher geschickt haben.«

Bei den letzten Worten liefen Tränen über ihr Gesicht und

dann zwang sie mit einem plötzlichen Ruck ihr Pferd herum und sprengte so schnell davon, dass es war, als hätte die Nacht sie einfach verschlungen.
Dulac starrte die Dunkelheit hinter sich lange voller Trauer an. Wie gerne hätte er noch ein letztes Wort des Abschieds mit ihr gewechselt, sie noch einmal in die Arme geschlossen. Aber er wusste, dass Gwinneth das nicht ertragen hätte. Sie wollte nicht dabei sein, wenn er das allerletzte Stück seines Weges antrat. Sie hatte ein fürchterliches Risiko auf sich genommen, um ihm diesen letzten Dienst zu erweisen, aber ihre Kraft reichte nicht aus, ihm beim Sterben zuzusehen.
Müde ließ sich Dulac aus dem Sattel gleiten. Seine Füße hatten kaum den Boden berührt, da tänzelte das Pferd hastig zur Seite, drehte sich herum und galoppierte mit einem erleichterten Schnauben davon. Das Tier war die ganze Zeit über nervös und störrisch gewesen, aber Dulac wurde erst jetzt klar, dass es nicht die Angst vor der Dunkelheit oder einer unbekannten Gefahr gewesen war. Es hatte Angst vor ihm gehabt. Vielleicht spürte es ja, dass es im Grunde schon einen toten Reiter trug.
Unendlich langsam schleppte sich Dulac den Weg entlang. Es waren nur wenige Schritte, die er bis zur Biegung und dem dahinter liegenden See zurücklegen musste, und doch kam es ihm vor, als würde er für diese kurze Strecke länger als für den gesamten Weg aus der Stadt hinaus benötigen. Und als er die Wegbiegung endlich erreichte und der See vor ihm lag, sah er, dass er erwartet wurde.
Im seichten Wasser unweit des Ufers stand das Einhorn. Sein Fell schimmerte wie frisch gefallener Schnee im Mondlicht und seine großen, auf so beunruhigende Weise

wissenden Augen sahen Dulac ruhig entgegen. Es regte sich nicht, sondern stand da wie eine bizarre Statue. Selbst das Wasser des Sees, in dem es stand, schien zur Reglosigkeit erstarrt.
Dulac machte noch einen weiteren Schritt und blieb stehen. Das Leben rann jetzt immer schneller aus ihm heraus und die Zeit, die ihm noch blieb, war eher in Sekunden als in Minuten zu rechnen. Sein Mantel war schwer von seinem eigenen Blut, das sich zwischen seinen Füßen zu einer dunklen Lache sammelte, und ein Gefühl tückischer, wohl tuender Mattigkeit begann immer mehr von seinen Gliedern Besitz zu ergreifen. Vielleicht begriff er erst in diesem Moment wirklich, was Gwinneth gemeint hatte, als sie ihm sagte, er solle auf die Mächte vertrauen, die ihn hierher geschickt hatten.
Vor ihm lag die Rettung.
Wenn er diese letzten Schritte tat, dann würde er weiterleben. Und doch zögerte er sie zu tun, denn er würde zwar leben, aber gleichzeitig auch sterben. Das Einhorn war gesattelt und aufgezäumt. Schild und Waffengurt des Silbernen Ritters hingen an seinem Sattelzeug und hinter dem weißen Sattel sah er das Schimmern von weiterem, silberfarbenem Metall. Lancelots Rüstung. Zweimal hatte er sie bereits bekommen und zweimal hatte er das Geschenk, das sie bedeutete, zurückgewiesen. Ein drittes Mal würde es ihm nicht gestattet werden, sich zwischen zwei Leben zu entscheiden.
Aber habe ich das nicht längst getan?, dachte er müde. Er hatte geglaubt, als Dulac nach Camelot zurückkehren zu können, aber das war falsch gewesen. Der Dulac, der er früher einmal gewesen war, hatte in dem Moment aufge-

hört zu existieren, in dem er das erste Blut vergossen hatte. Mordred hatte nur zu Ende gebracht, was er selbst bei seinem ersten Besuch auf Malagon begonnen hatte. Er hatte nur die Wahl, es hier und jetzt ein für alle Mal enden zu lassen oder als Lancelot du Lac wieder geboren zu werden, und diesmal war es ein Weg ohne Zurück. Er fürchtete sich vor dem Tod, aber er fürchtete sich auch vor dem, was aus ihm werden könnte. Artus und die meisten seiner Ritter mochten Lancelot bewundern und ihm vorbehaltlos vertrauen, aber Dulac – den es so oder so in wenigen Augenblicken nicht mehr geben würde – fürchtete ihn.

Das Einhorn hob den Kopf und schnaubte und Dulac begriff den Sinn dieser Aufforderung. Seine Zeit war endgültig vorbei.

»Gwinneth«, flüsterte er.

Er hatte sich entschieden.

Wolfgang und Heike Hohlbein

Anders

Anders freut sich auf seinen Traumurlaub: zwei Wochen Mittelmeer auf der Yacht seines Vaters, eines der reichsten Männer des Landes. Doch das Flugzeug, das ihn und seinen Freund und Bodyguard Jannik an die Ägäis bringen soll, wird überfallen. Die Entführer zwingen den Piloten, auf ein unbekanntes Gebirge Kurs zu nehmen. Dabei gerät die kleine Cessna in ein Unwetter und muss notlanden. Noch ahnt Anders nicht, dass die gewaltige Ruinenstadt aus Stein und Metall, die auf ihn zustürzt, Teil einer bizarren Welt ist, die ein schreckliches Geheimnis birgt. Anders macht sich auf, herauszufinden, was der toten Stadt und dem Tal, in dem sie liegt, widerfahren ist – ein Albtraum beginnt …

Die Anders-Saga
Anders 1: Die tote Stadt
Anders 2: Im dunklen Land
Anders 3: Der Thron von Tiernan
Anders 4: Der Gott der Elder

1764 Seiten, Leinen mit Schutzumschlag

UEBERREUTER

Wolfgang und Heike Hohlbein

20 Jahre Märchenmond – limitierte Jubiläumsausgabe!

Seit Tagen liegt Kims Schwester Rebekka bewusstlos im Krankenhaus. Ihre Seele wird im Land Märchenmond vom Zauberer Boraas, dem Herrn des Schattenreichs, gefangen gehalten. Kim ist der Einzige, der sie befreien kann. Das erzählt ihm der alte, weißhaarige Mann, der mitten in der Nacht in Kims Zimmer aufgetaucht ist. »Ich warne dich«, sagt Themistokles, der Magier, noch. »Es könnte gefährlich werden.«
So betritt Kim erstmals das Land MÄRCHENMOND und begibt sich auf eine gefahrvolle Reise, um das magische Land und seine Bewohner zu retten.

Märchenmond-Trilogie
Märchenmond
Märchenmonds Kinder
Märchenmonds Erben

nur € 28,–
statt Originalausgabe € 59,70

1456 Seiten,
Paperback im Schuber,
mit Fan-CD von Wolfgang Hohlbein

UEBERREUTER

Wolfgang und Heike Hohlbein

Das Buch

»Wir können die Wirklichkeit verändern. Wir sind nur wenige und keine von uns weiß, warum uns diese furchtbare Macht verliehen wurde, aber wir haben sie.«

Seit Jahrhunderten wachen die geheimnisvollen Hüterinnen über das Archiv auf der anderen Seite, in dem Scriptoren über das Leben der Menschen Buch führen. Doch die Ordnung der Dinge ist in Gefahr, als Unbefugte in das unterirdische Bücherlabyrinth eindringen und die Vergangenheit und damit die Gegenwart umschreiben. Leonie, die junge Erbin einer Buchhandlung, begreift nur langsam, dass sie über die »Gabe« verfügt und dazu ausersehen ist, den Kampf um die einzig wahre Wirklichkeit zu gewinnen. Bevor das Schicksal einen schrecklichen Weg findet, sich zu erfüllen …

864 Seiten
Leinen mit Schutzumschlag

UEBERREUTER